Terry Pratchett
Ian Stewart, Jack Cohen
Die Gelehrten der Scheibenwelt

SERIE PIPER

Zu diesem Buch

Als Ergebnis eines mißglückten Experiments besitzen die Zauberer der Unsichtbaren Universität plötzlich ein Miniaturweltall: die irdische Rundwelt. Unter Führung der weisen Magier verfolgen wir die Geschichte unseres Universums vom Urknall bis zum Internet und darüber hinaus. Terry Pratchett, Ian Stewart und Jack Cohen haben ein Sachbuch geschrieben, in dem naturwissenschaftliche Zusammenhänge auf unnachahmlich witzige Weise erklärt werden – aus der Sicht der Gelehrten der Scheibenwelt.

Terry Pratchett, geboren 1948 in Beaconsfield, England, war Lokalredakteur und Sprecher der zentralen Elektrizitätserzeugungsbehörde. In den achtziger Jahren erfand er eine ungemein flache Welt, die auf dem Rücken von vier Elefanten und einer Riesenschildkröte ruht. Die »Scheibenwelt«-Romane, allesamt Bestseller, werden in England häufiger gestohlen als alle anderen Bücher.
Ian Stewart ist Mathematikprofessor und verfaßt regelmäßig Kolumnen in »Scientific American« und »Spektrum der Wissenschaft«. Bekannt wurde er als Autor des populärwissenschaftlichen Bestsellers »Spielt Gott Roulette?«.
Jack Cohen ist Genetiker und schrieb gemeinsam mit Ian Stewart zahlreiche Bücher über Evolution und Chaos (»Chaos/Antichaos. Ein Ausblick auf die Wissenschaft des 21. Jahrhunderts«, 1994).
Josh Kirby (1928–2001) hat mit seinen kongenialen Umschlagbildern Terry Pratchetts Romanen ein unverwechselbares Aussehen von hohem Wiedererkennungswert gegeben.

Terry Pratchett
Ian Stewart, Jack Cohen

Die Gelehrten der Scheibenwelt

Aus dem Englischen von
Andreas Brandhorst und Erik Simon

Piper München Zürich

Zu den lieferbaren Büchern von Terry Pratchett in der Serie Piper siehe Seite 478.

FSC

Dieses Taschenbuch wurde auf FSC-zertifiziertem Papier gedruckt. FSC (Forest Stewardship Council) ist eine nichtstaatliche, gemeinnützige Organisation, die sich für eine ökologische und sozialverantwortliche Nutzung der Wälder unserer Erde einsetzt (vgl. Logo auf der Umschlagrückseite).

Deutsche Erstausgabe
1. Auflage Juni 2004
4. Auflage Mai 2006

Titel der englischen Originalausgabe:
»The Science of Discworld«,
Ebury Press / Random House, London 1999

Deutsche Erstausgabe:
Wilhelm Heyne Verlag GmbH & Co. KG, München 2000
Umschlagkonzept: Büro Hamburg
Umschlaggestaltung: Nele Schütz Design, München
Umschlagabbildung: Josh Kirby via Agentur Schlück GmbH
Satz: Schaber Satz- und Datentechnik, Wels
Papier: Munken Print von Arctic Paper Munkedals AB, Schweden
Druck und Bindung: Clausen & Bosse, Leck
Printed in Germany
ISBN-13: 978-3-492-28521-6
ISBN-10: 3-492-28521-X

www.piper.de

Inhalt

»Jede hinreichend entwickelte Technik unterscheidet sich nicht mehr von Magie.«

ARTHUR C. CLARKE

»Jede Technik, die sich von Magie unterscheidet, ist nicht hinreichend entwickelt.«

GREGORY BENFORD

»Die Wahrheit ist deshalb soviel seltsamer als Fiktion, weil sie nicht konsistent sein muß.«

MARK TWAIN

»Es gibt nirgends Schildkröten.«

PONDER STIBBONS

Die Geschichte beginnt hier...

Es war einmal die Scheibenwelt. Und es gibt sie noch heute.

Die flache Scheibenwelt wird von einer riesigen Schildkröte durchs All getragen und ist Gegenstand von – bisher – dreiundzwanzig Romanen, vier Karten, einer Enzyklopädie, zwei Trickserien, T-Shirts, Schalen, Modellen, Abzeichen, Bier, Stickereien, Stiften und Postern. Wenn dieses Buch erscheint, dürfte es auch entsprechendes Talkumpuder und Parfüm geben. (Wenn nicht, ist es nur eine Frage der Zeit.)

Mit anderen Worten: Die Scheibenwelt erfreut sich großer Beliebtheit.

Und sie funktioniert mit Magie.

Rundwelt – unser Heimatplanet und das Universum, in dem er sich befindet – funktioniert auf der Grundlage von Naturgesetzen. Genau genommen funktioniert sie einfach. Wir beobachten sie dabei und ziehen Schlußfolgerungen, womit wir bei der Basis der Wissenschaft wären.

Eigentlich sollte man meinen, daß sich Magier und Wissenschaftler stark voneinander unterscheiden. Hier haben wir einige Leute, die sich sonderbar kleiden, ganz offensichtlich in einer eigenen Welt leben, eine besondere Sprache sprechen und häufig Bemerkungen von sich geben, die in krassem Gegensatz zum gesunden Menschenverstand stehen. Dort sehen wir Menschen, die sich seltsam kleiden, eine besondere Sprache sprechen, ganz offensichtlich in einer eigenen Welt leben und... äh...

Vielleicht sollten wir es andersherum versuchen. Existiert eine Verbindung zwischen Magie und Wissenschaft? Ist die Magie der Scheibenwelt mit ihren exzentrischen Zauberern, realistisch denkenden Hexen, dummen Trollen, feuerspeienden Drachen, sprechenden Hunden und einem personifizierten Tod imstande, uns die logische, durch und durch rationale Wissenschaft der Erde näherzubringen?

Wir glauben schon.

Den Grund dafür erklären wir gleich. Zuerst möchten wir darauf hinweisen, was das Buch ›Die Gelehrten der Scheibenwelt‹ *nicht* ist. Derzeit sind mehrere Bücher in der Art von *The Science of the X-Files* oder *Die Physik von Star Trek* erhältlich. Sie berichten von Bereichen der heutigen Wissenschaft, die vielleicht einmal zu betreffenden Ereignissen oder Apparaten führen könnten. Sind bei Roswell Außerirdische abgestürzt? Könnte jemals ein Warptriebwerk entwickelt werden, das die Energie von Antimaterie verwendet? Stehen uns irgendwann einmal die schier unerschöpflichen Batterien zur Verfügung, die offenbar in den Taschenlampen von Scully und Mulder stecken?

Wir hätten auf eine solche Weise vorgehen können. Wir hätten darauf hinweisen können, daß Darwins Evolutionstheorie erklärt, wie sich niedere Lebensformen zu höheren entwickeln. Wenn man von derartigen Voraussetzungen ausgeht, wäre es durchaus möglich, daß aus einem Mensch ein Orang-Utan wird (und dabei Bibliothekar bleibt, weil es keine höheren Lebensformen als Bibliothekare gibt). Wir hätten darüber spekulieren können, welche DNS-Sequenzen Asbestschichten im Innern von Drachen ermöglichen. Vielleicht wären wir sogar in Versuchung geraten, die Entstehung einer zehntausend Kilometer langen Schildkröte zu erklären.

Wir beschlossen aus gutem Grund, auf so etwas zu verzichten. Nun, eigentlich aus zwei guten Gründen.

Der erste Grund ist: So etwas wäre dumm gewesen.

Und zwar wegen des zweiten Grunds. Auf der Scheibenwelt spielt die Wissenschaft keine Rolle. Warum also sollten wir von einer solchen Annahme ausgehen? Drachen speien kein Feuer, weil sie Asbestlungen haben, sondern weil alle wissen, daß Drachen Feuer speien.

Der Motor der Scheibenwelt geht über Magie und Wissenschaft hinaus. Ihre Antriebskraft besteht aus dem *narrativen Imperativ,* aus der Macht einer Geschichte. Ihr kommt eine ähnliche Rolle zu wie dem sogenannten Phlogiston, einer Substanz, die, wie man im achtzehnten Jahrhundert glaubte, allen brennbaren Körpern beim Verbrennungsvorgang entweicht. Im Universum der Scheibenwelt gibt es das Narrativium. Es zeigt sich im Spin eines jeden Atoms und kommt im Dahintreiben aller Wolken zum Ausdruck. Es macht die Bewohner der Scheibenwelt zu dem, was sie sind, und es gibt ihnen die Möglichkeit, auch weiterhin zu existieren und an den Geschichten mitzuwirken.

Auf der Rundwelt geschehen die Dinge, weil sie geschehen *möchten.** Das Universum nimmt kaum Rücksicht auf die Wünsche seiner Bewohner und ist auch nicht da, um eine Geschichte zu erzählen.

Mit Magie kann man einen Prinzen in einen Frosch verwandeln. Mit Wissenschaft kann man einen Frosch in einen Doktor der Philosophie verwandeln – und behält den Frosch, mit dem man begonnen hat.

Das ist die übliche Ansicht in bezug auf die Wissenschaft von Rundwelt. Allerdings bleibt dabei vieles unberücksichtigt, was die Wissenschaft eigentlich ausmacht. Sie existiert nicht in einem abstrakten Sinn. Man könnte das ganze Universum in seine Einzelteile zerlegen, ohne eine Spur von Wissenschaft zu finden. Bei der

---

* In gewisser Weise. Die Dinge geschehen, weil sie den Naturgesetzen gehorchen. Ein Stein hat keine feststellbare Meinung in Hinsicht auf Gravitation.

Wissenschaft handelt es sich um eine Struktur, die von Menschen geschaffen und entwickelt wurde. Menschen wählen Dinge, die sie interessieren oder für wichtig halten. Oft geht es in diesem Zusammenhang auch um ihre Phantasie.

Narrativium ist überaus wirkungsvoll. Wir haben immer dazu geneigt, dem Universum Geschichten aufzuzwingen. Als die Menschen zum erstenmal zu den Sternen emporblickten, sahen sie keine unvorstellbar weit entfernten Sonnen, sondern riesige Stiere, Drachen und mythische Helden.

Diese menschliche Eigenschaft nimmt keinen Einfluß auf die Beschaffenheit der Naturgesetze – zumindest keinen großen –, aber sie bestimmt, welche Naturgesetze wir überhaupt untersuchen möchten. Außerdem müssen die Naturgesetze des Universums imstande sein, all jene Dinge hervorzubringen, die wir beobachten, wodurch auch die Wissenschaft eine Art narrativen Imperativ bekommt. Menschen denken in Geschichten. Zumindest in einem klassischen Sinn lief die Wissenschaft auf das Entdecken von ›Geschichten‹ hinaus. Man denke an Bücher mit Titeln wie *Die Geschichte der Menschheit* (The Story of Mankind), *Die Abstammung des Menschen* oder Stephen Hawkings *Eine kurze Geschichte der Zeit.*

Über den Geschichten der Wissenschaft könnte die Scheibenwelt eine sehr wichtige Funktion ausüben: Was wäre wenn? Die Scheibenwelt ermöglicht Gedankenexperimente: Wie sähe die Wissenschaft aus, wenn das Universum anders beschaffen wäre oder sich die Wissenschaft in einer anderen Richtung entwickelt hätte? Wir können die Wissenschaft von außen betrachten.

Für einen Wissenschaftler besteht ein Gedankenexperiment aus einer Art geistigen Diskussion. Anschließend versteht man die Dinge so gut, daß man keine echten Experimente durchführen muß, was nicht nur

Zeit und Geld spart, sondern einen auch davor bewahrt, peinliche Resultate zu erzielen. Auf der Scheibenwelt geht man praktischer an diese Sache heran. Dort geht es bei Gedankenexperimenten um Dinge, die nicht möglich sind und auch gar nicht funktionieren würden, wenn sie möglich wären. Das von uns geplante Gedankenexperiment ist vielen Wissenschaftlern vertraut, obwohl sie es vielleicht gar nicht wissen. Man braucht es auch gar nicht in die Praxis umzusetzen, denn es dreht sich ja gerade um etwas, das nicht funktionieren würde. Viele der wichtigsten Fragen der Wissenschaft – und unserer Auffassung von ihr – betreffen *nicht* die wahre Natur des Universums. Wir fragen uns vielmehr, was geschähe, wenn das Universum anders beschaffen wäre.

Jemand fragt: »Warum bilden Zebras Herden?« Man könnte nach einer Antwort suchen, indem man Soziologie und Psychologie von Zebras untersucht. Oder man stellt eine ganz andere Frage: »Was geschieht, wenn sie keine Herden bilden?« Eine der offensichtlichsten Antworten lautet: »Dann wäre die Wahrscheinlichkeit viel größer, daß sie von Löwen gefressen werden.« Dies läßt sofort den Schluß zu, daß Zebras Herden bilden, um sich zu schützen. Wir haben eine wichtige Erkenntnis in Hinsicht auf Zebras gewonnen, indem wir die Möglichkeit in Erwägung zogen, daß sie sich anders verhalten.

Ein weiteres und ernsteres Beispiel dafür bietet die Frage »Ist das Sonnensystem stabil?« oder »Könnte es sich dramatisch verändern, wenn es zu einer geringfügigen Störung käme?« Im Jahr 1887 bot der schwedische König Oskar II. 2500 Kronen für die Antwort. Hundert Jahre brauchten die Mathematiker der Erde, um eine eindeutige Antwort zu finden. Sie lautet: »Vielleicht.« (Es war eine gute Antwort, aber sie wurde nicht bezahlt. Das Geld hatte jemand bekommen, der es versäumte, die richtige Antwort zu liefern und dessen prämierter Artikel im interessantesten Abschnitt einen großen Fehler aufwies. Die Korrektur dieses Fehlers führte zur Chaostheorie, die wiederum den Weg für das ›Vielleicht‹ bereitete. Manchmal besteht die beste Antwort aus einer noch interessanteren Frage.) Bei Stabilität geht es nicht um die aktuelle Verhaltensweise eines Systems, sondern um die Frage, wie es auf Störungen reagiert. Mit anderen Worten: Stabilität und Was-wäre-wenn-Situationen stehen in einem unmittelbaren Zusammenhang.

Da ein großer Teil der Wissenschaft die substanzlose Welt der Gedankenexperimente betrifft, *muß* sich unser Verständnis der Wissenschaft sowohl mit imaginären als auch mit realen Welten befassen. Die wahrhaft menschliche Qualität besteht nicht daher aus Intelligenz, sondern aus Phantasie. Und in dieser Hinsicht bildet die Scheibenwelt einen besonders geeigneten Ausgangspunkt. Sie bietet ein konsistentes, gut entwickeltes Universum mit eigenen Regeln, und es leben überzeugend reale Personen darin, trotz der großen Unterschiede zwischen den dortigen ›Naturgesetzen‹ und unseren. Viele von ihnen wurzeln im ›gesunden Menschenverstand‹, einem natürlichen Feind der Wissenschaft.

In den Scheibenwelt-Geschichten ist immer wieder die Rede von der Unsichtbaren Universität, dem wichtigsten magischen Bildungsinstitut weit und breit. Die Zauberer* sind ein recht lebhafter Haufen, immer dazu

* Wie die Bewohner einer beliebigen Rundwelt-Universität haben sie unbegrenzte Zeit für Forschung, verfügen über unbegrenzte finanzielle Mittel und brauchen sich keine Sorgen über die Amtszeit machen. Darüber hinaus sind sie sprunghaft, beweisen bei ihrer Boshaftigkeit großen Einfallsreichtum, widersetzen sich neuen Ideen, bis alte daraus werden, sind in den seltsamsten Momenten äußerst kreativ und streiten dauernd – in dieser Hinsicht haben sie *überhaupt keine* Ähnlichkeit mit ihren wissenschaftlichen Kollegen in Rundwelt.

bereit, eine Tür mit der Aufschrift ›Unbedingt geschlossen lassen‹ zu öffnen oder nach einem zischenden Gegenstand zu greifen. Sie machten einen recht nützlichen Eindruck auf uns…

Wenn wir – oder sie – die Magie der Scheibenwelt mit Rundwelts Wissenschaft vergleichen, so finden wir erstaunlich viele Parallelen und Gemeinsamkeiten. Den Zauberern der Unsichtbaren Universität muß Rundwelt natürlich wie eine Parodie ihrer eigenen Welt erscheinen. Auch die Unterschiede zwischen den beiden Welten erwiesen sich als sehr aufschlußreich. Die Wissenschaft erscheint in einem ganz neuen Licht, wenn man auf Fragen in der Art von ›Wie sieht Molch-DNS aus?‹ verzichtet und statt dessen fragt: ›Wie würden die Zauberer wohl reagieren, wenn man so über Molche nachdenkt?‹

Es gibt keine Wissenschaft *als solche* auf der Scheibenwelt, und deshalb mußten wir diese Lücke füllen. Die Zauberer sollten mit magischen Mitteln die Möglichkeit erhalten, eine eigene Form der Wissenschaft zu entwickeln, ein kleines ›Universum‹, in dem Naturgesetze die Magie ablösen. Und während die Zauberer herausfinden, wie aufgrund der Naturgesetze interessante Dinge geschehen, die Steine, Bakterien und Zivilisationen betreffen, beobachten wir sie dabei, wie sie… nun, uns beobachten. Es ist eine Art rekursives Gedankenexperiment oder eine russische Matrjoschka-Puppe, bei der das kleinste Exemplar das größte enthält.

Und dann fanden wir heraus, daß… Oh, das ist eine *andere* Geschichte.

TP, IS & JC im Dezember 1998

PS. Auf den nachfolgenden Seiten kamen wir nicht umhin, Schrödingers Katze, das Zwillingsparadoxon und die Sache mit der Taschenlampe zu erwähnen, die vor einem Raumschiff leuchtet, das mit Lichtgeschwindigkeit fliegt. Die Regeln der Gilde wissenschaftlicher Autoren verlangten von uns, diese Dinge zu erwähnen. Wir haben uns allerdings bemüht, uns an den betreffenden Stellen möglichst kurz zu fassen.

Es ist uns auch gelungen, außerordentlich wenige Worte über die Hose der Zeit zu verlieren.

EINS

Die Spaltung des Thaums

Manche Fragen sollten nicht gestellt werden. Doch sie waren praktisch unausweichlich.

»Wie funktioniert es?« fragte Erzkanzler Mustrum Ridcully, Rektor der Unsichtbaren Universität.

Diese Frage verabscheute Ponder Stibbons fast ebensosehr wie die Frage ›Wieviel kostet es?‹ Es handelte sich um zwei der schwierigsten Fragen, mit denen ein Forscher konfrontiert wurde. Er war *de facto* für die magische Entwicklung an der Universität zuständig, und in dieser Funktion vermied er finanzielle Fragen um jeden Preis.

»Auf eine recht komplexe Art und Weise«, antwortete er schließlich.

»Ah.«

»*Ich* wüßte gern, wann wir den Squashplatz zurückbekommen«, ließ sich der Oberste Hirte vernehmen.

»Du spielst nie, Oberster Hirte«, sagte Ridcully und sah an der großen schwarzen Vorrichtung hinauf, die auf dem alten Universitätshof stand.*

»Aber vielleicht möchte ich es eines Tages. Und es

---

* Das von den Zauberern gespielte ›echte‹ Squash hat kaum Ähnlichkeit mit der schweißintensiven Hochgeschwindigkeitsversion, die man anderenorts kennt. Zauberer sehen keinen Sinn darin, sich schnell zu bewegen. Der Ball wird eher träge geschlagen. Allerdings sorgen magische Inkonsistenzen im Boden und in den Wänden dafür, daß der Ball nicht unbedingt von der gleichen Wand abprallt, an die er stößt. Später begriff Ponder Stibbons, daß es besser gewesen wäre, diesem Punkt größere Beachtung zu schenken. Für ein magisches Teilchen gibt es nichts Aufregenderes, als auf sich selbst zu treffen.

wird verdammt schwer, wenn uns dabei dieses Ding im Weg steht. Wir müßten ganz neue Regeln bestimmen.«

Draußen sammelte sich Schnee an den hohen Fenstern. Dies war der längste Winter seit Menschengedenken. Er war sogar so lang, daß das Menschengedenken kürzer wurde, denn einige der ältesten Bewohner der Stadt starben. Der Frost durchdrang sogar die dicken Mauern der Unsichtbaren Universität, sehr zum Verdruß der Fakultät. Zauberer können mit Entbehrungen und Unannehmlichkeiten aller Art fertig werden, vorausgesetzt natürlich, sie betreffen andere.

Aus diesem Grund war Ponder Stibbons' Projekt endlich genehmigt worden, nach drei langen Jahren des Wartens. Sein Hinweis, die Spaltung des Thaums würde die Grenzen des Wissens zurückdrängen, stieß auf taube Ohren. Die Grenzen von *irgend etwas* zurückzudrängen... Die Zauberer verglichen diesen Vorgang damit, einen sehr großen feuchten Stein hochzuheben. Als Ponder betonte, die Spaltung des Thaums werde die Gesamtsumme menschlicher Zufriedenheit vergrößern, bekam er zur Antwort, alle seien bereits recht zufrieden.

Schließlich sprach er davon, daß die Spaltung des Thaums gewaltige Mengen magischer Energie freisetze, die sich leicht in billige Wärme umwandeln lasse. Das funktionierte. Die Fakultät zeigte nur mäßiges Interesse, wenn es um Wissen an sich ging, aber ihr Enthusiasmus wuchs erheblich, wenn man ihr warme Schlafzimmer in Aussicht stellte.

Die anderen Zauberer wanderten auf dem Hof umher, der jetzt nicht mehr annähernd soviel Platz bot wie früher, und betasteten den Apparat. Der Erzkanzler nahm die Pfeife aus dem Mund und klopfte sie geistesabwesend an der mattschwarzen Vorrichtung aus.

»Äh... das solltest du besser unterlassen, Herr«, sagte Ponder.

»Warum denn?«

»Weil... weil, äh..., weil die Möglichkeit besteht, daß...« Ponder unterbrach sich. »Um zu vermeiden, daß es hier schmutzig wird, Herr.«

»Ah. Guter Hinweis. Das Ding könnte also nicht explodieren, oder?«

»Äh... nein, Herr. Haha«, erwiderte Ponder kummervoll. »Dazu ist viel mehr erforderlich, Herr...«

Mit einem lauten Pochen prallte ein Squashball erst von der Wand und dann von der Außenhülle des Apparats ab. Er schlug dem Erzkanzler die Pfeife aus dem Mund.

»Das warst *du*, Dekan«, sagte Ridcully vorwurfsvoll. »Meine Güte, jahrelang beachtet ihr den Hof überhaupt nicht, und plötzlich wollt ihr alle... Stibbons? Stibbons?«

Er stieß den leitenden Forschungsmagier der Universität an, der sich geduckt hatte. Ponder Stibbons hob den Kopf ein wenig und blickte durch die Lücken zwischen den Fingern.

»Es wäre wirklich eine *gute* Idee, wenn sie damit aufhören würden, Squash zu spielen, Herr«, flüsterte er.

»Das finde ich auch. Es gibt nichts Scheußlicheres als einen schwitzenden Zauberer. He, hört auf. Und kommt näher. Stibbons will uns jetzt alles erläutern.« Er bedachte den jungen Zauberer mit einem durchdringenden Blick. »Bestimmt wird es ein sehr informativer und interessanter Vortrag, nicht wahr, Stibbons? Er wird uns jetzt erklären, wofür er 55879,45 AM$ ausgegeben hat.«

»Und warum er einen wundervollen Squashplatz ruinieren mußte«, fügte der Oberste Hirte hinzu. Er klopfte mit seinem Schläger an den Apparat.

»Und ich möchte wissen, ob dieses Ding *sicher* ist«, verlangte der Dekan. »Ich bin dagegen, an der Physik herumzupfuschen.«

Ponder Stibbons verzog das Gesicht.

»Ich versichere dir, Dekan: Die Wahrscheinlichkeit dafür, daß die... äh... Reaktionsmaschine jemanden tötet, ist sogar noch größer als die, beim Überqueren der Straße überfahren zu werden«, sagte er.

»Tatsächlich? Oh, na schön.«

In Gedanken wiederholte Ponder den improvisierten Satz und beschloß, ihn unter den gegebenen Umständen nicht zu korrigieren. Gespräche mit den alten Zauberern ähnelten dem Versuch, ein Kartenhaus zu bauen: Wenn irgend etwas stehenblieb, atmete man ganz vorsichtig und griff nach der nächsten Karte.

Ponder hatte ein kleines System entwickelt, das er insgeheim Lügen-für-Zauberer nannte. Es war zu ihrem eigenen Besten, sagte er sich. Es hatte keinen Sinn, den Vorgesetzten *alles* zu verraten. Viele Dinge erforderten ihre Aufmerksamkeit, und sie wollten ihre Zeit nicht damit vergeuden, sich *Erklärungen* anzuhören. Es wäre falsch gewesen, sie mit *Einzelheiten* zu belasten. Eigentlich wünschten sie sich nur kleine Geschichten, die sie verstanden; anschließend gingen sie fort und hörten auf, sich Sorgen zu machen.

Auf der anderen Seite des Hofes hatten Ponders Studenten etwas vorbereitet. Mehrere Rohrleitungen führten durch die Wand des nahen Forschungstrakts für hochenergetische Magie und verbanden ein Terminal mit HEX, der Denkmaschine der Unsichtbaren Universität. Daneben stand ein Sockel mit einem großen roten Hebel, an dem jemand ein rosarotes Band befestigt hatte.

Ponder sah auf seine Notizen und blickte dann zur Fakultät.

»Ähm...«, begann er.

»Ich habe irgendwo ein Halsbonbon«, sagte der Oberste Hirte und klopfte auf seine Hosentaschen.

Ponder betrachtete erneut seine Notizen und fühlte sich von schrecklicher Hoffnungslosigkeit erfaßt. Er konnte die Thaumspaltung gut erklären, vorausgesetzt, die zuhörende Person wußte bereits darüber Bescheid. Bei den alten Zauberern hingegen mußte er die Bedeutung eines jeden Wortes erklären, manchmal sogar von Worten wie ›und‹ und ›oder‹.

Sein Blick glitt zur wassergefüllten Karaffe auf dem Pult, und er beschloß zu improvisieren.

Ponder hob ein Glas Wasser.

»Wußtet ihr«, sagte er, »daß das thaumische Potential in diesem Wasser… ich meine, sein magisches Feld, hervorgerufen vom Narrativiumgehalt, der uns mitteilt, daß es sich um Wasser handelt, und der dafür sorgt, daß der Inhalt des Glases Wasser bleibt und sich nicht etwa in, haha, eine Taube oder einen Frosch verwandelt … Nun, wußtet ihr, daß eine Freisetzung der entsprechenden Energie ausreichen würden, um diese ganze Universität bis zum Mond zu bringen?«

Er strahlte.

»Dann sollte sie besser im Glas bleiben«, bemerkte der Professor für unbestimmte Studien.

Ponders Lächeln erstarrte.

»Natürlich können wir nicht die *gesamte* Energie gewinnen«, fuhr er fort. »Aber wir…«

»Genug, um einen kleinen Teil der Universität zum Mond zu bringen?« fragte der Dozent für neue Runen.

»Der Dekan könnte einen Urlaub vertragen«, meinte der Erzkanzler.

»Diese Bemerkung gefällt mir nicht, Erzkanzler.«

»Ich wollte nur die Stimmung ein wenig verbessern, Dekan.«

»Aber wir können genug Energie für viele nützliche Dinge freisetzen«, erklärte Ponder und hatte bereits Mühe.

»Wir wär's damit, mein Arbeitszimmer zu heizen?« warf der Dozent für neue Runen ein. »Heute morgen trug das Wasser im Krug schon wieder eine Eisschicht.«

»Genau!« sagte Ponder und griff nach einer Lüge-für-Zauberer. »Wir können die Energie verwenden, um einen großen Kessel zu erhitzen! Darum geht es! Alles ist völlig harmlos und überhaupt nicht gefährlich! Deshalb hat mir der Universitätsrat den Bau gestattet! Ihr hättet mir doch nicht erlaubt, etwas Gefährliches zu konstruieren, oder?«

Er trank das Wasser.

Die versammelten Zauberer wichen mehrere Schritte zurück.

»Laß uns wissen, wie's dort oben aussieht«, bat der Dekan.

»Bring einige Steine mit oder so«, schlug der Dozent für neue Runen vor.

»Wink uns zu«, meinte der Oberste Hirte. »Wir haben ein ziemlich gutes Teleskop.«

Ponder starrte auf das leere Glas hinab und rückte seine mentale Perspektive erneut zurecht.

»Äh... nein«, sagte er. »Der Treibstoff muß im Innern der Reaktionsmaschine untergebracht werden. Und dann... und dann...«

Ponder gab auf.

»Die Magie dreht sich im Kreis und gerät schließlich unter den eingebauten Kessel, und dann ist es in der Universität angenehm warm«, erklärte er. »Irgendwelche Fragen?«

»Was ist mit der Kohle?« fragte der Dekan. »Es ist einfach unerhört, wieviel die Zwerge heutzutage dafür verlangen.«

»Nein, Herr«, antwortete Ponder. Eine Schweißperle rann ihm über die Schläfe. »Die Wärme ist... gratis.«

»Tatsächlich?« erwiderte der Dekan. »Dann sparen wir eine Menge Geld, nicht wahr, Quästor? He, wo ist der Quästor?«

»Oh... äh... der Quästor hilft mir heute, Herr«, murmelte Ponder. Er deutete zu einem hohen Balkon. Dort stand der Quästor, lächelte sein verträumtes Lächeln und hielt eine Axt in der Hand. Ein Seil war am Geländer befestigt und führte zu einer langen, schweren Stange, die mitten über der Reaktionsmaschine schwebte.

»Es ist... äh... nicht *ganz* auszuschließen, daß der Apparat zuviel Magie produziert«, erläuterte Ponder. »Die Stange besteht aus Blei und Ebereschenholz. Beides zusammen dämpft magische Reaktionen. Wenn es zu... Ich meine, wenn wir die Dinge ein wenig beruhigen wollen, schlägt der Quästor das Seil durch, und dann fällt die Stange ins Zentrum der Reaktionsmaschine.«

»Welche Aufgabe nimmt der neben ihm stehende Mann wahr?«

»Das ist mein Assistent Adrian Rübensaat. Er fungiert als für den Notfall bestimmtes und absolut zuverlässiges Sicherheitssystem.«

»Was ist seine Aufgabe?«

»Er soll ›Um Himmels willen, schlag das Seil durch!‹ rufen, falls es notwendig werden sollte, Herr.«

Die Zauberer nickten. Nach den Maßstäben von Ankh-Morpork, wo man den Daumen als Temperaturmesser verwendete, waren das geradezu extreme Sicherheitsmaßnahmen.

»Nun, mir scheint, hier kann überhaupt nichts schiefgehen«, sagte der Oberste Hirte.

»Wie kam dir der Einfall für diese Sache, Stibbons?« fragte Ridcully.

»Nun, ein großer Teil basiert auf meinen eigenen Forschungsarbeiten, aber einige wichtige Anregungen gaben mir die Schriftrollen von Loko aus der Bibliothek, Herr.« Ponder glaubte, sich hier auf sicherem Boden zu bewegen. Die Zauberer wußten alte Weisheit zu schätzen, sofern sie alt genug war. Sie verglichen Weisheit mit Wein: Sie wurde immer besser, je länger man sie sich selbst überließ. Vermutlich lohnte es gar nicht, Dinge zu kennen, über die seit Jahrhunderten niemand Bescheid wußte.

»Loko... Loko... Loko...«, murmelte Ridcully. »Das ist oben in Überwald, nicht wahr?«

»Ja, Herr.«

»Ich glaube, ich erinnere mich daran«, sagte Ridcully und rieb sich den Bart. »Ein tiefes Tal, umgeben von einem Ring aus Bergen? Ja, ein sehr tiefes Tal, wenn ich mich recht entsinne.«

»In der Tat, Herr. Nach dem Bibliothekskatalog wurden die Schriftrollen von der Krustlich-Expedition in einer Höhle entdeckt...«

»Dort gibt's jede Menge Zentauren und Faune und andere seltsam aussehende magische Geschöpfe. Hab mal davon gelesen.«

»Tatsächlich, Herr?«

»Und starb Stanmer Krustlich nicht an Planeten?«

»Leider kenne ich mich nicht mit...«

»Eine sehr seltene magische Krankheit, soweit ich weiß.«

»Mag sein, Herr, aber...«

»Wenn ich jetzt darüber nachdenke...«, fuhr Ridcully fort. »Einige Monate nach ihrer Rückkehr erkrankten alle Teilnehmer der Expedition an irgendwelchen ernsten magischen Leiden.«

»Äh... ja, Herr. Man glaubte, ein Fluch liege auf dem Land. Was natürlich Unsinn ist.«

»Ich muß diese Frage stellen, Stibbons: Könnte dieser Apparat explodieren und die ganze Universität zerstören?«

Ponder seufzte innerlich. In Gedanken prüfte er den Satz und suchte Zuflucht bei der Wahrheit. »Nein, Herr.«

»Versuch einmal, ganz ehrlich zu sein, Stibbons.« Und genau darin bestand das Problem mit dem Erzkanzler. Die meiste Zeit über schritt er umher und schrie die Leute an. Aber wenn er seine Gehirnzellen einmal Aufstellung beziehen ließ, so zeigten sie sofort auf den nächsten schwachen Punkt.

»Nun... in dem sehr unwahrscheinlichen Fall, daß ein ernster Unfall passiert... Die Explosion würde nicht *nur* die Universität zerstören, Herr.«

»Was müßte damit rechnen, vernichtet zu werden?«

»Äh... alles, Herr.«

»Du meinst, alles, was sich in der Nähe der Universität befindet?«

»Alles in einem Radius von fünfzigtausend Meilen, Herr. Nach HEX' Berechnungen geschähe es innerhalb eines Sekundenbruchteils. Wir hätten nicht einmal Gelegenheit, etwas davon zu bemerken.«

»Und die Chancen dafür stehen...?«

»Etwa eins zu fünfzig, Herr.«

Die Zauberer entspannten sich.

»Das ist ziemlich sicher. Bei einer solchen Wahrscheinlichkeit würde ich nicht einmal auf ein Pferd setzen«, sagte der Oberste Hirte. An der *Innenseite* seines Schlafzimmerfensters hatte sich eine ein Zentimeter dicke Eisschicht gebildet. So etwas sorgte dafür, daß man Risiken aus einem ganz neuen Blickwinkel sah.

Zwei

Squashplatz-Wissenschaft

Ein Squashplatz kann benutzt werden, um Dinge *viel* schneller als ein kleiner Gummiball laufen zu lassen...

Am 2. Dezember 1942 trat auf einem Squashplatz im Keller von Stagg Field an der Universität von Chicago eine neue Ära der Technik ins Dasein. Es war eine Technik, aus dem Krieg geboren, doch eine ihrer Folgen war es, daß die Aussicht eines Krieges so schrecklich wurde, daß Krieg im weltweiten Maßstab langsam und zögernd immer unwahrscheinlicher wurde.* In Stagg Field brachte der in Rom geborene Physiker Enrico Fermi mit seinem Team von Wissenschaftlern die erste sich selbst aufrechterhaltende nukleare Kettenreaktion zustande. Daraus entstanden die Atombombe und später die friedliche Nutzung von Kernenergie. Doch es gab eine viel wesentlichere Folge: die Morgenröte der Großen Wissenschaft und ein neuer Stil technischer Veränderung.

Niemand spielte im Keller von Stagg Field Squash, als sich der Reaktor dort befand – doch viele Leute, die auf dem Squashplatz arbeiteten, hatten dieselbe Einstellung wie Ponder Stibbons... größtenteils unersättliche Neugier, aber auch Zeiten nagenden Zweifels mit einem Anflug von Entsetzen. Neugier brachte alles in Gang, und am Ende stand das Entsetzen.

Nach einer langen Folge von physikalischen Entdekkungen im Zusammenhang mit dem Phänomen der Radioaktivität fand Fermi 1934 heraus, daß interessante

* Oder doch weniger radioaktiv. Wir können nur das Beste hoffen.

Dinge geschehen, wenn man Substanzen mit ›langsamen Neutronen‹ beschießt – mit subatomaren Teilchen, die von radioaktivem Beryllium ausgesandt und durch Paraffin geleitet wurden, um sie zu verlangsamen. Wie Fermi entdeckte, waren langsame Neutronen genau das Richtige, um andere Elemente zu überreden, ihrerseits radioaktive Teilchen auszusenden. Das sah interessant aus, also lenkte er Ströme von langsamen Neutronen auf alles, was ihm in den Sinn kam, und schließlich probierte er es mit dem damals kaum bekannten Element Uran, das seinerzeit hauptsächlich als Quelle von gelben Pigmenten diente. In einem Vorgang, der wie Alchimie wirkte, verwandelte sich das Uran in etwas anderes, wenn die langsamen Neutronen hineinprasselten – doch Fermi konnte nicht herausbekommen, *was* es war.

Vier Jahre später wiederholten drei Deutsche – Otto Hahn, Lise Meitner und Fritz Straßmann – Fermis Experimente, und als die besseren Chemiker fanden sie heraus, was mit dem Uran passiert war. Auf rätselhafte Weise hatte es sich in Barium, Krypton und eine kleine Menge anderer Substanz verwandelt. Meitner erkannte, daß dieser Vorgang der ›Kernspaltung‹ auf bemerkenswerte Weise Energie freisetzte. Jeder wußte, daß die Chemie Stoffe in andere Arten von Stoffen umwandeln kann, doch nun wurde ein Teil der Materie des Urans in *Energie* umgewandelt, etwas, was noch nie jemand beobachtet hatte. Wie es sich ergab, hatte Albert Einstein aufgrund theoretischer Überlegungen gerade diese Möglichkeit mit seiner berühmten Formel vorhergesagt – einer Gleichung, die der Orang-Utan-Bibliothekar der Unsichtbaren Universität* in folgende Form bringen würde: »Ugh«.** Einsteins Formel sagt uns, daß

* Er war das Opfer eines magischen Unglücksfalls, der ihm ziemlich gut gefiel. Aber das wissen Sie ja.

** Es heißt, jede Formel halbiere die Verkaufszahlen eines populär-

die in einer bestimmten Menge Materie ›enthaltene‹ Energie gleich der Masse dieser Materie ist, multipliziert mit der Lichtgeschwindigkeit und dann nochmals mit der Lichtgeschwindigkeit multipliziert. Wie Einstein sofort feststellte, ist das Licht so schnell, daß es sich überhaupt nicht zu bewegen scheint, also ist seine Geschwindigkeit ausgesprochen groß... und mit sich selbst multipliziert, ist sie *riesig*. Mit anderen Worten: Aus einem winzigen Stück Materie kann man eine gewaltige Menge Energie gewinnen, wenn man nur eine Methode findet, wie man das anstellt. Nun war Lise Meitner auf den Trick gekommen.

Ob eine einzelne Gleichung nun die Verkaufszahlen eines Buches halbiert oder nicht, sie kann die Welt von Grund auf verändern.

Hahn, Meitner und Straßmann veröffentlichten ihre Entdeckung im Januar 1939 in der britischen wissenschaftlichen Zeitschrift *Nature*. Neun Monate später befand sich Großbritannien im Krieg, einem Krieg, der durch die militärische Anwendung ihrer Entdeckung beendet werden sollte. Es ist eine Ironie, daß das größte wissenschaftliche Geheimnis des Zweiten Weltkriegs kurz vor Kriegsbeginn preisgegeben wurde, und es zeigt, wie wenig sich die Politiker damals der Möglichkeiten der Großen Wissenschaft – zum Guten oder zum

---

wissenschaftlichen Buches. Das ist Unsinn – wenn es wahr wäre, dann wäre von Roger Penrose' *Computerdenken* (The Emperor's New Mind) ein Achtel Exemplar verkauft worden, während der tatsächliche Absatz in die Hunderttausende geht. Aber nur für den Fall, daß etwas Wahres an dem Mythos sein sollte, haben wir diese Beschreibung der Formel gewählt, um die potentiellen Verkaufszahlen unseres Buches zu verdoppeln. Sie wissen alle, welche Formel wir meinen. In mathematischen Symbolen findet man sie auf Seite 138 von Stephen Hawkings *Eine kurze Geschichte der Zeit* (deutsche Paperback-Ausgabe bei Rowohlt); wenn also der Mythos wahr ist, hätte er doppelt so viele Exemplare verkaufen können – ein schwindelerregender Gedanke.

Bösen – bewußt waren. Fermi erkannte augenblicklich, was in dem Artikel in *Nature* steckte, und zog einen weiteren hochrangigen Physiker hinzu, Niels Bohr, der auf einen neuen Dreh kam: die Kettenreaktion. Wenn eine besondere, seltene Form von Uran namens Uran-235 mit langsamen Neutronen beschossen wird, dann zerfällt sie nicht nur in andere Elemente und setzt Energie frei – sie sendet auch weitere Neutronen aus. Die ihrerseits weiteres Uran-235 beschießen… Die Reaktion hält sich selbst in Gang, und die freigesetzte Energie kann *gigantisch* sein.

Würde es funktionieren? Konnte man auf diese Weise ›etwas umsonst‹ bekommen? Es war von Anfang an klar, daß es nicht einfach wäre, dies herauszufinden, da Uran-235 mit gewöhnlichem Uran (Uran-238) vermischt ist, und es herauszuholen, ist so, als suche man eine Nadel in einem Heuhaufen und die Nadel bestehe aus Stroh.

Es gab *noch mehr* Sorgen… Vor allem: Würde das Experiment vielleicht zu erfolgreich sein, indem es eine Kettenreaktion auslöste, die sich nicht nur auf den im Experiment verfügbaren Vorrat an Uran-235 erstreckte, sondern auch alles andere auf der Erde erfaßte? Finge die Atmosphäre vielleicht Feuer? Die Berechnungen legten den Schluß nahe: wahrscheinlich nicht. Sollten außerdem die Alliierten die Kernspaltung nicht bald zum Funktionieren bringen, so bestand Anlaß zu der Befürchtung, daß die Deutschen ihnen zuvorkommen würden. Wenn zur Entscheidung stand, ob *wir* die Welt in die Luft jagen würden oder *der Feind* es täte, war klar, was zu tun war.

Wenn man darüber nachdenkt, ist das kein glücklicher Satz.

Loko hat bemerkenswerte Ähnlichkeit mit Oklo im Südosten von Gabun, wo es Uranlagerstätten gibt. In den siebziger Jahren fanden französische Wissenschaftler

Beweise, daß ein Teil dieses Urans entweder ungewöhnliche intensive Kernreaktionen durchgemacht hat oder viel, viel älter als der übrige Planet ist.

Es *könnte* ein archäologisches Relikt einer uralten Zivilisation sein, deren Technik bis zur Atomenergie vorgedrungen war, doch eine langweiligere und plausiblere Erklärung besagt, daß Oklo ein ›natürlicher Reaktor‹ war. Rein zufällig enthielt diese Ansammlung von Uran mehr Uran-235, und über Hunderttausende von Jahren hinweg fand eine spontane Kettenreaktion statt. Die Natur brachte das lange vor der Wissenschaft fertig, und ohne Squashplatz.

Es sei denn, es wäre *doch* ein archäologisches Relikt einer uralten Zivilisation.

Bis gegen Ende 1998 war der natürliche Reaktor in Oklo auch der beste Beweis, den wir finden konnten, um zu zeigen, daß eine der größten Was-wäre-wenn-Fragen der Wissenschaft eine uninteressante Antwort hat. Die Frage lautet: ›Was wäre, wenn die Naturkonstanten *gar nicht konstant* sind?‹

Unseren wissenschaftlichen Theorien liegen etliche Zahlen zugrunde, die ›Grundkonstanten‹. Dazu gehören die Lichtgeschwindigkeit, das Plancksche Wirkungsquantum (grundlegend für die Quantenmechanik), die Gravitationskonstante (grundlegend für die Gravitationstheorie), die Elementarladung des Elektrons und so weiter. Alle anerkannten Theorien gehen davon aus, daß diese Werte vom allerersten Moment an, da unser Universum explosionsartig ins Dasein trat, immer gleich geblieben sind. Unsere Berechnungen über die Anfänge des Universums *stehen und fallen* damit, ob diese Werte gleich blieben; wenn sie sich geändert hätten, wüßten wir nicht, welche Werte wir in die Berechnungen einsetzen sollen. Es ist, als wolle man seine Einkommenssteuer ausrechnen, wenn einem niemand die Steuersätze sagt. Von Zeit zu Zeit treten vereinzelte Wissenschaftler mit einer irregulären Was-wäre-wenn-Theorie auf, in der sie die Möglichkeit ausprobieren, daß eine oder mehrere Grundkonstanten nicht konstant sind. Der Physiker Lee Smolin hat sogar eine Theorie sich entwickelnder Universen präsentiert, die aus Baby-Universen mit unterschiedlichen Grundkonstanten knospen. Dieser Theorie zufolge versteht sich unser Universum besonders gut darauf, solche Babys zu erzeugen, und ist auch besonders gut für die Entwicklung von Leben geeignet. Diese beiden Eigenschaften, behauptet er, träfen nicht zufällig zusammen. (Die Zauberer an der Unsichtbaren Universität würden sich in derlei Ideen übrigens leicht anfreunden – hinreichend hoch entwickelte Physik ist ja von Magie nicht zu unterscheiden.)

Oklo sagt uns, daß sich die Grundkonstanten in den letzten zwei Milliarden Jahren nicht verändert haben – das ist etwa das halbe Alter der Erde – und ein Zehntel vom Alter des Universums. Der Schlüssel der Beweisführung ist eine spezielle Kombination von Grundkonstanten, die ›Feinstrukturkonstante‹ genannt wird.* Ihr Wert kommt $^1/_{137}$ sehr nahe (und eine Menge Tinte wurde aufgebracht, um diese ganze Zahl 137 zu erklären, zumindest bis genauere Messungen den Wert als 137,036 bestimmten). Die Feinstrukturkonstante hat den Vorteil, daß ihr Wert nicht von den gewählten Maßeinheiten abhängt – anders als beispielsweise die Lichtgeschwindigkeit, die einen anderen Zahlenwert hat, je nachdem ob man sie in Meilen pro Sekunde oder in Kilo-

* Die Feinstrukturkonstante ist definiert als das Quadrat der Elektronen-Elementarladung, geteilt durch das doppelte Produkt aus dem Planckschen Wirkungsquantum, der Lichtgeschwindigkeit und der elektrischen Feldkonstanten. (Mit einer handlichen Lüge könnte man sich die letztere Größe vorstellen als ›die Art, wie das Vakuum auf eine elektrische Ladung reagiert‹.) Danke.

metern pro Sekunde ausdrückt. Der russische Physiker Alexander Schljachter hat die verschiedenen Chemikalien im ›Atommüll‹ des Oklo-Reaktors untersucht und ermittelt, wie groß die Feinstrukturkonstante vor zwei Milliarden Jahren gewesen sein muß, als der Reaktor in Betrieb war. Das Ergebnis war derselbe Wert wie heute mit einer Genauigkeit von einigen Zehnmillionsteln.

Ende 1998 hat jedoch eine Gruppe Astronomen unter der Leitung von John Webb eine sehr genaue Untersuchung des Lichts angestellt, das von Quasaren ausgestrahlt wird, extrem fernen, aber sehr hellen Körpern. Sie fanden feine Abweichungen in bestimmten Eigenschaften des Lichts, die Spektrallinien genannt werden und mit den Schwingungen unterschiedlicher Arten von Atomen zusammenhängen. Was sie entdeckt zu haben scheinen, läuft darauf hinaus, daß vor vielen Jahrmilliarden – lange vor dem Oklo-Reaktor – die Atome nicht ganz genauso wie heute schwangen. In sehr alten Gaswolken aus frühen Stadien des Universums weicht die Feinstrukturkonstante um ein Fünfzigtausendstel vom heutigen Wert ab. Nach den Maßstäben dieses speziellen Gebiets der Physik ist das eine sehr große Abweichung. Soweit man es feststellen kann, geht dieses unerwartete Ergebnis nicht auf Meßfehler zurück. Eine 1994 von Thibault Damour und Alexander Poljakow aufgestellte Theorie weist auf eine mögliche Variation in der Feinstrukturkonstante hin, liefert aber nur ein Zehntausendstel der Abweichung, die Webbs Gruppe gefunden hat. Die Sache ist ziemlich rätselhaft, und die meisten Theoretiker halten sich vernünftigerweise mit ihrem Urteil zurück und warten weitere Forschungen ab. Doch es könnte ein Vorzeichen sein: Vielleicht werden wir bald akzeptieren müssen, daß es in den fernen Bereichen von Raum und Zeit feine Unterschiede bei den Gesetzen der Physik gibt. Sie werden wohl kaum schildkrötenförmig sein, aber… anders.

Drei

Ich kenne meine Zauberer

Es dauerte nicht lange, bis die Fakultät mit dem kollektiven Zeigefinger auf den philosophischen Kern des Problems deutete, das die Vernichtung alles Existierenden betraf.

»Wenn niemand Gelegenheit erhält, etwas davon zu bemerken, so kann es überhaupt nicht geschehen sein«, sagte der Dozent für neue Runen. Sein Schlafzimmer befand sich auf einer der kälteren Seiten der Universität.

»Und niemand würde uns Vorwürfe machen«, fügte der Dekan hinzu. »Selbst wenn es geschähe.«

Die entspannte Reaktion der Zauberer ermutigte Ponder. »Es gibt einige theoretische Hinweise darauf, daß nichts zerstört wird, und zwar wegen der nichttemporalen Natur der thaumischen Komponente.«

»Wie bitte?« fragte Ridcully.

»Eine Fehlfunktion würde nicht in dem Sinne zu einer *Explosion* führen, Herr«, sagte Ponder. »Soweit ich das feststellen kann, würden die Dinge auch nicht aufhören, von jetzt an zu existieren. Wir müßten vielmehr damit rechnen, daß sie nie existiert haben, wofür der multidirektionale Kollaps des thaumischen Felds verantwortlich ist. Aber da es uns *gibt,* Herr, leben wir allem Anschein nach in einem Universum, wo es zu keinem Zwischenfall kam.«

»Ah, das kenne ich«, sagte Ridcully. »Es ist wegen der Quanten, nicht wahr? Es existieren andere Versionen von uns im Universum nebenan, und dort *kam* es zu einem Zwischenfall, der den armen Burschen das Leben kostete, stimmt's?«

»Ja, Herr. Ich meine, nein. Sie blieben am Leben, weil der Apparat, den der andere Ponder Stibbons konstruierte, in die Luft flog, was dazu führte, daß der alternative Ponder Stibbons nie existierte und den Apparat also gar nicht bauen konnte... Nun, das ist zumindest die Theorie.«

»Bin froh, daß wir das geklärt haben«, sagte der Oberste Hirte munter. »Wir sind hier, weil wir hier sind. Und da wir schon einmal hier sind, können wir es auch warm haben.«

»Dann sind wir uns ja einig«, meinte Ridcully. »Stibbons, du kannst deine Höllenmaschine in Gang setzen.« Er nickte in Richtung des roten Hebels.

»Die Ehre wollte ich eigentlich dir überlassen, Erzkanzler«, erwiderte Ponder und verneigte sich. »Du brauchst nur den Hebel zu betätigen. Dadurch löst sich die... äh... Sicherheitssperre, was den Treibstoff in die Austauscheinheit strömen läßt, in der es daraufhin zu einer einfachen Oktiron-Reaktion kommt. Sie verwandelt Magie in Wärme und erhitzt das Wasser im Boiler.«

»Es ist also tatsächlich eine Art großer Kessel?« fragte der Dekan.

»In gewisser Weise, ja«, antwortete Ponder und versuchte, das Gesicht nicht zu verziehen.

Ridcully griff nach dem Hebel.

»Vielleicht möchtest du einige Worte sprechen, Herr«, sagte Ponder.

»Ja.« Ridcully überlegte kurz, und dann erhellte sich seine Miene. »Bringen wir's schnell hinter uns, damit wir zu Mittag essen können.«

Die Zauberer applaudierten. Ridcully betätigte den Hebel. Der Zeiger eines Zifferblatts an der Wand bewegte sich und verließ die Nullposition.

»Nun, es ist nichts explodiert«, stellte der Oberste Hirte fest. »Wozu dient das Zifferblatt?«

»Oh, äh... es zeigt an, welche Zahl der Apparat erreicht hat«, sagte Ponder.

»Ah, verstehe.« Der Oberste Hirte griff nach dem Mantelaufschlag. »Ich glaube, heute gibt's Entenbraten mit grünen Erbsen«, fügte er in einem weitaus interessierter klingenden Tonfall hinzu. »Gute Arbeit, Stibbons.«

Die Zauberer schlenderten fort, offenbarten dabei aber eine auffällige Zielstrebigkeit – immerhin wartete das Essen auf sie.

Ponder atmete erleichtert auf. Und eine Sekunde später schluckte er erschrocken, als er begriff, daß der Erzkanzler nicht etwa gegangen war, sondern sich den Apparat aus der Nähe ansah.

»Äh... möchtest du noch etwas wissen, Herr?« fragte er nervös.

»Wann hast du dieses Ding *wirklich* eingeschaltet, Stibbons?«

»Herr?«

»Jedes einzelne Wort in dem Satz hat eine klare, unmißverständliche Bedeutung. Habe ich sie in der falschen Reihenfolge aneinandergereiht?«

»Ich... wir... haben den Apparat kurz nach dem Frühstück in Betrieb genommen«, erwiderte Ponder schwach. »Was den Zeiger des Zifferblatts betrifft... Adrian Rübensaat hat ihn mit Hilfe eines Fadens bewegt.«

»Ist das Ding explodiert, als es zu arbeiten begann?«

»Nein, Herr! Wir... Nun, wir hätten es doch *gemerkt*, Herr!«

»Ich dachte, niemand hätte Gelegenheit bekommen, etwas davon zu bemerken, Stibbons.«

»Nun, das stimmt auch, ich meine...«

»Ich kenne dich, Stibbons«, sagte Ridcully. »Du würdest *nie* etwas der Öffentlichkeit vorstellen, ohne dich vorher zu vergewissern, daß es funktioniert. Niemand wünscht sich Eier im Gesicht, oder?«

Ponder dachte daran, daß Eier im Gesicht kaum mehr eine Rolle spielten, wenn das Gesicht nur noch in Form einer Partikelwolke existierte, die sich mit Dunkelgeschwindigkeit* ausdehnte.

Ridcully schlug an die schwarze Außenfläche des Apparats, was Ponder zum Anlaß nahm, heftig zusammenzuzucken.

»Schon warm«, sagte der Erzkanzler. »Ist da oben alles in Ordnung, Quästor?«

Der Quästor nickte glücklich.

»Wunderbar. Gute Arbeit, Stibbons. Laß uns jetzt zu Mittag essen.«

Nach einer Weile, als das Geräusch der Schritte längst verklungen war, merkte der Quästor, daß sich außer ihm niemand mehr auf dem Hof befand.

Der Quästor war keineswegs verrückt, wie manche Leute glaubten. Ganz im Gegenteil: Er stand mit beiden Beinen fest auf der Erde. Allerdings handelte es sich dabei um die Erde eines anderen Planeten, der rosarote Wolken und glückliche Kaninchen anzubieten hatte. Er zog jene Welt der wirklichen vor – dort schrien die Leute zuviel, und deshalb verbrachte er dort möglichst wenig Zeit. Unglücklicherweise verlangten die Mahlzeiten eine Rückkehr in die Realität, denn auf dem Planeten Nett wurde kein Essen serviert.

Er lächelte auch weiterhin verträumt, legte die Axt beiseite und schritt von dannen. Es ging darum, daß der komische Apparat nicht gefährlich wurde, und das schaffte er sicher auch allein.

Ponder Stibbons war leider viel zu besorgt, um aufzupassen, und die anderen Zauberer fanden nichts dabei, daß der Mann, der sie vor der thaumischen Katastrophe schützen sollte, Blasen in sein Glas Milch blies.

* Sie wurde bisher noch nicht gemessen. Man glaubt, daß die Dunkelheit viel schneller ist als das Licht, da es ihr immer gelingt, dem Licht auszuweichen.

VIER

Wissenschaft und Magie

Wenn wir wollten, könnten wir zu mehreren Aspekten von Ponder Stibbons' Experiment etwas sagen und die damit verknüpfte Wissenschaft beschreiben. Beispielsweise gibt es einen Hinweis auf die Multiversum-Interpretation der Quantenmechanik, wo jedesmal, wenn eine Entscheidungssituation mehrere Möglichkeiten zuläßt, Milliarden von Universen von unserem abzweigen. Und da gibt es die inoffizielle Standardprozedur für Eröffnungszeremonien, wo ein Mitglied des Königshauses oder der Präsident einen großen Hebel umlegt oder einen großen Knopf drückt, um ein großes Monument der Technik in Gang zu setzen – das hinter den Kulissen schon seit Tagen in Betrieb ist. Als Königin Elizabeth II. Calder Hall eröffnete, das erste britische Kernkraftwerk, ist genau das passiert – mitsamt großem Zeiger und allem Drum und Dran.

Aber für die Quanten ist es noch ein bißchen zu früh, und die meisten von uns haben Calder Hall völlig vergessen. Jedenfalls müssen wir mit dringlicheren Themen fertig werden. Nämlich mit der Beziehung zwischen Wissenschaft und Magie. Beginnen wir mit der Wissenschaft.

Das menschliche Interesse für das Wesen des Weltalls und unseren Platz darin reicht weit, weit zurück. Den frühen Humanoiden beispielsweise, die in den afrikanischen Savannen lebten, kann schwerlich entgangen sein, daß der Nachthimmel voll heller Lichtflecken war. In welchem Stadium ihrer Evolution sie sich zu fragen begannen, was es wohl mit den Lichtern auf sich habe, ist ein ungelöstes Rätsel, aber als sie genug Intelligenz entwickelt hatten, um Stöcke in eßbare Tiere zu stechen und Feuer zu benutzen, mögen sie wohl nicht zum Nachthimmel aufgeschaut haben, ohne sich zu fragen, *wozu* er zum Teufel da sei (und in Anbetracht der traditionellen fixen Ideen der Menschheit, ob er irgendwas mit Sex zu tun habe). Der Mond jedenfalls war beeindruckend – groß, hell, und er *änderte seine Gestalt.*

Wesen, die tiefer auf der Evolutionsleiter standen, haben den Mond zweifellos wahrgenommen. Nehmen wir zum Beispiel die Schildkröte – ein besser zur Scheibenwelt passendes Tier wird man schwerlich finden. Wenn in unserer Zeit Schildkröten auf den Strand kriechen, um ihre Eier zu legen und sie im Sand zu vergraben, richten sie es zeitlich irgendwie so ein, daß, wenn die Jungen schlüpfen, sie zum Meer krabbeln können, indem sie auf den Mond zu halten. Wir wissen das, weil die Lichter moderner Gebäude sie verwirren. Dieses Verhalten ist bemerkenswert, und es genügt durchaus nicht, alles auf den ›Instinkt‹ zu schieben und so zu tun, als sei das eine Antwort. Was ist denn Instinkt? Wie funktioniert er? Wie ist er entstanden? Ein Wissenschaftler möchte plausible Antworten auf solche Fragen, nicht bloß einen Vorwand, unter dem man sie abhaken kann. Es ist anzunehmen, daß die mondsüchtigen Neigungen der kleinen Schildkröten und die unheimliche Genauigkeit, mit der ihre Mütter den richtigen Zeitpunkt finden, sich gemeinsam entwickelt haben. Bei Schildkröten, die rein zufällig ihre Eier zum richtigen Zeitpunkt legten, so daß beim Schlüpfen der Jungen der Mond seewärts vom Strand stand, *und* deren Junge zufällig auf das helle Licht zusteuerten, erreichten mehr von den nächsten Generation das Meer als bei den anderen. Um aus diesen Tendenzen eine universelle Eigenschaft aller Schildkröten zu machen, bedurfte es nur einer Methode, sie an die nächste Generation weiterzugeben, und da kommen die Gene ins Spiel. Jene Schildkröten, die auf eine brauchbare Navigationsstrategie gestoßen waren und über die Gene diese Strategie an ihre Nachkommen weitergeben konnten, hatten mehr Erfolg als die anderen. Also gediehen sie und verdrängten die anderen, und bald gab es nur noch Schildkröten, die sich nach dem Mond orientieren konnten.

Schwimmt Groß-A'Tuin, die Schildkröte, die die Elefanten trägt, die die Scheibenwelt tragen, auf der Suche nach einem fernen Licht durch die Tiefen des Raumes? Vielleicht. Laut *Das Licht der Phantasie* »haben die Philosophen viele Jahre lang darüber diskutiert, wohin Groß-A'Tuin unterwegs sei, und ihre größte Sorge besteht darin, es möglicherweise nie zu erfahren. In zwei Monaten werden sie eine Antwort auf ihre Frage bekommen. Und dann haben sie *wirklich* Grund, sich Sorgen zu machen...« Denn wie ihr ans Erdendasein gefesseltes Gegenstück ist Groß-A'Tuin auf Fortpflanzung aus, was in diesem Fall heißt, sie begibt sich zum Ort ihrer eigenen Eiablage, um zuzuschauen, wie die Jungen ausschlüpfen. Die Geschichte endet damit, daß sie wieder in die kühlen Tiefen des Raumes hinausschwimmt, umkreist von acht kleinen Schildkröten (die anscheinend später ihre eigenen Wege gegangen sind und jetzt vielleicht sogar ganz kleine Scheibenwelten tragen)...

Das Interessante an den Tricks der irdischen Schildkröten ist die Tatsache, daß die Tiere in keiner Phase zu wissen brauchen, daß ihre Zeitplanung an die Bewegung des Mondes geknüpft ist, oder auch nur, daß der Mond existiert. Die Sache würde aber nicht funktionieren, wenn die kleinen Schildkröten den Mond nicht *wahrnähmen,* daher ziehen wir den Schluß, daß sie es tun. Wir können aber nicht auf die Existenz eines Schildkröten-Astronomen schließen, der sich über den rätselhaften Gestaltwandel des Mondes wundert.

Als eine bestimmte Gruppe von Affen auf der Bildfläche erschien, die im gesellschaftlichen Aufstieg begriffen waren, begannen sie jedoch solche Fragen zu stellen. Je besser die Affen es verstanden, diese Fragen zu *beantworten,* um so verwirrender wurde das Weltall; Wissen bringt neues Unwissen hervor. Die Botschaft, die sie mitbekamen, lautete: *Dort Oben ist es ganz anders als Hier Unten.*

Sie wußten nicht, daß Hier Unten ein ziemlich guter Ort zum Leben für Wesen wie sie war. Es gab Luft zum Atmen, Tiere und Pflanzen zum Essen, Wasser zum Trinken, Boden, auf dem man stehen, und Höhlen, in denen man sich vor dem Regen und den Löwen in Sicherheit bringen konnte. Sie wußten, daß es veränderlich war, chaotisch, unvorhersehbar…

Sie *wußten* nicht, daß es Dort Oben – im übrigen Universum – anders ist. Der größte Teil davon ist leerer Raum, ein Vakuum. Vakuum kann man nicht atmen. Wo kein Vakuum ist, befinden sich größtenteils riesige Kugeln von überhitztem Plasma. Auf einer Feuerkugel kann man nicht stehen. Und der größte Teil dessen, was weder Vakuum noch Feuer ist, ist lebloses Gestein. Gestein kann man nicht essen.* Später sollten sie das erfahren. Eines wußten sie aber: daß es Dort Oben nach menschlichen Zeitmaßen ruhig, geordnet, regelmäßig zuging. Und auch kalkulierbar – man konnte seinen Steinkreis danach stellen.

Das alles erzeugte ein allgemeines Gefühl, der Unterschied zwischen Dort Oben und Hier Unten habe einen *Grund.* Hier Unten war offensichtlich für *uns* bestimmt. Dort Oben war es ebenso offensichtlich nicht. Also mußte es für *jemand anders* bestimmt sein. Und die neue Menschheit machte sich schon Gedanken über geeig-

---

* Freilich, Salz *kann* man essen. Aber außerhalb der Scheibenwelt geht niemand in ein Restaurant, um ein Basalt-Balti zu bestellen.

nete Bewohner, und sie tat das schon immer, seit sie sich in Höhlen vor dem Donner verkroch. Die Götter! Die waren Dort Oben und blickten herab! Und ganz offensichtlich hatten sie das Sagen, denn die Menschheit hatte es offensichtlich nicht. Als Zugabe erhielt man gleich noch eine Erklärung für alles Hier Unten, was weitaus verwickelter als das war, was man Dort Oben sah, eine Erklärung für Gewitter und Erdbeben und Bienen. Die wurden von den Göttern regiert.

Das war ein hübsches Bündel. Es gab uns ein Gefühl von Wichtigkeit. Zumal die Priester machten es wichtig. Und da Priester Leute waren, die einem die Zunge herausreißen lassen oder einen ins Löwenland verbannen konnten, wenn man ihre Meinung nicht teilte, wurde das im Handumdrehen zu einer ungeheuer beliebten Theorie, wenn auch vielleicht nur deshalb, weil die Anhänger anderer Theorien nicht reden konnten oder irgendwo auf einem Baum saßen.

Und dennoch... Es kam immer wieder vor, daß ein Verrückter ohne Selbsterhaltungstrieb geboren wurde, der die ganze Geschichte für unbefriedigend hielt und den Zorn der Priesterschaft riskierte, indem er das sagte. Solche Leute fand man schon zur Zeit der Babylonier, deren Zivilisation zwischen 4000 und 300 v. Chr. zwischen und an den Flüssen Euphrat und Tigris blühte. Die Babylonier – ein Begriff, der einen ganzen Haufen halbunabhängige Völker umfaßt, die in einzelnen Städten wie Babylon, Ur, Nippur, Uruk, Lagasch und so weiter lebten – verehrten die Götter jedenfalls so, wie es alle anderen auch taten. Eine ihrer Geschichten ist beispielsweise die Grundlage für die biblische Erzählung von Noah und seiner Arche. Aber sie interessierten sich auch lebhaft dafür, was diese Lichter am Himmel tatsächlich *taten.* Sie wußten, daß der Mond rund ist – eher eine Kugel als eine flache Scheibe. Wahrscheinlich wußten sie auch, daß die Erde rund ist, da sie bei Mondfinsternissen einen runden Schatten auf den Mond warf. Sie wußten, daß das Jahr ungefähr 365 Tage lang ist. Sie kannten sogar die ›Präzession des Frühjahrspunktes‹, eine zyklische Veränderung, die in rund 26 000 Jahren einen Umlauf vollendet. Sie machten diese Entdeckungen, indem sie sorgfältig aufzeichneten, wie sich Mond und Planeten am Himmel bewegten. Babylonische astronomische Aufzeichnungen von 500 v.Chr. sind bis heute erhalten geblieben.

Aus solchen Anfängen entstand eine alternative Erklärung des Weltalls. Götter kamen darin nicht vor, zumindest nicht direkt, also traf sie bei der Priesterklasse auf wenig Gegenliebe. Manche Nachfahren dieser Klasse versuchen sogar heute noch, die Erklärung auszulöschen. Die traditionellen Priesterschaften (denen damals wie heute oft einige sehr intelligente Leute angehörten) haben im Laufe der Zeit eine Anpassung an diese gottlose Denkweise erarbeitet, aber sie ist weiterhin unbeliebt bei Postmodernisten, Kreationisten, Boulevardastrologen und anderen Leuten mit einer Vorliebe für Antworten, die man sich zu Hause selbst zurechtschustern kann.

Der gegenwärtig übliche Name für das, was unter anderem ›Ketzerei‹ und ›Naturphilosophie‹ genannt worden ist, lautet natürlich ›Wissenschaft‹.

Die Wissenschaft hat ein sehr seltsames Bild vom Universum entwickelt. Sie geht davon aus, daß das Weltall nach *Regeln* funktioniert. Regeln, die niemals verletzt werden. Regeln, die wenig Raum für die Launen von Göttern lassen.

Diese Betonung der Regeln stellt die Wissenschaft vor eine entmutigende Aufgabe. Sie muß erklären, wie eine Menge glühendes Gas und Gestein Dort Oben auch nur im entferntesten das Hier Unten hervorbringen kann, indem sie einfache Regeln befolgt, etwa ›große Dinge ziehen kleine Dinge an, und obwohl auch kleine Dinge große Dinge anziehen, tun sie es zu schwach, als das man es bemerken würde‹. Hier Unten scheint von einer strengen Befolgung von Regeln keine Spur zu sein. Einen Tag gehst du auf Jagd und erlegst ein Dutzend Gazellen; tags darauf erlegt ein Löwe *dich.* Hier Unten scheint die deutlichste Regel zu heißen: »Es gibt keine Regeln.« Abgesehen von der einen Regel, die man wissenschaftlich als ›Excreta passiert eben‹ ausdrücken könnte. Wie das Harvardsche Gesetz des Verhaltens von Tieren es formuliert: »Versuchstiere verhalten sich unter sorgfältig kontrollierten Laborbedingungen so, wie es ihnen gerade paßt.« Nicht nur Tiere: Jeder Golfspieler weiß, daß ein so einfaches Ding wie eine harte, federnde Kugel mit einem Pünktchenmuster darauf niemals tut, was man von ihm erwartet. Und was das Wetter betrifft…

Die Wissenschaft hat sich nun ein zwei große Bereiche getrennt: die Wissenschaften vom Leben, die uns etwas über Lebewesen sagen, und die physikalischen Wissenschaften, die alles übrige behandeln. Historisch gesehen ist ›getrennt‹ entschieden das treffende Wort – die wissenschaftlichen Herangehensweisen dieser beiden großen Bereiche haben etwa soviel gemein wie Kreide und Käse. In der Tat ist ja Kreide eine Gesteinsart und gehört also eindeutig zu den geologischen Wissenschaften, während Käse, von der Tätigkeit von Bakterien an Körperflüssigkeiten von Kühen erzeugt, in die Zuständigkeit der biologischen Wissenschaften fällt. Beide Bereiche sind zweifellos Wissenschaft und betonen gleichermaßen die Rolle des Experiments zur Überprüfung von Theorien, doch ihre gewohnten Denkmuster folgen unterschiedlichen Bahnen.

Bisher zumindest.

Mit dem Herannahen des dritten Jahrtausends greifen immer mehr Aspekte der Wissenschaft über die Grenzen der Fachgebiete hinaus. Kreide zum Beispiel ist mehr als nur ein Gestein. Kreide ist das Überbleibsel der Schalen und Skelette von Millionen winziger Meereslebewesen. Und die Herstellung von Käse hängt von Chemie und Sensortechnik nicht weniger ab als von der Biologie des Grases und der Kühe.

Der ursprüngliche Grund für diese Spaltung der Wissenschaft war die ausgeprägte Empfindung, daß Leben und Nicht-Leben extrem unterschiedliche Dinge sind. Nicht-Leben ist einfach und gehorcht mathematischen Regeln; Leben ist komplex und gehorcht überhaupt keinen Regeln. Wie gesagt, Hier Unten scheint es ganz anders zu sein als Dort Oben.

Doch je mehr wir in die Bedeutung mathematischer Regeln eindringen, um so flexibler scheint ein auf Regeln gegründetes Universum zu sein. Und umgekehrt: Je besser wir die Biologie verstehen, um so wichtiger werden ihre physikalischen Aspekte – denn Leben ist keine besondere *Art* von Materie, also muß es ebenfalls den Regel der Physik gehorchen. Was wie eine breite, unüberbrückbare Kluft zwischen den Wissenschaften vom Leben und den physikalischen Wissenschaften aussah, schrumpft so rasch, daß es sich als nicht viel mehr als eine dünne Linie erweist, die in den Sand der Wissenschaftswüste geritzt ist.

Wenn wir diese Linie überschreiten wollen, müssen wir unsere Denkweise allerdings einer Revision unterziehen. Nur zu leicht fällt man in alte – und unangebrachte – Gewohnheiten zurück. Um diesen Punkt zu veranschaulichen und ein Thema einzuführen, das sich durch das Buch ziehen wird, wollen wir betrachten, was uns die technischen Probleme, auf den Mond zu gelangen, über die Funktionsweise von Lebewesen sagen.

Das Haupthindernis bei der Beförderung eines Menschen auf den Mond ist nicht die Entfernung, sondern die Gravitation. Man könnte in etwa dreißig Jahren *zu Fuß* zum Mond gehen – vorausgesetzt, man hätte einen Weg, Luft und das übliche Zubehör eines erfahrenen Reisenden –, wenn es nicht den größten Teil der Strecke bergauf ginge. Man braucht Energie, um einen Menschen von der Oberfläche des Planeten bis hinauf zu dem neutralen Punkt zu bringen, wo die Anziehungskraft des Mondes die Erdanziehung aufhebt. Die Physik liefert die definitive Untergrenze für die Energie, die man aufbringen muß – das ist der Unterschied zwischen der ›potentiellen Energie‹ einer Masse, die sich im neutralen Punkt befindet, und der potentiellen Energie derselben Masse an der Erdoberfläche. Der Energieerhaltungssatz besagt, daß es mit weniger Energie nicht zu machen ist, egal, wie schlau man es anfängt.

Gegen die Physik kommt man nicht an.

Deswegen ist Raumforschung so teuer. Man braucht eine Menge Treibstoff, um einen Menschen mit einer Rakete in den Weltraum zu bringen. Und noch schlimmer: Man braucht weiteren Treibstoff, um die *Rakete* hinaufzubringen... und weiteren, um den Treibstoff hinaufzubringen... und... So oder so, wir scheinen am Grunde des Gravitationsbrunnens der Erde festzusitzen, und das Ticket nach draußen muß ein Vermögen kosten.

Wirklich?

Zu verschiedenen Zeiten sind ähnliche Berechnungen auf Lebewesen angewandt worden, und das mit bizarren Ergebnissen. Es ist ›bewiesen‹ worden, daß Känguruhs nicht springen, Hummeln nicht fliegen können und daß Vögel aus ihrer Nahrung nicht genug Energie gewinnen können, damit es wenigstens für die Nahrungssuche reicht. Es ist sogar ›bewiesen‹ worden, daß Leben unmöglich ist, da lebende Systeme einen immer höheren Grad an Ordnung erreichen, während aus der

Physik folgt, daß in allen Systemen die Unordnung immer weiter zunimmt. Die wichtigsten Schlußfolgerungen, die Biologen aus derlei Übungen gezogen haben, sind eine tiefe Skepsis gegenüber der Brauchbarkeit der Physik für die Biologie und das angenehme Gefühl der Überlegenheit, da doch Leben offensichtlich weitaus interessanter als Physik ist.

Die richtige Schlußfolgerung lautet, daß man sehr vorsichtig mit den stillschweigenden Voraussetzungen umgehen muß, die man bei solchen Berechnungen macht. Nehmen wir zum Beispiel das Känguruh. Man kann ausrechnen, wieviel Energie ein Känguruh für einen Sprung aufwendet, man kann zählen, wie viele Sprünge es pro Tag macht, und eine Untergrenze für seinen täglichen Energiebedarf ableiten. Bei einem Sprung verläßt das Känguruh den Boden, steigt hoch und kommt wieder herunter, also ist die Berechnung dieselbe wie bei einer Raumrakete. Wenn man alles zusammenzählt, findet man heraus, daß der tägliche Energiebedarf eines Känguruhs etwas zehnmal höher ist als die Energie, die es aus seiner Nahrung gewinnen kann. Schlußfolgerung: Känguruhs können nicht springen. Da sie nicht springen können, können sie keine Nahrung finden, also sind sie alle tot.

Sonderbarerweise wimmelt es in Australien von Känguruhs, die zum Glück keine Ahnung von Physik haben.

Wo liegt der Fehler? Die Berechnung behandelt ein Känguruh, als wäre es ein Sack Kartoffeln. Anstelle von, sagen wir, tausend Känguruhsprüngen pro Tag ermittelt sie die Energie, die benötigt wird, um einen Sack Kartoffeln tausendmal vom Boden zu heben und zurückfallen zu lassen. Aber wenn man sich eine Zeitlupenaufnahme von einem Känguruh ansieht, wie es durchs australische Hinterland hüpft, sieht es nicht wie ein Sack Kartoffeln aus. Es *federt zurück,* springt dahin wie eine große Gummifeder. Während die Beine sich nach oben bewegen, bewegen sich Kopf und Schwanz nach unten und speichern Energie in den Muskeln. Wenn dann die Füße auf den Boden treffen, wird diese Energie freigesetzt, um den nächsten Sprung auszulösen. Da der größte Teil der Energie geborgt und zurückgezahlt wird, wird pro Sprung nur eine winzige Menge Energie benötigt.

Nun ein Assoziationstest für Sie. ›Sack Kartoffeln‹ verhält sich zu ›Känguruh‹ wie ›Rakete‹ – *wozu?* Eine mögliche Antwort wäre eine Weltraumlift. In der Oktobernummer 1945 von *Wireless World* erfand der Science Fiction-Autor Arthur C. Clarke das Konzept einer geostationären Umlaufbahn, das jetzt praktisch allen Nachrichtensatelliten zugrunde liegt. In einer bestimmten Höhe – etwa 35000 km über der Erdoberfläche – umkreist ein Satellit die Erde exakt synchron mit der Erddrehung. Also sieht es vom Erdboden so aus, als würde sich der Satellit nicht bewegen. Das ist nützlich für die Kommunikation: Man kann seine Satellitenantenne in einer festen Richtung einstellen und bekommt immer zusammenhängende, intelligente Signale oder, wenn das nicht möglich ist, so doch wenigstens MTV.

Fast dreißig Jahre später machte Clarke ein Konzept von weitaus größerem technischen Veränderungspotential populär. Man bringt einen Satelliten in eine geostationäre Bahn und läßt ein langes Kabel zum Boden herabhängen. Es muß ein phänomenal starkes Kabel sein. Wir haben die nötige Technik noch nicht, aber ›Karbon-Nanofasern‹, die jetzt im Labor entwickelt werden, kommen diesen Vorstellungen nahe. Wenn man mit der Technik klarkommt, kann man einen 35000 km hohen Aufzug bauen. Die Kosten wären enorm, doch dann könnte man Dinge in den Weltraum befördern, indem man sie einfach am Kabel hochzieht.

Ach, aber gegen die Physik kommt man nicht an! Die

benötigte Energie wäre genau dieselbe, als wenn man eine Rakete benutzte.

Natürlich. Wie die Energie, die man braucht, ein Känguruh in die Höhe zu bringen, die gleiche ist wie bei einem Sack Kartoffeln.

Der Trick besteht darin, eine Möglichkeit zu finden, wie man Energie borgt und zurückzahlt. Der Witz ist: Wenn der Aufzug erst einmal vorhanden ist, kommt nach einer Weile genausoviel herunter, wie hinauffährt. Wenn man auf dem Mond oder auf den Planetoiden Metalle abbaut, wird eigentlich sogar mehr herunter- als heraufkommen. Die Stoffe, die herabfahren, liefern die Energie für jene, die hinauffahren. Im Gegensatz zu einer Rakete, die jedesmal verbraucht wird, wenn man sie abschießt, versorgt sich ein Weltraumlift selbst.

Das Leben ist wie ein Weltraumlift. Womit sich das Leben selbst versorgt, ist nicht Energie, sondern Organisation. Wenn man erst einmal ein derart hochorganisiertes System hat, daß es Kopien von sich selbst herstellen kann, ist der Grad der Organisation nicht mehr ›teuer‹. Die ursprüngliche Investition mag riesig gewesen sein, wie für den Weltraumlift, doch nachdem sie einmal gemacht wurde, ist der Rest umsonst.

Wenn Sie Biologie verstehen wollen, dann brauchen Sie die Physik von Weltraumlifts, nicht die von Raketen.

Wie kann die Magie der Scheibenwelt die Wissenschaft der Rundwelt erhellen? Genauso, wie sich die Kluft zwischen den physikalischen und den biologischen Wissenschaften als viel schmaler erwiesen hat, als wir immer dachten, wird auch die Kluft zwischen Wissenschaft und Magie immer schmaler. Je weiter unsere Technik fortschreitet, um so weniger kann der durchschnittliche Nutzer die mindeste Ahnung haben, wie sie funktioniert. Im Ergebnis wirkt sie immer mehr wie Zauberei. Wie Clarke erkannte, ist diese Tendenz unvermeidlich; Gregory Benford ist weitergegangen und hat sie für wünschenswert erklärt.

Technik funktioniert, weil derjenige, der sie ursprünglich baute, genug von den Regeln des Universums herausgefunden hatte, damit sie das tat, was von ihr verlangt wurde. Man braucht die Regeln nicht *richtig* zu kennen, damit das klappt, nur *richtig genug* – Raumraketen funktionieren gut, obwohl ihre Flugbahnen nach Newtons Ansatz für die Regeln der Gravitation berechnet werden, der weniger genau als der von Einstein ist. Doch was man erreichen kann, ist nachdrücklich eingeschränkt auf das, was die Regeln des Universums zulassen. Bei der Magie hingegen funktionieren Dinge, weil jemand es will. Man muß immer noch den richtigen Zauberspruch finden, doch vorangetrieben wird die Entwicklung von den Wünschen der Menschen (und natürlich von Wissen, Fertigkeit und Erfahrung des Ausführenden). Das ist einer der Gründe, warum Wissenschaft oft unmenschlich erscheint, denn sie betrachtet, wie das Universum *uns* vorantreibt, statt umgekehrt.

Magie ist jedoch nur *ein* Aspekt der Scheibenwelt. Auf der Scheibenwelt gibt es auch jede Menge Wissenschaft – oder zumindest rationale Vorgehensweisen. Bälle werden geworfen und gefangen, die Biologie des Flusses Ankh ähnelt der irdischer Sümpfe oder Rieselfelder, und das Licht breitet sich mehr oder weniger geradlinig aus. Allerdings sehr langsam. Wie wir in *Das Licht der Phantasie* lesen: »Ein neuer Scheibenwelttag dämmerte, aber nur sehr langsam, und zwar aus folgendem Grund: Wenn Licht auf ein starkes magisches Feld trifft, vergißt es plötzlich, was Eile bedeutet. Es wird geradezu träge. Und auf der Scheibenwelt war die Magie besonders stark ausgeprägt. Deshalb glitt das mattgelbe Glühen der Dämmerung wie eine sanfte, liebkosende Hand über die Landschaft – goldenem

Sirup gleich, wie manche Leute meinen.« Dieselbe Passage teilt uns mit, daß es neben rationalen Verfahrensweisen in der Scheibenwelt jede Menge Magie gibt: unverhüllte Magie, die das Licht verlangsamt, Magie, die es der Sonne erlaubt, die Welt zu umkreisen, vorausgesetzt, daß gelegentlich einer der Elefanten ein Bein hebt, um die Sonne durchzulassen. Die Sonne ist klein, nahe und bewegt sich schneller als ihr eigenes Licht. Das scheint keine schwerwiegenden Probleme mit sich zu bringen.

Magie gibt es auch in unserer Welt, aber von anderer, weniger offensichtlicher Art. Sie ereignet sich in der Umgebung eines jeden, in all den kleinen Zusammenhängen, die wir nicht verstehen, sondern einfach hinnehmen. Wenn wir den Schalter betätigen und das Licht angeht. Wenn wir uns in den Wagen setzen und den Motor anlassen. Wenn wir alle diese unwahrscheinlichen und lächerlichen Dinge tun, durch die dank biologischer Zusammenhänge Kinder entstehen. Gewiß verstehen viele Leute – oft ziemlich genau und in Einzelheiten –, was auf bestimmten Gebieten vor sich geht, doch früher oder später erreichen wir alle unseren magischen Ereignishorizont. Clarkes Gesetz stellt fest, daß jede hochentwickelte, weit fortgeschrittene Technik wie Magie aussieht. Unter ›fortgeschritten‹ wird hier für gewöhnlich verstanden: ›wie sie uns von hochentwickelten Außerirdischen oder von Menschen aus der Zukunft gezeigt wird‹, wie wenn man Neandertalern Fernsehen zeigt. Doch wir sollten uns bewußt sein, daß das Fernsehen für fast alle seine *heutigen* Benutzer Magie ist – für die Leute hinter der Kamera wie für die, die vor dem beweglichen Bild in dem komischen Kasten auf dem Sofa sitzen. An einer bestimmten Stelle in dem Vorgang, um es mit den Worten des Karikaturisten S. Harris zu sagen, ›geschieht ein Wunder‹.

Die Wissenschaft gewinnt die Aura von Magie, weil

das Grundmuster einer Zivilisation nach einer Art narrativem Imperativ voranschreitet – es ergibt eine zusammenhängende *Geschichte*. Um 1970 hielt Jack in einer Schule einen Vortrag über ›Die Möglichkeit von Leben auf anderen Planeten‹. Er sprach von der Evolution, davon, woraus Planeten bestehen – alles, was man in so einem Vortrag erwartet. Die erste Frage kam von einem etwa fünfzehnjährigen Mädchen, das fragte: »Sie glauben an die Evolution, nicht wahr?« Der Lehrer wollte die Frage als ›unangebracht‹ übergehen, aber Jack antwortete trotzdem und sagte (ziemlich hochtrabend): »Nein, ich *glaube* nicht an die Evolution, wie die Leute an Gott glauben... Wissenschaft und Technik werden nicht von Leuten vorangebracht, die etwas glauben, sondern von Leuten, die etwas *nicht wissen*, aber ihr Bestes tun, um es herauszufinden... die Dampfmaschine... die Spinning Jenny... das Fernsehen...« Da war sie wieder auf den Füßen. »Nein, so ist das Fernsehen nicht erfunden worden!« Der Lehrer versuchte, den Disput zu mäßigen, indem er sie um eine Erklärung bat, wie denn ihrer Meinung nach das Fernsehen erfunden worden sei. »Mein Vater arbeitet bei Fisher Ludlow und preßt Stahlblech für Autokarossen. Er wird bezahlt und gibt einen Teil des Geldes der Regierung, damit sie ihm Sachen verschafft. Er sagt der Regierung also, daß er fernsehen möchte, und sie bezahlen jemanden dafür, daß er das Fernsehen erfindet, und der tut es!«

In diesen Irrtum kann man sehr leicht verfallen, weil sich die Technik weiterentwickelt, indem sie Ziele verfolgt. Wir erhalten den Eindruck, daß wir nur genug Mittel einzusetzen brauchen, um jedes beliebige Ziel zu erreichen. Dem ist nicht so. Wenn wir genug Mittel einsetzen, können wir alles erreichen, was in Reichweite unseres gegenwärtigen Wissensstandes liegt oder vielleicht, wenn wir Glück haben, ein kleines Stück dahinter. Doch niemand redet von den mißglückten Erfindungen. Niemand versucht Mittel für ein Projekt aufzutreiben, von dem man *weiß*, daß es unmöglich funktionieren kann. Kein Geldgeber wird Forschungsprojekte unterstützen, bei denen niemand weiß, wo begonnen werden soll. Wir könnten alles Geld dieser Welt in die Entwicklung von Antigravitation oder überlichtschnellen Raumflügen stecken und würden nichts erreichen.

Wenn man eine Maschine auseinandernehmen und sehen kann, wie sie funktioniert, bekommt man ein deutliches Gefühl für die Beschränkungen, innerhalb derer sie arbeiten muß. In solchen Fällen wird man Wissenschaft und Magie nicht verwechseln. Die ersten Autos erforderten ein außerordentlich kraftaufwendiges Anlassersystem – man steckte eine große Kurbel in den Motor und mußte ihn buchstäblich ›anwerfen‹. Was der Motor beim Anlassen vollführte, war bekanntermaßen keine Magie. Im Lauf ihrer Entwicklung *bleibt* die Technik für den Benutzer jedoch nicht durchschaubar. Als mehr Menschen Autos benutzten, wurde immer mehr von der offensichtlichen Technik durch Symbole ersetzt. Man betätigte Schalter mit Aufschriften, damit etwas geschah. Das ist unsere Version des Zauberspruchs: Man drückt einen Knopf mit der Aufschrift ›Kaltstart‹, und der Motor führt alles, was zum Kaltstart gehört, selbst aus. Wenn Oma fahren will, braucht sie nicht viel mehr zu tun, als aufs Gaspedal zu treten. Den Rest erledigen kleine Dämonen mittels Magie.

Dieser Vorgang ist der Kern des Verhältnisses von Wissenschaft und Magie in unserer Welt. Das Universum, in das wir hineingeboren wurden und in dem sich unsere Art entwickelt hat, funktioniert nach Regeln – und die Wissenschaft ist die Methode, wie wir herauszufinden versuchen, welche Regeln dies sind. Doch das Universum, das wir für uns aufzubauen im Begriff sind, ist ein Universum, das für jeden mit Ausnahme der

Mitglieder des Entwicklungsteams – und höchstwahrscheinlich sogar für diese – mit Hilfe von Magie funktioniert.

Eine besondere Art von Magie gehört zu jenen Dingen, die den Menschen dazu gemacht haben, was er ist. Sie heißt Bildung. Mit Hilfe von Bildung geben wir eine Idee von einer Generation an die nächste weiter. Wenn wir wie Computer wären, könnten wir unseren Geist auf unsere Kinder *kopieren*, damit sie in Übereinstimmung mit den Ansichten aufwüchsen, die uns lieb und teuer sind. Nun ja, im Grunde täten sie das nicht, obwohl sie auf diese Weise anfangen könnten. Bildung hat einen Aspekt, auf den wir Sie aufmerksam machen möchten. Wir nennen ihn ›Lügen-für-Kinder‹. Uns ist bewußt, daß manche Leser etwas gegen das Wort ›Lügen‹ haben könnten – auf einer wissenschaftlichen Konferenz gerieten Ian und Jack in schreckliche Schwierigkeiten mit ein paar Schweden, die den Ausdruck wörtlich und fürchterlich ernst nahmen und etliche Tage damit zubrachten, zu widersprechen, es sei keine *Lüge*. Es ist eine Lüge. Es ist, wenn auch aus den besten Gründen, so doch eine Lüge. Eine Lüge-für-Kinder ist eine Behauptung, die falsch ist, aber trotzdem das Denken des Kindes zu einer richtigeren Erklärung hinführt, zu einer Erklärung, die das Kind nur dann zu schätzen weiß, wenn es zunächst mit einer Lüge vorbereitet worden ist.

Die frühen Stadien der Bildung *müssen* eine Menge Lügen-für-Kinder enthalten, denn frühe Erklärungen müssen einfach sein. Wir leben aber in einer komplexen Welt, und Lügen-für-Kinder müssen zum gegebenen Zeitpunkt durch komplexere Geschichten ersetzt werden, wenn sie nicht echte Lügen mit Zeitzünderwirkung werden sollen. Leider besteht das, was die meisten von uns von Wissenschaft wissen, aus der unklaren

Erinnerung an Lügen-für-Kinder. Zum Beispiel der Regenbogen. Wir erinnern uns alle, wie man uns in der Schule erzählt hat, daß Glas und Wasser das Licht in seine Spektralfarben zerlegen – es gibt sogar ein hübsches Experiment, bei dem man sie *sehen* kann –, und man hat uns gesagt, daß dadurch der Regenbogen entsteht, aus Licht, das durch Regentropfen dringt. Als Kinder sind wir nie auf den Gedanken gekommen, daß das zwar die Farben des Regenbogens erklärt, aber nicht seine Form. Ebensowenig erklärt es, wieso sich das Licht der vielen verschiedenen Regentropfen bei einem Gewitter derart zusammenfügt, daß ein leuchtender Bogen entsteht. Warum verwischt es sich nicht? Hier ist nicht der Ort, Ihnen von der eleganten Geometrie des Regenbogens zu erzählen – aber Sie sehen, warum ›Lüge‹ gar kein so heftiger Ausdruck ist. Die Schulerklärung lenkt unsere Aufmerksamkeit vom wahren Wunder des Regenbogens ab, vom Zusammenspiel aller Regentropfen, indem sie vorgibt, mit den Farben sei alles erklärt.

Andere Beispiele von Lügen-für-Kinder sind die Vorstellung, das Magnetfeld der Erde sei wie ein großer Stabmagnet mit den Aufschriften N und S; das Bild vom Atom als einem Miniatur-Sonnensystem; die Idee, eine lebende Amöbe sei ein Milliarden Jahre alter ›primitiver‹ Organismus; das Bild von der DNA als Konstruktionszeichnung für ein Lebewesen und der Zusammenhang zwischen Relativität und Einsteins Frisur (das ist ein verrückter Einfall, wie ihn nur Leute mit *solchen* Haaren haben). Die Quantenmechanik hat kein öffentliches Symbol dieser Art – sie erzählt keine einfache Geschichte, die ein Laie erfassen und behalten kann –, daher fühlt man sich bei ihr unbehaglich.

Wenn man in einer komplexen Welt lebt, muß man sie vereinfachen, um sie verstehen zu können. Genau das bedeutet ›verstehen‹. In unterschiedlichen Stadien der Bildung sind unterschiedliche Grade der Vereinfachung angebracht. Lügner-für-Kinder ist ein ehrenwerter und unerläßlicher Beruf, auch als ›Lehrer‹ bekannt. Ein Ziel erreicht Unterricht aber nicht – obwohl viele Politiker es felsenfest glauben, was wiederum ein Problem ist: Er errichtet kein zeitloses Gebäude von ›Tatsachen‹.* Immer wieder muß man Wissen, das man sicher zu haben glaubt, aufgeben und es durch etwas Subtileres ersetzen. Um diesen *Prozeß* geht es in der Wissenschaft, und er hört nie auf. Das heißt auch, daß Sie nicht alles, was *wir* sagen, für der Weisheit letzten Schluß halten sollten, denn wir gehören einem anderen, ebenso ehrenwerten Beruf an: Lügner-für-Leser.

Auf der Scheibenwelt ist eine von Ponder Stibbons Lügen-für-Zauberer im Begriff, ernstlich aus dem Ruder zu laufen.

---

* Als Menschen haben wir eine Menge nützliche Arten von Lügen erfunden. Wie Lügen-für-Kinder (»soviel sie verstehen können«) gibt es Lügen-für-Chefs (»soviel sie wissen sollten«), Lügen-für-Patienten (»was sie nicht wissen, wird ihnen keine Sorgen bereiten«) und aus allen möglichen Gründen Lügen-für-*uns-selbst*. Lügen-für-Kinder sind einfach eine weitverbreitete und notwendige Art von Lügen. Universitäten kennen zur Genüge die klugen, gut ausgebildeten Schulabgänger, die ein Studium beginnen und dann schockiert sind, wenn sie feststellen, daß Biologie und Physik nicht ganz das sind, was man ihnen bisher beigebracht hat. »Ja, aber Sie mußten *das* verstehen«, sagt man ihnen, »damit wir Ihnen *jetzt* sagen können, warum es nicht exakt *wahr* ist.« Lehrer auf der Scheibenwelt wissen das und benutzen diese Methode, um zu demonstrieren, warum Universitäten wahrlich Lagerhäuser des Wissens sind: Studenten kommen von der Schule im festen Glauben, daß sie nahezu alles wissen, und Jahre später gehen sie mit der Gewißheit ab, praktisch nichts zu wissen. Wo ist das Wissen geblieben? In der Universität natürlich, wo es sorgfältig getrocknet und gelagert wird.

FÜNF

Das Rundwelt-Projekt

Erzkanzler Ridcully erwachte aus einem Nachmittagsschläfchen, in dem er durch eine backofenheiße Wüste unter einem Flammenwerferhimmel gewandert war. Er mußte feststellen, daß dies im großen und ganzen der Realität entsprach.

Heißer Dampf zischte aus allen Verbindungsstellen des Heizkörpers in der Ecke. Ridcully schritt durch die stickige Luft und berührte vorsichtig den Radiator.

»Au! Verdammt!«

Er saugte an der rechten Hand, und mit der linken löste er den Schal vom Hals. Dann trat er in den Korridor und in eine Welt, die wie die Hölle mit eingeschalteter Heizung wirkte. Dampf wogte durch den Flur, und irgendwo weit oben erklang das einmal-gehörte-und-nie-vergessene *Prasseln* einer hochenergetischen magischen Entladung.

»Würde mir bitte jemand erklären, was zum *Kuckuck* hier los ist?« fragte Ridcully die Universität.

So etwas wie ein Eisberg ragte weiter vorn aus dem Dampf – der Dekan.

»Ich möchte *keinen* Zweifel daran lassen, daß ich mit dieser Angelegenheit nicht das geringste zu tun habe.«

Ridcully wischte den Schweiß fort, der sich auf seiner Stirn bildete.

»Warum trägst du nur deine Unterhose, Dekan?«

»Ich… Nun, in meinem Zimmer ist es *brütend*heiß…«

»Ich verlange, daß du *irgend etwas* anziehst, Mann. Du siehst vollkommen unhygienisch aus!«

Erneut kam es zu einer magischen Entladung. Funken stoben von Ridcullys Fingerspitzen.

»Das habe ich *gespürt!*« sagte er und lief in sein Zimmer zurück.

Durchs Fenster beobachtete er, wie auf der anderen Seite des Gartens die Luft über dem Forschungstrakt für hochenergetische Magie flimmerte. Purpurne Linien tasteten hin und her, erreichten die beiden großen Bronzekugeln auf dem Dach, bildeten ein Zickzackmuster...

Ridcully reagierte wie ein typischer Zauberer: Er warf sich zu Boden und rollte zur Seite, bevor die Druckwelle der Entladung das Fenster zertrümmerte.

Der Schnee schmolz auf den Dächern. Wasser strömte von jedem Eiszapfen.

Eine große Tür schwankte und kratzte über den dampfenden Rasen.

»Um Himmels willen, Dekan, heb dein Ende der Tür an!«

Die Tür rutschte erneut.

»Sie ist zu schwer, Ridcully! Immerhin besteht sie aus massivem Eichenholz!«

»Worüber ich mich sehr freue!«

Ridcully und der Dekan schoben die Tür weiter, während sie miteinander stritten. Der Rest der Fakultät folgte ihnen und duckte sich hinter den behelfsmäßigen Schild.

Die Abstände zwischen den einzelnen Entladungen schrumpften immer mehr, und von den Bronzekugeln ging ein lauter werdendes Summen aus. Sie waren, zum allgemeinen Gespött, installiert worden, um gelegentliche Ansammlungen chaotischer Magie abzuleiten. Jetzt hob unheimliches Licht ihre Konturen hervor.

»Wir wissen natürlich, was das alles zu bedeuten hat, nicht wahr, Stibbons?« fragte Ridcully, als sie den Eingang des Forschungstrakts erreichten.

»Das Gefüge der Realität wird zerrissen, wodurch wir Gefahr laufen, den Geschöpfen der Kerkerdimensionen zum Opfer zu fallen?« murmelte Stibbons, der sich den Zauberern angeschlossen hatte.

»Da hast du völlig *recht,* Stibbons! Und das wollen wir doch nicht, oder, Stibbons?«

»Nein, Herr.«

»Nein, Herr! Auf keinen Fall, Herr!« donnerte Ridcully. »Es könnte wieder dazu führen, daß es hier überall von Tentakeln wimmelt. Und niemand von uns möchte, daß es hier überall von Tentakeln wimmelt, oder?«

»Nein, Herr.«

»Nein, Herr! Also schalte das verdammte Ding *aus*!«

»Aber uns droht gewiß der Tod, wenn wir...« Ponder unterbrach sich, schluckte und begann noch einmal von vorn. »Wir müßten mit dem *ungewissen* Tod rechnen, wenn wir jetzt den Squashplatz betreten, Erzkanzler. Bestimmt gibt es dort Millionen von Thaum unstrukturierter Magie. Unter solchen Umständen könnte praktisch alles geschehen!«

Im Innern des Forschungstrakts für hochenergetische Magie vibrierte die Decke. Das ganze Gebäude schien zu tanzen.

»Als der Squashplatz entstand, wußten die Leute noch, wie man ordentlich baut, oder?« sagte der Dozent für neue Runen in einem bewundernden Tonfall. »Nun, der *Zweck* bestand natürlich darin, große Mengen an Magie festzuhalten...«

»Selbst wenn wir den Apparat ausschalten *könnten*«, sagte Ponder. »Ich glaube, das wäre kein guter Einfall.«

»Klingt viel besser als das, was derzeit geschieht«, meinte der Dekan.

»Ist das Fallen durch die Luft besser als der Aufprall auf dem Boden?« fragte Ponder.

Ridcully holte zischend Luft.

»Guter Hinweis«, sagte er. »Es könnte zu einer Art Implosion oder so kommen. Etwas so Großes läßt sich nicht einfach *anhalten.* Etwas Schlimmes würde passieren.«

»Das Ende der Welt?« fragte der Oberste Hirte mit zittriger Stimme.

»Vermutlich das Ende dieses Teils der Welt«, antwortete Ponder.

»Sprechen wir hier vielleicht von einem tiefen, zwanzig Meilen durchmessenden Tal, umgeben von einem Ring aus Bergen?« fragte Ridcully und sah zur Decke. Feine Risse entstanden dort und bildeten ein komplexes Muster.

»Ja, Herr. Wer auch immer diese Sache in Loko versuchte: Ich frage mich, ob es ihm tatsächlich gelang, das Ding auszuschalten…«

Die Wände ächzten. Hinter Ponder rasselte etwas. Er erkannte das Geräusch, obwohl es sich fast im Getöse verlor: HEX traf Vorbereitungen für den Einsatz seiner Schreibvorrichtung. Ponder dachte in diesem Zusammenhang immer an ein mechanisches Räuspern.

Der Federkiel bewegte sich in einer komplizierten Anordnung aus Fäden und Federn. Er schrieb:

+++ Dies könnte ein geeigneter Zeitpunkt für das Rundwelt-Projekt sein +++

»Wovon redest du da, Mann?« fauchte Ridcully, der nie die wahre Natur von HEX verstanden hatte.

»Ach, *das?*« erwiderte der Dekan. »Meine Güte, es existiert schon seit einer *Ewigkeit.* Als ein Gedankenexperiment. Es läßt sich nicht realisieren. Weil es vollkommen absurd ist und zuviel Magie verbrauchen würde.«

»Nun, derzeit *haben* wir zuviel Magie«, wandte Ridcully ein. »Und wir benötigen etwas, wodurch sie sich verbraucht.«

Stille folgte diesen Worten. Besser gesagt: Die Zauberer schwiegen. Über ihnen flackerte Magie gen Himmel, begleitet von einem Geräusch, das nach entweichendem Gas klang.

»Wir können nicht zulassen, daß sich hier noch mehr chaotische Magie ansammelt«, fuhr Ridcully fort. »Was hat es mit dem Rundwelt-Projekt auf sich?«

»Es... Nun, jemand spekulierte, daß es möglich sein könnte, einen... Ort zu schaffen, wo die Gesetze der Magie keine Gültigkeit haben«, sagte Ponder. »Dadurch wäre es möglich, mehr über Magie herauszufinden.«

»Magie ist *überall*«, stellte Ridcully fest. »Sie *gehört* zum Überall.«

»Ja, Herr«, sagte Ponder und beobachtete den Erzkanzler aufmerksam.

Es knackte in der Decke.

»Welchen Sinn hätte so etwas überhaupt?« fragte Ridcully, der noch immer laut dachte.

»Nun, Herr, genausogut könntest du fragen, welchen Sinn ein neugeborenes Kind hat...«

»Nein, eine solche Frage käme mir nie in den Sinn«, entgegnete Ridcully. »Außerdem finde ich sie sehr verdächtig.«

Die Zauberer duckten sich, als oben eine weitere Entladung krachte, gefolgt von einem lauten Donnern.

»Ich glaube, die Bronzekugeln sind gerade explodiert, Herr«, sagte Ponder.

»Na schön, wie lange würde es dauern, das Projekt einzuleiten?« erkundigte sich Ridcully.

»Monate«, sagte der Dekan.

»Uns bleiben etwa zehn Sekunden bis zur nächsten Entladung, Herr«, teilte Ponder dem Erzkanzler mit. »Allerdings fehlen jetzt die Bronzekugeln, was bedeutet, daß es zu einer Erdung kommen wird...«

»Ah. Oh. Tatsächlich? Nun...« Ridcully musterte die anderen Zauberer, als die Wände erneut zu zittern begannen. »War nett, euch gekannt zu haben. Einige von euch. Den einen oder anderen...«

Das Summen sich verdichtender Energie schwoll zu einem Heulen an.

Der Dekan räusperte sich.

»Ich möchte noch etwas sagen, Mustrum«, verkündete er.

»Ja, alter Freund?«

»Ich möchte darauf hinweisen, daß ich… daß ich bestimmt ein besserer Erzkanzler als du gewesen wäre.«

Das Heulen verklang. Die Stille *pitschte.* Die Zauberer hielten den Atem an.

Etwas machte *Ping*.

Eine etwa dreißig Zentimeter durchmessende Kugel schwebte zwischen den Angehörigen der Fakultät. Sie schien aus Glas zu bestehen, hatte den Glanz von Perlmutt *ohne* Perlmutt.

»Lieber Himmel, was ist *das* denn?« fragte Ridcully, als sich die Zauberer wieder aufrichteten.

HEX rasselte. Ponder griff nach dem Papier.

»Nun, hier steht, daß es sich um das Rundwelt-Projekt handelt«, sagte er. »Und es absorbiert die gesamte Energie des thaumischen Meilers.«

Der Dekan klopfte sich Staub vom Mantel.

»Unsinn«, sagte er. »So etwas braucht Monate. Außerdem: Woher soll der Apparat die ganzen Zauberformeln kennen?«

»Im letzten Jahr hat Adrian Rübensaat viele Grimoires kopiert und dem Programm hinzugefügt«, erklärte Ponder. »Wißt ihr, es ist wichtig, daß HEX die grundlegende Zauberformelstruktur kennt.«

Der Oberste Hirte betrachtete verärgert die Kugel.

»Und das ist alles?« fragte er. »Scheint die Mühe kaum wert zu sein.«

Es kam zu einem schrecklichen Augenblick, als der Dekan an die Kugel herantrat und seine enorm vergrößerte Nase darin erschien.

»Der alte Erzkanzler Mieselgram hat das Projekt entwickelt«, sagte er. »Alle anderen meinten, es sei unmöglich…«

»Herr Stibbons?« fragte Ridcully.

»Ja, Herr?«

»Besteht derzeit die Gefahr, daß hier alles in die Luft fliegt?«

»Ich glaube nicht, Herr. Das… Projekt saugt die ganze Energie auf.«

»Sollte die Kugel dann nicht glühen oder so? Was enthält sie?«

HEX schrieb: +++ Nichts +++

»Die ganze Magie verschwindet im leeren Raum?«

+++ Leerer Raum ist nicht mit Nichts gleichzusetzen, Erzkanzler. Das Projekt enthält nicht einmal leeren Raum. Es gibt keine Zeit, in der er leer sein könnte +++

»Was befindet sich dann im Innern der Kugel?«

+++ Ich überprüfe es +++, schrieb HEX geduldig.

»Seht nur, ich kann die Hand hineinstecken«, sagte der Dekan.

Die Zauberer beobachteten entsetzt das Geschehen. Die Finger des Dekans zeichneten sich dunkel im Innern der Kugel ab, umgeben von Tausenden winziger, blinkender Lichter.

»Das war ziemlich dumm von dir«, kommentierte Ridcully. »Woher hast du gewußt, daß es nicht gefährlich ist?«

»Ich wußte es gar nicht«, erwiderte der Dekan fröhlich. »Es fühlt sich… eigenartig an. Und ziemlich kalt. Und es kratzt auf sonderbare Art und Weise.«

HEX rasselte. Ponder kehrte zurück und griff nach dem Papier.

»Es fühlt sich fast *klebrig* an, wenn ich die Finger bewege«, sagte der Dekan.

»Äh… Dekan?« Ponder kam mit vorsichtigen Schritten näher. »Ich glaube, es wäre eine wirklich gute Idee, wenn du die Hand ganz, ganz vorsichtig und so bald wie möglich aus der Kugel zögst.«

»Komisch, jetzt fängt's an zu prickeln…«

»Sofort, Dekan! Zieh die Hand sofort zurück!«

Das Drängen in Ponders Stimme durchdrang die kosmische Zuversicht des Dekans. Er drehte den Kopf, um mit Ponder Stibbons zu streiten, und nur eine Sekunde später erschien ein weißer Fleck im Zentrum der Kugel. Er dehnte sich schnell aus.

Die Kugel flackerte.

»Kennt jemand die Ursache dafür?« fragte der Oberste Hirte. In seinem Gesicht spiegelte sich das vom Projekt ausgehende und heller werdende Licht wider.

»Ich *glaube*«, sagte Ponder langsam und hob HEX' Ausschrieb, »es liegt daran, daß Zeit und Raum gerade begonnen haben.«

HEX' sorgfältig geschriebene Schriftzeichen bildeten folgende Worte: +++ Bei Abwesenheit von Dauer und Dimension muß es *Potentialität* geben. +++

Und die Zauberer betrachteten das Universum, das da wuchs inmitten der Kugel, und sie sprachen unter sich: »Es ist ziemlich klein, findet ihr nicht? Ist es schon Zeit fürs Essen?«

Später fragten sich die Zauberer, ob das neue Universum vielleicht anders beschaffen gewesen wäre, wenn der Dekan seine Finger auf eine andere Art und Weise bewegt hätte. Möglicherweise wäre die Materie im neu entstandenen Kosmos zu Gartenmöbeln herangewachsen, um ein Beispiel zu nennen, oder zu einer riesigen neundimensionalen Blume mit einem Durchmesser von einer Trillion Meilen. Aber Erzkanzler Ridcully wies darauf hin, dies sei kein besonders nützliches Denken, und zwar wegen eines uralten Prinzips, das er WDSIDWDBHUDSDNJ* nannte.

---

* Was du siehst, ist das, was du bekommen hast, und deshalb solltest du nicht jammern.

SECHS

Beginnen und Werden

Potentialität ist der Schlüssel.

Unsere nächste Aufgabe ist es, mit einer Menge Vakuum und ein paar Regel anzufangen und Sie zu überzeugen, daß ihnen ein enormes Potential innewohnt. Wenn genug Zeit ist, können sie zu Menschen, Schildkröten, Wetter, dem Internet führen – genug. *Woher kam das ganze Vakuum?* Entweder ist das Weltall schon immer dagewesen, oder erst gab es kein Weltall, und dann gab es eins. Die zweite Aussage paßt hübsch zur menschlichen Vorliebe für Schöpfungsmythen. Sie zieht auch die Wissenschaftler unserer Tage an – möglicherweise aus demselben Grund. Lügen-für-Kinder stekken tief.

Ist Vakuum nicht einfach... leerer Raum? Was war da, ehe es Raum gab? Wie macht man Raum? Aus Vakuum? Ist das nicht ein Teufelskreis? Wenn wir in der Vergangenheit keinen Raum hatten, wie kann es dann einen Ort gegeben haben, an dem was auch immer existieren konnte? Und wenn es keinen Ort gab, wo es existieren konnte, wie brachte es es dann fertig, Raum zu machen? Vielleicht war der Raum schon da... Aber warum? Und was ist mit der *Zeit*? Im Vergleich zur Zeit ist der Raum einfach. Raum ist bloß... ein Ort, wo Materie hinkommen kann. Materie ist bloß... Stoff. Aber die Zeit – die Zeit fließt, die Zeit vergeht, die Zeit hat Sinn in der Vergangenheit und in der Zukunft, aber nicht in der augenblicklichen, erstarrten Gegenwart. Was bringt die Zeit zum Fließen? Könnte der Fluß der Zeit angehalten werden? *Was geschähe dann?*

Es gibt kleine Fragen, es gibt mittelgroße Fragen, und es gibt große Fragen. Nach denen noch größere Fragen kommen, riesige Fragen und Fragen von solchen Ausmaßen, daß man sich schwer vorstellen kann, welche Reaktion als Antwort gelten könnte.

Die kleinen Fragen kann man für gewöhnlich erkennen: Sie sehen ungeheuer kompliziert aus. Sätze wie ›Welche Molekularstruktur hat das linksdrehende Isomer der Glukose?‹ Wenn die Fragen größer werden, werden sie trügerisch einfacher: ›Warum ist der Himmel blau?‹ Die *wirklich* großen Fragen sind *so* einfach, daß es verwunderlich erscheint, daß die Wissenschaft keine Ahnung hat, wie sie sie beantworten soll: ›Warum läuft das Weltall nicht rückwärts?‹ oder ›Warum sieht Rot *so* aus?‹

Das alles läuft darauf hinaus, daß es viel einfacher ist, eine Frage zu stellen, als sie zu beantworten, und je spezieller eine Frage ist, um so länger sind die Wörter, die man erfinden muß, um sie zu stellen. Überdies, je größer eine Frage ist, um so mehr Leute interessieren sich dafür. Um linksdrehende Glukose kümmert sich kaum jemand, aber fast alle möchten wir wissen, warum Rot so aussieht, wie es aussieht, und wir fragen uns insgeheim, ob es wohl für alle anderen genauso aussieht.

Draußen an den Rändern des wissenschaftlichen Denkens liegen Fragen, die groß genug sind, um fast jeden zu interessieren, aber klein genug, daß eine Chance bleibt, sie halbwegs exakt zu beantworten. Es sind Fragen wie ›Wie hat das Weltall begonnen?‹ und ›Wie wird es enden?‹ (›Was passiert dazwischen?‹ ist etwas ganz anderes.) Wir wollen von vornherein zugeben, daß die gegenwärtigen Antworten auf solche Fragen von verschiedenen zweifelhaften Annahmen abhängen. Frühere Generationen waren absolut überzeugt, daß ihre wissenschaftlichen Theorien so gut wie perfekt seien, nur damit sich herausstellte, daß sie den

Kern der Sache völlig verfehlt hatten. Warum sollte es mit unserer Generation anders sein? Hüten Sie sich vor wissenschaftlichen Fundamentalisten, die Ihnen einreden wollen, alles sei ziemlich fertig ausgearbeitet und nur noch hier und da eine Kleinigkeit zu klären. Gerade wenn die Mehrheit der Wissenschaftler so etwas glaubt, tritt die nächste Revolution in unserem Weltbild ins Leben, obwohl ihre schwachen ersten Schreie im ohrenbetäubenden Gebrüll der Orthodoxie untergehen.

Werfen wir einen Blick auf die gegenwärtigen Ansichten, wie das Universum begann. Eine der Feststellungen, die wir werden machen müssen, lautet, daß Menschen Schwierigkeiten mit dem Konzept von ›Beginnen‹ haben. Und noch mehr Schwierigkeiten, muß man sagen, mit ›Werden‹. Unser Denken hat sich entwickelt, um ziemlich spezifische Aufgaben zu lösen, wie einen Partner auszuwählen, Bären mit einem spitzen Stock zu töten und eine Mahlzeit zu kriegen, ohne eine zu *werden*. Wir waren überraschend gut darin, diese Module für Zwecke anzuwenden, für die sie niemals ›bestimmt‹ waren – das heißt für Aufgaben, für die sie während ihrer Evolution nicht *benutzt* wurden, denn eine bewußte Bestimmung hat es nicht gegeben –, wie eine Route das Matterhorn hinauf zu planen, Bilder aus den Zähnen von Seelöwen oder Eisbären zu schnitzen* und den Brennpunkt eines komplexen Kohlenwasserstoffmoleküls zu berechnen. Wegen der Art, wie sich unsere Denkmodule entwickelt haben, denken wir uns Anfänge analog zu der Art, wie der Tag beginnt, und unter Werden stellen wir uns vor, wie ein Eisbärzahn zu einem geschnitzten Amulett wird oder wie eine lebende Spinne tot wird, wenn wir sie zerquetschen.

Das heißt: Anfänge beginnen irgendwo (an dem Ort,

* Nicht, solange sie sich noch im Eisbären befinden.

wo was auch immer *beginnt*), und Veränderungen machen Ding Eins zu Ding zwei, indem sie es über eine klar definierte Grenze stoßen (der Zahn war nicht geschnitzt, aber jetzt ist er es; die Spinne war nicht tot, aber jetzt ist sie's). Leider funktioniert das Universum nicht auf so einfältige Weise, daher haben wir erhebliche Schwierigkeiten, wenn wir darüber nachdenken, wie ein Weltall beginnen kann oder wie eine Eizelle und eine Spermazelle zu einem lebenden Kind werden können.

Lassen wir das Werden zunächst beiseite und denken wir übers Beginnen nach. Dank unseren in der Evolution erworbenen Vorurteilen neigen wir zu der Ansicht, der Beginn des Universums sei eine besondere Zeit, vor der das Universum nicht existierte und nach der es vorhanden war. Weiterhin muß, als das Universum vom Nichtsein zum Sein wechselte, etwas die Veränderung *verursacht* haben – etwas, das vor dem Anfang des Universums da war, sonst hätte es das Entstehen des Universums nicht verursachen können. Wenn man jedoch berücksichtigt, daß der Beginn des Universums auch der Beginn des Raumes und der Anfang der Zeit ist, ist diese Sichtweise entschieden problematisch. Wie kann es ein Vorher geben, wenn die Zeit noch nicht angefangen hat? Wie kann es eine Ursache für den Anfang des Universums geben, wenn kein Raum vorhanden ist, in dem das geschehen kann, und keine Zeit, zu der es sich ereignet?

Vielleicht existierte schon etwas anderes... Aber jetzt müssen wir feststellen, wie *das* anfing, und es entstehen dieselben Schwierigkeiten. Na gut, bringen wir's hinter uns: Etwas – vielleicht das Weltall selbst, vielleicht ein Vorgänger – ist immer dagewesen. Es hatte keinen Anfang, es war einfach da, immerzu.

Zufrieden? Dinge, die es schon immer gegeben hat, brauchen nicht erklärt zu werden, weil sie keine Ursache benötigen? Aus welcher Ursache sind sie dann schon immer dagewesen?

Wir kommen jetzt nicht umhin, den Schildkrötenwitz zu erwähnen. Nach der indischen Legende ruht die Erde auf den Rücken von vier Elefanten, die auf einer Schildkröte stehen. Doch worauf stützt sich die Schildkröte? In der Scheibenwelt braucht sich Groß-A'Tuin auf nichts zu stützen, sondern schwimmt durchs Weltall, ohne sich um ihren Halt zu kümmern. Da ist Magie am Werk: Weltentragende Schildkröten *sind eben so.* Doch der alten Dame zufolge, die für die indische Kosmologie eintrat und der ein gelehrter Astronom dieselbe Frage stellte, gibt es eine andere Antwort: »Lauter Schildkröten, immer weiter abwärts!« Das Bild eines unendlichen Stapels von Schildkröten ist ohne weiteres grotesk, und die wenigsten Menschen halten es für eine befriedigende Erklärung. Sogar die *Art* der Erklärung finden die wenigsten Menschen befriedigend, und sei es nur, weil sie nicht erklärt, worauf sich der unendliche Stapel von Schildkröten stützt. Doch die meisten von uns sind ziemlich zufrieden, wenn der Ursprung der Zeit mit dem Satz »Sie ist immer dagewesen« erklärt wird. Selten betrachten wir diese Aussage genau genug, um zu erkennen, daß sie eigentlich bedeutet: ›Lauter Zeit, immer weiter zurück.‹ Wenn man nun ›Zeit‹ durch ›Schildkröten‹ und ›zurück‹ durch ›abwärts‹ ersetzt… Jeder Augenblick Zeit stützt sich auf den vorangehenden Augenblick – das heißt, er ist dessen kausale Folge. Schön, aber das erklärt nicht, warum die Zeit existiert. Was hält den ganzen Stapel?

Das alles bringt uns in ernste Verlegenheit. Wir haben Schwierigkeiten, von der Zeit als einer Sache zu denken, die *ohne* Vorgänger beginnt, denn dann ist schwerlich zu sehen, wie die Kausalität beschaffen sein soll. Doch wir haben ebenso häßliche Probleme, wenn wir von der Zeit als einer Sache *mit* einem Vorgänger denken, denn dann stoßen wir auf das Dilemma mit dem Stapel von Schildkröten. Ähnliche Schwierigkeiten haben wir mit dem Raum: Entweder erstreckt er sich endlos immer weiter, dann haben wir ›lauter Raum, immer weiter nach draußen‹, und wir brauchen einen noch größeren Ort, um die ganze Sache unterzubringen, oder er hört auf, und dann fragen wir, was sich dahinter befindet.

Der springende Punkt ist, daß keine von diesen Möglichkeiten befriedigt und der Ursprung von Raum und Zeit zu keinem der Modelle paßt. Das Weltall gleicht keinem Dorf, das an einem Zaun oder einer gedachten Linie auf dem Boden endet, ebensowenig gleicht es der fernen Wüste, die in der Unendlichkeit zu verschwinden scheint, sich in Wahrheit aber nur zu weit erstreckt, als daß wir das Ende deutlich sehen könnten. Die Zeit gleicht keinem Menschenleben, das mit der Geburt beginnt und mit dem Tode endet, noch gleicht sie dem verlängerten Menschenleben, das man in vielen Religionen findet, wo die menschliche Seele nach dem Tode auf unbegrenzte Zeit weiterlebt, oder dem weitaus selteneren Glauben (dem zum Beispiel die Mormonen anhängen), daß ein Aspekt jedes Menschen irgendwie schon in einer unbegrenzten Vergangenheit vorhanden war.

Wie also begann das Universum? ›Beginnen‹ ist das falsche Wort. Nichtsdestoweniger gibt es gewichtige Indizien, daß das Alter des Universums etwa 15 Milliarden Jahre* beträgt, also existierte nichts – weder Raum

---

* Diese Zahl ersetzt den früher bevorzugten Wert von etwa 20 Milliarden Jahren. In letzter Zeit haben zahlreiche Wissenschaftler kollektiv entschieden, daß es eher 15 Milliarden sein sollen. (Eine Zeitlang sah es so aus, als seien einige Sterne älter als das Universum, doch das Alter jener Sterne ist auch nach unten korrigiert worden.) Unter anderen Umständen hätten sie sich durchaus für 20 Milliarden entscheiden können. Wenn Ihnen das Kummer bereitet, setzen Sie den Begriff ›eine sehr lange Zeit‹ ein.

noch Zeit – vor einem Augenblick, der rund 15 Milliarden Jahre zurückliegt. Sie sehen, wie unsere vom Narrativium angetriebene Semantik uns verwirrt. Das heißt *nicht,* daß man, wenn man 15 Milliarden und ein Jahr zurückginge, nichts vorfände. Es heißt, man kann nicht 15 Milliarden und ein Jahr zurückgehen. Diese Zeitangabe hat keinen Sinn. Sie bezieht sich auf *eine Zeit vor dem Beginn der Zeit,* was logisch ein Widerspruch in sich selbst ist, erst recht physikalisch.

Die Kosmologen sind sich ziemlich einig, daß folgendes geschah: Das Universum entstand als winziges Fleckchen von Raum und Zeit. Die Menge des Raums innerhalb dieses winzigen Fleckchens nahm rapide zu, und die Zeit verging, so daß ›rapide‹ tatsächlich eine Bedeutung hatte. Alles, was es heute gibt – bis hinaus in die fernsten Tiefen des Raumes –, stammt von jenem erstaunlichen Beginn. Umgangssprachlich ist das Ereignis als Urknall oder ›Big Bang‹ bekannt. Der Name gibt mehrere Eigenschaften des Vorgangs wieder – zum Beispiel war dieses winzige Fleckchen Raum/Zeit ungeheuer heiß und nahm extrem schnell an Größe zu. Es war wie eine große Explosion – aber es gab keine Stange kosmisches Dynamit, die da mit immaterieller brennender Lunte im Nichtraum steckte, während eine Art vor-zeitliche Pseudo-Uhr die Sekunden bis zur Detonation zählte. Was explodierte, war – nichts. Raum, Zeit und Materie sind die *Ergebnisse* dieser Explosion: An ihrer Ursache hatten sie keinen Anteil. Tatsächlich hatte es in einem sehr wirklichen Sinne *keine Ursache.*

Es gibt zweierlei Indizien für den Urknall. Das erste Indiz ist die Entdeckung, daß sich das Weltall ausdehnt. Das zweite ist die Tatsache, daß man ›Echos‹ des Urknalls noch heute feststellen kann. Die Möglichkeit, daß das Weltall größer werden könnte, tauchte erstmals in mathematischen Lösungen für Gleichungen auf, die Albert Einstein formuliert hatte. Einstein betrachtete die

Raumzeit als ›gekrümmt‹. Ein Körper, der sich durch gekrümmte Raumzeit bewegt, weicht von seinem normalen geradlinigen Weg ab wie eine Murmel auf einer gekrümmten Fläche. Diese Abweichung kann als ›Kraft‹ gedeutet werden – etwas, das den Körper von der ideal geraden Linie wegzieht. In Wahrheit zieht da nichts, es gibt nur eine Krümmung in der Raumzeit, die eine Krümmung in der Bahn des Körpers bewirkt. Aber es sieht so aus, als sei da eine Zugkraft. Diese scheinbare Zugkraft ist nämlich das, was Newton seinerzeit, als man glaubte, sie ziehe tatsächlich Körper zueinander, ›Gravitation‹ nannte. Jedenfalls schrieb Einstein ein paar Gleichungen auf, wie solch ein krummes Universum sich zu verhalten habe. Die Gleichungen waren sehr schwer zu lösen, aber nach einigen außerordentlich starken Annahmen – hauptsächlich, daß zu jedem Zeitpunkt der Raum eine Kugel ist – haben Mathematik-Experten unter den Physikern einige Antworten herausbekommen. Und diese winzige, sehr spezielle Liste von Lösungen, alles, was sie mit ihren schwachen Methoden finden konnten, sagte ihnen drei Dinge, die das Weltall tun könnte. Es könnte für immer dieselbe Größe behalten; es könnte in einen einzigen Punkt zusammenstürzen; oder es könnte aus einem einzigen Punkt heraus ohne Ende immer weiter an Größe zunehmen.

Wir wissen jetzt, daß es viele weitere Lösungen für die Einstein-Gleichungen gibt, die zu allen möglichen bizarren Verhaltensweisen führen, doch seinerzeit, als unser heutiges Paradigma festgelegt wurde, waren nur diese Lösungen bekannt. Also nahm man an, das Universum müsse sich nach einer von diesen drei Lösungen verhalten. Die Wissenschaft war unterschwellig entweder auf eine fortdauernde Schöpfung (das Universum ist immer dasselbe) oder auf den Urknall gefaßt. Der Große Kollaps, bei dem das Universum zu einem unendlich dichten, unendlich heißen

Punkt schrumpft, hatte psychologisch keine Anziehungskraft.

Auftritt von Edwin Hubble, einem amerikanischen Astronomen. Hubble beobachtete ferne Sterne und machte eine merkwürdige Entdeckung. Je weiter entfernt die Sterne waren, desto schneller bewegten sie sich. Er wußte das aus ausgesprochen indirekten – aber wissenschaftlich unanfechtbaren – Gründen. Sterne senden Licht aus, und Licht enthält viele verschiedene Farben, darunter ›Farben‹, die das menschliche Auge nicht wahrnehmen kann, wie Infrarot, Ultraviolett, Radiowellen, Röntgenstrahlen… Licht ist eine elektromagnetische Welle, und zu jeder möglichen Wellenlänge des Lichts – dem Abstand von einem Wellenberg zum nächsten – gehört eine ›Farbe‹. Für rotes Licht beträgt dieser Abstand 0,7 Tausendstel Millimeter (0,7 µm).

Hubble bemerkte, daß mit dem von den Sternen ausgestrahlten Licht etwas Komisches passierte: Die Farben verschoben sich zum Rot hin. Je weiter ein Stern entfernt war, um so größer die Verschiebung. Er deutete diese ›Rotverschiebung‹ als Anzeichen, daß sich die Sterne von uns fortbewegen, denn es gibt eine ähnliche Verschiebung beim Schall, die als ›Dopplereffekt‹ bekannt ist, und sie wird dadurch hervorgerufen, daß sich die Schallwelle bewegt. Je weiter also die Sterne entfernt sind, um so schneller bewegen sie sich. Das bedeutet, daß die Sterne sich nicht schlechthin von *uns* fortbewegen – sie bewegen sich voneinander fort wie ein Schwarm Vögel, der sich in alle Richtungen zerstreut.

Das Weltall, sagte Hubble, dehnt sich aus.

Natürlich dehnt es sich nicht *irgendwohin* aus. Der Raum innerhalb des Universums wächst einfach.* Da

* Die unanfechtbare Denkweise auf der Scheibenwelt besagt tatsächlich, daß das Weltall, gleichgültig, wie weit es wächst, immer gleich groß ist.

spitzten die Physiker die Ohren, denn es paßte genau zu einem ihrer drei Szenarien für die Veränderung der Größe des Weltalls: gleichbleibend, wachsend, schrumpfend. Sie ›wußten‹, daß es eins von den dreien sein mußte, doch welches? Nun wußten sie das auch. Wenn wir akzeptieren, daß das Weltall wächst, können wir ausrechnen, wo es herkommt, indem wir die Zeit zurücklaufen lassen, und dieses in der Zeit umgekehrte Universum fällt zu einem einzigen Punkt zusammen. Wenn man die Zeit wieder richtigherum sieht, muß es *aus* einem einzigen Punkt heraus gewachsen sein – beim Urknall. Indem wir die Ausdehnungsgeschwindigkeit des Weltalls abschätzen, finden wir heraus, daß sich der Urknall vor 15 Milliarden Jahren ereignete.

Es gibt weitere Indizien, die für den Urknall sprechen: Er hat ›Echos‹ hinterlassen. Der Urknall erzeugt riesige Mengen an Strahlung, die sich durch das Weltall ausbreitet. Da das Weltall kugelförmig ist, trifft die Strahlung schließlich wieder auf sich selbst wie ein Reisender, der die Welt umrundet. Im Lauf von Jahrmilliarden haben sich die Reste der Strahlung vom Urknall über den ›kosmischen Hintergrund‹ verteilt, eine Art schwacher Schimmer von Strahlungsenergie überall am Himmel, das Licht-Äquivalent zum Echo beim Klang. Es ist, als ob Gott im Augenblick der Schöpfung »Hallo!« gerufen habe und wir immer noch von den fernen Bergen her ein schwaches »alloalloalloalloallo…« hören könnten. Auf der Scheibenwelt ist *genau das* der Fall, und die Lauschenden Mönche in ihren entlegenen Tempeln verbringen ihr ganzes Leben mit dem angestrengten Versuch, aus den Klängen des Universums die schwachen Echos des *Wortes* herauszuhören, das alles in Gang gesetzt hat.

Nach den Einzelheiten des Urknalls müßte die kosmische Hintergrundstrahlung eine ›Temperatur‹ (das Äquivalent zur Lautstärke) von etwa 3 Kelvin haben

(0 Kelvin sind die niedrigste mögliche Temperatur und entsprechen ungefähr –273 °C). Astronomen können die Temperatur der kosmischen Hintergrundstrahlung messen, und sie kommen wirklich auf 3 Kelvin. Der Urknall ist nicht bloß eine wüste Spekulation. Vor nicht allzu langer Zeit wollten die meisten Wissenschaftler nicht daran glauben, und sie änderten ihre Meinung nur wegen Hubbles Indiz für die Ausdehnung des Weltalls und wegen des beeindruckend genauen Wertes von 3 Kelvin für die Temperatur der kosmischen Hintergrundstrahlung.

Es war wirklich ein sehr lauter und heißer Knall.

Wir waren also im Zwiespalt in bezug auf das Beginnen – der Aspekt eines ›Schöpfungsmythos‹, der den Anfängen innewohnt, spricht unseren Sinn für den narrativen Imperativ an, doch mitunter finden wir die Lüge-für-Kinder ›Erst war es nicht, dann war es‹ zu unbestimmt. Mit dem Werden haben wir noch größere Schwierigkeiten. Unser Denken versieht die Dinge in der Welt ringsum mit Etiketten, und wir interpretieren diese Etiketten als Abgrenzungen. Wenn Dinge unterschiedliche Etiketten haben, dann erwarten wir zwischen ihnen eine deutliche Trennlinie. Im Universum sind aber eher Prozesse als Dinge am Werk, und ein Prozeß beginnt als ein Ding und *wird* zu einem anderen, ohne jemals eine deutliche Grenze zu überschreiten. Schlimmer noch, wenn es eine Grenze zu geben scheint, neigen wir dazu, drauf zu zeigen und zu rufen: »Das ist es!« – nur weil wir nicht wissen, worüber wir sonst in Erregung geraten sollten.

Wie oft waren Sie bei einer Diskussion, wo jemand sagte: »Wir müssen entscheiden, wo wir die Grenze ziehen«? Beispielsweise scheinen die meisten Menschen zuzustimmen, daß Frauen in den frühesten Stadien einer Schwangerschaft abtreiben dürfen, aber nicht in den letzten. ›Wo man die Grenze zieht‹, ist jedoch heftig umstritten – und natürlich gibt es Leute, die sie gern am einen oder anderen äußersten Ende ziehen möchten. Es gibt ähnliche Debatten darüber, wann genau ein sich entwickelnder Embryo ein Mensch mit bürgerlichen und moralischen Rechten wird. Bei der Empfängnis? Wenn sich das Gehirn bildet? Bei der Geburt? Oder war er immer *potentiell* ein Mensch, sogar als er noch getrennt als eine Eizelle und ein Spermium ›existierte‹?

Die Philosophie der ›Grenzziehung‹ bringt Leuten mit geheimen Absichten einen erheblichen politischen Vorteil. Die Methode, das zu bekommen, was man will, besteht darin, daß man die Grenze zunächst an einer Stelle zieht, wo niemand etwas dagegen hat, und sie dann nach und nach dorthin verschiebt, wo man sie wirklich haben will, wobei man sich die ganze Zeit auf die Kontinuität beruft. Wenn zum Beispiel Zustimmung erzielt wurde, daß Kindestötung Mord ist, wird die Grenze mit dem Etikett ›Mord‹ dann bis zum Augenblick der Empfängnis zurückgeschoben; von der Zustimmung, daß jeder jegliche Zeitung lesen darf, die er nur will, kommt man zum Verfechten des Rechts, das Rezept für Nervengas ins Internet zu stellen.

Wenn wir weniger besessen von Etiketten und Unterteilungen wären, könnten wir viel leichter erkennen, daß das Problem hier nicht in der Frage liegt, wo man die Grenze ziehen soll, sondern darin, daß das Bild von der Grenzziehung unpassend ist. Es gibt keine scharfe Trennlinie, nur Schattierungen von Grau, die unmerklich ineinander übergehen – wiewohl dennoch ein Ende offensichtlich weiß und das andere ebenso klar schwarz ist. Ein Embryo ist kein Mensch, aber im Laufe seiner Entwicklung wird er allmählich zu einem Menschen. Es gibt keinen magischen Augenblick, wo er von Nicht-Mensch zu Mensch überwechselt, vielmehr geht er kontinuierlich von einem Zustand in den anderen über. Leider operiert unser Rechtssystem mit Schwarz-Weiß-Begriffen – legal oder illegal, keine Grauwerte –, und das schafft falsche Zuordnungen, verstärkt durch unseren Gebrauch von Worten als Etiketten. Eine Art dreiwertige Zuordnung wäre vielleicht besser: *dieses* Ende des Spektrums ist legal, *jenes* Ende ist illegal, und dazwischen liegt eine Grauzone, die wir nach besten Kräften meiden sollten, wenn irgend möglich. Wenn wir dazu nicht imstande sind, können wir wenigstens den Grad der Kriminalität und die angemessene Strafe dem gegebenen Ort im Spektrum anpassen, wo die Tat zu liegen scheint.

Selbst so offensichtliche Schwarz-Weiß-Unterschiede wie lebendig/tot oder männlich/weiblich erweisen sich bei genauerer Betrachtung eher als kontinuierlicher Übergang denn als scharfe abgegrenzte Bereiche. Schweinewurst vom Fleischer enthält viele lebende Schweinezellen. Mit der modernen Technik könnte man sogar ein erwachsenes Schwein aus einer solchen Zelle klonen. Das Gehirn eines Menschen kann aufgehört haben zu funktionieren, aber sein Körper kann mit medizinischer Hilfe am Leben erhalten werden. Es gibt beim Menschen mindestens ein Dutzend unterschiedliche Kombinationen der Geschlechtschromosomen, von denen nur XX das traditionell weibliche und XY das traditionell männliche Geschlecht verkörpern.

Obwohl der Urknall eine wissenschaftliche Geschichte vom Beginnen ist, wirft er auch wichtige Fragen über das Werden auf. Die Urknall-Theorie ist ein schönes Stück Wissenschaft – fast völlig in Übereinstimmung mit dem Bild, das wir jetzt von der atomaren und subatomaren Welt haben, von den verschiedenen Arten von Atomen, ihren Protonen und Neutronen, ihren Elektronenwolken und von den exotischeren Teilchen, die wir sehen, wenn kosmische Strahlen auf unsere Atmosphäre treffen oder wenn wir den vertrauteren Teilchen Gewalt antun, indem wir sie sehr hart aufeinanderschießen. Nun, da die Physiker die vermutlich ›letzten‹ Bestandteile dieser vertrauten Teilchen ›gefunden‹ oder vielleicht *er*funden haben (noch exotischere Dinge mit Namen wie Quarks, Gluonen… wenigstens die Namen sind vertraut), fragen sie sich allmählich, ob es weiter unten noch andere, ›noch letztere‹ Ebenen gibt.

Lauter Schildkröten, immer weiter abwärts?

Reicht die Physik immer weiter abwärts, oder hört sie irgendwo auf? Wenn sie aufhört, ist das dann das Letzte Geheimnis oder nur der Punkt, wo die Denkweise der Physiker versagt?

Das konzeptuelle Problem darin ist schwierig, weil das Universum ein Werden ist – ein Prozeß – und wir es uns als Ding vorstellen wollen. Wir finden es nicht nur verwirrend, daß das Weltall seinerzeit so anders war, daß sich die Teilchen anders verhielten, daß das Weltall von damals zum Weltall von heute wurde und daß es vielleicht einmal aufhören wird, sich auszudehnen, und in einem Großen Kollaps in einen Punkt zusammenstürzen wird. Wir sind es gewohnt, daß Babys zu Kindern und diese zu Erwachsenen werden, doch diese Prozesse überraschen uns immer wieder – wir möchten, daß *die Dinge* denselben Charakter behalten, daher fällt es unserem Denken schwer, mit dem ›Werden‹ umzugehen.

Es gibt einen anderen Bestandteil der ersten Akte unseres Weltalls, über den nachzudenken sogar noch schwieriger ist. Wo kommen die Gesetze? Warum *gibt* es Dinge wie Protonen und Elektronen, Quarks und Gluonen? Für gewöhnlich unterteilen wir Prozesse in zwei vom Konzept her unterschiedliche kausale Brokken: die Anfangsbedingungen und die Regeln, nach denen sie im Laufe der Zeit verändert werden. Für das Sonnensystem beispielsweise sind die Anfangsbedingungen die Orte und Geschwindigkeiten der Planeten zu einem festgelegten Zeitpunkt; die Regeln sind die Gravitations- und Bewegungsgesetze, die uns sagen, wie sich diese Orte und Geschwindigkeiten anschließend ändern. Doch für den Anfang des Universums scheinen überhaupt keine Anfangsbedingungen dazusein. Nicht einmal *da* ist da! Also scheint *alles* von den Regeln zu kommen. Woher kommen die Regeln? Mußten sie erfunden werden? Oder saßen sie einfach in einer unvorstellbaren zeitlosen Pseudo-Existenz und warteten darauf, aufgerufen zu werden? Oder entfalteten sie sich in den frühesten Augenblicken des Universums, als Etwas auftauchte – so daß das Universum zusammen mit Raum und Zeit auch seine eigenen Regeln erfand?

Während des Werdens seiner ersten Augenblicke änderte das Universum fortwährend seinen Zustand und damit die Regeln, die es erreichte. In diesem Sinne ähnelte es einer Flamme, die ihre Zusammensetzung gemäß ihrer eigenen Dynamik und den von ihr verbrannten Dingen ändert. Flammen haben alle mehr oder weniger die gleiche Form, doch sie *erben* die Form nicht von einem »Vorgänger«. Wenn man ein Stück Papier anzündet, baut sich die Flamme selbst auf und benutzt dabei die Regeln des umgebenden Universums.

In den ersten Augenblicken des Universums veränderten sich nicht nur Stoffe, Temperaturen und Größen. Die Regeln, nach denen sie sich veränderten, änderten sich *ebenfalls*. Wir denken nicht gern auf solche Weise: Wir möchten unveränderliche Gesetze, *immer* dieselben. Also suchen wir ›tiefere‹ Gesetze, die darüber bestimmen, wie sich die Regeln änderten. Vielleicht wird das Universum wirklich von diesen tieferen Gesetzen regiert. Aber vielleicht erschafft es sich seine Regeln einfach aus der Bewegung heraus selbst.

Sieben

Jenseits des fünften Elements

In der Stille der Nacht rechnete HEX. In seinen zahllosen Glasrohren eilten Ameisen hin und her. Rohe Magie funkelte über Gespinste aus dünnen Bronzedrähten und veränderte die Farbe, wenn sie ihren logischen Zustand wechselte.* Im besonderen Zimmer neben den Bienenstöcken, die als Langzeitspeicher dienten, summte es. Jenes Etwas, das *Parp* machte, wurde gelegentlich aktiv. Große Räder drehten sich, hielten an und drehten sich zurück. Und das alles genügte nicht.

Das Licht des Projekts fiel auf HEX' Tastatur. Dinge geschahen in der Kugel, und HEX verstand sie nicht. Und das war ärgerlich, denn es *gab* etwas, das verstanden werden sollte.

Zu einem großen Teil hatte sich HEX selbst konstruiert – ein Grund dafür, warum er besser funktionierte als viele andere Dinge in der Universität. Für gewöhnlich verwendete HEX eine auf Entwicklungen beruhende Methode, um neuen Aufgaben gerecht zu werden. Die Bienen hatten sich als außergewöhnlich guter Einfall erweisen. Zwar blieb der Zugriff auf die gespeicherten Daten recht langsam, aber der Gesamtspeicher wuchs im Lauf der Zeit und mit guter Bienenpflege.

Jetzt überlegte HEX so:

---

* Angesichts von HEX' ungewöhnlicher Struktur gibt es davon eine ganze Menge. Außer UND, ODER und entsprechenden Variationen existierten für HEX auch noch VIELLEICHT, MÖGLICHERWEISE, ANGENOMMEN und WARUM. Es fiel HEX ganz leicht, das Undenkbare zu denken.

Eines Tages würde er einen Weg finden, seine konzeptionelle Kapazität zu erhöhen, um zu verstehen, was im Projekt geschah.

Wenn ihm das jemals gelänge, so gäbe es nach Strymes Richtungslosem Gesetz bereits ein Gebilde im Zupassieren-Raum, wo Zeit nicht existierte, geschaffen durch den Vorgang des Passierens. Erforderlich war nur ein virtueller Kollaps der Wellenform.

Und obwohl das alles genaugenommen Unsinn war, so handelte es sich doch nicht um *vollständigen* Unsinn. Jede Antwort, die irgendwo in der Zukunft existierte, mußte *zwangsläufig* schon jetzt als eine *Möglichkeit* vorhanden sein.

Die Ameisen krabbelten schneller. Magie blitzte. Man hätte sagen können, daß sich HEX konzentrierte.

Silbrig schimmernde Linien erschienen in der Luft um ihn herum und hoben die Umrisse von Türmen unglaublichen Denkens hervor.

Ah. Das war annehmbar.

Es liefen Einst-Dereinst-Berechnungen, die in Vergangenheit und Zukunft ausgriffen. Sie gehörten einfach zur Natur der Sache.

HEX fragte sich, wieviel er den Zauberern mitteilen sollte. Er hielt es für keine gute Idee, sie mit zuviel Input zu belasten.

HEX stellte sich seine Berichte immer als Lügen-für-Menschen vor.

Der zweite Tag…

Das Projekt befand sich nun unter einer gläsernen Kuppel, um weitere Beeinflussungen von außen zu vermeiden. In unmittelbarer Nähe waren verschiedene Zauberformeln installiert worden.

»Das ist also ein Universum, wie?« fragte der Erzkanzler.

»Ja, Herr. HEX meint…« Ponder zögerte. Er mußte

gut überlegen, bevor er versuchen durfte, Mustrum Ridcully irgend etwas zu erklären. »Er scheint der Ansicht zu sein, das völlige, absolute Nichts sei automatisch ein Universum, das darauf wartet zu entstehen.«

»Du meinst, nichts wird alles?«

»Nun, ja, Herr. Äh... In gewisser Weise *muß* es so sein, Herr.«

»Und der Dekan hier hat die Dinge umherwirbeln lassen, und damit begann alles?«

»Als Auslöser kommt praktisch alles in Frage, sogar ein beliebiger Gedanke, Herr. Das absolute Nichts ist instabil. Es sehnt sich verzweifelt danach, *etwas* zu sein.«

»Ich dachte, man braucht Schöpfer und Götter«, brummte der Oberste Hirte.

»Das nehme ich doch stark an!« sagte Ridcully und beobachtete das Projekt mit einem thaumischen Omniskop. »Es ist seit gestern abend hier, und man sieht nichts anderes als Elemente, wenn man sie so nennen kann. Die Hälfte von ihnen zerfällt, kaum richtet man den Blick auf sie.«

»Nun, was hast du erwartet?« fragte der Dozent für neue Runen. »Sie sind aus dem Nichts entstanden, oder? Selbst ein unbegabter Schöpfer hätte wenigstens mit Erde, Luft, Feuer, Wasser und Überraschung begonnen.«

»Richtige Welten kommen hier nicht in Frage«, erklärte Ridcully und spähte erneut ins Omniskop. »Es fehlt jede Spur von Chelonium und Elefantenstoff. Welche Welten könnte man ohne sie erschaffen?«

Ridcully wandte sich an Ponder.

»Mit diesem Universum scheint nicht viel los zu sein«, sagte er. »Offenbar ist irgend etwas schiefgegangen. Vermutlich liegt eine Art Fehlzündung vor. Inzwischen sollte der erste Mensch nach seiner Hose suchen.«

»Vielleicht können wir ihm helfen«, warf der Oberste Hirte ein.

»Was schlägst du vor?«

»Nun, es ist unser Universum, nicht wahr?«

Diese Worte schockierten Ponder. »Wir können kein Universum *besitzen*, Oberster Hirte!«

»Es ist ziemlich klein.«

»Nun von außen gesehen. HEX meint, im Innern sei es viel größer.«

»Und der Dekan hat Dinge darin umherwirbeln lassen«, fügte der Oberste Hirte hinzu.

»Ja, genau!« bestätigte der Dekan. »Es bedeutet, daß ich jetzt eine Art Gott bin.«

»Die Finger zu bewegen und ›Oh, es prickelt‹ zu sagen, ist alles andere als göttlich«, erwiderte Ridcully streng.

»Immerhin habe ich dadurch ein Universum erschaffen«, murrte der Dekan. Er distanzierte sich nur ungern von einer Handlung, die ihn in der gesellschaftlichen Rangordnung über den Erzkanzler stellte.

»Meine Großmutter sagte immer, Reinlichkeit sei fast göttlich«, erinnerte sich der Dozent für neue Runen.

»Ah, das klingt schon besser«, sagte Ridcully munter. »Du bist mehr eine Art Hauswart, Dekan.«

»Ich wollte nur vorschlagen, daß wir dem Ding den einen oder anderen Schubs in die richtige Richtung geben«, meinte der Oberste Hirte. »Schließlich sind wir gelehrte Leute. Und wir wissen, wie ein ordentliches Universum beschaffen sein sollte, nicht wahr?«

»Ich schätze, in dieser Hinsicht haben wir bessere Vorstellungen als der durchschnittliche Gott mit einem Hundekopf und neunzehn Armen«, wandte Ridcully ein. »Aber ganz offensichtlich haben wir es hier mit zweitklassigem Material zu tun. Das Zeug will sich dauernd drehen. Was erwartest du von uns? Sollen wir vielleicht an die Kugel klopfen und rufen: ›He, ihr da drinnen, hört auf, euch mit den dummen Gasen abzugeben. Damit läßt sich ohnehin nichts anfangen.‹?«

Sie schlossen einen Kompromiß und wählten einen kleinen Bereich, um zu experimentieren. Schließlich waren sie Zauberer. Das bedeutete: Wenn sie etwas sahen, so stießen sie es an. Wenn es wackelte, so stießen sie es etwas stärker an. Wenn man eine Guillotine baute und ein Schild mit der Aufschrift ›Den Kopf nicht auf diesen Block legen‹ daran befestigte, so hätten viele Zauberer keinen Hut mehr benötigt.

Es war ganz einfach, die Materie zu bewegen. Ponder hatte bereits darauf hingewiesen: Die Kraft der Gedanken genügte.

Es fiel den Zauberern auch nicht schwer, eine Scheibe zu formen, denn die neue Materie drehte sich gern. Aber sie war zu gesellig.

»Seht ihr?« fragte Ridcully am späten Vormittag. »Sie scheint zu begreifen, worauf es ankommt, und dann formt sie einen Ball aus Dreck.«

»Einen Ball, der in der Mitte heiß wird«, meinte Ponder. »Hast du das bemerkt?«

»Wahrscheinlich aus reiner Verlegenheit«, vermutete der Erzkanzler. »Seit elf Uhr haben wir bereits die Hälfte aller Elemente verloren. Es gibt kein Cohenium mehr, und Explodium verschwand vor zehn Minuten. Außerdem befürchte ich allmählich, daß Detonium auseinanderfällt. Temporanium erwies sich als besonders kurzlebig.«

»Was ist mit Runium?« fragte der Dozent für neue Runen.

HEX schrieb: +++ Runium existiert vielleicht noch, oder auch nicht. Vor zehn Minuten gab es noch ein Atom davon, das jetzt allerdings verschwunden zu sein scheint +++

»Wie geht's dem Hirtium?« fragte der Oberste Hirte hoffnungsvoll.

»Ist nach dem Frühstück explodiert, wie HEX berichtete«, erwiderte Ridcully. »Tut mir leid, man kann eine

Welt nicht aus Rauch und Spiegeln erschaffen. Verdammt… Jetzt ist es auch ums Quästorium geschehen. Ich meine, ich weiß, daß Eisen rostet, aber für *diese* Elemente scheint der Kollaps eine Art Zeitvertreib zu sein.«

»Wenn jemand meine Meinung hören will…«, ließ sich der Dozent für neue Runen vernehmen. »Es wurde alles durch den Dekan eingeleitet, und nach meiner Hypothese zeichnen sich die nachfolgenden… Entwicklungen durch eine dekanartige Tendenz aus.«

»Was? Du meinst, wir haben ein ziemlich dickes Universum, das an Blähungen leidet und häufig schmollt?«

»Danke, Erzkanzler«, sagte der Dekan.

»Ich habe mich auf die Vorliebe der Materie bezogen, die, äh… Gestalt von… Kugeln anzunehmen.«

»Wie der Dekan, meinst du«, sagte der Erzkanzler.

»Es besteht kein Zweifel daran, daß ich hier unter Freunden bin«, sagte der Dekan.

Von den Apparaten, die sich um das Projekt angesammelt hatten, kam ein läutendes Geräusch.

»Damit wäre auch Ätherium verschwunden«, murmelte Ridcully düster. »Ich wußte, daß es als nächstes an die Reihe käme.«

»Nein, etwas… anderes geschieht.« Ponder Stibbons spähte ins Projekt. »Äh… Etwas ist in Brand geraten.«

Lichtpunkte erschienen.

»Ich *wußte,* daß etwas in dieser Art geschähe«, sagte der Erzkanzler. »Alle jene Scheiben erhitzten sich wie Komposthaufen.«

»Oder Sonnen«, meinte Ponder.

»Sei nicht dumm, Stibbons«, erwiderte der Dozent für neue Runen. »Dafür sind sie viel zu groß. Es gefiele mir gar nicht, wenn *so* ein Ding über unseren Wolken schweben würde.«

»Ich habe ja darauf hingewiesen, daß es zuviel Gas gab«, fuhr der Erzkanzler fort. »Das kommt davon.«

»Ich frage mich…«, murmelte der Oberste Hirte.

»Ja?« ließ sich der Dekan vernehmen.

»Nun, wenigstens haben wir Hitze da drinnen. Und mit einem ordentlichen Schmelzofen läßt sich schon einiges anfangen.«

»Guter Hinweis«, sagte Ridcully. »Man nehme Bronze. Man kann sie aus praktisch allem herstellen. Und wir hätten die Möglichkeit, einen Teil des Schutts darin zu verbrennen. Na schön, Jungs. Helft mir, mehr von dem Zeug hineinzukippen…«

Etwa zur Teestunde explodierte der erste Schmelzofen, was bei der Alchimistengilde jeden Tag geschah.

»Bei den Göttern«, sagte Ridcully und blickte durchs Omniskop.

»Was ist los?« fragte der Dekan.

»Wir haben neue Elemente geschaffen!«

»Nicht so laut, nicht so laut!« zischte der Oberste Hirte.

»Ich sehe Eisen und… Silizium… und Gesteine… und sogar…«

»Wir geraten in ernste Schwierigkeiten, wenn die Alchimistengilde dahinterkommt«, gab der Dozent für neue Runen zu bedenken. »Du weißt doch, daß wir die Finger von so etwas lassen sollten.«

»Dies ist ein anderes Universum«, entgegnete Ridcully. Er seufzte. »Man *muß* Dinge in die Luft jagen, um etwas Nützliches zu bekommen.«

»Wie ich sehe, gibt es noch immer große Mengen von Politikum«, stellte der Oberste Hirte fest.

»Ich *meine,* wir haben es hier mit einer gottlosen Realität zu tun.«

»Ent*schul*digung…«, begann der Dekan.

»An deiner Stelle gäbe ich mich nicht so selbstgefällig, Dekan«, maulte Ridcully. »Sieh dir das Universum nur an. Alles möchte sich drehen, und früher oder später bekommt man Kugeln.«

»Und wir erhalten das gleiche Zeug, das es auch hier gibt«, meinte der Oberste Hirte, als Frau Allesweiß mit dem Teewagen hereinkam. »Ist das nicht seltsam?«

»Warum sollte es seltsam sein?« erwiderte der Dekan. »Eisen ist Eisen.«

»Nun, es handelt sich um ein ganz neues Universum, und deshalb sollte man völlig neue Dinge erwarten, oder? Zum Beispiel Metalle wie Noggo oder Plink.«

»Worauf willst du hinaus, Oberster Hirte?«

»Ich meine, seht es euch nur an... Alle diese brennenden, explodierenden Kugeln – sie *haben* eine gewisse Ähnlichkeit mit Sternen, oder? Ich meine, sie wirken irgendwie *vertraut.* Warum steckt das neue Universum nicht voller Tapioka oder sehr großer Stühle? Ich meine, wenn *nichts* versucht, *etwas* zu sein, warum kann es dann nicht *alles* werden?«

Die Zauberer rührten ihren Tee um und dachten darüber nach.

»Darum«, brummte der Erzkanzler nach einer Weile.

»Das ist eine *gute* Antwort, Herr«, sagte Ponder so diplomatisch wie möglich. »Allerdings verschließt sie die Tür für weitere Fragen.«

»Dann ist sie die beste aller Antworten.«

Der Oberste Hirte beobachtete, wie Frau Allesweiß ein Staubtuch hervorholte und damit den oberen Teil des Projekts abputzte.

»Wie oben, so unten«, sagte Ridcully langsam.

»Wie bitte?« fragte der Oberste Hirte.

»Wir vergessen unsere Kindergartenmagie, nicht wahr? Es ist nicht einmal Magie, sondern eine... Grundregel, die *alles* betrifft. Das Projekt wird *zwangsläufig* von dieser Welt beeinflußt. Sandhaufen, die wie Berge aussehen wollen. Menschen, die sich wie Götter geben. Kleine Dinge wirken oft wie große Dinge, die kleiner gemacht wurden. Es sollte uns nicht überraschen, Vertrautes zu entdecken, aber es kann natürlich nicht mehr sein als ein schlechter Abklatsch.«

Das innere Auge von HEX betrachtete eine große Bewußtseinswolke. Einen besseren Ausdruck fand er nicht. *Eigentlich* existierte sie noch gar nicht, aber HEX nahm Form und Struktur wahr. Dinge zeichneten sich darin ab, berichteten von Tradition, Bibliotheken, Gerüchten...

Es *mußte* ein besseres Wort geben. HEX versuchte es noch einmal.

Auf der Scheibenwelt hatten Worte echte Macht. Man mußte vorsichtig damit umgehen.

Was sich voraus befand, hatte die *Form* von Intelligenz. Aber genausogut konnte man darauf hinweisen, die Sonne ähnele etwas, das sein kurzes Leben in einem Brackwassertümpel führe.

Nun, *Ex*telligenz klang schon besser.

HEX beschloß, einen Teil seiner Zeit für die Untersuchung dieses bemerkenswerten Phänomens zu verwenden. Er wollte herausfinden, wie er sich entwickelt hatte, was die Entwicklung vorantrieb und warum ein kleiner, aber ärgerlicher Teil von ihm glaubte, alle könnten steinreich werden, wenn jeder den ersten sechs Namen ganz oben auf der Liste fünf Dollar schicke.

Acht

Wir sind Sternenstaub

(oder zumindest waren wir in Woodstock)

»Eisen ist Eisen.« Aber ist das wirklich so? Oder besteht Eisen aus anderen Dingen?

Nach Empedokles, einem alten Griechen, war alles im Universum eine Kombination von vier Bestandteilen: Erde, Luft, Feuer und Wasser. Wenn man einen Stock anzündet, brennt er (also enthält er Feuer), raucht (also enthält er Luft), sondert blasenschlagende Flüssigkeiten ab (also enthält er Wasser) und hinterläßt einen schmutzigen Haufen Asche (also enthält er Erde). Als Theorie war das ein bißchen zu einfältig, um sich lange zu halten – höchstens ein paar tausend Jahre. Die Dinge liefen damals langsamer, und Europa jedenfalls kümmerte sich mehr darum, daß die Bauern sich nicht über ihren Stand erhoben und daß Stückchen aus der Bibel per Hand so mühsam und farbenprächtig wie nur möglich abgeschrieben wurden.

Die wichtigste technische Erfindung, die das Mittelalter hervorbrachte, war das Kummet für Pferde.

Gegenüber ihren Vorgängern war die Theorie des Empedokles ein sichtlicher Fortschritt. Thales, Heraklit und Anaximenes waren übereinstimmend der Ansicht gewesen, alles bestehe aus nur *einem* Grundprinzip oder ›Element‹ – doch sie waren völlig unterschiedlicher Meinung, was das sei. Thales glaubte, es sei Wasser, Heraklit zog Feuer vor, und Anaximenes war bereit, alles auf Luft zu setzen. Empedokles war ein Wischiwaschi-Synthetiker, der meinte, *jeder* habe auf seine Weise recht; wenn er heute leben würde, trüge er garantiert die falsche Krawatte.

Die einzige gute Idee, die bei alledem herauskam, besagte, daß die ›elementaren‹ Bestandteile der Materie dadurch gekennzeichnet sein sollten, daß sie einfache, verläßliche Eigenschaften haben. Erde war schmutzig, Luft war unsichtbar, Feuer brannte, und Wasser war naß.

Abgesehen von dem Kummet fungierte das Mittelalter als Nährboden für das, was später einmal die Chemie werden sollte. Jahrhundertelang hatte die noch im Werden begriffene Wissenschaft, die als Alchimie bekannt ist, floriert; die Menschen hatten entdeckt, daß einige seltsame Dinge geschehen, wenn man Substanzen zusammenmischt und erhitzt oder Säure darübergießt oder sie in Wasser auflöst und wartet. Es konnte knallen, man konnte komische Gerüche erhalten, Blasen und Flüssigkeiten, die die Farbe änderten. Woraus immer das Universum bestehen mochte, man konnte offensichtlich manches davon in etwas anderes umwandeln, wenn man den richtigen Trick kannte. Vielleicht sollte man lieber ›Zauberspruch‹ sagen, denn die Alchimie war der Magie verwandt – eine Menge spezieller Rezepte und Rituale, von denen viele tatsächlich *funktionierten,* aber keine Theorie, wie das alles zusammengehörte. Die großen Ziele der Alchimie waren Sprüche – Rezepte – für Dinge wie das Lebenselixier, das einem ewiges Leben verschaffen würde, und *Wie man Blei in Gold verwandelt,* was einem haufenweise Geld verschaffen würde, um seinen unsterblichen Lebensstil zu bezahlen. Gegen Ende des Mittelalters hatten sich die Alchimisten damit so lange zu schaffen gemacht, daß sie ziemlich gut darin geworden waren, und sie bemerkten Dinge, die nicht in die Vier-Elemente-Theorie der Griechen paßten. Also führten sie zusätzliche Elemente wie Salz und Schwefel ein, da auch diese

Substanzen einfache, verläßliche Eigenschaften hatten, die sich von schmutzig, unsichtbar, brennend oder naß unterschieden. Schwefel zum Beispiel war brennbar (aber nicht eigentlich *heiß*, versteht sich) und Salz nicht brennbar.

1661 hatte Robert Boyle zwei wesentliche Unterschiede herausgearbeitet und sie in seinem Buch *The Sceptical Chymist* festgehalten. Der erste Unterschied war der zwischen einer chemischen Verbindung und einem Gemisch. Ein Gemisch besteht einfach aus verschiedenen Dingen, nur eben vermischt. Eine Verbindung ist durchweg ein und derselbe Stoff, *aber* was immer dieser Stoff ist, man kann ihn dazu bringen, sich in Bestandteile zu trennen, die andere Arten von Stoff sind – vorausgesetzt, man erhitzt ihn, gießt Säure darüber oder findet eine andere wirksame Behandlung. Man kann sie aber nicht durchsuchen und ein andersartiges Stückchen finden; bei einem Gemisch kann man das, obwohl man dazu unter Umständen sehr scharfe Augen und winzige Finger benötigt. Der zweite Unterschied war der zwischen Verbindungen und Elementen. Ein Element ist wirklich eine einzige Art Stoff: Man kann es nicht in verschiedene Bestandteile zerlegen.

Schwefel ist ein Element. Salz ist, wie wir jetzt wissen, eine Verbindung (nicht bloß ein Gemisch) aus den beiden Elementen Natrium (einem weichen, brennbaren Metall) und Chlor (einem giftigen Gas). Wasser ist eine Verbindung, die aus Wasserstoff und Sauerstoff (beides Gase) besteht. Luft ist ein Gemisch, das aus verschiedenen Gasen wie Sauerstoff (einem Element), Stickstoff (ebenfalls einem Element) und Kohlendioxid (einer Verbindung von Kohlenstoff und Sauerstoff) besteht. Erde ist ein sehr kompliziertes Gemisch, und die Mischung ändert sich von Ort zu Ort. Feuer ist überhaupt keine Substanz, sondern ein Prozeß, an dem heiße Gase beteiligt sind.

Es dauerte eine Weile, bis sich das alles geklärt hatte, doch 1789 hatte Antoine Lavoisier eine Liste von 33 Elementen aufgestellt, die eine brauchbare Auswahl aus denen waren, die wir heute verwenden. Er machte ein paar verständliche Fehler, und er zählte sowohl Licht als auch Wärme zu den Elementen, doch seine Herangehensweise war systematisch und sorgfältig. Heute kennen wir 112 verschiedene Elemente. Ein paar davon werden künstlich erzeugt, und manche von diesen haben auf der Erde nur einen winzigen Sekundenbruchteil lang existiert, doch die meisten Elemente von der Liste können aus dem Boden gegraben, aus dem Meer gewonnen oder aus der uns umgebenden Luft ausgesondert werden. Und abgesehen von einigen weiteren künstlichen Elementen, die in der Zukunft vielleicht hergestellt werden können, ist die gegenwärtige Liste mit an Sicherheit grenzender Wahrscheinlichkeit vollständig.

Wir brauchten noch eine Weile, bis wir soweit waren. Die Kunst der Alchimie machte langsam der Wissenschaft der Chemie Platz. Allmählich wuchs die Liste der anerkannten Elemente; gelegentlich schrumpfte sie, wenn man feststellte, daß ein vermeintliches Element in Wahrheit eine Verbindung war, wie Lavoisiers Kalk, der, wie man heute weiß, aus den Elementen Kalzium und Sauerstoff besteht. Was sich nicht änderte, war das einzige, was die Griechen richtig erkannt hatten: Jedes Element war ein einmaliges Individuum mit seinen eigenen charakteristischen Eigenschaften. Dichter, fester, flüssiger oder gasförmiger Zustand bei Zimmertemperatur und normalem Atmosphärendruck, der Schmelzpunkt fester Stoffe – für jedes Element hatten diese Größen feststehende, unveränderliche Werte. Genauso ist es auf der Scheibenwelt mit ihren für unsere Augen bizarren Elementen wie Chelonium (als unerläßlicher Bestandteil weltentragender Schildkröten), Elefantenstoff (dito für Elefanten) und Narrativium – ein nicht nur auf der Scheibenwelt, sondern auch zum Verständnis unserer eigenen Welt äußerst wichtiges ›Element‹. Die charakteristische Eigenschaft von Narrativium besteht darin, *Geschichten* zusammenhängend zu machen. Der menschliche Geist liebt eine gute Dosis Narrativium.

In unserem Universum verstanden wir allmählich, wieso Elemente einzigartige Individuen sind und was sie von Verbindungen unterscheidet. Abermals geht der erste Schimmer der richtigen Idee auf die Griechen zurück, nämlich auf Demokrits Annahme, das alle Materie aus winzigen unsichtbaren Teilchen besteht, die er *Atome* (griechisch für ›unteilbar‹) nannte. Es ist nicht bekannt, ob irgend jemand, und sei es Demokrit selbst, das in der Antike wirklich glaubte – vielleicht war es nur ein kluges Argument in einer Debatte. Boyle griff die Idee wieder auf und äußerte die Ansicht, zu jedem Element gehöre eine einzige Art von Atomen, während Verbindungen aus verschiedenen Arten von Atomen zusammengesetzt seien. Also besteht das Element Sauerstoff aus Sauerstoffatomen und weiter nichts, das Element Wasserstoff aus Wasserstoffatomen und weiter nichts, aber die Verbindung Wasser besteht *nicht* aus Wasseratomen und weiter nichts, sie besteht aus Atomen von Wasserstoff und Atomen von Sauerstoff.

1807 hatte einer der bedeutendsten Schritte in der Entwicklung sowohl der Chemie als auch der Physik stattgefunden. Der Engländer John Dalton hatte einen Weg gefunden, eine gewisse Ordnung in die verschiedenen Atome zu bringen, aus denen die Elemente bestehen, und einen Teil dieser Ordnung auch auf Verbindungen zu übertragen. Seine Vorgänger hatten bemerkt, daß Elemente, wenn sie sich zu Verbindungen zusammenschließen, das in einfachen und charakteristischen

Mengenverhältnissen tun. Soviel Sauerstoff plus soviel Wasserstoff ergibt soviel Wasser, und die Gewichtsverhältnisse von Sauerstoff und Wasserstoff sind immer dieselben. Überdies passen diese Verhältnisse alle hübsch zusammen, wenn man andere Verbindungen betrachtet, die Wasserstoff, und wieder andere, die Sauerstoff enthalten.

Dalton erkannte, daß das alles vollkommen Sinn ergab, wenn jedes Wasserstoffatom ein feststehendes Gewicht, jedes Sauerstoffatom ein feststehendes Gewicht hatte und wenn ein Sauerstoffatom das Sechzehnfache eines Wasserstoffatoms wog. Der Beweis für diese Theorie mußte indirekt geführt werden, denn ein Atom ist viel zu winzig, als daß jemand es wägen könnte, doch sie war umfassend und überzeugend. Und so erschien die Theorie von ›Atomgewicht‹ auf dem Schauplatz und veranlaßte die Chemiker, die Elemente nach dem Atomgewicht zu sortieren.

Die Liste beginnt so (moderne Werte für die Atomgewichte in Klammern): Wasserstoff (1,00794), Helium (4,00260), Lithium (6,941), Beryllium (9,01218), Bor (10,82), Kohlenstoff (12,011), Stickstoff (14,0067), Sauerstoff (15,9994), Fluor (18,998403), Neon (20,179), Natrium (22,98977). Als auffällige Eigenschaft ist zu beobachten, daß das Atomgewicht fast immer nahe bei einer ganzen Zahl liegt, die erste Ausnahme macht Chlor mit 35,453. Alles ein bißchen rätselhaft, aber es war ein hervorragender Ausgangspunkt, den nun konnte man nach anderen Mustern suchen und sie in Beziehung zu den Atomgewichten setzen. Es erwies sich freilich als leichter, nach Mustern zu suchen, als welche zu finden. Die Liste der Elemente war unstrukturiert, mit einer fast zufälligen Verteilung der Eigenschaften. Quecksilber, das einzige damals bekannte Element, das bei Zimmertemperatur flüssig ist, ist ein Metall. (Später kam nur noch eine weitere Flüssigkeit hinzu: Brom.) Es gab eine Menge anderer Metalle wie Eisen, Kupfer, Silber, Gold, Zink, Zinn, jedes ein fester Stoff und jedes ziemlich verschieden von den anderen; Schwefel und Kohlenstoff waren fest, aber keine Metalle; ziemlich wenige Elemente waren Gase. Die Liste der Elemente wirkte derart unstrukturiert, daß ein paar Einzelgänger – Johann Döbereiner, Alexandre-Emile Béguyrer de Chancourtois, John Newlands – niedergeschrien wurden, als sie andeuteten, inmitten des ganzen Durcheinanders könnte ein schwacher Schein von Ordnung zu sehen sein.

Das Verdienst, als erster ein Schema entworfen zu haben, das im großen und ganzen *richtig* war, gebührt Dmitri Mendelejew, der 1869 die erste einer langen Folge von ›periodischen Tafeln‹ vollendete. Seine Tabelle enthielt 63 bekannte Elemente, die nach dem Atomgewicht angeordnet waren. Sie ließ Lücken, wo noch nicht entdeckte Elemente eingefügt werden sollten. Sie war »periodisch« in dem Sinne, daß sich nach einer bestimmten Anzahl von Schritten die Eigenschaften der Elemente wiederholten – der allgemeinste Zyklus bestand aus acht Schritten.

Nach Mendelejew ordnen sich die Elemente zu Familien, deren Mitglieder durch die oben erwähnte Periode getrennt sind, und in jeder Familie gibt es systematische Ähnlichkeiten der physikalischen und chemischen Eigenschaften. In der Tat variieren diese Eigenschaften so systematisch, wenn man die Familie durchgeht, daß man deutliche, wenn auch nicht immer exakte Zahlenmuster und Reihen sehen kann. Das Schema funktioniert aber am besten, wenn man annimmt, daß ein paar Elemente in der bekannten Liste fehlen, daher die Lükken. Zusätzlich kann man die Familienähnlichkeiten benutzen, um die Eigenschaften der fehlenden Elemente *vorherzusagen,* noch ehe jemand sie findet. Falls diese Voraussagen sich als richtig erweisen, wenn die fehlenden Elemente gefunden werden – Volltreffer. Mendelejews Schema wird von Zeit zu Zeit noch geringfügig abgeändert, doch seine grundlegenden Züge haben Bestand; heute nennen wir es das Periodensystem der Elemente.

Wir wissen jetzt, daß es einen guten Grund für die periodische Struktur gibt, die Mendelejew entdeckt hat. Sie rührt von der Tatsache her, daß Atome nicht so unteilbar sind, wie Demokrit und Boyle glaubten. Gewiß, sie können nicht *chemisch* zerlegt werden – doch mit Apparaturen, die eher auf Physik als auf Chemie beruhen, kann man ›das Atom spalten‹. Die ›Kernreaktionen‹, die dabei stattfinden, erfordern weitaus höhere Energieniveaus – pro Atom –, als man für chemische Reaktionen braucht, und das ist der Grund, warum die altertümlichen Alchimisten es niemals fertigbrachten, Blei in Gold zu verwandeln. Heute könnte das getan werden – doch die Kosten der Apparatur wären enorm und die Menge des erzeugten Goldes extrem gering, so daß die Wissenschaftler sehr den Alchimisten der Scheibenwelt ähneln würden, die nur Wege gefunden haben, Gold in weniger Gold zu verwandeln.

Dank der Bemühungen der Physiker wissen wir jetzt, daß Atome aus anderen, kleineren Teilchen bestehen. Eine Zeitlang glaubte man, es gebe nur drei solcher Teilchen: das Neutron, das Proton und das Elektron. Das Neutron und das Proton haben fast die gleiche Masse, während das Elektron im Vergleich dazu winzig ist; das Neutron hat keine elektrische Ladung, das Proton hat eine positive Ladung und das Elektron eine negative, die das exakte Gegenstück zu der des Protons ist. Atome haben keine Gesamtladung, also ist die Zahl der Protonen gleich der Zahl der Elektronen. Für die Anzahl der Neutronen gibt es keine derartige Beschränkung. Das Atomgewicht eines Elements erhält man, indem man die Anzahl der Protonen und Neutronen addiert – Sauerstoff beispielsweise hat acht von jeder Sorte, und 8 + 8 = 16, das Atomgewicht.

Atome sind nach menschlichen Maßstäben unglaublich klein – etwa ein Dreißigmillionstel eines Zentimeters im Durchmesser für ein Bleiatom. Die Teilchen, aus denen sie bestehen, sind aber noch erheblich kleiner. Indem sie Atome voneinander abprallen ließen, haben Physiker herausgefunden, daß sie sich so verhalten, als ob Protonen und Neutronen einen winzigen Bereich im Zentrum einnähmen – den Kern –, die Elektronen aber außerhalb des Kerns über ein vergleichsweise viel größeres Gebiet verteilt seien. Eine Zeitlang stellte man sich das Atom wie eine Art kleines Sonnensystem vor, wobei der Kern die Rolle der Sonne spielte und die Elektronen die der Planeten. Dieses Modell funktionierte aber nicht sonderlich gut – zum Beispiel ist das Elektron eine bewegte Ladung, und gemäß der klassischen Physik sendet eine bewegte Ladung Strahlung aus, also sagte das Modell voraus, daß im Bruchteil einer Sekunde jedes Elektron eines Atoms seine gesamte Energie abstrahlen und auf einer Spiralbahn in den Kern fallen würde. Mit der Art Physik, die sich aus Isaac Newtons monumentalen Entdeckungen entwickelt hat, funktionieren Atome einfach nicht, wenn sie wie Sonnensysteme aufgebaut sind. Nichtsdestoweniger ist das der allgemein verbreitete Mythos, die Lüge-für-Kinder, die einem sofort in den Sinn kommt. Sie ist mit soviel Narrativium ausgestattet, daß wir sie nicht austilgen können.

Nach langen Debatten beschlossen die Physiker, die mit Materie in sehr kleinem Maßstab arbeiteten, das Sonnensystem-Modell beizubehalten und die Newtonsche Physik wegzuwerfen, indem sie sie durch die Quantentheorie ersetzten. Ironischerweise funktionierte das Sonnensystem-Modell des Atoms *immer noch nicht* besonders gut, doch es hielt sich lange genug, um der Quantentheorie den entscheidenden Anstoß zu geben. Nach der Quantentheorie haben die Protonen, Neutronen und Elektronen, aus denen ein Atom besteht, überhaupt keinen exakten Ort – sie sind wie verschmiert. Aber man kann sagen, *wie sehr* verschmiert sie sind, und die Protonen und Neutronen sind über ein winziges Gebiet in der Mitte des Atoms verschmiert, während die Elektronen übers ganze Atom verschmiert sind.

Wie das physikalische Modell auch beschaffen sein mochte, alle stimmten darin überein, daß die chemischen Eigenschaften eines Atoms hauptsächlich von seinen Elektronen bestimmt werden, weil die Elektronen außen sind; also können die Atome sich aneinanderhängen, indem sie Elektronen austauschen. Wenn sie sich aneinanderhängen, bilden sie Moleküle, und das ist die Chemie. Da ein Atom insgesamt elektrisch neutral ist, muß die Anzahl der Elektronen gleich der Anzahl der Protonen sein, und es ist diese ›Ordnungszahl‹, *nicht* das Atomgewicht, das die von Mendelejew entdeckte Periodizität hervorbringt. Für gewöhnlich beträgt jedoch das Atomgewicht ungefähr das Doppelte der Ordnungszahl, weil aus Quantengründen die Anzahl der Neutronen der der Protonen ziemlich nahekommt, so daß man praktisch dieselbe Reihenfolge bekommt, einerlei, welche der beiden Größen man benutzt. Nichtsdestoweniger ist es die Ordnungszahl, die für die Chemie mehr Sinn ergibt und die Periodizität erklärt. Es zeigt sich, daß das Perioden-Intervall 8 wirklich wichtig ist, weil die Elektronen in einer Reihe von ›Hüllen‹ existieren wie russische Matrjoschka-Puppen, eine in der anderen, und in den unteren Bereichen der Liste der Elemente besteht eine komplette Schale aus acht Elektronen.

Weiter werden dann die Schalen größer, und die Perioden-Intervalle ebenfalls. Das jedenfalls behauptete Joseph (J. J.) Thompson 1904. Die moderne Quantentheorie ist komplizierter, sie enthält weitaus mehr als drei grundlegende ›Elementarteilchen‹, und die Berechnungen sind viel schwieriger, doch im Grunde folgt aus ihnen so ziemlich dasselbe. Wie meistens in der Wissenschaft ist aus einer ursprünglich einfachen Geschichte eine kompliziertere geworden, während sie weiterentwickelt wurde und sich für die meisten Leute rapide dem Magischen Ereignishorizont näherte.

Doch selbst die vereinfachte Geschichte erklärt eine Menge Dinge, die sonst verwirrend wären. Zum Beispiel: Wenn das Atomgewicht die Anzahl der Protonen plus Neutronen ist, wieso ist das Atomgewicht dann nicht immer eine ganze Zahl? Was ist beispielsweise mit dem Chlor und seinem Atomgewicht 35,453? Wie sich herausstellt, gibt es zwei verschiedene Sorten von Chlor. Eine Sorte hat 17 Protonen und 18 Neutronen (und natürlich 17 Elektronen), macht ein Atomgewicht von 35. Die andere Sorte hat 17 Protonen und 20 Neutronen (und abermals 17 Elektronen) – zwei zusätzliche Neutronen, die das Atomgewicht auf 37 erhöhen. In der Natur vorkommendes Chlor ist ein Gemisch dieser beiden Isotope, wie sie genannt werden, annähernd im Verhältnis 3 zu 1. Die beiden Isotope sind chemisch (fast) nicht zu unterscheiden, da sie dieselbe Anzahl und Anordnung von Elektronen haben, und danach geht es in der Chemie; aber sie haben eine unterschiedliche Atomphysik.

Wer kein Physiker ist, kann leicht verstehen, warum die Zauberer der Unsichtbaren Universität der Ansicht waren, das Universum sei in zu großer Eile aus offensichtlich minderwertigen Bestandteilen hergestellt worden…

Woher kommen alle diese 112 Elemente? Hat es sie schon immer gegeben, oder sind sie zusammengesetzt worden, während sich das Universum entwickelte?

In unserem Weltall scheint es fünf verschiedene Möglichkeiten zu geben, Elemente herzustellen:

• Man beginne ein Universum mit einem Urknall, so daß man einen hochenergetischen (›heißen‹) Ozean von Elementarteilchen erhält. Man warte, bis es sich abgekühlt hat (oder benutze wenn möglich ein früher angefertigtes...). Neben gewöhnlicher Materie erhält man wahrscheinlich eine Menge exotischer Objekte wie winzige Schwarze Löcher und magnetische Monopole, doch die werden ziemlich schnell verschwinden, und es bleibt nur gewöhnliche Materie übrig – größtenteils. In einem sehr heißen Universum sind die elektromagnetischen Kräfte zu schwach, um dem Auseinanderreißen Widerstand zu leisten; doch sobald das Universum kühl genug ist, können sich infolge der elektromagnetischen Anziehung Elementarteilchen zusammenschließen. Das einzige Element, das auf diese Weise unmittelbar entsteht, ist Wasserstoff – ein Elektron, an ein Proton gebunden. Aber man erhält eine ungeheure Menge davon: In unserem Weltall ist Wasserstoff das bei weitem häufigste Element, und das meiste davon ist durch den Urknall entstanden.

Protonen und Elektronen können sich auch zusammenschließen, um Deuterium (ein Elektron, ein Proton, ein Neutron) oder Tritium (ein Elektron, ein Proton, zwei Neutronen) zu bilden, doch diese sind radioaktiv, was bedeutet, daß sie Neutronen ausspucken und wieder zu Wasserstoff werden. Ein weitaus stabileres Produkt ist Helium (zwei Elektronen, zwei Protonen, zwei Neutronen), und Helium ist das zweithäufigste Element im Universum.

• Man bringe die Gravitation ins Spiel. Jetzt ballen sich Wasserstoff und Helium zusammen, um Sterne zu bilden – die ›Schmelzöfen‹ der Zauberer. Im Mittelpunkt von Sternen ist der Druck extrem hoch. Das bringt neue Kernreaktionen ins Spiel, und man erhält Kernfusion, bei der Atome derart zusammengepreßt werden, daß sie zu neuen, größeren Atomen verschmelzen. Auf diese Weise sind viele andere wohlbekannte Elemente entstanden, von Kohlenstoff, Stickstoff, Sauerstoff und den weniger bekannten Lithium, Beryllium und so weiter bis hinauf zum Eisen. Viele von diesen Elementen kommen in Lebewesen vor, wobei Kohlenstoff das wichtigste Element ist. Aus Gründen, die mit seiner einzigartigen Elektronenstruktur zusammenhängen, ist Kohlenstoff das einzige Atom, das sich mit seinesgleichen verbinden und große, komplexe Moleküle bilden kann, ohne die unsere Art von Leben unmöglich wäre.* Jedenfalls liegt der springende Punkt darin, daß die meisten Atome, aus denen unsereins besteht, im Innern eines Sterns entstehen müssen. Wie Joni Mitchell in Woodstock** sang: »We are stardust.« Wissenschaftler zitieren diesen Vers gern, denn es klingt so, als ob sie einmal jung gewesen wären.

• Man warte, bis einer der Sterne explodiert. Es gibt (vergleichsweise) kleine Explosionen, die Novae ge-

---

* Silizium könnte das auch fertigbringen, aber nicht annähernd so leicht. Wenn man andere exotische Lebensformen haben möchte, muß man an organisierte Wirbel in den oberen Schichten der Sonne denken, an sonderbare Quantenformationen im interstellaren Plasma oder an völlig unbegreifliche Wesen, die auf immateriellen Konzepten wie Information, Denken oder Narrativium basieren. Mit der DNS ist es etwas völlig anderes: Zweifellos könnten Lebensformen auf anderen kohlenstoffreichen Molekülen beruhen. Wir können das jetzt im Labor mit leicht abweichenden Varianten von DNS tun.

** Wenn ihr keine Ahnung habt, wovon hier die Rede ist, fragt Mutti oder Vati.

nannt werden (›nova‹ für einen ›neuen‹ Stern), und heftigere – Supernovae. (Das ›Neue‹ daran ist die Tatsache, daß wir den Stern in der Regel nicht *sehen* können, bevor er explodiert, und dann sehen wir ihn.) Es ist nicht nur so, daß der nukleare Brennstoff aufgebraucht wird: Der Wasserstoff und das Helium, die den Brennstoff des Sterns ausmachen, fusionieren zu schwereren Elementen, die letzten Endes zu Verunreinigungen werden, die die Kernreaktion stören. Umweltverschmutzung ist sogar im Innern eines Sterns ein Problem. Die Physik dieser frühen Sonnen verändert sich, und einige von den größeren explodieren, wobei sie schwerere Elemente wie Jod, Thorium, Blei, Uran und Radium bilden. Diese Sterne werden von den Astrophysikern als ›Population II‹ bezeichnet – es sind alte Sterne mit einem geringen Anteil schwerer Elemente, aber nicht ganz ohne sie.

• Es gibt zwei Arten von Supernovae, und der andere Typ bringt schwere Elemente in großer Menge hervor, was zu Sternen der ›Population I‹ führt, die viel jünger als Population II sind.* Da viele von diesen Elementen instabile Atome haben, entstehen bei ihrem radioaktiven Zerfall verschiedene andere Elemente. Zu diesen Elementen ›aus zweiter Hand‹ gehört Blei.

---

* Es *müßte* auch Sterne der ›Population III‹ geben, die älter als Population II sind und ausschließlich aus Wasserstoff und Helium bestehen. Diese würden das Vorkommen *einiger* schwerer Elemente in Population II erklären. Es ist aber noch nie ein Stern der Population III entdeckt worden. Das kann daran liegen, daß sie zu kurzlebig sind. Oder eine neuere Theorie: Sehr bald nach dem Urknall hat es schwere Elemente gegeben, noch ehe sich Sterne bildeten. Als sich also die ersten Sterne zusammenballten, waren sie schon vom Typ der Population II. Das widerspricht dem, was wir im eigentlichen Text sagen – Lügen-für-Kinder natürlich.

• Neuerdings haben Menschen einige Elemente durch besondere Vorkehrungen in Atomreaktoren erzeugt – am bekanntesten ist Plutonium, ein Nebenprodukt konventioneller Uranreaktoren und Rohmaterial für Kernwaffen. Ein paar ziemlich exotische Elemente mit sehr kurzer Lebenszeit sind in experimentellen Kernbeschleunigern hergestellt worden; bisher haben wir es bis zu Element 112 gebracht.* Die Physiker streiten sich immerzu darum, wer was als erster erhalten hat und daher das Recht besitzt, einen Namen vorzuschlagen, daher werden wohl jederzeit die gerade schwersten Elemente provisorische (und lachhafte) Namen wie ›Ununnilium‹ für Element 110 erhalten – Küchenlatein für ›1-1-0-ium‹.

Welchen Sinn hat es, derlei extrem kurzlebige Elemente herzustellen? Sie sind zu nichts zu *gebrauchen.* Schön, wie Berge sind sie *da,* überdies ist es immer von Nutzen, wenn man seine Theorien an extremen Fällen überprüft. Doch der Hauptgrund liegt darin, daß sie vielleicht Schritte zu etwas viel Interessanterem sind, vorausgesetzt, daß es wirklich existiert. Allgemein gesagt: Vom Polonium mit der Ordnungszahl 84 an ist alles radioaktiv – es sendet von selbst Teilchen aus und zerfällt zu etwas anderem –, und je höher die Ordnungszahl

---

* 1999 wurde die Herstellung von Atomen der Elemente 114, 116 und 118 gemeldet. Vom Element 114 stellte das russische Kernforschungszentrum Dubna mit Unterstützung des amerikanischen Livermore-Laboratoriums *ein* Atom her, das zwar nicht stabil war, aber eine viel höhere Lebensdauer als die Elemente um Nummer 110 herum hatte. Die Gültigkeit dieses Experiments ist noch umstritten. Später wurden im kalifornischen Lawrence Berkeley National Laboratory ein paar Atome von Element 118 erzeugt, die sich zunächst unter Aussendung von Alphateilchen schrittweise in die Elemente 116, 114, 112 usw. bis 106 umwandelten und dann in kleinere Teile zerfielen. – *Anm. d. Übers.*

eines Elements, um so schneller zerfällt es. Doch diese Tendenz setzt sich vielleicht nicht endlos fort. Wir können keine exakten Modelle für schwere Atome aufstellen – eigentlich nicht einmal für leichte, doch je schwerer sie werden, um so schlimmer.

Verschiedene empirische Modelle (intelligente Schätzungen auf der Grundlage von Intuition, Vermutungen und Herumspielen mit anzupassenden Konstanten) haben zu einer überraschend genauen Formel dafür geführt, wie stabil ein Element mit einer gegebenen Anzahl von Protonen und einer gegebenen Anzahl von Neutronen sein müßte. Für bestimmte ›magische Zahlen‹ – Rundweltbegriffe, die darauf schließen lassen, daß die betreffenden Physiker etwas vom Geist der Scheibenwelt aufgesogen und erkannt haben, daß eine Formel eher mit einem Zauberspruch ist als mit einer Theorie verwandt – sind die entsprechenden Atome außergewöhnlich stabil. Die magischen Zahlen für Protonen sind 28, 50, 82, 114 und 164, die für Neutronen 28, 50, 82, 126, 184, 196 und 318. Zum Beispiel ist das stabilste von allen Elementen Blei mit 82 Protonen und 126 Neutronen.

Nur zwei Schritte hinter dem unglaublich instabilen Element 112 liegt Element 114, vorläufig Eka-Blei genannt. Mit 114 Protonen und 184 Neutronen ist es doppelt magisch und daher *wahrscheinlich* viel stabiler als die meisten Elemente in seiner Nachbarschaft. Und Ungewißheit rührt von Zweifeln wegen der Näherungen in der Stabilitätsformel her, die bei so großen Zahlen vielleicht nicht funktioniert. Jeder Zauberer weiß, daß Sprüche oft mißlingen können. Wenn wir aber annehmen, daß der Spruch gelingt, können wir Mendelejew spielen und die Eigenschaften von ›Eka-Blei‹ vorhersagen, indem wir von denen in der Blei-Reihe des Periodensystems (Kohlenstoff, Silizium, Germanium, Zinn, Blei) extrapolieren. Wie der Name andeutet, erweist sich Eka-Blei als dem Blei ähnlich – es dürfte ein Metall mit einem Schmelzpunkt von 70 °C und einem Siedepunkt von 150 °C bei Atmosphärendruck sein. Seine Dichte sollte 25% größer als die von Blei sein.

Noch weiter draußen liegt das doppelt magische Element 164 mit 164 Protonen und 318 Neutronen, und dahinter kommen vielleicht weitere magische Zahlen… Extrapolieren ist immer gefährlich, doch selbst wenn die Formel falsch sein sollte, kann es durchaus bestimmte spezielle Konfigurationen von Protonen und Neutronen geben, die so stabil sind, daß die entsprechenden Elemente irgendwo im wirklichen Universum zu finden sind. Daher kommen vielleicht Elephantigen und Chelonium. Möglicherweise warten Noggo und Plink irgendwo darauf, daß wir ihnen unsere Aufmerksamkeit zuwenden. Vielleicht gibt es stabile Elemente mit sehr großen Ordnungszahlen – manche könnten sogar die Größe eines Sterns haben. Nehmen wir zum Beispiel einen Neutronenstern, einen Stern, der fast ausschließlich aus Neutronen besteht und der entsteht, wenn ein größerer Stern unter der eigenen Anziehungskraft in sich zusammenstürzt. Neutronensterne haben eine unglaublich hohe Dichte: etwa 100 Milliarden Kilogramm pro Kubikzentimeter – zwanzig Millionen Elefanten in einer Nußschale. Ihre Oberflächengravitation beträgt das *Siebenmilliardenfache* der irdischen. Die Teilchen in einem Neutronenstern sind so dicht gepackt, daß er praktisch ein einziges großes Atom ist.

So bizarr sie sind, können einige von diesen superschweren Elementen doch in ungewöhnlichen Ecken unseres Weltalls herumgeistern. 1968 wurde berichtet, daß die Elemente 105 bis 110 manchmal in kosmischen Strahlen – hochenergetischen Teilchen aus dem Weltraum – zu beobachten waren, doch diese Meldungen wurden nicht bestätigt. Es besteht die Ansicht, daß kosmische Strahlen in Neutronensternen ihren Ursprung haben, also werden vielleicht unter den dort herrschenden erstaunlichen Bedingungen solche superschwere Elemente gebildet. Was würde geschehen, wenn sich Sterne der Population I veränderten, indem sie superschwere stabile Elemente anhäufen?

Da die Nummern der Sternenpopulationen mit dem Lauf der Zeit als III, II, I aufeinander folgen – eine Konvention, die den Astrophysikern vielleicht noch leid tun wird –, müssen wir diese hypothetischen Sterne ›Population 0‹ nennen. Jedenfalls könnte das Universum der Zukunft durchaus stellare Objekte enthalten, die sich von allen heute bekannten stark unterscheiden, und so wie Novae und Supernovae werden wir vielleicht noch mächtigere Explosionen beobachten – Hypernovae. Es könnte sogar weitere Stadien geben – Population *minus* I und dergleichen. Wie gesagt, unser Universum scheint sich oft seine Regeln aus der Bewegung heraus selbst zu machen, ganz im Gegensatz zum rationalen, stabilen Universum der Scheibenwelt.

NEUN

Friß heißes Öl, Unhold!

Die Felsen stießen wieder aneinander, und der Erzkanzler nahm enttäuscht zur Kenntnis, daß sie sich dabei auf gekrümmten Linien bewegten.

»Ich schätze, wir haben bewiesen, daß eine große, aus Steinen bestehende Schildkröte nicht funktioniert«, sagte der Oberste Hirte und seufzte.

»Zum zehnten Mal«, betonte der Dozent für neue Runen.

»Ich habe ja *gesagt,* daß wir Chelonium brauchen«, warf Erzkanzler Ridcully ein.

Frühere Versuche drehten sich etwas weiter entfernt. Kleine Kugeln, große Kugeln... Einige von ihnen waren in einen Mantel aus Gasen gehüllte, die ihren Ansammlungen aus Felsgestein und Eis entströmten. Das neue Universum schien eine grobe Vorstellung davon zu haben, wie es beschaffen sein sollte, doch aus irgendeinem Grund konnte es sich nicht in die richtige Richtung entwickeln.

Der Erzkanzler wies in diesem Zusammenhang auf folgendes hin: Wenn die Leute etwas hatten, auf dem sie stehen konnten, dann brauchten sie auch etwas zum Atmen. Atmosphären erschienen so, als hätte man ein Zeichen gegeben, aber sie bestanden aus schrecklichem Zeug, mit dem sich nicht einmal Trolle die Lungen gefüllt hätten.

Wenn Götter fehlten – und bei verschiedenen Tests waren keine Spuren von Göttlichem entdeckt worden –, so mußten Menschen die Dinge in Ordnung bringen, befand Ridcully.

Im Forschungstrakt für hochenergetische Magie wurde es allmählich eng. Selbst die Studenten der Unsichtbaren Universität zeigten nun Interesse, obwohl man sie sonst tagsüber kaum zu Gesicht bekam. Das Projekt war noch interessanter, als die ganze Nacht über mit HEX zu spielen und dabei mit Heringen und Bananen belegte Pizzas zu essen.

Weitere Tische waren aufgestellt worden. Das Projekt befand sich in der Mitte eines immer größer werdenden Kreises aus Instrumenten und Apparaten. Mit Ausnahme des Professors für unheimliche Spitzenarbeiten schienen alle Zauberer der Ansicht zu sein, daß ihre derzeitige Arbeit enorme Fortschritte erzielen konnte, wenn sie Zugang zum Projekt bekamen. Platz gab es genug. Zwar betrug der Durchmesser der Kugel auch weiterhin etwa dreißig Zentimeter, aber in ihrem Innern wurde sie mit jeder verstreichenden Sekunde größer. Ein Universum bietet jede Menge Raum.

Unwissende Laien erhoben Einwände gegen magische Experimente, die völlig ungefährlich waren – immerhin betrug die Wahrscheinlichkeit dafür, daß es zu fatalen Rissen in der Struktur des Raums kam, nur zwanzig Prozent. Im Innern des Projekts gab es niemanden, der gegen *irgend etwas* protestieren konnte.

Es kam zu gewissen Zwischenfällen…

»Ihr beiden da, hört auf zu schreien!« schrie der Oberste Hirte. Seine Worte galten zwei Studenten, die heftig miteinander stritten beziehungsweise ihre jeweiligen Meinungen mit lauter Stimme wiederholten, was man häufig mit Streit gleichsetzt.

»Ich habe eine Ewigkeit gebraucht, um eine kleine Eiskugel zu schaffen, und *er* hat einen verdammten Felsen dagegenknallen lassen, Herr.«

»Ich wollte es nicht«, sagte der andere Student. Der Oberste Hirte starrte ihn an und versuchte, sich an seinen Namen zu erinnern. Für gewöhnlich vermied er es,

Studenten besser kennenzulernen, denn er sah in ihnen vor allem einen störenden Faktor im allgemeinen Universitätsleben.

»Worin *bestand* denn deine Absicht… Junge?« fragte er.

»Äh… Ich wollte die große Gaskugel treffen, Herr. Aber der Felsen flog um ihn herum, Herr.«

Der Oberste Hirte drehte den Kopf von einer Seite zur anderen – vom Dekan war weit und breit nichts zu sehen. Dann blickte er ins Projekt.

»Oh, ich verstehe. Die große Kugel. Recht hübsch. Viele bunte Streifen. Wer hat sie konstruiert?«

Ein Student hob die Hand.

»Ah, ja… du«, sagte der Oberste Hirte. »Gute Streifen. Bravo. Welche Materialien hast du verwendet?«

»Ich habe ziemlich viel Eis gesammelt, Herr. Aber dann wurde es heiß.«

»Im Ernst? Eis wird heiß, wenn man eine Kugel daraus formt?«

»In einer *großen* Kugel, Herr.«

»Hast du Stibbon davon erzählt? Über solche Dinge möchte er Bescheid wissen.«

»Ja, Herr.«

Der Oberste Hirte wandte sich an den anderen Studenten.

»Und warum wirfst du Felsen nach einer großen Gaskugel?«

»Äh… Weil man für jeden Treffer zehn Punkte bekommt, Herr.«

Der Oberste Hirte musterte die Studenten und begriff plötzlich. Einmal hatte er den Forschungstrakt für hochenergetische Magie mitten in der Nacht betreten, weil er nicht schlafen konnte, und bei jener Gelegenheit war er dort einem Dutzend oder mehr Studenten begegnet, die sich an HEX' Tastatur zusammendrängten und Dinge riefen wie: »Ich habe den Rammbock! Ha, friß heißes Öl, Unhold!« Solche Aktivitäten in einem ganz neuen Universum zu entfalten, erschien ihm… nun, unhöflich.

Andererseits teilte der Oberste Hirte die inoffizielle Ansicht einiger seiner Kollegen, das Überwinden der bisherigen Grenzen des Wissens sei nicht ganz… nun, höflich. Immerhin gab es solche Grenzen aus gutem Grund.

»Soll das heißen, daß ihr die vom Projekt gebotenen zahlreichen Möglichkeiten des Grenzenlosen und Unendlichen für ein *Spiel* nutzt?« fragte der Oberste Hirte.

»Äh… Ja, Herr.«

»Oh.« Der Oberste Hirte betrachtete die große Gaskugel. Kleine Felsbrocken umkreisten sie. »Na schön… Kann ich es mal versuchen?«

ZEHN

Die Gestalt der Dinge

Wenn Zauberer etwas Neues finden, spielen sie damit.

Ebenso Wissenschaftler. Sie spielen mit derart wilden Ideen, daß sie oft dem gesunden Menschenverstand zuwiderzulaufen scheinen – und dann bestehen sie darauf, daß diese Ideen *zutreffend* sind, und der gesunde Menschenverstand es nicht ist. Oft vertreten sie ihre Ansicht erstaunlich gut. Einstein hat sich einmal häßlich über den gesunden Menschenverstand geäußert, nämlich daß er dem Unverstand gleiche, doch er ist zu weit gegangen. Die Wissenschaft und der gesunde Menschenverstand hängen zusammen, aber indirekt. Die Wissenschaft ist eine Art Vetter dritten Grades des gesunden Menschenverstandes über zwei Ecken. Der gesunde Menschenverstand sagt uns, wie das Universum den Wesen *erscheint,* die unsere spezielle Größe, unsere Gewohnheiten und Neigungen haben. Zum Beispiel sagt uns der gesunde Menschenverstand, daß die Erde flach ist. Sie *sieht* flach aus – abgesehen von Bergen, Tälern und allerlei Buckeln und Mulden… Wenn sie nicht flach wäre, müßten die Dinge herumrollen oder herunterfallen. Dennoch *ist* die Erde nicht flach. Auf der Scheibenwelt hingegen ist die Beziehung zwischen gesundem Menschenverstand und Wirklichkeit für gewöhnlich tatsächlich sehr direkt. Der gesunde Menschenverstand sagt den Zauberern von der Unsichtbaren Universität, daß die Erde flach sei – und sie ist flach. Um dies nachzuweisen, können sie an den Rand treten, wie es Rincewind und Zweiblume in *Die Farben der Magie* tun, und zusehen, wie allerlei Dinge im

Randfall darüber hinaus verschwinden: »Das Donnern klang jetzt nicht mehr ganz so dumpf. Hundert Meter entfernt tauchte der größte Tintenfisch auf, den Rincewind jemals gesehen hatte, schlug wild mit den Tentakeln und versank wieder in den reißenden Fluten.... Das Ende der Welt rückte näher.« Dann werden sie vom Umzaun aufgehalten, einem zehntausend Meilen langen Netz, das kurz vor dem Rand ausgespannt ist und von Thetis dem Meerestroll bewacht wird – wenn auch nur auf einem kleinen Stück. Und sie können über den Rand spähen: »Die Perspektive verschob sich plötzlich und gewann einen ganz neuen, erschreckenden Aspekt. Der Zauberer sah jetzt den Kopf eines Elefanten, so groß wie einen mittleren Kontinent.... Unter dem Elefanten glänzte nur die ferne Sonne. Doch daneben zeichnete sich etwas ab, das trotz stadtgroßer Schuppen, pockennarbiger Krater und einer zerklüfteten mondartigen Landschaft der Paddelfuß einer Schildkröte sein mußte.«

Es wird allgemein angenommen, die Menschen im Altertum hätten sich die Erde aus all den offensichtlichen Gründen des gesunden Menschenverstandes flach vorgestellt. In Wahrheit haben die meisten alten Zivilisationen, die Aufzeichnungen hinterlassen haben, herausgefunden, daß die Erde rund sein muß. Schiffe kamen von unsichtbaren Ländern jenseits des Horizonts zurück, und am Himmel gaben eine runde Sonne und ein runder Mond einen deutlichen Hinweis...*

Das ist die Stelle, wo sich Wissenschaft und gesunder Menschenverstand überschneiden. Wissenschaft ist gesunder Menschenverstand, *auf die Tatsachen angewendet.*

---

* ›Die meisten Zivilisationen‹ heißt freilich nicht ›die meisten Leute‹. In der gesamten Geschichte des Planeten haben ›die meisten Leute‹ sich nie damit befassen müssen, welche Gestalt die Welt hat, sofern sie nur irgendwo die nächste Mahlzeit lieferte.

Wenn man den gesunden Menschenverstand in dieser Weise anwendet, kommt man oft zu Schlußfolgerungen, die sich sehr von den *Annahmen* des gesunden Menschenverstandes unterscheiden, denen zufolge das Universum sich wirklich so verhält, wie es den *Anschein* hat. Natürlich hilft er einem auch zu verstehen, daß, wenn man auf einer sehr *großen* Kugel lebt, diese über eine ziemlich lange Strecke ziemlich flach wirkt. Und wenn die Gravitationskraft immer zum Mittelpunkt der Kugel zeigt, dann rollen die Dinge tatsächlich nicht herum oder fallen herunter. Aber das sind Feinheiten.

Um 250 v. Chr. überprüfte ein Grieche namens Eratosthenes die Theorie, daß die Erde eine Kugel ist, und er errechnete sogar die Größe der Kugel. Er wußte, daß in der Stadt Syene – dem heutigen Assuan in Ägypten – sich die Mittagssonne am Grunde eines Brunnens spiegelte. (In Ankh-Morpork würde das nicht funktionieren, weil dort das Brunnenwasser oft fester als der umgebende Brunnen ist.) Eratosthenes brachte ein paar weitere einfache Tatsachen ins Spiel und erhielt viel mehr, als er eingesetzt hatte.

Es ist eine Frage der Geometrie. Der Brunnen war genau nach unten gegraben worden. Also mußte die Sonne in Syene genau oben stehen. Doch in Eratosthenes Heimatstadt Alexandria im Nildelta kam das nicht vor. Mittags, wenn die Sonne am höchsten stand, warf Eratosthenes unverkennbar einen Schatten. Er schätzte, daß mittags der Winkel zwischen der Sonne und der Senkrechten knapp über 7° betrug – ziemlich genau $^1/_{50}$ von 360°. Dann kam der Sprung der Deduktion. Die Sonne befindet sich am selben Ort, egal, von wo aus sie betrachtet wird. Aus anderen Gründen war bekannt, daß die Sonne sehr weit von der Erde entfernt sein mußte, und das bedeutete, daß die Sonnenstrahlen, die in Alexandria auf die Erde trafen, ziemlich genau parallel zu denen verliefen, die in Syene ankamen. Eratosthenes erkannte, daß eine runde Erde den Unterschied erklären würde. Er schloß, daß die Entfernung von Syene nach Alexandria $^1/_{50}$ des Erdumfangs betragen mußte. Doch wie weit war das?

Bei solchen Gelegenheiten zahlt es sich aus, mit den Kameltreibern auf gutem Fuß zu stehen. Nicht etwa deshalb, weil der größte Mathematiker der Welt ein Kamel namens Du Mistvieh wäre, wie es auf der Scheibenwelt der Fall ist (siehe *Pyramiden*), sondern weil die Kamelkarawanen von Alexandria nach Syene 50 Tage bei einer Durchschnittsgeschwindigkeit von 100 Stadien pro Tag brauchten. Also betrug die Entfernung von Alexandria nach Syene 5000 Stadien und der Erdumfang 250 000 Stadien. Das Stadium war ein griechisches Längenmaß, und niemand weiß, wie lang es war. Gelehrte *glauben,* daß es 157 Meter betrug, und wenn sie recht haben, kam Erastothenes auf 39 690 km. Der tatsächliche Wert beträgt etwa 40 042 km, also kam Eratosthenes der Wahrheit erstaunlich nahe. Es sei denn – tut uns leid, aber wir sind unverbesserlich mißtrauisch –, die Gelehrten hätten von der Antwort her zurückgerechnet.

An dieser Stelle begegnen wir einer anderen Eigenschaft wissenschaftlichen Denkens. Um Vergleiche zwischen Theorie und Experiment ziehen zu können, muß man das Experiment in den Begriffen seiner Theorie *interpretieren.* Um diesen Punkt zu verdeutlichen, erzählen wir die Geschichte von Rattamspiesthenes, einem frühen Verwandten von Treibe-mich-selbst-in-den-Ruin Schnapper, der bewies, daß die Scheibenwelt rund sei (und sogar ihren Umfang schätzte). Rattamspiesthenes bemerkte, daß sich in den Spitzhornbergen mittags die Sonne im Zenit befand, während sie in Lancre, rund 1000 Meilen entfernt, um 84° von der Senkrechten abwich. Da 84° grob ein Viertel von 360° ist, schloß Rattamspiesthenes, daß die Scheibenwelt rund sei und die Entfernung von den Spitzhornbergen nach Ankh-Morpork ein Viertel des Umfangs betrage. Damit liegt der Umfang dieser kugelförmigen Scheibenwelt bei 4000 Meilen. Zum Pech für diese Theorie war aus anderen Gründen bekannt, daß die Scheibenwelt von Rand zu Rand etwa 10000 Meilen mißt. Aber man darf sich eine gute Theorie nicht von einer sperrigen Tatsache verderben lassen, und bis ans Grab glaubte Rattamspiesthenes, die Welt sei eben doch ein Dorf.

Sein Fehler bestand darin, daß er durchaus richtige Beobachtungsdaten in den Begriffen einer fehlerhaften Theorie interpretierte. Wissenschaftler kommen immer wieder auf anerkannte Theorien zurück, um sie auf neue Weise auf die Probe zu stellen, und neigen zu gereizten Beziehungen mit jenen Priestern, seien sie nun religiös oder weltlich, die die Antworten schon kennen – egal, wie die Frage lautet. Bei der Wissenschaft geht es nicht darum, ein Gebäude von bekannten ›Tatsachen‹ zu errichten. Sie ist eine Methode, sperrige Fragen zu stellen und sie der Überprüfung durch die Wirklichkeit zu unterziehen, damit die menschliche Neigung vermieden wird, alles zu glauben, was uns ein gutes Gefühl gibt.

Seit frühsten Zeiten haben sich Menschen nicht nur für die Gestalt der Welt interessiert, sondern auch für die Gestalt des Weltalls. Zunächst glaubten sie wahrscheinlich, das sei ein und dieselbe Frage. Dann fanden sie mit ungefähr derselben Art Geometrie wie Eratosthenes heraus, daß jene Lichter am Himmel *sehr* weit entfernt sind. Sie kamen auf eine erstaunliche Vielfalt von Mythen über den Feuerwagen des Sonnengottes und so weiter, doch nachdem die Babylonier auf den Gedanken gekommen waren, genaue Messungen durchzuführen, führten ihre Theorien allmählich zu überraschend guten Vorhersagen von Dingen wie Sonnen- und Mondfinsternissen und der Planetenbewegung. Zur Zeit von Ptolemäus (Claudius Ptolemäus, 100–160) enthielt das beste Modell für die Planetenbewegung eine Reihe von ›Epizykeln‹ – die Planeten bewegten sich wie auf runden Kreisbahnen, deren Zentrum sich auf einem anderen Kreis bewegte, dessen Zentrum...

Isaac Newton ersetzte diese Theorie und ihre genaueren Nachfolger durch eine *Regel,* das Gravitationsgesetz; es beschreibt, wie jeder Körper im Universum jeden anderen Körper anzieht. Es erklärte Johannes Keplers Entdeckung, daß die Umlaufbahnen der Planeten Ellipsen sind, und auf lange Sicht erklärte es noch eine Menge anderer Dinge.

Nach etlichen Jahrhunderten verblüffender Erfolge lieferte Newtons Theorie ihren ersten großen Fehler: Sie traf unzutreffende Vorhersagen über die Umlaufbahn des Merkur. Die Stelle der Umlaufbahn, wo Merkur der Sonne am nächsten kommt, bewegte sich nicht *ganz* so, wie Newtons Gesetz es vorhersagte. Einstein eilte mit einer Theorie zu Hilfe, die sich nicht auf Anziehungskräfte stützte, sondern auf Geometrie – auf die Gestalt der Raumzeit. Das war die gefeierte Relativitätstheorie. Die Theorie war in zwei Ausfertigungen erhältlich: als Spezielle und Allgemeine Relativitätstheorie. Die Spezielle Relativitätstheorie behandelt die Struktur von Raum, Zeit und Elektromagnetismus; die Allgemeine Relativitätstheorie beschreibt, was passiert, wenn man auch noch die Schwerkraft ins Spiel bringt.

Es ist ganz wichtig, sich zu vergegenwärtigen, daß ›Relativität‹ eine dumme Bezeichnung ist. Der Kernpunkt der Speziellen Relativitätstheorie ist nicht darin zu sehen, daß ›alles relativ‹ ist, sondern daß etwas Bestimmtes – die Lichtgeschwindigkeit – unerwarteterweise *absolut* ist. Das Gedankenexperiment ist weithin bekannt. Wenn man mit 80 km/h in einem Auto fährt und nach vorn ein Gewehr abfeuert, so daß sich die Kugel mit 800 km/h relativ zum Wagen bewegt, dann addieren sich die beiden Teilgeschwindigkeiten, und die Kugel trifft mit 880 km/h auf ein feststehendes Ziel auf. Wenn man aber, statt das Gewehr abzufeuern, eine Taschenlampe einschaltet, die Licht mit einer Geschwindigkeit von 300 000 km/s ›abschießt‹, dann trifft dieses Licht auf dem feststehenden Ziel nicht mit einer Geschwindigkeit von 1 080 000 080 km/h auf. Es trifft mit 1 080 000 000 km/h auf, *exakt derselben Geschwindigkeit, als ob der Wagen stünde.*

Es gibt praktische Schwierigkeiten, dieses Experiment durchzuführen, aber Experimente weniger anschaulicher und gefährlicher Natur haben gezeigt, wie das Ergebnis aussähe.

Einstein veröffentlichte die Spezielle Relativitätstheorie 1905 gleichzeitig mit dem ersten ernsten Beweis für die Quantenmechanik und einer bahnbrechenden Arbeit über Diffusion. Etliche andere Leute – darunter der niederländische Physiker Hendrik Lorentz und der französische Mathematiker Henri Poincaré – arbeiteten an derselben Idee, da der Elektromagnetismus nicht vollständig mit der Newtonschen Mechanik im Einklang stand. Die Schlußfolgerung lautete, daß das Universum weitaus sonderbarer ist, als der gesunde Menschenverstand uns sagt, obwohl sie wahrscheinlich nicht gerade dieses Wort verwendeten. Dinge *schrumpfen,* wenn sie sich der Lichtgeschwindigkeit nähern, die Zeit verlangsamt sich, die Masse wird unendlich… und nichts kann sich schneller als Licht bewegen. Ein anderer Schlüsselgedanke lautete, daß Raum und Zeit in gewissem Maße austauschbar sind. Die herkömmlichen drei Raumdimensionen plus eine gesonderte Dimension für die Zeit werden zu einer einheitlichen *Raumzeit* mit vier Dimensionen verschmolzen. Aus einem Punkt im Raum wird ein Ereignis in der Raumzeit.

Im gewöhnlichen Raum gibt es das Konzept der Entfernung. In der Speziellen Relativitätstheorie gibt es eine analoge Größe, die der Ereignisabstand genannt wird und die mit dem scheinbaren Verlauf der Zeit zusammenhängt. Je schneller sich ein Objekt bewegt, um so langsamer vergeht die Zeit für einen Beobachter, der sich in dem Objekt befindet. Dieser Effekt wird Zeitdilatation genannt.

Wenn man *mit* Lichtgeschwindigkeit reisen könnte, stünde die Zeit still.

Ein erstaunlicher Zug der Relativität ist das Zwillingsparadoxon, das 1911 von Paul Langevin dargelegt wurde. Abermals ist es eine klassische Veranschaulichung. Nehmen wir an, daß Rosenkranz und Güldenstern auf der Erde am selben Tage geboren werden. Rosenkranz bleibt sein Leben lang dort, während Güldenstern fast mit Lichtgeschwindigkeit fortfliegt, dann kehrtmacht und zurückkommt. Wegen der Zeitdilatation ist für Güldenstern (sagen wir) nur ein Jahr vergangen, während für Rosenkranz 40 Jahre verstrichen sind. Also ist Güldenstern jetzt 39 Jahre jünger als sein Zwillingsbruder. Experimente, in denen Atomuhren in Jumbo-Jets rund um die Erde geflogen wurden, haben dieses Szenarium bestätigt, doch Flugzeuge sind im Vergleich zur Lichtgeschwindigkeit so langsam, daß der beobachtete (und vorhergesagte) Unterschied nur den winzigsten Bruchteil einer Sekunde ausmacht.

So weit, so gut, doch die Schwerkraft hat darin keinen Platz. Einstein zermarterte sich jahrelang das Gehirn, ehe er einen Weg fand, die Gravitation einzubeziehen: Die Raumzeit soll gekrümmt sein. Das Ergebnis wird Allgemeine Relativitätstheorie genannt und ist eine Synthese der Newtonschen Gravitation und der Speziellen Relativitätstheorie. In Newtons Theorie ist die Gravitation eine Kraft, die Teilchen von den absolut geradlinigen Bahnen abbringt, auf denen sie sich sonst bewegen würden. In der Allgemeinen Relativitätstheorie ist die Gravitation keine Kraft: Sie ist eine Störung im Gefüge der Raumzeit. Das übliche Bild besagt, daß die Raumzeit ›gekrümmt‹ wird, obwohl dieser Begriff leicht mißzuverstehen ist. Insbesondere braucht sie nicht um etwas anderes *herum* gekrümmt zu sein. Die Krümmung wird physikalisch als Gravitationskraft interpretiert, und sie bewirkt, daß sich Lichtstrahlen krümmen. Ein Ergebnis sind ›Gravitationslinsen‹, die Krümmung des Lichts durch massereiche Objekte, die Einstein 1911 entdeckte und 1915 veröffentlichte. Der Effekt wurde erstmals während einer Sonnenfinsternis beobachtet. In neuerer Zeit hat man entdeckt, daß einige weit entfernte Quasare Mehrfachbilder im Teleskop ergeben, da ihr Licht von einer dazwischenliegenden Galaxis wie von einer Linse gebrochen wird.

Einsteins Gravitationstheorie verdrängte die Newtonsche, weil sie besser zu den Beobachtungen paßte – doch Newtons Theorie bleibt für viele Zwecke genau genug, und sie ist einfacher, daher ist sie keineswegs veraltet. Nun sieht es allmählich so aus, als ob Einstein seinerseits verdrängt werden könnte, möglicherweise durch eine Theorie, die er als seinen größten Fehler verworfen hat.

1998 stellten zwei unterschiedliche Beobachtungen Einsteins Theorie in Frage. Bei der einen ging es um die Struktur des Universums in wirklich großem Maßstab, die andere ereignete sich in unserem eigenen Hinterhof. Die erste hat alle bisher gemachten Einwände überstanden, die zweite kann möglicherweise auf etwas Prosaischeres zurückgeführt werden. Beginnen wir also mit der zweiten merkwürdigen Beobachtung.

1972 und 1973 wurden zwei Raumsonden, Pioneer 10 und 11, zur Erforschung von Jupiter und Saturn gestartet. Ende der achtziger Jahre befanden sie sich weit draußen im Raum und waren im Begriff, das bekannte Sonnensystem zu verlassen. Es gibt seit langem den Glauben, eine ihrer Bestätigung harrende wissenschaftliche Legende, das sich jenseits des Pluto ein noch unentdeckter Planet befinden könnte, Planet X. Ein solcher Planet hätte die Bewegungen der beiden Pioneers gestört, also lohnte es sich, die Proben zu verfolgen, in der Hoffnung, unerwartete Abweichungen zu finden. John Andersons Gruppe fand tatsächlich Abweichungen, doch sie paßten zu keinem Planeten X – und auch nicht zur Allgemeinen Relativitätstheorie. Die Pioneers gleiten ohne jeden aktiven Antrieb dahin, also zieht die Gravitation der Sonne (und die viel schwächere der anderen Körper im bekannten Sonnensystem) an ihnen und verlangsamt allmählich ihren Flug. Doch die Proben wurden ein winziges bißchen langsamer, als sie es hätten werden sollen. 1994 äußerte Michael Martin die Ansicht, dieser Effekt sei hinreichend deutlich nachgewiesen, um Zweifel an Einsteins Theorie zu wecken, und 1998 berichtete Andersons Gruppe, daß die beobachteten Daten nicht durch Effekte wie Meßfehler, Gaswolken, den Druck des Sonnenlichts oder den Gravitationszug von Kometen im äußeren Sonnensystem erklärt werden könnten.

Drei andere Wissenschaftler reagierten rasch mit anderen Dingen, die die Anomalien erklären sollten. Zwei dachten an Abwärme. Die Pioneers werden von Nukleargeneratoren an Bord mit Energie versorgt, und sie strahlen einen kleinen Überschuß an Wärme in den Raum ab. Die andere mögliche Erklärung lautet, daß die Pioneers vielleicht winzige Mengen Treibstoff in den Raum ablassen. Anderson bedachte beide Erklärungen und fand Schwachpunkte an beiden.

Das Seltsamste an der beobachteten Verlangsamung ist die Tatsache, daß sie exakt den Wert hat, den eine 1983 von Mordehai Milgrom vorgeschlagene unorthodoxe Theorie vorhersagt. Diese Theorie ändert nicht das Gravitationsgesetz, sondern Newtons Bewegungsgesetz, nach dem die Beschleunigung gleich der Kraft geteilt durch die Masse ist. Milgroms Änderung gilt für sehr kleine Beschleunigungen, und sie wurde eingeführt, um ein anderes Rätsel der Gravitation zu erklären: die Tatsache, daß Galaxien weder mit der nach Newton noch mit der nach Einstein vorhergesagten Geschwindigkeit rotieren. Diese Diskrepanz wird für gewöhnlich auf die Existenz von ›dunkler kalter Materie‹ zurückgeführt, die einen Gravitationszug ausübt, aber nicht im Teleskop beobachtet werden kann. Wenn Galaxien einen Halo von kalter dunkler Materie haben, dann rotieren sie mit einer Geschwindigkeit, die nicht mit der der sichtbaren Bereiche übereinstimmt. Viele Theoretiker haben eine Abneigung gegen kalte dunkle Materie (weil man sie nicht direkt beobachten kann – ebendas bedeutet ›kalt dunkel‹), und Milgroms Theorie hat allmählich an Beliebtheit gewonnen. Künftige Studien der Pioneers werden vielleicht die Entscheidung bringen.

Die andere Entdeckung betrifft die Ausdehnung des Weltalls. Das Universum wird größer, doch jetzt hat es den Anschein, daß die sehr weit entfernten Regionen des Universums sich schneller ausdehnen, als sie sollten. Dieses erstaunliche Ergebnis stammt vom ›Supernova Cosmology‹-Projekt unter der Leitung von Saul Perlmutter und seinem Erzrivalen, dem von Brian Schmidt geleiteten ›High-Z Supernova Search Team‹. Es zeigt sich als leichte Krümmung in einer Kurve, wie sich die scheinbare Helligkeit ferner Supernovae mit ihrer Rotverschiebung ändert. Nach der Allgemeinen Relativitätstheorie müßte die Kurve gerade sein, doch sie ist es nicht. Sie verhält sich so, als gebe es eine abstoßende Komponente der Gravitation, die sich nur über extrem große Entfernungen äußert – sagen wir, den halben Radius des Universums. Im Grunde eine Art Antigravitation.

Interessanterweise hatte Einstein ursprünglich eine derartige abstoßende Kraft in seine relativistischen Gravitationsgleichungen aufgenommen, er nannte sie die kosmologische Konstante. Später änderte er seine Meinung und strich die kosmologische Konstante, wobei er sich beklagte, es sei dumm von ihm gewesen, sie erst hereinzunehmen. Er starb in dem Glauben, das sei ein Makel auf seinem Werk, doch vielleicht hatte er es mit seiner ursprünglichen Intuition doch genau getroffen.

Es gibt auch eine mögliche Verbindung zu der anderen tiefgreifenden physikalischen Theorie, der Quantenmechanik. Zunächst erschien das unwahrscheinlich. Wenn es eine Antigravitations-Wirkung gibt, müßte sie von der ›Vakuum-Energie‹ stammen – einer Energieform, die, wenn es sie gibt, im leeren Raum gespeichert ist… (Während wir dies schreiben, stellen wir uns Ridcullys Gesichtsausdruck vor. Wir müssen ihn ignorieren. Hier haben wir es mit nichts Vernünftigem zu tun – wie Magie. Hier geht es um Wissenschaft. Leerer Raum kann Interesse anziehen.)

Die Quantentheorie sagt jedoch voraus, daß, wenn im gegenwärtigen Universum Vakuumenergie existieren würde, diese eine Antigravitationswirkung hervorbringen müßte, die 10^{119} (eine 1, gefolgt von 119 Nullen) mal so groß wäre wie das, was beobachtet wurde. Astronomen sind zwar an größere Meßfehler gewöhnt, als man sie in den meisten anderen Wissenschaften findet, aber das ist sogar für Astronomen zuviel. Doch gegen Ende 1998 fragte sich Robert Matthews, ob die Antigravitationswirkung vielleicht von einem Überrest der Vakuumenergie aus einem früheren Stadium des Weltalls herrührt. Seine Idee hängt mit einer sechzig Jahre alten Spekulation von Paul Dirac zusammen, einem der Begründer der Quantentheorie. Dirac bemerkte ein seltsames Zusammentreffen. Die elektromagnetische Kraft zwischen einem Proton und einem Elektron ist 10^{40} (eine 1, gefolgt von 40 Nullen) mal so groß wie die Gravitationskraft zwischen ihnen. Das Alter des Universums ist auch 10^{40} mal so groß wie die Zeit, die das Licht braucht, um ein Atom zu durchqueren. Es ist keine Kunst, numerologische Zufälle dieser Art zu finden, doch Dirac hatte eine Ahnung, diese spezielle Übereinstimmung könnte auf tiefe Zusammenhänge zwischen der Ausdehnung des Universums und dem mikroskopischen Bereich der Quanten hindeuten. Nun hat Matthews eine mögliche Erklärung für die Übereinstimmung geliefert, und sie paßt zum Antigravitations-Effekt.

Nach der Urknall-Theorie enthält die Frühgeschichte des Universums eine Anzahl von ›Phasenübergängen‹ – dramatischen Zustandsänderungen, die große Veränderungen in der Art und Weise mit sich brachten, wie das Universum funktioniert. Der früheste Phasenübergang fand statt, als sich die starke Kernkraft von der elektromagnetischen Kraft und der schwachen Kernkraft trennte. Der letzte in dieser Folge von Phasenübergängen war der Quark-Hadron-Übergang, bei dem sich die Quarks zusammenschlossen, um die vertrauteren Protonen und Neutronen zu bilden. Wenn das Universum irgendwie die Vakuumenergie von *diesem* Phasenübergang behalten hat, dann müßte es eine Antigravitationswirkung von genau der richtigen Größe zeigen. Also verraten uns diese merkwürdigen Beobachtungen vielleicht etwas ziemlich Merkwürdiges über das frühe Universum.

Elf

Trau keinem gekrümmten Universum

Ponder Stibbons hatte abseits der anderen einen Tisch für sich selbst aufgestellt und ihn mit vielen Apparaten umgeben, hauptsächlich deshalb, um sich denken zu hören.

Alle *wußten*, daß Sterne Lichtpunkte waren. Andernfalls hätten einige größer als andere sein müssen. Nun, einige waren *weniger hell* als andere, aber das lag wahrscheinlich an den Wolken. Wie dem auch sei: Nach den bekannten Scheibenweltgesetzen bestand ihr Zweck darin, der Nacht ein wenig Stil zu verleihen.

Außerdem wußten alle, daß eine gerade Linie dem natürlichen Bewegungsmuster aller Dinge entsprach. Wenn man etwas fallen ließ, so traf es den Boden. Es flog keinen *Bogen*. Das Wasser strömte über den Rand der Welt und neigte sich dabei ein wenig zur Seite, was natürlich auf die Drehung der Scheibenwelt zurückging. Doch im Innern des Projekts wollte sich einfach alles drehen. Und alles war gekrümmt. Erzkanzler Ridcully schien das für einen kosmischen Charakterfehler zu halten, vergleichbar mit Schlurfen oder der Weigerung, irgend etwas zuzugeben. Einem Universum der Kurven konnte man nicht trauen. Es war einfach nicht fair.

Derzeit rollte Ponder feuchtes Papier zu kleinen Kugeln. Vom Gärtner hatte er sich eine große Steinkugel bringen lassen, die während der vergangenen Jahrhunderte Teil des Steingartens der Universität gewesen war. Sie durchmaß neunzig Zentimeter und mochte irgendwann einmal das Geschoß eines Katapults gewesen sein.

Einige Papierkugeln hängte er an einem Bindfaden neben der Steinkugel auf, und einige andere ließ er nun mißmutig auf sie hinabfallen. Zwei blieben tatsächlich daran kleben, aber nur deshalb, weil sie feucht waren.

Bestimmte Gedanken regten sich in ihm.

Man mußte mit dem beginnen, was man wußte.

Dinge fielen nach unten. Kleine Dinge fielen auf große Dinge. So sagte es der gesunde Menschenverstand.

Doch was geschah, wenn es in einem Universum nur zwei große Dinge gab?

In einem abgelegenen, ungenutzten Bereich des Projekts schuf Ponder zwei Kugel aus Felsgestein und Eis, beobachtete dann, wie sie gegeneinanderstießen. Anschließend versuchte er es mit unterschiedlich großen Kugeln. Kleine näherten sich den großen, doch erstaunlicherweise glitten auch die großen ein wenig den kleinen entgegen.

Wenn man gründlich darüber nachdachte, so lief es auf folgendes hinaus: Wenn man einen Tennisball fallen ließ, so bewegte er sich natürlich nach *unten,* aber gleichzeitig kam die Welt ein ganz klein wenig nach oben.

Und das war *verrückt.*

Ponder verbrachte auch Zeit damit, in den fernen Regionen des Projekts zu beobachten, wie die Gaswolken wogten und sich erwärmten. Alles erschien ihm so... gottlos.

Ponder war Atheist wie die meisten Zauberer. Es lag an den ziemlich wirkungsvollen Zauberformeln, die die Unsichtbare Universität vor okkulten Einflüssen schützten: Wenn man sicher sein kann, nicht von einem Blitz getroffen zu werden, so entwickelt man recht unabhängige Einstellungen. Die Götter *existierten* natürlich; Ponder hätte diesen Punkt nie in Zweifel gezogen. Aber er *glaubte* nicht an sie. Derzeit erfreute sich der Gott Om wachsender Beliebtheit, vor allem deshalb, weil er nicht auf Gebete reagierte und sich nie manifestierte. Es fiel leicht, einen unsichtbaren Gott zu respektieren. Viel schwerer war das bei den anderen, die sich immer wieder zeigten, oft im betrunkenen Zustand.

Deshalb waren Philosophen vor einigen hundert Jahren zu dem Schluß gelangt, daß es noch andere Wesen geben mußte: die *Schöpfer.* Sie existierten unabhängig vom menschlichen Glauben und hatten das Universum konstruiert. Sie gehörten gewiß nicht zu den üblichen Göttern, denn die waren zum größten Teil unfähig, sich selbst Kaffee zu kochen.

Das Universum im Innern des Projekts entwickelte sich in stark beschleunigter Zeit, doch es wies noch immer nichts Geeignetes auf, das Menschen so etwas wie eine Heimat bieten konnte. Es war zu heiß, zu kalt, zu leer oder zu dicht. Ein weiterer beunruhigender Faktor kam hinzu: Es zeigte sich nicht die geringste Spur von Narrativium.

Zugegeben, man hatte es auch auf der Scheibenwelt nie isolieren können, aber die Existenz dieses Elements war mit Hilfe von Schlußfolgerungen nachgewiesen worden. Der Philosoph Ly Schwatzmaul drückte es so aus: »Auf die gleiche Weise kann man von Milch auf das Vorhandensein von Kühen schließen.« Vielleicht handelte es sich um keine konkrete Existenz. Möglicherweise kam Narrativium darin zum Ausdruck, wie andere Elemente durch die Geschichte wanderten. Es mochte etwas sein, das sie hatten, ohne daß es wirklich Teil von ihnen war, wie der Glanz eines polierten Apfels. Narrativium diente als Klebstoff des Universums und formte einen Rahmen, der alles zusammenhielt. Es teilte der Welt mit, in welche Richtung es sich entwickeln sollte, verlieh ihr Zweck und Zielstrebigkeit. Man konnte Narrativium entdecken, indem man einfach über die Welt nachdachte.

Ohne dieses Element gab es nur Kugeln, die sich sinnlos drehten.

Ponder kritzelte auf dem vor ihm liegenden Block.

Es gibt nirgends Schildkröten.

»Friß heißes Plasma! Oh… Tut mir leid, Herr.«

Ponder blickte über seinen Verteidigungsschirm hinweg.

»Wenn Welten zusammenstoßen, junger Mann, macht irgend jemand etwas verkehrt!«

Das war die Stimme des Obersten Hirten. Sie klang noch verdrießlicher als sonst.

Ponder beschloß, nach dem Rechten zu sehen.

ZWÖLF

Woher kommen die Regeln?

Jemand veranlaßt die Rundwelt, seltsame Dinge zu tun…

Sie scheint Regeln zu befolgen.

Oder vielleicht erschafft sie sie selber aus der Bewegung heraus.

Isaac Newton hat uns gelehrt, daß *unser* Universum bestimmten Regeln folgt und daß dies mathematische Regeln sind. Zu seiner Zeit wurden sie ›Naturgesetze‹ genannt, aber ›Gesetz‹ ist ein zu starker Ausdruck, zu endgültig, zu anmaßend. Doch es hat tatsächlich den Anschein, daß es mehr oder weniger tiefgreifende Muster gibt, wie das Universum funktioniert. Menschen können diese Muster als mathematische Regeln formulieren und die sich daraus ergebenden Beschreibungen anwenden, um bestimmte Aspekte der Natur herauszufinden, die sonst völlig rätselhaft wären, und sie sogar benutzen, um Werkzeuge, Fahrzeuge, Technik herzustellen.

Thomas Malthus änderte das Denken vieler Leute, als er eine mathematische Regel für soziales Verhalten fand. Er sagte, daß Nahrung arithmetisch zunimmt (1, 2, 3, 4, 5), Bevölkerung aber geometrisch (1, 2, 4, 8, 16). Einerlei, wie hoch die Zuwachsraten sind, irgendwann übersteigt die Bevölkerung das Nahrungsangebot: Es gibt Grenzen des Wachstums.* Malthus' Gesetz zeigt, daß es Hier Unten ebenso Regeln gibt wie Da

* Diese Regel erfordert einige spezielle Voraussetzungen wie die chronische und unabänderliche Dummheit der Menschheit.

Oben, und es sagt aus, daß Armut nicht das Ergebnis des Bösen oder der Sünde ist. Regeln können weitreichende Folgen haben.

Was sind Regeln? Verraten sie uns, wie das Universum ›wirklich‹ funktioniert, oder werden sie von unseren nach Mustern suchenden Gehirnen erfunden oder ausgewählt?

Dazu gibt es zwei grundsätzliche Ansichten. Eine ist im Kern fundamentalistisch, so fundamentalistisch wie der Taliban und die Südlichen Baptisten – ja, so fundamentalistisch wie der Exquisitor Vorbis in *Einfach göttlich*, der seinen Standpunkt so darlegt: »Was sich unseren Sinnen darbietet, ist nicht unbedingt die *fundamentale* Wahrheit. Was vom Fleisch gesehen, gehört und getan wird, entspricht nur den Schatten einer tieferen Realität..«

Der wissenschaftliche Fundamentalismus geht davon aus, daß es nur *ein* Ensemble von Regeln gibt, die *Theorie von Allem*, die nicht schlechthin die Natur ziemlich gut beschreibt, sondern die Natur *ist*. Seit etwa drei Jahrhunderten scheint sich die Wissenschaft zu genau einem solchen System zu sammeln: Je tiefgründiger unsere Theorien von der Natur werden, um so einfacher werden sie auch. Die Philosophie, die hinter dieser Sichtweise steht, ist als Reduktionismus bekannt, und sie schreitet voran, indem sie Dinge in Einzelteile auseinandernimmt, nachschaut, was die Teile sind und wie sie zusammenpassen, und die Teile benutzt, um das Ganze zu erklären. Es ist eine sehr wirksame Forschungsstrategie, und sie hat uns lange Zeit gute Dienste geleistet. Wie haben es jetzt geschafft, unsere tiefgründigsten Theorien auf nur zwei zu reduzieren: Quantenmechanik und Relativität.

Ursprünglich schickte sich die Quantenmechanik an, das Universum in sehr kleinem, subatomarem Maßstab zu beschreiben, doch dann bekam sie mit dem größten nur möglichen Maßstab zu tun, dem Ursprung des Universums im Urknall. Die Relativitätstheorie schickte sich ursprünglich an, das Universum in sehr großem, supergalaktischem Maßstab zu beschreiben, doch dann bekam sie es mit dem kleinstmöglichen Maßstab zu tun, den Quanteneffekten der Gravitation. Ungeachtet dessen widersprechen sich die beiden Theorien grundlegend in bezug auf das Wesen des Universums und die Regeln, die es befolgt. Die Theorie von Allem, hofft man, wird beide Theorien subtil modifizieren, so daß sie sich nahtlos zu einem vereinheitlichten Ganzen zusammenfügen, während sie auf ihren jeweiligen Gebieten weiterhin gut funktionieren. Wenn alles auf eine Letzte Regel zurückgeführt ist, wird der Reduktionismus am Ende seiner Suche und das Universum vollständig erklärt sein.

Die extreme Version der anderen Ansicht besagt, daß es keine *letzten* Regeln gibt, nicht einmal total exakte Regeln. Was wir als Naturgesetze bezeichnen, sind menschliche Näherungen für Regelmäßigkeiten, die in gewissen spezialisierten Regionen des Universums auftreten – chemische Moleküle, die Dynamik von Galaxien, was auch immer. Es gibt keinen Grund, warum unsere Formulierungen von Regelmäßigkeiten in Molekülen und Regelmäßigkeiten in Galaxien Teil eines tiefgründigeren Ensembles von Regelmäßigkeiten sein sollten, die beides erklären, genausowenig, wie Schach und Fußball irgendwie Aspekte ein und desselben umfassenderen Spiels sein sollten. Das Universum könnte ohne weiteres auf allen Ebenen Muster haben, ohne daß es ein Letztes Muster gibt, von dem sich alle anderen logisch herleiten müssen. Dieser Ansicht zufolge wird jedes Ensemble von Regeln von einer Feststellung begleitet, zur Beschreibung welcher Gebiete man es getrost benutzen darf – »Regeln zur Benutzung für Moleküle mit weniger als hundert Atomen« oder »diese

Regel funktioniert für Galaxien, solange man nicht nach den Sternen fragt, aus denen sie bestehen«. Viele solche Regeln sind eher kontextuell als reduktionistisch: Sie erklären, warum Dinge auf eine bestimmte Weise funktionieren, in Begriffen, die *außerhalb* dieser Dinge liegen.

Die Evolution, besonders ehe sie durch die Augen der DNS* betrachten wurde, ist eins der deutlichsten Beispiele für diese Art von Denkweise. Tiere entwickeln sich wegen der Umwelt, in der sie leben, andere Tiere eingeschlossen. Ein interessanter Aspekt dieser Sichtweise ist es, daß das System zu einem großen Teil seine Regeln, die es befolgt, selbst hervorbringt. Das ähnelt einem Schachspiel, das mit Feldern gespielt wird, aus denen man neue Teile des Bretts bilden kann, auf denen neue Arten von Schachfiguren sich auf neue Weise bewegen können.

Könnte das gesamte Universum manchmal seine eigenen Regeln aus der Bewegung heraus erschaffen? Wir haben die Möglichkeit ein paarmal angedeutet; in folgendem Sinn nun könnte es geschehen. Es ist schwer zu verstehen, wie Regeln für Materie mit einer Bedeutung ›existieren‹ sollen, wenn es keine Materie gibt, nur Strahlung – wie es in einem frühen Stadium des Urknalls war. Fundamentalisten würden dagegenhalten, daß die Regeln für Materie in der Theorie von Allem schon immer implizit enthalten waren und explizit *wurden*, als Materie erschien. Wir fragen uns, ob derselbe ›Phasenübergang‹, der die Materie hervorbrachte, *auch* die Regeln hervorgebracht haben kann. Die Physik ist vielleicht nicht so, die Biologie aber gewiß. Ehe Organismen erschienen, kann es keine Regeln für Evolution gegeben haben.

Um ein vertrauteres Beispiel anzuführen, stellen Sie

* Statt DNS (für Desoxyribonukleinsäure) wird neuerdings oft auch die englische Abkürzung DNA benutzt. – *Anm. d. Übers.*

sich einen Stein vor, der einen buckligen Berghang hinabrollt, über ein Grasbüschel rutscht, heftig von größeren Felsen abprallt, durch Schlammpfützen platscht und schließlich vor einem Baumstamm liegenbleibt. Wenn der fundamentalistische Reduktionismus recht hat, dann folgt jeder Aspekt der Bewegung des Steins bis hin zu der Art, wie die Grashalme zerdrückt werden, welche Muster der Schlamm beim Wegspritzen bildet und wieso der Baum gerade an dieser Stelle wächst, aus einem einzigen Ensemble von Regeln, aus jener Theorie von Allem. Der Stein ›weiß‹, wie er rollen, rutschen, springen und liegenbleiben soll, *weil* die Theorie von Allem ihm sagt, was er zu tun hat. Mehr noch: Weil die Theorie von allem *wahr* ist, geht der Stein *selbst* die logischen Konsequenzen dieser Regeln durch, während er den Hang hinunterschlittert. Im Prinzip könnte man vorhersagen, daß der Stein genau diesen Baum treffen wird, indem man einfach notwendige Schlußfolgerungen aus der Theorie von Allem zieht.

Im Bild der Kausalität, das diese Ansicht heraufbeschwört, geschehen Dinge aus dem einzigen Grund, weil die Theorie von Allem es so behauptet. Die Alternative lautet, daß das Universum tut, was immer es eben tut, und der Stein in gewissem Sinn die Folgen dessen *erforscht*, was das Universum tut. Er ›weiß‹ nicht, daß er übers Gras rutschen wird, bis er auf Gras trifft und feststellt, daß er drüberrutscht. Er »weiß« nicht, wie er den Schlamm verspritzen soll, doch wenn er in eine Pfütze fällt, geschieht es. Und so weiter. Dann kommen wir Menschen daher und beobachten, was der Stein tut, und fangen damit an, Muster zu finden. »Ja, er rutscht deshalb, weil die Reibung *so* funktioniert...« – »Und die Gesetze der Hydrodynamik sagen uns, daß der Schlamm *so* auseinanderspritzen muß...«

Wir wissen, daß diese Regeln auf der Menschenebene näherungsweise Beschreibungen sind, weil wir sie erfunden haben. Schlamm ist klumpig, aber die Regeln der Hydrodynamik berücksichtigen keine Klumpen. Reibung ist eine ziemlich komplizierte Sache, bei der Moleküle aneinanderhaften und sich wieder trennen, doch wir können einen Großteil davon erfassen, indem wir sie als eine Kraft betrachten, die der Bewegung von Körpern entgegenwirkt, wenn diese Körper Oberflächen berühren. Da unsere Theorien auf der Menschenebene Näherungen sind, sind wir sehr aufgeregt, wenn ein allgemeineres Prinzip zu genaueren Ergebnissen führt. Wenn wir uns nicht vorsehen, verwechseln wir dann »die neue Theorie liefert Ergebnisse, die der Wirklichkeit näher kommen als die Ergebnisse der alten« mit »die Regeln der neuen Theorie kommen den wirklichen Regeln des Universums näher als die der alten Theorie«. Doch das folgt nicht daraus: Wir können eine genauere *Beschreibung* erhalten, auch wenn unsere Regeln davon abweichen, was immer das Universum ›wirklich‹ tut. Was es wirklich tut, hat vielleicht überhaupt nichts mit hübschen, ordentlichen Regeln zu tun.

Es klafft eine große Lücke zwischen der Niederschrift einer Theorie vom Allem und dem Verständnis ihrer Konsequenzen. Es gibt mathematische Systeme, die das demonstrieren, und eins der einfachsten ist Langtons Ameise, jetzt der kleine Star eines Computerprogramms. Die Ameise wandert auf einem unendlichen Raster von Quadraten umher. Jedesmal wenn sie auf ein Feld kommt, ändert das Feld seine Farbe von Schwarz zu Weiß oder von Weiß zu Schwarz, und wenn sie auf ein weißes Feld kommt, dann wendet sie sich nach rechts, und kommt sie auf ein schwarzes Feld, nach links. Wir kennen also die Theorie von Allem für das Universum der Ameise – die Regel, die ihr Verhalten vollständig beschreibt, indem sie festlegt, was im

Einzelnen geschieht –, und alles, was in diesem Universum geschehen kann, wird von der Regel ›erklärt‹.

Was man tatsächlich sieht, wenn man die Ameise in Gang setzt, sind drei verschiedene Arten von Verhalten. *Jeder* – Mathematiker oder nicht – erkennt sie sofort. Etwas in unserem Verstand macht uns für den Unterschied empfänglich, und es hat nichts mit der Regel zu tun. Es ist immer dieselbe Regel, doch wir sehen drei unterschiedliche Phasen:

- EINFACHHEIT: In den ersten zwei-, dreihundert Zügen der Ameise, die auf einem völlig weißen Raster beginnt, bildet sie winzige Muster, die sehr einfach und oft sehr symmetrisch sind. Und man sitzt und denkt: Natürlich, wir haben eine einfache Regel, also kriegen wir einfache *Muster*, und man müßte alles, was geschieht, auf einfache Weise beschreiben können.

- CHAOS: Dann bemerkt man plötzlich, daß es nicht mehr so ist. Man hat einen unregelmäßigen großen Flickenteppich von schwarzen und weißen Feldern, die Ameise läuft praktisch rein zufällig herum, und man sieht überhaupt keine Struktur. Für Langtons Ameise hält diese Art von pseudozufälliger Bewegung ungefähr 10000 Schritte lang an. Wenn der Computer also nicht sehr schnell ist, kann man sehr lange dasitzen und sagen: »Jetzt passiert nichts Interessantes mehr, so geht das endlos weiter, purer Zufall.« Nein, es folgt derselben Regel wie zuvor. Nur uns *erscheint* es wie Zufall.

- HERVORTRETENDE ORDNUNG: Schließlich fängt sich die Ameise in einer Art sich wiederholendem Verhalten und baut eine ›Straße‹. Sie durchläuft einen Zyklus von 104 Schritten, nach dem sie sich zwei Felder diagonal weiterbewegt hat und die Form mitsamt den Farben am

Rand dieselbe sind wie zu Beginn dieses Zyklus. Dieser Zyklus wiederholt sich also endlos, und die Ameise baut eine diagonale Straße – immer und immer wieder.

Diese drei Arten von Verhalten sind alle Folgen *derselben* Regel, doch sie befinden sich auf anderen Ebenen als die Regel selbst. Es gibt keine Regeln, die etwas über Straßen sagen. Die Straße ist zweifellos eine einfache Sache, aber ein Zyklus mit 104 Schritten ist keine besonders offensichtliche Folge der Regel. Im Grunde können Mathematiker nur auf eine einzige Art beweisen, daß die Ameise wirklich ihre Straße baut: indem sie jene 10000 Schritte allesamt durchgehen. Dann kann man sagen: »Jetzt verstehen wir, warum Langtons Ameise eine Straße baut.« Vorher aber nicht.

Wenn wir die Frage aber etwas allgemeiner stellen, wird uns klar, daß wir Langtons Ameise überhaupt nicht *verstehen*. Nehmen wir an, daß wir der Ameise vor dem Start eine Umwelt geben – wie färben ein paar von den Feldern schwarz. Nun wollen wir eine einfache Frage stellen: Baut die Ameise am Ende immer eine Straße? Niemand weiß das. Alle Experimente mit Computern deuten darauf hin, daß sie es tut. Andererseits kann niemand *beweisen*, daß sie es tut. Es könnte einige sehr seltsame Anordnungen von Feldern geben, und wenn man die Ameise dort beginnen läßt, könnte sie zu einem völlig anderen Verhalten veranlaßt werden. Oder es könnte einfach eine viel größere Straße sein. Vielleicht gibt es einen Zyklus von 1349772115998 Schritten, der eine andere Art von Straße hervorbringt, wenn man nur richtig anfängt. Wir wissen es nicht. Für dieses sehr einfache mathematische System mit einer einzigen einfachen Regel und einer sehr einfachen Fragestellung, wo wir die Theorie von Allem *kennen*… gibt sie uns nicht die gewünschte Antwort.

Langtons Ameise wird unser Wahrzeichen für eine sehr wichtige Idee sein: die Emergenz, das *Hervortreten**. Einfache Regeln können zu großen, komplexen Mustern führen. Es geht hier nicht darum, was das Universum ›wirklich tut‹. Es geht darum, wie wir Dinge verstehen und wie wir sie in unserem Denken strukturieren. Die einfache Ameise und ihr aus Feldern bestehendes Universum sind technisch gesprochen ein ›komplexes System‹ (es besteht aus einer großen Anzahl von Wesenheiten, die miteinander wechselwirken, obwohl die meisten von diesen Wesenheiten einfach quadratische Felder sind, die ihre Farbe wechseln, wenn eine Ameise sie betritt).

Wir können ein System schaffen und mit einfachen Regeln versehen, wo der ›gesunde Menschenverstand‹ den Schluß nahelegt, daß es in eine eintönige Zukunft führen wird, und oft werden wir feststellen, daß ziemlich komplexe Eigenschaften das Ergebnis sind. Und sie werden ›hervortreten‹ – das heißt, wir haben keine praktikable Methode, um herauszufinden, wie sie sein werden. Außer… eben abzuwarten und zu beobachten. Die Ameise muß tanzen. Es gibt keine Abkürzungen.

Emergente Phänomene, die man nicht im voraus vorhersagen kann, sind ebenso kausal wie die nicht emergenten: Sie *sind* logische Folgen der Regeln. Und man hat keine Ahnung, wie sie sein werden. Ein Computer nützt nichts – er kann lediglich bewirken, daß die Ameise sehr schnell läuft.

Hier ist ein ›geographisches‹ Bild von Nutzen. Der ›Phasenraum‹ eines Systems ist der Raum aller mögli-

---

* Das Konzept ist noch zu neu, um im Deutschen eine feststehende Bezeichnung zu haben. Eigenschaften oder Muster, die in der geschilderten Weise hervortreten, sowie Systeme mit solchen Eigenschaften werden daher oft – wie im Englischen – als *emergent* bezeichnet. – *Anm. d. Übers.*

chen Zustände oder Verhaltensweisen – alles, was das System tun könnte, nicht nur das, was es wirklich tut. Der Phasenraum von Langtons Ameise besteht aus allen möglichen Arten, schwarze und weiße Felder in einem Raster anzuordnen – nicht nur die Felder, die die Ameise festlegt, indem sie die Regeln befolgt. Der Phasenraum für die Evolution sind alle denkbaren Organismen, nicht nur diejenigen, die bisher existiert haben. Die Scheibenwelt ist ein ›Punkt‹ im Phasenraum der konsistenten Universen. Phasenräume betreffen alles, was sein könnte, nicht das, was ist.

In diesem Bild sind die Eigenschaften eines Systems Strukturen im Phasenraum, die ihm eine wohldefinierte ›Geographie‹ verleihen. Der Phasenraum eines emergenten Systems ist unbeschreiblich kompliziert: Ein Gattungsname für solche Phasenräume ist ›Ameisenland‹, das man sich als endlose Vorstädte in Form von Berechnungen vorstellen kann. Um eine hervortretende Eigenschaft zu *verstehen,* müßte man sie finden, *ohne* Ameisenland Schritt für Schritt zu durchqueren. Dasselbe Problem tritt auf, wenn man von einer Theorie von Allem ausgeht und herausarbeitet, *was sie bedeutet.* Man kann die Mikro-Regeln festgestellt haben, doch dies bedeutet nicht, daß man ihre Makro-Folgen versteht. Eine Theorie von Allem würde einem in exakten Worten sagen, worin das *Problem* besteht, doch das trägt möglicherweise nichts zur Lösung bei.

Nehmen wir zum Beispiel an, wir hätten sehr genaue Regeln für Elementarteilchen, Regeln, die wirklich alles festlegen, was Elementarteilchen betrifft. Trotzdem ist ziemlich klar, daß diese Regeln uns kaum helfen könnten, so etwas wie Ökonomie zu verstehen. Wir möchten jemanden verstehen, der in einen Laden geht, ein paar Bananen kauft und etwas Geld dafür bezahlt. Wie kommen wir von den Teilchenregeln dorthin? Wir müssen eine Gleichung für jedes Teilchen im Körper des Kunden aufschreiben, für die Teilchen in den Bananen, in der Banknote, die der Kunde dem Kassierer gibt. Unsere Beschreibung des Handels – Geld für Bananen – und unsere Erklärung dafür erfolgen in den Begriffen einer unglaublich komplizierten Gleichung über Elementarteilchen.

Diese Gleichung zu lösen, ist noch schwerer. *Und womöglich kauft der Kunde auch noch was anderes.*

Wir behaupten nicht, daß das Universum es nicht auf diese Weise *getan* hat. Wir sagen, daß wir auch dann noch längst nichts *verstünden,* wenn es es dergestalt getan hätte. Es gibt also eine große hervortretende Lücke zwischen der Theorie von Allem und ihren Folgen.

Viele Philosophen scheinen auf den Gedanken verfallen zu sein, daß in einem emergenten Phänomen die Kausalkette *unterbrochen* sei. Wenn unsere Gedanken emergente Eigenschaften unseres Gehirns sind, so meinen viele Philosophen, sie seien nicht physikalisch von den Nervenzellen, den elektrischen Strömen und den Chemikalien im Gehirn verursacht. Wir teilen diese Ansicht nicht. Wir halten sie für wirrköpfigen Unsinn. Wir sind vollauf zufrieden, daß unsere Gedanken von diesen physikalischen Wesenheiten *verursacht* werden, doch man kann die Wahrnehmungen oder Erinnerungen eines Menschen nicht in Begriffen von elektrischen Strömen und Chemikalien beschreiben.

Menschen verstehen Dinge niemals auf diese Weise. Sie verstehen Dinge, indem sie sie vereinfachen – im Falle von Erzkanzler Ridcully: je einfacher, um so besser. Ein bißchen Narrativium kann es weit bringen: je einfacher die Geschichte, um so verständlicher. Geschichtenerzählen ist das Gegenteil des Reduktionismus: Zwei, drei Dutzend Buchstaben und ein paar Grammatik-Regeln sind überhaupt keine Geschichte.

Ein Ensemble von modernen physikalischen Regeln wirft mehr Fragen auf als alle anderen zusammen: die Quantenmechanik. Newtons Regeln erklärten das Universum in Begriffen von Kraft, Ort, Geschwindigkeit und dergleichen – Dinge, die für Menschen intuitiv Sinn haben und zum Erzählen guter Geschichten anregen. Vor ein, zwei Jahrhunderten wurde aber klar, daß es weiter unten in der Struktur des Universums andere, weniger intuitive Schichten gibt. Konzepte wie Ort und Geschwindigkeit hörten nicht nur auf, grundlegend zu sein, sie hatten überhaupt keine genau definierte Bedeutung mehr.

Diese neue Ebene der Erklärung, die Quantentheorie, sagt uns, daß in kleinem Maßstab die Regeln zufällig sind. Anstatt daß etwas geschieht oder nicht geschieht, kann es ein bißchen von beidem tun. Leerer Raum wimmelt von potentiellen Dingen und Ereignissen, und Zeit ist etwas, was man borgen und zurückzahlen kann, wenn man es schnell genug tut, damit das Universum es nicht merkt. Und die Heisenbergsche Unschärferelation besagt: Wenn man weiß, wo sich etwas befindet, dann kann man nicht gleichzeitig wissen, wie schnell es sich bewegt. Ponder Stibbons würde sich glücklich schätzen, wenn er das seinem Erzkanzler nicht zu erklären brauchte.

Eine gründliche Diskussion der Welt der Quanten würde allein ein ganzes Buch erfordern, doch es gibt einen Gegenstand, der von gewissen Erkenntnissen der Scheibenwelt profitiert. Das ist der bekannte Fall von der Katze im Kasten. Quantenobjekte folgen der Schrödingergleichung, einer nach Erwin Schrödinger benannten Regel, die erklärt, wie sich ›Wellenfunktionen‹ – die Wellen, die die Existenz von Quantenobjekten beschreiben – in Raum und Zeit ausbreiten. Atome und ihre subatomaren Bestandteile sind eigentlich keine Teilchen: Sie sind Wellenfunktionen mit Quantencharakter.

Die Pioniere der Quantenmechanik hatten genug Schwierigkeiten, Schrödingers Gleichung zu *lösen* – sie wollten sich nicht auch noch den Kopf zerbrechen, was sie *bedeutete*. Also schusterten sie rasch eine Rückzugsklausel zusammen, die ›Kopenhagener Interpretation‹ der Quantenbeobachtungen. Sie besagt, daß jedesmal, wenn man eine Quanten-Wellenfunktion zu beobachten versucht, sie sofort ›zusammenbricht‹ und eine einzelne teilchenartige Antwort ergibt. Das scheint den Geist des Menschen in einen besonderen Status zu erheben; es ist sogar die Ansicht geäußert worden, daß unser Zweck im Universum darin besteht, es zu beobachten und damit seine Existenz zu sichern – eine Idee, die die Zauberer der Unsichtbaren Universität als einfachen gesunden Menschenverstand betrachten.

Schrödinger hielt das jedoch für albern, und um seinen Standpunkt zu belegen, führte er ein Gedankenexperiment ein, das jetzt ›Schrödingers Katze‹ genannt wird. Stellen wir uns einen Kasten vor, dessen Deckel so fest verschlossen werden kann, daß *nichts*, nicht einmal die leiseste Andeutung von einem Stückchen Quantenwelle, herausdringen kann. Der Kasten enthält ein radioaktives Atom, das zu einem zufälligen Zeitpunkt zerfallen und ein Teilchen aussenden wird, und einen Teilchendetektor, der Giftgas ausströmen läßt, wenn er den Zerfall des Atoms feststellt. Wir setzen die Katze in den Kasten und schließen den Deckel. Wir warten eine Weile.

Ist die Katze lebendig oder tot?

Wenn das Atom zerfallen ist, dann ist die Katze tot. Wenn nicht, lebt sie. Der Kasten ist aber verschlossen, und man kann nicht beobachten, was darin vorgeht. Da unbeobachtete Quantensysteme Wellen sind, sagen uns die Quantenregeln, daß sich das Atom in einem ›gemischten‹ Zustand befinden muß – teils zerfallen und teils nicht. Daher ist die Katze, die aus Atomen besteht und daher als gigantisches Quantensystem betrachtet werden kann, auch in einem gemischten Zustand: teils lebendig und teils tot. 1935 wies Schrödinger darauf hin, daß Katzen nicht so sind. Katzen sind makroskopische Systeme mit klassischer Ja-Nein-Physik. Er wollte darauf hinaus, daß die Kopenhagener Interpretation den Zusammenhang von mikroskopischer Quantenphysik und makroskopischer klassischer Physik nicht erklärte, ja nicht einmal benannte. Die Kopenhagener Erklärung ersetzt einen komplexen physikalischen Prozeß (den wir nicht verstehen) durch ein Stück Magie: Die Welle bricht zusammen, sobald man sie beobachtet.

Wenn diese Frage erörtert wird, schaffen es die Physiker meistens, Schrödingers Argument auf den Kopf zu stellen: »Nein, Quantenwellen sind *wirklich* so!« Und sie haben eine Menge Experimente durchgeführt, um zu beweisen, daß sie recht haben. Nur... bei diesen Experimenten gibt es keinen Kasten, kein Giftgas, kein ›lebendig‹, kein ›tot‹, keine Katze. Was es gibt, ist eine Entsprechung im Quantenmaßstab – ein Elektron anstelle der Katze, positiver Spin für ›lebendig‹ und negativer für ›tot‹ und ein Kasten mit chinesischen Mauern als Wänden, durch die man alles beobachten *kann,* während man Sorge trägt, nichts zu bemerken.

Diese Diskussionen und Experimente sind wie Lügen-für-Kinder: Sie dienen dem Zweck, die nächste Generation von Physikern zu überzeugen, daß sich Systeme auf Quantenniveau tatsächlich so bizarr verhalten, wie sie es tun. Schön... aber mit Katzen hat das nichts zu tun. Die Zauberer der Unsichtbaren Universität, die nichts über Elektronen wissen, aber innig vertraut mit Katzen sind, würden sich keinen Augenblick lang täuschen lassen. Ebensowenig die Hexe Gytha Ogg, deren Kater Greebo in *Lords und Ladies* in einen Kasten gesperrt wird. Greebo ist ein Kater, der sich mit einem reißenden Wolf einließe und ihn fräße.* In *Total verhext* frißt er zufällig einen Vampir, und die Hexen können nicht verstehen, was die Dörfler in der Gegend daran so begeistert.

Greebo hat seine eigene Art, mit Quantenparadoxen umzugehen: »Greebo hatte zwei lange und ihn sehr verärgernde Minuten hinter sich. Wenn sich eine Katze – oder, wie in diesem Fall, ein Kater – in einem geschlossenen Behälter befindet, so kann sie entweder tot sein oder noch leben. Man erfährt es erst, wenn man nachsieht – das Öffnen des Behälters entscheidet über den Zustand der Katze. Unter den gegenwärtigen Umständen gab es jedoch drei mögliche Zustandsformen: lebendig, tot oder verdammt wütend.« Schrödinger hätte applaudiert. Er redete nicht von Quantenzuständen: Er wollte wissen, wie sie im größeren Maßstab zur gewöhnlichen, klassischen Physik führen, und er sah, daß die Kopenhagener Interpretation dazu überhaupt nichts zu sagen hatte. Wie also treten klassische Ja-Nein-Antworten aus dem Quanten-Ameisenland hervor? Was einer Antwort am nächsten kommt, ist die sogenannte Dekohärenz, die von einer Reihe von Physikern untersucht worden ist, darunter Anthony Leggett, Romand Omnés, Serge Haroche und Luis Davidovich. Wenn man eine große Anzahl Quantenwellen hat und sie sich selbst überläßt, dann geraten die einzelnen Wellen aus dem Tritt und verschwimmen. Das ist es, was vom Quanten-Standpunkt aus ein klassisches Objekt ›wirklich‹ ist, und es bedeutet, daß sich Katzen tatsächlich wie Katzen verhalten. Experimente zeigen, daß das sogar zutrifft, wenn ein mikroskopisches Quantenobjekt

* Wie Nanny Ogg immer sagt: »Eigentlich ist er ein lieber Kerl.«

die Rolle des Detektors spielt: Die Wellenfunktionen eines Photons können zusammenbrechen, ohne daß es zu dem Zeitpunkt von einem Beobachter registriert wird. Sogar bei der Quantenkatze tritt der Tod in dem Augenblick ein, da der Detektor feststellt, daß das Atom zerfallen ist. Es braucht kein Mensch dabei beteiligt zu sein.

Kurz gesagt, Erzkanzler, das Universum nimmt die Katze immer wahr. Und ein Baum im Wald verursacht beim Umstürzen ein Geräusch, auch wenn niemand in der Nähe ist. Der Wald ist immer da.

DREIZEHN

Nein, das kann es nicht

Erzkanzler Ridcully musterte seine Kollegen. Für die Besprechung hatten sie am langen Tisch im Großen Saal Platz genommen, denn im Forschungstrakt für hochenergetische Magie war es zu eng geworden.

»Sind alle da?« fragte er. »Gut. Nun, wir hören, Stibbons.«

Ponder blätterte in seinen Unterlagen.

»Ich... äh... habe um dieses Treffen gebeten, weil ich fürchte, daß wir viele Dinge falsch machen«, sagte er.

»Wie sollte so etwas möglich sein?« erwiderte der Dekan. »Immerhin ist es *unser* Universum!«

»Ja, Dekan. Und... äh... nein. Es hat seine eigenen Regeln festgelegt.«

»Nein, nein, das kann es nicht«, widersprach der Erzkanzler. »Wir sind intelligente Geschöpfe. Wir legen die Regeln fest. Irgendwelche Felsen sind dazu wohl kaum imstande.«

»Das stimmt nicht *unbedingt,* Herr«, sagte Ponder und verwendete diese Worte im traditionellen Sinn von ›Da irrst du dich gewaltig‹. »Es gibt einige Regeln im Projekt.«

»Wie ist das möglich?« fragte der Dekan. »Hat sich jemand anders eingemischt? Ist vielleicht ein Schöpfer aufgetaucht?«

»Eine interessante Frage, Herr. Leider fühle ich mich nicht qualifiziert, sie zu beantworten. Nun, ich möchte auf folgendes hinaus: Wenn wir irgend etwas Konstruktives leisten wollen, müssen wir die Regeln beachten.«

Der Dozent für neue Runen blickte auf den mittäglich gedeckten Tisch.

»Die Notwendigkeit dafür sehe ich nicht ein«, sagte er. »Messer und Gabel teilen mir nicht mit, wie ich zu essen habe.«

»Äh… In gewisser Weise doch, Herr. Auf Umwegen.«

»Willst du behaupten, die Regeln seien gewissermaßen eingebaut?« fragte Ridcully.

»Ja, Herr. Wie zum Beispiel: Große Felsen sind schwerer als kleine Felsen.«

»Das ist keine Regel, Mann, sondern gesunder Menschenverstand!«

»Ja, Herr. Allerdings… Je mehr ich mich mit dem Projekt befasse, desto unsicherer werde ich, was ›gesunder Menschenverstand‹ bedeutet. Herr, wenn wir eine Welt schaffen wollen, so muß sie eine Kugel sein. Eine große Kugel.«

»Das ist nichts weiter als altmodischer religiöser Unsinn, Stibbons.«*

»Ja, Herr. Aber das Universum des Projekts existiert tatsächlich. Einige der von den Studenten geschaffenen Ku… Sphären sind ziemlich groß.«

»Ja, ich habe sie gesehen. Angeberei, wenn du mich fragst.«

»Ich dachte an etwas Kleineres, Herr. Und… und ich bin ziemlich sicher, daß die Dinge darauf verharren. Ich habe Experimente durchgeführt.«

»Experimente?« wiederholte der Dekan. »Wozu sollen *die* denn gut sein?«

* Der Omnianismus lehrte über Tausende von Jahren hinweg, die Scheibenwelt sei eine Kugel, und er ließ alle jene verfolgen und bestrafen, die es vorzogen, ihren eigenen Augen zu trauen. Der reformierte Omnianismus räumt ein, daß man die Dinge aus verschiedenen Blickwinkeln sehen kann.

Die Tür flog auf. Adrian Rübensaat, Ponders Assistent, eilte aufgeregt zum Tisch.

»Herr Stibbons! HEX hat etwas entdeckt!«

Die Zauberer drehten sich um und starrten ihn an. Er hob und senkte kurz die Schultern.

»Gold«, fügte er hinzu.

»Die Alchimistengilde wird sich *nicht* darüber freuen«, sagte der Oberste Hirte, als sich die ganze Fakultät am Projekt zusammendrängte. »Ihr wißt ja, welchen Wert sie auf klare Abgrenzungen der Zuständigkeitsbereiche legt.«

»Na schön«, brummte Ridcully und steuerte das Omniskop. »Wir geben den Alchimisten einige Minuten Zeit, hier zu erscheinen und ihre Beschwerden vorzutragen. Anschließend machen wir weiter wie bisher, einverstanden?«

»Wie können wir das Gold da herausholen?« fragte der Dekan.

Ponder riß entsetzt die Augen auf. »Herr! Dies ist ein Universum, kein Sparschwein! Man kann es nicht einfach umdrehen, eine Messerklinge durch den Schlitz schieben und es schütteln!«

»Warum denn nicht?« erwiderte Ridcully, ohne aufzusehen. »Das machen die Leute dauernd.« Er betätigte den Schärferegler. »Ich persönlich bin *froh,* daß nichts aus diesem Ding heraus kann. Nennt mich altmodisch, aber ich möchte mich nicht am gleichen Ort aufhalten wie eine viele Millionen Meilen durchmessende Wolke aus explodierendem Gas. Was ist passiert?«

»HEX meint, einer der neuen Sterne sei explodiert.«

»Sie sind zu groß, um Sterne zu sein, Stibbons. Das haben wir doch schon diskutiert.«

»Ja, Herr«, widersprach Ponder.

»Es gab sie erst seit fünf Minuten.«

»Seit einigen Tagen, Herr. Und das sind Millionen

von Jahren in der Zeit des Projekts. Man hat jede Menge Felsgestein hineingeworfen, und andere Dinge verschwanden von ganz allein darin, und… Ich glaube, es war von Anfang an kein besonders guter St… Schmelzofen.«

Der explodierte Stern schrumpfte jetzt, aber er hatte einen großen Halo aus hell glühendem Gas fortgeschleudert, das sogar einen der von den Zauberern geschaffenen Felsklumpen verbrannte. Dinge wollen sich einander nähern und groß werden, dachte Ponder. Aber wenn sie zu groß werden, dann explodieren sie. Ein weiteres Gesetz.

»Jetzt gibt es auch jede Menge Blei und Kupfer«, sagte Ridcully. »Wir sind steinreich, meine Herren. Allerdings gibt es in dem Universum nichts, wofür wir unser Geld ausgeben könnten. Wie dem auch sei: Offenbar erzielen wir Fortschritte. Du bist ziemlich blaß, Stibbons. Solltest ein wenig schlafen.«

Fortschritte, dachte Ponder. Kamen sie wirklich voran? Aber woher *wußten* die Dinge ohne Narrativium, wie sie sich entwickeln sollten?

Tag vier. Ponder war die ganze Nacht über wach gewesen. Was vermutlich auch für die Nacht davor galt – er erinnerte sich nicht genau. Gelegentlich mochte er kurz eingenickt sein, wobei er einen wachsenden Haufen aus zerknülltem Papier als Kopfkissen benutzte, während das Projekt vor ihm leuchtete und glitzerte.

Wenn er wirklich eingeschlafen war, so blieben die kurzen Ruhepausen ohne Träume.

Aber er gelangte zu folgendem Schluß: Fortschritt war das, was man daraus machte.

Nach dem Frühstück richteten die Zauberer ihre Aufmerksamkeit auf die Kugel im Zentrum des Omniskops.

»Hm, ich habe mit Eisen begonnen«, sagte Ridcully.

»Zumindest größtenteils mit Eisen. Davon gibt's jede Menge. Manche Eisbrocken sind wirklich scheußlich, und Felsen hängen einfach nur da. Seht euch den da an.«

Eine kleinere Kugel aus Felsgestein schwebte nicht weit entfernt im Raum.

»Ja, ausgesprochen langweilig«, maulte der Oberste Hirte. »Warum hat das Ding so viele Löcher?«

»Als ich Felsen nach der Eisenkugel warf, gerieten einige von ihnen außer Kontrolle.«

»Das hätte jedem passieren können, Stibbons«, sagte der Erzkanzler großzügig. »Hast du Gold hinzugefügt?«

»Ja, Herr. Und auch andere Metalle.«

»Meiner Ansicht verleiht Gold einer Kruste angemessenen Stil. Sind das Vulkane?«

»In gewisser Weise, Herr. Sie sind die... äh... Akne junger Welten. Aber im Gegensatz zu unseren Vulkanen, in denen das Felsgestein aufgrund von magischen Feldern im Untergrund schmilzt, bleibt das Magma in diesem Fall aufgrund der im Innern der Kugel gefangenen Hitze flüssig.«

»Sehr rauchige Atmosphäre. Man kann kaum etwas erkennen.«

»Ja, Herr.«

»Nun, *meiner* Ansicht nach ist das nicht gerade eine *großartige* Welt«, sagte der Dekan und schniefte. »Praktisch rotglühend, überall steigt Qualm auf...«

»Ein durchaus berechtigter Einwand des Dekans, junger Mann«, kommentierte Ridcully. Er war besonders freundlich, nur um den Dekan zu ärgern. »Dein Versuch in allen Ehren, aber du hast nur eine weitere Kugel konstruiert.«

Ponder hüstelte. »Diese war allein für Demonstrationszwecke bestimmt, Herr.« Er betätigte die Kontrollen des Omniskops. Das Bild flackerte und wechselte. »Das hier«, sagte er mit unüberhörbarem Stolz, »habe ich *vorher* geschaffen.«

Die Zauberer blickten ins Okular.

»Nun?« fragte der Dekan. »Ich sehe noch mehr Rauch.«

»Es sind Wolken«, sagte Ponder.

»Jeder von uns ist imstande, Gaswolken entstehen zu lassen…«

»Äh… Sie bestehen aus Wasserdampf, Herr«, sagte Ponder.

Er beugte sich vor und veränderte die Einstellung des Omniskops.

Das Donnern des heftigsten Regengusses aller Zeiten erklang.

Bis zum Mittag wurde eine Eiswelt daraus.

»Und wir kamen so gut voran«, sagte Ridcully.

»Ich weiß gar nicht, was schiefging«, erwiderte Ponder und gestikulierte hilflos. »Es entstanden Meere!«

»Können wir die Kugel nicht einfach ein wenig aufwärmen?« fragte der Oberste Hirte.

Ponder setzte sich auf einen Stuhl und ließ den Kopf hängen.

»Der viele Regen mußte die Welt ja abkühlen«, meinte der Dozent für neue Runen.

»Sehr gute… äh… Felsen«, sagte der Dekan. Er klopfte Ponder auf den Rücken.

»Armer Kerl, scheint ziemlich niedergeschlagen zu sein«, wandte sich der Oberste Hirte leise an Ridcully. »Ich glaube, er hat nicht richtig gegessen.«

»Du meinst… er kaut nicht richtig?«

»Nein, ich meine, er ißt nicht *genug*, Erzkanzler.«

Der Dekan nahm ein Blatt Papier von Ponders überfülltem Schreibtisch.

»He, seht euch das an«, sagte er.

In Ponders sehr sauberer Handschrift stand auf dem Blatt geschrieben:

DIE REGELN

1 *Dinge fallen auseinander, aber Zentren bleiben stabil.*
2 *Alles bewegt sich bogenförmig.*
3 *Man bekommt Kugeln.*
4 *Große Kugeln sagen dem Raum, daß er sich krümmen soll.*
5 *Nirgends gibt es Schildkröten.*
6 *...Es ist alles so deprimierend.*

»Hält immer nach Regeln Ausschau, unser Ponder«, sagte der Oberste Hirte.

»Nummer Sechs scheint nicht besonders gut formuliert zu sein«, meinte Ridcully.

»Ihr glaubt doch nicht, daß er wie der Quästor werden könnte, oder?« fragte der Dozent für neue Runen.

»Er glaubt immer, alles müßte etwas *bedeuten*«, sagte Ridcully, der für gewöhnlich folgenden Standpunkt vertrat: Das Suchen nach tieferer Bedeutung in bestimmten Ereignissen ähnelt dem Bestreben, Spiegelbilder in einem Spiegel zu finden – man entdeckt immer welche, wird dadurch aber nicht schlauer.

»Ich schlage vor, wir wärmen das Ding einfach ein wenig auf«, meinte der Oberste Hirte.

»Eine Sonne sollte ganz einfach sein«, sagte Ridcully. »Einem fähigen Zauberer fällt es sicher nicht schwer, eine große Feuerkugel zu beschwören.« Er ließ die Fingerknöchel knacken. »Laßt Stibbons von einigen Studenten zu Bett bringen. Wir haben seine kleine Welt bald hübsch warm, oder ich will nicht mehr Mustrum Ridcully heißen.«

VIERZEHN

Scheibenwelten

Für die Zauberer der Unsichtbaren Universität enthält der Himmel zwei offensichtlich verschiedene Arten von Körpern: Sterne, die winzige Stecknadelköpfe von Licht sind, und die Sonne, die eine heiße Kugel ist, nicht allzuweit entfernt, und die am Tag über der Scheibe hin und nachts unter ihr hinwegzieht. Die Menschheit hat eine Weile gebraucht, ehe sie erkannte, daß es in unserem Universum nicht so ist. Unsere Sonne ist ein Stern, und wie alle Sterne ist sie *riesig*, und jene winzigen Stecknadelköpfe müssen sehr weit entfernt sein. Außerdem sind manche der Stecknadelköpfe, die Sterne zu sein scheinen, gar keine Sterne: Sie verraten sich, indem sie sich anders als die übrigen bewegen. Das sind die Planeten, die viel näher und viel kleiner sind, und zusammen mit Erde, Mond und Sonne bilden sie unser Sonnensystem. Unser Sonnensystem mag wie eine Menge Kugeln *aussehen*, die in einer Art kosmischem Billardspiel umherflitzen, doch das bedeutet nicht, daß es als Kugeln von Fels oder Eis begonnen hat. Es ist das Ergebnis eines physikalischen Prozesses, und die Bestandteile, die in diesen Prozeß eingegangen sind, brauchen nicht dem Ergebnis zu ähneln, das herauskommt.

Je mehr wir über das Sonnensystem herausfinden, um so schwieriger wird es, eine plausible Antwort auf die Frage zu geben: Wie fing es an? Es ist dabei nicht die ›Antwort‹ an sich, die schwieriger wird, es ist die Plausibilität. In dem Maß, wie wir immer mehr über das Sonnensystem erfahren, müssen unsere Theorien immer genaueren Überprüfungen durch die Wirklichkeit standhalten. Das ist einer der Gründe, warum Wissenschaftler die Angewohnheit haben, alte Fragen wieder aufzugreifen, die jeder für längst erledigt hält, und festzustellen, daß sie nicht erledigt sind. Das heißt nicht, daß Wissenschaftler unfähig wären: Es zeigt ihre Bereitschaft, neue Tatsachen zur Kenntnis zu nehmen und alte Schlußfolgerungen in ihrem Lichte zu überprüfen. Die Wissenschaft behauptet fürwahr nicht, alles richtig zu machen, aber sie kann auf gute Erfolge verweisen, wenn es darum geht, Methoden auszuschließen, wie man es falsch macht.

Was muß eine Theorie für die Bildung des Sonnensystems erklären? Zunächst einmal natürlich die Planeten – neun davon, ziemlich zufällig im Raum verstreut: Merkur, Venus, Erde, Mars, Jupiter, Saturn, Uranus, Neptun, Pluto. Sie muß deren Größenunterschiede erklären. Der Merkur hat einen Durchmesser von gerade eben 4878 km, während es der Jupiter auf 142 800 km bringt – das Neunundzwanzigfache an Durchmesser und ein 24 000mal größeres Volumen, ein enormer Unterschied. Diese Theorie muß die Unterschiede in der chemischen Zusammensetzung der Planeten erklären: Der Merkur besteht aus Eisen, Nickel und Silikatgestein, der Jupiter aus Wasserstoff und Helium. Sie muß erklären, warum die Planeten in Sonnennähe generell kleiner als weiter draußen in der Kälte und Dunkelheit sind, ausgenommen Pluto. Wir wissen nicht viel über den Pluto, doch das meiste, was wir wissen, ist sonderbar. Zum Beispiel liegen alle anderen Planeten ziemlich nahe an ein und derselben Ebene, in der auch der Mittelpunkt der Sonne liegt, Plutos Umlaufbahn hat dagegen einen merklichen Neigungswinkel dazu. Alle anderen Planeten haben Bahnen, die Kreisen ziemlich nahe kommen, die Plutobahn aber ist langgestreckter –

so sehr, daß er der Sonne manchmal näher als der Neptun kommt.

Doch das ist nicht alles, was eine Theorie über den Ursprung des Sonnensystems richtig erklären muß. Die meisten Planeten werden *ihrerseits* von kleineren Körpern umkreist – dazu gehören unser eigener guter alter Mond, Phobos und Deimos, die beiden kleinen Marsmonde, die 16 Satelliten des Jupiter, die 17 des Saturn... Sogar der Pluto hat einen Begleiter namens Charon, und das ist wieder so eine sonderbare Sache. Saturn übertrumpft sie noch und hat ganze Ringe von kleineren Körpern, die ihn umgeben, ein breites, dünnes Band von umlaufenden Steinen, das in eine Myriade abgegrenzter Einzelringe zerfällt, mit einigen Monden dazwischen wie auch gewöhnlicheren Monden an anderen Stellen. Dann gibt es die Planetoiden, Tausende von kleinen Körpern, manche kugelförmig wie Planeten, manche unregelmäßige Felsbrocken, von denen die meisten Umlaufbahnen zwischen Mars und Jupiter haben – ausgenommen einige wenige, die das nicht tun. Es gibt Kometen, die aus der riesigen ›Oort-Wolke‹ weit jenseits der Plutobahn auf die Sonne zustürzen – einer Wolke, die *Billionen* von Kometen enthält. Es gibt den Kuiper-Gürtel, der ein wenig dem Planetoidengürtel ähnelt, aber jenseits der Plutobahn liegt: Wir kennen jetzt über dreißig Körper dort draußen, aber wir vermuten, das es Hunderttausende sind. Es gibt Meteoriten, Felsbrocken unterschiedlicher Größe, die unberechenbar überall in dem ganzen Ding unterwegs sind...

Überdies ist jeder dieser Himmelskörper ein Einzelstück. Der Merkur ist ein glühendheißer kraterübersäter Felsbrocken. Die Venus hat eine Schwefelsäure-Atmosphäre, rotiert im Vergleich zu fast allem anderen im Sonnensystem falsch herum, und man glaubt, daß sie sich so etwa alle hundert Millionen Jahre in einer ausgedehnten, planetenweiten Woge von vulkanischer Aktivität eine neue Oberfläche zulegt. Die Erde besitzt Ozeane und trägt Leben; da wir auf ihr leben, finden wir sie geeigneter als alle anderen Planeten, doch die meisten Außerirdischen wären wahrscheinlich entsetzt über ihre tödliche, giftige, korrodierende Sauerstoffatmosphäre. Der Mars hat felsdurchsetzte Wüsten und Trockeneis an den Polen. Der Jupiter ist ein Gasriese mit einem Kern von Wasserstoff, der so stark komprimiert ist, daß er metallisch geworden ist, und darin vielleicht einem kleinen Gesteinskern – ›klein‹ im Vergleich zum Jupiter, aber mit ungefähr dreimal größerem Durchmesser als die Erde. Der Saturn hat seine Ringe – aber Jupiter, Uranus und Neptun haben auch welche, freilich nicht annähernd so ausgedehnt und sehenswert. Der Uranus hat eine eisige Hülle aus Methan und Ammoniak, und seine Rotationsachse ist so stark geneigt, daß sie fast flach in der Bahnebene liegt. Der Neptun ähnelt dem Uranus, aber ohne die komische Achsenneigung. Der Pluto ist, wie gesagt, einfach verrückt. Wir wissen nicht einmal genau, wie groß oder wie massiv er ist, aber im Lande der Gasriesen ist er ein Liliputaner.

Schön... das alles muß eine Theorie über den Ursprung des Sonnensystems erklären. Es war viel einfacher, als wir noch glaubten, es gebe sechs Planeten, dazu Sonne und Mond, *und fertig*. Was das Sonnensystem als Ergebnis des speziellen Schöpfungsaktes eines übernatürlichen Wesens betrifft – warum sollte irgendein übernatürliches Wesen, das auf sich hält, die Sache *so kompliziert* machen?

Weil es *sich selbst* kompliziert macht – das ist der Grund. Wir glauben jetzt, daß das Sonnensystem als komplettes Paket entstanden ist, ausgehend von ziemlich komplizierten Zutaten. Aber wir brauchten eine Weile, ehe wir das erkannten.

Die erste Theorie der Planetenentstehung, die nach

modernen Maßstäben halbwegs Sinn ergibt, ist vor zweihundertfünfzig Jahren von dem großen deutschen Philosophen Immanuel Kant erdacht worden. Kant stellte sich vor, daß alles als ausgedehnte Materiewolke begann – große Brocken, kleine Brocken, Staub, Gas –, die sich gegenseitig durch die Gravitation anzog und zusammenballte.

Etwa vierzig Jahre später brachte der französische Mathematiker Pierre-Simon de Laplace eine alternative Theorie von gewaltiger innewohnender Schönheit hervor, die den einzigen Fehler hatte, daß sie nicht richtig funktionierte. Laplace glaubte, die Sonne habe sich vor den Planeten gebildet, vielleicht durch eine kosmische Zusammenballung wie bei Kant. Jene Ursonne war jedoch viel größer als heute, da sie sich noch nicht vollends gesammelt hatte, und die äußeren Ränder ihrer Atmosphäre erstreckten sich ein gutes Stück über die heutige Umlaufbahn des Pluto hinaus. Wie die Zauberer der Unsichtbaren Universität stellte sich Laplace die Sonne als riesiges Feuer vor, dessen Brennstoff sich allmählich verbrauchen muß. Als die Sonne älter wurde, kühlte sie sich ab. Kühles Gas zieht sich zusammen, also schrumpfte die Sonne.

Nun kommt eine hübsche Eigenart von sich bewegenden Körpern ins Spiel, die Folge eines von Newtons Gesetzen, des Bewegungssatzes. Zu jedem rotierenden Körper gehört eine Größe namens ›Drehimpuls‹ – eine Kombination der enthaltenen Masse, der Rotationsgeschwindigkeit und des Abstands der Massekonzentration von der Drehachse. Nach Newton ist der Drehimpuls eine Erhaltungsgröße – er kann umverteilt werden, aber niemals verschwinden oder aus dem Nichts entstehen. Wenn sich ein rotierenden Körper zusammenzieht, die Rotationsgeschwindigkeit aber unverändert bliebe, ginge Drehimpuls verloren: Also muß die Rotationsgeschwindigkeit zum Ausgleich zunehmen. Auf die Art vollführen Eisläufer Pirouetten: Sie beginnen mit einer langsamen Drehung mit ausgestreckten Armen und ziehen dann die Arme an den Körper. Überdies unterliegt rotierende Materie einer Kraft, der Zentrifugalkraft, die sie nach außen zu ziehen scheint, weg vom Mittelpunkt.

Laplace fragte sich, ob die Zentrifugalkraft, wenn sie auf eine rotierende Gaswolke wirkt, einen Gasgürtel rund um den Äquator ablösen könnte. Er berechnete, daß das jedesmal der Fall sein müßte, wenn die Gravitationskraft, die diesen Gürtel zum Zentrum hin zieht, gleich der Zentrifugalkraft ist, die ihn nach außen wegzieht. Dieser Vorgang müßte sich nicht einmal, sondern mehrmals ereignen, während sich das Gas weiter zusammenzieht – so daß sich die schrumpfende Sonne mit einer Folge von Ringen aus Stoff umgäbe, die alle in derselben Ebene wie der Sonnenäquator lägen. Nun nehmen wir an, daß sich jeder Ring zu einem einzelnen Körper zusammenzieht... Planeten!

Was die Theorie von Laplace gut erklärte und die von Kant nicht, war die Tatsache, daß die Planeten annähernd in einer Ebene liegen und daß sie in derselben Richtung die Sonne umkreisen, in der diese rotiert. Zusätzlich konnte sich etwas ganz Ähnliches ereignet haben, während sich jene Gürtel zu Planeten zusammenzogen, wodurch auch die Bewegung der Monde gut erklärt wäre. Es ist nicht schwer, die besten Züge der Theorien von Kant und Laplace zu vereinigen, und die Kombination stellte die Wissenschaftler etwa ein Jahrhundert lang zufrieden. Allmählich wurde jedoch klar, daß unser Sonnensystem viel unregelmäßiger ist, als es sowohl Kant als auch Laplace angenommen hatten. Planetoiden haben ausgefallene Umlaufbahnen, und manche Monde laufen falsch herum. Die Sonne enthält 99% der Masse des Sonnensystems, aber auf die Planeten entfallen 99% des Drehimpulses: Entweder rotiert die Sonne zu langsam, oder die Planeten laufen zu schnell um.

Als das zwanzigste Jahrhundert anbrach, wurden diese Mängel der Laplaceschen Theorie zu gravierend, als daß die Astronomen mit ihnen hätten leben können, und mehrere Leute kamen unabhängig voneinander auf die Idee, daß ein Stern ein Planetensystem entwickle, wenn er einem anderen Stern nahe komme. Während die beiden Sterne aneinander vorbeisausen, sollte die Anziehungskraft des einen Sterns einen langen zigarrenförmigen Materieklumpen aus dem anderen herausziehen, der sich dann zu Planeten zusammenballte. Der Vorteil der Zigarrenform bestand darin, daß sie an den Enden dünn und in der Mitte dick ist, wie die Planeten in Sonnennähe oder draußen beim Pluto klein, dazwischen bei Jupiter und Saturn aber groß sind. Wohlgemerkt, es ist nie ganz klar geworden, *warum* der Klumpen zigarrenförmig sein sollte...

Wichtig an dieser Theorie war auch die daraus zu ziehende Schlußfolgerung, daß Planetensysteme ziemlich ungewöhnlich sind, weil die Sterne ziemlich dünn gesät sind und einander selten nahe genug kommen, um sich gemeinsam eine Zigarre zu gönnen. Wenn man zu jenen Leuten gehört, denen der Gedanke behagt, daß Menschen im Weltall einzigartig sind, dann war das eine ziemlich anziehende Theorie: Wenn Planeten selten waren, mußten *bewohnte* Planeten noch seltener sein. Wenn man dagegen zu jenen Menschen gehörte, die lieber glaubten, die Erde sei nicht besonders ungewöhnlich und ihre Lebensformen auch nicht, dann war einem bei der Zigarrentheorie nicht wohl.

Mitte des zwanzigsten Jahrhunderts hatte sich die Zigarrentheorie als noch unwahrscheinlicher denn die Kant-Laplacesche Theorie erwiesen. Wenn man eine Menge heißes Gas von der Oberfläche eines Sterns abreißt, kondensiert es nicht zu Planeten – es verstreut sich in die unermeßlichen Tiefen des interstellaren Raumes wie ein Tropfen Tinte in einem tosenden Ozean. Inzwischen hatten die Astronomen schon eine viel deutlichere Vorstellung, wie *Sterne* entstehen, und es wurde klar, daß Planeten in demselben Prozeß entstehen müssen, der die Sterne hervorbringt. Ein Planetensystem ist kein Stern, der sich später ein paar winzige Begleiter zulegt: Es kommt von Anfang an als Paket. Das Paket ist eine Scheibe – in unserem Universum (soviel wir wissen) das, was einer Scheibenwelt am nächsten kommt. Doch die Scheibe beginnt als Wolke und wird schließlich zu einer Menge Kugeln (Stibbons' Dritte Regel).

Ehe sich die Scheibe bildete, begann das Sonnensystem mitsamt der Sonne als zufällige Portion einer Wolke von interstellarem Gas und Staub. Zufällige Verschiebungen lösten einen Kollaps der Staubwolke aus, wobei alles ungefähr – aber nicht exakt – auf denselben Mittelpunkt zu stürzte. Um solch einen Kollaps in Gang zu setzen, braucht es weiter nichts als eine Materiekonzentration irgendwo, deren Gravitation dann weitere Materie heranzieht: Zufällige Verschiebungen erzeugen so eine Konzentration, wenn man lange genug wartet. Wenn der Prozeß erst einmal begonnen hat, verläuft er erstaunlich schnell und braucht ungefähr zehn Millionen Jahre vom Anfang bis zum Ende. Zunächst ist die in sich zusammenstürzende Wolke annähernd kugelförmig. Sie wird aber in der Rotation der gesamten Galaxis mitgeführt, so daß sich der äußere Rand (in bezug aufs Zentrum der Galaxis) langsamer bewegt als der innere. Der Erhaltungssatz für den Drehimpuls sagt uns, daß die Wolke beim Kollabieren zu rotieren beginnen muß, und je weiter sie in sich zusammenstürzt, um so schneller rotiert sie. In dem Maß, wie sich ihre Umdrehungsgeschwindigkeit erhöht, flacht sich die Wolke annähernd zu einer Scheibe ab.

Sorgfältigere Berechnungen zeigen, daß sich diese Scheibe nahe der Mitte zu einem Klumpen verdickt und daß die meiste Materie in diesem Klumpen endet. Der Klumpen verdichtet sich weiter, seine Gravitationsenergie wird in Wärmeenergie umgewandelt, und die Temperatur steigt *rasch* an. Wenn die Temperatur hoch genug ist, werden Kernreaktionen gezündet: Aus dem Klumpen ist ein Stern geworden. Während dies geschieht, stößt das Material in der Scheibe immer wieder zufällig zusammen, ganz wie es sich Kant vorstellte, und ballt sich auf eine nicht besonders gut geordnete Weise zusammen. Manche Brocken werden in äußerst exzentrische Umlaufbahnen gestoßen oder aus der Ebene der Scheibe hinausgetragen, die meisten jedoch verhalten sich gesitteter und verwandeln sich in anständige, vernünftige Planeten. Eine Miniaturausgabe desselben Vorgangs kann die meisten der Planeten mit Monden versorgen.

Auch die Chemie kommt hin. Nahe der Sonne werden diese entstehenden Planeten sehr heiß – zu heiß, als daß sich festes Wasser bilden könnte. Weiter draußen – bei einer Staubwolke, die sich für die Entstehung unseres Sonnensystems eignet, etwa bei der Bahn des Jupiter – kann Wasser zu festem Eis gefrieren. Dieser Unterschied ist wichtig für die chemische Zusammensetzung der Planeten, und wir sehen die Grundzüge, wenn wir uns auf nur drei Elemente konzentrieren: Wasserstoff, Sauerstoff und Silizium. Wasserstoff und Sauerstoff sind nämlich die beiden häufigsten Elemente im Universum, abgesehen von Helium, das nicht an chemischen Reaktionen teilnimmt. Silizium ist weniger häufig, kommt aber doch ausreichend vor. Wenn sich Silizium und Sauerstoff verbinden, bekommt man Silikate – Gesteine. Doch selbst wenn der Sauerstoff alles vorhandene Silizium binden kann, bleiben noch etwa 96% des Sauerstoffs frei, und er verbindet sich mit Wasserstoff zu Wasser. Es gibt soviel Wasserstoff – tausendmal mehr als Sauerstoff –, daß praktisch der ganze Sauerstoff, der nicht zur Gesteinsbildung beiträgt, im Wasser gebunden wird. Daher ist Wasser die bei weitem häufigste chemische Verbindung in der sich verdichtenden Scheibe.

Nahe bei dem Stern ist das Wasser flüssig, sogar Dampf, doch in der Entfernung des Jupiter ist es festes Eis. Man kann eine Menge feste Masse zusammenbringen, wenn man in einer Gegend kondensiert, wo sich Eis bilden kann. Daher sind die Planeten dort größer und – zumindest für den Anfang – eisig. Näher bei dem Stern sind die Planeten kleiner und felsig. Doch nun können die großen Jungs ihren ursprünglichen Gewichtsvorsprung noch weiter ausbauen. Alles, was die zehnfache Masse der Erde oder mehr hat, kann die beiden häufigsten Elemente der Scheibe, Wasserstoff und Helium, anziehen und *festhalten*. Also saugen die großen Kugeln riesige Mengen zusätzlicher Masse in Form dieser beiden Gase auf. Sie können auch Verbindungen wie Methan und Ammoniak halten, die näher am Stern flüchtige Gase sind.

Diese Theorie erklärt ziemlich viel. Sie kommt mit allen Haupteigenschaften des Sonnensystems recht gut zurecht. Sie läßt die ausgefallenen Bewegungen zu, aber nicht zuviel davon. Sie stimmt mit den Beobachtungen von kondensierenden Gaswolken in fernen Regionen des Alls überein. Sie ist vielleicht nicht vollkommen, und ein paar zusätzliche Argumente könnten notwendig sein, um sonderbare Dinge wie den Pluto zu erklären, doch die meisten wichtigen Züge fügen sich hübsch passend ein.

Die Zukunft des Sonnensystems ist mindestens ebenso interessant wie seine Vergangenheit. Das Bild vom Sonnensystem, das sich aus den Ideen Newtons und seiner

Zeitgenossen ergab, hatte sehr viel von einem Uhrwerk-Universum – einer himmlischen Maschine, die, einmal in Gang gesetzt, immer denselben einfachen mathematischen Regeln folgen und fröhlich bis in alle Ewigkeit weiterticken würde. Man *baute* sogar Himmelsmaschinen, Astrolabien genannt, mit Zahnrädern in großen Mengen, in denen kleine Messingplaneten mit Elfenbeinmonden immer rundum liefen, wenn man eine Kurbel drehte.

Wir wissen jetzt, daß das kosmische Uhrwerk durcheinandergeraten kann. Es wird nicht bald geschehen, aber möglicherweise kommen ein paar große Risiken auf das Sonnensystem zu. Der Grund, der dahinter steht, ist das Chaos – Chaos im Sinne der ›Chaostheorie‹ mit all diesen komischen mehrfarbigen ›fraktalen‹ Dingen, eines rapide expandierenden Gebiets der Mathematik, das in alle anderen Wissenschaften eindringt. Das Chaos lehrt uns, daß einfache Regeln nicht notwendigerweise zu einfachem Verhalten führen – etwas, was Ponder Stibbons und die anderen Zauberer gerade im Begriff sind zu entdecken. Einfache Regeln können nämlich zu einem Verhalten führen, das in gewisser Hinsicht deutliche Elemente des Zufalls enthält. Chaotische Systeme verhalten sich anfangs vorhersagbar, doch nachdem man einen gewissen ›Vorhersagehorizont‹ überschritten hat, versagen alle Vorhersagen. Das Wetter ist chaotisch und hat einen Vorhersagehorizont von etwa vier Tagen. Das Sonnensystem ist chaotisch, wie wir jetzt wissen, und sein Vorhersagehorizont liegt bei etlichen Dutzend Millionen Jahren. Zum Beispiel können wir nicht sicher sein, auf welcher Seite der Sonne sich in hundert Millionen Jahren der Pluto befinden wird. Er wird sich auf derselben *Umlaufbahn* befinden, doch seine Position auf dieser Bahn ist völlig ungewiß.

Wir wissen das durch mathematische Untersuchungen, die insbesondere mit einem Astrolabium angestellt wurden – doch es war ein ›digitales Astrolabium‹, ein speziell angefertigter Computer, der Himmelsmechanik sehr schnell berechnen konnte. Das digitale Astrolabium wurde von Jack Wisdoms Forschungsgruppe entwickelt, die – im Wettbewerb mit ihren Rivalen unter Jacques Laskar – unser Wissen über die Zukunft des Sonnensystems erweitert hat. Obwohl ein chaotisches System auf lange Sicht nicht vorhersagbar ist, kann man eine ganze Folge voneinander unabhängiger Versuche machen, um es vorherzusagen, und dann nachsehen, worin sie übereinstimmen. Der Mathematik zufolge kann man ziemlich sicher sein, daß *das* dann richtig ist.

Eins der frappierendsten Ergebnisse lautet, daß das Sonnensystem einen Planeten einbüßen wird. In etwa einer Milliarde Jahre wird sich der Merkur von der Sonne wegbewegen, bis er die Umlaufbahn der Venus kreuzt. Dann wird eine nahe Begegnung von Venus und Merkur einen von beiden, vielleicht auch beide ganz aus dem Sonnensystem hinausschleudern – es sei denn, daß sie unterwegs irgendwo auftreffen, was hochgradig unwahrscheinlich, aber möglich ist. Es könnte sogar die Erde sein, oder die vorbeifliegende Venus könnte sich mit uns in einem kosmischen Tanz vereinigen, in dessen Ergebnis die *Erde* aus dem Sonnensystem geschleudert wird. Die Einzelheiten sind nicht vorherzusagen, doch das allgemeine Szenarium ist sehr wahrscheinlich.

Das heißt, daß wir ein falsches Bild vom Sonnensystem haben. In menschlichen Zeitmaßen ist es ein sehr einfacher Ort, in dem sich kaum etwas ändert. Nach seinen *eigenen* Zeitmaßen, Hunderten von Jahrmillionen, ist es voller Dramatik und Aufregung, wo Planeten überall hin und her schießen, umeinander wirbeln und einander in einem wahnsinnigen Tanz der Gravitation aus der Bahn werfen.

Das erinnert entfernt an *Worlds in Collision* (Welten im Zusammenstoß), ein Buch, das 1950 von Immanuel

Velikovsky publiziert wurde, der glaubte, ein riesiger Komet sei einst vom Jupiter ausgespien worden, *zweimal* nahe an der Erde vorbeigezogen, habe eine Liebesaffäre mit Mars gehabt (wobei ein Schwarm von Kometenbabys entstanden sei) und schließlich friedlich auf der Venus zur Ruhe gekommen. Unterwegs habe er viele seltsame Effekte ausgelöst, die zu Geschichten der Bibel wurden. Velikovsky hatte in einem Punkt recht: Die Bahnen der Planeten stehen nicht ein für allemal fest. Das war so ziemlich alles, worin er recht hatte.

Umkreisen andere Planetensysteme ferne Sterne, oder sind wir einzigartig? Bis vor ein paar Jahren ist darüber viel gestritten worden, ohne daß handfeste Beweise existierten. Wenn man sie vor die Alternative stellte, sprachen sich die meisten Wissenschaftler für die Existenz anderer Planetensysteme aus, weil der Mechanismus mit der kollabierenden Staubwolke fast überall leicht in Gang kommen kann, wo es kosmischen Staub gibt – und es gibt hundert Milliarden Sterne in unserer eigenen Galaxis, ganz zu schweigen von den Milliarden über Milliarden anderen im Universum, die alle einmal kosmischer Staub *waren*. Doch das sind nur Indizien. Jetzt ist die Lage viel klarer. Typischerweise enthält die Geschichte aber mindestens einen Fehlstart und eine kritische Überprüfung von Beweisen, die zunächst ziemlich überzeugend wirkten.

1967 arbeitete Jocelyn Bell, Doktorandin an der Universität von Cambridge, unter der Leitung von Anthony Hewish an ihrer Promotion. Ihr Gebiet war die Radioastronomie. Wie das Licht sind Radiowellen elektromagnetisch, und wie Licht können sie von Sternen ausgestrahlt werden. Diese Radiowellen können mit Hilfe von Parabolantennen aufgefangen werden – die heutigen Fernseh-Satellitenantennen sind eng verwandt –, die ziemlich irreführend als ›Radioteleskope‹

bezeichnet werden, obwohl sie nach ganz anderen Prinzipien als gewöhnliche optische Teleskope arbeiten. Wenn wir den Himmel im Radiobereich des elektromagnetischen Spektrums betrachten, können wir oft Dinge ›sehen‹, die nicht in Erscheinung treten, wenn man gewöhnliches sichtbares Licht verwendet. Das ist nicht weiter verwunderlich: Zum Beispiel können Scharfschützen beim Militär mit Hilfe von Infrarot-Wellen ›im Dunkeln sehen‹, indem sie Dinge an der von ihnen ausgestrahlten Wärme erkennen. Die Technik war seinerzeit nicht besonders elegant, und die Radiowellen wurden auf langen Papierstreifen mit automatischen Stiften aufgezeichnet, die mit guter altmodischer Tinte zittrige Kurven malten. Bell erhielt die Aufgabe, auf den Papierrollen nach interessanten Dingen zu suchen, indem sie ungefähr 130 Meter Papier pro Woche sorgfältig durchsah. Was sie fand, war sehr seltsam – ein Signal, das etwa dreißigmal pro Sekunde pulsierte. Hewish war skeptisch und argwöhnte, das Signal sei irgendwie von den Meßinstrumenten erzeugt worden, Bell aber war von seiner Echtheit überzeugt. Sie durchsuchte viereinhalb Kilometer früherer Aufzeichnungen und fand mehrere frühere Vorkommen desselben Signals, was bewies, daß sie recht hatte. Irgend etwas da draußen sendete das Radio-Gegenstück des Tons einer Trillerpfeife aus. Das verantwortliche Objekt wurde ›Pulsar‹ genannt – ein pulsierendes sternartiges Objekt.

Was konnten diese seltsamen Dinge sein? Einige Leute äußerten die Ansicht, es seien Funksignale einer fremden Zivilisation, doch alle Versuche, das außerirdische Gegenstück der *Jerry Springer Show* herauszulesen, mißlangen (was vielleicht ganz gut war). Es schien keine strukturierten Botschaften in den Signalen zu geben. Wofür man sie heute hält, ist eigentlich noch seltsamer als eine außerirdische Fernsehsendung. Pulsare gelten als Neutronensterne – Sterne, die aus hochgradig entarteter Materie bestehen, ausschließlich Neutronen, und die einen Durchmesser von gerade mal rund 20 Kilometern haben.

Erinnern Sie sich, daß Neutronensterne eine unglaublich hohe Dichte haben und entstehen, wenn ein größerer Stern einen Gravitationskollaps erleidet. Dieser ursprüngliche Stern rotiert, wie wir gesehen haben, und wegen der Erhaltung des Drehimpulses muß der entstehende Neutronenstern viel schneller rotieren. Er vollführt tatsächlich ungefähr dreißig Umdrehungen pro Sekunde. Für einen Stern ist das ganz schön schnell. Nur ein winziger Stern wie ein Neutronenstern vermag das – wenn ein gewöhnlicher Stern so schnell rotieren sollte, müßte sich seine Oberfläche mit Überlichtgeschwindigkeit bewegen, was Einstein gar nicht gefallen hätte. (Realistisch betrachtet, würde ein normaler Stern schon bei viel geringerer Umdrehungszahl auseinandergerissen.) Aber ein Neutronenstern ist klein, sein Drehimpuls ist im Vergleich dazu groß, und dreißig Umdrehungen pro Sekunde sind für ihn überhaupt kein Problem.

Betrachten wir als nützliches Analogon unsere Erde. Wie ein Pulsar rotiert sie um ihre Achse. Wie ein Pulsar hat sie ein Magnetfeld. Das Magnetfeld hat ebenfalls eine Achse, doch die ist von der Rotationsachse verschieden; darum ist der magnetische Nordpol nicht mit dem geographischen identisch. Auf einem Pulsar gibt es auch keinen vernünftigen Grund, warum der magnetische Nordpol mit dem Pol der Rotation übereinstimmen sollte. Und wenn sie nicht übereinstimmen, wirbelt die Achse des Magnetfelds dreißigmal pro Sekunde herum. Ein rasch rotierendes Magnetfeld sendet Strahlung aus, die als Synchrotronstrahlung bekannt ist – und sie wird in zwei schmalen Bündeln entlang der Achse des Magnetfelds ausgestrahlt. Kurzum, ein Neutronenstern sendet zwei Radiostrahlen aus wie der sich drehende Apparat an der Spitze eines Leuchtturms. Wenn man den Neutronenstern also im Radiospektrum betrachtet, sieht man einen kurzen hellen Blitz, wenn der Strahl gerade zum Beobachter herzeigt, und dann praktisch nichts, bis der Strahl wieder herum ist. Pro Sekunde sieht man dreißig Blitze. Genau das hatte Bell bemerkt.

Wenn man ein Lebewesen von annähernd orthodoxer Konstitution ist, möchte man entschieden keinen Pulsar als Stern haben. Synchrotronstrahlung erstreckt sich über einen breiten Bereich von Wellenlängen, von sichtbarem Licht bis zu Röntgenstrahlen, und Röntgenstrahlen sind der Gesundheit eines Wesens von annähernd orthodoxer Konstitution alles andere als zuträglich. Doch ohnehin hat kein Astronom je ernstlich in Erwägung gezogen, daß Pulsare Planeten haben könnten. Wenn ein großer Stern zu einem unglaublich dichten Neutronenstern kollabiert, wird er doch wohl die ganzen Materiebrocken in seiner Umgebung verschlucken. Oder?

Eher nicht. 1991 teilte Matthew Bailes mit, daß er einen Planeten entdeckt habe, der den Pulsar PSR 1829–10 umkreise, dieselbe Masse wie Uranus habe und vom Stern etwa so weit entfernt sei wie die Venus von der Sonne. Die bekannten Pulsare sind viel zu weit entfernt, als daß wir Planeten unmittelbar sehen könnten. Man kann jedoch einen Stern mit Planeten erkennen, indem man seine Bewegungen beobachtet. Sterne hängen nicht reglos im Raum; in der Regel scheinen sie irgendwohin unterwegs zu sein, vermutlich infolge der Gravitation durch den Rest des Universums, das klumpig genug ist, um verschiedene Sterne in unterschiedliche Richtungen zu ziehen. Die meisten Sterne bewegen sich ziemlich genau auf Geraden. Ein Stern mit Planeten aber ist wie jemand mit einem Tanzpartner. Während die Planeten ihn umkreisen, schwankt der Stern hin und her. Dadurch wird seine Bahn durchs Weltall eine leichte Wellenlinie. Wenn nun ein großer dicker Tänzer eine winzige federleichte Partnerin herumwirbelt, wird sich der Dicke kaum bewegen, doch wenn die beiden Partner gleich schwer sind, umkreisen sie beide einen gemeinsamen Mittelpunkt. Indem man die Form der Wellenbewegungen untersucht, kann man abschätzen, wie schwer die einzelnen Planeten sind und wie nahe am Stern ihre Bahn verläuft.

Diese Technik bewährte sich zunächst bei der Entdeckung von Doppelsternen, wo der Tanzpartner ein zweiter Stern ist und die Schwankungen ziemlich ausgeprägt sind, denn Sterne sind weitaus massereicher als Planeten. In dem Maß, wie die Meßgeräte genauer wurden, konnten immer geringfügigere Schwankungen entdeckt werden, also immer kleinere Tanzpartner. Bailes teilte mit, der Pulsar PSR 1829–10 habe einen Tanzpartner von der Masse eines Planeten. Er konnte die Schwankungen der Bahn nicht direkt beobachten, wohl aber die geringfügigen Änderungen, die sie in der Zeitabfolge der Strahlungspulse erzeugten. Die einzige rätselhafte Eigenheit bestand in der Umlaufzeit des Planeten: *exakt* sechs irdische Monate. Ein ziemlich großer Zufall. Bald stellte sich heraus, daß die angenommenen Schwankungen nicht von einem Planeten verursacht wurden, der den Pulsar umkreiste, sondern von einem weitaus näher liegenden Planeten – der Erde. Die Meßgeräte vollführten die Schwankungen an *diesem* Ende, nicht der Pulsar am fernen anderen Ende.

Doch kaum war diese erstaunliche Behauptung eines Pulsar-Planeten ad acta gelegt, meldeten Aleksander Wolszczan und Dale Frail die Entdeckung von zwei weiteren Planeten, die beide den Pulsar PSR 1257+12 umkreisten. Ein Pulsar-Planetensystem mit mindestens zwei Welten! Wenn man zwei Tanzpartner hat, ist die Wellenlinie komplizierter als bei einem, und man kann solch ein Signal schwerlich mit etwas verwechseln, das beim Empfänger durch die Erdbewegung hervorgerufen wird. Also scheint diese zweite Entdeckung ziemlich solide zu sein, es sei denn, es gibt eine Möglichkeit, daß Pulsare die von ihnen ausgestrahlten Signale in gerade solch einer komplexen Weise ändern, ohne Planeten zu haben – vielleicht ist der Funkstrahl ein bißchen wacklig? Wir können nicht hinfliegen, um nachzuschauen, also müssen wir von hier aus unser Bestes tun, und von hier aus sieht es gut aus.

Es gibt also tatsächlich Planeten außerhalb unseres Sonnensystems. Aber es ist die Möglichkeit von Leben, die ferne Planeten eigentlich interessant macht, und ein Pulsar-Planet ist bei all der Röntgenstrahlung entschieden kein geeigneter Ort für etwas, das längere Zeit am Leben bleiben möchte. Doch nun erweisen sich auch herkömmliche Sterne als im Besitz von Planeten. Im Oktober 1995 fanden Michel Mayor und Didier Queloz Schwankungen in der Bewegung des Sterns 51 Pegasi, die zu einem Planeten von etwa halber Jupitermasse paßten. Ihre Beobachtungen wurden von Geoffrey Marcy und Paul Butler bestätigt, die Indizien für zwei weitere Planeten fanden – einen von siebenfacher Jupitermasse bei 70 Virginis und einen von zwei- oder dreifacher Jupitermasse bei 47 Ursae Majoris. Bis 1996 sind sieben solche Planeten gefunden worden; zur Zeit sind es etwa zehn. Die genaue Anzahl schwankt, da die Astronomen immer wieder einmal Unregelmäßigkeiten an früheren Messungen entdecken, die den neuen Lieblingsplaneten eines anderen in Frage stellen, doch die allgemeine Tendenz geht aufwärts. Und von unserem nächsten sonnenähnlichen Nachbarn, Epsilon Eridani, weiß man jetzt dank Beobachtungen, die James Greaves und Kollegen 1998 angestellt haben, daß er eine ihn umgebende Staubwolke besitzt, die vielleicht mit der Oort-Wolke unserer Sonne zu vergleichen ist. Wir können jedoch keine Schwankungen sehen; wenn er also Planeten hat, muß ihre Masse unter dem Dreifachen der Jupitermasse liegen. Ein Jahr zuvor benutzten David Trilling und Robert Brown die Beobachtung einer ähnlichen Staubwolke um 55 Cancri, welche schwankt, um abzuleiten, daß der Stern einen Planeten von höchstens 1,9facher Jupitermasse hat. Damit sind andere Erklärungen des unsichtbaren Begleiters definitiv ausgeschlossen, etwa daß es ein ›brauner Zwerg‹ – ein toter Stern – sein könnte.

Obwohl gegenwärtige Teleskope einen fremden Planeten nicht *direkt* entdecken können, könnten künftige Teleskope dazu imstande sein. Herkömmliche astronomische Teleskope benutzen einen leicht gekrümmten großen Spiegel, um einfallendes Licht zu fokussieren, sowie Linsen und Prismen, um das Bild aufzunehmen und an das weiterzuschicken, was anfangs das Okular des Astronomen war, später eine Fotoplatte und was jetzt meistens ein CCD (›charge-coupled device‹, ladungsgekoppeltes Gerät) ist – ein empfindlicher elektronischer Lichtdetektor –, angeschlossen an einen Computer. Ein einzelnes Teleskop von herkömmlicher Bauart wird wirklich einen sehr großen Spiegel benötigen, um einen Planeten bei einem anderen Stern zu finden – einen Spiegel von etwa 100 Metern Durchmesser. Der größte derzeit existierende Spiegel hat ein Zehntel dieser Größe, und um Einzelheiten auf der fremden Welt zu sehen, wäre ein noch größerer nötig, so daß das alles kaum zu machen ist.

Aber man braucht nicht nur ein Teleskop zu benutzen.

Eine ›Interferometrie‹ genannte Technik ermöglicht es im Prinzip, einen einzigen Spiegel von 100 m Durchmesser durch zwei viel kleinere zu ersetzen, die 100 Meter voneinander entfernt sind. Beide erzeugen Bilder vom selben Stern oder Planeten, und die eintreffenden Lichtwellen, die diese Bilder hervorbringen, werden *sehr* genau aufeinander ausgerichtet und kombiniert. Das Zweispiegel-System sammelt weniger Licht, als es ein 100-Meter-Spiegel täte, doch es kann dieselbe hohe Auflösung winziger Einzelheiten erreichen. Und mit moderner Elektronik können sehr kleine Lichtmengen verstärkt werden. Außerdem würde man tatsächlich Dutzende von kleineren Spiegeln benutzen, mitsamt einer Menge trickreicher Technik, die sie aufeinander abstimmt und die von ihnen empfangenen Bilder wirksam kombiniert.

Radioastronomen benutzen dieses Verfahren fortwährend. Das größte technische Problem besteht darin, die Länge des Weges vom Stern zu seinem Bild für alle kleineren Teleskope gleich groß zu halten, und zwar mit der Genauigkeit von einer Wellenlänge. In der optischen Astronomie ist dieses Verfahren relativ neu, weil die Wellenlänge sichtbaren Lichts viel geringer als die von Radiowellen ist, doch das eigentlich Schlimme beim sichtbaren Licht ist die Tatsache, daß man sich darum nicht zu kümmern braucht, solange sich die Teleskope an der Erdoberfläche befinden. Die Erdatmosphäre ist ständig in turbulenter Bewegung und beugt einfallende Lichtstrahlen auf unberechenbare Weise. Selbst ein sehr starkes Teleskop an der Erdoberfläche erzeugt ein verschwommenes Bild, und deswegen befindet sich das Hubble-Weltraumteleskop in der Erdumlaufbahn. Sein geplanter Nachfolger, das ›Next Generation Space Telescope‹, wird sich anderthalb Millionen Kilometer entfernt befinden und sorgfältig in einem bestimmten Punkt auf einer Sonnenumlaufbahn positioniert werden, der als Langrangescher Punkt L2 bezeichnet wird. Dieser Punkt liegt auf einer Geraden mit Sonne und Erde, aber weiter draußen, wo sich die Sonnenanziehung, die Erdanziehung und die auf das umlaufende Teleskop wirkende Zentrifugalkraft gegenseitig aufheben. Zum Aufbau des Hubble-Teleskops gehört eine schwere Röhre, um unerwünschtes Licht auszuschließen – insbesondere von unserem eigenen Planeten reflektiertes Licht. In der Gegend von L2 ist es wesentlich dunkler, und man kann auf die unhandliche Röhre verzichten, was beim Start Treibstoff spart. Außerdem ist es bei L2 erheblich kälter als in der Erdumlaufbahn, und damit wird Infrarot-Teleskopie viel wirksamer.

Die Interferometrie benutzt ein weit ausgebreitetes Feld kleiner Teleskope anstelle eines einzigen großen, und für optische Astronomie muß dieses Feld im Weltraum aufgestellt werden. Das ergibt einen zusätzlichen Vorteil, denn der Weltraum ist groß – oder in mehr scheibenweltgemäßen Begriffen, ein Ort, *in* dem man groß sein kann. Der größte Abstand zwischen Teleskopen in diesem Feld wird als Basislänge bezeichnet. Draußen im Weltraum kann man Interferometer mit riesigen Basislängen herstellen – Radioastronomen haben schon eins hergestellt, das größer als die Erde ist, indem sie eine Antenne des Teleskops an der Erdoberfläche und eine in der Umlaufbahn benutzten. Sowohl die NASA als auch die Europäische Raumfahrtagentur ESA haben auf den Reißbrettern Projekte, um Prototypen von optischen Interferometer-Feldern – ›Schwärme‹ ist ein anschaulicherer Begriff – in den Weltraum zu bringen. Um 2002 wird die NASA Deep Space 3 starten, wozu zwei Raumsonden gehören werden, die im Abstand von einem Kilometer fliegen und eine relative Position zueinander mit der Genauigkeit von etwa einem Zentimeter beibehalten. Ein anderes NASA-Unternehmen, die Space Interferometry Mission (Weltraum-Interferometer-Mission) wird sieben oder acht optische Teleskope umfassen, die an einem 10 bis 15 Meter starren langen Ausleger befestigt sind. 2009 hofft die ESA ihr Infrarot-Weltrauminterferometer zu starten, nicht um ferne Planeten ins Bild zu holen, sondern um herauszufinden, woraus ihre Atmosphären bestehen, indem man nach aussagekräftigen Absorptionslinien in ihren Spektren sucht.

Der größte Traum aber ist der Planet Imager (Planeten-Abbilder) der NASA, der für 2020 skizziert ist. Ein Geschwader von Raumflugkörpern, jeder mit vier Teleskopen ausgerüstet, wird sich zu einem Interferometer mit einer Basislänge von etlichen tausend Kilometern entfalten und fremde Planeten zu kartographieren beginnen. Der nächste Stern ist gerade eben gute vier Lichtjahre entfernt; Computersimulationen zeigen, daß fünfzig Teleskope mit einer Basislänge von nur 150 km Bilder von einem zehn Lichtjahre entfernten Planeten liefern können, die gut genug sind, um Kontinente und sogar Monde von der Größe des Erdmondes zu erkennen. Mit 150 Teleskopen und derselben Basislänge könnte man aus einer Entfernung von zehn Lichtjahren die Erde betrachten und Wirbelstürme in ihrer Atmosphäre sehen. Man stelle sich vor, was mit einer Basislänge von mehr als tausend Kilometern zu machen ist.

Es gibt also Planeten außerhalb unseres Sonnensystems – und wahrscheinlich im Überfluß. Das sind gute Neuigkeiten, wenn man hofft, daß es irgendwo da draußen fremde Lebensformen gibt. Die Indizien dafür sind allerdings strittig.

Mars ist natürlich der traditionelle Ort, wo wir Leben im Sonnensystem zu finden erwarten – teilweise wegen des Mythos von ›Marskanälen‹, die Astronomen mit ihren Fernrohren zu sehen glaubten, die sich aber als Illusion erwiesen, als wir Raumsonden hinschickten, um es uns aus der Nähe anzuschauen, teilweise weil die Bedingungen auf dem Mars in mancher Hinsicht denen auf der Erde ähnlich, wenn auch allgemein widerwärtiger sind, und teilweise weil Dutzende von Science Fiction-Büchern uns unterschwellig auf die Existenz von Marsianern vorbereitet haben. Das Leben ist hier an widrigen Orten zu finden, es hält sich in Vulkanschloten, Wüsten und tief im Gestein der Erde. Nichtsdestoweniger haben wir jedoch keine Anzeichen für Leben auf dem Mars gefunden.

Bisher.

Eine Zeitlang dachten manche Wissenschaftler, wir hätten solche Anzeichen gefunden. 1996 verkündete die NASA Spuren von Leben auf dem Mars. Ein in der Antarktis ausgegrabener Meteorit mit der Codenummer ALH84001 war vor fünfzehn Millionen Jahren durch den Aufprall eines Planetoiden vom Mars weggeschleudert wurden und vor 13000 Jahren auf die Erde gefallen. Als er aufgeschnitten und das Innere mit hoher Vergrößerung untersucht wurde, fand man drei mögliche Spuren von Leben. Es waren Rückstände wie von winzigen fossilen Bakterien, eisenhaltige Kristalle, wie sie von gewissen Bakterien gebildet werden, und organische Moleküle ähnlich denen, die in fossilen Bakterien auf der Erde gefunden wurden. Das alles legte einen Schluß nahe: Marsbakterien! Wie zu erwarten, rief diese Behauptung viel Streit hervor, und es läuft darauf hinaus, daß alle drei Entdeckungen mit an Sicherheit grenzender Wahrscheinlichkeit überhaupt *keine* Indizien für Leben sind. Die fossilen ›Bakterien‹ sind viel zu klein, und die meisten davon sind Stufen auf Kristalloberflächen, die in den Metallüberzügen, wie man sie in der Elektronenmikroskopie verwendet, die Bildung merkwürdiger Formen hervorgerufen haben; die eisenhaltigen Kristalle kann man erklären, ohne überhaupt auf Bakterien zurückzugreifen, und die organischen Moleküle können ohne Zutun von Marsleben dort hingeraten sein.

1998 jedoch fand der Mars Global Surveyor Anzeichen für uralte Ozeane auf dem Mars. Zu einem bestimmten Zeitpunkt in der Geschichte des Planeten sprudelten riesige Mengen Wasser aus dem Hochland und flossen in die nördlichen Tiefebenen. Man dachte, dieses Wasser sei einfach versickert oder verdunstet, doch nun zeigt sich, daß die Ränder der nördlichen Tiefebenen alle ziemlich genau in derselben Höhe liegen – wie von einem Ozean erodierte Küstenlinien. Der Ozean, wenn er existierte, bedeckte ein Viertel der Marsoberfläche. Wenn er Leben enthielt, müßten wir Marsfossilien aus jener Zeit finden können.

Der gegenwärtige Favorit für Leben im Sonnensystem ist eine Überraschung, zumindest für Leute, die keine Science Fiction lesen: der Jupitermond Europa. Er ist eine Überraschung, weil die Europa außerordentlich kalt und von dicken Eisschichten überzogen ist. Dort wird das Leben aber gar nicht vermutet. Die Europa befindet sich im kräftigen Griff der Jupitergravitation, und Gezeitenkräfte heizen ihr Inneres auf. Das *könnte* bedeuten, daß die tieferen Schichten des Eises geschmolzen sind und einen ausgedehnten Ozean bilden. Bis vor kurzem war das reine Spekulation, doch inzwischen gibt es sehr starke Hinweise auf das Vorhandensein von flüssigem Wasser unter der Oberfläche der Europa. Dazu gehören die Oberflächengeologie, Gravitationsmessungen und die Entdeckung, daß das Innere der Europa Elektrizität leitet. Diese Feststellung, die 1998 von K. K. Khurana und anderen getroffen wurde, folgt aus Beobachtungen des Magnetfelds dieser kleinen Welt, die die Raumsonde Galileo durchgeführt hat. Die Gestalt des Magnetfelds ist ungewöhnlich, und die einzige bisher bekannte vernünftige Erklärung besteht im Vorhandensein eines Ozeans in der Tiefe, dessen gelöste Salze ihn elektrisch schwach leitfähig machen. Kallisto, ein anderer Jupitermond, hat ein ähnliches Magnetfeld und könnte nach gegenwärtiger Auffassung unter der

Oberfläche ebenfalls einen Ozean besitzen. Im selben Jahr haben T. B. McCord und andere große Flecken von hydrierten Salzen (Salzen, deren Moleküle Wasser enthalten) auf der Oberfläche der Europa entdeckt. Das könnte eine Salzkruste sein, die von Wasser zurückgeblieben ist, das aus einem salzhaltigen Ozean heraufstieg.

Es gibt erste Überlegungen, eine Raumsonde zur Europa zu schicken, sie landen und Bohrungen vornehmen zu lassen, um zu sehen, was es da gibt. Die technischen Probleme sind grandios – die Eisschicht ist mindestens 16 km dick, und die Operation müßte *sehr* sorgfältig durchgeführt werden, um nicht genau das zu stören oder zu vernichten, was man zu finden hofft: Europa-Organismen. Weniger riskant wäre es wohl, nach verräterischen Lebensmolekülen in der dünnen Europa-Atmosphäre zu forschen, und es sind Pläne dafür in Entwicklung. Niemand erwartet, Europa-Antilopen oder auch nur Fische zu finden, doch es wäre überraschend, wenn die auf Wasser beruhende Chemie der Europa, anscheinend ein Ozean von 160 km Tiefe, *kein* Leben hervorgebracht hätte. Höchstwahrscheinlich gibt es unterseeische ›Vulkane‹, wo *sehr* heißes schwefelhaltiges Wasser über den Grund des Ozeans strömt. So etwas bietet hervorragende Gelegenheiten für komplizierte Chemie ganz ähnlich derjenigen, die das Leben auf der Erde hervorgebracht hat.

Die am wenigsten umstrittene Möglichkeit wäre eine Ansammlung von einfachen bakterienähnlichen chemischen Systemen, die Türme rings um die Heißwasserschlote bilden – ganz so, wie es irdische Bakterien in der Ostsee tun. Kompliziertere Wesen wie Amöben und Pantoffeltierchen wären eine angenehme Überraschung; alles, was darüber hinausgeht, wie mehrzellige Organismen, wäre eine Zugabe. Pflanzen sind nicht zu erwarten – so weit von der Sonne entfernt gibt es nicht genug Licht, selbst wenn es durch die Eisschichten dringen könnte. Europa-Leben müßte mit chemischer Energie betrieben werden, wie es auf der Erde in der Umgebung unterseeischer Vulkanschlote der Fall ist. Aber die Lebensformen auf der Europa werden nicht so wie bei unseren Schloten aussehen – sie werden sich in einer anderen chemischen Umgebung entwickelt haben.

FÜNFZEHN

Der Anfang des Anfangs

Ponder öffnete die Augen und blickte ins Gesicht der Zeit. Ein Becher Tee wurde ihm angeboten.

Eine Banane steckte darin.

»Ah... Bibliothekar«, brachte Ponder hervor und nahm den Becher entgegen. Er trank, wobei die Banane versuchte, sich ihm ins linke Auge zu bohren. Der Bibliothekar glaubte, praktisch alles lasse sich durch das Hinzufügen von weichem Obst verbessern. Abgesehen davon war er sehr freundlich und immer bereit, zu helfen und jemandem eine Banane zu geben.*

Die Zauberer hatte Ponder auf einer Werkbank im Lagerraum schlafen gelegt. Uralte magische Ausrüstungsgegenstände bildeten bis zur Decke emporreichende Stapel. Die meisten von ihnen waren zerbrochen, und überall hatten sich dicke Staubschichten gebildet.

Ponder setzte sich auf und gähnte.

»Wie spät ist es?«

»Ugh.«

»Meine Güte, so lange habe ich geschlafen?«

Als sich die warmen Wolken des Schlafs auflösten, begriff Ponder, daß er das Projekt in den Händen der Senior-Fakultät zurückgelassen hatte. Der Bibliothekar

---

* Ein magischer Unfall hatte den Bibliothekar der Unsichtbaren Universität in einen Orang-Utan verwandelt, und in seiner neuen Gestalt fühlte er sich so wohl, daß er alle, die ihm seine menschliche Natur zurückgeben wollten, mit ebenso einfachen wie unmißverständlichen Gesten bedrohte.

nahm beeindruckt zur Kenntnis, wie lange die Tür hin und her schwang.

Der größte Teil des Hauptlaboratoriums war leer, und Licht zeigte sich nur im Bereich des Projekts.

Die Stimme des Dekans erklang. »Wie wär's mit Harribert Wasfüreineüberraschung? Ist doch ein guter Name, oder?«

»Sei still.«

»Oder Kurt Nasowas.«

»Sei still.«

»Oder Hanswurst.«

»Sei endlich *still,* Dekan. Es ist nicht komisch. Es *war* nie komisch.« Zweifellos die Stimme des Erzkanzlers.

»Wie du meinst, Gertrude.«

Ponder näherte sich dem glühenden Projekt.

»Ah, Ponder«, sagte der Oberste Hirte und trat rasch vor ihn. »Jetzt siehst du schon viel besser…«

»Ihr habt irgend etwas… angestellt, nicht wahr?« erwiderte Ponder und versuchte, am Obersten Hirten vorbeizublicken.

»Bestimmt kann alles in Ordnung gebracht werden«, sagte der Dozent für neue Runen.

»Und die Welt ist noch immer rund, im großen und ganzen«, meinte der Dekan. »Frag Charlie Pfuscher hier. Eins steht fest: Er heißt *nicht* Mustrum Ridcully.«

»Ich *warne* dich, Dekan…«

»Was habt ihr *gemacht?*«

Ponder betrachtete seine Kugel. Sie war jetzt wärmer und auch weniger kugelförmig. Rote Wunden zeigten sich an der einen Seite, und die andere Hemisphäre bestand zum größten Teil aus einem riesigen, feurigen Krater. Die Welt drehte sich langsam und wackelte dabei.

»Die meisten Bestandteile konnten wir retten«, sagte

der Oberste Hirte und richtete einen hoffnungsvollen Blick auf Ponder.

»Was habt ihr *getan?*«

»Wir wollten dir nur helfen«, entgegnete der Dekan. »Gertrude hier schlug eine Sonne vor…«

»Dekan?« fragte Ridcully.

»Ja, Erzkanzler?«

»Ich möchte nur darauf hinweisen, Dekan, daß der Scherz schon ganz zu Anfang nicht besonders lustig war. Es handelte sich um den armseligen Versuch, ein müdes Lachen aus einer Redewendung herauszuholen, Dekan. Nur Vierjährige ohne irgendeine Vorstellung von Humor reiten dauernd auf so etwas herum. Das wollte ich ganz offen aussprechen, Dekan, in aller Ruhe und im Geist der Versöhnung, um deiner selbst willen, in der Hoffnung, daß du dich erholst. Wir sind alle hier, um dir zu helfen, obwohl ich mir beim besten Willen nicht vorstellen kann, zu welchem Zweck *du* hier bist.« Ridcully wandte sich dem entsetzten Ponder zu. »Wir schufen eine Sonne…«

»…mehrere Sonnen…«, murmelte der Dekan.

»…mehrere Sonnen, ja, und… Nun, diese Sache mit dem In-Kreisen-fallen ist ziemlich schwer, nicht wahr? Man kriegt kaum den Dreh raus.«

»Du hast eine Sonne mit meiner Welt zusammenstoßen lassen?« fragte Ponder.

»Mehrere«, erwiderte Ridcully.

»*Meine* ist abgeprallt«, betonte der Dekan.

»Und hinterließ dabei dieses peinlich große Loch«, ergänzte der Erzkanzler. »Und riß auch noch ein großes Stück aus der Kugel.«

»Aber wenigstens haben einige Stücke *meiner* Sonne ziemlich lange *gebrannt*«, sagte der Dekan.

»Aber – aber im *Innern* der Welt. Das zählt nicht.« Ridcully seufzte. »Deine Maschine hier, Stibbons, behauptet steif und fest, eine sechzig Meilen durchmessender Sonne könne nicht funktionieren. Und das ist lächerlich.«

Aus tief in den Höhlen liegenden Augen starrte Ponder auf seine Welt, die wie eine gehbehinderte Ente taumelte.

»Es gibt kein Narrativium«, sagte er leise. »Jenes Universum weiß nicht, wie groß eine Sonne sein sollte.«

»Ugh«, sagte der Bibliothekar.

»Meine Güte!« entfuhr es Ridcully. »Wer hat ihn hereingelassen?«

Eigentlich war dem Bibliothekar der Aufenthalt im Forschungstrakt für hochenergetische Magie verboten, da er sich bei der Untersuchung von Dingen hauptsächlich auf seinen Geschmackssinn verließ. In der Bibliothek klappte das ausgezeichnet; dort diente der Geschmack als Basis für einen sehr komplexen und genauen Index. Weniger nützlich war er in einem Raum, der gelegentlich Stromschienen enthielt, die mit Tausenden von Thaum summten. Natürlich war das Verbot inoffiziell, denn wer einen Knauf *ganz* durch eine Tür aus massiver Eiche drehen kann, hat die Möglichkeit, jeden beliebigen Ort aufzusuchen.

Der Orang-Utan stützte sich mit den Fingerknöcheln ab, als er zum Projekt wankte und es probierte. Die Anspannung der Zauberer wuchs, als er die Einstellräder des Omniskops betätigte und den Fokus auf den am vergangenen Tag explodierten Schmelzofen richtete. Ein winziger Lichtpunkt war davon übriggeblieben, umgeben von schimmernden Gasschleiern.

Der Fokus glitt weiter, näherte sich den leuchtenden Gaswolken.

»Noch immer zu groß«, sagte Ridcully. »Nun, es war einen Versuch wert, alter Knabe.«

Der Bibliothekar wandte sich ihm zu, und das Licht

der Explosion kroch über sein Gesicht. Ponder hielt unwillkürlich den Atem an.

Und ließ ihn dann zischend entweichen.

»Ich brauche mehr Licht!«

Die Kugeln auf dem Tisch rollten fort und fielen auf den Boden, als Ponder danach zu greifen versuchte. Schließlich hob er eine und ließ sie wackeln, während der Oberste Hirte ein angezündetes Streichholz hochhielt.

»Es wird klappen!«

»Freut mich!« erwiderte Ridcully. »Was denn?«

»Tage und Nächte!« sagte Ponder. »Und auch Jahreszeiten, wenn wir Fehler vermeiden! Ausgezeichnet, Herr! In Hinsicht auf das Wackeln bin ich mir nicht ganz sicher, aber vielleicht hast du es genau richtig hingekriegt!«

»Wenn's darum geht, bist du bei uns an der richtigen Adresse«, erklärte Ridcully und strahlte. »Wir sind Spezialisten darin, alles richtig hinzukriegen. Äh... was haben wir diesmal richtig hingekriegt?«

»Die Drehung!«

»Dafür ist *meine* Sonne verantwortlich«, meinte der Dekan selbstgefällig.

Ponder tanzte fast vor Freude. Und dann wurde er ganz plötzlich ernst.

»Aber es hängt alles davon ab, ob es gelingt, die Bewohner zu täuschen«, sagte er. »Und derzeit gibt es dort unten noch niemanden... HEX?«

Ein mechanisches Rasseln wies darauf hin, daß HEX Aufmerksamkeit schenkte.

+++ Ja? +++

»Können wir irgendwie auf die Welt gelangen?«

+++ Für physische Dinge gibt es keine Möglichkeit, ins Projekt zu gelangen +++

»Ich möchte jemanden transferieren, der die Dinge von der Oberfläche aus beobachtet.«

+++ Das läßt sich bewerkstelligen. Auf eine virtuelle Art +++

»Virtuell?«

+++ Aber ihr braucht einen Freiwilligen. Jemanden, der getäuscht werden kann +++

»Das dürfte kein Problem sein«, sagte der Erzkanzler. »Immerhin sind wir hier in der Unsichtbaren Universität.«

Sechzehn

Erde und Feuer

Wir wissen nicht, ob die Erde ein typischer Planet ist. Wir wissen nicht, wie verbreitet ›Wasserplaneten‹ mit Ozeanen und Kontinenten und Atmosphären sind. In unserem Sonnensystem ist die Erde der einzige. Und wir sollten lieber vorsichtig mit Bezeichnungen wie ›erdähnlicher Planet‹ sein, denn ungefähr die halbe Zeit ihrer Existenz hindurch ist die Erde nicht der vertraute blaugrüne Planet gewesen, den wir auf Satellitenfotos sehen, mit seiner Sauerstoffatmosphäre, Wolken und dem ganzen anderen Zubehör. Um einen erdähnlichen Planeten im gegenwärtigen Sinn zu erhalten, muß man mit einem erdunähnlichen Planeten anfangen und ein paar Milliarden Jahre warten. Und was man bekommt, ist ziemlich verschieden von dem, wofür wir noch vor ein paar Jahrzehnten die Erde *gehalten* haben.

Wir hielten sie für einen sehr beständigen Ort – wenn man in die Zeit zurückkehren könnte, als die Ozeane und Kontinente sich bildeten, hätten wir sie am selben Ort wie heute erwartet. Und wir hielten das Innere der Erde für ziemlich einfach.

Wir irrten uns.

Wir wissen eine Menge über die Oberfläche der Erde, aber wir wissen immer noch viel weniger über ihr Inneres. Wir können die Oberfläche untersuchen, indem wir hingehen, was für gewöhnlich recht einfach ist, wenn wir uns nicht gerade die Spitze des Mount Everest anschauen wollen. Wir können auch in die Tiefen des Ozeans vordringen, indem wir Fahrzeuge benutzen, die den verletzlichen Menschen vor dem gewaltigen Druck der Tiefsee schützen, und wir können Löcher in den Boden graben und auch dort hinab Menschen schicken. Weitere Informationen über die oberen paar Kilometer der Erdkruste können wir durch Bohrungen erhalten, aber das ist nur eben eine dünne Haut, vergleichsweise gesprochen. Was weiter unten liegt, müssen wir aus indirekten Beobachtungen ableiten, von denen die wichtigsten die von Erdbeben ausgehenden Schockwellen sind, aus Laborexperimenten und der Theorie.

Die Oberfläche unseres Planeten scheint allgemein ziemlich ruhig zu sein – abgesehen vom Wetter und den manchmal schwerwiegenden Auswirkungen der Jahreszeiten –, doch es gibt eine Menge Vulkane und Erdbeben, die uns daran erinnern, daß es nicht allzuweit unter unseren Füßen weitaus weniger gastlich zugeht. Vulkane entstehen, wo das geschmolzene Gestein im Erdinnern an die Oberfläche aufsteigt, oft von dicken Gas- oder Aschewolken begleitet, und alles tritt unter hohem Druck aus. 1980 explodierte der Mount St. Helens im Staat Washington, USA, wie ein Schnellkochtopf, dessen Deckel festgebunden gewesen war, und etwa die Hälfte eines großen Berges verschwand einfach. Erdbeben ereignen sich, wenn die Gesteine der Erdkruste an tiefen Spalten aneinander entlanggleiten. Später werden wir sehen, was diese beiden Dinge antreibt, doch sie müssen in die richtige Perspektive gerückt werden: Ungeachtet gelegentlicher Katastrophen ist die Erdoberfläche seit etlichen Milliarden Jahren gastlich genug gewesen, damit sich Leben entwickeln und überleben konnte.

Die Erde ist annähernd kugelförmig, mit einem Durchmesser von 12756 km am Äquator, aber nur 12714 km von Pol zu Pol. Die leichte Auswölbung am Äquator ist die Folge der von der Erdumdrehung herrührenden Zentrifugalkräfte und setzte ursprünglich ein, als der Planet geschmolzen war. Die Erde ist der dichteste Planet im Sonnensystem, mit einer durchschnittlichen Dichte vom 5,5fachen des Wassers. Als die Erde aus der ursprünglichen Staubwolke kondensierte, trennten sich die chemischen Elemente und Verbindungen, aus denen sie bestand, in Schichten: Die dichteren Stoffe sanken zum Mittelpunkt der Erde hinab, und die leichteren schwammen oben, wie eine Schicht Öl auf dem dichteren Wasser schwimmt.

1952 skizzierte der amerikanische Geophysiker Francis Birch eine Beschreibung der allgemeinen Struktur unseres Planeten, die seither nur geringfügig verändert worden ist. Das Erdinnere ist heiß, doch der Druck dort ist ebenfalls sehr hoch; die extremsten Bedingungen treten im Mittelpunkt auf, wo die Temperatur ungefähr 6000 °C und der Druck das Dreimillionenfache des Atmosphärendrucks beträgt. Wärme neigt dazu, Gesteine und Metalle zum Schmelzen zu bringen, doch Druck neigt dazu, sie zu verfestigen; daher ist es die Kombination dieser beiden widerstreitenden Größen, die entscheidet, ob Stoffe flüssig oder fest sind. Das Zentrum der Erde ist ein ziemlich klumpiger kugelförmiger Kern, der größtenteils aus Eisen besteht, mit einem Radius von rund 3500 km. Die innersten Bereiche des Kerns bis zu einem Radius von 1000 km sind fest, doch eine dicke äußere Schicht ist geschmolzen. Die obersten Schichten der Erde bilden eine dünne Haut, die Kruste, die nur ein paar Kilometer dick ist. Zwischen Kruste und Kern liegt der Mantel, der fest ist und aus verschiedenen Silikatgesteinen besteht. Der Mantel ist ebenfalls in eine innere und eine äußere Schicht unterteilt, die Grenze liegt etwa beim Radius von 5800 km. Oberhalb dieser Übergangszone sind die häufigsten Gesteine Olivin, Pyroxin und Granat; darunter sind ihre Kristallstrukturen dichter gepackt und bilden solche

Mineralien wie Perowskit. Die äußeren Teile des Mantels und die unteren Teile der Kruste, wo die beiden aufeinandertreffen, sind wiederum geschmolzen.

Die Kruste ist zwischen fünf und zwanzig Kilometer dick, und es geht eine Menge in ihr vor. Jene Teile der Kruste, die die kontinentalen Landmassen bilden, bestehen größtenteils aus Granit. Unter den Ozeanen überwiegt in der Krustenschicht Basalt, und diese Basaltschicht setzt sich unter dem kontinentalen Granit fort. Die Kontinente sind also breite, dünne Granitstücke, die auf einer Basalthaut sitzen. An der Erdoberfläche sind die Berge die auffälligsten Züge der Granitschicht. Die höchsten kommen uns gewaltig groß vor, doch sie reichen keine neun Kilometer über den Meeresspiegel, gerade eben ein Siebentel Prozent des Erdradius. Der tiefste Teil des Ozeans, der Marianengraben im Nordwestpazifik, reicht elf Kilometer unter die Wellen. Die Gesamtabweichung von einer Kugel (genauer, von einem Sphäroid – wegen der Polabplattung) beträgt etwa ein Drittel Prozent – etwa so unregelmäßig wie die flachen Einbuchtungen, die man an einem Basketball findet und die ihn griffiger machen. Abgesehen von dem bißchen Flachdrücken ist unser Heimatplanet bemerkenswert rund und überraschend glatt. Die Schwerkraft hat ihn dazu gemacht, und sie sorgt dafür, daß er so bleibt – nur daß ein paar kleine, aber interessante Bewegungen im Mantel und in der Kruste ein paar Falten hinzufügen.

Woher wissen wir das alles? Größtenteils durch Erdbeben. Wenn die Erde bebt, klingt der ganze Planet wie eine mit einem Hammer angeschlagene Glocke. Schockwellen, von dem Beben ausgesandte Schwingungen, laufen durch die Erde. Sie werden von Übergangszonen zwischen verschiedenen Arten von Stoffen wie zwischen Kern und Mantel oder zwischen oberem und unterem Mantel reflektiert. Sie prallen an der Erdkruste ab und laufen zurück. Es gibt verschiedene Arten von Wellen, und sie breiten sich mit unterschiedlichen Geschwindigkeiten aus. So erzeugt der kurze, scharfe Schock eines Erdbebens ein sehr komplexes Muster von Wellen. Wenn die Wellen an die Oberfläche treffen, können sie gemessen und aufgezeichnet werden, und Aufzeichnungen von verschiedenen Orten können verglichen werden. Indem man von diesen aufgezeichneten Signalen zurückrechnet, kann man einen gewissen Anteil der unterirdischen Geographie unseres Planeten schlußfolgern.

Eine Folge der inneren Struktur der Erde ist ein Magnetfeld. Eine Kompaßnadel zeigt ungefähr nach Norden. Die übliche ›Lüge-für-Kinder‹ lautet, daß die Erde ein riesiger Magnet sei. Packen wir die nächste Schicht Erklärungen aus.

Das Magnetfeld der Erde ist lange Zeit ziemlich rätselhaft gewesen, denn Magneten bestehen selten aus Gestein; doch wenn man erst einmal weiß, daß die Erde im Innern einen mordsmäßig großen Klumpen Eisen hat, bekommt alles viel mehr Sinn. Das Eisen bildet keinen ›Permanentmagneten‹ von der Art, wie man sie unerklärlicherweise kauft, um Kunststoffschweine und Teddybären an die Kühlschranktür zu heften; es ähnelt eher einem Dynamo. Das Eisen im Kern ist wie gesagt größtenteils geschmolzen, ausgenommen ein etwas klumpiges festes Stück in der Mitte. Der flüssige Teil heizt sich noch immer auf – die alte Erklärung dafür lautete, daß radioaktive Elemente dichter sind als die meisten anderen Bestandteile der Erde, deshalb zur Mitte hinabsanken und dort verblieben, wo sich ihre radioaktive Energie nun in Wärme umsetzt. Die aktuelle Theorie lautet ganz anders: Der geschmolzene Teil des Kerns heizt sich auf, weil sich der feste abkühlt. Das flüssige Eisen, das den festen Kern berührt, erstarrt allmählich selbst, und dabei verliert es Wärme. Diese Wärme muß irgendwo bleiben, und sie kann nicht einfach wie warme Luft unbemerkt verpuffen, weil sich alles Tausende von Kilometern unter der Oberfläche abspielt. Also geht sie in den geschmolzenen Teil des Kerns über und heizt ihn auf.

Sie fragen sich wahrscheinlich, wie der Teil, der mit dem festen Kern in Berührung ist, gleichzeitig kälter werden kann, so daß er ebenfalls fest wird, *und* im Ergebnis der Erstarrung wärmer; es ist aber so, daß sich das heiße Eisen wegbewegt, sobald es erwärmt worden ist. Stellen Sie sich als Analogie einen Heißluftballon vor. Wenn man Luft erwärmt, steigt sie auf. Der Grund ist, daß sich Luft ausdehnt, wenn sie heiß wird, also nimmt ihre Dichte ab, und weniger dichte Stoffe schwimmen auf dichteren. Ein Ballon fängt die Luft in einem großen Stoffsack auf, meistens in leuchtenden Farben und mit Reklame für Banken und Immobilienmakler geschmückt, und steigt zusammen mit der Luft auf. Das heiße Eisen steigt also genauso wie die heiße Luft auf, und so kommt das frisch erhitzte Eisen vom festen Kern weg. Es steigt auf, kühlt sich dabei allmählich ab, und wenn es ganz oben ist, kühlt es sich weiter ab – relativ gesehen – und sinkt wieder herab. Es kann nicht überall gleichzeitig aufsteigen, also steigt es in manchen Bereichen auf, und in anderen sinkt es herab. Diese Art von wärmegetriebener Zirkulation heißt Konvektion.

Den Physikern zufolge kann eine sich bewegende Flüssigkeit ein Magnetfeld entwickeln, wenn drei Bedingungen erfüllt sind. Erstens muß die Flüssigkeit Elektrizität leiten – was Eisen sehr gut kann. Zweitens muß als Ausgangspunkt wenigstens ein winziges Magnetfeld vorhanden sein – und es gibt gute Gründe für die Annahme, daß die Erde von Anfang an ein bißchen Eigenmagnetismus besaß. Drittens muß etwas die Flüssigkeit verdrehen, so daß das ursprüngliche Magnetfeld gestört wird – und bei der Erde besorgt dieses Verdrehen die Corioliskraft, die ähnlich der Zentrifugalkraft ist, aber ein wenig komplizierter, und von der Erdumdrehung hervorgerufen wird. Grob gesagt verbiegt die Verdrehung das ursprüngliche, schwache Magnetfeld, wie wenn Spaghetti auf eine Gabel gewickelt werden; dann wandert der Magnetismus nach oben, gefangen in den aufsteigenden Teilen des Eisenkerns. Im Ergebnis dieser Bewegungen wird das Magnetfeld wesentlich stärker.

Ja, die Erde verhält sich also wirklich *ein bißchen* so, als stäke ein großer Stabmagnet darin, aber es passiert viel mehr als das. Nur um das Bild ein wenig detaillierter zu zeichnen: Es gibt mindestens sieben weitere Faktoren, die zum Magnetfeld der Erde beitragen. Manche Stoffe der Erdkruste können tatsächlich Permanentmagnete bilden. Wie eine Kompaßnadel, die nach Norden zeigt, richten sich diese Stoffe am stärkeren Magnetfeld des geomagnetischen Dynamos aus und verstärken es. In den oberen Regionen der Atmosphäre befindet sich eine Schicht von ionisiertem Gas – Gas, das eine elektrische Ladung hat. Bevor Satelliten erfunden wurden, war diese ›Ionosphäre‹ entscheidend für den Rundfunkverkehr, da die Radiowellen von dem geladenen Gas zurückgeworfen wurden, statt in den Weltraum hinauszustrahlen. Die Ionosphäre bewegt sich, und bewegte Ladungen erzeugen ein Magnetfeld. Etwa 24 000 km draußen liegt der Ringstrom, ein Gebiet geringer Dichte aus ionisierten Teilchen, die einen riesigen Torus bilden. Das mindert die Stärke des Magnetfelds geringfügig. Die beiden nächsten Faktoren, die Magnetopause und der Magnetschweif, entstehen durch die Wechselwirkung des irdischen Magnetfelds mit dem Sonnenwind – einem ständigen Strom von Teilchen, der von unserer hyperaktiven Sonne ausgeht. Die Magnetopause ist die ›Bugwelle‹ des irdischen Magnetfelds, wo es auf den Sonnenwind trifft; der Magnetschweif ist das ›Kielwasser‹ an der sonnenabgewandten Seite der Erde, wo das Erdfeld vom Sonnenwind noch stärker verzerrt wird und nach außen strömt. Der Sonnenwind bewirkt auch eine Drift entlang der Richtung des Erdumlaufs, wodurch eine weitere Verlagerung der magnetischen Feldlinien entsteht, die als ›feldgerichtete Ströme‹ bekannt ist. Schließlich gibt es die konvektiven Elektrojets. Das Nordlicht oder Aurora borealis ist dramatisch, unheimliche Bänder von blassem Licht, die am nördlichen Polarhimmel wogen und schimmern; eine ähnliche Erscheinung, die Aurora australis, gibt es in der Nähe des Südpols. Diese Lichter werden von zwei Lagen elektrischer Ströme erzeugt, die von Magnetopause zu Magnetschweif fließen und ihrerseits Magnetfelder hervorrufen, die westlichen und östlichen Elektrojets.

Ja, *wie* ein Stabmagnet – in dem Sinn, wie der Ozean gleichsam eine Schüssel voller Wasser ist.

Magnetische Stoffe, die man in alten Gesteinen findet, zeigen, daß hin und wieder – im Schnitt etwa alle halbe Million Jahre, aber ohne Anzeichen von Regelmäßigkeit – das Magnetfeld der Erde seine Polarität wechselt und den magnetischen Nord- und Südpol vertauscht. Wir kennen den Grund nicht genau, doch mathematische Modelle zeigen, daß das Magnetfeld in diesen beiden Ausrichtungen vorkommen kann, die beide nicht ganz stabil sind. Also verliert es, welche von beiden es auch gerade hat, irgendwann die Stabilität und schlägt in die andere um. Das Umschlagen geschieht schnell, es dauert etwa 5000 Jahre; die Zeiträume dazwischen sind etwa tausendmal länger.

Die meisten anderen Planeten haben Magnetfelder, und die können noch komplizierter und schwerer zu erklären sein als das irdische Magnetfeld. Wir müssen noch viel über planetaren Magnetismus lernen.

Eine der dramatischsten Eigenschaften unseres Planeten wurde 1912 entdeckt, aber erst in den sechziger Jahren von der Wissenschaft anerkannt, und einige der überzeugendsten Beweise dafür haben jene Wechsel des Erdmagnetismus hinterlassen. Es ist die Feststellung, daß die Kontinente nicht unveränderlich am Ort bleiben, sondern langsam über die Oberfläche des Planeten wandern. Nach Alfred Wegener, dem Deutschen, der diesen Gedanken als erster veröffentlichte, waren alle heute getrennten Kontinente einst Teil eines einzigen Superkontinents, den er Pangäa (›All-Erde‹) nannte. Die Pangäa bestand vor ungefähr 300 Millionen Jahren.

Wegener war sicherlich nicht der erste, der auf derlei Gedanken kam, denn den Anstoß zu seinen Überlegungen erhielt er – teilweise zumindest – durch die merkwürdige Übereinstimmung der Küstenlinien von Afrika und Südamerika. Auf einer Karte ist die Ähnlichkeit frappierend. Das war jedoch nicht Wegeners einzige Quelle der Inspiration. Er war kein Geologe, er war Meteorologe, der sich auf das Klima in ferner Vergangenheit spezialisiert hatte. Warum, fragte er sich, finden wir heute in Gegenden mit kaltem Klima Gesteine, die sich zweifellos in Gegenden mit warmem Klima abgelagert haben? Und warum finden wir andererseits in heute warmen Gegenden Gesteine, die sich offensichtlich in Gegenden mit kaltem Klima abgelagert haben? Beispielsweise können die Reste 420 Millionen Jahre alter Gletscher in der Sahara gefunden werden und fossile Farne in der Antarktis. So gut wie alle anderen meinten, das Klima müsse sich geändert haben; Wegener kam zu der Überzeugung, das Klima sei sich ziemlich gleich geblieben, abgesehen von einer Eiszeit ab und zu, aber die Kontinente hätten sich verschoben. Vielleicht waren sie von Konvektion im Erdmantel auseinandergetrieben worden – dessen war er sich nicht sicher.

Man hielt dies für eine verrückte Idee: Sie war nicht von einem Geologen vorgeschlagen worden, *und* sie ignorierte alle möglichen unerwünschten Indizien, *und* so gut paßten Afrika und Südamerika nun doch nicht aneinander, *und* zu guter Letzt gab es keinen erkennbaren Mechanismus, der die Kontinente herumtransportieren sollte. Konvektion gewiß nicht, die war zu schwach. Groß-A'Tuin mag einen Planeten auf ihrem Rücken hin und her schieben, aber das ist Phantasie – in der wirklichen Welt schien es keinen erkennbaren Vorgang zu geben, der dies hätte bewirken können.

Wir benutzen das Wort ›erkennbar‹, weil eine Reihe sehr kluger und sehr angesehener Wissenschaftler sich eifrig bemühte, einen der schlimmsten und verbreitetsten Fehler in solchen Dingen zu machen. Sie verwechselten »Ich kann nicht erkennen, wie das passieren soll« mit »Das *kann* nicht passieren«. Einer von ihnen (wie einer von uns schmerzlich eingesteht) war ein Mathematiker, und ein brillanter dazu, doch als seine Berechnungen ergaben, daß der Erdmantel keine Kräfte hervorbringen könnte, die stark genug wären, um Kontinente zu bewegen, kam ihm nicht in den Sinn, daß vielleicht die Theorien falsch sein könnten, auf denen diese Berechnungen beruhten. Sein Name war Sir Harold Jeffreys, und er hätte wirklich mehr Phantasie aufbringen sollen, denn es waren nicht nur die *Umrisse* des Landes auf beiden Seiten des Atlantiks, die zusammenpaßten. Die Geologie paßte auch, und ebenso die Fossilien. Es gibt zum Beispiel ein fossiles Tier namens *Mesosaurus*. Es lebte vor 270 Millionen Jahren und wird nur in Südamerika und in Afrika gefunden. Es kann nicht über den Atlantik geschwommen sein, aber es kann sich auf der Pangäa entwickelt und über beide Kontinente verbreitet haben, ehe diese sich trennten.

In den sechziger Jahren jedoch wurde Wegeners Theorie orthodox und die Theorie von der ›Kontinenaldrift‹ anerkannt – allerdings wurde der alte Superkontinent in Gondwanaland umbenannt, da er in gewisser Hinsicht von Wegeners Konzeption der Pangäa abwich. Bei einer Zusammenkunft führender Geologen versicherte sich ein Ponder-Stibbons-ähnlicher junger Mann namens Edward Bullard mit zwei Kollegen der Unterstützung einer neuen Vorrichtung namens Computer. Sie beauftragten die Maschine, die beste Art zu finden, wie Afrika und Südamerika sowie Nordamerika und Europa aneinanderpaßten, wobei sie ein wenig Bruch zuließen, aber nicht zuviel. Anstatt die gegenwärtige Küstenlinie zu verwenden (was keine besonders vernünftige Idee war, aber die Behauptung erlaubte, die Übereinstimmung sei gar nicht so gut), benutzten sie die Kontur in einer Tiefe von 1000 m unter dem Meeresspiegel, deren Form sich vermutlich weniger durch Erosion verändert hatte. Die Übereinstimmung war gut, und die Geologie zu beiden Seiten paßte erstaunlich genau. Und obwohl die Leute die Konferenz mit ebenso geteilten Ansichten verließen, wie sie gekommen waren, war die Kontinentaldrift irgendwie anerkannte Tatsache geworden.

Heute haben wir viel mehr Beweise und eine recht gute Vorstellung vom Mechanismus. Unten in der Mitte des Atlantischen Ozeans und in anderen Ozeanen verläuft ein Bergrücken – ungefähr in nordsüdlicher Richtung und auf halbem Wege zwischen Südamerika und Afrika. Entlang dieses Rückens quillt vulkanisches Material empor und breitet sich nach den Seiten hin aus. Das tut es seit 200 Millionen Jahren, damals wie heute; wir können sogar Tiefsee-U-Boote hinschicken und es beobachten. Es breitet sich mit keiner Geschwindigkeit aus, die Menschen beobachten könnten – Amerika entfernt sich von Afrika etwa zwei Zentimeter pro Jahr, im

Verhältnis ungefähr dieselbe Geschwindigkeit, mit der Fingernägel wachsen – doch die Geräte können heute solch eine Veränderung ohne weiteres messen.

Der frappierendste Beweis für die Kontinentaldrift ist magnetischer Natur: Die Gesteine auf jeder Seite haben ein eigenartiges Muster von magnetischen Streifen, je nachdem wie sich die Polarität von Nord nach Süd und zurück umgekehrt hat, und dieses Muster ist zu beiden Seiten des Rückens *symmetrisch* – womit deutlich wird, daß die Streifen am Ort festgelegt wurden, als die Gesteine im Magnetfeld der Erde erkalteten. Jedesmal wenn der Erd-Dynamo die Polarität wechselte, wie er es von Zeit zu Zeit tut, bekamen die Gesteine, die zu beiden Seiten unmittelbar an den Rücken grenzten, dieselbe neue Polarität. Als sich die Gesteine dann voneinander entfernten, nahmen sie dieselben Streifenmuster mit.

Die Oberfläche der Erde ist keine feste Kugel. Vielmehr schwimmen die Kontinente und Ozeanbetten auf großen, im wesentlichen festen Platten, und diese Platten können von hochquellendem Magma auseinandergedrückt werden. (Ja, aber größtenteils von der Konvektion des Erdmantels. Jeffreys wußte nicht, was wir heute über die Bewegungen des Mantels wissen.) Es gibt etwa ein Dutzend Platten mit Größen von 1000 bis 10 000 Kilometern, und sie drehen und wenden sich. Wo sich Plattengrenzen aneinander reiben, hängenbleiben und wegrutschen und hängenbleiben und wegrutschen, entstehen viele Erdbeben und Vulkane. Besonders entlang des ›pazifischen Saumes‹, am Rand des Stillen Ozeans an der Küste von Chile, Mittelamerika, an den USA hinauf, dann abwärts an Japan vorbei und um Neuseeland herum zurück – was alles der Rand einer riesigen Platte ist. Wo Plattengrenzen zusammenstoßen, erhält man Gebirgsketten – eine Platte schiebt sich unter die andere, hebt sie empor und zerbricht und faltet ihren Rand. Indien gehörte früher einmal überhaupt nicht zum Hauptteil des asiatischen Kontinents, sondern stieß gegen ihn und schuf dabei das höchste Gebirge der Erde, den Himalaja. Indien ist auch heute noch nicht völlig zur Ruhe gekommen, und der Himalaja wird von der Wucht des Aufpralls immer noch in die Höhe getrieben.

SIEBZEHN

Ein Thaumanzug

Jemand wurde früh am Morgen durch die Flure gezerrt, begleitet von den alten Zauberern. Die Gestalt trug ein weißes Nachthemd, und an der Nachtmütze zeigten sich die gestickten Worte ›Zauberer‹. Es handelte sich um den unfähigsten Angehörigen der Unsichtbaren Universität und gleichzeitig um jemanden, der weit gereist war, wobei das Ziel in den meisten Fällen keine annähernd so große Rolle spielte wie die Absicht, einen bestimmten Ort möglichst weit hinter sich zu lassen. Ganz offensichtlich befand sich diese Person nun in Schwierigkeiten.

»Es tut überhaupt nicht weh«, sagte der Oberste Hirte.

»Es ist genau dein Fall«, meinte der Dozent für neue Runen.

»Du bist für diese Sache genau aus dem richtigen Holz geschnitzt«, fügte der Dekan hinzu.

»Äh... HEX hat etwas anderes gesagt, nicht wahr?« fragte der Oberste Hirte, als man die schläfrige Gestalt durch den Flur zog.

»Er benutzte andere Worte, die weitaus weniger Sinn ergaben«, erwiderte der Dekan.

Sie überquerten den Rasen und betraten kurz darauf den Forschungstrakt für hochenergetische Magie.

Mustrum Ridcully stopfte seine Pfeife und entzündete ein Streichholz am Projekt. Dann drehte er sich um und lächelte.

»Ah, Rincewind«, sagte er. »Freut mich, daß du gekommen bist.«

»Mir blieb keine Wahl.«

»Ausgezeichnet. Und ich habe gute Nachrichten für dich. Ich möchte dich zum Unerhörten Professor für grausame und ungewöhnliche Geographie ernennen. Der Posten ist unbesetzt.«

Rincewind sah an dem Erzkanzler vorbei. Auf der anderen Seite des Raums arbeiteten junge Zauberer in einem Dunst aus Magie, der kaum Einzelheiten erkennen ließ. Ihre Bemühungen schienen einer Art Gerippe zu gelten.

»Oh«, sagte er. »Äh... Eigentlich bin ich als stellvertretender Bibliothekar ganz zufrieden. Das Schälen von Bananen habe ich inzwischen zur Meisterschaft entwickelt.«

»Aber der neue Posten bietet dir freie Kost und Logis. Außerdem bekommst du deine Wäsche gewaschen.«

»Das ist schon jetzt der Fall, Herr.«

Ridcully blies einen blauen Rauchring und ließ die Pfeife dabei langsam sinken.

»Es *war* bis jetzt der Fall«, sagte er.

»Oh. Ich verstehe. Vermutlich wollt ihr mich an einen Ort schicken, wo große Gefahren drohen.«

Ridcully strahlte. »Wie hast du das erraten?«

»Ich habe nicht geraten.«

Der Dekan war zum Glück vorgewarnt und hatte die Hand um den Kragen von Rincewinds Nachthemd geschlossen. Deshalb kratzten die Pantoffeln des Zauberers nur über den Boden, als er in Richtung Tür zu fliehen versuchte.

»Wir sollten ihn eine Zeitlang laufen lassen«, sagte der Oberste Hirte. »Es ist eine nervöse Reaktion.«

»Und das Schönste ist...«, erklang Ridcullys Stimme hinter Rincewind. »Zwar schicken wir dich zu einem Ort, der überaus gefährlich ist und wo nichts überleben kann, aber *eigentlich* wirst du gar nicht *da* sein. Beruhigt dich das ein wenig?«

Rincewind zögerte.

»Könntest du mir das mit dem *eigentlich* etwas genauer erklären?«

»Stell dir vor, in einer Art... Geschichte zu sein«, meinte der Erzkanzler. »Oder... oder in einem Traum! Äh... Stibbons! Komm her und erklär es ihm!«

»Oh, hallo, Rincewind«, sagte Ponder, trat aus dem Dunst und wischte sich die Hände mit einem Lappen ab. »Zwölf Zauberformeln hat HEX für diese Sache verbunden! Es ist ein Wunderwerk der thaumaturgischen Technik! Komm und sieh es dir an!«

Es gibt Geschöpfe, die sich in Korallenriffen entwickelt haben und in den wilden, mit Zähnen gefüllten Wüsten der offenen Meere nicht überleben könnten. Um sich zu schützen, schwimmen sie zwischen den gefährlichen Tentakeln von Seeanemonen umher, an den Öffnungen großer Muscheln und anderen gefährlichen Stellen entlang, die vernünftige Fische meiden.

Eine Universität ähnelt einem solchen Korallenriff. Sie bietet ruhiges Wasser und Nahrung für empfindsame, wundervoll strukturierte Organismen, die unmöglich in der Brandung der Realität überleben könnten, wo Leute so dumme Fragen stellen wie »Hat das, was du machst, irgendeinen Sinn?«

Seit seiner Verbindung mit der Unsichtbaren Universität hatte Rincewind Gefahren überstanden, die selbst für einen Helden zuviel gewesen wären. Doch ungeachtet aller gegenteiligen Beweise glaubte er auch weiterhin, in der Universität sicher zu sein. Er war zu allem bereit, um seinen Platz darin zu behaupten.

Was derzeit bedeutete, daß er einen Blick auf das ›Gerippe‹ warf. Es entpuppte sich als eine Art Rüstung, die aus Rauch zu bestehen schien. Während Rincewind es betrachtete, brabbelte ihm Ponder Stibbons irgendein Kauderwelsch ins Ohr. Die Vorrichtung diente angeblich dazu, die Sinne zu einem anderen Ort zu befördern, obgleich man *diesen* Ort gar nicht verließ. Das klang einigermaßen annehmbar für Rincewind, der immer folgende Ansicht vertreten hatte: Wenn man einen weiten Weg zurücklegen muß, so ist es nett, dabei zu Hause bleiben zu können.

Hinsichtlich der Möglichkeit von *Schmerzen* schien ein wenig Unklarheit zu herrschen.

»Wir schicken dich – das heißt, deine Sinne – zu einem anderen Ort«, sagte Ridcully.

»Zu welchem Ort?« fragte Rincewind.

»Einem sehr erstaunlichen Ort«, antwortete Ponder. »Wir möchten nur, daß du uns sagst, was du dort siehst. Und dann holen wir dich zurück.«

»An welcher Stelle geht etwas schief?« erkundigte sich Rincewind.

»Es kann überhaupt nichts schiefgehen.«

»Oh.« Rincewind seufzte. Gegen solche Argumente ließ sich kaum etwas ausrichten. »Kann ich vorher frühstücken?«

»Natürlich, mein Teurer«, sagte Ridcully und klopfte ihm auf den Rücken. »Gönn dir eine kräftige Mahlzeit!«

»Ja, ich dachte mir schon, daß es darauf hinausläuft«, erwiderte Rincewind niedergeschlagen.

Eine aus dem Dekan und zwei kräftig gebauten Pförtnern bestehende Eskorte führte ihn fort. Als er das Gebäude verlassen hatte, versammelten sich die Zauberer am Projekt.

»Wir haben eine ausreichend große ›Sonne‹ gefunden, Herr«, erklärte Ponder und achtete darauf, die Anführungszeichen mitzusprechen. »Jetzt bewegen wir die Welt.«

»Ich stehe dieser Sache noch immer sehr skeptisch gegenüber«, verkündete der Erzkanzler. »*Sonnen* umkreisen Welten. Wir erleben es jeden Tag. Das ist keine optische Täuschung. Was hier entsteht, erscheint mir absurd…«

»Wenn wir *unsere* Maßstäbe anlegen, Herr.«

»Ich meine, Dinge fallen nach unten, weil sie schwer sind, oder? Und die Ursache dafür, daß Dinge nach unten fallen, weil sie schwer sind, ist ihr Gewicht. ›Schwer‹ bedeutet eine Tendenz, nach unten zu fallen. Nun, du kannst mich einen Dussel nennen…«

»Oh, das käme mir nie in den Sinn, Herr«, warf Ponder ein, dankbar dafür, daß Ridcully sein Gesicht nicht sehen konnte.

»…aber ich bin nicht der Ansicht, daß die Felsenkruste auf einer rotglühenden Kugel aus Eisen ›fester Boden‹ genannt werden sollte.«

»Herr, ich glaube, in diesem Universum gibt es ein Paket von Regeln, das die Funktion von Narrativium erfüllt«, sagte Ponder. »Es, äh… kopiert uns in gewisser Weise, wie du neulich so scharfsinnig bemerkt hast. Es läßt die einzigen Sonnen und Welten entstehen, die ohne Chelonium möglich sind.«

»Trotzdem. Eine Welt, die eine *Sonne* umkreist… Weißt du, von solchen Dingen sprachen früher die omnianischen Priester. Die Menschheit ist so unwichtig, daß sie auf einer Art Staubkorn durchs All schwebt, und anderer abergläubischer Unfug. In Omnien wurden Personen nur deshalb hingerichtet, weil sie die Existenz der Schildkröte bestätigten. Und jeder Narr kann sehen, daß sie existiert.«

»Ja, Herr. Das stimmt.«

Probleme blieben natürlich nicht aus.

»Bist du sicher, daß es die richtige Art von Sonne ist?« fragte Ridcully.

»Du hast HEX aufgefordert, eine zu finden, die ›hübsch und gelb ist, hübsch und langweilig, und die nicht schon nach kurzer Zeit explodiert‹, Herr«, sagte Ponder.

»Für dieses Universum scheint es eine recht durchschnittliche Sonne zu sein.«

»Trotzdem… Zig Millionen Meilen… Das ist ziemlich weit von unserer Welt entfernt.«

»Ja, Herr. Wir haben mit einigen anderen Welten experimentiert. Wenn die Entfernung zu gering war, stürzten sie in die Sonne. Etwas weiter draußen wurden sie regelrecht gebraten, und andere… Nun, es war ein recht kompliziertes Probierverfahren. Inzwischen verstehen sich die Studenten gut darauf, unterschiedlich beschaffene Welten zu konstruieren. Äh… Wir nennen sie ›Planeten‹.«

»Ein Planet, Stibbons, ist ein mehrere hundert Meter durchmessender Felsbrocken, der dem Nachthimmel ein wenig Dingsbums verleiht, wie heißt es noch gleich, ein wenig *je ne sais quoi*…«

»Dies wird funktionieren, Herr, und außerdem haben wir jetzt ziemlich viel Material für unsere Versuche. Wie ich schon sagte, Herr: Inzwischen stimme ich deiner Theorie zu, nach der die Materie im Innern des Projekts versucht, ganz allein das zu schaffen, was in unserer Realität durch Narrativium übermittelter Zweck bewerkstelligt.«

»War das meine Theorie?« fragte Ridcully.

»O ja, Herr«, erwiderte Ponder, der die besondere Überlebenskunst des akademischen Riffs lernte.

»Klingt für mich eher nach einer Parodie, aber ich bin sicher, wir werden den Witz früher oder später kapieren. Ah, da kommt ja unser Forscher. Guten Morgen, Professor«, grüßte Ridcully. »Bist du soweit?«

»Nein«, sagte Rincewind.

»Es ist ganz einfach«, meinte Ponder und führte den widerstrebenden Reisenden durchs Zimmer. »Stell dir die Anordnung der Zauberformeln als eine spezielle und sehr widerstandsfähige Rüstung vor. Die Dinge werden flackern, und dann findest du dich an einem anderen Ort wieder. Obwohl du in *Wirklichkeit* hier bist, verstanden? Doch alles, was du siehst, ist Teil eines anderen Ortes. Und du hast überhaupt nichts zu befürchten, denn HEX filtert alle extremen Empfindungen so, daß du nur ein schwaches Gegenstück von ihnen empfängst. Bei eisiger Kälte spürst du nur Kühle, und bei brodelnder Hitze wird dir ein wenig warm. Wenn ein Berg auf dich herabstürzt, so fühlst du nicht mehr als ein Klopfen. An dem Ort, den du gleich besuchen wirst, vergeht die Zeit sehr schnell, aber HEX kann sie während deines Aufenthalts verlangsamen. HEX meint, daß er innerhalb des Projekts etwas Kraft anwenden kann, was dich in die Lage versetzen sollte, Dinge anzuheben oder beiseite zu schieben. Allerdings dürfte es sich so anfühlen, als hättest du sehr dicke Handschuhe an. Nun, diese Möglichkeit ist nur theoretischer Natur… Professor…, denn wir möchten vor allem, daß du uns schilderst, was du siehst.«

Rincewind betrachtete den Thaumanzug. Er bestand überwiegend aus Zauberformeln unter HEX' Kontrolle, ein schimmerndes magisches Gespinst ohne Substanz. Das Licht wurde auf seltsame Weise reflektiert. Der Helm war viel zu groß und bedeckte das ganze Gesicht.

»Ich habe drei… nein, vier… nein, *fünf*… Fragen«, sagte er.

»Ja?«

»Kann ich mich von der ganzen Sache zurückziehen?«

»Nein.«

»Muß ich alles verstanden haben, was du mir gerade gesagt hast?«

»Nein.«

»Wohin du mich auch schickst – muß ich damit rechnen, Ungeheuern zu begegnen?«

»Nein.«
»Bist du sicher?«
»Ja.«
»Bist du da *ganz* sicher?«
»Ja.«
»Mir ist gerade noch eine Frage eingefallen«, sagte Rincewind.
»Schieß los.«
»Bist du wirklich vollkommen sicher?«
»Ja!« raunzte Ponder. »Und selbst wenn es am Zielort irgendwelche Ungeheuer gäbe – es würde überhaupt keine Rolle spielen.«
»Für mich schon.«
»Nein! Ich habe es dir erklärt! Selbst wenn irgendein mit langen Reißzähnen ausgestattetes Monstrum auf dich zugelaufen käme – es könnte dir überhaupt nichts antun.«
»Erlaubst du mir eine weitere Frage?«
»Ja?«
»Verfügt der Thaumanzug über eine Toilette?«
»Nein.«
»Weil nämlich bestimmt ein mit langen Reißzähnen ausgestattetes Monstrum auf mich zugelaufen kommt.«
»In dem Fall brauchst du uns nur Bescheid zu geben und kannst dann den Abort am Ende des Flurs benutzen«, sagte Ponder. »Hör jetzt bitte auf, dir Sorgen zu machen. Diese Herren helfen dir dabei, in das Ding… äh… hineinzuklettern, und anschließend beginnen wir…«
Erzkanzler Ridcully kam näher, als hilfreiche Hände den widerspenstigen Professor in eine schimmernde Fast-Substanz hüllten.
»Mir ging da gerade ein Gedanke durch den Kopf, Ponder«, sagte er.
»Ja, Herr?«

»Wäre es möglich, daß im Projekt tatsächlich Leben existiert?«

Ponder sah ihn verblüfft an.

»Natürlich *nicht,* Herr! So etwas ist völlig ausgeschlossen. Einfache Materie gehorcht einigen seltsamen Regeln. Das dürfte genügen, um dafür zu sorgen, daß Dinge… sich drehen und explodieren und so. Aber auf einer solchen Grundlage kann sich bestimmt nichts so Kompliziertes entwickeln wie…«

»Der Quästor, zum Beispiel?«

»Nicht einmal wie der Quästor, Herr.«

»Er ist nicht sehr kompliziert. Wenn wir einen rechnenden Papagei fänden, könnten wir den alten Knaben endlich in den Ruhestand schicken.«

»Nein, Herr. In diesem Universum gibt es nichts, das sich mit dem Quästor vergleichen ließe. Es enthält kein Leben, nicht einmal eine Ameise oder einen Grashalm. Genausogut könnte man versuchen, ein Klavier zu stimmen, indem man mit Steinen danach wirft. Das Leben kommt nicht einfach so aus dem Nichts, Herr. Es ist viel mehr als Felsbrocken, die im Kreis fliegen. Nein, Ungeheuern werden wir ganz gewiß nicht begegnen.«

Zwei Minuten später öffnete Rincewind die Augen und stellte fest, daß sie sich woanders befanden. Vor ihm erstreckte sich körniges Rot, und ihm wurde recht warm.

»Ich glaube, es funktioniert nicht«, sagte er.

»Du solltest eine Landschaft sehen«, erklang Ponders Stimme an seinem Ohr.

»Es ist alles rot.«

In der Ferne flüsterte es, und dann ertönte eine andere Stimme: »Entschuldige. Die Genauigkeit der Zielanpeilung ließ zu wünschen übrig. Wir holen dich sofort aus dem Eruptionskanal des Vulkans.«

Im Forschungstrakt für hochenergetische Magie ließ

Ponder das Hörrohr sinken. Die anderen Zauberer hörten ein leises Surren, als sei ein sehr zorniges Insekt darin gefangen.

»Eine sonderbare Ausdrucksweise«, kommentierte Ponder ein wenig überrascht. »Nun, ich schlage vor, wir heben ihn etwas an und geben ihm dann die Möglichkeit, sich zu bewegen…«

Er hob das Hörrohr wieder und lauschte.

»Er meint, es gießt«, sagte er.

Achtzehn

Luft und Wasser

Es ist sicherlich eine Überraschung, daß die unerbittlichen Regeln der Physik etwas derart Flexibles wie Leben zulassen, und man kann den Zauberern keinen Vorwurf machen, daß sie nicht mit der Möglichkeit rechneten, auf den wüsten Gesteinsbrocken der Rundwelt könnten Lebewesen entstehen. Doch Hier Unten ist nicht so sehr verschieden von Dort Oben, wie es den Anschein hat. Ehe wir jedoch vom Leben sprechen können, müssen wir uns mit ein paar weiteren Eigenschaften unseres Heimatplaneten befassen: mit Atmosphäre und Ozeanen. Ohne sie hätte kein Leben entstehen können, wie wir es kennen; ohne Leben, wie wir es kennen, wären unsere Ozeane und die Atmosphäre merklich anders.

Die Geschichte der Erdatmosphäre ist untrennbar mit der der Ozeane verknüpft. Im Grunde können die Ozeane einfach als ziemlich feuchte, dichte Schicht der Atmosphäre betrachtet werden. Ozeane und Atmosphäre haben sich gemeinsam entwickelt und einander stark beeinflußt, und sogar heute erweist sich eine so ›offensichtlich‹ atmosphärische Erscheinung wie das Wetter als eng mit Vorgängen in den Ozeanen verbunden. Einer der wichtigsten neueren Fortschritte bei Wettervorhersagen bestand darin, daß die Fähigkeit der Ozeane, Wärme und Feuchtigkeit aufzunehmen, zu transportieren und abzugeben, in die Berechnungen einbezogen wurde. In gewissem Maße kann man dasselbe von den festen Regionen der Erde behaupten, die sich ebenfalls zusammen mit Luft und Meeren entwickelt haben und ebenfalls mit ihnen in Wechselwirkung stehen. Doch der Zusammenhang zwischen Ozeanen und Atmosphäre ist stärker.

Die Erde und ihre Atmosphäre kondensierten gemeinsam aus der ursprünglichen Gaswolke, aus der die Sonne und unser Planetensystem entstanden. Als Faustregel kann man sagen, daß die dichteren Stoffe auf den Grund des kondensierenden Materieklumpens sanken, den wir jetzt bewohnen, und die leichteren obenauf blieben. Natürlich ist viel mehr als das geschehen und geschieht noch immer, so daß die Erde nicht bloß eine Reihe konzentrischer Schalen von immer leichterer Materie ist, aber die allgemeine Verteilung von festen Stoffen, Flüssigkeiten und Gasen entspricht dieser Regel. Als die geschmolzenen Gesteine der Erde sich also allmählich abkühlten und erstarrten, war der entstehende Planet bereits von einer Uratmosphäre umgeben.

Die unterschied sich mit größter Wahrscheinlichkeit sehr von der heutigen Atmosphäre, die ein Gasgemisch ist, dessen Hauptbestandteile die Elemente Stickstoff, Sauerstoff und das Edelgas Argon sowie die Verbindungen Kohlendioxid und (in Form von Dampf) Wasser sind. Die Uratmosphäre unterschied sich auch erheblich von der Gaswolke, aus der sie kondensierte – sie war nicht schlechthin ein repräsentatives Muster der Umgebung. Dafür gibt es mehrere Gründe. Einer bestand darin, daß ein fester Planet und eine Gaswolke unterschiedliche Gase zurückhalten. Ein anderer Grund ist darin zu sehen, daß ein fester Planet Gase erzeugen kann, sei es durch chemische und sogar Kernreaktionen, sei es durch andere physikalische Prozesse, und diese Gase können aus seinem Innern in die Atmosphäre entweichen.

Die Urwolke war reich an Wasserstoff und Helium, den leichtesten Elementen. Die Geschwindigkeit, mit der sich ein Molekül bewegt, nimmt ab, wenn das Molekül schwerer wird – ein Molekül mit hundertfacher Masse bewegt sich etwa mit einem Zehntel der Geschwindigkeit. Alles, was sich schneller als die Fluchtgeschwindigkeit der Erde (11 km/s) bewegt, kann die Gravitation des Planeten überwinden und in den Weltraum entweichen. Moleküle in der Atmosphäre, deren Molekulargewicht – das man durch Addition der Atomgewichte der einzelnen Atome erhält – unter etwa 10 liegt, sollten daher ins Vakuum verschwinden. Wasserstoff hat das Molekulargewicht 2, Helium 4, daher ist von keinem dieser sonst so reichlich vorhandenen Gase zu erwarten, daß es noch da ist. Die häufigsten Gase in der Urwolke mit einem Molekulargewicht über 10 sind Methan, Ammoniak, Wasser und Neon. Das ähnelt dem, was wir heute auf den Gasriesen Jupiter, Saturn, Uranus und Neptun finden – nur daß jene massereicher sind, also eine höhere Fluchtgeschwindigkeit haben und auch leichtere Gase wie Wasserstoff und Helium halten können. Wir können nicht sicher sein, daß die Erde vor vier Milliarden Jahren eine Methan-Ammoniak-Atmosphäre besaß, da wir nicht genau wissen, wie die Urwolke kondensierte, doch es ist klar, daß die Erde, wenn sie in der Anfangszeit jemals solch eine Atmosphäre besaß, sie fast vollständig verloren hat. Heute gibt es wenig Methan oder Ammoniak, und was davon vorhanden ist, ist biologischen Ursprungs.

Kurz nachdem sich die Erde bildete, enthielt die Atmosphäre sehr wenig Sauerstoff. Vor rund zwei Milliarden Jahren erhöhte sich der Sauerstoffanteil in der Atmosphäre auf etwa 5%. Der wahrscheinlichste Grund für diese Veränderung – wenn auch vielleicht nicht der einzige – war die Entwicklung der Photosynthese. In einem bestimmten Stadium, wahrscheinlich vor ungefähr zwei Milliarden Jahren, entwickelten Bakterien im

Ozean einen Trick, wie man die Energie des Sonnenlichts benutzt, um Wasser und Kohlendioxid in Zucker und Sauerstoff umzuwandeln. Pflanzen benutzen heute denselben Trick, und sie verwenden dazu dieselben Moleküle wie eine Art der frühen Bakterien: Chlorophyll. Die Tiere nahmen ziemlich genau die entgegengesetzte Richtung: Sie gewinnen ihre Energie, indem sie Nahrung mit Sauerstoff verbrennen und Kohlendioxid erzeugen, statt es zu verbrauchen. Jene frühen zur Photosynthese fähigen Bakterien verbrauchten den Zucker zur Energiegewinnung und vermehrten sich rapide, doch der Sauerstoff war für sie nur eine Art Abfall, der in Bläschen in die Atmosphäre hochstieg. Der Sauerstoffpegel blieb dann ungefähr konstant, bis er vor etwa 600 Millionen Jahren rasch auf den gegenwärtigen Wert von 21 % anstieg.

Die Menge des Sauerstoffs in der heutigen Atmosphäre ist bei weitem größer, als sie es ohne den Einfluß von Lebewesen jemals bleiben könnte, die nicht nur Sauerstoff in großen Mengen freisetzen, sondern ihn auch wieder verbrauchen, indem sie ihn insbesondere in Kohlendioxid binden. Es ist erstaunlich, wie sehr die Atmosphäre ›im Ungleichgewicht‹ ist, verglichen damit, was geschähe, wenn das Leben plötzlich verschwände und nur anorganische chemische Prozesse am Werk wären. Die Menge des Sauerstoffs ist dynamisch – sie kann sich in Zeiträumen ändern, der nach geologischen Maßstäben außerordentlich kurz sind, eine Frage von Jahrhunderten eher als von Jahrmillionen. Wenn sich zum Beispiel eine Katastrophe ereignen würde, die alle Pflanzen tötete, die Tiere aber am Leben ließe, würde sich die Menge freien Sauerstoffs binnen rund fünfhundert Jahren halbieren und den Wert erreichen, den sie heute auf manchen Andengipfeln hat. Dasselbe gilt für das Szenarium des ›nuklearen Winters‹, das Carl Sagan eingeführt hat, wobei von einem Atomkrieg in die Atmosphäre hochgeschleuderte Staubwolken den größten Teil der Sonnenstrahlen vom Erdboden fernhalten. In diesem Fall könnten Pflanzen sich noch mit irgendeiner Form der Existenz durchschlagen, doch sie würden keine Photosynthese mehr zustande bringen – sie würden aber Sauerstoff verbrauchen, und ebenso die Mikroorganismen, die tote Pflanzen abbauen.

Derselbe Abschirmungseffekt könnte auch auftreten, wenn es ungewöhnlich viele aktive Vulkane gäbe oder ein großer Meteorit oder Komet auf der Erde einschlüge. Als 1994 der Komet Shoemaker-Levy 9 auf den Jupiter auftraf, entsprach die freigesetzte Energie der von einer halben Million Wasserstoffbomben.

Die ›Bilanz‹ für Einnahmen und Ausgaben an Sauerstoff und die damit zusammenhängende, aber unterschiedliche Kohlendioxid-Bilanz wird noch nicht verstanden. Das ist eine enorm wichtige Frage, denn sie bildet den entscheidenden Hintergrund für die Debatte über globale Erwärmung. Menschliche Aktivitäten wie Elektrizitätswerke, Industrie, die Verwendung von Kraftfahrzeugen oder einfach seinen gewöhnlichen Angelegenheiten nachzugehen und dabei zu atmen, erzeugen Kohlendioxid. Kohlendioxid ist ein ›Treibhausgas‹, welches einfallendes Sonnenlicht wie das Glas eines Treibhauses fängt. Wenn wir also zuviel Kohlendioxid erzeugen, müßte sich der Planet erwärmen. Das hätte unerwünschte Folgen von Flutkatastrophen in niedriggelegenen Landstrichen wie Bangladesch bis zu großen Änderungen in den geographischen Verbreitungsgebieten von Insekten, die die Ernten schwer beeinträchtigen könnten. Die Frage ist: Erhöhen diese menschlichen Aktivitäten tatsächlich den Kohlendioxidgehalt der Erdatmosphäre, oder gleicht der Planet das irgendwie aus? Die Antwort entscheidet darüber, ob man Menschen in hochentwickelten (und sich entwickelnden) Ländern erhebliche Beschränkungen in ihrer Lebensführung auferlegt oder ob man sie wie bisher weitermachen läßt. Gegenwärtig besteht Übereinstimmung, daß es deutliche, wenn auch feine Anzeichen dafür gibt, daß menschliche Aktivitäten tatsächlich den Kohlendioxid-Anteil erhöhen, weshalb mehrere internationale Verträge unterzeichnet wurden, um den Kohlendioxid-Ausstoß zu verringern. (Dieses tatsächlich zu tun, anstatt es zu versprechen, ist etwas ganz anderes.)

Die Schwierigkeiten, Gewißheit zu erlangen, sind vielfältig. Wir besitzen keine guten Aufzeichnungen von früheren Kohlendioxid-Pegeln, daher fehlt uns ein brauchbarer ›Eichpunkt‹, an dem wir die gegenwärtigen Mengen messen können – obwohl wir dank Bohrkernen aus der Arktis und der Antarktis, die eingeschlossene Proben früherer Atmosphären enthalten, allmählich ein besseres Bild gewinnen. Wenn eine ›globale Erwärmung‹ im Gange ist, braucht sie sich überhaupt nicht in einem Temperaturanstieg zu äußern (so daß der Name etwas albern ist). Worin sie sich äußert, ist eine Klimastörung. Obwohl die sechs wärmsten Sommer in Großbritannien alle in die neunziger Jahre gefallen sind, können wir also nicht einfach schlußfolgern, daß es ›wärmer wird‹ und daher die globale Erwärmung eine Tatsache ist. Das globale Klima schwankt ohnehin in einem breiten Bereich – was täte das Klima, wenn es uns nicht gäbe?

Ein als ›Biosphäre II‹ bekanntes Projekt versuchte die wissenschaftlichen Grundlagen der Sauerstoff-Kohlenstoff-Umsätze im globalen Ökosystem herauszufinden, indem es eine ›geschlossene Ökologie‹ schuf, ein System, in das nichts hineinkam außer Sonnenlicht und aus dem überhaupt nichts herauskam. In der Form ähnelte es einem riesigen futuristischen Gartenzentrum mit darin lebenden Pflanzen, Insekten, Vögeln, Säugetieren und Menschen. Dem Ganzen lag der Gedanke zugrunde, die Ökologie in Gang zu halten, indem man einen Entwurf benutzte, in dem alles wiederverwertet wurde.

Das Projekt geriet bald in Schwierigkeiten: Um es in Gang zu halten, mußte Sauerstoff zugegeben werden. Die Forscher nahmen daher an, es ginge irgendwie Sauerstoff verloren. Das erwies sich in gewissem Sinne als wahr, aber nicht im wörtlichen Sinn. Obwohl der Gedanke zugrunde gelegen hatte, die chemischen und anderen Veränderungen in einem geschlossenen System zu beobachten, hatten die Forscher nicht ermittelt, wieviel Kohlenstoff sie zu Beginn dem System mitgegeben hatten. Für dieses Versäumnis gibt es gute Gründe – vor allem ist es extrem schwierig, da man den Kohlenstoffgehalt nach dem Feuchtgewicht lebender Pflanzen schätzen muß. Da sie nicht wußten, wieviel Kohlenstoff zu Beginn vorhanden war, konnten sie nicht verfolgen, was mit dem Kohlenmonoxid und Kohlendioxid geschah. Allerdings hätte sich ›fehlender‹ Sauerstoff als eine Zunahme von Kohlendioxid äußern müssen, den Kohlendioxidanteil aber konnten sie beobachten – und feststellen, daß er nicht anstieg.

Schließlich erwies sich, daß der ›fehlende‹ Sauerstoff nicht aus dem Gebäude entwich: Er wurde tatsächlich in Kohlendioxid umgesetzt. Warum also stellten die Forscher keinen Anstieg des Kohlendioxidanteils fest? Weil, was niemand wußte, Kohlendioxid vom Beton des Gebäudes absorbiert wurde, während dieser nachhärtete. Jeder Architekt weiß, daß dieser Vorgang etwa zehn Jahre andauert, nachdem der Beton gegossen wurde, doch für die Architektur hat dieses Wissen keine Bedeutung. Die Experimental-Ökologen wußten überhaupt nichts davon, da esoterische Eigenschaften von Gußbeton gewöhnlich nicht in Ökologiekursen vorkommen, doch für sie war dieses Wissen entscheidend.

Zu den stillschweigenden Voraussetzungen, die bei Biosphäre II gemacht wurden, gehörte der verständliche, aber irrationale Glaube, daß Kohlendioxid, weil es bei seiner Entstehung Sauerstoff *verbraucht,* in *Opposition* zum Sauerstoff steht. Das heißt, Sauerstoff zählt in der Sauerstoffbilanz als Haben, Kohlendioxid aber als Soll. Wenn also Kohlendioxid aus den Büchern verschwindet, wird es als gelöschte Schuld behandelt, also als Gewinn. In Wahrheit aber enthält Kohlendioxid eine positive Menge Sauerstoff; wenn man also Kohlendioxid einbüßt, verliert man auch Sauerstoff. Wenn man aber nur nach einer Zunahme des Kohlendioxids sucht, bemerkt man nicht, wenn etwas davon verlorengeht.

Die Fehler solcher Denkweisen haben weitaus größere Bedeutung als das Schicksal von Biosphäre II. Ein wichtiges Beispiel innerhalb des allgemeinen Rahmens der Kohlenstoff-Sauerstoff-Bilanz ist die Rolle der Regenwälder. In Brasilien werden die Regenwälder des Amazonasgebiets in alarmierendem Tempo durch Holzschlag und Brandrodung vernichtet. Es gibt viele gute Gründe zu verhindern, daß das so weitergeht – den Verlust von Lebensraum für Organismen, die Erzeugung von Kohlendioxid durch brennende Bäume, die Zerstörung der Kultur der eingeborenen Indianerstämme und so weiter. *Kein* guter Grund ist jedoch der Satz, der in diesem Zusammenhang fast immer automatisch hervorpurzelt und darauf hinausläuft, die Regenwälder seien ›die grünen Lungen des Planeten‹. Das Bild besagt, daß die ›zivilisierten‹ Weltgegenden – das heißt, die industrialisierten – Nettoerzeuger von Kohlendioxid sind. Der unberührte Regenwald dagegen erzeugt einen sanften, aber enormen Sauerstoffhauch, während er den Kohlendioxidüberschuß absorbiert, den alle diese widerwärtigen Leute mit Autos produzieren. Er *muß* das ja doch wohl tun. Ein Wald ist voller Pflanzen, und Pflanzen erzeugen Sauerstoff.

Nein, tun sie nicht! Die Netto-Sauerstofferzeugung eines Regenwaldes ist im Durchschnitt gleich Null. Bäume erzeugen nachts, wenn keine Photosynthese stattfindet, Kohlendioxid. Sie schließen Sauerstoff und Kohlenstoff in Zuckern ein, ja – aber wenn sie sterben, verfaulen sie und setzen Kohlendioxid frei. Wälder können indirekt Kohlendioxid entfernen, indem sie Kohlenstoff entfernen und in Kohle oder Torf einschließen und Sauerstoff in die Atmosphäre abgeben. Ironischerweise stammt *daher* ein Großteil der menschlichen Kohlendioxid-Erzeugung – wie graben den Kohlenstoff aus und verbrennen ihn wieder, wobei wir ungefähr dieselbe Menge Sauerstoff verbrauchen.

Wenn die Theorie stimmt, daß Erdöl ein Überrest von Pflanzen aus der Karbonzeit ist, dann verbrennen unsere Autos Kohlenstoff, der einmal von Pflanzen abgelagert worden ist. Selbst wenn eine an Popularität gewinnende alternative Theorie zutrifft und das Öl von Bakterien erzeugt worden ist, bleibt das Problem dasselbe. So oder so – wenn man einen Regenwald verbrennt, fügt man der Atmosphäre einen einmaligen Überschuß an Kohlendioxid hinzu, aber man beschränkt nicht die Fähigkeit der Erde, neuen Sauerstoff zu erzeugen. Wenn Sie das atmosphärische Kohlendioxid *permanent* verringern wollen – und nicht nur den kurzzeitigen Ausstoß –, ist es das beste, sich daheim eine große Bibliothek zuzulegen und Kohlenstoff im Papier zu binden oder eine Menge Asphalt auf die Straßen zu kippen. Das sieht nicht nach besonders ›grünen‹ Tätigkeiten aus, es sind aber welche. Auf den Straßen kann man radfahren, wenn man sich dabei besser fühlt.

Ein weiterer Bestandteil der Atmosphäre ist der Stickstoff. Es ist wesentlich einfacher, die Stickstoffbilanz zu verfolgen. Organismen – insbesondere Pflanzen, wie jeder Gärtner weiß – benötigen Stickstoff zum Wachsen, doch sie können ihn nicht einfach aus der Luft absorbieren. Er muß ›fixiert‹, d.h. in chemische Verbindungen eingebaut werden, die Organismen verarbeiten können. Ein Teil des fixierten Stickstoffs erscheint in Form von Salpetersäure, die nach Gewittern herabregnet, doch der größte Teil der Stickstoff-Fixierung erfolgt auf biologischem Wege. Viele einfache Lebensformen ›fixieren‹ Stickstoff, indem sie ihn als Bestandteil ihrer Aminosäuren benutzen. Diese Aminosäuren können dann in den Proteinen aller anderen Lebewesen verwendet werden.

Die Ozeane der Erde enthalten gewaltige Mengen Wasser – etwa 1,3 Milliarden Kubikkilometer. Wieviel Wasser es in den frühesten Phasen der Erdentwicklung gab und wie es über die Oberfläche des Globus verteilt war, ist uns kaum bekannt, doch die Existenz von etwa 3,3 Milliarden Jahren alten Fossilien zeigt, daß es damals Wasser gegeben haben muß, wahrscheinlich ziemlich viel. Wie wir schon erklärt haben, kondensierte die Erde – zusammen mit dem übrigen Sonnensystem einschließlich der Sonne – aus einer ausgedehnten Wolke von Gas und Staub, deren Hauptbestandteil Wasserstoff war. Wasserstoff reagiert leicht mit Sauerstoff, um Wasser zu bilden, doch er verbindet sich auch mit Kohlenstoff zu Methan und mit Stickstoff zu Ammoniak.

Die Atmosphäre der primitiven Erde enthielt sehr viel Wasserstoff und eine ordentliche Menge Wasserdampf, doch anfangs war der Planet zu heiß, als daß flüssiges Wasser hätte existieren können. Als der Planet sich allmählich abkühlte, unterschritt seine Oberfläche einen kritischen Punkt, den Siedepunkt von Wasser. Diese Temperatur war wahrscheinlich nicht exakt dieselbe wie die, bei der Wasser heute siedet; es ist nämlich sogar heute nicht ein und dieselbe unveränderliche

Temperatur, da der Siedepunkt des Wassers vom Druck und anderen Umständen abhängt. Es lief auch nicht einfach darauf hinaus, daß die Atmosphäre kälter wurde – ihre Zusammensetzung änderte sich auch, weil die Erde durch Vulkantätigkeit Gase aus ihrem Innern ausstieß.

Ein entscheidender Faktor war das Sonnenlicht, das einen Teil des atmosphärischen Wasserdampfes in Sauerstoff und Wasserstoff spaltete. Der Wasserstoff entwich aus dem relativ schwachen Gravitationsfeld der Erde, und so nahm der Anteil des Sauerstoffs zu und der des Wasserdampfes ab. Als Folge davon konnte Wasserdampf bei *höherer* Temperatur kondensieren. Während also die Temperatur der Atmosphäre allmählich sank, stieg ihr entgegen die Temperatur, bei der Wasserdampf kondensiert. Schließlich unterschritt die *sinkende* Atmosphärentemperatur den *steigenden* Siedepunkt, und Wasserdampf kondensierte zu flüssigem Wasser… und fiel als Regen.

Es muß wie aus Eimern gegossen haben.

Wenn der Regen auf die heißen Gesteine weiter unten auftraf, verdampfte er prompt, doch dabei kühlte er die Gesteine ab. Wärme und Temperatur sind nicht dasselbe. Wärme ist eine Form von Energie: Wenn man etwas erwärmt, steckt man zusätzliche Energie hinein. Temperatur ist eine der Arten, wie diese Energie zum Ausdruck kommen kann: Es sind die Schwingungen der Moleküle. Je schneller diese Schwingungen sind, um so höher die Temperatur. Gewöhnlich steigt die Temperatur eines Stoffs, wenn man ihn erhitzt – die zusätzliche Wärme äußert sich in mehr Schwingungen der Moleküle. Bei Übergängen vom festen Zustand zum flüssigen jedoch oder vom flüssigen zum gasförmigen wird die zusätzliche Wärme für die Zustandsänderung des Stoffs verbraucht, nicht für die Temperaturerhöhung. So kann man eine Menge Wärme einsetzen, und statt daß das Zeug wärmer wird, verändert sich sein Zustand – ein sogenannter Phasenübergang. Umgekehrt, wenn sich ein Stoff über einen Phasenübergang hinweg abkühlt, gibt er eine Menge Wärme ab. So brachte der Wasserdampf, der die Gesteine abkühlte, mehr Wärme in die obere Atmosphäre zurück, wo die Wärme in den Weltraum abgestrahlt und für die Erde verlorengehen konnte. Als die heißen Gesteine das Wasser wieder in Dampf zurückverwandelten, wurden sie sehr plötzlich wesentlich kälter. In einem geologisch kurzen Zeitraum hatten sich die Gesteine unter den Siedepunkt des Wassers abgekühlt, und jetzt wurde der fallende Regen nicht wieder in Dampf zurückverwandelt – oder höchstens zu einem kleinen Teil.

Es kann durchaus eine Million Jahre lang geregnet haben. Es überrascht also nicht, daß Rincewind es etwas feucht fand.

Dank der Schwerkraft fließt Wasser bergab, so daß sich der ganze Regen in den tiefsten Senken der unregelmäßigen Erdoberfläche sammelte. Da sich in der Atmosphäre eine Menge Kohlendioxid befand, enthielten jene frühen Ozeane eine Menge gelöstes Kohlendioxid, welches das Wasser leicht sauer machte. Die Säure fraß an den Gesteinen und bewirkte, daß sich Mineralien in den Ozeanen lösten; das Meer wurde salzig.

Anfangs nahm die Menge des Sauerstoffs in der Atmosphäre langsam zu, weil die Wirkung des einfallenden Sonnenlichts nicht besonders heftig ist. Doch nun betrat das Leben die Szene und verströmte Sauerstoff als Nebenprodukt der Photosynthese. Der Sauerstoff verband sich mit sämtlichem noch in der Atmosphäre verbliebenen Wasserstoff – mochte er nun frei oder in Methan gebunden sein – und erzeugte noch *mehr* Wasser. Dieses fiel ebenfalls als Regen nieder und erhöhte die Menge des Ozeanwassers, was zu weiteren Bakterien führte, zu weiterem Sauerstoff – und so nahm alles seinen Lauf, bis der verbliebene Wasserstoff ziemlich aufgebraucht war.

Ursprünglich glaubte man, der Ozean habe einfach immer mehr Gesteine der Kontinente ausgelöst, immer mehr Mineralien angesammelt und sei immer salziger geworden, bis der Salzgehalt den heutigen Wert von rund 3,5% erreichte. Der Beweis dafür ist die Salzkonzentration im Blut von Fischen und Säugetieren, die 1% beträgt. Man glaubte daher, Fisch- und Säugetierblut sei ›fossil gewordener‹ Ozean. Noch heute hören wir oft, daß wir uralte Meere in unserem Blut haben. Das ist wahrscheinlich falsch, doch die Frage ist noch längst nicht entschieden. Es ist wahr, daß unser Blut salzig ist und das Meer auch, doch es gibt eine Vielzahl von Wegen, wie die Biologie den Salzgehalt anpassen kann. Das eine Prozent ist vielleicht einfach der Salzgehalt, der sich für das Blut des Lebewesens am besten eignet. Salz – genauer, die Ionen von Natrium und Chlor, in die es dissoziiert – hat vielerlei biologischen Nutzen: Unser Nervensystem würde ohne Salz beispielsweise nicht funktionieren. So ist es zwar durchaus glaubhaft, daß sich die Evolution das *Vorhandensein* von Salz im Meer zunutze machte, doch braucht sie nicht auf ein und dieselbe Konzentration festgelegt zu sein. Andererseits gibt es gute Gründe für die Annahme, daß sich die ersten Zellen als winzige frei schwimmende Organismen in den Ozeanen entwickelten, und jene ersten Zellen waren nicht raffiniert genug aufgebaut, um mit unterschiedlichen Salzkonzentrationen in ihrem Innern und außerhalb fertig zu werden; so können sie sich durchaus auf dieselbe Salzkonzentration festgelegt haben, weil das das einzige war, was sie fertigbrachten – und nachdem sie das einmal getan hatten, war es kaum noch zu ändern.

Können wir die Frage entscheiden, indem wir die

Ozeane eingehender betrachten? Ozeane können Salz sowohl verlieren als auch erwerben. Meere können austrocknen; das Tote Meer in Israel ist ein berühmtes Beispiel. Es gibt an vielen Orten Salzbergwerke, Überreste alter ausgetrockneter Meere. Und so wie Lebewesen – Bakterien – Kohlendioxid aus dem Meer zogen und es in Sauerstoff und Zucker verwandelten, können sie auch andere gelöste Mineralien herausziehen. Kalzium, Kohlenstoff und Sauerstoff beispielsweise werden in Schalen eingebaut, die auf den Meeresgrund sinken, wenn ihr Besitzer stirbt. Der entscheidende Faktor ist – die Zeit. Man glaubt, daß die Ozeane ihre gegenwärtige Zusammensetzung und insbesondere ihren gegenwärtigen Salzgehalt vor etwa zwei bis anderthalb Milliarden Jahren erreicht haben. Der Beweis ist die chemische Zusammensetzung von Sedimentgesteinen – Gesteinen, die aus den Schalen und anderen harten Teilen von Organismen bestehen –, die sich seither nicht verändert zu haben scheint. (1998 legte Paul Knauth allerdings Beweise vor, daß der frühe Ozean *salziger* gewesen sei, als er jetzt ist, und etwa anderthalb bis zweimal soviel Salz enthielt. Seine Berechnungen weisen darauf hin, daß Salz frühestens vor etwa zweieinhalb Milliarden Jahren auf den Kontinenten abgelagert worden sein könnte.) Einfache Berechnungen, die darauf beruhen, wieviel Material sich in Flüssen löste und wie schnell Flüsse fließen, ergeben, daß der gesamte Salzgehalt der Ozeane von gelösten Kontinentalgesteinen binnen zwölf Millionen Jahren geliefert werden kann – geologisch gesehen ein Lidschlag. Wenn sich das Salz einfach ständig angesammelt hätte, würden die Ozeane heute bei weitem mehr Salz als Wasser enthalten. Die Ozeane sind also nicht einfach Senken für gelöste Minerale, Einbahnstraßen, wo Mineralien hineinfließen und bleiben. Sie sind mineralverarbeitende Maschinen. Der geologische Beweis der Ähnlichkeit alter und moderner Sedimentgesteine weist darauf hin, daß Zu- und Abfluß einander ziemlich genau die Waage halten müssen.

Haben wir also uralte Meere in unserem Blut? Ja, in gewisser Hinsicht. Die *Proportionen* von Magnesium, Kalzium, Kalium und Natrium sind exakt dieselben wie in den alten Meeren, aus denen sich unser Blut vielleicht entwickelt hat – doch Zellen scheinen eine Salzkonzentration von 1% einer von 3% vorzuziehen.

Neunzehn

Gezeiten…

»Er hat recht in Hinsicht auf den Regen«, sagte der Oberste Hirte, der durchs Omniskop blickte. »Es gibt wieder Wolken. Und ziemlich viele Vulkane sind aktiv.«

»Ich verändere seine Position noch ein wenig mehr… Oh. Jetzt meint er, es sei dunkel und kalt. Außerdem klagt er über Kopfschmerzen…«

»Keine sehr *anschauliche* Beschreibung, oder?« fragte der Dekan.

»Er spricht von *sehr starken* Kopfschmerzen.«

HEX schrieb etwas.

»Oh«, machte Ponder. »Er befindet sich unter Wasser. Tut mir leid. Die Positionierung ist nicht ganz einfach. Außerdem wissen wir noch immer nicht, welche Größe er haben sollte. Und jetzt?«

Es summte im Hörrohr. »Er ist noch immer unter Wasser, kann jetzt aber die Oberfläche sehen. Ich glaube, dabei sollten wir es zunächst belassen. Geh los.«

Die Zauberer drehten synchron den Kopf und beobachteten den Thaumanzug.

Er schwebte einige Zentimeter über dem Boden, und die Gestalt darin begann mit zögernden Gehbewegungen.

Es war kein sehr schöner Tag.

Es regnete noch immer, wenn auch nicht mehr so stark wie vorher. Die Großwetterlage stellte häufige Schauer im Verlauf der frühen Phase des Jahrtausends und vereinzelte Schauer während der letzten Jahrzehnte in Aussicht. Zehntausend Flüsse suchten und fanden einen Weg zum Meer. Das Licht war grau und verlieh dem Küstenstreifen einen eintönigen, monochromen und ziemlich feuchten Eindruck.

Ganze Religionen gehen auf den Anblick einer Gestalt zurück, die auf rätselhafte Weise aus dem Meer erscheint. Es läßt sich kaum feststellen, welcher seltsame Kult von dem Ding inspiriert worden wäre, das nun an Land stapfte. Auf seiner Tabu-Liste hätten starke Getränke und Meeresfrüchte sicher die ersten Plätze belegt.

Rincewind sah sich um.

Der Boden bestand nicht aus Sand, sondern aus rauher Lava. Er hielt vergeblich nach Algen, Möwen oder kleinen Krabben Ausschau. Nirgends schien es Wesen zu geben, die irgendeine Gefahr darstellen konnten.

»Hier passiert nicht viel«, meldete er. »Ist alles recht langweilig.«

»Die Morgendämmerung dürfte gleich beginnen«, erklang Ponders Stimme an seinem Ohr. »Wir wüßten gern, was du davon hältst.«

Seltsam, es auf diese Weise auszudrücken, dachte Rincewind, als er beobachtete, wie die Sonne aufging. Sie blieb hinter den Wolken verborgen, aber gräulichgelbes Licht kroch über die Landschaft.

»Alles in Ordnung«, sagte er. »Der Himmel hat eine schmutzige Farbe. Wo bin ich hier? In Llamedos? Oder Hergen? Warum liegen nirgends Muscheln? Herrscht gerade Flut?«

Alle Zauberer sprachen gleichzeitig.

»Ich kann nicht an *alles* denken, Herr!«

»Aber *jeder* weiß über Gezeiten Bescheid!«

»Vielleicht könnten wir einen Mechanismus erfinden, der den Meeresboden hebt und senkt.«

»Da wir gerade dabei sind: Was verursacht die Gezeiten hier bei uns?«

»Ich wäre sehr dankbar, wenn das Geschrei endlich *aufhören* würde!«

Die Zauberer schwiegen.

»Gut«, sagte Ridcully. »Nun, Stibbons?«

Ponder Stibbons starrte auf die vor ihm liegenden Unterlagen.

»Ich bin… Ich meine, dies ist ein… ziemlich harter Brocken, Herr. Auf einer kugelförmigen Welt sitzt das Meer einfach nur da. Es gibt keinen Rand, über den es hinwegfließen könnte.«

»Man ging immer davon aus, daß das Meer irgendwie mit dem Mond verbunden ist«, überlegte der Oberste Hirte laut. »Die besondere Anziehungskraft geht vermutlich auf den Reiz romantischer Schönheit zurück.«

Stille folgte diesen Worten.

»Niemand hat mir irgend etwas von einem Mond erzählt«, brachte Ponder schließlich hervor.

»Ein Mond gehört einfach dazu«, gab Ridcully zu bedenken.

»Er sollte nicht weiter schwer sein, oder?« meinte der Dekan. »*Unser* Mond umkreist die Scheibenwelt.«

»Aber wo sollen wir ihn unterbringen?« fragte Ponder. »Er muß hell und dunkel werden, Phasen aufweisen und fast so groß sein wie die Sonne, und wir *wissen* ja: Wenn wir die Dinge so groß machen wie eine Sonne, so wird eine Sonne daraus.«

»Unser Mond ist uns näher als die Sonne«, sagte der Dekan. »Deshalb bekommen wir gelegentlich eine Sonnenfinsternis.«

»Der Durchmesser beträgt nur neunzig Meilen«, wandte Ponder ein. »Deshalb ist die eine Seite ganz schwarz und verbrannt.«

»Meine Güte, Stibbons, du erstaunst mich«, sagte Ridcully. »Die verdammte Sonne wirkt noch immer ziemlich groß, obwohl sie weit entfernt ist. Finde für den Mond eine Stelle näher am Planeten.«

»Wir haben noch den großen Klumpen, den der Dekan aus dem Planeten gerissen hat«, sagte der Oberste Hirte. »Die Studenten haben ihn unweit des Ziels geparkt.«

»Des Ziels?« wiederholte Ponder.

»Damit meine ich den großen Planeten mit den bunten Streifen«, erklärte der Oberste Hirte. »Ich habe alle Felsen und so zur neuen… äh… Sonne bringen lassen. Wo sie sich früher befanden, störten sie nur. Wenn sie irgendwelche anderen Dinge umkreisen, kann man sie wenigstens im Auge behalten.«

»Kommen die Studenten noch immer des Nachts hierher, um zu spielen?« fragte Ridcully.

»Der Sache muß ich einen Riegel vorschieben«, befand der Dekan. »In der Nähe dieser Sonne gibt es ohnehin zu viele Felsen und Schneebälle. Es *wimmelt* geradezu davon. Welch eine Verschwendung.«

»Nun, wann läßt sich der herausgerissene Klumpen als Mond verwenden?«

»HEX kann die Zeit von Rincewinds Perspektive aus gesehen manipulieren«, sagte Ponder. »Für uns vergeht die Projektzeit sehr schnell… Ich schätze, der Mond sollte vor dem Kaffee installiert sein.«

»Hörst du mich, Rincewind?«

»Ja. Könnte ich vielleicht etwas zum Mittagessen haben?«

»Wir besorgen dir ein paar belegte Brote. Und nun… Siehst du die Sonne?«

»Ja, obwohl alles sehr dunstig ist.«

»Was passiert, wenn ich… dies mache?«

Rincewind blickte zum grauen Himmel hoch. Schatten huschten über die Landschaft.

»Hast du vielleicht gerade eine Sonnenfinsternis verursacht?«

Im Hintergrund erklang leiser Jubel.

»Bist du ganz sicher, daß es sich um eine Sonnenfinsternis handelt?« fragte Ponder.

»Was soll es denn sonst sein? Eine schwarze Scheibe bedeckt die Sonne, und es zwitschern keine Vögel.«

»Hat sie die richtige Größe?«

»Was ist das denn für eine Frage?«

»Schon gut, schon gut. Ah, hier sind deine Bro... Was? Entschuldige bitte... *Wie* bitte?«

Die alten Zauberer waren erneut verwirrt und zeigten dies, indem sie Ponder anstießen, als er zu sprechen versuchte. Sie hielten Stöße und Knuffe für geeignete Mittel, um Aufmerksamkeit zu erregen.

»Man *sieht* ganz deutlich, daß es nur einen Mond gibt«, erklärte der Oberste Hirte zum dritten Mal.

»Na schön«, erwiderte Ponder. »Wie wär's damit? Nehmen wir an, auf der Welt gibt es zwei Sorten Wasser: Die eine mag den Mond, und die andere verabscheut ihn. Wenn beide Sorten in gleichen Mengen vertreten sind... Das könnte der Grund dafür sein, warum es zur gleichen Zeit auf gegenüberliegenden Seiten der Welt zur Flut kommt. Ich glaube, die Theorie vom unsichtbaren Mond können wir fallenlassen, Dekan, so interessant sie auch gewesen sein mag.«

»Die Erklärung gefällt mir«, sagte Ridcully. »Sie zeichnet sich durch eine gewisse Eleganz aus.«

»Es ist nur eine Vermutung, Herr.«

»Das reicht völlig für Physik«, erwiderte Ridcully.

Zwanzig

Ein gewaltiger Sprung für die Mondheit

Die Menschheit hat immer gewußt, daß der Mond wichtig ist. Oft scheint er nachts, was nützlich ist; an einem Himmel, wo Veränderung selten ist, wandelt er sich; manche von uns glauben, daß unsere Ahnen dort leben. Letzteres läßt sich vielleicht nicht experimentell nachweisen, nichtsdestoweniger hat es die Menschheit im allgemeinen richtig erfaßt. Der Mond streckt geisterhafte Fühler aus, Schwerkraft und Licht; vielleicht ist er sogar unser Beschützer.

Die Zauberer machen sich zu Recht Sorgen, daß sie vergessen haben, der Rundwelt einen Mond zu geben, wenngleich sie sich wie üblich aus den falschen Gründen Sorgen machen.

Der Mond ist ein Satellit der Erde; wir umkreisen die Sonne, aber der Mond umkreist *uns.* Er ist schon seit langer Zeit dort oben, und auf seine stille Art ist er die ganze Zeit über ausgesprochem emsig. Der Mond beeinflußt Menschen nicht minder als Schildkrötenjunge. Am stärksten beeinflußt er uns, indem er Gezeiten hervorruft. Er kann uns auf andere, weniger offensichtliche Arten beeinflussen, obwohl das meiste, was über den Mond geglaubt wird, vorsichtig ausgedrückt, wissenschaftlich umstritten ist. Der weibliche Menstruationszyklus wiederholt sich etwa alle vier Wochen, ziemlich genau in derselben Zeit, die der Mond braucht, um die Erde zu umrunden – einen Monat, das Wort kommt denn auch von ›Mond‹. Im Volksglauben ist diese Übereinstimmung kein Zufall, wie zum Beispiel ›die falsche

Zeit im Monat‹ besagt. Andererseits ist der Mond das Sinnbild der Regelmäßigkeit, so genau vorherzusagen wie das Datum von Weihnachten, was man vom Menstruationszyklus nicht sagen kann.* Für Liebesleute freilich wirkt der Mond anregend (wenn es nicht gerade kalt ist oder regnet)... Weit verbreitet ist auch die Ansicht, daß Menschen bei Vollmond verrückt werden oder – eine extremere Art Wahnsinn – sich bei entsprechender Veranlagung für eine Nacht in Wölfe verwandeln.

Die Werwolflegende spielt eine Hauptrolle in *Helle Barden.* Die meiste Zeit ist Obergefreite Angua in der Wache von Ankh-Morpork eine gut gebaute aschblonde Frau, doch bei Vollmond verwandelt sie sich in eine Wölfin, die Gerüche farbig sehen und Menschen die Hauptschlagadern aufreißen kann. Doch ihr Privatleben bringt das ziemlich durcheinander: »Das Leben brachte gewisse Probleme mit sich, wenn einem bei Vollmond Haare und Reißzähne wuchsen. Aus einigen unliebsamen Erfahrungen hatte sie erkannt, daß Männer es nicht mochten, wenn ihre Partnerin plötzlich ein Fell bekam.« Zum Glück stört sich Korporal Karotte nicht an diesen gelegentlichen Veränderungen. Er mag eine Freundin, die gern ausgedehnte Streifzüge durch die Stadt unternimmt.

Der Mond ist ungewöhnlich, und ziemlich wahrscheinlich würde es uns ohne ihn nicht geben. Nicht wegen der ihm zugeschriebenen Wirkung auf Liebende, die schon einen Weg finden, mit oder ohne Mond, son-

* Überdies hatten bis auf die letzten paar Jahrzehnte der menschlichen Geschichte die meisten Frauen so gut wie keinen Zyklus. Fast die ganze Zeit über waren sie entweder schwanger oder stillten. Und bei den großen Menschenaffen ist der Zyklus rund eine Woche länger als beim Menschen, und bei den Gibbons ist er kürzer. Es sieht also ganz so aus, daß die Übereinstimmung mit dem Mond Zufall ist.

dern weil der Mond die Erde vor einigen widerwärtigen Einflüssen beschützt, die es erschwert hätten, daß Leben entsteht oder zumindest daß es sich über die rudimentärsten Formen hinausentwickelt. Was den Mond ungewöhnlich macht, ist nicht die Tatsache, daß er einen Planeten begleitet: Alle Planeten außer Merkur und Venus haben Monde. Bemerkenswert ist er vielmehr deshalb, weil er im Vergleich zu seinem Planeten ein derart großer Begleiter ist. Nur Pluto hat einen Satelliten – den 1978 von Jim Christy entdeckten Charon –, der der relativen Größe nach mit unserem Mond zu vergleichen ist. Es ist keine besonders große Übertreibung, wenn wir sagen, daß wir auf einer Hälfte eines Doppelplaneten leben.

Wir wissen, daß sich der Mond in jeder Weise von der Erde unterscheidet. Seine Schwerkraft ist geringer, so daß er keine Atmosphäre längere Zeit halten könnte, selbst wenn er eine hätte, die er in jedem vernünftigen Sinn des Wortes nicht hat. Die Mondoberfläche besteht aus Gestein und Gesteinsstaub ohne jedes Meer (auch Wasser entweicht leicht) – allerdings haben 1997 Raumsonden der NASA erhebliche Mengen von Wassereis an den Polen des Mondes entdeckt, wo sie im dauernden Schatten von Kraterwänden vor der Wärme der Sonne geschützt sind. Das sind gute Neuigkeiten für künftige Mondkolonien, die als Basen für die Erforschung des Sonnensystems dienen könnten. Der Mond ist als Startplatz gut geeignet, weil ein Raumschiff nicht viel Treibstoff benötigt, um die Mondanziehung zu überwinden; die Erde eignet sich dafür natürlich viel schlechter, weil hier unten die Gravitation viel stärker ist. Es ist wieder einmal typisch für die Menschen, daß sie sich am falschen Ort entwickelt haben...

Wie ist der Mond entstanden? Kondensierte er aus den Urstaubwolken zusammen mit der Erde? Bildete er sich gesondert und wurde später eingefangen? Sind die Krater ehemalige Vulkane, oder sind sie die Narben, die auf den Mond stürzende Felsbrocken hinterlassen haben? Wir wissen über den Mond eine Menge mehr als über die meisten anderen Körper im Sonnensystem, weil wir *da waren*. Im April 1969 stieg Neil Armstrong auf die Mondoberfläche hinab, sagte sein Verslein auf und machte Geschichte. Von 1968 bis 1972 schickten die Vereinigten Staaten zehn Apollo-Missionen zum Mond und zurück. Davon sollten Apollo 8, 9 und 10 von Anfang an nicht landen; Apollo 11 vollbrachte die historische erste Landung; und Apollo 13 schaffte keine Landung, nachdem eine verheerende Explosion in einer frühen Flugphase aus dem Unternehmen einen erstklassigen Filmstoff gemacht hatte.

Die übrigen Apollos 11 bis 17 landeten und brachten insgesamt 400 kg Mondgestein zurück. Das meiste davon ist in der Lunar Curatorial Facility des Johnson Space Center der NASA in Clear Lake, Houston, gelagert; ein großer Teil davon ist niemals ernsthaft untersucht worden, doch aus dem, was tatsächlich analysiert wurde, haben wir eine Menge über Ursprung und Natur des Mondes erfahren.

Der Mond befindet sich etwa 400 000 Kilometer von der Erde entfernt. Er ist im Schnitt weniger dicht als die Erde, doch seine Dichte kommt der des *Erdmantels* sehr nahe, ein merkwürdiger Umstand, der vielleicht kein Zufall ist. Der Mond wendet der Erde immer dieselbe Seite zu, schwankt allerdings ein wenig hin und her. Die dunklen Gebiete auf dem Mond werden *Mare* genannt, vom lateinischen Wort für Meer, doch sie sind keine Meere. Sie sind flache Ebenen von Gestein, das einmal geschmolzen war und über die Mondoberfläche floß wie Lava von einem Vulkan. Fast alle Krater sind Einschlagkrater, wo Meteoriten auf dem Mond aufgetroffen sind. Es gibt viele davon, weil es viele Gesteinsbrocken gibt, die durch den Weltraum fliegen, da der Mond keine schützende Atmosphäre hat, in der die Steine verglühen könnten, und kein Wetter, das sie abtragen könnte, bis sie verschwunden sind. Die Erdatmosphäre ist ein ziemlich guter Schild, doch als die Geologen erst einmal zu suchen begannen, fanden sie hier unten die Überreste von 160 Einschlagkratern, was unter dem Gesichtspunkt interessant ist, daß die meisten davon in Wind und Regen erodiert worden sein müssen. Doch davon mehr, wenn wir zu den Dinosauriern kommen.

Heute wendet der Mond der Erde immer dieselbe Seite zu, das heißt, er rotiert in einem Monat einmal um seine Achse, in derselben Zeit, die er zu einem Umlauf um die Erde benötigt. (Wenn er gar nicht rotieren würde, würde er immer in dieselbe Richtung zeigen – nicht in dieselbe Richtung in bezug auf die Erde, sondern in dieselbe Richtung, Punkt. Stellen Sie sich jemanden vor, der im Kreis um Sie herumgeht, aber dabei immer nach, sagen wir, Norden schaut. Dann schaut er nicht immerzu *Sie* an. Vielmehr sehen Sie ihn von allen Seiten.) Es ist nicht immer so gewesen. Hunderte von Jahrmillionen lang haben die Gezeiten bewirkt, daß sich die Umdrehungsgeschwindigkeiten sowohl des Mondes als auch der Erde verringerten. Als sich die Mondrotation mit seinem Umlauf um die Erde synchronisiert hatte, wurde das System stabil. Der Mond war der Erde auch ein gutes Stück näher, doch über lange Zeiträume hinweg hat er sich immer weiter entfernt.

Zwischen 1600 und 1900 kamen drei Theorien über die Entstehung des Mondes in und wieder aus der Mode. Eine Theorie besagte, daß der Mond zur selben Zeit wie die Erde entstanden sei, als die Staubwolke kondensierte und das Sonnensystem – Sonne, Planeten,

Monde – bildete. Wie die frühen Theorien über die Entstehung des Sonnensystems versagt auch diese angesichts des Drehimpulses. Die Erde dreht sich zu schnell, und der Mond läuft zu schnell um, als daß der Mond aus einer Staubwolke kondensiert sein könnte. (Wir haben Sie früher irregeführt, als wir sagten, die Staubwolkentheorie erkläre auch die Monde. Größtenteils tut sie das, aber nicht für unseren rätselhaften Mond. Lügen-für-Kinder eben – *jetzt* sind Sie bereit für die nächste, kompliziertere Ebene.)

Theorie zwei hielt den Mond für ein Stück der Erde, das sich abtrennte, vielleicht zu der Zeit, als die Erde noch vollständig geschmolzen war und ein gutes Stück schneller rotierte. Diese Theorie kam in den Mülleimer, weil niemand eine plausible Erklärung dafür finden konnte, wieso die rotierende geschmolzene Erde irgend etwas ausstoßen sollte, das auch nur im entferntesten an den Mond erinnerte, selbst wenn man eine Weile wartete, bis sich die Dinge etwas abgekühlt hätten.

Nach Theorie drei entstand der Mond anderswo im Sonnensystem und zog seine Bahn, bis er zufällig in die Schwerkraftfänge der Erde geriet, ohne wieder loskommen zu können. Diese Theorie war sehr beliebt, obwohl ein Einfangen im Gravitationsfeld ausgesprochen schwierig zu bewerkstelligen ist. Es ist ungefähr das gleiche, als wolle man einen Golfball so in ein Loch werfen, daß er gerade immer am Rande herumläuft. Für gewöhnlich fällt er einfach in das Loch (stößt mit der Erde zusammen) oder tut, was jeder Golfspieler zu seinem blanken Entsetzen erlebt hat: Er verschwindet für den Bruchteil einer Sekunde im Loch und springt wieder heraus (entweicht, ohne eingefangen zu werden).

Die Gesteinsproben von den Apollomissionen machten den Ursprung des Mondes noch rätselhafter. In mancherlei Beziehung ist Mondgestein dem irdischen Gestein erstaunlich ähnlich. Wenn sie in den meisten Beziehungen ähnlich wären, so wäre das ein Indiz für gemeinsamen Ursprung, und wir müßten uns die Theorie, nach der sie beide aus derselben Staubwolke entstanden sind, noch einmal genauer ansehen. Doch Mondgestein ähnelt nicht dem *gesamten* Erdgestein, sondern nur dem Erdmantel. Die gegenwärtige Theorie, die aus den frühen achtziger Jahren stammt, besagt, daß der Mond einmal *Teil* des Erdmantels war. Er löste sich nicht im Ergebnis der Erdumdrehung ab: Er wurde vor etwa vier Milliarden Jahren in den Weltraum geschleudert, als ein riesiger Himmelskörper etwa von der Größe des Mars die Erde streifte. Computerberechnungen zeigen, daß solch ein Hieb unter geeigneten Bedingungen ein großes Stück vom Erdmantel herausschlagen und sozusagen im Raum verteilen kann. Das dauert 13 Minuten (sind Computer nicht gut?). Dann beginnt die herausgeschlagene Mantelmaterie, die geschmolzen ist, zu einem Ring von Gesteinsbrocken unterschiedlicher Größe zu kondensieren. Ein Teil davon bildet einen großen Klumpen, den Proto-Mond, und der schluckt ziemlich schnell den größten Teil der anderen. Was übrigbleibt, verschwindet freilich nicht ganz so schnell, aber im Laufe von 100 Millionen Jahren stürzt fast alles davon infolge der Schwerkraft entweder auf den Mond oder auf die Erde.

Da die Erde Wetter hat – vor allem seinerzeit, Junge, hatte die *damals* ein Wetter! –, sind die resultierenden Einschlagkrater alle von der Erosion ausgelöscht worden, doch da der Mond kein Wetter hat, sind die Einschlagkrater auf dem Mond nicht erodiert worden, und viele von ihnen sind noch da. Das Schöne an dieser Theorie ist die Tatsache, daß sie viele verschiedene Eigenschaften des Mondes in einem Aufwasch erklärt – seine Ähnlichkeit mit dem Erdmantel, die Tatsache, daß seine Oberfläche vor etwa vier Milliarden Jahre eine plötzliche und extreme Erwärmung durchgemacht zu haben scheint, seine Krater, seine Größe, seine Rotation – sogar die meerähnlichen Mare, die freigesetzt wurden, als der Proto-Mond sich langsam abkühlte. Im frühen Sonnensystem ging es ziemlich gewaltsam zu.

Im Grunde könnte uns die mißratene Sonne des Dekans doch einen guten Dienst erwiesen haben…

Der Mond beeinflußt das Leben auf der Erde auf mindestens zwei oder drei Weisen, die wir kennen, und wahrscheinlich Dutzende weitere, die wir noch nicht bemerkt haben.

Die offensichtlichste Wirkung des Mondes auf die Erde sind die Gezeiten – eine Tatsache, auf die die Zauberer zu stolpern. Wie meistens in der Wissenschaft verläuft die Geschichte mit den Gezeiten nicht ganz geradlinig und hängt nur lose mit dem zusammen, was der gesunde Menschenverstand, wenn er sich selbst überlassen bleibt, uns vermuten ließe. Der gesunde Menschenverstand sagt, daß die Schwerkraft des Mondes an der Erde zieht, und am stärksten an dem Stück, das dem Mond am nächsten liegt. Wenn dieses Stück Land ist, passiert weiter nichts, ist es aber Wasser – und über die Hälfte der Oberfläche unseres Planeten besteht aus Ozean –, kann es sich auftürmen. Diese Erklärung ist eine Lüge-für-Kinder und stimmt nicht mit dem tatsächlichen Geschehen überein. Sie drängt uns zu der Annahme, an jedem Ort der Erde trete das Hochwasser ein, wenn sich der Mond am höchsten Punkt seiner Bahn am Himmel befindet. Das würde zu einem Hochwasser pro Tag führen – oder mit Rücksicht auf eine gewisse Komplexität des Erde-Mond-Systems zu einem Hochwasser alle 24 Stunden und 50 Minuten.

In Wahrheit tritt das Hochwasser zweimal täglich

auf, im Abstand von 12 Stunden und 25 Minuten. Genau doppelt so oft.

Nicht nur dies: Der Gravitationszug des Mondes an der Erdoberfläche beträgt nur ein Zehnmillionstel der Erdanziehung, der Gravitationszug der Sonne etwa die Hälfte davon. Sogar zusammen sind die beiden Kräfte nicht stark genug, um Wassermassen zu Höhen bis zu 21 m anzuheben – das ist der größte Tidenhub auf der Erde, der in der Fundy-Bucht zwischen Nova Scotia und New Brunswick vorkommt.

Eine annehmbare Erklärung der Gezeiten verschloß sich der Menschheit, bis Isaac Newton das Gravitationsgesetz fand und die notwendigen Berechnungen anstellte. Seine Vorstellungen sind seither verfeinert und verbessert worden, doch er verfügte über die Grundlagen.

Der Einfachheit halber wollen wir alles außer Erde und Mond außer acht lassen und annehmen, die Erde bestünde vollständig aus Wasser. Die Wasser-Erde dreht sich um ihre Achse, also unterliegt sie der Zentrifugalkraft und baucht sich am Äquator leicht aus. Zwei weitere Kräfte wirken auf sie ein: die Gravitation der Erde und die des Mondes. Die Gestalt, die das Wasser unter dem Einfluß dieser Kräfte annimmt, hängt von der Tatsache ab, daß es eine Flüssigkeit ist. Unter normalen Bedingungen ist die Oberfläche einer ruhenden Wassermasse horizontal, denn sonst würde das Wasser von den höheren Stellen seitwärts zu den niedrigeren laufen. Dasselbe geschieht, wenn zusätzliche Kräfte am Werk sind: Die Oberfläche des Wassers richtet sich senkrecht zur Richtung der resultierenden Gesamtkraft aus.

Wenn man die Einzelheiten für die drei eben erwähnten Kräfte ermittelt, stellt man fest, daß das Wasser ein Ellipsoid bildet, eine Form, die einer Kugel ähnelt, aber ganz schwach gestreckt ist. Die Streckrichtung zeigt zum Mond. Der Mittelpunkt des Ellipsoids fällt aber mit dem Mittelpunkt der Erde zusammen, so daß sich das Wasser auf der vom Mond abgewandten Seite ebenso ›auftürmt‹ wie auf der ihm zugewandten. Diese Formänderung wird nur teilweise dadurch hervorgerufen, daß die Schwerkraft des Mondes das ihm nächstgelegene Wasser ›anhebt‹. Der größte Teil der Bewegung erfolgt nämlich eher seitwärts als aufwärts. Die seitlichen Kräfte drücken mehr Wasser in gewisse Bereiche des Ozeans und ziehen sie aus anderen ab. Die Gesamtwirkung ist winzig – die Oberfläche des Meeres hebt und senkt sich in einem Bereich von einem halben Meter.

Es ist die Küste, wo sich Land und Meer begegnen, die die großen Gezeitenbewegungen hervorbringt. Der größte Teil des Wassers bewegt sich seitwärts (nicht aufwärts), und seine Bewegung wird von der Gestalt der Küstenlinie beeinflußt. An manchen Stellen fließt das Wasser in einen engen Trichter, und dann steigt es wesentlich höher als anderswo. Ebendas geschieht in der Fundy-Bucht. Der Effekt wird noch verstärkt, da Küstengewässer flach sind, so daß die Energie des sich bewegenden Wassers auf eine dünne Schicht konzentriert wird und größere und schnellere Bewegungen erzeugt.

Bringen wir nun die Sonne wieder ins Spiel. Das hat dieselbe Wirkung wie beim Mond, nur geringer. Wenn Sonne und Mond in einer Linie mit der Erde stehen – entweder beide auf derselben Seite der Erde, so daß wir einen Neumond sehen, oder auf verschiedenen Seiten (Vollmond) –, verstärken sich ihre Gravitationskräfte und führen zu sogenannten ›Springfluten‹, bei denen das Hochwasser höher als normal und das Niedrigwasser niedriger ist. Wenn Sonne und Mond von der Erde aus gesehen im rechten Winkel zueinander stehen, bei Halbmond, hebt die Anziehungskraft der Sonne die des

Mondes teilweise auf, und es kommt zu sogenannten ›Nippfluten‹.

Indem man alle diese Effekte zusammenfaßt und gute Aufzeichnungen über vergangene Gezeiten führt, kann man die Zeitpunkte von Ebbe und Flut und die Ausmaße der senkrechten Bewegung an jedem Ort der Erde vorhersagen.

Es gibt ähnliche Gezeitenwirkungen (große) auf die Erdatmosphäre und (kleine) auf die Landmassen des Planeten. Gezeitenwirkungen kommen auf anderen Himmelskörpern im Sonnensystem und außerhalb vor. Man ist der Ansicht, daß der Jupitermond Io, dessen Oberfläche größtenteils aus Schwefel besteht und der zahlreiche aktive Vulkane besitzt, dadurch aufgeheizt wird, daß ihn die vom Jupiter ausgehende Gezeitenwirkung immer wieder ›quetscht‹.

Eine andere Wirkung des Mondes auf die Erde, die Mitte der neunziger Jahre von Jacques Laskar entdeckt wurde, besteht darin, die Erdachse zu stabilisieren. Die Erde dreht sich wie ein Kreisel, und zu jedem gegebenen Zeitpunkt gibt es eine Gerade durch den Erdmittelpunkt, um die alles andere kreist. Das ist die Achse. Die Erdachse ist gegenüber der Ebene der Erdumlaufbahn um die Sonne geneigt, und diese Neigung ruft die Jahreszeiten hervor. Manchmal ist der Nordpol der Sonne näher als der Südpol, und sechs Monate später ist es umgekehrt. Wenn das nördliche Ende der Achse zur Sonne hin geneigt ist, fällt mehr Sonnenlicht auf die nördliche Hälfte des Planeten als auf die südliche, also ist im Norden Sommer und im Süden Winter. Sechs Monate später, wenn die Achse in bezug auf die Sonne anders ausgerichtet ist, ist es umgekehrt.

Über lange Zeiträume hinweg ändert die Achse ihre Richtung. So wie ein Kreisel trudelt, während er sich dreht, tut es auch die Erde, und in 26 000 Jahren trudelt die Achse einmal im Kreis herum. Die Achse ist aber jederzeit im selben Winkel (23°) gegen die Senkrechte zur Erdumlaufbahn geneigt. Diese Bewegung wird Präzession genannt, und sie hat eine geringfügige Wirkung auf den zeitlichen Ablauf der Jahreszeiten – sie verschieben sich allmählich um ein Jahr in 26 000 Jahren. Im Großen und Ganzen harmlos. Die Achsen der anderen Planeten tun jedoch etwas weitaus Drastischeres: Sie ändern ihren Neigungswinkel gegen die Ebene der Umlaufbahn. Mars beispielsweise ändert diesen Winkel in einem Zeitraum von zehn bis zwanzig Millionen Jahren um 90°. Das hat dramatische Auswirkungen auf das Klima.

Nehmen wir an, die Achse eines Planeten steht im rechten Winkel zur Ebene seiner Umlaufbahn. Dann gibt es überhaupt keine jahreszeitlichen Schwankungen, aber überall außer an den Polen gibt es einen Tag-Nacht-Zyklus, wobei Tag und Nacht gleich lang sind. Wenn man jetzt die Achse ein wenig neigt, erscheinen Jahreszeiten, und die Tage sind im Sommer länger und im Winter kürzer. Nehmen wir nun an, die Achsenneigung beträgt 90°, so daß an einem bestimmten Punkt der Umlaufbahn der Nordpol genau zur Sonne hin zeigt. Ein halbes Jahr später zeigt der Südpol zur Sonne. An beiden Polen ist es ein halbes Jahr lang ›Tag‹ und das andere halbe Jahr hindurch ›Nacht‹. Die Jahreszeiten fallen mit dem Tag-Nacht-Zyklus zusammen. Teile des Planeten werden ein halbes Jahr lang in großer Hitze geröstet, um die andere Hälfte über zu gefrieren. Obwohl Leben unter solchen Bedingungen durchaus überleben kann, kann es wahrscheinlich schwerer entstehen und verwundbarer durch Klimaextreme, Vulkanismus und Meteoriteneinschläge sein.

Die Erdachse kann ihre Neigung über sehr lange Zeiträume – weitaus größere als der Präzessionszyklus von 26 000 Jahren – hinweg ändern, doch selbst in

Hunderten von Jahrmillionen ändert sich der Winkel nicht *sehr.* Warum? Weil, wie Laskar bei seinen Berechnungen entdeckte, der Mond dazu beiträgt, die Erdachse stabil zu halten. Zumindest damit wird deutlich, daß das Leben auf der Erde dem beschwichtigenden Einfluß unserer Schwesterwelt eine Menge verdankt, wie sehr uns der Mond im Einzelfall auch verrückt machen mag.

Ein dritter Einfluß des Mondes wurde 1998 entdeckt: Ein deutlicher Zusammenhang zwischen den Gezeiten und der Wachstumsrate von Bäumen. Ernst Zürcher und Maria-Giulia Cantiani maßen die Durchmesser junger Fichten, die in Behältern im Dunkeln gewachsen waren. Über Zeiträume von mehreren Tage änderten sich die Umfänge im Rhythmus der Gezeiten. Die Wissenschaftler interpretieren das als eine Auswirkung der Mondgravitation auf den Wassertransport im Baum. Es können keine Änderungen im Mondlicht sein, die vielleicht die Photosynthese beeinflussen würden, da man die Bäume im Dunkeln wachsen ließ. Doch es kann ein ähnlicher Effekt wie bei Wesen sein, die am Meeresufer leben. Da sie sich an das Leben dort angepaßt haben, müssen sie auf die Gezeiten reagieren, und die Evolution erreicht das manchmal, indem sie eine innere Dynamik hervorbringt, die im Einklang mit den Gezeiten steht. Wenn man die Wesen in ein Laboratorium bringt, läßt diese innere Dynamik sie weiterhin den Gezeiten ›folgen‹.

Der Mond ist noch auf eine weitere Weise von Bedeutung gewesen. Die Babylonier und die Griechen wußten, daß der Mond eine Kugel ist; die Phasen sind offensichtlich, und es gibt auch eine leichte Taumelbewegung, durch die man nach und nach etwa mehr als die Hälfte der Mondoberfläche sieht. Da stand er am Himmel – eine große Kugel, *keine* Scheibe wie die Sonne, und ein Hinweis, daß ›große Kugeln im Raum‹ vielleicht eine bessere Art war, von der Erde und ihren Nachbarn zu denken, als ›Lichter am Himmel‹.

Das alles hat ziemlich wenig mit der Obergefreiten Angua zu tun, nicht einmal mit dem weiblichen Menstruationszyklus. Doch es zeigt, in welch großem Maße wir Geschöpfe des Weltalls sind. Die Dinge Da Oben haben wirklich Auswirkungen auf uns Hier Unten, jeden Tag unseres Lebens.

EINUNDZWANZIG

Das Licht, mit dem man die Dunkelheit sieht

Es gab keine Dunkelheit. Das war eine große Überraschung für Ponder Stibbons, und er forderte HEX auf, noch einmal nachzusehen. Die Dunkelheit durfte nicht fehlen. Wovor sollte sich sonst das Licht abzeichnen?

Schließlich wies er die anderen Zauberer auf den Mangel hin. »Es sollte jede Menge Dunkelheit geben, aber weit und breit ist nichts davon zu sehen«, sagte er. »Es gibt nur Licht und... kein Licht. Und außerdem ist es ein sehr seltsames Licht.«

»Wie meinst du das?« fragte der Erzkanzler.

»Nun, Herr, du weißt natürlich*, daß es gewöhnliches Licht gibt. Es bewegt sich mit ungefähr der gleichen Geschwindigkeit wie der Schall...«

»Ja. Das wird einem sofort klar, wenn man die Schatten auf der Landschaft beobachtet.«

»In der Tat, Herr... Und dann gibt es noch Meta-Licht, das sich eigentlich gar nicht bewegt, weil es schon überall da ist.«

»Andernfalls könnten wir die Dunkelheit gar nicht sehen«, meinte der Oberste Hirte.

»Genau. Aber im Projekt-Universum existiert nur die erste Art von Licht, und HEX glaubt, es bewegt sich mit einer Geschwindigkeit von mehr als hunderttausend Meilen pro Sekunde.«

»Welchen Sinn hat das?«

---

* Eigentlich bedeuteten diese Worte: »Du hast natürlich keine Ahnung davon.«

»Äh… In diesem Universum kann nichts schneller sein.«

»Das ist doch Unsinn, weil…«, begann Ridcully, aber Ponder hob die Hand. Er hatte Schwierigkeiten befürchtet.

»Bitte, Erzkanzler. Das Licht gibt sich alle Mühe. Vertrau mir bei dieser Sache, ja? Bitte? Mir sind alle Gründe klar, warum so etwas unmöglich sein sollte. Aber da drinnen, im Projekt, scheint es zu funktionieren. HEX hat viele Seiten darüber geschrieben, falls es jemanden interessiert. Bitte, meine Herren? Es sollte alles ganz logisch sein, aber wenn man darüber nachdenkt, verknotet sich das Gehirn und versucht, aus den Ohren zu kriechen.«

Er preßte die Hände aneinander und trachtete danach, klug auszusehen.

»Irgend etwas im Projekt scheint tatsächlich bestrebt zu sein, das *echte* Universum nachzuäffen…«

»Ugh.«

»Bitte um Verzeihung«, sagte Ponder. »Nur eine Redewendung.«

Der Bibliothekar nickte ihm zu und watschelte durch den Raum. Die Zauberer beobachteten ihn wachsam.

»Glaubst du wirklich, *dieses* Ding…« Der Dekan deutete aufs Projekt. »…mit seinem Wasser, das einen Mond verabscheut, und Welten, die Sonnen umkreisen…«

Der Oberste Hirte hatte HEX' Beschreibungen der komplexeren physikalischen Aspekte des Projekts gelesen und unterbrach den Dekan. »Soweit ich das sehe… Wenn man mit einer Kutsche fährt, die so schnell ist wie das Licht, und wen man dann einen Ball nach vorn wirft…« Er nahm die nächste Seite, las einige Sekunden lang, runzelte die Stirn und drehte das Blatt kurz um, vielleicht in der Hoffnung, auf der Rückseite Erleuchtung zu finden. »Dann wäre der eigene Zwillingsbruder fünfzig Jahre älter, wenn man heimkehrt... glaube ich.«

»Das Alter von Zwillingen ist gleich«, sagte der Dekan kühl. »Deshalb *sind* sie ja Zwillinge.«

»Nehmen wir die Welt, an der wir arbeiten, Herr«, warf Ponder ein. »Wir könnten sie uns als zwei zusammengebundene Schildkrötenpanzer vorstellen. Es gibt kein Oben und Unten, aber wenn man an zwei Welten denkt, die jemand zusammengebracht hat, mit einer Sonne und einem Mond anstatt von jeweils zwei... Dann erkennt man Ähnlichkeiten.«

Er erstarrte im Blick der Zauberer.

»Zumindest in gewisser Weise«, murmelte er.

Unbeachtet von den anderen griff der Quästor nach dem Ausschrieb über die Physik des Rundwelt-Universums. Nachdem er sich aus dem Titelblatt einen Papierhut gefaltet hatte, begann er zu lesen...

Zweiundzwanzig

Was es nicht gibt

Licht hat eine Geschwindigkeit – wieso dann nicht auch Dunkelheit?

Das ist eine vernünftige Frage. Schauen wir, wo sie hinführt.

In den sechziger Jahren bot ein Unternehmen für biologische Apparaturen ein Gerät für Wissenschaftler an, die Mikroskope benutzen. Um etwas unterm Mikroskop zu sehen, ist es oft günstig, eine sehr dünne Scheibe von dem abzuschneiden, was man beobachten will. Man legt die Scheibe auf eine dünne Glasscheibe, den Objektträger, schiebt sie unter die Linse des Mikroskops und schaut am anderen Ende durch. Wie macht man die Scheibe? Nicht wie eine Scheibe Brot. Was man schneiden will – nehmen wir als Beispiel ein Stück Leber –, ist zu nachgiebig, als daß man es selbst schneiden könnte.

Im Grunde gilt das auch für viele Sorten von Brot.

Man muß die Leber starr festhalten, während man sie schneidet, also schließt man sie in einen Wachsblock ein. Dann benutzt man ein Gerät, das Mikrotom genannt wird, etwas wie eine Art Miniatur-Wurstschneidemaschine, um nacheinander sehr dünne Scheiben abzuschneiden. Man läßt sie auf die Oberfläche von warmem Wasser fallen, läßt einige am gläsernen Objektträger festkleben, löst das Wachs an und bereitet den Objektträger zur Beobachtung vor. Ganz einfach…

Doch das Unternehmen verkaufte kein Mikrotom, sondern eine Vorrichtung, die den Wachsblock kühl halten sollte, während das Mikrotom ihn zerschnitt, so daß die von der Reibung erzeugte Wärme nicht bewirkte, daß sich das Wachs schwer schneiden ließ und feine Einzelheiten der Probe beschädigt wurden.

Ihre Lösung für das Problem war ein großer konkaver (schüsselförmiger) Spiegel. Man sollte einen kleinen Stapel von Eiswürfeln errichten und ›die Kälte auf die Probe fokussieren‹.

Vielleicht finden Sie daran nichts Besonderes. In diesem Fall werden Sie wohl von der ›Ausbreitung der Unwissenheit‹ sprechen und abends die Übergardinen zuziehen, um ›die Kälte draußen zu halten‹ – und die Finsternis.*

Auf der Scheibenwelt hat so etwas Sinn. Viele Dinge sind auf der Scheibenwelt Wirklichkeit, die in unserer Welt reine Abstraktionen sind. Tod zum Beispiel. Und Dunkelheit. Auf der Scheibenwelt kann man sich über die Dunkelgeschwindigkeit Gedanken machen und wie Dunkelheit dem Licht ausweicht, das mit etwa 960 Kilometern pro Stunde auf sie zu rast.** In unserer Welt wird solch ein Konzept ein ›Privativum‹ genannt – die Abwesenheit von etwas. Und in unserer Welt haben Privativa keine Eigenexistenz. Wissen existiert, Unwissenheit aber nicht; Wärme und Licht existieren, aber nicht Kälte und Dunkelheit. Nicht als *Dinge*.

Wir sehen, daß der Erzkanzler verwundert dreinschaut, und uns wird klar, daß wir es hier mit etwas zu tun haben, das ziemlich tief in die menschliche Psyche reicht. Ja, man kann auf den Tod frieren, und ›Kälte‹ ist ein gutes Wort, um die Abwesenheit von Wärme zu bezeichnen. Ohne Privativa würden wir reden wie die

---

* Und wenn dem so ist: Gratulation! Sie sind ein Mensch und denken narrativ.

** Das Licht breitet sich auf der Scheibenwelt etwa mit derselben Geschwindigkeit wie der Schall aus. Das scheint weiter keine Probleme zu bereiten.

Hülsenmenschen vom Planeten Zog. Wir geraten aber in Schwierigkeiten, wenn wir vergessen, daß wir sie als bequeme Abkürzung benutzen.

In unserer Welt gibt es eine Menge Grenzfälle. Ist ›betrunken‹ oder ›nüchtern‹ das Privativum? Auf der Scheibenwelt kann man ›knurd‹ werden, was soweit auf der anderen Seite von ›nüchtern‹ liegt, wie ›betrunken‹ auf der Seite des Alkoholeinflusses,* doch auf dem Planeten Erde gibt es nichts dergleichen. Im Großen und Ganzen glauben wir zu wissen, welcher Teil eines solchen Paars existiert und welcher einfach eine Abwesenheit ist. (Wir stimmen für ›nüchtern‹ als das Privativum. Es ist die Abwesenheit von etwas zu Trinken und für gewöhnlich der Normalzustand eines Menschen.** Eigentlich wird der Normalzustand nur Nüchternheit genannt, wenn es ums Trinken geht. Daran ist nichts Verwunderliches. ›Kälte‹ ist schließlich der Normalzustand des Universums, obwohl sie als *Ding* nicht existiert. Äh… In der Frage können wir dir nichts mehr beibringen, nicht wahr, Erzkanzler?)

Man muß denken, wenn unsere Sprache uns nicht zum Narren halten soll. Manchmal jedenfalls hören wir auf zu denken, wie ›die Kälte fokussieren‹ zeigt.

Das haben wir früher auch schon getan. Zu Beginn des Buches haben wir das Phlogiston erwähnt, das die frühen Chemiker für den Stoff hielten, der Dinge brennen läßt. Das mußte es ja wohl tun: Man konnte sehen, wie das Phlogiston als Flamme *herauskam,* um Himmels willen. Allmählich jedoch sammelten sich Indizien an, die die gegensätzliche Ansicht stützten. Beispielsweise wiegen Dinge *mehr,* nachdem sie gebrannt haben, als

---

* Und es ist wirklich schrecklich, so ähnlich wie fürchterliche Depressionen. Daher das Leiden von Hauptmann Mumm in *Wachen! Wachen!,* der ein paar Drinks braucht, einfach um nüchtern zu werden.

** Nun ja… der meisten Menschen.

zuvor, also schien das Phlogiston negatives Gewicht zu haben. Womöglich halten Sie das für falsch: Gewiß wiegt die Asche, die von einem verbrannten Holzscheit übrigbleibt, viel weniger als das Scheit, wer würde sich sonst die Mühe machen, Abfall zu verbrennen? Aber eine Menge von dem Scheit geht in Rauch auf, und der Rauch wiegt einiges; er steigt nicht auf, weil er leichter als Luft wäre, sondern weil er *heiß* ist. Und sogar *wenn* er leichter als Luft wäre, so hat Luft doch auch ein Gewicht. Und außer Rauch gibt es da noch Dampf und derlei Zeug. Wenn man einen Holzklotz verbrennt und alle Gase, Flüssigkeiten und festen Stoffe sammelt, die dabei entstehen, wiegt das Ergebnis zusammen mehr als das Holz.

Woher kommt das zusätzliche Gewicht? Nun, wenn man sich die Mühe macht, die *Luft* zu wägen, die das brennende Holz umgibt, stellt man fest, daß sie am Ende *leichter* ist als zuvor. (Es ist nicht so einfach, diese beiden Gewichtsbestimmungen durchzuführen und dabei zu verfolgen, was woher stammt – bedenken Sie das. Aber die Chemiker haben Methoden gefunden, es zu erreichen.) Es sieht also so aus, daß etwas aus der Luft entnommen wird, und wenn man einmal erkannt hat, daß das passiert, ist nicht schwer festzustellen, was entnommen wird. Natürlich der Sauerstoff. Brennendes Holz nimmt Sauerstoff auf, es gibt kein Phlogiston ab.

Das alles ergibt viel mehr Sinn und erklärt auch, warum die Idee mit dem Phlogiston gar nicht so dumm war. Negativer Sauerstoff, Sauerstoff, der vorhanden sein müßte, es aber nicht ist, verhält sich in allen Bilanzberechnungen, mit denen die Chemiker ihren Theorien überprüften, ebensogut wie positiver Sauerstoff. Eine bestimmte Menge Phlogiston, das sich von A nach B bewegt, hat exakt dieselben Auswirkungen auf die Beobachtungen wie die gleiche Menge Sauerstoff, der sich von B nach A bewegt. Also verhielt sich Phlogiston ganz wie etwas Wirkliches – mit der ärgerlichen Ausnahme, daß, als die genauer werdenden Messungen auch die kleinen Mengen erfaßten, das Phlogiston weniger als nichts wog. Phlogiston war ein Privativum.

Eine schwierige, aber hartnäckige Eigenschaft des menschlichen Denkens kommt in alledem zum Ausdruck: Sie ist als ›Verdinglichung‹ bekannt, die Vorstellung, daß ein ›Ding‹ existieren muß, nur weil wir ein Wort für etwas haben, das diesem Wort entspricht. Wie ist das mit ›Kühnheit‹ und ›Feigheit‹? Oder mit ›Tunnel‹? Wie ist es eigentlich mit einem ›Loch‹?

Viele wissenschaftliche Konzepte beziehen sich auf Dinge, die nicht in dem alltäglichen Sinne wirklich sind, daß sie *Objekten* entsprechen. Zum Beispiel klingt ›Gravitation‹ wie eine Erklärung der Planetenbewegungen, und man fragt sich irgendwie, wie Gravitation wohl aussähe, wenn man welche fände, aber eigentlich ist es nur ein Wort für eine Anziehung, die dem Gesetz eines umgekehrt quadratischen Verhältnisses folgt. Oder neuerdings dank Einstein für die Neigung von Objekten, von der geradlinigen Bewegung abzuweichen, was wir als ›gekrümmten Raum‹ verdinglichen können.

Wie ist das eigentlich mit dem Raum? Ist er ein Ding oder die Abwesenheit eines Dinges?

›Schuld‹ und ›Konto-Überziehung‹ sind sehr vertraute Privativa, und die Denkprobleme, die sie hervorrufen, sind ziemlich schwierig. Immerhin verdient Ihr Bankmanager sein Gehalt von Ihrer Konto-Überziehung, nicht wahr? Wie also kann sie unwirklich sein? Der heutige Derivaten-Markt kauft und verkauft Schulden und Versprechungen, *als wären sie wirklich* – und er verdinglicht sie als Worte und Zahlen auf Papierscheinen oder als Ziffern in einem Computerspeicher. Je mehr man darüber nachdenkt, um so erstaunlicher wird der Alltag von Menschen: Das meiste davon existiert überhaupt nicht wirklich.

Vor ein paar Jahren saßen bei einer Science Fiction-Convention in Den Haag vier Schriftsteller, die mit ihren Büchern eine Menge Geld verdienten, vor einem Publikum, das größtenteils aus finanzschwachen Fans bestand, und erklärten, wie sie mit ihren Büchern ein erhebliches Einkommen erzielt hatten (als ob sie das wirklich wüßten). Jeder von ihnen sagte, daß »Geld nicht wichtig« sei, und die Fans kamen bei dieser völlig korrekten Feststellung ziemlich in Rage. Es war notwendig, darauf hinzuweisen, daß Geld wie Luft oder Liebe ist – unwichtig, wenn man genug davon hat, aber verzweifelt wichtig, wenn man nicht genug hat.* Dickens wußte das: in *David Copperfield* bemerkt Mr. Micawber: »Zwanzig Pfund Jahreseinkommen, neunzehn Pfund neunzehneinhalb Schilling Jahresausgaben – Ergebnis: Glück. Zwanzig Pfund Jahreseinkommen, zwanzig Pfund Sixpence Jahresausgaben – Ergebnis: Unglück.«**

Es besteht keine Symmetrie zwischen Geld haben und nicht haben – aber die Diskussion war aus dem Gleis geraten, weil alle annahmen, es bestünde eine Symmetrie, so daß ›Geld haben‹ das Gegenteil von ›kein Geld haben‹ sei. Wenn man ein Gegenteil braucht, dann ist das Gegenteil von ›Geld haben‹ ›Schulden haben‹. In dem Fall ist ›reich‹ von derselben Art wie ›knurd‹. Der Vergleich zwischen Geld, Liebe und Luft kühlte jedenfalls die Debatte merklich ab. Luft ist nicht wichtig, wenn man welche hat, nur wenn sie fehlt; genauso ist es mit dem Geld.

Vakuum ist ein interessantes Privativum. Treibe-mich-selbst-in-den-Ruin Schnapper könnte Vakuum am Stil verkaufen. Vakuum am rechten Ort ist *wertvoll.*

---

* ›Verzweifelt‹ ist auch ein Privativum – es bedeutet ›ohne Hoffnung‹.

** Zitiert in der Übersetzung von Karl Heinrich, Berlin 1986.

Auf der Erde verkaufen viele Leute Kälte am Stiel.

Die Scheibenwelt eignet sich hervorragend, um das wirre Denken* zu offenbaren, das sich hinter unseren Vorstellungen von Abwesenheit verbirgt, denn auf der Scheibenwelt existieren Privativa wirklich. Der Dunkelheit-Licht-Witz auf der Scheibenwelt ist albern genug, damit jeder die Pointe mitkriegt – hoffen wir. Andere Arten, wie man auf der Scheibenwelt Privativa gebraucht, sind jedoch diffiziler. Am dramatischsten davon ist natürlich Tod, für viele die Lieblingsfigur auf der Scheibenwelt, der IN GROSSBUCHSTABEN SPRICHT. Tod ist ein gut zwei Meter großes Skelett mit winzigen Lichtpunkten in den Augenhöhlen. Er trägt eine Sense mit einem derart dünnen Blatt, daß es durchsichtig ist, und hat ein fliegendes Pferd namens Binky. Als Tod in *Gevatter Tod* bei Olerve erscheint, dem König von Sto Lat, braucht der Monarch ein paar Augenblicke, bis er auf dem laufenden ist.

> »Zum Teufel auch, wer bist du?« entfuhr es dem König. »Und was tust du hier? Antworte gefälligst! Sonst rufe ich die Wäch…«
>
> Die Botschaft der Sehnerven erreichte schließlich die zentralen Bereiche des Gehirns. Mort** war beeindruckt. König Olerve hatte viele Jahre auf dem Thron gesessen, und selbst als Toter wahrte er seine Würde.
>
> »Oh«, sagte er, »ich verstehe. Ich habe nicht damit gerechnet, dir schon jetzt zu begegnen.«

---

* Eine Fußnote in *Echt zauberhaft* erklärt ›wirres Denken‹ als eine Art Steigerung von Fuzzy logic. Im Englischen ist es ›woolly‹, wollig-wirr; man stelle sich ein etwas aufgelöstes Wollknäuel vor. – *Anm. d. Übers.*

** Tods Lehrling – nun ja, er mußte einen Nachfolger ausbilden. Nicht für den Fall, daß er *stürbe*, sondern damit er in Rente gehen kann. Was er in *Alles Sense* (vorübergehend) tut.

EUER MAJESTÄT... Tod deutete eine Verneigung an. DIE MEISTEN LEUTE SIND ÜBERRASCHT, WENN SIE MICH SEHEN.

Der König blickte sich um. In der Schattenwelt war es still und dunkel, doch irgendwo in der Ferne herrschte ziemliche Aufregung.

»Das bin ich dort unten, nicht wahr?«

ICH FÜRCHTE JA, SIRE.

»Ein guter Schuß. Mit einer Armbrust, stimmt's?«

Unsere irdische Furcht vor dem Tod hat zu einigen unserer seltsamsten Verdinglichungen geführt. Das Konzept des ›Todes‹ zu erfinden, heißt, einem Vorgang – dem Sterben – einen Namen zu geben, als sei er ein ›Ding‹. Dann versehen wir dieses Ding natürlich mit einer ganzen Anzahl von Eigenschaften, um die nur die Priester sich richtig zu kümmern verstehen. Das Ding taucht in vielerlei Gestalt auf. Es kann als die ›Seele‹ erscheinen, etwas, was den Körper verlassen muß, wenn er sich von einem lebenden Körper in einen toten verwandelt. Es ist merkwürdig, daß diejenigen, die am stärksten an die Seele glauben, gern materielle Dinge herabsetzen; und dennoch stellen sie dann ihre eigene Philosophie auf den Kopf und behaupten, daß, wenn ein offensichtlicher *Prozeß* – das Leben – zum Ende kommt, es ein *Ding* geben müsse, das fortbesteht. Nein. Wenn ein Prozeß aufhört, ist er nicht mehr ›da‹. Wenn man aufhört, mit dem Sahnebesen ein Ei zu schlagen, gibt es kein pseudomaterielles Wesen-des-Sahnebesens, das auf irgend etwas anderes übergeht. Man dreht einfach nicht mehr an der Kurbel.

Ein weiteres ›Ding‹, das aus der Annahme hervorgeht, der Tod existiere, ist das, was auch immer dem Ei/Embryo/Fötus verliehen werden muß, damit es/er sich in einen richtigen Menschen verwandelt, der bei Bedarf sterben kann. Beachten Sie, daß es im menschlichen Mythos und in der Wirklichkeit der Scheibenwelt die Seelenlosen sind, Vampire und ihresgleichen, die nicht sterben können. Lange vor dem Alten Ägypten und dem Totengott Anubis haben Priester aus dieser Sprachverwirrung Kapital geschlagen. Auf der Scheibenwelt ist es ganz in der Ordnung, daß es ›unreale‹ Dinge wie die Dunkelheit oder wie die Zahnfee in *Schweinsgalopp* gibt, die ihre Rolle in der Handlung spielen.* Auf dem Planeten Erde jedoch ist das eine sehr seltsame Idee.

Es kann jedoch Teil eines Vorgangs sein, der uns zu Menschen macht. Wie Tod in *Schweinsgalopp* feststellt, müssen Menschen anscheinend eine Art Innendekoration auf das Universum projizieren, damit sie einen großen Teil der Zeit in einer Welt verbringen, die sie selber gemacht haben. Wir scheinen – zumindest momentan – diese Dinge zu brauchen. Konzepte wie Götter, Wahrheit** und Seele scheinen insofern zu existieren, als Menschen sie als existent betrachten. (Man weiß allerdings, daß Elefanten sich unbehaglich und verwirrt finden, wenn sie in der Wildnis Elefantenknochen finden – wobei unbekannt ist, ob sie eine nebelhafte Vorstellung von der Großen Savanne Im Himmel haben oder ob es nur offensichtlich keine gute Idee ist, an einer Stelle zu bleiben, wo Elefanten getötet werden.) Aber sie vollbringen einen Zauber für uns. Sie fügen unserer Kultur Narrativium hinzu. Sie bringen Schmerz, Hoffnung, Verzweiflung und Zufriedenheit. Sie ziehen unseren Gummimotor auf. Gut oder schlecht, sie haben Menschen aus uns gemacht.

---

* Eigentlich ist es eine ›fundamentale Konstante‹ der Scheibenwelt, daß Dinge existieren, weil sie geglaubt werden.

** ›Wahrheit‹ ist ein Privativum von derselben Art, wie es ›nüchtern‹ ist – solange man keine Lügen erfindet, weiß man nicht, was die Wahrheit ist. Die Natur scheint es zu wissen, sonst hätten Tiere nicht soviel Mühe auf eine wirksame Tarnung verwendet.

Wir fragen uns, ob die Benutzer glaubten, jener kältefokussierende Spiegel könnte für sie zaubern. Wir können uns mehrere Arten vorstellen, wie es den Anschein haben könnte. Und ein paar sehr kluge Freunde von uns sind überzeugt, daß auch Seelen existieren könnten. Auf einem bestimmten Niveau ist fast alles ein Prozeß. Für einen Physiker ist Materie ein Prozeß, der von einer Quantenwellen-Funktion getragen wird. Und Quantenwellen existieren nur, wenn die Person, mit der man disputiert, behauptet, es gäbe keine – vielleicht existieren Seelen also auf dieselbe Weise.

In diesem Gebiet müssen wir zugeben, daß die Wissenschaft nicht alles weiß. Die Wissenschaft *beruht* darauf, nicht alles zu wissen. Aber manches weiß sie.

Dreiundzwanzig

Leben ausgeschlossen

Es war recht schwer, Brote zu essen, die man nicht sehen konnte. Rincewind nahm sie vom Bibliothekar in der anderen, realen Welt entgegen, und er konnte nur hoffen, daß er wirklich Käse und Chutney bekam. Als Zugabe erhielt er Bananengeschmack.

Die Zauberer waren schockiert. Es ist schrecklich, wenn man feststellen muß, daß man mit dem eigenen Universum nicht nach Belieben verfahren kann.

»Warum sollte es unmöglich sein, mit Magie Leben ins Projekt zu bringen?« fragte der Dekan.

»Das läßt sich leider nicht bewerkstelligen«, sagte Ponder. »Wir können ziemlich große Kontrolle ausüben, aber nur auf eine sehr subtile Weise. Das *habe* ich bereits alles erklärt.«

»Ich würde das Bewegen großer Welten nicht gerade als subtil bezeichnen«, sagte der Dekan.

»Nach den Maßstäben des Projekts hat es hunderttausend Jahre gedauert, den Mond in die richtige Position zu bringen«, erwiderte Ponder. »Die Zeit im anderen Universum vergeht schneller. Es ist erstaunlich, was man alles bewegen kann, wenn man an der richtigen Stelle lange genug Druck ausübt.«

»Aber wir haben soviel geleistet...«

»Letztendlich läuft es darauf hinaus, daß wir Dinge hin und her geschoben haben, Herr.«

»Ich finde es schade, daß es keine Bewohner für die von uns geschaffene Welt gibt«, sagte der Oberste Hirte.

»Als ich klein war, hatte ich einen Spielzeug-Bauernhof«, sagte der Quästor und sah von seiner Lektüre auf.

»Danke, Quästor«, erwiderte der Erzkanzler. »Sehr interessant. Na schön, halten wir uns an die Spielregeln. Was muß man bewegen, um Leute zu bekommen?«

»Nun… Teile von anderen Leuten, wie mein Vater sagte«, ließ sich der Dekan vernehmen.

»Das finde ich geschmacklos, Dekan.«

»Viele Religionen beginnen mit Staub«, sagte der Oberste Hirte. »Man haucht ihm irgendwie Leben ein.«

»Das ist selbst ohne Magie ziemlich schwer«, meinte der Erzkanzler. »Und wir können keine Magie verwenden.«

»Oben in Nichtsfjord glaubt man, das Leben sei entstanden, als der Gott Noddi seine… unaussprechlichen Dinge abschnitt und sie nach der Sonne warf, die sein Vater war«, erläuterte der Oberste Hirte.

»Was, meinst du seine… Unterwäsche?« fragte der Dozent für neue Runen, der etwas schwer von Begriff sein konnte.

»Erstens können wir nicht physisch im Innern des Projekts existieren, zweitens ist so etwas unhygienisch, und drittens bezweifle ich sehr, ob wir einen Freiwilligen finden«, erklärte der Erzkanzler scharf. »Außerdem sind wir Männer der Magie, und so etwas ist *Aberglaube.*«

»Können wir für Wetter sorgen?« fragte der Dekan.

»HEX sollte eigentlich imstande sein, uns eine entsprechende Möglichkeit zu geben«, sagte Ponder. »Immerhin kommt es beim Wetter nur darauf an, Dinge zu bewegen.«

»Wir können also Blitze nach Leuten schleudern, die uns nicht gefallen?«

»Es gibt keine Bewohner auf der Welt, weder sympathische noch andere«, sagte Ponder müde. »Darum *geht* es ja gerade.«

»Der Dekan ist zwar in der Lage, sich überall Feinde

zu schaffen, aber ich schätze, die… äh… Rundwelt würde sein diesbezügliches Talent auf eine harte Probe stellen«, meinte Ridcully.

»Danke, Erzkanzler.«

»Gern geschehen, Dekan.«

HEX' Tastatur klapperte. Der Federkiel begann zu schreiben.

Die ersten Worte lauteten:

+++ Ich habe da eine ziemlich große Überraschung für euch +++

Gewitter zerrissen weit über dem Meer die Luft.

Die Luft selbst blinzelte. Die Gewitter waren verschwunden. Und das Ufer sah anders aus.

»He, was ist passiert?« fragte Rincewind.

»Alles in Ordnung bei dir?« erklang die Stimme von Ponder Stibbons an seinem Ohr.

»Was ist gerade geschehen?«

»Wir haben dich einen Sprung in die Zukunft machen lassen«, sagte Ponder. Sein Tonfall wies darauf hin, daß er fürchtete, nach dem Grund dafür gefragt zu werden.

»Warum?« fragte Rincewind.

»Du wirst lachen, wenn ich es dir sage…«

»Oh, gut. Ich lache gern.«

»HEX meint, er hätte überall um dich herum Leben entdeckt. Siehst du irgend etwas?«

Rincewind blickte sich argwöhnisch um. Das Meer saugte am Ufer, wo sich jetzt ein wenig Sand zeigte. Die Wellen trugen eine dicke Schaumschicht.

»Nein«, sagte er.

»Gut. Dort, wo du dich jetzt aufhältst, *kann* es überhaupt kein Leben geben«, fuhr Ponder fort.

»Wo *bin* ich eigentlich?«

»Äh… auf einer Art magischen Welt, deren einziger Bewohner du bist.«

»Oh, du meinst die Art von Welt, in der jeder lebt«,

erwiderte Rincewind bitter. Er sah sich noch einmal um, nur für den Fall.

»Aber wenn du trotzdem Ausschau halten könntest…«, schlug Ponder vor.

»Nach Leben, das es hier gar nicht geben kann?«

»Nun, du bist der Professor für grausame und ungewöhnliche Geographie.«

»Es ist die grausame und ungewöhnliche Geographie, die mir Sorgen macht«, entgegnete Rincewind. »Übrigens: Fällt dir am Meer etwas auf? Es ist blau.«

»Na und? Meere *sind* blau.«

»Wirklich?«

Das Omniskop stand wieder im Mittelpunkt der Aufmerksamkeit.

»Jeder weiß, daß das Meer blau ist«, sagte der Dekan. »Fragt irgend jemanden.«

»Das stimmt«, bestätigte Ridcully. »Zwar *wissen* die Leute, daß das Meer blau ist, aber die meisten von ihnen sehen praktisch immer nur ein graues oder dunkelgrünes Meer. Eine solche Farbe sieht man nie. Dieses Blau ist viel zu… *intensiv.*«

»Ich würde es eher Türkis nennen«, meinte der Oberste Hirte.

»Ich hatte mal ein türkisfarbenes Hemd«, warf der Quästor ein.

»Ich dachte zunächst, es liege an Kupfersalzen im Wasser«, sagte Ponder Stibbons. »Aber das ist nicht der Fall.«

Der Erzkanzler griff nach HEX' letztem Ausschrieb. Der Text lautete:

+++ Kein-Käse-mehr-Fehler +++

»Nicht sehr hilfreich«, brummte er.

»Zum Glück setzt er die Arbeit am Projekt fort«, sagte Ponder und trat zu Ridcully. »Ich glaube, er ist verwirrt.«

»Seine Aufgabe besteht nicht darin, verwirrt zu sein«, erwiderte der Erzkanzler. »Wir brauchen keine Maschine, um verwirrt zu sein. Das schaffen wir auch allein. Die Verwirrung ist eine menschliche Errungenschaft, und meine erscheint mir derzeit preisverdächtig. Stibbons, du hast ganz klar darauf hingewiesen, daß im Projekt kein Leben entstehen kann.«

Ponder gestikulierte hilflos. »Diese Ansicht vertrete ich auch weiterhin! Leben kann sich nicht einfach so formen. Es ist mehr als nur Felsen und Wasser. Es ist etwas Besonderes!«

»Odem der Götter – was in der Art?« fragte Ridcully.

»Nun, die üblichen Götter kommen dafür natürlich nicht in Frage, aber…«

»Ich schätze, vom Blickwinkel eines Felsens aus gesehen stellen Felsen etwas Besonderes dar«, spekulierte Ridcully und las noch immer HEX' Output.

»Nein, Herr. Felsen haben keinen Blickwinkel.«

Rincewind hob ganz vorsichtig einen Stein, bereit dazu, ihn beim ersten Hinweis auf Zähne oder Krallen fallen zu lassen.

»Das ist doch dumm«, sagte er. »Hier gibt es überhaupt nichts.«

»Wirklich nichts?« ertönte Ponders Stimme im Helm.

»An einigen Felsen klebt Igitt, wenn dir so etwas gefällt.«

»Igitt?«

»Du weißt schon… Schleim und so.«

»Was immer jetzt auch erscheint – HEX ist offenbar der Auffassung, daß es sich um Leben handelt und gleichzeitig auch nicht«, sagte Ponder, der für Schleim nur mäßiges Interesse aufbringen konnte.

»Entzückend.«

»Nicht weit von dir entfernt scheint es eine hohe Konzentrationen der sogenannten Lebensformen zu geben. Wir bewegen dich, damit du dir die Sache aus der Nähe ansehen kannst...«

Vor Rincewinds Augen verschwamm alles, und wenige Sekunden später wollte sich sein Körper dem allgemeinen Schwimmen hinzugesellen, denn er befand sich unter Wasser.

»Keine Sorge«, sagte Ponder. »Zwar befindest du dich in großer Tiefe, aber der enorme Druck kann dir nichts anhaben.«

»Gut.«

»Und das kochendheiße Wasser sollte dir nur lauwarm erscheinen.«

»Prächtig.«

»Und der gräßliche Strom von giftigen Mineralien kann dir kein Leid zufügen, weil du ja eigentlich gar nicht da bist.«

»Oh, ich lache die ganze Zeit über«, erwiderte Rincewind verdrießlich und bemerkte weiter vorn ein schwaches Glühen.

»Es müssen Götter sein«, sagte der Erzkanzler. »Götter sind erschienen, als wir nicht hinsahen. Es gibt keine andere Erklärung.«

»Aber dann scheinen sie nicht besonders ehrgeizig zu sein«, schniefte der Oberste Hirte. »Ich meine, man sollte Menschen erwarten, nicht wahr? Keine... Kleckse, die man kaum sehen kann. Kleckse sind schwerlich in der Lage, sich zu verneigen und Götter zu verehren, oder?«

»Zumindest nicht dort, wo sie sich gegenwärtig aufhalten«, sagte Ridcully. »Der Planet steckt voller Risse! Und *unter* Wasser sollte es kein Feuer geben. Das ist gegen die Natur!«

»Wohin man auch blickt, überall kleine Kleckse«, stellte der Oberste Hirte fest. »Überall.«

»Kleckse«, wiederholte der Dozent für neue Runen. »Können Kleckse beten oder Tempel bauen? Sind sie imstande, heilige Kriege gegen weniger erleuchtete Kleckse zu führen?«

Ponder schüttelte traurig den Kopf. HEX' Ergebnisse waren eindeutig: Nichts Festes konnte die Barriere zwischen den beiden Universen durchdringen und die Rundwelt erreichen. Mit ausreichend großen thaumischen Anstrengungen ließ sich ein wenig Druck ausüben, aber das war alles. Natürlich konnte man darüber spekulieren, ob Gedanken das Innere des Projekts erreichten, doch wenn eine solche Möglichkeit bestand, so gingen den Zauberern ziemlich langweilige Dinge durch den Kopf. Die Bezeichnung ›Kleckse‹ eignete sich nicht besonders gut zur Beschreibung dessen, was derzeit in den warmen Meeren schwamm und an den Felsen tropfte. Es gab zu viele Hinweise auf fiebrige Heiterkeit und Aufregung.

»Sie bewegen sich nicht einmal«, sagte Ridcully. »Ich meine, sie schaukeln nur ein wenig.«

»Faule Kleckse, haha«, feixte der Oberste Hirte.

»Könnten wir ihnen irgendwie… helfen?« fragte der Dozent für neue Runen. »Damit sie zu… besseren Klecksen werden? Ich fürchte, wir tragen eine gewisse Verantwortung.«

»Vielleicht können Kleckse gar nicht besser werden«, erwiderte Ridcully. »Was ist denn mit Rincewind los?«

Die Zauberer drehten sich um. Die Gestalt des virtuellen Reisenden, von magischen Rauchschwaden umhüllt, versuchte zu laufen.

»Wenn man jetzt darüber nachdenkt…«, brummte Ridcully. »Glaubt ihr, es war ein guter Einfall, sein Abbild in der Rundwelt zu miniaturisieren?«

»Es gab keine andere Möglichkeit, ihn in den kleinen Tümpel zu bugsieren, den HEX für untersuchungswürdig hielt«, sagte Ponder. »Er *muß* keine bestimmte Größe haben. Größe ist relativ.«

»Ruft er deshalb nach seiner Mutter?«

Ponder trat zu dem Kreis, der den Thaumanzug umgab, und wischte einige mit Kreide gezeichnete Runen fort. Rincewind fiel auf den Boden.

»Welcher Volldepp hat mich *dorthin* gebracht?« stieß er hervor. »Bei den Göttern, es war entsetzlich! Die *Größe* einiger Biester...«

»Eigentlich sind sie ganz klein«, sagte Ponder und half ihm auf.

»Aber nicht, wenn man selbst kleiner ist als sie!«

»Sie stellen nicht die geringste Gefahr für dich dar, mein Lieber. Du hast nichts weiter zu fürchten als deine eigene Furcht.«

»Ach, tatsächlich? Was ist das für eine Hilfe? Meinst du, dadurch wird alles besser? Weißt du, die eigene Furcht kann verdammt scheußlich sein...«

»Beruhige dich, *beruhige* dich.«

»Beim nächsten Mal möchte ich groß sein, verstanden?«

»Haben die Lebensformen irgendwie versucht, mit dir zu kommunizieren?«

»Sie schlugen nur dauernd mit ihren langen Barthaaren nach mir! Es war noch schlimmer, als streitende Zauberer zu sehen.«

»Ja, ich bezweifle, ob sie sehr intelligent sind.«

»Nun, das gilt auch für die Geschöpfe im Tümpel.«

»Ich frage mich«, sagte Ponder und wünschte sich einen Bart, an dem er nachdenklich hätte zupfen können, »ich frage mich, ob die Tümpelwesen fähig sind, sich im Lauf der Zeit zu verbessern...«

Vierundzwanzig

Und trotzdem …

Das Blaue im Meer der Rundwelt ist keine Chemikalie – jedenfalls nicht im üblichen Sinne des Wortes, der eine ›einfache Chemikalie‹ meint. Es ist eine Masse von Bakterien, genannt Zyanobakterien. Ein anderer Name für sie ist ›Blaugrüne Algen‹, was wunderbar verwirrend ist. *Moderne* sogenannte Blaugrüne Algen sind für gewöhnlich rot oder braun, die alten aber waren wahrscheinlich wirklich blaugrün. Und Blaugrüne Algen sind in Wirklichkeit Bakterien, während die meisten anderen Algen Zellen mit einem Zellkern haben und also keine Bakterien sind. Die blaugrüne Farbe kommt vom Chlorophyll – doch von einer anderen Art als das in den Pflanzen – zusammen mit orangegelben Chemikalien, die Karotenoide heißen.

Bakterien erschienen auf der Erde vor spätestens dreieinhalb Milliarden Jahren, nur ein paar hundert Millionen Jahre nachdem sich die Erde soweit abgekühlt hatte, daß Lebewesen darauf existieren konnten. Wir wissen das von seltsamen Schichtstrukturen, die man in Sedimentgestein gefunden hat. Die Schichten können flach und bucklig sein, sie können verzweigte hohe Säulen bilden oder stark gekrümmt sein wie Kohlblätter. Manche Ablagerungen sind knapp einen Kilometer dick und erstrecken sich über Hunderte von Kilometern. Die meisten stammen von vor zwei Milliarden Jahren, doch die von Warrawoona in Australien sind dreieinhalb Milliarden Jahre alt.

Zunächst wußte niemand, was diese Ablagerungen darstellten. In den fünfziger und sechziger Jahren wurden sie als die Spuren von Bakteriengesellschaften erkannt, insbesondere von Zyanobakterien.

Zyanobakterien sammeln sich in flachem Wasser an und bilden ausgedehnte schwebende Matten wie Filz. Sie sondern ein klebriges Gel zum Schutz vor ultraviolettem Licht ab, und dadurch bleibt Sediment an den Matten haften. Wenn die Sedimentschicht so dick wird, daß sie kein Licht mehr durchläßt, bilden die Bakterien eine neue Schicht, und so weiter. Wenn die Schichten fossil werden, verwandeln sie sich in Stomatoliten, die ziemlich ähnlich wie große Kissen aussehen.

Die Zauberer haben nicht mit Leben gerechnet. Die Rundwelt gehorcht Gesetzen, das Leben aber nicht – so denken sie jedenfalls. Die Zauberer sehen einen scharfen Bruch zwischen Leben und Nicht-Leben. Das ist das Problem, wenn man erwartet, daß das *Werden* Grenzen hat – wenn man meint, es müsse einfach sein, alle Objekte entweder der Kategorie ›lebendig‹ oder der Kategorie ›tot‹ zuzuordnen. Doch das ist nicht möglich, selbst wenn man den Fluß der Zeit ignoriert, wo aus ›lebendig‹ ›tot‹ *werden* kann – und umgekehrt. Ein ›totes‹ Blatt ist nicht länger Teil eines ›lebenden‹ Baumes, aber es kann durchaus ein paar Zellen enthalten, die wiederbelebt werden können.

Mitochondrien, jetzt der Teil der Zelle, der ihre chemische Energie erzeugt, waren einmal selbständige Organismen. Ist ein Virus lebendig? Ohne eine Wirtszelle kann es sich nicht fortpflanzen – doch auch DNS kann sich nicht ohne die chemische Maschinerie einer Zelle kopieren.

Wir haben längere Zeit ›einfache‹ chemische Modelle von Lebensprozessen aufgebaut, in der Hoffnung, ein hinreichend komplexes Netzwerk von Chemie könne von selbst ›starten‹ – selbstreferent, selbstkopierend werden. Es gab das Konzept von der ›Ursuppe‹, einer Menge in den Ozeanen gelöster einfacher Chemikalien, die aufs Geratewohl aneinanderstoßen und rein zufällig etwas Komplizierteres bilden. Wie sich zeigt, geht es so nicht. Man muß sich keine große Mühe geben, um die Chemie der wirklichen Welt kompliziert zu machen – das ist ihr Normalzustand. Es ist *leicht,* komplizierte Chemikalien herzustellen. Die Welt ist voll davon. Das Problem ist, diese Komplexität organisiert zu halten.

Was gilt als Leben? Jeder Biologe mußte eine Liste von Eigenschaften lernen: Fortpflanzungsvermögen, Reizbarkeit, Energienutzung und dergleichen. Wir sind inzwischen weiter. ›Autopoeisis‹ – die Fähigkeit, Chemikalien und Strukturen zur eigenen Reproduktion herzustellen – ist keine schlechte Definition, abgesehen davon, daß sich das moderne Leben von jenen frühen Notwendigkeiten fortentwickelt hat. Heutige Biologen ziehen es vor, dem Thema auszuweichen und Leben als Eigenschaft des DNS-Moleküls zu definieren, doch das läßt die tiefere Frage nach dem Leben als einem allgemeinen *Typ* von Prozessen offen. Möglicherweise definieren wir jetzt das Leben auf dieselbe Weise, wie ›Science Fiction‹ definiert wird – es ist, worauf wir zeigen, wenn wir den Begriff verwenden.*

Der Gedanke, daß Leben sich irgendwie selbst in Gang gesetzt haben könnte, erscheint vielen Menschen

* Jeder weiß, was Science Fiction ist – bis man Fragen von der Art zu stellen beginnt: »Ist ein Buch, das fünf Jahre in der Zukunft spielt, *automatisch* Science Fiction? Ist es SF, nur weil es in einer anderen Welt spielt, oder ist es einfach Fantasy mit Nuten und Bolzen außen? Ist es SF, wenn der Autor es dafür hält? Bedeutet die Gegenwart von Doug McClure, daß ein Film SF ist, oder nur, daß es eine hohe Leute-in-Gummimonsteranzügen-Quote geben wird?« Eins der besten SF-Bücher, die jemals geschrieben wurden, war *The Evolution Man* des verstorbenen Roy Lewis; es kommt keine kompliziertere Technik als ein Bogen darin vor, es spielt in der fernen Vergangenheit, die Helden sind kaum mehr als Affenmenschen … aber es ist nichtsdestoweniger Science Fiction.

noch strittig. Es erweist sich jedoch, daß es leicht ist, mögliche Wege zum Leben zu finden. Es muß mindestens dreißig geben. Es ist schwer zu entscheiden, welcher davon der tatsächlich eingeschlagene Weg war – wenn es überhaupt einer davon war –, weil spätere Lebensformen fast alle Indizien vernichtet haben. Das hat vielleicht nicht viel zu bedeuten: Wenn das Leben nicht den Weg eingeschlagen hätte, den es nahm, hätte es leicht einen von den anderen nehmen können oder einen von den hundert, an die wir noch nicht gedacht haben.

Ein möglicher Weg von der anorganischen Welt zum Leben, den Graham Cairns-Smith vorgeschlagen hat, ist Ton. Ton kann komplizierte mikroskopische Strukturen bilden und ›kopiert‹ eine vorhandene Struktur, indem er eine weitere Schicht hinzufügt, die dann abfällt und der Ausgangspunkt einer neuen Struktur wird. Kohlenstoffverbindungen können an Tonoberflächen haften, wo sie als Katalysatoren für die Bildung komplexer Moleküle wirken können, wie wir sie in Lebewesen finden – von Proteinen, sogar der DNS selbst. Die heutigen Organismen haben also vielleicht einen Teil der Evolutionsfahrt per Anhalter auf Ton zurückgelegt.

Eine andere Möglichkeit hat Gunther Wächterhäuser vorgeschlagen: daß Pyrit, eine Verbindung von Eisen und Schwefel, eine für Bakterien geeignete Energiequelle geboten hat. Noch heute finden wir Bakterien kilometertief im Erdinneren und in der Nähe von Vulkanschloten am Grunde des Ozeans, die ihre Energie aus Eisen-Schwefel-Reaktionen gewinnen. Sie sind die Quelle des ›Stroms von giftigen Mineralien‹, die Rincewind feststellt. Es ist durchaus vorstellbar, daß das Leben in vergleichbarer Umwelt begonnen hat.

Ein potentielles Problem mit Vulkanschloten besteht jedoch darin, daß sie immer mal wieder verstopft werden und woanders ein neuer Vulkan ausbricht. Wie konnten die Organismen sicher durch das dazwischenliegende kalte Wasser gelangen? 1988 erkannte Kevin Speer, daß die Erdumdrehung die aufsteigenden Fahnen heißen Wassers in Rotation versetzt und eine Art heißen Unterwassertornado bildet, der sich durch die Tiefen des Ozeans bewegt. Organismen werden dabei mitgeführt. Manche schaffen es zu einem anderen Schlot. Viele schaffen es nicht, doch das spielt keine Rolle – es müssen nur *genug* überleben.

Es ist interessant festzustellen, daß in der Kreidezeit, als die Meere viel wärmer als jetzt waren, diese Heißwasserfahnen sogar bis an die Wasseroberfläche emporgestiegen sein können, wo sie vielleicht ›Hypercans‹ verursachten – wie Hurricans, aber mit einer Windgeschwindigkeit nahe der des Schalls. Sie hätten gewaltigen klimatischen Aufruhr auf einem Planeten erzeugt, der, wie wir sehen werden, nicht der gemäßigt friedliche Ort ist, für den wir ihn gern halten.

Bakterien gehören zu einer Kategorie von Organismen, die als Prokaryoten (Kernlose) bekannt sind. Sie werden oft als ›Einzeller‹ bezeichnet, doch viele einzellige Lebewesen sind weitaus komplexer und unterscheiden sich sehr von Bakterien. Bakterien sind keine echten Zellen, sondern etwas Einfacheres; sie haben keine Zellwand und keinen Kern. Echte Zellen und sowohl einzellige als auch mehrzellige Wesen kamen später und werden Eukaryoten genannt. Sie entstanden wahrscheinlich, als mehrere verschiedene Prokaryoten ihre Kräfte zum gemeinsamen Nutzen vereinten, ein als Symbiose bekannter Trick. Die ersten fossilen Eukaryoten sind Einzeller wie Amöben und erschienen vor etwa zwei Milliarden Jahren. Die ersten Fossilien von Mehrzellern sind Algen von vor einer Milliarde Jahren… vielleicht sind sie auch schon 1,8 Milliarden Jahre alt.

Das war die Geschichte, wie sie die Wissenschaftler

bis 1998 auffaßten: Gliederfüßer und andere komplexe Tiere traten erst vor gerade eben 600 Millionen Jahren auf, und die bis vor etwa 540 Millionen Jahren waren wirklich sehr seltsam – ziemlich verschieden von dem, was uns heute umgibt.

Diese Wesen werden nach dem Ort in Australien, wo die ersten Fossilien gefunden wurden, als Ediacara-Fauna bezeichnet.* Sie konnten einen halben Meter oder noch größer werden, doch soviel nach den Fossilien zu sagen ist, scheinen sie keinerlei innere Organe oder Körperöffnungen wie einen Mund oder einen After gehabt zu haben (vielleicht lebten sie davon, daß sie symbiotische Bakterien in ihrem Innern verdauten, oder von einem anderen Prozeß, über den wir nur Vermutungen anstellen können). Manche waren abgeflacht und hingen deckenförmig zusammen. Wir haben keine Ahnung, ob die Ediacarer unsere fernen Vorfahren waren oder eine Sackgasse, eine zum Untergang verurteilte Lebensform. Einerlei: Damals gab es sie und, soweit man weiß, außer ihnen kaum etwas anderes. Es gibt allerdings Anzeichen für fossile Häufchen, wie sie von Würmern aufgeworfen werden, und einige der jüngsten Fossilien sehen aus wie… Aber wir eilen voraus. Der springende Punkt ist der, daß fast das gesamte ediacarische Leben anscheinend nichts mit dem zu tun hatte, was später kam.

Vor etwa 540 Millionen Jahren folgten auf die präkambrischen Ediacarer die Wesen des kambrischen Zeitalters. Die ersten zehn Millionen Jahre hindurch waren diese Viecher auch ziemlich seltsam; sie haben Fragmente von Graten und Stacheln hinterlassen, die vermutlich die Überreste urtümlicher Skelette waren,

* Bedenkt man manche Ortsnamen in Australien, so hatten sie Glück, daß sie schließlich nur so *klangen* wie eine weniger wichtige Spezies in *Star Trek*.

die sich noch nicht zu einem Ganzen zusammengefügt hatten. An dem Punkt lernte die Natur plötzlich, wie man zusammenhängende Skelette herstellt, und noch viel mehr: Es war die Zeit, die als die Kambrische Explosion bekannt ist. Zwanzig Millionen Jahre später existierte praktisch schon jeder Bauplan, den man bei modernen Tieren findet – alles danach war nur noch Feinarbeit.

Die wirkliche Neuerung der Kambrischen Explosion jedoch war weniger offensichtlich als zusammenhängende Skelette oder Stoßzähne oder Schalen oder Glieder. Es war *eine neue Art von Bauplan des Körpers.* Ediacarer und moderne Quallen sind Diploblasten – zweischichtige Lebewesen. Sie haben ein Innen und ein Außen, wie ein dicker Papiersack. Dreischichtige Wesen wie wir und so ziemlich alle anderen heißen Triploblasten.* Wir haben Innen, Außen und *Dazwischen.*

Das *Dazwischen* war der große Sprung nach vorn, oder zumindest das große Schlittern. *Dazwischen* kann man Dinge unterbringen, die man schützen muß, wie innere Organe. In gewissem Sinn ist man nicht mehr Teil der Umwelt – es gibt auch ein *Ich.* Und wie jemand, der jetzt etwas für sich selbst hat, beginnt man mit Verbesserungen.

Das ist eine Lüge-für-Kinder, aber für eine Lüge ist es gut.

Triploblasten spielten eine entscheidende Rolle gerade *weil* sie innere Organe hatten und insbesondere weil sie Nahrung aufnehmen und sie ausscheiden konnten. Ihre

---

* Im Deutschen kommen ›Diploblasten‹ und ›Triploblasten‹ nur in ziemlich spezieller Fachliteratur vor, aber das sind die genauesten Begriffe. Die ersteren erscheinen deutsch öfters als ›Hohltiere‹, für letztere findet man Bezeichnungen wie ›Bilateria‹, ›Bilateralia‹ und ›Zölomaten‹ (Coelomata), die von Fall zu Fall auch noch abweichend definiert sein können. – *Anm. d. Übers.*

Exkremente wurden zu einem wesentlichen Nährboden für andere Wesen; um eine auf interessante Art komplizierte Welt zu bekommen, ist es lebensnotwendig, daß Scheiße passiert.

Doch wo kamen alle diese Triploblasten her? Waren sie ein Seitenzweig der Ediacarer? Oder stammten sie von etwas anderem ab, das keine Fossilien hinterlassen hat?

Es ist schwer zu begreifen, wie sie von der Ediacarern hätten abstammen sollen. Ja, eine zusätzliche Gewebsschicht hätte entstehen können, doch zu dieser Schicht braucht man eine Menge Organisation, um sie zu nutzen. Diese Organisation muß irgendwoher kommen. Überdies waren da diese gelegentlichen irritierenden Spuren von etwas, was vielleicht präkambrische Triploblasten waren – Fossilien nicht von Würmern, die die Frage entschieden hätten, sondern von etwas, das vielleicht die Spuren von Würmern in weichem Schlamm sind.

Und vielleicht auch nicht.

Im Februar 1998 fanden wir es heraus.

Die Entdeckung hing davon ab, wo – und in diesem Fall wie – man nach Fossilien sucht. Eine Art, wie sich Fossilien bilden, ist die Versteinerung. Es gibt eine wenig bekannte Art der Versteinerung, die *sehr* schnell vor sich gehen kann – in ein paar Tagen. Die weichen Teile eines toten Organismus werden durch Kalziumphosphat ersetzt. Zum Pech für die Paläontologen funktioniert dieser Prozeß nur für Wesen, die etwa zweieinhalb Millimeter lang sind. Aber manche interessanten Dinge sind so winzig. Seit 1975 haben Wissenschaftler wunderbar erhaltene Exemplare von winzigen Urzeit-Gliederfüßern gefunden – Wesen wie Hundertfüßler mit vielen Segmenten. 1994 fand man fossilisierte Zellkugeln von Embryonen – frühen Entwicklungsstadien eines Organismus –, und man nimmt an, daß sie von embryonischen Triploblasten stammen. Doch alle diese Wesen müssen *nach* den Ediacarern gekommen sein. Aber 1998 entdeckten Shuhai Xiao, Yub Zhan und Andrew Knoll fossilisierte Embryonen in chinesischem Gestein, das 570 Millionen Jahre alt ist – mitten im Zeitalter der Ediacarer. Und diese Embryonen waren *Triploblasten.*

Vierzig Millionen Jahre vor der Kambrischen Explosion gab es Triploblasten auf der Erde, die neben jenen rätselhaften Ediacarern lebten.

Wir sind Triploblasten. Irgendwo im Präkambrium, umgeben von mundlosen, organlosen Ediacarern, wurden wir in unser Erbe eingesetzt.

Das Leben galt als ein verletzliches, äußerst ungewöhnliches Phänomen: schwer zu erschaffen, leicht zu vernichten. Doch wohin wir auch auf der Erde blicken, überall finden wir Lebewesen, oft in Umgebungen, die wir für völlig lebensfeindlich gehalten hätten. Es sieht allmählich so aus, als sei das Leben ein extrem robustes Phänomen, das leicht überall auftauchen kann, wo die Bedingungen auch nur im entferntesten geeignet sind. Wie kommt es, daß das Leben derart *ausdauernd* ist?

Weiter oben haben wir von zweierlei Arten gesprochen, wie man von der Erde loskommt – Rakete und Weltraumlift. Eine Rakete ist etwas, das verbraucht wird, aber ein Weltraumlift ist ein Prozeß, der andauert. Ein Weltraumlift erfordert eine hohe Anfangs-Investition, doch wenn man ihn erst einmal hat, ist das Hinauf und Hinunter so gut wie kostenlos. Ein funktionierender Weltraumlift scheint allen üblichen Regeln der Ökonomie zu widersprechen, die die einzelnen Transaktionen betrachten und einen vernünftigen Preis festzulegen versuchen, anstatt zu fragen, ob man das Konzept des Preises völlig ausschließen könnte. Er scheint auch dem Energieerhaltungssatz zu widersprechen, demzufolge man, wie die Physiker sagen, nicht etwas für nichts bekommen kann. Doch wie wir gesehen haben, kann man durchaus etwas für nichts bekommen – indem man die neuen Ressourcen nutzt, die man erhält, sobald man nämlich den Weltraumlift gebaut und in Gang gesetzt hat.

Es gibt eine Analogie zwischen Weltraumlifts und dem Leben. Das Leben scheint den üblichen Regeln der Chemie und der Physik zu widersprechen, insbesondere dem Zweiten Hauptsatz der Thermodynamik, der besagt, daß Dinge nicht von selbst komplizierter werden können. Das Leben tut das, da es sich wie der Weltraumlift auf ein neues Operationsniveau erhoben hat, wo es Zugang zu Dingen und Prozessen erlangen kann, die vorher nicht in Frage kamen. Insbesondere die Fortpflanzung ist eine wunderbare Methode, um mit den Schwierigkeiten fertig zu werden, eine wirklich komplizierte Sache herzustellen. Man baut einfach eine Sache, die mehr von sich selbst herstellt. Die erste mag unglaublich schwierig sein – aber der ganze Rest kommt ohne weitere Mühe.

Was ist der Lift fürs Leben? Wir wollen hier im allgemeinen bleiben und die Gemeinsamkeiten in den vielen verschiedenen Möglichkeiten für den ›Ursprung‹ des Lebens suchen. Die wichtigste scheint die neuartige Chemie zu sein, die in kleinen, an aktive Oberflächen angrenzenden Gebieten auftreten kann. Das ist weit entfernt von den heutigen komplexen Organismen – es ist sogar weit von den heutigen Bakterien entfernt, die entschieden komplizierter als ihre frühen Vorgänger sind. Das müssen sie sein, um in einer komplizierteren Welt zu überleben. Jene aktiven Oberflächen könnten sich in unterseeischen Vulkanschloten befinden. Oder in heißen unterirdischen Gesteinen. Oder es könnten Meeresufer sein. Stellen Sie sich Schichten von kompliziertem (denn das ist leicht), aber unorganisiertem (dito)

Molekül-Matsch auf Felsgestein vor, das von den Gezeiten befeuchtet und von der Sonne erwärmt wird. Alles, was darin zufällig einen winzigen ›Weltraumlift‹ schafft, bildet eine neue Ausgangslinie für weitere Veränderungen. Die Photosynthese ist beispielsweise ein Weltraumlift in diesem Sinne. Wenn ein Stück von dem Matsch die erst einmal hat, kann es die Sonnenenergie anstelle seiner eigenen benutzen und Zucker am laufenden Band herstellen. Also war der ›Ursprung‹ des Lebens wohl eine ganze Serie von winzigen ›Weltraumliften‹, die Schritt für Schritt zu organisierter, aber immer komplexerer Chemie führten.

FÜNFUNDZWANZIG

Unnatürliche Auslese

Der Bibliothekar wankte ziemlich schnell durch die peripheren Regionen der Universitätsbibliothek, obwohl Begriffe wie ›Peripherie‹ kaum eine Rolle spielten bei einer Bibliothek, die so tief im B-Raum steckte.

Wissen ist Macht, wie es so schön heißt, und Macht ist Kraft, und Kraft ist Energie, und Energie ist Materie, und Materie ist Masse, und deshalb krümmen große Ansammlungen von Wissen Raum und Zeit. Das ist auch der Grund dafür, warum sich Buchhandlungen so sehr ähneln und weshalb Antiquariate im Innern größer zu sein scheinen als außen. Alle Buchläden stehen miteinander in Verbindung. Nur der innerste Zirkel der Bibliothekare weiß darüber Bescheid und hütet das Geheimnis mit großer Sorgfalt. Die Zivilisation könnte nicht lange von Bestand bleiben, wenn folgendes bekannt würde: Wenn man sich von einem bestimmten Regal aus in eine bestimmte Richtung wandte, so erreichte man die Alexandrinische Bibliothek genau in dem Augenblick, als die Eroberer nach Streichhölzern suchten. Oder: Eine bestimmte Stelle des Bodens in der Abteilung für Nachschlagwerke gehört auch zum Boden der Bibliothek von Braseneck, wo ein gewisser Dr. Glaubnich unmittelbar vor dem Zwischenfall mit dem Gewitter den *Beweis* dafür erbrachte, daß Götter unmöglich existieren können.

Immer wieder murmelte der Bibliothekar »Ugh, ugh«, wie eine zerstreute und hilflos im Haus suchende Person, die dauernd »Schere, Schere« sagt, in der Hoffnung, daß sich der genannte Gegenstand dadurch zeigt.

Übersetzt lautete das Murmeln »Evolution, Evolution«. Der Bibliothekar war beauftragt worden, ein gutes Buch darüber zu holen.

In seinem Mund steckte eine ziemlich komplexe Karteikarte.

Die Zauberer der Unsichtbaren Universität wußten alles über die Evolution. Sie war offensichtlich. Man nehme einige Wölfe: Mit Hilfe von unnatürlicher Auslese über Generationen hinweg bekam man Hunde aller Arten und Größen. Man nehme einige Holzapfelbäume: Mit Hilfe einer Trittleiter, eines feinen Pinsels und viel Geduld bekam man schließlich saftige Äpfel. Man nehme einige verwahrloste Wüstenpferde: Wenn man es nicht an Mühe und einem guten Verzeichnis mangeln ließ, bekam man schließlich erstklassige Rennpferde. Die Evolution war ein Beispiel für Narrativium in Aktion. Dinge verbesserten sich. Selbst die Menschheit entwickelte sich, mit Hilfe von Erziehung und anderen Vorzügen der Zivilisation. Am Anfang standen mit schlechten Manieren ausgestattete Primitive in Höhlen, am Ende die Fakultät der Unsichtbaren Universität, über die hinaus vermutlich keine weitere Evolution möglich war.

Natürlich geschah es dann und wann, daß jemand radikalere Ideen anbot, aber solche Personen ähnelten Leuten, die die Welt für rund hielten oder glaubten, irgendwelche Fremde aus dem All seien am Inhalt ihrer Unterwäsche interessiert.

Die unnatürliche Auslese war ein Faktum. Aber die Zauberer wußten – sie *wußten* es –, daß man nicht mit Bananen anfangen konnte, um später Fische zu bekommen.

Der Bibliothekar blickte auf die Karteikarte und wandte sich an einigen erstaunlichen Stellen zur Seite. Ab und zu erklangen Geräusche jenseits der Regale, und sie veränderten sich rasch, so als spiele jemand mit einer Handvoll Tönen und einem Flackern in der Luft.

Eine sprechende Stimme wich der absorbierenden Stille leerer Zimmer, und es folgte das leise Knistern einer Flamme, das sich unmittelbar darauf in Gelächter verlor…

Schließlich, nach langem Watscheln und Klettern, erreichte der Bibliothekar eine Wand aus Büchern. Mit bibliothekarischer Zuversicht näherte er sich, und die Bücher wichen von ihm fort, schienen zu schmelzen…

Er fand sich in einer Art Arbeitszimmer wieder. Bücher standen in Regalen, allerdings nicht so viele, wie der Bibliothekar in einem so wichtigen Knoten des B-Raums erwartet hätte. Vielleicht ging es in erster Linie um das *eine* Buch… Und dort war es und emittierte B-Strahlung in einem Maße, wie es der Bibliothekar nur von den ernsten magischen Büchern in den verriegelten Kellern der Unsichtbaren Universität her kannte. Es war ein Buch und ein Vater von Büchern, der Vorläufer einer ganzen Spezies, die durch die nächsten Jahrhunderte wachsen würde…

Unglücklicherweise wurde es immer noch geschrieben.

Der Autor, mit dem Federkiel in der Hand, starrte den Bibliothekar so an, als hätte er gerade einen Geist gesehen.

Abgesehen vom kahlen Kopf und einem Bart, um den ihn selbst ein Zauberer beneidet hätte, wies er große Ähnlichkeit mit dem Bibliothekar auf.

»Meine Güte…«

»Ugh?« Der Bibliothekar hatte nicht damit gerechnet, gesehen zu werden. Vielleicht lag es an den Dingen, die dem Autor gerade durch den Kopf gingen.

»Was für eine Schattierung ist das…?«

»Ugh.«*

Der Mann streckte eine zitternde Hand aus. Der Bi-

* Rötlichbraun.

bliothekar ahnte, daß die Umstände etwas von ihm erwarteten, und er hob ebenfalls die Hand. Fingerspitzen berührten sich.

Der Autor blinzelte.

»Also verrate mir…«, sagte er. »Ist der Mensch Affe oder Engel?«

Darüber wußte der Bibliothekar Bescheid.

»Ugh«, antwortete er, was bedeutete: Der Affe ist besser dran, weil er nicht fliegen muß und Sex haben kann, es sei denn, er hat das verdammte Pech, in der Unsichtbaren Universität zu arbeiten.

Dann wich er zurück, ughte Entschuldigungen wegen des kleinen Fehlers in den Raumzeit-Koordinaten, wankte durch die Risse des B-Raums und griff nach dem ersten Buch mit dem Wort ›Evolution‹ im Titel.

Der Bärtige schrieb ein noch erstaunlicheres Buch. Wenn er doch nur das Wort *Aufstieg* verwendet hätte – dann wäre es nicht zu den vielen Unannehmlichkeiten gekommen.

Oder vielleicht doch.

HEX nahm mehr vom zukünftigen… *Wissen* auf, um es so zu nennen. Worte erwiesen sich oft als problematisch. Alles hing vom Kontext ab. Und es gab soviel zu lernen. Genausogut konnte man versuchen, eine riesige Maschine zu verstehen, ohne zu ahnen, wozu ein Schraubenzieher diente.

Manchmal glaubte HEX, Teile von Anweisungen zu empfangen. Und weiter entfernt, viel weiter entfernt, schwammen unzusammenhängende kleine Sätze im Brei der Konzepte, der zwar einen Sinn ergab, aber unvernünftig erschien. Einige jener Sätze kamen ungebeten.

Während HEX noch darüber nachdachte, traf ein weiterer Satz ein und stellte in Aussicht, viel Geld zu verdienen, ›ohne Mühe und innerhalb kurzer Zeit!!!!!!‹. HEX hielt so etwas für unwahrscheinlich.

Der Bibliothekar brachte ein Buch mit dem Titel: *Handbuch der Evolution – für den jungen Leser.*

Der Erzkanzler blätterte langsam. Alle Seiten waren illustriert; der Bibliothekar kannte seine Zauberer.

»Und dies ist ein gutes Buch über Evolution?« fragte Ridcully.

»Ugh.«

»Nun, für *mich* ergibt es keinen Sinn«, sagte der Erzkanzler. »Ich meine, was soll dieses komische Bild hier bedeuten?«

Es zeigte links eine gekrümmte, affenartige Gestalt. Als sie die Seite überquerte, richtete sie sich immer mehr auf und verlor Haare, bis sie schließlich ganz rechts stand, gerade, zuversichtlich und vielleicht froh darüber, die gefährliche Reise hinter sich gebracht zu haben, ohne dabei ein einziges Mal die Genitalien zu zeigen.

»So sehe ich aus, wenn ich morgens aufstehe«, erklärte der Dekan und spähte über Ridcullys Schulter.

»Wo ist das Haar geblieben?« fragte der Erzkanzler.

»Nun, manche Leute rasieren sich«, antwortete der Dekan.

»Ich finde dieses Buch *seltsam*«, sagte Ridcully und richtete einen vorwurfsvollen Blick auf den Bibliothekar, der vor allem deshalb still blieb, weil er ein wenig besorgt war. Er befürchtete, die Vergangenheit verändert zu haben, zumindest *eine* Vergangenheit, und auf dem Rückweg zur Sicherheit der Unsichtbaren Universität hatte er das erste Buch ergriffen, das ihm für Leute mit einem sehr hohen IQ, aber dem geistigen Alter von etwa zehn geeignet erschien. Er hatte es auf einem Seitenweg gefunden, abseits der üblichen Forschungsebenen. Voller Unbehagen erinnerte er sich an die sehr kleinen roten Stühle in der Nähe.

»Oh, jetzt verstehe ich, dies ist ein Märchenbuch«, sagte Ridcully. »Frösche verwandeln sich in Prinzen – so etwas in der Art. Nehmen wir nur diese Stelle... Hier gibt es etwas, das unseren Klecksen ähnelt, und dann gibt es Fische und dann einen… Molch, und dann folgt ein drachenartiges großes Wesen und dann, ha, eine Maus, und dann ein Affe, und dann ein Mensch. So etwas passiert die ganze Zeit über, vor allem in ländlichen Gegenden, wo manche Hexen ziemlich rachsüchtig sein können.«

»Wißt ihr, die Omnianer glauben an so etwas«, sagte der Oberste Hirte. »Bei ihnen heißt es, Om schuf erst einfache Dinge, wie zum Beispiel Schlangen, um sich dann bis zum Menschen hochzuarbeiten.«

»Als sei das Leben eine Art Modellierton?« fragte Ridcully, der mit Religion nicht viel anfangen konnte. »Man beginnt mit einfachen Dingen, um sich dann Elefanten und Vögel vorzunehmen, die nicht richtig stehen, wenn man sie absetzt? Wir sind dem Gott der Evolution *begegnet*, meine Herren, erinnert ihr euch? Die natürliche Evolution verbessert eine Spezies nur, kann aber nicht alles *verändern.*«

Er klopfte mit dem Zeigefinger auf das nächste Bild im ziemlich bunten Buch.

»Meine Herren, ich vermute inzwischen, dies ist ein Buch über Magie, vermutlich über die Hypothese des morphischen Rücksprungs.* Seht euch dies an.« Das

* Schon seit vielen Jahren befaßten sich die Zauberer damit. Man ging dabei von folgenden Überlegungen aus. Es war recht einfach, jemanden in einen Frosch oder in eine weiße Maus zu verwandeln. Doch es erfordert große Mengen thaumischer Energie, um jemanden zu einem Orang-Utan werden zu lassen, obwohl Größe und Struktur einer solchen Gestalt der eines Menschen ähnelten – der Bibliothekar verdankt sein derzeitiges Erscheinungsbild einer magischen Explosion in der Bibliothek. Noch viel schwerer war es, jemanden in einen Baum zu verwandeln. Andererseits: Die Verwandlung eines Kürbisses in eine Kutsche bereitete so wenig Probleme, daß es sogar eine irre Alte mit einem Zauberstab bewerkstelligen konnte. Auf welche Weise sollte man dies alles erklären? ▷

Bild zeigte eine sehr große Eidechse, gefolgt von einem roten Pfeil, gefolgt von einem Vogel. »Eidechsen verwandeln sich nicht in Vögel. Wenn sie dazu imstande wären, gäbe es überhaupt keine Eidechsen mehr, oder? Lebensformen können nicht *selbst* entscheiden, welche Gestalt sie haben möchten. Stimmt's, Quästor?«

Der Quästor nickte fröhlich. Er hatte die Hälfte von HEX' Beschreibungen der theoretischen Physik des Projekts gelesen und bisher jedes Wort verstanden. Seine besondere Zufriedenheit galt der Begrenzung der Lichtgeschwindigkeit; sie ergab einen großen Sinn.

Er nahm einen Stift und schrieb an den Rand: ›Angenommen, das Universum ist negativ gekrümmt und hat eine mehrfach gefaltete, nichtparamideanische Struktur, was mehr oder weniger offensichtlich ist – dann könnte man topologische Erkenntnisse gewinnen, indem man die gleichen Galaxien in verschiedenen Richtungen beobachtet.‹ Er überlegte kurz und fügte dann hinzu: ›Reisen sind dafür erforderlich.‹

Der Quästor war ein geborener Mathematiker, und geborene Mathematiker wünschen sich, den verdammten Summen so schnell wie möglich zu entkommen und

---

Die gegenwärtige Hypothese ging davon aus, daß die verschiedenen Arten des Veränderungszaubers das morphische Feld der betreffenden Person bis zu einem elementaren Niveau auflösten, um sie dann ›zurückspringen‹ zu lassen. Ein Frosch war ein recht einfaches Geschöpf, und deshalb genügte ein kurzer Rücksprung. Ein Affe hingegen, der in vielerlei Hinsicht große Ähnlichkeit mit dem Menschen aufweist, erfordert einen wesentlich längeren Rücksprung. Die Verwandlung eines Kürbisses in eine Kutsche fiel deshalb so leicht, weil im Pflanzenkosmos kein großer Unterschied zwischen ihnen existierte.

Für die Zauberer klang das alles vollkommen einleuchtend, weshalb es der Wahrheit entsprach.

Wenn Wilhelm von Ockham Zauberer an der Unsichtbaren Universität gewesen wäre, so hätte er sich einen Bart wachsen lassen.

jenes sonnige Hochland zu erreichen, wo alles mit den Buchstaben eines fremden Alphabets erklärt wird und kaum jemand schreit. Dies hier war sogar noch besser. Die schwer zu verdauende Vorstellung, daß es Dutzende von Dimensionen gab, die sich irgendwo zusammenrollten, wo man sie nicht sehen konnte, war ein gefundenes Fressen für jemanden, der viel mehr sah als gewöhnliche Leute.

SECHSUNDZWANZIG

Die Abstammung des Darwin

In *Heiße Hüpfer* sind die Zauberer dem Gott der Evolution begegnet. Er machte Dinge, wie es ein Gott tun sollte:

»›Bemerkenswerte Arbeit‹, sagte Ridcully und kletterte aus dem Elefanten hervor. ›Ausgezeichnete Räder. Die einzelnen Teile werden bemalt, bevor man sie zusammensetzt, nicht wahr?‹«

Der Gott der Evolution baut Geschöpfe Stück für Stück, wie ein Fleischer, nur in umgekehrter Reihenfolge. Er mag Würmer und Schlangen, weil sie sehr einfach sind – man kann sie ausrollen wie ein Kind mit Modelliermasse. Aber wenn der Gott der Evolution einmal eine Art *gemacht* hat – kann sie sich dann verändern? Auf der Scheibenwelt tut sie es, weil der Gott herumläuft und in aller Eile etwas nachstellt... Doch wie funktioniert es ohne solche göttlichen Eingriffe?

Alle Gesellschaften, die Haustiere besitzen, seien es Jagdhunde oder eßbare Schweine, wissen, daß sich die Form von Lebewesen von Generation zu Generation allmählich ändern kann. Menschliche Eingriffe in Form einer ›unnatürlichen Auslese‹ vermögen lange dünne Hunde zu *züchten*, die in Löcher kriechen können, und große fette Schweine, die mehr Schinken pro Haxe liefern.* Die Zauberer wissen das, und die Leute im viktorianischen Zeitalter wußten es auch. Bis ins neunzehnte Jahrhundert scheint jedoch niemandem

* Die Menge des Schinkens pro Haxe liegt im Durchschnitt knapp über einem Viertel der Menge pro Kopf.

aufgegangen zu sein, daß ein ganz ähnlicher Vorgang die außerordentliche Vielfalt des Lebens auf der Erde von Bakterien bis Baktriern, von Orangen bis Orang-Utans erklären könnte.

Das kam ihnen aus zwei Gründen nicht in den Sinn. Wenn man Hunde züchtet, bekommt man eine andere Sorte Hund – keine Banane und keinen Fisch. Und Tierzucht war die reinste Magie: Wenn Menschen einen langen dünnen Hund *wollten* und mit kurzen dicken anfingen, und wenn sie wußten, wie der Trick funktioniert (wenn sie sozusagen die richtigen ›Zaubersprüche‹ anwandten), dann *bekamen* sie einen langen dünnen Hund. Bananen, auch wenn sie lang und dünn sein mochten, waren *kein* guter Ausgangspunkt. Organismen konnten nicht die Art wechseln, und innerhalb ihrer *eigenen* Art veränderten sie sich nur, weil Menschen es wollten.

Gegen 1850 begannen sich zwei Leute unabhängig voneinander zu fragen, ob nicht die Natur ein ähnliches Spiel spielt, aber in weitaus größerem Zeitmaßstab und in viel größerem Umfang – und ohne jeden vorgefaßten Zweck (was der Fehler in früheren Spekulationen in ähnlicher Richtung gewesen war). Sie zogen eine selbstgetriebene Magie in Betracht: die ›natürliche‹ Auslese im Gegensatz zur Zuchtwahl durch Menschen. Einer von ihnen war Alfred Wallace, der andere – heute wesentlich bekanntere – war Charles Darwin. Darwin war jahrelang auf Weltreisen. 1831 bis 1836 war er als Schiffs-Naturforscher auf HMS *Beagle* angestellt, und seine Aufgabe lautete, Pflanzen und Tiere zu beobachten und zu notieren, was er sah. In einem Brief von 1877 schrieb er, daß er an Bord der *Beagle* an die ›Unveränderlichkeit der Arten‹ glaubte, bei seiner Heimkehr 1836 aber über die tiefere Bedeutung dessen nachzudenken begann, was er gesehen hatte, und erkannte, daß ›viele Tatsachen auf die gemeinsame Abstammung von Arten hindeuteten‹. Damit meinte er, daß Arten, die sich jetzt unterscheiden, wahrscheinlich von Vorfahren stammen, die einmal zur *selben* Art gehörten. Arten mußten imstande sein, sich zu verändern. Das war keine ganz neue Idee, doch er kam auch auf einen *Mechanismus* für solche Veränderungen, und das war wirklich neu.

Inzwischen studierte Wallace Flora und Fauna Brasiliens und des Malaiischen Archipels, verglich, was er in den beiden Regionen sah, und kam zu ähnlichen Schlußfolgerungen – und weitgehend denselben Erklärungen. 1858 brütete Darwin noch über seinen Ideen und hatte eine große Publikation im Sinn, die alles enthalten sollte, was er zu dem Thema sagen wollte, während Wallace im Begriff war, einen kurzen Artikel zu veröffentlichen, der die Hauptidee enthielt. Als echter englischer Gentleman informierte Wallace Darwin über sein Vorhaben, damit Darwin als erster etwas veröffentlichen könne, und Darwin warf rasch eine kurze Mitteilung für die Linné-Gesellschaft aufs Papier, der ein Jahr später ein Buch folgte, *The Origin of Species* (Der Ursprung der Arten) – ein großes Buch, aber doch nicht von dem majestätischen Maßstab, der Darwin ursprünglich vorgeschwebt hatte. Wallace' Artikel erschien kurz darauf in derselben Zeitschrift, doch beide Arbeiten wurden der Gesellschaft offiziell bei derselben Zusammenkunft ›unterbreitet‹.

Wie war die erste Reaktion auf diese beiden erderschütternden Artikel? In seinem Jahresbericht schrieb der Präsident der Gesellschaft Thomas Bell: »Das Jahr ist freilich nicht gekennzeichnet durch eine von jenen frappierenden Entdeckungen, die sofort sozusagen eine Revolution auf dem Gebiet der Wissenschaft auslösen, auf dem sie sich ereignen.« Diese Auffassung änderte sich jedoch rasch, als das pure gewaltige Ausmaß von Darwins und Wallace' Theorie allmählich ins Bewußtsein drang, und sie mußte eine Menge von Mustrum Ridcullys Brüdern im Geist einstecken, weil sie es gewagt hatten, eine plausible Alternative zur biblischen Schöpfung vorzulegen. Worin bestand diese epochale Alternative? Eine derart einfache Idee, daß sie allen anderen entgangen war. Thomas Huxley soll bei der Lektüre des *Ursprungs der Arten* bemerkt haben: »Wie unglaublich dumm, daran nicht gedacht zu haben.«

Dies ist die Idee: Man braucht keinen Menschen, um Tiere in neue Formen zu bringen; sie können das selbst mit sich machen – genauer gesagt: *miteinander.* Das war der Mechanismus der natürlichen Auslese. Herbert Spencer, der die bedeutende journalistische Leistung vollbrachte, Darwins Theorie den Massen darzulegen, prägte den Begriff vom ›Überleben des Tüchtigsten‹, um ihn zu beschreiben. Der Begriff hatte den Vorteil, alle davon zu überzeugen, sie verstünden, was Darwin meinte, und er hatte den Nachteil, alle zu überzeugen, sie verstünden, was Darwin meinte. Es war eine klassische Lüge-für-Kinder und führt viele Kritiker der Evolution noch heute in die Irre, indem es sie auf ein längst abgehaktes Ziel schießen läßt; außerdem hat dieser Begriff den vorgeblichen ›wissenschaftlichen‹ Hintergrund für einige außerordentlich dumme und widerwärtige politische Theorien geliefert.

Ausgehend von einem enorm breiten Spektrum von Beobachtungen zahlreicher Tier- und Pflanzenarten, war Darwin zu der Überzeugung gelangt, daß sich Organismen von selbst verändern können, über *sehr* lange Zeiträume hinweg sogar so sehr, daß aus ihnen eine neue Art hervorgehen kann.

Stellen wir uns eine Menge Wesen derselben Art vor. Sie stehen im Wettbewerb um Lebensgrundlagen wie etwa Nahrung – sowohl miteinander als auch mit Tieren anderer Arten. Nehmen wir nun an, daß durch einen Zufall ein Tier oder mehrere dieser Tiere Nachkommen haben, die *besser* in diesem Wettbewerb abschneiden. Dann ist bei diesen Tieren die Wahrscheinlichkeit größer, daß sie lange genug überleben, um die nächste Generation hervorzubringen, und diese ist *auch* besser für den Wettbewerb geeignet. Wenn hingegen ein Tier oder mehrere dieser Tiere Nachkommen haben, die dem Wettbewerb weniger gut gewachsen sind, dann werden diese Nachkommen mit geringerer Wahrscheinlichkeit eine nächste Generation hervorzubringen – und wenn sie es irgendwie doch tun, ist diese noch schlechter geeignet. Offensichtlich wird im Laufe vieler Generationen selbst ein winziger Vorteil zu einer Population führen, die durchweg aus Tieren mit den erfolgreichen Eigenschaften besteht. Die Wirkung jedes Vorteils nimmt im Grunde sogar wie Zinsen mit Zinseszinsen zu, so daß es nicht gar so lange dauert.

Die natürliche Auslese erscheint als sehr geradlinige Idee, aber Wörter wie ›Wettbewerb‹ und ›gut abschneiden‹ sind mit Bedeutungen befrachtet. Man bekommt leicht einen falschen Eindruck davon, wie kompliziert die Evolution sein muß. Wenn ein Vogeljunges aus dem Nest fällt und von einer des Weges kommenden Katze gefressen wird, ist man leicht geneigt zu glauben, der Kampf ums Überleben werde zwischen Vogel und Katze geführt. Doch wenn *das* der Wettbewerb ist, dann sind die Katzen eindeutig die Gewinner – warum also haben sich überhaupt Vögel entwickelt? Warum gibt es nicht nur Katzen?

Weil Katzen und Vögel vor langer Zeit, ohne es zu wissen, zu einer gegenseitigen Anpassung gekommen sind, bei der *beide* überleben können. Wenn sich Vögel ungehindert vermehren könnten, gäbe es bald viel zu viele Vögel, als daß ihre Nahrungsquellen ausreichen würden. Ein Starenweibchen zum Beispiel legt in seinem Leben etwa 16 Eier. Wenn aus allen diesen Eiern junge Stare schlüpfen würden und das so weiterginge, würde sich die Starpopulation in jeder Generation verachtfachen – sechzehn Junge auf jeweils zwei Eltern. Solches ›exponentielles‹ Wachstum verläuft erstaunlich schnell: In der siebzigsten Generation wäre eine Kugel von der Größe des Sonnensystems vollständig von Staren ausgefüllt (statt von Tauben, was die natürliche Bestimmung des Sonnensystems zu sein scheint).

Bei der einzigen ›Wachstumsrate‹ für eine Population, die funktioniert, bringt ein Brutpaar erwachsener Stare im Durchschnitt genau ein Brutpaar erwachsener Stare hervor. Ersatz, aber nicht mehr – und auch nicht weniger. Sobald es mehr wird, explodiert die Population; ist es weniger, stirbt sie früher oder später aus. Also dürfen von diesen 16 Eiern 14 nicht das Fortpflanzungsalter erreichen. Und da kommt die Katze ins Spiel, zusammen mit allem anderen, was einem Vogel das Leben schwer macht, insbesondere einem jungen. In gewisser Hinsicht tun die Katzen den Vögeln einen Gefallen – kollektiv, wenn auch nicht unbedingt individuell (das hängt davon ab, ob man zu den beiden gehört, die das Fortpflanzungsalter erreichen, oder zu den vierzehn anderen).

Wesentlich leichter zu sehen ist die Tatsache, daß die Vögel den Katzen einen Gefallen tun – Katzenfutter fällt buchstäblich wie Manna vom Himmel. Die Gefahr des Versiegens dieser Nahrungsquelle ist dadurch gebannt, daß, falls sich irgendwo eine Gruppe besonders gefräßiger Katzen entwickeln sollte, sie sich bald die eigenen Nahrungsgrundlagen wegfräße und ausstürbe. Die zurückhaltenderen Katzen in der Nachbarschaft dagegen überleben und rücken rasch in das leere Gebiet nach. Also gewinnen die Katzen, die gerade genug Vögel fressen, um ihren Nahrungsbedarf zu decken, den Wettbewerb mit den gefräßigen Katzen. Katzen und Vögel stehen miteinander nicht im Wettbewerb, weil sie nicht dasselbe Spiel spielen. Der eigentliche Wettbewerb findet zwischen Katzen und anderen Katzen statt und zwischen Vögeln und anderen Vögeln. Man könnte dies für einen unnötig verschwenderischen Vorgang halten, doch das ist es nicht. Ein Starenweibchen kann mühelos seine 16 Eier legen. Das Leben ist reproduktiv – es stellt hinreichend ähnliche, wenn auch nicht exakte Kopien von sich selbst her, und zwar in großer Menge und ›billig‹. Die Evolution kann leicht viele verschiedene Möglichkeiten ›ausprobieren‹ und diejenigen verwerfen, die nicht funktionieren. Und das ist eine erstaunlich wirksame Methode, auf das zu kommen, was tatsächlich funktioniert.

Wie Huxley sagte, ist die Idee so offensichtlich. Sie rief soviel Ärger seitens der Religionsverfechter hervor, weil sie einem ihrer Lieblingsargumente die Spitze abbricht, dem Argument von der Konstruktion. Lebewesen scheinen so perfekt zusammengesetzt zu sein, daß sie konstruiert sein *müssen* – und dann muß es einen Konstrukteur gegeben haben. Der Darwinismus machte deutlich, daß ein Prozeß von zufälliger, zielloser Variation, der von selbsttätiger Auslese reguliert wird, ebenso beeindruckende Ergebnisse hervorbringen kann, daß also der Anschein von Konstruktion ganz ohne Konstrukteur entstehen kann.

Viele Einzelheiten am Darwinismus sind noch nicht verständlich, wie es in der Wissenschaft immer der Fall ist, doch den meisten naheliegenden Versuchen, ihn zu erledigen, ist wirksam entgegengetreten worden. Das klassische Beispiel – noch immer von Kreationisten und anderen wiedergekäut, obwohl schon Darwin eine gute Entgegnung darauf hatte – ist die Evolution des Auges. Das menschliche Auge ist ein komplexes Gebilde, und alle seine Bestandteile müssen mit größter Genauigkeit aufeinander abgestimmt sein, damit es funktioniert. Wenn wir behaupten, solch ein komplexes Gebilde habe sich entwickelt, müssen wir zugestehen, daß es sich allmählich entwickelt hat. Es kann nicht alles gleichzeitig entstanden sein. Doch wenn dem so ist, muß in jedem Stadium des Evolutionsablaufs das sich noch entwikkelnde Proto-Auge seinem Besitzer einen Überlebensvorteil gewähren. Wie kann das geschehen? Die Frage wird oft in der Form »Wozu ist ein halbes Auge nütze?« gestellt, und die erwartete Antwort lautet »Zu nichts«, worauf sich der Antwortende geschwind zu der einen oder anderen Religion bekehren soll. »Zu nichts« ist eine vernünftige Antwort – aber auf die falsche Frage. Es gibt viele Wege, wie man allmählich zu einem Auge gelangt, ohne daß es Stück für Stück wie ein Puzzle zusammengesetzt werden müßte. Die Evolution baut Lebewesen nicht Stück für Stück zusammen wie der Gott der Evolution in *Heiße Hüpfer*. Darwin selbst hat darauf hingewiesen, daß man bei Lebewesen der Gegenwart alle Arten von lichtempfindlichen Organen findet – angefangen bei Hautpartien und dann, mit zunehmender Komplexität, Lichtsammelvermögen und Auflösungsschärfe bis zu derart sinnreichen Gebilden wie dem Menschenauge. Es gibt ein Kontinuum augenähnlicher Organe in der Welt des Lebens, und jedem Lebewesen bringt das ihm eigene lichtempfindliche Organ einen Vorteil gegenüber ähnlichen Wesen, die ein etwas weniger wirkungsvolles Organ ähnlicher Art haben.

1994 benutzten Daniel Nilsson und Susanne Pelger einen Computer, um zu sehen, was mit dem mathematischen Modell einer lichtempfindlichen Oberfläche geschähe, wenn ihr kleine, zufällige, biologisch mögliche Veränderungen erlaubt wären, wobei nur solche Veränderungen Bestand hätten, die die Lichtempfindlichkeit erhöhen würden. Sie stellten fest, daß innerhalb von 400 000 Generationen – für die Evolution ein Wimpernschlag – sich diese flache Oberfläche allmählich in ein erkennbares Auge mitsamt Linse verwandelte. Die

Linse brach das Licht sogar an verschiedenen Stellen verschieden stark, wie es die Linse unseres Auges im Gegensatz zu normalen Brillengläsern tut. Bei jedem winzigen Schritt in dieser Abfolge wäre ein Lebewesen mit dem verbesserten ›Auge‹ gegenüber einem mit der alten Version im Vorteil gewesen.

In keinem Stadium hat es dabei jemals ›ein halbes Auge‹ gegeben. Es gab nur Dinge, die Licht wahrnahmen und dabei *besser* wurden.

Seit den fünfziger Jahren verfügen wir über ein neues und zentrales Stück im Evolutionspuzzle, ein Stück, für das Darwin seine rechte Hand hergegeben hätte. Es ist die physikalische – genauer gesagt, chemische – Natur dessen, was dafür sorgt, daß sich die Eigenschaften von Organismen verändern *und* von einer Generation an die nächste weitergegeben werden können.

Sie kennen das Wort: *Gen.*

Sie kennen das Molekül: *DNS.*

Sie wissen sogar, wie es funktioniert: Die DNS trägt den *genetischen Code,* eine Art chemische ›Blaupause‹, eine Konstruktionszeichnung für einen Organismus.

Und wahrscheinlich sind viele der Dinge, die Sie wissen, Lügen-für-Kinder.

Wie das ›Überleben des Tüchtigsten‹ die Vorstellungen der Menschen im viktorianischen Zeitalter beherrschte, beherrscht ›die DNS‹ heute die Vorstellungen der Öffentlichkeit. Vorstellungen gedeihen aber am besten, wenn man ihnen freien Lauf läßt: In Gefangenschaft werden sie müde und schwächlich. Vorstellungen in Gefangenschaft vermehren sich ziemlich schnell, denn sie sind geschützt vor dem schrecklichen Raubtier namens *Denken.*

Die DNS hat zwei frappierende Eigenschaften, die in der komplexen Chemie des Lebens eine bedeutende Rolle spielen: Sie kann Information codieren, und diese

Information kann kopiert werden. (Andere Moleküle *verarbeiten* die Informationen der DNS, zu Beispiel indem sie nach den in der DNS codierten Rezepten Proteine herstellen.) Aus dieser Sicht ist ein lebender Organismus eine Art molekularer Computer. Natürlich gehört noch viel mehr zum Leben, doch die DNS ist das Kernstück jeder Diskussion über das Leben auf der Erde. Die DNS ist für das Leben der wichtigste ›Weltraumlift‹ auf molekularer Ebene – eine Plattform, von der aus das Leben in höhere Bereiche starten kann.

Die Komplexität von Lebewesen rührt nicht daher, daß sie aus einer besonderen Art Materie bestünden – wie es die jetzt ad acta gelegte ›Vitalismus‹-Theorie besagte –, sondern weil ihre Materie auf außerordentlich kunstvolle Weise organisiert ist. Die DNS erledigt einen Großteil der Routine-Buchhaltung, die dafür sorgt, daß Lebewesen organisiert *bleiben*. Jede Zelle von (fast) jedem lebenden Organismus enthält dessen ›Genom‹ – eine Art in der DNS codierte Botschaft, die diesem Organismus eine Menge Hinweise gibt, wie er sich auf molekularer Ebene verhalten soll. (Ausnahmen sind verschiedene Viren an der Grenze von Leben und Nichtleben, die einen etwas anderen Code verwenden.)

Aus diesem Grund war es möglich, das Schaf Dolly zu klonen – eine gewöhnliche Zelle von einem erwachsenen Schaf zu nehmen und daraus ein anderes Schaf wachsen zu lassen. Der Trick erfordert eigentlich *drei* erwachsene Schafe. Erstens das, von dem man die Zelle nimmt; nennen wir es ›Dollys Mutter‹. Dann bringt man den Zellkern dazu, daß er vergißt, von einem erwachsenen Schaf zu stammen, und statt dessen glaubt, er sei wieder im Ei, und dann implantiert man ihn in eine Eizelle eines zweiten Schafs (›Eispenderin‹). Dann bringt man die Eizelle in die Gebärmutter eines dritten Schafes (›Leihmutter‹), damit sie zu einem normalen Lamm heranwachsen kann.

Es wird oft behauptet, Dolly sei eine exakte Kopie von Dollys Mutter, doch das ist nicht ganz wahr. Zunächst einmal stammen gewisse Teile von Dollys DNS nicht von Dollys Mutter, sondern von der Eispenderin. Und selbst wenn dieser geringfügige Unterschied angeglichen wäre, könnte sich Dolly immer noch in vielerlei Hinsicht von ihrer ›Mutter‹ unterscheiden, denn die Schaf-DNS ist *keine* vollständige Liste von Anweisungen, »wie man ein Schaf baut«. Die DNS ähnelt eher einem Kochrezept – und sie geht davon aus, daß man schon weiß, wie man seine Küche vorbereitet. Das Rezept sagt also beispielsweise nicht: »Bringe die Mixtur in eine gefettete Pfanne und stelle sie bei 200 °C in die Backröhre«, sondern sie sagt: »Stell die Mixtur in die Backröhre« und *setzt voraus,* daß man weiß, daß sie in eine Pfanne gehört und daß die Backröhre auf eine Standardtemperatur eingestellt sein muß. Insbesondere fehlt in der Schaf-DNS die ganz entscheidende Anweisung »Bring die Mixtur in ein Schaf«, doch das ist (bisher) der einzige Ort, wo man aus einer befruchteten Schafs-Eizelle ein Lamm machen kann. Also entschied auch die Leihmutter in erheblichem Maße darüber, was geschah, als das DNS-Rezept für Dolly ›ausgeführt‹ wurde.

Viele Biologen glauben, dies sei ein unwesentlicher Einwand – immerhin funktionieren Eispenderin und Leihmutter auf die ihnen gemäße Art, weil *ihre* DNS die Informationen enthält, die sie dazu veranlassen. Doch Dinge, die sich bei *keinem* Organismus in der DNS befinden, können für den Fortpflanzungszyklus wesentlich sein. Ein gutes Beispiel bietet Hefe, eine Pflanze, die Zucker in Alkohol umwandeln und Kohlendioxid abgeben kann. Der gesamte DNS-Code einer Hefeart ist jetzt bekannt. Tausende von Experimentatoren haben mit der Hefe genetische Spiele gespielt, dann die kleinen Dinger in einer Zentrifuge herumgewirbelt, um die

DNS auszusondern, aus der man den Code bestimmen kann. Wenn man das tut, bleibt am Boden des Reagenzglases ein schleimiger Rückstand, aber da das keine DNS ist, weiß man, daß er für die Genetik nicht wichtig sein kann, und wirft ihn weg. Und das taten sie alle, bis 1997 ein Genetiker die dumme Frage stellte: Wenn es keine DNS ist, wozu dient es dann? Was ist eigentlich in diesem schleimigen Rückstand?

Die Antwort war einfach und verblüffend. Prionen. In Massen.

Ein Prion ist ein ziemlich kleines Proteinmolekül, das als Katalysator für die Bildung weiterer ihm gleichender Proteinmoleküle wirken kann. Anders als die DNS tut es das nicht durch Replikation. Vielmehr benötigt es als Ausgangsstoff Proteine, die ihm *fast* gleich sind, aber nicht ganz – die richtigen Atome in der richtigen Anordnung, aber in der falschen Form gefaltet. Das Prion hängt sich an solch ein Protein, wendet es ein bißchen hin und her und stupst es in dieselbe Form wie das Prion. Also hat man jetzt *mehr* Prionen, und der Vorgang beschleunigt sich.

Prionen sind molekulare Prediger: Sie vermehren sich, indem sie die Heiden bekehren, nicht indem sie sich in identische Zwillinge teilen. Das bekannteste Prion ist jenes, das angeblich BSE verursacht, ›Rinderwahnsinn‹. Das Protein, welches ›bekehrt‹ wird, ist ausgerechnet ein entscheidender Bestandteil im Gehirn einer Kuh, darum verlieren infizierte Kühe die Koordination, stolpern mit Schaum vorm Maul herum und wirken verrückt. Wozu braucht Hefe Prionen? Ohne Prionen kann sich Hefe nicht fortpflanzen. Die Anweisungen zur Herstellung von Proteinen in ihrer DNS erzeugen manchmal ein Protein, das in der falschen Form gefaltet ist. Wenn sich eine Hefezelle teilt, kopiert sie ihre DNS auf beide Hälften, aber die Prionen werden aufgeteilt. (Sie können ergänzt werden, indem sie andere Proteine umformen.) Hier haben wir also einen Fall, wo sogar auf molekularer Ebene die DNS eines Organismus *nicht* alles an diesem Organismus festlegt.

Vieles am Codesystem der DNS verstehen wir nicht, aber ein Teil, den wir tatsächlich verstehen, ist der ›genetische Code‹. Manche Abschnitte der DNS sind Rezepte für Proteine. Eigentlich sind sie beinahe exakte Blaupausen für Proteine, da sie die genauen Bestandteile des Proteins verzeichnen, und zwar in exakt der richtigen Reihenfolge. Proteine bestehen aus einer Auswahl aus einem Katalog ziemlich kleiner Moleküle namens Aminosäuren. Bei den meisten Organismen, darunter den Menschen, umfaßt der Katalog exakt 22 Aminosäuren. Wenn man viele Aminosäuren aneinanderreiht und sie sich zu einem ziemlich komplexen Knoten zusammenfalten läßt, bekommt man ein Protein. Was die DNS nicht verzeichnet, ist die Anleitung, *wie* das entstehende Molekül gefaltet werden soll, doch für gewöhnlich faltet es sich von selbst in der richtigen Weise. Wenn es das gelegentlich nicht tut, gibt es Dienstmoleküle, die es in die richtige Form stupsen. Gerade während wir dies schreiben, sorgt solch ein Dienstmolekül namens HSP90 für Aufruhr in der Molekulargenetik. HSP90 ›besteht darauf‹, daß sich Proteine in der orthodoxen Form falten, selbst wenn es in der DNS, in der diese Proteine kodiert sind, ein paar Mutationen gibt. Wenn der Organismus ›unter Streß steht‹ und HSP90 für andere Aufgaben einsetzt, treten diese verborgenen Mutationen plötzlich hervor – die Proteine nehmen die unorthodoxe Form an, die ihren mutierten DNS-Codes entspricht. Im Grunde bedeutet das, daß man genetische Veränderungen mit nichtgenetischen Mitteln auslösen kann.

Abschnitte der DNS, in denen normal funktionierende Proteine codiert sind, werden Gene genannt. Den übrigen Abschnitten wurde eine Anzahl verschiedener

Namen verpaßt. In manchen von ihnen sind Proteine codiert, die steuern, wann sich ein bestimmtes Gen ›einschaltet‹, das heißt, mit der Herstellung von Proteinen beginnt; diese werden regulatorische (oder homöotische) Gene genannt. Manche Teile werden salopp ›Müll-DNS‹ genannt, ein wissenschaftlicher Begriff, der bedeutet: »Wir wissen nicht, wozu sie dienen.« Manche Wissenschaftler mit einer Neigung, alles wörtlich zu nehmen, verstehen darunter »sie dienen zu nichts« und schirren so das Pferd der Natur hübsch ordentlich hinten am Wagen des menschlichen Verständnisses an. Höchstwahrscheinlich sind jene Teile ein Gemisch verschiedener Dinge: DNS, die in früheren Zeiten der Evolution einmal eine Funktion hatte, jetzt aber keine mehr hat (und die womöglich reaktiviert werden könnte, wenn beispielsweise ein Parasit längst vergangener Zeiten wieder auftauchte); DNS, die steuert, wie Gene ihre Proteinherstellung ein- und ausschalten; DNS, die wiederum *diese* steuert, und so weiter. Manches davon ist vielleicht tatsächlich Müll. Und in manchem (wie es in dem Witz heißt) könnte eine Botschaft in der Art codiert sein: »Ich war das, ich bin Gott, es hat mich die ganze Zeit gegeben, ha ha!«

Evolutionsprozesse laufen nicht in Bahnen ab, die Menschen ohne weiteres erfassen können. Das heißt nicht, daß Darwin unrecht gehabt hätte; es heißt, daß sogar, wenn er recht hat, ein überraschender Mangel an Narrativium bestehen kann, so daß eine ›Geschichte‹, die für die Evolution durchaus Sinn hat, für Menschen keinen Sinn hat. Wir vermuten, daß vieles von dem, was man in lebenden Organismen findet, von der Art ist – daß es in jedem Stadium seiner Evolution einen kleinen Vorteil bietet, doch einen Vorteil in einem derart komplexen Spiel, daß wir keine überzeugende Geschichte erzählen können, *wieso* es ein Vorteil ist. Um zu zeigen, wie bizarr Evolutionsprozesse sogar unter vergleichsweise einfachen Umständen sein können, brauchen wir keine Tiere oder Pflanzen zu betrachten, sondern nur elektronische Schaltkreise.

Seit 1993 läßt ein Ingenieur namens Adrian Thompson eine Evolution von Schaltkreisen stattfinden. Die grundlegende Technik, bekannt als ›genetische Algorithmen‹, wird in der Computerwissenschaft vielfach angewandt. Ein Algorithmus ist ein spezifisches Programm oder Rezept zur Lösung eines gegebenen Problems. Eine Methode, Algorithmen für wirklich schwierige Probleme zu finden, ist, sie miteinander zu ›kreuzen‹ und die natürliche Auslese einzusetzen. Mit ›kreuzen‹ meinen wir, Teile eines Algorithmus mit Teilen eines anderen zu vermischen. Biologen nennen das ›Rekombination‹, und jeder geschlechtliche Organismus – wie unsereins – rekombiniert die Chromosomen seiner Eltern auf diese Weise. Solch eine Technik – oder ihr Ergebnis – wird als genetischer Algorithmus bezeichnet. Wenn die Methode funktioniert, funktioniert sie blendend; der größte Nachteil liegt darin, daß man nicht immer vernünftig erklären kann, wie der entstandene Algorithmus das fertigbringt. Gleich mehr davon – zunächst müssen wir ein paar Worte zur Elektronik sagen.

Thompson fragte sich, was wohl geschähe, wenn man die Methode genetischer Algorithmen auf einen elektronischen Schaltkreis anwenden würde. Man legt eine Aufgabe fest, kreuzt zufällig Schaltkreise, die sie erfüllen könnten oder auch nicht, behält diejenigen, die bessere Ergebnisse als die anderen bringen, und wiederholt das über so viele Generationen wie nötig.

Die meisten Elektronikingenieure kommen beim Nachdenken über solch ein Vorhaben rasch darauf, daß es albern ist, wirkliche Schaltkreise zu verwenden. Statt dessen kann man die Schaltkreise in einem Computer simulieren (da man genau weiß, wie sich ein

Schaltkreis verhält) und die ganze Sache als Simulation schneller und billiger durchführen. Thompson mißtraute jedoch dieser Argumentation: vielleicht ›wußten‹ wirkliche Schaltkreise etwas, was in der Simulation verloren ginge.

Er legte eine Aufgabe fest: zwischen zwei Eingabe-Signalen von unterschiedlicher Frequenz zu unterscheiden, 1 Kilohertz und 10 Kilohertz – also zwischen Signalen mit 1000 bzw. 10 000 Schwingungen pro Sekunde. Man kann sie sich als Klang vorstellen: ein tiefer und ein hoher Ton. Der Schaltkreis sollte den Ton als Eingabe-Signal (Input) aufnehmen, ihn auf eine Weise verarbeiten, die von seiner jeweiligen Struktur bestimmt würde, und ein Ausgabe-Signal (Output) erzeugen. Bei dem hohen Ton sollte der Schaltkreis konstant null Volt ausgeben – also überhaupt keinen Output – und für den tiefen Ton konstant 5 Volt. (Eigentlich waren diese Eigenschaften anfangs nicht festgelegt, zwei beliebige unterschiedliche Ausgabesignale hätten genügt. Aber am Ende ergaben sich die null bzw. fünf Volt.)

Es würde ewig dauern, Tausende von Versuchs-Schaltkreisen von Hand zu bauen, also verwendete Thompson ein ›field-programmable gate array‹. Das ist ein Mikrochip, der eine Anzahl von Gattern enthält, sehr kleinen transistorisierten ›logischen Zellen‹ – von mäßig intelligenten Schaltern sozusagen –, deren Verbindungen verändert werden können, indem man neue Anweisungen in den Konfigurationsspeicher des Chips lädt.

Diese Anweisungen sind analog zum DNS-Code eines Organismus und können gekreuzt werden. Und das tat Thompson. Er begann mit einem Array von einhundert logischen Zellen und verwendete einen Computer, um eine Population von fünfzig Anweisungs-Codes zufällig zu erzeugen. Der Computer lud jede Anordnung in das Array, gab die beiden Töne ein, betrachtete die Ausgabesignale und versuchte eine Eigenschaft zu finden, die für die Entwicklung eines anständigen Schaltkreises nützlich sein könnte. Zunächst war das alles, was nicht absolut zufällig aussah. Der ›tüchtigste‹ Schaltkreis der ersten Generation erzeugte einen konstanten Output von fünf Volt, gleichgültig, welcher Ton eingegeben wurde. Die am wenigsten tüchtigen Anweisungscodes wurden dann ausgemerzt (gelöscht), die tüchtigen wurden gezüchtet (kopiert und rekombiniert), und der Vorgang wurde wiederholt.

Das interessanteste an dem Experiment sind nicht die Einzelheiten, sondern die Art, wie das System auf eine Lösung kam – und die bemerkenswerte Art dieser Lösung. In der 220. Generation erzeugte der tüchtigste Schaltkreis Outputs, die den Inputs ziemlich ähnlich waren, zwei Wellenformen unterschiedlicher Frequenz. Derselbe Effekt wäre auch ganz ohne Schaltkreis zu erzeugen gewesen, nur mit einem blanken Draht! Die gewünschten konstanten Ausgabesignale waren noch nicht abzusehen.

In der 650. Generation war der Output für den tiefen Ton konstant, doch der hohe Ton erzeugte noch immer ein wechselndes Ausgabesignal. Es dauerte bis Generation 2800, ehe der Schaltkreis annähernd konstante und unterschiedliche Signale für die beiden Töne erzeugte, und erst in Generation 4100 wurden gelegentliche Schwankungen geglättet, worauf kaum noch weitere Evolution stattfand.

Das seltsamste an der schließlich gefundenen Lösung war ihre Struktur. Kein menschlicher Ingenieur wäre jemals darauf gekommen. Überhaupt wäre kein menschlicher Ingenieur imstande gewesen, eine Lösung mit nur 100 logischen Zellen zu finden. Die Lösung eines menschlichen Ingenieurs wäre jedoch verständlich gewesen – wir könnten eine überzeugende ›Geschichte‹ erzählen, warum sie funktioniert. Zum Beispiel würde eine ›Uhr‹ dazu gehören – ein Schaltkreis, der mit konstanter Geschwindigkeit tickt. Damit wäre ein Maßstab gegeben, an dem man die anderen Frequenzen messen könnte. Aber mit 100 logischen Zellen kann man keine Uhr herstellen. Die evolutionäre Lösung *kümmerte* sich nicht um die Uhr. Statt dessen führte sie die Eingangssignale durch eine komplizierte Folge von Schleifen. Diese erzeugten vermutlich zeitverschobene und auch auf andere Weise bearbeitete Versionen des Signals, die schließlich zusammen die konstanten Outputs ergaben. Vermutlich. Thompson beschrieb die Funktionsweise so: »Ich habe wirklich nicht die geringste Ahnung, wie es funktioniert.«

Erstaunlicherweise zeigten weitere Untersuchungen der Lösung, daß nur 32 von den 100 logischen Zellen wirklich benötigt wurden. Der Rest konnte aus dem Schaltkreis entfernt werden, ohne daß sich dessen Verhalten änderte. Anfangs sah es so aus, als könnten fünf andere logische Zellen entfernt werden – sie waren mit den übrigen nicht elektrisch verbunden, weder mit dem Input noch mit dem Output. Wenn sie jedoch entfernt wurden, funktionierte der Rest nicht mehr. Vermutlich reagierten diese Zellen auf andere physikalische Eigenschaften des restlichen Schaltkreises als auf elektrische Ströme – beispielsweise auf Magnetfelder. Wie dem auch sei, Thompsons Gespür, daß ein echter Siliziumschaltkreis mehr Tricks im Ärmel hätte als eine Computersimulation, erwies sich als absolut zutreffend.

Die technische Rechtfertigung für Thompsons Arbeit ist die Möglichkeit, hocheffiziente Schaltkreise evolutionär zu entwickeln. Doch die Botschaft für die Grundlagen der Evolutionstheorie ist ebenfalls wichtig. Im Grunde besagt sie, daß die Evolution kein Narrativium benötigt. Eine durch Evolution entstandene Lösung kann ›funktionieren‹, ohne daß auch nur im geringsten klar wäre, wie sie das fertigbringt. Möglicherweise folgt sie keinem ›Konstruktionsprinzip‹, das für Menschen Sinn ergibt. Statt dessen kann sie der emergenten Logik des Ameisenlandes folgen, die in einer einfachen Geschichte nicht zu fassen ist.

Natürlich kann die Evolution manchmal auf ›konstruierte‹ Lösungen stoßen, wie es beim Auge der Fall ist. Manchmal stößt sie auf Lösungen, die eine Handlung haben, aber wir wissen die Geschichte nicht zu würdigen. Stabinsekten sehen wie Zweige aus und ihre Eier wie Samenkörner. Das hat eine Art Scheibenwelt-Logik, denn Samenkörner sind die ›Eier‹ von Zweigen, und ehe sich die Evolutionstheorie durchsetzte, billigten die Menschen des viktorianischen Zeitalters diese ›Logik‹, denn es sah danach aus, als sei Gott konsequent. Die ersten Verfechter der Evolutionstheorie sahen das anders und machten sich deswegen Sorgen, doch noch viel größere Sorgen machten sie sich, als sich herausstellte, daß die Eier mancher Stabinsekten wie kleine Schnecken aussehen. Es schien töricht zu sein, daß irgend etwas so ähnlich wie die Lieblingsnahrung von so ziemlich allen anderen aussehen sollte. Im Grunde schien es der Evolutionstheorie geradezu zu widersprechen. Das Rätsel wurde erst 1994 nach Waldbränden in Australien gelöst. Als neue Pflanzenschößlinge aus der Asche sprossen, waren sie von kleinen Stabinsekten bedeckt. Ameisen hatten die ›Samen‹ und die ›kleinen Schnecken‹ in ihre unterirdischen Nester getragen, weil sie sie für das hielten, wonach sie aussahen. Sicher im Untergrund hatten die Eier der Stabinsekten das Feuer überstanden. Tatsächlich sehen junge Stabinsekten Ameisen sehr ähnlich und laufen auch so; das hätte ein Schlüssel zur Lösung sein müssen, doch niemand stellte die gedankliche Verbindung her.

Und manchmal hat die Lösung der Evolution tatsächlich keine narrative Struktur. Um Darwins Theorie gründlich zu überprüfen, sollten wir sowohl nach in der Evolution entstandenen Systemen suchen, die zu einer einfachen narrativen Beschreibung passen, wie auch nach solchen, die es *nicht* tun. Viele von den sensorischen Systemen des Gehirns können durchaus von dieser Art sein. Die ersten paar Schichten der Sehrinde zum Beispiel erledigen allgemeine Funktionen wie die Entdeckung von Rändern, doch wir haben keine Ahnung, wie tiefere Schichten funktionieren, und das kann sehr wohl daran liegen, daß sie keinem Konstruktionsprinzip entsprechen, das wir gegenwärtig zu erkennen vermögen. Unser Geruchssinn scheint nach sehr seltsamen Prinzipien »organisiert« zu sein, im Gegensatz zur Sehrinde überhaupt nicht klar strukturiert und möglicherweise ebenfalls ohne jedes konstruktive Element.

Wichtiger noch: Die Gene können von dieser Art sein. Biologen sprechen gewohnheitsmäßig von der ›Funktion eines Gens‹ – was es bewirkt. Die unausgesprochene Annahme ist, daß es nur eine Sache oder eine kleine Liste von Sachen tut. Das ist die reinste Magie: Das Gen ist ein Zauberspruch. Es wird in derselben Weise als Zauberspruch wahrgenommen, wie ›Kaltstart‹ in einem Auto. Aber viele Gene tun vielleicht *nichts,* was in einer einfachen Geschichte zusammengefaßt werden könnte. Die Aufgabe, die zu erledigen sie sich entwickelt haben, ist es, ›einen Organismus zu bauen‹, und wie Thompsons Schaltkreise haben sie sich als Gruppe entwickelt. Wenn die Evolution Lösungen dieser Art hervorbringt, trägt der herkömmliche Reduktionismus nicht viel zum Verständnis dieser Lösungen bei. Man kann neurale Verbindungen katalogisieren, daß es auf keine Kuhhaut geht, aber so versteht man doch nicht, wie das visuelle System einer Kuh einen Kuhfladen von einem Bullen unterscheidet.

SIEBENUNDZWANZIG

Wir brauchen mehr Kleckse

Rincewind hatte jetzt wieder seine normale Größe und stellte fest, daß er an dieser Welt allmählich Gefallen fand. Sie war so herrlich langweilig.

Ab und zu sorgten die Zauberer dafür, daß er einige Dutzend Millionen Jahre in die Zukunft sprang. Der Meeresspiegel sank oder stieg. Es schien mehr Land zu geben, und auch mehr Vulkane. An den Ufern sammelte sich mehr Sand an. Und die ganze Zeit über herrschte laute, alles andere übertönende Stille. Oh, es gab Unwetter, und nachts zischten zahlreiche Meteoriten über den Himmel. Aber sie betonten nur die Abwesenheit der Symphonie des Lebens.

Auf den Ausdruck ›Symphonie des Lebens‹ war Rincewind sehr stolz.

»Stibbons?« fragte er.

»Ja?« erklang Ponders Stimme im Helm.

»Es scheint ziemlich viele Kometen zu geben.«

»Ja, offenbar sind sie integraler Bestandteil von Rundwelt-Systemen. Siehst du da irgendein Problem?«

»Besteht nicht die Gefahr, daß sie auf diese Welt fallen?«

Rincewind hörte, wie im Hintergrund eine leise Debatte stattfand. Kurz darauf antwortete Ponder: »Der Erzkanzler meint, Schneebälle tun nicht weh.«

»Oh. Gut.«

»Wir bringen dich jetzt wieder einige Millionen Jahre in die Zukunft. Bist du soweit?«

»Abermillionen Jahre der Langeweile«, sagte der Oberste Hirte.

»Die Anzahl der Kleckse ist gewachsen«, meinte Ponder.

»Oh, gut. Wir *brauchen* mehr Kleckse.«

Rincewind schrie. Die Zauberer eilten zum Omniskop.

»Meine Güte«, brachte der Dekan hervor. »Ist das eine höhere Lebensform?«

»Ich *glaube,* Sitzkissen haben die Welt geerbt«, sagte Ponder langsam.

Sie lagen im warmen, seichten Wasser. Dunkelgrün waren sie und wirkten beruhigend langweilig.

Die *anderen* Dinge hingegen...

Kleckse glitten wie große Augen übers Meer, schwarz, purpurn und grün. Das Wasser war mit ihnen bedeckt. Als Schleim zeigten sie sich in der Brandung. Luftkleckse schwebten einige Zentimeter über den Wellen, dicht wie Nebel, und sie überschatteten sich gegenseitig bei dem Versuch, an Höhe zu gewinnen.

»Habt ihr jemals *so etwas* gesehen?« fragte der Oberste Hirte.

»Nicht auf legale Weise«, erwiderte der Dekan. Ein Klecks platzte. Der Audio-Empfang des Omniskops war nicht besonders gut, aber das Geräusch klang nach einem *Phut*. Das arme Ding versank im Meer, und über ihm schloß sich die Decke aus schwimmenden Klecksen.

»Rincewind soll versuchen, mit ihnen zu kommunizieren«, schlug Ridcully vor.

»Worüber sollten Kleckse schon reden, Herr?« fragte Ponder. »Außerdem können sie gar nicht sprechen. Ich schätze, *Phut* zählt nicht.«

»Sie haben unterschiedliche Farben«, beobachtete der Dozent für neue Runen. »Vielleicht verständigen sie sich, indem sie die Farbe wechseln. So wie bestimmte Meeresgeschöpfe, wie heißen sie noch gleich...« Er schnippte mit den Fingern, um seinem Gedächtnis auf die Sprünge zu helfen.

»Hummer«, meinte der Dekan.

»Im Ernst?« fragte der Oberste Hirte. »Ich wußte gar nicht, daß sie die Farbe wechseln.«

»Oh, ja«, sagte Ridcully. »Rot bedeutet ›Hilfe!‹«*

»Nein, ich glaube, der Dozent für neue Runen meint Tintenfische«, sagte Ponder, der wußte, daß solche Diskussionen ziemlich lange dauern konnten. Rasch fügte er hinzu: »Ich fordere Rincewind auf, einen Kommunikationsversuch zu unternehmen.«

Rincewind stand knietief in Klecksen und fragte: »Was soll das heißen?«

»Nun... könntest du vielleicht verlegen werden?«

»Nein, ich werde zornig!«

»Das funktioniert vielleicht, wenn der Zorn für ein rotes Gesicht sorgt. Dann glauben die Kleckse, du brauchst Hilfe.«

»Wißt ihr, daß es hier außer den Klecksen auch noch etwas anderes gibt?«

Einige Kleckse hatten Fäden, die in der übers Ufer wehenden Brise hin und her schwangen. Wenn sie einen Gasklecks trafen, so löste sich der kleine Klecks am anderen Ende vom Felsen und ließ die Fäden ein wenig kürzer werden. Anschließend setzte der Gasklecks seinen Flug mit einem Passagier fort.

Rincewind bemerkte viele solcher ›Mitreisenden‹. Die entsprechenden Gaskleckse wirkte nicht sehr gesund.

»Es sind Raubwesen«, erklärte Ponder.

»Ich befinde mich an einem Ufer, auf dem es von *Raubwesen* wimmelt?«

»Wenn's dich beruhigt: Versuch einfach, nicht wie ein

* Zauberer machten sich nicht die Mühe, in Büchern nachzusehen, denn oft fanden sie Antworten, indem sie aneinander vorbeiredeten.

Klecks auszusehen. Wir behalten sie im Auge... Äh... die Zauberer sind der Ansicht, daß Intelligenz vor allem bei Geschöpfen zu erwarten ist, die viel Nahrung zu sich nehmen.«

»Warum?«

»Vermutlich deshalb, weil *sie* viel essen. Ich schlage einige weitere Sprünge in die Zukunft vor, in Ordnung?«

»Meinetwegen.«

Die Welt flackerte...

»Kleckse.«

...flackerte...

»Das Meer ist jetzt viel weiter entfernt. Ich sehe einige schwimmende Kleckse. Und es gibt mehr schwarze.«

...flackerte...

»Bin ein ganzes Stück aus dem Ozean und sehe große Flöße aus purpurnen Klecksen. Es schweben noch mehr Kleckse durch die Luft...«

... flackerte...

»Große dampfende Zwiebelstapel!«

»Was?« brachte Ponder hervor.

»Ich wußte es! Ich *wußte* es! Diese Welt wollte mich nur in Sicherheit wiegen!«

»Was ist passiert?«

»Ein Schneeball! Die ganze Welt hat sich in einen riesigen Schneeball verwandelt!«

ACHTUNDZWANZIG

Es kommet der Eisberg

Die Erde ist vielfach ein riesiger Schneeball gewesen. Sie war es vor 2,7 Milliarden Jahren, vor 2,2 Milliarden und vor 2 Milliarden Jahren. Vor 800 Millionen Jahren war sie ein wirklich kalter Schneeball, und darauf folgte eine Serie weltweiter Kälteeinbrüche, die bis vor 600 Millionen Jahren dauerte. Vor 300 Millionen Jahren fiel sie erneut ins Schneeball-Stadium, und den größten Teil der letzten 50 Millionen Jahre war sie es immer wieder einmal. Das Eis hat eine große Rolle in der Geschichte des Lebens gespielt. *Wie* groß die Rolle war, verstehen wir jetzt allmählich.

Es begann uns zum erstenmal klar zu werden, als wir Indizien für den jüngsten Schneeball fanden. Vor etwa anderthalb Millionen Jahren, ungefähr zu der Zeit, als Menschen anfingen, zur dominanten Art auf der Erde zu werden, wurde der Planet sehr kalt. Der alte Name für diese Periode war ›die Eiszeit‹. Wir nennen sie nicht mehr so, denn es war nicht *eine* Zeit: Wir sprechen von ›glazial-interglazialen Zyklen‹. Gibt es einen Zusammenhang? Brachte das kalte Klima den nackten Affen dazu, genug Intelligenz zu entwickeln, damit er andere Tiere töten und ihre Felle verwenden konnte, um sich warm zu halten? Damit er das Feuer entdecken und nutzen konnte?

Das war eine beliebte Theorie. Es ist möglich. Aber wahrscheinlich doch nicht: Es gibt zu viele Löcher in der Logik. Doch eine viel frühere und viel grimmigere Eiszeit hätte um ein Haar mit diesem ganzen Unsinn von ›Leben‹ Schluß gemacht. Und ironischerweise hat die Tatsache, daß sie es nicht geschafft hat, vielleicht der ganzen Vielfalt des Lebens Bahn gebrochen, wie wir es kennen.

Dank den Pionierleistungen von Louis Agassiz wußten die Wissenschaftler im viktorianischen Zeitalter, daß die Erde einmal viel kälter als jetzt gewesen war, denn sie konnten die Indizien ringsum in Gestalt der Talformen sehen. In vielen Teilen der Welt findet man heute Gletscher – gewaltige »Ströme« von Eis, die sehr langsam unter dem Druck von neuem Eis fließen, das sich weiter oben bildet. Gletscher führen große Mengen Gestein mit sich, und sie pressen und schaben sich ihren Weg, bilden dabei Täler, deren Querschnitt wie ein flaches U geformt ist. Überall in Europa, überhaupt in vielen Teilen der Welt gibt es solche Täler – aber keine Spur von Eis im Umkreis von Hunderten oder Tausenden von Kilometern. Die viktorianischen Geologen setzten ein Bild zusammen, das in mancher Hinsicht etwas Sorgen bereitete, insgesamt aber beruhigend war. Vor etwa 1,6 Millionen Jahren, zu Beginn des Pleistozäns, wurde die Erde plötzlich kälter. Infolge von sich rasch ansammelndem Schnee rückten die Eiskappen an den Polen vor und schürften jene U-förmigen Täler aus. Dann zog sich das Eis wieder zurück. Insgesamt viermal, glaubte man, war das Eis vorgerückt und zurückgewichen, wobei ein Großteil von Europa unter einer mehrere Kilometer dicken Eisschicht begraben war.

Trotzdem brauchte man sich keine Sorgen zu machen, sagten die Geologen. Wir schienen uns schön sicher in der Mitte einer Warmzeit zu befinden, ohne Aussicht, in absehbarer Zeit unter kilometerdickem Eis begraben zu werden…

Das Bild ist nicht mehr so anheimelnd. Manche Leute glauben sogar, die größte Gefahr für die Menschheit sei nicht die globale Erwärmung, sondern eine nahe bevorstehende Eiszeit. Wie ironisch und wie unverdient, wenn unsere Umweltverschmutzung eine Naturkatastrophe verhindern sollte!

Wie üblich liegt der Hauptgrund, weshalb wir jetzt viel mehr wissen, in der Tatsache, daß neue Beobachtungsmethoden möglich geworden sind, dazu neue Theorien, die erklären, was da gemessen wird und warum wir uns dessen ziemlich sicher sein können. Diese neuen Methoden reichen von klugen Datierungsverfahren für alte Gesteine bis zu Untersuchungen der Proportionen verschiedener Isotope in Bohrkernen aus sehr altem Eis, ergänzt durch Ozeanbohrungen, die die am Meeresgrund abgelagerten Sedimentschichten untersuchen. Warme Meere ermöglichen anderen Wesen Leben, die bei ihrem Tod andere Sedimente ablagern, so daß eine Beziehung zwischen Sediment und Klima besteht.

Alle diese Methoden stützen einander und führen ziemlich übereinstimmend zum selben Bild. Immer wieder einmal kühlt sich die Erde ab; dabei wird sie an den Polen 10 °C bis 15 °C kälter und 5 °C anderswo. Dann erwärmt sie sich plötzlich und wird möglicherweise 5 °C wärmer als gegenwärtig. Zwischen den großen Schwankungen gibt es kleinere – ›Mini-Eiszeiten‹. Die typische Lücke zwischen einer ordentlichen Eiszeit und der nächsten beträgt rund 75 000 Jahre, oft weniger – nichts von den tröstlichen 400 000 Jahren, wie sie die viktorianischen Gelehrten erwarteten. Am beunruhigendsten ist die Entdeckung, daß Perioden von hoher Temperatur – das heißt, wie wir sie jetzt haben – selten länger als 20 000 Jahre dauerten.

Die letzte große Vereisung endete vor 18 000 Jahren.

Zieht euch warm an, Leute.

Was verursachte die Eiszeiten? Wie sich zeigt, ist die Erde ein nicht ganz so netter Planet, wie wir gern denken, und ihre Bahn um die Sonne ist nicht ganz so stabil und immer wieder dieselbe, wie wir für gewöhnlich annehmen. Die gegenwärtig anerkannte Theorie wurde 1920 von einem Serben namens Milutin Milankoviĉ (Milankovitch) entwickelt. Allgemein gesprochen, läuft die Erde in einer fast kreisförmigen Ellipse um die Sonne, doch es gibt drei Dinge bei der Erdbewegung, die sich verändern. Das eine ist der Neigungswinkel der Erdachse – er beträgt gegenwärtig etwa 23°, schwankt aber leicht in einem Zyklus von rund 41 000 Jahren. Zweites ändert sich der Ort, wo die Erde der Sonne am nächsten kommt, in einem Zyklus von 20 000 Jahren. Die dritte Veränderung betrifft die Exzentrizität der Erdumlaufbahn – wie langgestreckt die Ellipse ist – und hat eine Periode von annähernd 100 000 Jahren. Wenn man alle drei Zyklen zusammennimmt, kann man die Änderung der Wärmemenge berechnen, die die Erde von der Sonne empfängt. Diese Berechnungen stimmen mit den bekannten Temperaturschwankungen der Erde überein, insbesondere ist es wahrscheinlich, daß die Erwärmung der Erde nach Eiszeiten auf eine verstärkte Wärmezufuhr von der Sonne dank den drei astronomischen Zyklen zurückgeht.

Es könnte ziemlich selbstverständlich erscheinen, daß die Erde sich erwärmt, wenn sie mehr Wärme von der Sonne erhält, und sich bei weniger Sonnenwärme abkühlt, aber nicht die gesamte Wärme, die in den oberen Schichten der Atmosphäre ankommt, erreicht der Boden. Sie kann von Wolken reflektiert werden, und sogar wenn sie an die Oberfläche gelangt, können die Ozeane und Schnee und Eis sie zurückwerfen. Man nimmt an, daß während einer Eiszeit die Erde durch diese Reflexion mehr Wärme als sonst verliert, so daß Eiszeiten sich automatisch *verschlimmern.* Wir werden aus einer Eiszeit hinausgestoßen, wenn soviel Wärme von der Sonne eintrifft, daß das Eis trotz des Wärmeverlusts schmilzt. Oder vielleicht wird das Eis schmutzig, oder... Es ist nicht so klar, daß wir in eine Eiszeit gestoßen werden, wenn weniger Sonnenwärme die Erde erreicht – Eiszeiten beginnen nämlich für gewöhnlich langsamer, als sie enden.

Bei alledem fragt man sich, ob eine globale Erwärmung vielleicht durch von Tieren ausgeschiedene Gase teilweise verursacht wird. Wenn sich Gase wie Kohlendioxid und Methan in der Atmosphäre ansammeln, bewirken sie den berühmten ›Treibhauseffekt‹, indem sie mehr Sonnenlicht als üblich festhalten, also mehr Wärme. In jüngster Zeit sind die meisten Wissenschaftler zu der Überzeugung gelangt, daß infolge menschlicher Aktivitäten die Menge der ›Treibhausgase‹ auf der Erde rascher zunimmt, als sie es sonst täte. Zu diesen Aktivitäten gehören die Landwirtschaft (Abbrennen von Regenwäldern zur Landgewinnung), der Autoverkehr, das Verbrennen von Kohle und Öl in Elektrizitätswerken und abermals die Landwirtschaft (Kühe erzeugen massenhaft Methan: an einem Ende geht Gras hinein, und am anderen kommt Methan heraus). Und wie dürften wir das Kohlendioxid vergessen, das von Menschen ausgeatmet wird? Ein Mensch entspricht dabei einem halben Auto, vielleicht mehr.

Vielleicht gab es in der Vergangenheit große Zivilisationen, von denen wir heute nichts wissen – außer daß sie die Temperatur der Erde beeinflußten. Vielleicht wimmelte es auf der Erde von Rinder-, Büffel- und Elefantenherden, die eifrig Methan absonderten. Die meisten Wissenschaftler glauben jedoch, daß Klimaveränderungen aus Schwankungen von fünf Faktoren resultieren: der von der Sonne ausgestrahlten Wärmemenge, der Erdumlaufbahn, der Zusammensetzung der Atmosphäre, der Menge des von Vulkanen ausgestoßenen Staubs und der Verteilung von Land und Meer infolge von Bewegungen der Erdkruste. Wir können noch kein wirklich passendes Bild zusammensetzen, bei dem die Messungen der Theorie so gut entsprächen, wie wir möchten, doch eines wird schon deutlich: daß das Erdklima mehr als einen ›Gleichgewichtszustand‹ hat. Es bleibt eine Zeitlang in oder nahe bei solch einem Zustand, wechselt dann verhältnismäßig schnell zu einem anderen, und so weiter.

Der ursprüngliche Gedanke besagte, daß ein Zustand ein warmes Klima wie das gegenwärtige sei und der andere eine kalte ›Eiszeit‹. 1998 verfeinerte Didier Paillard die Vorstellung zu einem Modell mit drei Zuständen: Interglazial (warm), mildes Glazial (kühl) und Glazial (kalt). Ein Absinken der von der Sonne einfallenden Wärme unter eine bestimmte Schwelle infolge der astronomischen Zyklen löst ein Umschlagen vom warmen zum kühlen Klima aus. Wenn sich genug neues Eis angesammelt hat, reflektiert es soviel von der Sonnenwärme, daß der nächste Umschwung von kühl zu sehr kalt ausgelöst wird. Wenn aber die Sonnenwärme schließlich dank den drei astronomischen Zyklen wieder einen anderen Schwellenwert übersteigt, wechselt das Klima wieder zu warm. Dieses Modell stimmt mit Beobachtungen überein, die aus der Menge von Sauerstoff-18 (einem radioaktiven Sauerstoffisotop) in geologischen Ablagerungen abgeleitet wurden.

Nun noch etwas Drama. Vor etwa 800 Millionen Jahren gab es eine grimmige Eiszeit, die nahezu das ganze Leben an der Erdoberfläche auslöschte. Dieser ›große Frost‹ dauerte 10 bis 20 Millionen Jahre, das Eis erreichte den Äquator, und die Meere scheinen bis zu einer Tiefe von einem Kilometer oder mehr gefroren zu sein. Nach der ›Schneeball Erde‹-Theorie bedeckte das Eis zu dieser Zeit die gesamte Erde. Wenn das jedoch tatsächlich der Fall gewesen wäre, hätte das Eis mehr Schaden anrichten müssen, als die Fossilbelege zeigen.

Also war vielleicht die Erdachse viel stärker geneigt, als die Astronomen zugeben wollen, und die Pole verloren ihr Eis, während die Äquatorgegenden zufroren. Vielleicht verlief auch die Kontinentalverschiebung damals schneller, als wir glauben, und wir haben die Ausdehnung des Eises falsch kartographiert. Wie es auch im einzelnen gewesen sein mag, es war eine ausgesprochen eisige Welt.

Obwohl der große Forst beinahe alles Leben an der Oberfläche ausgelöscht hätte, kann er indirekt einen Großteil der heutigen Vielfalt des Lebens hervorgerufen haben. Der Übergang von Einzellern zu mehrzelligen Lebewesen in großem Maßstab trug sich auch vor 800 Millionen Jahren zu. Es ist plausibel, daß der große Frost eine Vielzahl von einzelligen Lebensformen auslöschte und neue Möglichkeiten für das mehrzellige Leben eröffnete, die in der Kambrischen Explosion vor 540 Millionen Jahren kulminierten. Auf Massenvernichtungen folgt in der Regel eine schlagartige Zunahme der Vielfalt, bei der das Leben vom ›Profistatus‹ im Evolutionsspiel in den eines ›Amateurs‹ zurückfällt. Es dauert dann eine Zeit, bis die weniger tüchtigen Amateure ausgemerzt sind – und solange können alle möglichen seltsamen Lebensstrategien zeitweilig gedeihen. Die Serie von eisigen Zeitabschnitten, die auf den großen Frost folgte, kann diesen Vorgang nur gefördert haben.

Es kann jedoch auch umgekehrt gewesen sein. Die Erfindung des Afters durch die Triploblasten kann die Ökologie der Meere verändert haben. Fäkalien werden auf den Meeresgrund gesunken sein, wo sich Bakterien darauf spezialisieren konnten, sie aufzuspalten. Dann konnten andere Organismen Strudler* werden, die von

* Strudler oder Filtrierer: Wassertiere, die ihre Nahrung aus einem durch ihren Körper gelenkten Wasserstrom herausfiltern. – *Anm. d. Übers.*

diesen Bakterien lebten und möglicherweise ihre Larven zwecks Verbreitung hinauf ins Plankton aussandten, wie es Strudler heute tun. Mehrere neue Lebensweisen beruhten auf diesem urtümlichen Kompostierungssystem. Und es kann sein, daß die erfolgreiche Rückführung von Phosphor und Stickstoff in den Stoffkreislauf des Meeres zu einer explosionsartigen Vermehrung von Algen führte, die das Kohlendioxid in der Atmosphäre verringerte, den Treibhauseffekt einschränkte und den großen Frost auslöste.

Zum Glück für uns dauerte der große Frost nicht *ganz* so lange oder war nicht kalt genug, um alles abzutöten. (Bakterien in Vulkanschloten am Meeresgrund und in der Erdkruste hätten sowieso überlebt, doch die Evolution wäre weit, weit zurückgeworfen worden.) Als die Erde also wieder wärmer wurde, explodierte das Leben in eine frische, konkurrenzfreie Welt. Paradoxerweise ist einer der Hauptgründe, weshalb es uns heute gibt, darin zu suchen, daß es uns um ein Haar nicht gegeben hätte. Die ganze Geschichte unserer Evolution ist voll von solchen Szenarien um ›gute Neuigkeiten – schlechte Neuigkeiten‹, während das Leben freudig über die Körper der Gefallenen vorwärtsstürmt…

Rincewinds Eindruck, daß es die Rundwelt auf ihn abgesehen hat, ist verzeihlich. Das Leben hat unter vielen verschiedenen Arten von Naturkatastrophen gelitten. Hier noch zwei davon: Im Perm-Trias-Massensterben von vor 250 Millionen Jahren verschwanden binnen ein paar hunderttausend Jahren 96% aller Arten.* William Hobster und Mordeckai Magaritz glauben, dies sei

---

* Nach unserem Wissensstand, der sich auf Schlußfolgerungen aus den verfügbaren Indizien gründet. Jedenfalls war es ein *großes* Aussterben – viel größer als dasjenige, welches die Dinosaurier umbrachte (oder dazu beitrug). Ans Aussterben der Dinosaurier erinnern wir uns, weil sie so gute Reklame hatten.

geschehen, weil sie erstickten. Kohlenstoffisotope zeigen, daß in den Anfangsphasen des Aussterbens große Mengen an Kohle und Schiefer oxidierten, möglicherweise infolge eines Absinkens des Meeresspiegels, so daß mehr Land freilag. Das Ergebnis war viel mehr Kohlendioxid und viel weniger Sauerstoff, der auf die Hälfte seines heutigen Anteils zurückging. Landlebende Arten waren besonders schwer betroffen.

Ein anderes weltweites Aussterben, wenn auch weniger schwerwiegend, ereignete sich vor 55 Millionen Jahren: die Paläozän-Eozän-Grenze. In Sediment-Bohrkernen aus der Antarktis haben James Kenneth und Lowell Scott Indizien für den plötzlichen Tod einer Vielzahl von im Meer lebenden Arten gefunden. Billionen Tonnen von Methan scheinen aus dem Ozean entwichen zu sein, die die Temperatur steil emporschießen ließen, da Methan ein starkes Treibhausgas ist. Jenny Dickens hat die Ansicht vertreten, daß das Methan aus Ablagerungen von Methanhydraten im Dauerfrostboden und am Meeresgrund freigesetzt wurde. Methanhydrate sind ein Kristallgitter von Wasser, in dem Methangas eingeschlossen ist; sie entstehen, wenn Bakterien im Schlamm das Gas freisetzen und es vom Wasser eingefangen wird.

Wiederum war eins der Hauptergebnisse des Paläozen-Eozän-Massensterbens eine Explosion der evolutionären Vielfalt, die insbesondere zu den höheren Primaten führte – und zu uns. Ob ein Ereignis eine Katastrophe ist, hängt vom Blickwinkel ab. Felsen haben vielleicht keinen Blickwinkel, wie Ponder Stibbons bemerkte, wir aber durchaus.

NEUNUNDZWANZIG

Ein großer Sprung seitwärts

»Ich glaube, es sieht eher wie ein Silvesterornament aus«, sagte der Oberste Hirte später, als sich die Zauberer einen Aperitif genehmigten und durchs Omniskop eine glitzernde weiße Welt betrachteten. »Eigentlich recht hübsch.«

»Und hin sind die Kleckse«, sagte Ponder Stibbons.

»Phut«, kommentierte der Dekan fröhlich. »Noch etwas Sherry, Erzkanzler?«

»Vielleicht eine Instabilität bei der Sonne…«, überlegte Ponder.

»Von ungelernter Arbeit konstruiert«, sagte Ridcully. »So etwas mußte früher oder später passieren. Und dann gibt's nur noch kalten Tod, das Kaffeetrinken der Götter und ewiges Eis.«

»Schniefheim«, sagte der Dekan, der den Sherry als erster probiert hatte.

»HEX weist darauf hin, daß sich die Atmosphäre des Planeten verändert hat«, meinte Ponder.

»Solche Hinweise nützen uns jetzt nichts mehr, oder?« fragte der Oberste Hirte.

»Ah, ich habe eine Idee!« verkündete der Dekan und strahlte. »Wir könnten HEX beauftragen, den thaumischen Fluß in der chthonischen Matrix des optimierten bidirektionalen Oktagonats umzukehren, nicht wahr?«

»Nun, das ist die Meinung von vier Gläsern Sherry«, sagte der Erzkanzler voller Nachdruck und beendete damit die Stille, die den Worten des Dekans zunächst gefolgt war. »Wenn ich eine Bitte äußern darf: Beim nächsten Mal würde ich einen Vorschlag begrüßen, der nicht vollkommener Unsinn ist, herzlichen Dank. Nun, Stibbons, ist dies das Ende der Welt?«

»Und wenn es das Ende der Welt ist«, fügte der Oberste Hirte hinzu, »müssen wir dann mit dem Erscheinen vieler Helden rechnen?«

»Wovon redest du da, Mann?« fragte Ridcully.

»Nun, der Dekan glaubt offenbar, daß wir in diesem Fall wie Götter sind, und in den meisten großen Mythologien heißt es, daß Helden nach ihrem Tod im Speisesaal der Götter eintreffen, um dort ein großes Festmahl zu genießen«, erklärte der Oberste Hirte. »Ich möchte nur wissen, ob ich der Küche Bescheid geben soll.«

»Es sind doch nur Kleckse«, sagte Ridcully. »Welche Heldentaten können Kleckse vollbringen?«

»Ich weiß nicht«, erwiderte der Oberste Hirte. »Eine der klassischen Möglichkeiten besteht darin, den Göttern etwas zu stehlen.«

»Soll das heißen, wir sollten den Inhalt unserer Hosentaschen überprüfen?« fragte der Erzkanzler.

»Nun, ich vermisse seit einigen Tagen mein Taschenmesser«, sagte der Oberste Hirte. »War nur so ein Gedanke.«

Ridcully klopfte dem niedergeschlagenen Stibbons auf den Rücken.

»Kopf hoch, Junge!« donnerte er. »Wir haben gute Arbeit geleistet! Zugegeben, das Ergebnis bestand in Klecksen mit der Intelligenz von Erbsensuppe, aber du solltest dich von einem völligen, totalen Fehlschlag deiner Bemühungen nicht entmutigen lassen.«

»*Wir* verzagen deshalb nie«, fügte der Dekan hinzu.

Nach dem Frühstück am folgenden Tag kehrte Ponder Stibbons in den Forschungstrakt für hochenergetische Magie zurück. Ein trauriger Anblick bot sich ihm. Überall standen Teller und Tassen. Papier lag auf dem Boden. Vergessene Zigaretten hatten Brandspuren an

Tischkanten hinterlassen. Die seit Tagen unberührt gebliebenen Reste einer mit Sardinen, Käse und schwarzen Johannisbeeren belegten Pizza krochen vorsichtig zur Seite, auf der Suche nach einem sicheren Ort.

Ponder seufzte, nahm einen Besen und trat dann zu dem Korb, der HEX' nächtliche Ausschriebe enthielt.

Er war erstaunlich voll.

»Nicht nur Kleckse, sondern auch *jede Menge* anderes Zeug! Ein Teil davon *windet sich hin und her...*«

»Ist das eine Pflanze oder ein Tier?«

»Eine Pflanze, da bin ich ganz sicher.«

»Äh... geht sie nicht ziemlich schnell?«

»Oh, ich weiß nicht. Ich habe noch nie zuvor gehende Pflanzen gesehen.«

Die Zauberer der Unsichtbaren Universität fanden sich wieder im Forschungstrakt ein, als sie von den Neuigkeiten hörten. Die ranghöchsten Angehörigen der Fakultät standen am Omniskop und erklärten sich jetzt, da das Unmögliche geschehen war, die Unvermeidlichkeit der jüngsten Ereignisse.

»Alle diese Risse im Meeresboden«, sagte der Dekan. »Und natürlich die Vulkane. Da mußte sich im Lauf der Zeit genug Wärme ansammeln.«

»Das erklärt nicht die vielen verschiedenen Formen«, sagte der Oberste Hirte. »Ich meine, das ganze Meer sieht so aus, als hätte jemand einen großen Stein umgedreht.«

»Ich schätze, unter dem Eis hatten die Kleckse Zeit genug, um über ihre Zukunft nachzudenken«, spekulierte der Dekan. »Man könnte sich die ganze Sache als einen sehr langen Winterabend vorstellen.«

»Ich bin für Toiletten«, sagte der Dozent für neue Runen.

»Das sind wir alle«, brummte Ridcully. »Worauf willst du hinaus?«

»Ich meine, die Kleckse... äh... mußten mal, und zwar über Jahrmillionen hinweg, und in einer so langen Zeit sammelt sich viel... äh... Dung an...«, erklärte der Dozent für neue Runen.

»Ein verdammt großer Haufen Scheiße«, fügte der Dekan hinzu.

»Dekan! Ich bitte dich!«

»Entschuldige, Erzkanzler.«

»...und wir wissen ja, daß es in Dungbergen von Leben nur so wimmelt«, fuhr der Dozent für neue Runen fort.

»Früher glaubte man, daß Abfallhaufen Ratten erzeugen«, sagte Ridcully. »Das ist natürlich Aberglaube. In Wirklichkeit sind es Möwen. Nun, du meinst, das Leben kommt voran, indem es des toten Mannes Stiefel verspeist? Beziehungsweise die Stiefel toter Kleckse. Ich meine, es sind natürlich keine Stiefel, weil Kleckse gar keine Füße haben. Und selbst wenn sie Füße hätten – sie wären nicht intelligent genug, um Stiefel zu erfinden. Und selbst wenn sie intelligent genug gewesen wären, um Stiefel zu erfinden: Sie konnten gar keine Stiefel herstellen, weil es ihnen an den notwendigen Rohstoffen mangelte. Abgesehen davon halte ich die Metapher für angebracht.«

»Es gibt *noch immer* Kleckse«, sagte der Dekan. »Aber sie haben jetzt Gesellschaft bekommen.«

»Deutet bei den anderen Dingen irgend etwas auf Intelligenz hin?« fragte Ridcully.

»Ich weiß nicht, wie wir das im gegenwärtigen Stadium feststellen sollen...«

»Ganz einfach: Bringt etwas irgend etwas anderes ohne die Absicht um, es zu fressen?«

Die Zauberer betrachteten eine Zeitlang das soviel Leben enthaltende Wasser.

»Nun, es läßt sich kaum erkennen, ob irgendwo *Absicht* im Spiel ist«, meinte der Dekan nach einer Weile.

»Na schon. Erweckt etwas den *Eindruck,* intelligent werden zu können?«

Sie hielten erneut Ausschau.

»Das Ding, das aussieht wie zwei miteinander verbundene Spinnen«, sagte der Oberste Hirte schließlich. »Wirkt recht nachdenklich.«

»Meiner Ansicht nach sieht's tot aus.«

»Ich weiß, wie wir den ganzen Evolutionskram ein für allemal klären können«, sagte Ridcully und wandte sich ab. »Stibbons, kann HEX mit dem Omniskop feststellen, ob sich irgend etwas in etwas anderes verwandelt?«

»Das sollte eigentlich möglich sein – eine bestimmte Größe des zu untersuchenden Bereichs vorausgesetzt, Herr.«

»HEX soll aufs Land achten«, sagte der Dekan. »Passiert etwas auf dem Land?«

»Hier und dort ist es grün geworden, Herr. Vielleicht Algen, denen es im Meer zu naß ist.«

»Auf dem Land werden die interessanten Dinge geschehen, verlaßt euch drauf. Ich weiß nicht, was in diesem Universum das Narrativium ersetzt, aber intelligentes Leben erscheint bestimmt auf dem Land.«

»Wie würdest du Intelligenz definieren?« fragte Ridcully. »Langfristig, meine ich?«

»Universitäten sind ein guter Hinweis«, meinte der Dekan, und die anderen Zauberer nickten.

»Glaubt ihr nicht, daß Feuer und das Rad universellere Bedeutung haben könnten?« erkundigte sich Ponder vorsichtig.

»Nicht wenn man im Wasser lebt«, erwiderte der Oberste Hirte. »Ich tippe in diesem Fall aufs Meer. Was diese Welt betrifft, passiert praktisch nichts auf dem Land.«

»Aber die Lebensformen im Wasser fressen sich gegenseitig auf!«

»Dann würde es mich interessieren, was mit dem letzten Überlebenden geschieht«, sagte der Oberste Hirte.

»Nein, wenn es um Universitäten geht, kommt nur das Land in Frage«, meinte der Dekan. »Unter Wasser hält Papier keine fünf Minuten lang. Das stimmt doch, Bibliothekar, oder?«

Der Bibliothekar blickte noch immer durchs Omniskop.

»Ugh«, antwortete er.

»Was hat er gesagt?« fragte Ridcully.

»Er sagte: ›Ich glaube, der Oberste Hirte könnte recht haben‹«, übersetzte Ponder und trat zum Omniskop. »Oh… seht euch *das* an…«

Das Geschöpf hatte mindestens vier Augen und zehn Tentakel. Einige dieser Tentakel benutzte es, um eine kleine Felsplatte an eine andere zu ziehen.

»Baut es ein Bücherregal?« fragte Ridcully.

»Oder vielleicht einen Unterschlupf«, vermutete Ponder Stibbons.

»Na bitte«, sagte der Oberste Hirte. »Persönlicher Besitz. Sobald einem etwas gehört, möchte man es verbessern. Das ist der erste Schritt auf dem Weg des Fortschritts.«

»Ich bin mir nicht sicher, ob das Ding überhaupt Füße hat«, gab Ponder zu bedenken.

»Dann eben das erste Rutschen auf dem Weg des Fortschritts«, korrigierte der Oberste Hirte, als die Felsplatte den Tentakeln entglitt. »Wir sollten dem Wesen helfen«, fügte er hinzu. »Immerhin würde es ohne uns gar nicht existieren.«

»Augenblick, Augenblick«, gab der Dozent für neue Runen zu bedenken. »Vielleicht geht es dem Geschöpf tatsächlich nur um einen Unterschlupf. Ich meine, der Laubenvogel baut komplexe Nester, nicht wahr? Und der Uhren bauende Kuckuck konstruiert eine Uhr für seine Partnerin, was niemand zum Anlaß nimmt, ihn als *intelligent* zu bezeichnen.«

»Natürlich nicht«, sagte der Dekan. »Die Zahlen stimmen nie. Außerdem geht die Uhr mindestens zwei Stunden pro Tag nach und fällt nach ein paar Monaten auseinander. Was *meiner* Ansicht nach kaum ein Zeichen von Intelligenz sein kann.«

»Irgendwelche Vorschläge, Runen?« fragte Ridcully.

»Warum schicken wir den jungen Rincewind nicht noch einmal in seinem Virtuell-da-Anzug los? Mit einer Kelle und einem illustrierten Handbuch für einfaches Konstruieren?«

»Wären die Geschöpfe imstande, ihn zu sehen?«

»Äh... meine Herren...«, murmelte Ponder, der den Fokus des Omniskops weiter durchs flache Wasser hatte gleiten lassen.

»Warum nicht?« entgegnete Ridcully.

»Äh... da... da...«

»Es ist eine Sache, über Millionen Jahre hinweg Planeten hin und her zu schieben«, sagte der Dekan. »Aber wir haben keine Möglichkeit, unserem Konstrukteur dort unten herzhaft auf den Rücken zu klopfen. Falls wir überhaupt wüßten, wo sich sein Rücken befindet.«

»Äh... *da watet etwas, Herr! Da watet etwas durchs seichte Wasser, Herr*!«

Es mochte der seltsamste Warnruf nach ›Sollte der Reaktor eine solche Farbe haben?‹ sein. Die Zauberer drängten sich am Omniskop zusammen.

Es watete tatsächlich etwas durchs seichte Wasser. Mit Hunderten von kleinen Beinen.

Rincewind saß in seinem neuen Büro und führte ein Verzeichnis über Steine. Er hatte ein recht gutes System entwickelt, basierend auf Größe, Form, Farbe und siebenundzwanzig anderen Eigenschaften, darunter die Frage, ob er den Stein für freundlich oder nicht hielt.

Wenn er Querverweisen die nötige Aufmerksamkeit schenkte, dann sollten ihm mindestens drei ruhige Jahre in diesem Zimmer bevorstehen.

Deshalb war er ziemlich überrascht, als man ihn plötzlich packte und zum Forschungstrakt für hochenergetische Magie trug, während er in der einen Hand einen harten, quadratischen, hellgrauen Stein hielt, in der anderen ein Exemplar, das Menschen zu mögen schien.

»Gehört das *dir?*« donnerte Ridcully und trat zur Seite. Hinter ihm kam das Omniskop zum Vorschein.

Die Truhe schwamm einige Meter vor dem Ufer und wirkte recht zufrieden.

»Äh…«, sagte Rincewind. »Ich denke schon.«

»Wie kam das Ding dort *hinein*?«

»Äh… wahrscheinlich sucht es mich«, erwiderte Rincewind. »Manchmal verliert es die Orientierung.«

»Aber das ist ein anderes Universum!« entfuhr es dem Dekan.

»Tut mir leid.«

»Kannst du die Truhe zurückrufen?«

»Lieber Himmel, nein. Wenn ich sie zurückrufen könnte, würde ich sie fortschicken.«

»Intelligentes Birnbaumholz *ist* metamagisch und folgt seinem Besitzer zu jedem beliebigen Ort in Raum und Zeit«, erklärte Ponder.

»Ja, aber *dieser* Ort ist eine Ausnahme!« sagte Ridcully.

»Ich kann mich nicht daran erinnern, daß ›dieser Ort ist eine Ausnahme‹ jemals als eine anerkannte Teilmenge von Raum und Zeit galt, Herr«, meinte Ponder. »Bemerkungen wie ›dieser Ort ist eine Ausnahme‹ und ›dieses Stück nicht‹ sind meines Wissens nie Teil einer magischen Beschwörung gewesen, erst recht nicht seit der verstorbene Vergeßliche Funnit versuchte, solche Worte im letzten Augenblick einer sehr erfolgreichen Zauberformel hinzuzufügen – sie zerstörte den ganzen Baum, in dem er saß.«

»Die Truhe könnte eine Teilmenge aus mindestens *n* Dimensionen beinhalten, die vielleicht neben einer anderen Struktur aus *n* Dimensionen koexistiert«, sagte der Quästor.

»Achte nicht auf ihn, Stibbons«, meinte Ridcully und seufzte. »Solch einen Unsinn gibt er von sich, seit er versucht hat, HEX Ausschriebe zu verstehen. Was meinst du mit *n*, alter Knabe?«

»Ente«, sagte der Quästor.

»Ich bin sicher, daß irgendwelches Federvieh kaum etwas damit zu tun hat«, ließ sich der Dekan vernehmen. »Vermutlich meint er imaginäre Zahlen. Liegen seiner Ansicht nach zwischen drei und vier.«

»Zwischen drei und vier gibt es keine Zahlen«, sagte Ridcully.

»Er stellt sich welche vor«, erwiderte der Dekan. »Deshalb nennt er sie ja auch ›imaginäre‹ Zahlen.«

»Wenn wir uns von der Truhe aufnehmen lassen«, fragte Ponder, »könnten wir dann physisch ins andere Universum gelangen?«

»Wenn du einen solchen Versuch wagen willst…« Rincewind schüttelte sich. »Ich persönlich schnitte mir lieber die Nase ab.«

»Ach, tatsächlich?«

»Aber vielleicht«, sagte Ridcully, »läßt sich die Truhe verwenden, um Dinge aus dem anderen Universum hierher zu uns zu bringen, nicht wahr?«

Unten im Wasser stürzte die sonderbare Steinkonstruktion des Wesens zum wiederholten Male ein.

Eine Woche verging. Am Dienstag fiel ein übriggebliebener Schneeball auf den Planeten, was die Zauberer sehr ärgerte und eine ganze Spezies von netzewebenden Quallen vernichtete, in die der Oberste Hirte große Hoffnungen gesetzt hatte. Wenigstens konnte Truhe *wirklich* verwendet werden, um Dinge aus dem anderen Universum zu holen. Dabei handelte es sich vor allem um Geschöpfe, die dumm genug waren, in etwas hineinzuschwimmen, das mit geöffneter Klappe im Wasser hockte – diese Beschreibung traf derzeit auf die meisten Bewohner des Meeres zu.

Das Leben in der runden Welt schien eine so dominante Eigenschaft zu besitzen, daß sich die Zauberer sogar fragten, ob es sich dabei um ein begriffliches Element handelte, das vielleicht versuchte, die durch das Fehlen von Göttlichem entstandene Lücke zu füllen.

»Allerdings halte ich Verdammtesturheit nicht für einen guten Namen«, sagte Ridcully.

»Vielleicht klingt es besser, wenn wir die Betonung verändern«, meinte der Dozent für neue Runen. »Ver-*damm*-te-stur-heit – na?«

»Wie immer du es auch nennst – das Leben in der Rundwelt hat jede Menge davon«, sagte der Dekan. »Es läßt sich nicht einmal von einer großen Katastrophe entmutigen.«

Dinge erschienen. Schalentiere schienen plötzlich sehr populär zu sein. Eine rasch an Boden gewinnende Theorie ging davon aus, daß die Welt selbst zumindest einige von ihnen erzeugte, mit irgendeiner Art von automatischen Produktion.

»Nun, wenn es zu viele Kaninchen gibt, muß man Füchse erfinden«, sagte der Dekan bei einem der regelmäßig stattfindenden Treffen. »Wenn man Fische hat und sich Phosphat wünscht, braucht man Möwen.«

»Das klappt nur in der Präsenz von Narrativium«, warf Ponder ein. »Herr, es fehlt jeder Hinweis darauf, daß es auf dem Planeten irgend etwas mit einer Vorstellung von Kausalität gibt. Die Lebensformen... leben einfach und sterben.«

Und dann, am Donnerstag, entdeckte der Oberste Hirte einen Fisch. Einen echten, schwimmenden Fisch.

»Na bitte«, sagte er triumphierend. »Der Ozean ist das natürliche Heim des Lebens. Seht euch das Land an. Da gibt es nur irgendwelchen Kram, ehrlich gesagt.«

»Aber das Leben im Meer *erreicht* nichts«, meinte Ridcully. »Nimm nur die mit Tentakeln ausgestatteten Schalentiere, denen du gestern etwas beibringen wolltest. Es genügte schon eine plötzliche Bewegung, um sie zu veranlassen, Tinte nach dir zu spritzen und zu fliehen.«

»Nein, nein, sie versuchten zu *kommunizieren*«, beharrte der Oberste Hirte. »Immerhin ist Tinte ein natürliches Medium. Hast du nicht den Eindruck, daß sich alle Lebensformen *Mühe* geben? Man sieht direkt, wie sie nachdenken, findest du nicht?«

Der wassergefüllte Behälter hinter ihm enthielt einige Geschöpfe, die aus ihren spiralförmigen großen Schalen blickten. Der Oberste Hirte glaubte, daß man ihnen einfache Dinge beibringen konnte, die sie anschließend an andere Ammoniten weitergeben sollten. Sie erwiesen sich als große Enttäuschung. Sie mochten gut sein, wenn es allein ums Denken ging, aber nichts deutete auf die Bereitschaft hin, irgendwelche Ergebnisse ihres Denkens in die Tat umzusetzen.

»Welchen Sinn hat das Denken, wenn es gar keine Dinge gibt, über die es nachzudenken lohnt?« fragte der Dekan. »Bietet das Meer in dieser Hinsicht große Anreize? Die Flut kommt, die Flut wird von der Ebbe abgelöst, alles ist naß, Ende der philosophischen Überlegungen.«

»*Hier* sieht die Sache vielversprechender aus«, fuhr

der Dekan fort und schritt zu einem anderen Behälter. Die Truhe leistete gute Sammlerdienste, vorausgesetzt, die betreffenden Geschöpfe stellten keine Gefahr für Rincewind dar.

»Hmpf«, schniefte der Oberste Hirte. »Im Wasser lebende Bohrasseln.«

»Aber es gibt ziemlich viele davon«, sagte der Dekan. »Und sie haben Beine. Ich habe sie am Ufer gesehen.«

»Reiner Zufall. Und ihnen fehlt etwas, das sie als Hände benutzen könnten.«

»Oh, freut mich, daß du darauf hinweist.« Der Dekan ging zum nächsten Aquarium.

Es enthielt Krabben.

Der Oberste Hirte mußte zugeben, daß Krabben gute Kandidaten für den Status der höchsten Lebensform zu sein schienen. Auf der anderen Seite des Planeten hatte HEX welche entdeckt, die tatsächlich Erstaunliches leisteten: Sie hatten kleine Unterwasserstädte gebaut, bewacht von speziell angepflanzten Seeanemonen, und es gab auch so etwas wie Schalentierfarmen. Darüber hinaus führten die Krabben gelegentlich Krieg und errichteten Statuen aus Sand und Spucke, wahrscheinlich Denkmäler für berühmte, im Kampf gefallene Krabben.

Fünfzigtausend Jahre später, nach dem Kaffee, sahen die Zauberer noch einmal nach. Zur großen Freude des Dekans hatte der Bevölkerungsdruck die Krabben gezwungen, sich auch an Land auszubreiten. Die Architektur wies kaum Verbesserungen auf, aber in den Lagunen erstreckten sich jetzt Algenfarmen, und einige ganz offensichtlich dümmere Krabben waren versklavt worden: Sie wurden für den Transport und auch bei Konflikten zwischen einzelnen Clans eingesetzt. In einer Bucht schwammen große Flöße mit einfach gewobenen Segeln. Auf ihnen wimmelte es von Krabben. Allem Anschein nach bereitete sich die Krabbenheit auf einen großen Sprung seitwärts vor.

»Nun, wir haben das Ziel noch nicht ganz erreicht«, sagte Ridcully. »Aber diese Sache ist vielversprechend, Dekan.«

»Wißt ihr, im Wasser ist alles zu *leicht*«, erwiderte der Dekan. »Nahrung schwimmt vorbei, es gibt kein nennenswertes Wetter, echte Herausforderungen fehlen... Das Land ist meiner Ansicht nach genau der richtige Ort, um ein wenig Rückgrat zu schaffen...«

Ein Klappern und Rasseln kam von HEX. Der Fokus des Omniskops wich rasch zurück, bis die Welt zu einer im Raums schwebenden Kugel wurde.

»Meine Güte«, stöhnte der Erzkanzler und deutete auf einen Gasschweif. »Es geht schon wieder los.«

Die Zauberer beobachteten bedrückt, wie sich ein großer Teil der einen Hemisphäre in ein brodelndes Chaos aus Dampf und Feuer verwandelte.

»Geschieht so etwas *jedesmal?*« fragte der Dekan, als sich die Rauchschwaden ein wenig lichteten und übers Meer ausbreiteten.

»Ich schätze, es liegt an der viel zu großen Sonne und den ganzen Planeten«, sagte Ridcully. »Und ihr hättet die vielen Schneebälle fortbringen sollen. Früher oder später fallen sie herab.«

»Es wäre nett, wenn eine Spezies wenigstens fünf Minuten lang irgend etwas ausprobieren könnte, ohne zu erfrieren oder zu braten«, meinte der Oberste Hirte.

»So ist das Leben«, sagte Ridcully.

»Aber nicht lange«, fügte der Oberste Hirte hinzu.

Hinter ihnen wimmerte jemand.

Rincewind hing in der Luft. Um ihn herum schimmerten die Konturen des Virtuell-da-Anzugs.

»Was ist los mit ihm?« fragte Ridcully.

»Äh… Ich habe ihn gebeten, die Zivilisation der Krabben zu untersuchen, Herr.«

»Die gerade vom Kometen vernichtet wurde?«

»Ja, Herr. Über ihm sind eine Milliarde Tonnen Felsgestein verdampft, Herr.«

»Er ist doch nicht verletzt, oder?«

»Nun, ich denke, er ist zusammengezuckt, Herr.«

Dreissig

Universalien und Regionalismen

Der Zufall hat vielleicht eine größere Rolle dabei gespielt, unser Dasein auf der Erde zu sichern, als wir glauben. Nicht allein daß wir alles andere als die Krone der Evolution sind – es ist denkbar, daß wir um ein Haar überhaupt nicht aufgetaucht wären. Andererseits, wenn das Leben von dem speziellen Evolutionsweg abgekommen wäre, der zu uns führte, hätte es sehr wohl statt dessen auf etwas Ähnliches stoßen können. Intelligente Krabben zum Beispiel. Oder sehr schlaue, netzewebende Quallen.

Wir haben keine Ahnung, wie viele vielversprechende Arten von einer plötzlichen Dürre ausgelöscht wurden, von Zusammenbruch einer Nahrungsgrundlage, vom Einschlag eines großen Meteoriten oder vom Zusammenstoß mit einem Kometen. Wir haben nichts als die Spuren jener Arten, die mehr oder weniger zufällig Fossilien hinterlassen haben. Wenn wir die Fossilien betrachten, sehen wir allmählich ein undeutliches Muster, eine Tendenz zu zunehmender Komplexität. Und viele von den wichtigsten evolutionären Neuerungen scheinen mit schweren Katastrophen zusammenzuhängen…

Wenn wir uns heute Organismen ansehen, wirken einige davon sehr einfach und andere komplexer. Eine Küchenschabe wirkt viel einfacher als ein Elefant. Also neigen wir dazu, die Schabe für ›primitiv‹ und den Elefanten für ›weiterentwickelt‹ zu halten, oder wir sprechen vielleicht von ›niederen‹ und ›höheren‹ Organismen. Wir erinnern uns auch, daß sich das Leben entwickelt hat und daß die komplexen Organismen von heute einfachere Vorfahren gehabt haben müssen, und wenn wir nicht sehr gut achtgeben, denken wir, die ›primitiven‹ Organismen von heute seien typisch für die Vorfahren der komplexen Organismen von heute. Wir hören, daß sich die Menschen aus etwas entwickelt haben, das eher wie ein Affe aussah, und schließen daraus, Schimpansen seien im Sinne der Evolution primitiver als wir.

Dabei verwechseln wir zwei Dinge. Das eine ist eine Art Sortierung der *gegenwärtigen* Organismen nach ihrer Komplexität. Das andere ist eine Sortierung der Organismen von heute, ihrer Vorfahren von gestern, deren Vorfahren von vorgestern und so weiter nach der Zeit. Obwohl die Schabe vielleicht in dem Sinne primitiv ist, daß sie einfacher als ein Elefant ist, ist sie es *nicht* in dem Sinne, daß sie ein altertümlicher Vorfahren-Organismus wäre. Das kann sie nicht sein: Es ist eine *heutige* Küchenschabe, eine dynamische, vorandrängende Küchenschabe, bereit, sich den Herausforderungen des neuen Jahrtausends zu stellen.

Obwohl altertümliche fossile Schaben dasselbe Aussehen wie moderne hatten, agierten sie vor einem anderen Hintergrund. Was man brauchte, um in der Kreidezeit eine lebenstüchtige Schabe zu sein, unterschied sich wahrscheinlich merklich von der DNS einer modernen Küchenschabe. Die Gene müssen sehr schnell laufen, nur damit der Körper an Ort und Stelle bleibt.

Das allgemeine Bild von der Evolution, zu dem die Theoretiker schließlich gelangt sind, erinnert an einen verzweigten Baum, wobei die Zeit wie der Saft vom Stamm am Boden vier Milliarden Jahre in der Vergangenheit bis zu den Spitzen der obersten Zweige, der Gegenwart, ansteigt. Jeder Ast oder Zweig steht für eine

Art, und alle sind aufwärts gerichtet. Dieses Bild vom ›Baum des Lebens‹ gibt einen entscheidenden Zug der Evolution richtig wieder – wenn sich ein Ast erst einmal geteilt hat, wächst er nicht wieder zusammen. Arten teilen sich, doch sie verschmelzen nicht.*

Das Bild vom Baum ist aber in mehr als einer Hinsicht irreführend. Es gibt beispielsweise keinen Zusammenhang zwischen der Dicke eines Astes und der Größe der zugehörigen Population – der dicke Stamm am Boden kann weniger Organismen oder weniger organische Gesamtmasse darstellen als ein Zweig an der Spitze. (Nehmen wir zum Beispiel den Menschen-Zweig…) Die Art, wie sich die Äste teilen, kann auch irreführend sein: Sie setzt eine gewisse langanhaltende Kontinuität von Arten voraus, selbst wenn neue auftauchen, da bei einem Baum die neuen Zweige allmählich aus den alten hervorgehen. Darwin hielt die Bildung neuer Arten grundsätzlich für einen allmählichen Vorgang, doch darin kann er sich geirrt haben. Die Theorie des ›unterbrochenen Gleichgewichts‹ von Stephen Jay Gould und Niles Eldredge besagt das Gegenteil: Die Artenbildung erfolgt plötzlich. Tatsächlich gibt es ausgezeichnete mathematische Gründe für die Annahme,

---

* Dafür gibt es einen albernen und einen vernünftigen Grund. Der alberne Grund besagt, daß Arten für gewöhnlich dann als unterschiedlich definiert werden, wenn sie sich nicht kreuzen lassen. Wenn sich zwei verschiedene Arten nicht kreuzen lassen, können sie kaum wieder verschmelzen. Der vernünftige Grund besagt, daß die Evolution aufgrund zufälliger Mutationen – Änderungen im DNS-Code – mit anschließender Auslese erfolgt. Wenn die Veränderung erst einmal eingetreten ist, ist es unwahrscheinlich, daß sie durch spätere zufällige Mutationen wieder aufgehoben wird. Es ist, wie wenn man zufällig über Landstraßen fährt, einen Ort erreicht und dann *wieder* zufällig herumfährt. Dabei kann man nicht damit rechnen, den ursprünglichen Weg in umgekehrter Richtung zu wiederholen und zum Ausgangspunkt zurückzugelangen.

daß die Artenbildung Elemente von beidem enthält – manchmal plötzlich, manchmal allmählich.

Ein weiteres Problem beim Baum des Lebens ist darin zu sehen, daß viele von seinen Ästen fehlen – viele Arten sind unter den Fossilien nicht vertreten. Am irreführendsten ist die Art, wie die Menschen ganz oben an der Spitze plaziert werden. Aus psychologischen Gründen setzen wir Höhe mit Wichtigkeit gleich (wie in der Wendung ›Euer Königliche Hoheit‹), und wir sehen uns nur zu gern als das wichtigste Wesen auf dem Planeten. Die Höhe einer Art im Baum des Lebens zeigt aber an, zu welcher Zeit sie gedieh, so daß jeder heutige Organismus, sei es eine Küchenschabe, eine Biene, ein Bandwurm oder eine Kuh, auf derselben Höhe wie wir steht.

In *Zufall Mensch: das Wunder des Lebens als Spiel der Natur* hatte Gould am Bild vom Baum noch etwas anderes auszusetzen, und er gründete seinen Widerspruch auf eine bemerkenswerte Folge von Fossilien, die sich in einer als Burgess-Schiefer bekannten Gesteinsschicht erhalten haben. Diese Fossilien, die vom Beginn des Kambriums datieren,* sind die Überreste von Wesen mit weichen Körpern, die auf Schlammbänken am Fuße eines Algenriffs lebten und unter rutschenden Schlamm-Massen begraben wurden. Es gibt sehr wenig Fossilien von Lebewesen mit weichen Körpern, da gewöhnlich nur die härteren Teile bei der Fossilbildung erhalten bleiben. Die Bedeutung der Fossilien im Burgess-Schiefer wurde jedoch nach ihrer Entdeckung durch Charles Walcorr 1909 lange nicht erkannt, bis Harry Whittington sie sich 1971 genauer ansah. Die Organismen waren alle plattgedrückt, und man schien unmöglich feststellen zu können, welche

* Den modernsten Datierungsmethoden zufolge begann das Kambrium-Zeitalter vor 543 Millionen Jahren. Der Burgess-Schiefer wurde vor etwa 530 bis 520 Millionen Jahren abgelagert.

Form sie zu Lebzeiten gehabt hatten. Dann zog Simon Conway Morris die zusammengedrückten Schichten auseinander und rekonstruierte mit Hilfe eines Computers die ursprünglichen Formen – und das Geheimnis des Burgess-Schiefers wurde der Welt offenbar.
Bis dahin hatten die Paläontologen die Organismen aus dem Burgess-Schiefer in verschiedene herkömmliche Kategorien eingeordnet – Würmer, Gliederfüßer, was auch immer. Doch nun wurde deutlich, daß die meisten Zuordnungen falsch waren. Wir kannten beispielsweise nur vier herkömmliche Typen von Gliederfüßern: Trilobiten (jetzt ausgestorben), Spinnentiere (Spinnen, Skorpione), Krebse und Tracheentiere (Insekten und andere). Der Burgess-Schiefer enthält Vertreter von allen diesen – aber er enthält auch *zwanzig* andere, radikal unterschiedliche Typen. In diesem einen Schlammrutsch, in Schieferschichten erhalten wie zwischen Buchseiten gepreßte Blumen, finden wir eine größere Vielfalt als im ganzen heutigen Leben.

Beim Nachdenken über die erstaunliche Entdeckung erkannte Gould, daß die meisten Äste des Lebensbaumes, die von den Burgess-Tieren ausgingen, durch Aussterben ›gekappt‹ worden sein müssen. Vor langer Zeit verschwanden 20 von jenen 24 Körperbauplänen für Gliederfüßer vom Antlitz der Erde. Der Unerbittliche Schnitter beschnitt den Baum des Lebens, und das mit grober Schere. Also schlug Gould vor, ein besseres Bild als ein Baum wäre so etwas wie Buschland. Hier und da sprossen ›Büsche‹ von Arten aus dem Urboden. Die meisten jedoch wuchsen nicht weiter und wurden vor Hunderten von Jahrmillionen weggeschnitten. Andere Büsche wuchsen zu großen Sträuchern heran, ehe sie aufhörten… Und ein großer Baum schaffte es bis in die Gegenwart. Oder vielleicht haben wir ihn falsch rekonstruiert und mehrere verschiedene Bäume für einen gehalten.

Dieses neue Bild ändert unsere Sicht auf die menschliche Evolution. Ein Tier im Burgess-Schiefer, *Pikaia* genannt, ist ein Chordatier. Das ist die Gruppe, aus der sich alle heute lebenden Tiere mit einer Chorda, einer Rückensaite, entwickelt haben, darunter Fische, Amphibien, Reptilien, Vögel und Säugetiere. *Pikaia* ist unser ferner Vorfahre. Ein anderes Wesen im Burgess-Schiefer, *Nectocaris,* hat ein gliederfüßerartiges Vorderende, aber das Hinterende eines Chordatieres, und es hat keine überlebenden Nachkommen hinterlassen. Doch beide lebten in derselben Umwelt, und keins von beiden ist sichtlich ›besser‹ fürs Überleben ausgestattet als das andere. Wenn nämlich eins evolutionär weniger tüchtig gewesen wäre, wäre es höchstwahrscheinlich ausgestorben, lange ehe die Fossilien sich bildeten. Was also entschied darüber, welcher Zweig ausstarb und welcher überlebte? Die von Gould vorgeschlagene Antwort lautete: *der Zufall.*

Der Burgess-Schiefer bildete sich an einer der wichtigsten geologischen Grenzen: am Ende des Präkambriums und zu Beginn des Paläozoikums. Der früheste Teil des Paläozoikums ist als Kambrium-Periode bekannt und war eine Zeit gewaltiger biologischer Vielfalt – der ›Kambrischen Explosion‹. Die Geschöpfe der Erde erholten sich vom Aussterben der Ediacarer, und die Evolution nutzte die Gelegenheit, neue Spiele zu spielen, denn eine Zeitlang war es nicht so entscheidend, ob sie sie schlecht spielte. Der ›Selektionsdruck‹ auf neue Körper-Baupläne war gering, weil sich das Leben noch nicht vollends vom großen Sterben erholt hatte. Unter diesen Umständen, sagte Gould, ist es größtenteils Glückssache, was überlebt und was nicht – Schlammrutsch oder nicht, trockenes oder feuchtes Klima. Wenn man die Evolution von diesem Punkt an nochmals ablaufen ließe, würden höchstwahrscheinlich völlig andersartige Organismen überleben, andere Äste des Lebensbaumes würden gekappt werden.

Beim zweiten Mal könnte es leicht *unser* Ast sein, der weggeschnitten würde.

Diese Sichtweise der Evolution als ›Zuteilungs‹-Prozeß, bei dem der Zufall eine große Rolle spielt, hat etwas für sich. Es ist eine sehr nachdrückliche Art, um festzustellen, daß Menschen *nicht* die Krone der Schöpfung sind, *nicht* der Zweck des ganzen Unternehmens.* Wie können wir das sein, wenn ein paar zufällige Rucke uns völlig vom Brett hätten fegen können? Gould reizte seine Karten jedoch zu weit aus (und zog sich in späteren Schriften etwas zurück). Ein kleines Problem liegt darin, daß neuere Rekonstruktionen der Tiere aus dem Burgess-Schiefer darauf hinweisen, daß ihre Vielfalt vielleicht etwas überschätzt wurde – obwohl sie immer noch sehr groß ist.

Das größte Loch in dem Argument ist jedoch die Konvergenz. Die Evolution kommt auf Lösungen für Probleme des Überlebens, und oft ist der Spielraum für die Lösungen eng. Die Welt der Gegenwart wimmelt von Beispielen für ›konvergente Evolution‹, wo Wesen sehr ähnliche Formen haben, aber ganz unterschiedliche Entwicklungsgeschichten. Der Hai und der Delphin beispielsweise haben dieselbe Stromlinienform, spitze Schnauze und dreieckige Rückenflosse. Aber der Hai ist ein Fisch und der Delphin ein Säugetier.

Wir können die Eigenschaften von Organismen in zwei große Kategorien unterteilen: Universalien und Regionalismen. Universalien sind allgemeine Lösungen für Überlebensprobleme – Methoden, die breite Anwendung finden können und sich mehrfach unabhän-

* Mit den Worten des Gottes der Evolution auf der Scheibenwelt: »... der *Sinn* der ganzen Sache liegt *in* der ganzen Sache.«

gig voneinander entwickelt haben. Flügel beispielsweise sind Universalien zum Fliegen: Sie haben sich unabhängig bei Insekten, Vögeln, Fledermäusen und sogar fliegenden Fischen entwickelt. Regionalismen ereignen sich zufällig, und es gibt keinen Grund, daß sie sich wiederholen sollten. Der Weg für die Speise kreuzt bei uns den für die Luft, was zu einer Menge Husten und Krächzen führt, wenn etwas ›in die falsche Kehle kommt‹. Das ist keine Universalie: Wir haben es, weil zufällig unser ferner Vorfahr, der als erster aus dem Ozean ans Land kroch, es hatte. Es ist nicht einmal eine besonders sinnvolle Anordnung – es funktioniert nur eben gut genug, daß seine Nachteile nicht gegen uns ins Gewicht fallen, wenn sie zusammen mit allem anderen wirken, was uns zum Menschen macht. Die Schwächen dieser Konstruktion sind vom ersten Fisch, der das Wasser verließ, über Amphibien und Dinosaurier bis zu den modernen Vögeln toleriert worden, und von Amphibien über säugetierähnliche Reptilien bis zu Säugetieren wie uns. Da die Evolution grundlegende Eigenschaften des Körperbauplans nicht ohne weiteres rückgängig machen kann, haben wir es am (oder eben im) Hals.

Wenn unsere fernen Vorfahren durch einen Zufall umgekommen wären, gäbe es dann trotzdem etwas Ähnliches wie uns? Es scheint sehr unwahrscheinlich, daß Wesen aufgetaucht wären, die uns genau gleichen, denn vieles an uns sind Regionalismen. Aber Intelligenz sieht ganz nach einem klaren Fall von einer Universalie aus – Kopffüßler haben sie unabhängig von den Säugetieren entwickelt, und überhaupt ist Intelligenz so ein allgemeiner Trick. Wahrscheinlich hätte sich statt dessen eine andere Form von intelligentem Leben entwickelt, wenn auch nicht unbedingt nach demselben Fahrplan. Auf einer alternativen Erde könnten intelligente Krabben eine Fantasywelt in Form einer flachen

Schüssel erfinden, die auf sechs Schwämmen auf dem Rücken eines riesigen Seeigels ruht. Drei von ihnen könnten gerade *Die Gelehrten der Schüsselwelt* schreiben.

Tut uns leid. Aber es ist wahr. Wäre nicht hier ein Felsen herabgefallen, da ein bestimmtes Gezeitenmuster vorgekommen, so wären wir nicht wir. Das Interessante ist, daß wir fast mit Sicherheit etwas anderes geworden wären.

EINUNDDREISSIG

Die Zukunft gehört dem Molch

HEX überlegte angestrengt. Das neue Universum erforderte weniger Aufmerksamkeit als erwartet – inzwischen kam es auch ganz gut allein zurecht. Die Gravitation funktionierte, ohne daß sie ständig überwacht werden mußte, und Regenwolken entstanden ohne externe Stimuli. Jeden Tag fiel Regen aus ihnen. Kugeln umkreisten sich gegenseitig.

HEX hielt das Ende der Krabben nicht für bedauerlich. Er hatte nichts Großartiges in der Entstehung ihrer Zivilisation gesehen, nur etwas, *das geschehen war.* Doch die Untersuchungen der Krabbenheit hatten sich als recht interessant erwiesen: ihre Namen, ihre Einstellung dem Universum gegenüber (aus der Krabbenperspektive gesehen), die Legenden von der Großen Krabbe, die man ganz deutlich im Mond erkennen konnte. Und dann die Überlegungen berühmter Krabben, die mit sonderbaren Zeichen festgehalten wurden. Die gleichen Zeichen benutzte man, um Gedichte über Würde und Vergänglichkeit von Krabben zu schreiben, wobei sich der zweite Punkt als absolut wahr herausstellte.

HEX dachte: Wenn es Leben gibt, so entsteht irgendwann Intelligenz. Und wenn es Intelligenz gibt, so entsteht irgendwann Extelligenz. Wenn nicht, mangelt es der Intelligenz an Intelligenz. Es war der Unterschied zwischen einem kleinen Schalentier und einer ganzen Kreidewand.

Die Maschine fragte sich auch, ob sie diese Erkenntnisse den Zauberern mitteilen sollte, vor allem deshalb, weil sie in einem der interessanteren Beispiele für Extelligenz lebten. Aber HEX wußte, daß seine Schöpfer viel schlauer waren als er. Und ganz offensichtlich verstanden sie es gut, sich zu tarnen…

Der Dozent für neue Runen hatte ein Geschöpf entworfen.

»Eigentlich brauchen wir für den Anfang nur eine einfache Napf- oder Wellhornschnecke«, sagte er, als die Zauberer zur Tafel blickten. »Wir holen sie hierher, wo richtige Magie funktioniert, wenden den einen oder anderen Wachstumszauber an und überlassen den Rest dem Lauf der Natur. Da die Katastrophen immer wieder andere Lebensformen auslöschen, wird dieses Wesen allmählich zur dominanten Spezies.«

»Und die Größe?« fragte Ridcully skeptisch.

»Zwei Meilen bis ganz nach oben«, antwortete der Dozent für neue Runen. »Unten beträgt der Durchmesser etwa vier Meilen.«

»Es kann wohl kaum sehr mobil sein«, meinte der Dekan.

»Das Gewicht des Schneckenhauses dürfte sich als eine gewisse Behinderung erweisen, aber das Geschöpf sollte in der Lage sein, in ein oder zwei Jahren um seine eigene Länge voranzukommen.«

»Und was frißt es?«

»Alles andere.«

»Zum Beispiel…?«

»Alles. Hier unten habe ich Sauglöcher vorgesehen, damit es Meerwasser filtern und ihm nützliche Dinge wie Plankton entnehmen kann.«

»Und mit ›Plankton‹ meinst du…?«

»Oh, Wale, Fischschwärme und so weiter.«

Die Zauberer betrachteten das gewaltige kegelförmige Objekt aufmerksam.

»Ist es intelligent?« fragte Ridcully.

»Warum sollte es intelligent sein?« erwiderte der Dozent für neue Runen.

»Ah.«

»Abgesehen von einem *direkten* Kometentreffer hält es alles aus, und die Lebenserwartung beträgt schätzungsweise fünfhunderttausend Jahre.«

»Und dann stirbt es?« fragte Ridcully.

»Ja. Weil es dann vierundzwanzig Stunden und eine Sekunde für die Aufnahme von genug Nahrung braucht, um vierundzwanzig Stunden zu leben.«

»Das Geschöpf wird also irgendwann tot sein?«

»Ja.«

»Weiß es das?«

»Wahrscheinlich nicht.«

»Zurück ans Reißbrett, Dozent für neue Runen!«

Ponder seufzte.

»Du brauchst dich nicht zu ducken«, sagte er. »Das nützt überhaupt nichts. Wir schenken Kometen inzwischen besondere Aufmerksamkeit und geben dir rechtzeitig Bescheid.«

»Du ahnst nicht, wie schrecklich es war!« brachte Rincewind hervor und schlich über den Strand. »Der Lärm…«

»Hast du die Truhe gesehen?«

»Ich kann mir überhaupt nichts Lauteres vorstellen!«

»Und die Truhe?«

»Was? Oh… verschwunden. Hast du dir die betreffende Seite des Planeten *angesehen*? Dort gibt es jetzt ganz neue Bergketten!«

Nach dem verheerenden Einschlag des Kometen hatten die Zauberer die schnelle Zeit des anderen Universums weiterlaufen lassen. Inzwischen besann sich das Leben erneut auf seine Verdammtesturheit und kehrte entschlossen zurück. Es gab schon wieder Krabben, die allerdings nicht geneigt zu sein schienen, irgendwelche

Dinge zu bauen. Vielleicht wußten sie tief in ihrer Seele, daß es reine Zeitvergeudung gewesen wäre.

Rincewind strich sie von seiner gedanklichen Liste. Halte nach Anzeichen für Intelligenz Ausschau, hatte ihn der Erzkanzler aufgefordert. Nun, soweit es Rincewind betraf, mieden alle *wirklich* intelligenten Geschöpfe die Nähe der Zauberer. Wenn du den Blick eines Zauberers bemerkst, so hätte Rincewinds Rat gelautet, solltest du gegen einen Baum laufen und »Hä?« sagen.

Am Strand und im Wasser verhielt sich alles mit lobenswerter Dummheit.

Ein leises Geräusch veranlaßte ihn, nach unten zu sehen. Er wäre fast auf einen Fisch getreten.

Rincewind war von Natur aus freundlich und zuvorkommend. Deshalb hob er den Fisch vorsichtig hoch und trug ihn zum Meer zurück. Eine Zeitlang zappelte er im seichten Wasser, und dann beobachtete Rincewind verblüfft, wie der Fisch durch den Schlamm kroch.

Er trug ihn erneut zurück, diesmal in tieferes Wasser.

Dreißig Sekunden später war der Fisch wieder auf dem Strand.

Rincewind ging in die Hocke, als das kleine Wesen mit großer Entschlossenheit kroch.

»Möchtest du vielleicht mit jemandem reden?« fragte er. »Ich meine, du hast ein gutes Leben draußen im Meer. Es hat doch keinen Sinn, das alles wegzuwerfen, oder? Es gibt immer einen Silberstreif am Horizont, wenn man genau genug hinsieht. Na schön, na schön, ich nehme an, das Leben hat auch im Meer seine Schattenseiten, und hinzu kommt, daß du ein ziemlich häßlicher Fisch bist. Aber weißt du, der äußere Schein trügt oft, und…«

»Was ist passiert?« erklang Ponders Stimme an Rincewinds Ohr.

»Ich spreche mit einem Fisch«, sagte Rincewind.

»Warum?«

»Weil er aus dem Wasser will. Was auch immer das Gegenteil eines Paddels sein mag – er scheint es aus irgendeinem Grund anzustreben.«

»Und?«

»Ich habe den Auftrag bekommen, auf alles Interessante zu achten.«

»Hier ist man allgemein der Ansicht, daß Fische nicht interessant sind«, erwiderte Ponder. »Sie gelten sogar als ziemlich langweilig.«

»Ich sehe größere Fische im seichten Wasser«, sagte Rincewind. »Vielleicht will ihnen der kleine Fisch entkommen.«

»Fische sind für das Leben im Wasser bestimmt, Rincewind. Deshalb sind es Fische. Such nach Krabben. Und bring das arme Geschöpf um Himmels willen ins Meer zurück.«

»Vielleicht sollten wir die Sache noch einmal überdenken«, sagte Ridcully.

»In Hinsicht auf die Molche«, warf Ponder ein.

»Molche gehen zu weit«, sagte der Dekan. »Selbst im Abort gibt's hübschere Geschöpfe.«

»Wer auch immer Molche auf dem Kontinent ausgesetzt hat«, brummte Ridcully. »Ich möchte, daß der Schuldige gesteht.«

»Niemand wäre dazu imstande«, sagte der Oberste Hirte. »Seit dem letzten Kometen ist die Truhe verschwunden. Wir könnten nichts ins andere Universum transferieren.«

»Für mich ist das besonders bedauerlich, denn ich hatte einen Behälter mit thaumisch behandelten Wellhornschnecken vorbereitet«, meinte der Dozent für neue Runen. »Kann mir bitte jemand sagen, was ich jetzt damit anstellen soll?«

»Wie wär's mit einer leckeren Suppe?« schlug der Dekan vor.

»Die Evolution verbessert Dinge«, sagte Ridcully. »Sie kann nicht dafür sorgen, daß sie *anders* werden. Na schön, einige langweilige Amphibien sind erschienen. *Aber,* und dies ist wichtig, es gibt nach wie vor die Fische, von denen Rincewind berichtete. Warum existieren sie noch immer, wenn sie sich in Geschöpfe mit Beinen verwandeln wollten?«

»Kaulquappen sind Fische«, sagte der Quästor.

»Aber eine Kaulquappe *weiß,* daß sie einmal ein Frosch sein wird«, erwiderte Ridcully geduldig. »Auf dieser Welt gibt es kein Narrativium. Der Fisch konnte sich nicht sagen: ›Ah, ein neues Leben winkt auf dem trockenen Land. Dort werde ich auf Dingen herumlaufen, für die ich keinen Namen habe.‹ Nein. Entweder produziert der Planet irgendwie neues Leben, oder wir müssen zu unserer Theorie von den ›verborgenen Göttern‹ zurückkehren.«

»Es ist alles verkehrt gelaufen«, sagte der Dekan. »Es liegt an der Verdammtensturheit. Selbst Götter könnten einen solchen Ort nicht kontrollieren. Sobald es Leben gibt, entsteht völliges Chaos. Erinnert ihr euch an das Buch, das uns der Bibliothekar brachte? Es ist alles frei erfunden! Nichts dergleichen geschieht! Das Leben macht einfach, was ihm gefällt!«

»Es finden Fortschritte statt«, sagte Ponder.

»Große Amphibien?« fragte der Oberste Hirte und schnaufte abfällig. »Und im Meer entwickelte sich alles so gut. Zum Beispiel die netzewebenden Quallen! Und die Krabben, deren Zivilisation sich auch auf dem Land erstreckte! Sie hatten praktisch eine Kultur!«

»Sie *fraßen* gefangene Feinde bei *lebendigem Leib*«, wandte der Dozent für neue Runen ruhig ein.

»Nun… ja, aber nicht ohne eine gewisse Etikette«, räumte der Oberste Hirte ein. »Und nur vor der Sandstatue der Großen Wichtigen Krabbe. Sie versuchten ganz offensichtlich, ihre Welt zu kontrollieren. Und was nützte es ihnen? Eine Million Tonnen heißes Eis traf sie direkt zwischen den Augenstielen. Ich finde so etwas unfair.«

»Vielleicht hätten sie mehr Feinde fressen sollen«, sagte der Dekan.

»Vielleicht gelingt es dem Planeten früher oder später, die Botschaft zu verstehen«, sagte Ridcully.

»Wird's Zeit für riesige Wellhornschnecken?« fragte der Dozent für neue Runen hoffnungsvoll.

»Derzeit haben wir große Molche«, entgegnete Ridcully. Er blickte den Dekan und Obersten Hirten an. Der Erzkanzler hatte seine Spitzenposition auf dem großen und alles andere als stabilen Haufen der UU-Zauberei auch mit Hilfe von politischem Feingefühl behauptet. »Und Molche, meine Herren, könnten der richtige Weg sein. Amphibien? Zu Hause im Wasser *und* auf dem Land? Das eine tun und das andere nicht lassen.«

Die beiden Zauberer wechselten verlegene Blicke.

»Nun, wenn man es so sieht…«, mutmaßte der Oberste Hirte.

»Es wäre möglich«, meinte der Dekan widerstrebend. »Ja, es wäre möglich.«

»Na bitte«, sagte Ridcully zufrieden. »Die Zukunft gehört dem Molch.«

Zweiunddreissig

Neun von zehn Fällen

»Auf dieser Welt gibt es kein Narrativium.«

Treten wir einen Schritt zurück von der sich entwikkelnden Vorfahrengeschichte *Vom Fisch, der aus dem Meer kam,* und betrachten wir einen philosophischeren Gegenstand. Die Zauberer wundern sich. Auf der Scheibenwelt geschehen Dinge, weil der narrative Imperativ *dafür sorgt,* daß sie geschehen. Es gibt keine Wahl des Zwecks, nur der Mittel. Der Dozent für neue Runen versucht für eine dauerhafte Lebensform zu sorgen. Er glaubt, der Dauerhaftigkeit stehe die Verletzlichkeit des Lebens im Wege – also sieht er, um Dauerhaftigkeit zu erreichen, nur einen Weg, die Zweimeilen-Napfschnecke, sicher vor allem, was vom Himmel auf sie herabfallen kann.

Ihm kommt es nicht in den Sinn, daß Lebensformen Dauerhaftigkeit mit anderen, weniger direkten Methoden erreichen können, obwohl er mit eigenen Augen sieht, daß eine zähe Beharrlichkeit dem Leben zu erlauben scheint, in der unwirtlichsten Umwelt zu entstehen, sich praktisch immer wieder selbst zu erschaffen. Die Zauberer sind im Zwiespalt zwischen der offensichtlichen Tatsache, daß ein Planet der letzte Ort ist, wo man Leben entstehen ließe, und dem ebenso offensichtlichen Fakt, daß das Leben anderer Ansicht ist.

Auf der Scheibenwelt ist man sich klar darüber, daß in neun von zehn Fällen Zufälle von eins zu einer Million vorkommen.* Der Grund liegt darin, daß jede Figur

* Das ist nämlich ein Grundprinzip des Geschichtenerzählens. Wenn der Held nicht gegen alle Wahrscheinlichkeit siegen würde, wozu wäre die Geschichte dann gut?

auf der Scheibenwelt eine Geschichte lebt, und die Erfordernisse der Geschichte legen fest, wie sich ihr Leben entfaltet. Wenn ein Zufall von eins zu einer Million notwendig ist, um die Geschichte in Gang zu halten, dann geschieht er auch, gleichgültig, was die Wahrscheinlichkeit dazu sagt. Auf der Scheibenwelt zeigen sich Abstraktionen in der Regel als *Dinge,* also gibt es sogar ein Ding – Narrativium –, das dafür sorgt, daß alle dem narrativen Imperativ Folge leisten. Eine weitere Personifikation eines Abstraktums, Tod, sorgt ebenfalls dafür, daß die Geschichte jedes Individuums dann zum Ende kommt, wenn sie soll. Selbst wenn eine Figur versucht, sich entgegen der Geschichte zu verhalten, in der sie sich befindet, sorgt das Narrativium dafür, daß das Ergebnis trotzdem konsistent mit der Geschichte ist.

Was die Zauberer wundert, ist der Umstand, daß unsere Welt anders ist…

Oder nicht?

Immerhin leben auch auf unserer Welt Menschen, und es sind Menschen, die Geschichten steuern.

Nehmen wir eine Geschichte von Menschen am Steuer. Der Ort der Handlung ist die Jerez-Grand-Prix-Rennstrecke, letztes Rennen der Formel-1-Rennsaison 1997/98… Fahrer-As Michael Schumacher liegt einen Meisterschaftspunkt vor seinem Erzrivalen Jacques Villeneuve. Villeneuves Mannschaftskamerad Heinz-Harald Frentzen könnte eine entscheidende taktische Rolle spielen. Die Fahrer kämpfen um die Führungsposition beim Start, die derjenige erhält, der in der Qualifikation die schnellste Runde fährt. Was also geschieht? Was noch nie geschehen ist: Villeneuve, Schumacher und Frentzen fahren alle in 1 Minute 21,072 Sekunden, bis auf eine Tausendstelsekunde dieselbe Zeit. Ein erstaunlicher Zufall.

Nun ja: Ein ›Zufall‹ war es gewiß – die Rundenzeiten fielen zusammen. Aber war es wirklich erstaunlich?

Fragen dieser Art treten auch in der Wissenschaft auf, und sie sind wichtig. Wie signifikant ist eine statistische Häufung von Leukämie in der Nähe eines Kernkraftwerks? Weist eine starke Korrelation zwischen Lungenkrebs und einem Raucher in der Familie wirklich darauf hin, daß passives Rauchen gefährlich ist? Sind sexuell abnorme Fische ein Anzeichen für östrogenartige Chemikalien in unserem Trinkwasser?

Ein Beispiel. Es heißt, 84% der Kinder von israelischen Jagdpiloten seien Mädchen. Was ist am Leben eines Jagdpiloten so besonders, daß es solch ein Überwiegen von Mädchen hervorruft? Oder ist es nur eine statistische Abweichung? Das ist schwer zu entscheiden. Was man so aus dem Bauch heraus empfindet, ist weniger als nutzlos, da Menschen in bezug auf zufällige Ereignisse eine ziemlich schlechte Intuition haben. Viele Leute glauben, Lottozahlen, die bisher nicht vorkamen, würden in Zukunft mit höherer Wahrscheinlichkeit gezogen werden. Aber das Ziehungsgerät hat kein ›Gedächtnis‹ – seine Zukunft hängt nicht von seiner Vergangenheit ab. Diese bunten Plastikkugeln *wissen nicht,* wie oft sie bei früheren Ziehungen herausgekommen sind, und sie neigen nicht dazu, frühere Ungleichmäßigkeiten auszugleichen.

Unsere Intuition geht noch mehr in die Irre, wenn es um zufälliges Zusammentreffen geht. Man geht ins Schwimmbad, und der Mann hinterm Schalter nimmt zufällig einen Schlüssel aus der Schublade. Man kommt in den Umkleideraum und sieht erleichtert, daß nur wenige Schränke vergeben sind… und dann stellt sich heraus, daß drei Leute die Schränke neben einem bekommen haben, und man entschuldigt sich andauernd und schlägt Türen gegeneinander. Oder man ist zum einzigen Mal im Leben auf Hawaii – und trifft auf den Ungarn, mit dem man in Harvard zusammengearbeitet hat. Oder man zeltet in den Flitterwochen in einer abgelegenen Gegend von Irland – und man begegnet mit seiner neuen Frau seinem Fachbereichsleiter mit *dessen* neuer Frau, wie sie einem am sonst menschenleeren Strand entgegenkommen. Das alles ist Jack passiert.

Warum finden wir zufälliges Zusammentreffen so frappierend? Weil wir erwarten, daß zufällige Ereignisse gleichmäßig verteilt sind, also überraschen uns statistische Häufungen. Wir glauben, eine ›typische‹ Lottoziehung sei etwas in der Art von 5, 14, 27, 36, 39, 45, aber 1, 2, 3, 19, 20, 21 sei viel weniger wahrscheinlich. Tatsächlich haben diese beiden Anordnungen von Zahlen genau die gleiche Wahrscheinlichkeit: 1 zu 13983 816. Eine typische Lottoziehung enthält oft mehrere Nummern nahe beieinander, weil Folgen von sechs Zufallszahlen von 1 bis 49 mit höherer Wahrscheinlichkeit Häufungen bilden als keine.

Woher wissen wir das? Wahrscheinlichkeitstheoretiker untersuchen solche Fragen, indem sie ›Stichproben-Räume‹ verwenden – so nennen sie das, was bei uns weiter oben als ›Phasenraum‹ vorkam, ein sinnbildlicher ›Raum‹, in dem alle Möglichkeiten organisiert sind. Ein Stichprobenraum enthält nicht nur die Ereignisse, die uns interessieren, sondern alle möglichen Fälle. Wenn wir beispielsweise einen Würfel werfen, ist der Stichprobenraum 1, 2, 3, 4, 5, 6. Fürs Lotto beispielsweise ist er die Gesamtheit aller Folgen von sechs verschiedenen Zahlen im Bereich von 1 bis 49. Jedem Ereignis im Stichprobenraum wird ein numerischer Wert zugeordnet, der als dessen Wahrscheinlichkeit bezeichnet wird. Für ungezinkte Würfel ist jeder Wert gleichermaßen wahrscheinlich, die Wahrscheinlichkeit beträgt 1:6. Ebenso beim Lotto, nur daß hier die Wahrscheinlichkeit 1:13983816 beträgt.

Wir können die Methode des Stichprobenraums verwenden, und grob abzuschätzen, wie erstaunlich die

Übereinstimmung bei der Formel 1 war. Spitzenfahrer absolvieren eine Runde ziemlich genau mit derselben Geschwindigkeit, daher können die drei besten Zeiten ohne weiteres in den Bereich derselben Zehntelsekunde fallen. In Abständen von einer Tausendstelsekunde kommen dann nur hundert mögliche Zeiten in Frage: Diese Liste legt den Stichprobenraum fest. Die Wahrscheinlichkeit der Übereinstimmung ergibt sich als eins zu zehntausend. Das ist unwahrscheinlich genug, um aufzufallen, aber nicht *so* unwahrscheinlich, daß wir uns wundern müßten.

Schätzungen dieser Art helfen einem, erstaunliche Zufälle zu bewerten, wie sie in den Zeitungen gemeldet werden, etwa wenn ein Bridgespieler ein ›perfektes Blatt‹ bekommt – alle dreizehn Karten einer Farbe. Die Anzahl der Bridge-Partien, die weltweit jede Woche gespielt werden, ist *riesig* – so groß, daß alle paar Wochen die tatsächlich eintretenden Ereignisse den gesamten Stichprobenraum ausfüllen. Also tritt hin und wieder ein perfektes Blatt auf – mit der Häufigkeit, wie es angesichts ihrer geringen, aber von Null verschiedenen Wahrscheinlichkeit zu erwarten ist. Die Wahrscheinlichkeit, daß *alle vier* Spieler gleichzeitig ein perfektes Blatt bekommen, ist jedoch so winzig, daß selbst dann, wenn jeder Planet in der Galaxis eine Milliarde Bewohner hätte, die eine Milliarde Jahre lang Tag für Tag Bridge spielen würden, nicht damit zu rechnen wäre.

Trotzdem berichten die Zeitungen immer wieder einmal von einem vierfach perfekten Blatt. Die vernünftige Schlußfolgerung lautet nicht, daß ein Wunder geschehen ist, sondern daß *etwas* die Wahrscheinlichkeiten verändert hat. Vielleicht hatten die Spieler *beinahe* ein vierfach perfektes Blatt bekommen, beim Weitererzählen wurde es immer perfekter, und als dann der Journalist mit seinem Fotografen eintraf, sorgte wieder eine Art narrativer Imperativ dafür, daß ihre Geschichte zu dem paßte, was der Journalist gehört hatte. Vielleicht hatten sie vorsätzlich gemogelt, um in die Zeitung zu kommen. Insbesondere Wissenschaftler unterschätzen gern die Neigung der Leute zum *Lügen*. So mancher Wissenschaftler hat sich zum Narren halten lassen und vermeintliche Beweise für außersinnliche Wahrnehmung oder andere ›übernatürliche‹ Vorgänge akzeptiert, die sich in Wahrheit auf raffinierte Tricks zurückführen lassen.

Viele andere scheinbare Übereinstimmungen rutschen bei genauerer Untersuchung in eine Grauzone, wo Fälschungen stark anzunehmen sind, sich aber womöglich niemals nachweisen lassen – sei es weil hinreichende Beweise nicht beizubringen sind, sei es weil es die Mühe nicht lohnt. Eine andere Weise, wie man sich in bezug auf Übereinstimmungen täuschen kann, sind verborgene Zusatzbedingungen, die den Stichprobenraum einschränken. Das ›perfekte Blatt‹ läßt sich vielleicht mit der Art erklären, wie Bridgespieler oft die Karten mischen und die in einem Wort zusammengefaßt werden kann: mäßig. Wenn ein Spiel Karten so angeordnet ist, daß die obersten vier Karten je eine von jeder Farbe sind und darunter immer jede vierte Karte dieselbe Farbe hat, dann kann man abheben (allerdings nicht mischen), solange man will, und man bekommt immer ein vierfach perfektes Blatt. Zum Ende eines Spiels liegen die Karten ziemlich sortiert auf dem Tisch, nicht zufällig verteilt – also ist es nicht verwunderlich, wenn sie beim Aufnehmen eine gewisse Struktur haben.

Selbst mit einem mathematisch zahmen Beispiel wie Bridge ist also der ›richtige‹ Stichprobenraum nicht ohne weiteres zu ermitteln. Der tatsächliche Stichprobenraum umfaßt ›Kartenstapel von der Art, wie sie Bridgespieler nach Ende des Spiels gewohnheitsmäßig zusammennehmen‹, *nicht* ›alle möglichen Kartenstapel‹. Das verändert die Chancen.

Leider neigen Statistiker dazu, mit dem ›offensichtlichen‹ Stichprobenraum zu arbeiten. In der Frage der israelischen Jagdpiloten würden sie natürlich annehmen, der Stichprobenraum seien alle Kinder israelischer Jagdpiloten. Doch das kann durchaus falsch sein, wie die nächste Geschichte illustriert.

Der skandinavischen Folklore zufolge stritt sich König Olaf von Norwegen mit dem König von Schweden um den Besitz einer Insel, und sie vereinbarten, darum zu würfeln: zwei Würfel, die höchste Summe gewinnt. Der Schwedenkönig warf einen Sechserpasch. »Du kannst gleich aufgeben«, erklärte er triumphierend. Unbeirrt warf Olaf die Würfel... Der eine zeigte eine Sechs... der andere *brach mittendurch,* so daß eine Seite eine Sechs und die andere eine Eins zeigte. »Dreizehn, ich habe gewonnen«, sagte Olaf.*

Etwas ähnliches geschieht in *Die Farben der Magie,* wo mehrere Götter würfeln, um über bestimmte Ereignisse auf der Scheibenwelt zu entscheiden:

> Die Lady nickte knapp, griff nach dem Becher und hielt ihn völlig ruhig. Trotzdem hörten die anderen Götter, wie sich die Würfel darin bewegten. Kurz darauf klackten sie über den Tisch.
>
> Eine Sechs. Eine Drei. Und eine Fünf.
>
> Doch mit der Fünf geschah etwas. Der entsprechende Würfel erzitterte unter der Wucht eines zufälligen Zusammenstoßes mit mehreren Milliarden Molekülen, drehte sich auf der einen Kante, neigte sich zur Seite – und zeigte eine Sieben.
>
> Der Blinde Io griff danach und zählte die Seiten.
>
> »Ich *bitte* dich«, sagte er verärgert. »Mogeln ist verboten.«

* Wahrscheinlich hielt er damals eine große Axt in der Hand.

Der Stichprobenraum der Natur ist oft größer, als ein herkömmlicher Statistiker erwarten dürfte. Stichprobenräume sind eine menschliche Methode, ein Modell der Wirklichkeit zu entwerfen – sie erfassen sie nicht vollständig. Und wenn es darum geht abzuschätzen, was signifikant ist, kann eine andere Wahl des Stichprobenraumes unsere Bewertungen von Wahrscheinlichkeiten völlig verändern. Der Grund dafür ist ein außerordentlich wichtiger Faktor: ›selektive Berichterstattung‹, was eine Art Narrativium in Aktion ist. Dieser Faktor wird in den meisten herkömmlichen Statistiken vernachlässigt. Das perfekte Blatt beim Bridge beispielsweise kommt viel wahrscheinlicher in die lokale oder auch die Landespresse als ein nicht perfektes. Wie oft lesen Sie beispielsweise die Schlagzeile »BRIDGESPIELER ERHÄLT GANZ GEWÖHNLICHES BLATT«? Das menschliche Gehirn ist eine Vorrichtung, die sich nicht daran hindern läßt, nach Mustern zu suchen, und es hält sich an bestimmte Ereignisse, die es für wesentlich hält, einerlei, ob sie es wirklich sind oder nicht. Dabei übersieht es alle ›Nachbarereignisse‹, die ihm bei der Einschätzung helfen könnten, wie wahrscheinlich oder unwahrscheinlich die wahrgenommene Übereinstimmung tatsächlich ist.

Die selektive Berichterstattung betrifft auch die Bedeutung jener Formel-1-Zeiten. Wenn es nicht diese gewesen wären, dann hätten vielleicht die Tennisergebnisse im US Open ein ungewöhnliches Muster enthalten – oder die Ergebnisse beim Football oder beim Golf… Auch diese wären gemeldet worden, doch keine der ausgebliebenen Übereinstimmungen, die sich *nicht* ereigneten, wäre in die Schlagzeilen gekommen. FORMEL-1-FAHRER MIT UNTERSCHIEDLICHEN RUNDENZEITEN… Wenn wir nur zehn wichtige Sportereignisse in unsere Liste von ausgebliebenen Übereinstimmungen aufnehmen, wird aus jener Wahrscheinlichkeit von eins zu zehntausend nur noch eins zu tausend.

Nachdem wir das verstanden haben, wollen wir uns wieder des israelischen Jagdpiloten zuwenden. Herkömmliche Statistiken würden den offensichtlichen Stichprobenraum annehmen, die Wahrscheinlichkeiten für Jungen und Mädchen zuordnen und die Chance errechnen, rein zufällig 84% Mädchen zu bekommen. Wenn diese kleiner als eins von hundert wäre, dann würden die Daten beispielsweise für ›signifikant auf einem Niveau von 99%‹ erklärt. Doch diese Analyse läßt die selektive Berichterstattung außer acht. Warum haben wir überhaupt das Geschlecht der Kinder von israelischen Jagdpiloten betrachtet? Weil die Häufung *schon* unsere Aufmerksamkeit erregt hatte. Wenn dagegen die Häufung bei der Größe von Kindern der Arbeiter in israelischen Flugzeugwerften oder bei den musikalischen Talenten der Ehefrauen israelischer Fluglotsen aufgetreten wäre, hätte unser nach Mustern suchendes Gehirn abermals unsere Aufmerksamkeit auf diese Tatsache gelenkt. Also schließt unsere Verarbeitung des Signifikanzniveaus stillschweigend viele andere Faktoren aus, die *keine* Häufung bildeten – und macht es dadurch unzutreffend.

Das menschliche Gehirn filtert große Datenmengen und sucht dabei nach Dingen, die ungewöhnlich wirken, und erst dann sendet es ein bewußtes Signal aus: *He! Sieh dir das an!* Je weiter wir unser Netz zur Mustersuche auswerfen, um so wahrscheinlicher ist es, daß wir auf eine Häufung stoßen. Aus diesem Grund ist es unzulässig, die Daten, die unsere Aufmerksamkeit auf die Häufung gelenkt haben, als Teil des Beweises zu verwenden, die Häufung sei ungewöhnlich. Es wäre so, als durchsuche man ein Kartenspiel, bis man das Pik-As findet, lege dieses auf den Tisch und behaupte dann, über rätselhafte Kräfte zu verfügen, die unfehlbar eine Auswahl treffen, deren Wahrscheinlichkeit eins zu 52 ist.

Ebendieser Fehler ist bei frühen Experimenten bei außersinnlicher Wahrnehmung gemacht worden. Tausende von Probanden wurden gebeten, Karten aus einem besonderen Satz von fünf Symbolen zu erraten. Jeder, dessen Erfolgsrate über dem Durchschnitt lag, wurde erneut eingeladen, während die übrigen nach Hause geschickt wurden. Nachdem das etliche Wochen so gegangen war, konnten alle ›Überlebenden‹ auf eine erstaunliche Erfolgsserie zurückblicken! Dann wurden diese ›guten Rater‹ noch weiter getestet. Seltsamerweise sank ihre Erfolgsrate im Laufe der Zeit allmählich auf den Durchschnitt, als ob ihre Kräfte ›versiegt wären‹. In Wahrheit war daran überhaupt nichts Seltsames. Es ergab sich wo, weil die ursprünglichen hohen Werte in die Gesamtrechnung einbezogen wurden. Hätte man sie außer acht gelassen, wäre die Erfolgsrate sofort auf ungefähr den Durchschnitt gesunken.

Ebenso ist es mit den Jagdpiloten. Die merkwürdigen Zahlen, die das Interesse der Forscher auf diesen speziellen Effekt lenkten, können durchaus die Folge selektiver Berichterstattung oder selektiver Aufmerksamkeit gewesen sein. Wenn dem so ist, können wir eine einfache Vorhersage machen: »Von nun an werden die Zahlen auf ungefähr 50:50 zurückgehen.« Wenn sich diese Vorhersage als *falsch* erweist und die Ergebnisse statt dessen die Abweichung bestätigen, durch die die Häufung auffiel, dann können die neuen Daten als signifikant betrachtet und ihr Signifikanzniveau nach den üblichen Methoden ermittelt werden. Klüger ist es aber, auf eine Aufteilung 50:50 zu wetten.

Der angebliche Rückgang der menschlichen Spermatozoen-Zahl ist vielleicht ein Beispiel für selektive Berichterstattung. Die Geschichte, die in der Presse ausgiebig wiederholt wurde, besagt, daß im Lauf der letzten fünfzig Jahre die Anzahl von Spermatozoen bei ›normalen‹

Männern um die Hälfte zurückgegangen ist. Wir meinen keine selektive Berichterstattung seitens der Leute, die diese Zahlen zuerst veröffentlicht haben – sie haben sich bemüht, alle denkbaren Fehlerquellen auszuschließen. Die ›selektive Berichterstattung‹ erfolgte durch Forscher, die gegenteilige Zahlen hatten, diese aber nicht publizierten, weil sie glaubten, sie müßten falsch sein; durch die Herausgeber von Fachzeitschriften, welche die Arbeiten, in denen der Rückgang bestätigt wurde, öfter annahmen als solche, die ihn bestritten; und durch die Presse; die einen ganzen Haufen sexueller Defekte in verschiedenen Teilen des Tierreichs nahtlos zu einer Story zusammenpappte, ohne zu beachten, daß es für jeden einzelnen Fall eine völlig plausible Erklärung gab, die nichts mit den sinkenden Spermatozoen-Zahlen und oft überhaupt nichts mit Sex zu tun hat.

Sexuelle Abnormitäten bei Fischen in der Nähe von Abwasserausflüssen sind beispielsweise auf ein Übermaß an Nitriten zurückzuführen, die nach Kenntnis von Fischzüchtern *alle möglichen* Abnormitäten hervorrufen – und nicht auf östrogenartige Bestandteile im Wasser, die zu der Geschichte von der ›Spermatozoen-Zahl‹ passen würden. Die aktuellen Daten aus Kliniken, wo Defekte der Fruchtbarkeit behandelt werden, lassen keinen Rückgang der Spermatozoen-Zahl erkennen.

Menschen fügen ihrer Welt Narrativium hinzu. Sie bestehen darauf, das Universum so zu interpretieren, als ob es eine Geschichte erzählen würde. Dadurch konzentrieren sie ihre Aufmerksamkeit auf Tatsachen, die zu der Geschichte passen, und beachten die anderen nicht. Doch wir dürfen nicht anhand der zufälligen Übereinstimmung, der statistischen Häufung, den Stichprobenraum festlegen; wenn wir das tun, ignorieren wir den umliegenden Raum von Fast-Übereinstimmungen.

Jack und Ian haben diese Theorie auf einer Reise nach

Schweden überprüfen können. Im Flugzeug sagte Jack voraus, daß sich im Flughafen von Stockholm ein zufälliges Zusammentreffen ereignen werde – aus Gründen der selektiven Berichterstattung. Wenn sie nur genau genug hinschauten, werde es dazu kommen. Sie erreichten die Bushaltestelle vor dem Flughafengebäude, und kein seltsamer Zufall hatte sich ereignet. Aber sie konnten den richtigen Bus nicht finden, also ging Jack zum Informationsschalter zurück. Während er wartete, trat jemand neben ihn – Stefano, ein Mathematiker, der sonst im Arbeitszimmer neben dem von Jack saß. Vorhersage bestätigt. Was aber wirklich noch fehlte, war der Nachweis eines Fast-Zufalls – eines Zusammentreffens, das sich nicht ereignet hatte. Wenn beispielsweise ein anderer Bekannter genau zur selben Zeit aufgetaucht wäre, aber am falschen Tag oder im falschen Flughafen, hätten sie es niemals bemerkt. Beinahe erfolgte Zusammentreffen zu beobachten ist per definitionem schwer – aber nicht unmöglich. Ian erzählte das alles seinem Freund Ted, der kurz darauf zu Besuch kam. »Stockholm?« sagte Ted. »Wann?« Ian sagte es ihm. »Welches Hotel?« Ian gab Antwort. »Komisch. Ich war dort *einen Tag nach euch!*« Hätte unsere Reise einen Tag später stattgefunden, hätte sich das ›merkwürdige‹ Zusammentreffen mit Stefano nicht ereignet – dafür aber das mit Ted.

Wir dürfen also nicht auf vergangene Ereignisse zurückblicken und den paar merkwürdig erscheinenden, die unvermeidlich auftreten, besondere Bedeutung beimessen. So machen es die Pyramidologen* und die Kaf-

* Das sind Leute, die in die Pyramiden allerlei zusätzliche geheime Weisheit hineinlesen, z.B. Zahlen von eminenter kosmischer Bedeutung, die von den Erbauern so in den Abmessungen der Pyramiden verschlüsselt wurden, daß niemand außer Pyramidologen sie entziffern kann – vermutlich zu dem Zweck, ihnen eine harmlose Beschäftigung zu verschaffen. – *Anm. d. Übers.*

feesatzleser. Jedes Muster von Regentropfen auf dem Straßenpflaster ist einzigartig. Wenn solch ein Muster Ihren Namen bilden sollte, so behaupten wir nicht, dies sei nicht erstaunlich – wenn aber Ihr Name um Mitternacht in Peking zur Zeit der Ming-Dynastie aufs Pflaster geschrieben worden wäre, hätte es niemand bemerkt. Wir sollten nicht die *vergangene Geschichte* betrachten, wenn wir beurteilen, was bedeutsam ist – wir sollten all das betrachten, was statt dessen hätte geschehen können.

Jedes Ereignis ist einzigartig. Solange wir das Ereignis nicht in eine Kategorie einordnen, können wir nicht herausfinden, vor welchem Hintergrund wir es betrachten sollen. Solange wir keinen Hintergrund wählen, können wir die Wahrscheinlichkeit des Ereignisses nicht abschätzen. Wenn wir beispielsweise den Stichprobenraum sämtlicher möglichen DNS-Codes betrachten, können wir die Wahrscheinlichkeit berechnen, daß ein Mensch genau *Ihren* DNS-Code hat – sie wäre verschwindend gering. Doch es wäre töricht, daraus zu schließen, daß Sie nicht existieren können.

Dreiunddreissig

Noch immer blöde Eidechsen

»Die Zukunft gehört der Eidechse«, sagte Ridcully. »Kein Zweifel.«

Einige Tage waren vergangen. Der Fokus des Omniskops galt nun einem kleinen Hügel aus Blättern und verfaulender Vegetation, der sich ein wenig abseits des Ufers erhob. Der Oberste Hirte wirkte sehr niedergeschlagen, und der Dekan hatte ein blaues Auge. Der Krieg zwischen Land und Meer war in eine kritische Phase geraten.

»Tragbare kleine Meere«, sagte Ponder. »So habe ich sie mir nie vorgestellt.«

»Ein Ei ist ein Ei, von welcher Seite man es auch betrachtet«, erwiderte Ridcully. »Hört mal, ihr beiden: Ich möchte nicht, daß sich eine solche Rauferei wiederholt, klar?«

Der Oberste Hirte betupfte sich die blutende Nase.

»Er hat mich provoziert«, brachte er mit undeutlicher Stimme hervor. »Kann so was einfach nicht lassen.«

»Ein persönlicher Ozean voller Nahrung«, murmelte Ponder fasziniert. »Verborgen in einem… Komposthaufen. Der sich erwärmt. Das ist wie persönlicher Sonnenschein.«

Den Eiern entschlüpften eidechsenartige kleine Geschöpfe, die übers Ufer zum Wasser krabbelten, mit hellen, hoffnungsvoll blickenden Augen. Die ersten verschwanden im Maul eines großen Männchens, das im Dickicht auf der Lauer gelegen hatte.

»Allerdings müssen die Mütter noch viel über die Pflege nach der Geburt lernen«, sagte Ridcully. »Ich frage mich, ob ihnen dafür genug Zeit bleibt. Und woher wußten sie, wie man so etwas anstellt? Wer hat es ihnen gezeigt?«

Die Zauberer waren erneut niedergeschlagen. Die meisten Tage begannen jetzt auf diese Weise. Neue Geschöpfe erschienen einfach so auf der Welt, ganz nach Belieben und ohne sich an irgendwelche Bildbeschreibungen in Büchern zu halten. Wenn sich Dinge in andere Dinge verwandelten, ohne daß bisher jemand einen solchen Vorgang beobachtet hatte – wieso blieben dann die ursprünglichen Dinge auch weiterhin Dinge? Warum gab es noch Fische im Meer, wenn das Land so großartig war?

Die luftatmenden Fische, die Rincewind bemerkt hatte, existierten noch immer, in Sümpfen und an schlammigen Ufern. Dinge veränderten sich und blieben doch gleich.

Und wenn tatsächlich Wahrheit in Ponders zaghafter Theorie steckte, wonach sich Dinge tatsächlich in andere Dinge verwandelten, so führte sie zu folgendem niederschmetternden Gedanken: Die Welt füllte sich immer mehr mit Drückebergern, mit Wesen, die es ablehnten, an ihrem angestammten Platz zu bleiben und zu versuchen, es im Leben zu etwas zu bringen. Stattdessen liefen sie fort, um sich irgendeine Nische zu suchen und Beine wachsen zu lassen. Jener Fisch, der das Wasser verlassen hatte, war eine echte Schande für seine Spezies. Er *hustete* die ganze Zeit über, wie jemand, der gerade das Rauchen aufgegeben hatte.

Und es mangele an Zielstrebigkeit, betonte Ridcully immer wieder. Das Leben breitete sich auf dem Land aus. Nach dem Buch sollte es jetzt große Eidechsen geben, aber nichts schien sich in dieser Hinsicht irgendwelche Mühe zu geben. Sobald sich das Leben in Sicherheit wähnte, verzichtete es auf alle Anstrengungen.

Rincewind entspannte sich derzeit. Ihm gefiel die Sache. Große Tiere schnüffelten im Grün, das den Felsen umgab, auf dem er saß. Was ihr allgemeines Erscheinungsbild betraf: Sie ähnelten dürren kleinen Nilpferden, die von einem unbegabten Amateur im Dunkeln entwickelt worden waren. Sie hatten ein Fell. Und sie husteten ebenfalls.

Auf dem Boden krochen Dinge, die für Rincewind genug Ähnlichkeit mit Käfern aufwiesen, um von ihm ›Käfer‹ genannt zu werden.

Von Ponder wußte er, daß sich die Kontinente wieder bewegten, und deshalb hielt er sich sicherheitshalber am Felsen fest.

Weit und breit schien nichts zu *denken*, und das gefiel ihm besonders. Die Erfahrung lehrte Rincewind, daß Denken Unheil bedeutete.

Die letzten Wochen, Scheibenweltzeit, waren sehr lehrreich gewesen. Die Zauberer hatten einige Dutzend entstehende Zivilisationen oder zumindest Wesen identifiziert, die sich nicht nur dafür zu interessieren schienen, woher die nächste Mahlzeit kam. Und was war aus ihnen geworden? Es gab eine Tintenfisch-Zivilisation, meinte HEX, ganz tief im kalten Wasser. Abgesehen davon hatten Eis, Feuer oder beides sowohl Intelligente als auch Dumme heimgesucht. Vermutlich verbarg sich hier irgendwo eine Moral.

Die Luft schimmerte, und sechs geisterhafte Gestalten erschienen vor Rincewind.

Es waren die Zauberer der Fakultät beziehungsweise blasse Abbilder von ihnen. Silbrige Linien glühten an ihnen, und gelegentlich flackerten sie.

»Bitte denkt daran«, erklang Ponder Stibbons gedämpfte Stimme, »daß ihr euch noch immer im Forschungstrakt für hochenergetische Magie befindet. Wenn ihr langsam geht, paßt HEX eure Füße dem lokalen Bodenniveau an. Ihr habt begrenzte Möglichkeiten, Dinge zu bewegen, obwohl HEX die eigentliche Arbeit leisten wird…«

»Können wir etwas essen?« fragte der Oberste Hirte.

»Nein, Herr. Dein Mund ist nicht *hier*.«

»Und womit rede ich dann?«

»Das könnte man sich tatsächlich fragen«, erwiderte Ponder diplomatisch. »Wir hören dich, weil sich unsere Ohren hier im FHM befinden, und du hörst die hier verursachten Geräusche, weil HEX ein virtuelles Äquivalent übermittelt. Sei unbesorgt. Nach einer Weile erscheint dir das alles normal.«

Das Phantom des Dekans trat nach dem Boden. Einen Sekundenbruchteil später stob ein wenig Erde nach oben.

»Erstaunlich«, sagte er zufrieden.

»Wie bitte?« fragte Rincewind.

Die Zauberer drehten sich um.

»Oh, Rincewind«, meinte Ridcully. Genausogut hätte er ›Oh, es regnet‹ sagen können. »Du bist's.«

»Ja, Herr.«

»Stibbons hat eine Möglichkeit gefunden, HEX zu veranlassen, mehr als nur einen Virtuell-da-Anzug zu steuern. Was wir sofort zum Anlaß nahmen, diese Welt zu besuchen, um selbst einmal an den Rosen zu schnuppern.«

»Dazu bekommt ihr erst in einigen hundert Millionen Jahren Gelegenheit, Herr«, sagte Ponder.

»Langweilig, nicht wahr?« Der Dozent für neue Runen sah sich um. »Ist nicht viel los hier. Es gibt jede Menge Leben, aber es frönt dem Müßiggang.«

Ridcully rieb sich die Hände.

»Nun, wir sorgen hier für etwas mehr Schwung«, versprach er. »Wir bringen Bewegung in die Dinge, solange wir *hier* sind. Einige Anstöße an der richtigen Stelle, das brauchen diese Wesen.«

»Die Zeitreisen machen keinen Spaß«, meinte Rincewind. »Man läuft immer wieder Gefahr, unter einem Vulkan oder am Meeresgrund zu enden.«

»Wir werden sehen«, erwiderte Ridcully mit fester Stimme. »Ich habe genug davon. Seht euch nur die faulen Biester da drüben an.« Er wölbte die Hände trichterförmig vor den Mund und rief: »Das Leben im Meer ist nicht gut genug für euch, wie? Ihr schwänzt lieber, was? Könnt ihr ein Entschuldigungsschreiben eurer Mutter vorweisen?« Er ließ die Hände wieder sinken. »Na schön, Stibbons. Sag HEX, er soll uns, oh, fünfzig Millionen Jahre in die Zukunft bringen… Augenblick mal, was war das?«

Donner grollte am Horizont.

»Wahrscheinlich ein weiterer Schneeball«, sagte Rincewind mißmutig. »Meistens fällt immer dann einer vom Himmel, wenn hier Ruhe eingekehrt ist. Ich schätze, dieses Exemplar stürzte ins Meer. Bereitet euch auf eine Flutwelle vor.« Er nickte den schläfrigen Geschöpfen zu, die kurz aufgesehen hatten.

»Der Dekan meinte, alle die herabfallenden Felsen und so dienten dazu, das Leben widerstandsfähiger zu machen«, sagte Ridcully.

»Nun, das ist seine Ansicht«, entgegnete Rincewind. »Aber es wird nicht mehr lange dauern, bis eine Welle, groß wie die Universität, diesen Strand auf die Gipfel der Berge dort drüben spült. Anschließend rechne ich damit, daß die hiesigen Vulkane *erneut* aktiv werden, was bedeutet, daß gewaltige Mengen an Lava in der anderen Richtung unterwegs sein werden. Danach gehen Regenschauer nieder, die man fürs Kupferstechen verwenden könnte, gefolgt von einigen Jahren Kälte und einem Nebel, der sich in Stücke schneiden läßt.« Er schniefte. »Was einen nicht umbringt, kann ziemlich starke Kopfschmerzen verursachen.«

Er sah zum Himmel hoch. Seltsame Blitze flackerten

zwischen den Wolken, und am Horizont zeigte sich nun ein Glühen.

»Verdammt«, sagte Rincewind im gleichen Tonfall. »Dies ist eine jener Gelegenheiten, bei der die Atmosphäre Feuer fängt. Das finde ich besonders abscheulich.«

Ridcully bedachte ihn mit einem durchdringenden Blick. »Stibbons?«

»Erzkanzler?«

»Bring uns nicht fünfzig Millionen, sondern siebzigtausend Jahre in die Zukunft, in Ordnung? Und... äh... bitte sofort, herzlichen Dank.«

Die Zauberer verschwanden.

Überall im Gebüsch hörten die Insekten auf zu summen.

Die mit einem Fell ausgestatteten Eidechsen fraßen auch weiterhin in aller Seelenruhe Blätter. Bis eine Erscheinung sie zum Aufblicken bewegte...

Die Sonne zuckte über den Himmel, wurde kurz zu einem rötlichen Streifen, der sich blaß im Zwielicht abzeichnete, und dann bestand die Welt nur noch aus grauem Dunst. Unter Rincewinds Füßen war es dunkel, und über ihm schien es fast weiß zu sein. Um ihn herum flackerte die Gräue.

»Sieht es immer so aus?« fragte der Dekan.

»Etwas muß einige tausend Jahr lang stillstehen, bevor man es sehen kann«, sagte Rincewind.

»Ich hätte es für aufregender gehalten...«

Es flackerte erneut, und dann erschien plötzlich die Sonne am Himmel. Für einen Augenblick erstreckten sich Wellen um sie herum, und dann herrschte Dunkelheit.

»Ich hab's ja gesagt«, meinte Rincewind. »Wir sind unter Wasser.«

»Haben die Vulkane veranlaßt, daß das Land versinkt?« fragte Ridcully.

»Vermutlich glitt es einfach so fort«, erwiderte Rincewind. »Geschieht die ganze Zeit über. Das Meer steckt voller versunkener Länder.«

Sie stiegen zur Wasseroberfläche empor, als HEX die notwendigen Anpassungen vornahm. Eine Landmasse zeigte sich als Schemen am Horizont, unter einer Wolkenbank.

»Na bitte«, stöhnte Rincewind. »Es ist wirklich ärgerlich. Zeitreisen bedeuten auch, daß man immer ziemlich weit gehen muß.«

»HEX, bitte bring uns zum nächsten Land«, bat Ponder. »Die Entfernung beträgt etwa zehn Meilen.«

»Soll das heißen, ich hätte einfach nur fragen müssen?« entfuhr es Rincewind. »Wäre es überhaupt nicht nötig gewesen, weite Strecken zu gehen?«

»Nein.«

Die Landschaft verschwamm für eine Sekunde.

»Darauf hättest du mich hinweisen sollen«, tadelte Rincewind in vorwurfsvollem Ton, als sie an einem Wald aus Riesenfarnen vorbei- und gelegentlich auch hindurchhuschten.

Das Panorama stabilisierte sich. Die Zauberer befanden sich am Waldrand; vor ihnen führte niedriges Buschwerk zu weiteren Riesenfarnen.

»Auch hier scheint nicht viel los zu sein«, murmelte Ridcully und lehnte sich an einen Baumstamm. »Kann ich meine Pfeife anzünden, Stibbons?«

»Da du nicht hier rauchst, sondern im Forschungstrakt für hochenergetische Magie – ja, Herr.«

Ridcully gab sich der Illusion hin, ein Streichholz am Baumstamm zu entzünden. »Erstaunlich«, sagte er.

»Das ist seltsam, Herr«, meinte Ponder. »In dieser Epoche sollte es eigentlich noch keine richtigen Bäume geben.«

»Nun, sie sind unübersehbar«, erwiderte der Erzkanzler. »Ich erkenne noch mindestens drei weitere…«

Rincewind war bereits losgelaufen. Der Umstand, daß einem nichts passieren kann, muß nicht bedeuten, daß man keine Angst hat. Ein Experte findet *immer* einen Grund, sich zu fürchten.

Ein sehr guter Grund war zum Beispiel ein Baumstamm mit Zehen.

Über den Farnen erschien ein Kopf an einem viel zu langen Hals.

»Ah«, sagte Ridcully ruhig. »Noch immer blöde Eidechsen, wie man sieht.«

Ponder überarbeitete seine Regeln, und daraufhin lauteten sie:

DIE REGELN

1 *Dinge fallen auseinander, aber Zentren bleiben stabil.*
2 *Alles bewegt sich bogenförmig.*
3 *Man bekommt Kugeln.*
4 *Große Kugeln sagen dem Raum, daß er sich krümmen soll.*
5 *Nirgends gibt es Schildkröten.* (Hier fügte er hinzu: *Abgesehen von gewöhnlichen.*)
6 *Das Leben erscheint überall, wo es nur erscheinen kann.*
7 *Das Leben erscheint überall, wo es nicht erscheinen kann.*
8 *Es gibt etwas in der Art von Narrativium.*
9 *Vielleicht existiert etwas namens Verdammtesturheit (siehe Regel 7).*
10 *…*

Er hörte auf zu denken. Hinter ihm tötete und fraß eine ziemlich große Echse eine etwas kleinere. Ponder drehte sich nicht einmal um. Seit mehr als hundert Millionen Jahren beobachteten sie Echsen – einen ganzen Tag lang –, und selbst der Dekan verlor die Hoffnung.

»Sie haben sich *zu* gut angepaßt«, sagte er. »Sind überhaupt keinem *Druck* ausgesetzt.«

»Sie sind zweifellos sehr langweilig«, meinte Ridcully. »Allerdings zeigen sie gelegentlich interessante Farben.«

»Das Gehirn ist so groß wie eine Walnuß, und einige von ihnen denken mit dem Hintern«, kommentierte der Oberste Hirte.

»Leute, wie du sie magst, Dekan«, sagte Ridcully.

»Das habe ich überhört, Erzkanzler«, erwiderte der Dekan kühl.

»Du hast dich wieder eingemischt, nicht wahr?« fuhr Ridcully fort. »Ich habe gesehen, wie du kleine Eidechsen aus dem Baum dort gestoßen hast.«

»Nun, du mußt zugeben, daß sie gewisse Ähnlichkeit mit Vögeln haben«, sagte der Dekan.

»Lernten sie zu fliegen?«

»Nicht schnell genug. Und nicht horizontal.«

»Fressen, kämpfen, paaren und sterben«, meinte der Dozent für neue Runen. »Selbst die Krabben waren besser. Und die Kleckse *bemühten* sich wenigstens. Wenn irgendwann einmal die Geschichte dieser Welt geschrieben wird, überspringt man die aktuelle Seite einfach. Man wird von ›schrecklich langweiligen Eidechsen‹ reden, verlaßt euch drauf.«

»Es gibt sie seit hundert Millionen Jahren, Herr«, sagte Rincewind. Er hatte das Gefühl, für jemanden eintreten zu müssen, der den Erwartungen nicht gerecht wurde.

»Und was haben sie in dieser Zeit geleistet? Können sie auch nur ein einziges Gedicht vorweisen? Oder irgendein Gebäude? Oder ein einfaches Kunstwerk?«

»Sie sind nicht ausgestorben, Herr.«

»Ach, und es ist hier eine Leistung, nicht auszusterben, wie?« fragte der Dozent für neue Runen.

»Es ist die beste aller Leistungen, Herr.«

»Pah!« erwiderte der Dekan. »All das beweist nur, daß eine Spezies verweichlicht, wenn nichts passiert! Es ist hübsch warm, es gibt genug zu essen… Hier geht's zu wie im Meer, nur ohne Wasser. Einige Perioden Vulkanismus oder ein mittelgroßer Komet würden sicher dafür sorgen, daß sie gerade sitzen und aufpassen.«

Die Luft schimmerte, und Ponder Stibbons erschien.

»Wir haben Intelligenz, meine Herren«, sagte er.

»Ich weiß«, antwortete der Dekan.

»Ich meine, das Omniskop hat Anzeichen für sich entwickelnde Intelligenz gefunden. In zwei Fällen, Herr.«

Die Herde war groß und bestand aus massigen, fast kugelförmigen Geschöpfen, die sich durch die gleiche scharfsinnige Klugheit auszeichneten wie Kühe.

Wesentlich kleinere Wesen liefen am Rand der Herde. Sie waren dunkel und dürr, trällerten die ganze Zeit über.

Außerdem trugen sie zugespitzte Stöcke.

»Nun…«, begann Ridcully und schien nicht viel davon zu halten.

»Sie treiben die größeren Tiere, Herr!« sagte Ponder.

»Wölfe jagen Schafe…«

»Aber nicht mit zugespitzten Stöcken, Herr. Und sieh dir das dort an…«

Eins der großen Tiere zog eine Art mit Blättern gepolsterte Pritsche. Darauf lagen einige der kleineren Geschöpfe. Sie wirkten recht blaß um die Schnauze.

»Ob sie krank sind?« fragte der Dekan.

»Nur alt, Herr.«

»Warum sollten sie sich damit belasten, irgendwelche alten Leute mitzunehmen?«

Ponder wagte es, eine kurze Pause einzulegen, bevor er antwortete.

»Ich vermute, sie sind eine Art Bibliothek. Sie erinnern sich an Dinge. An gute Jagdgebiete und Wasserlöcher und so. Und das bedeutet, daß sie eine Art Sprache haben müssen.«

»Nun, es ist zumindest ein Anfang«, sagte Ridcully.

»Ein Anfang, Herr? Wir haben es hier eindeutig mit einer Kultur zu tun!« Ponder hob die Hand zum Ohr. »Oh… und HEX meint, es gibt noch ein anderes intelligentes Volk. Es ist… äh… anders.«

»Wie anders?«

»Im Meer, Herr.«

»Aha«, sagte der Oberste Hirte.

Eigentlich hätte es ›auf dem Meer‹ heißen müssen. Sie fanden eine Kolonie, die sich über Meilen erstreckte und mehrere kleine Felsinseln und Sandbänke wie die Perlen einer Kette miteinander verband. Hier und dort war Treibholz zusammengebunden, und schwimmender Tang bildete floßartige Gebilde.

Die Geschöpfe gehörten zur großen Familie der Echsen und waren fast ebenso langweilig wie alle anderen, fanden die Zauberer. Sie wiesen keine interessanten Farben auf und hatten nicht einmal Stacheln oder Dorne. Aber sie wirkten recht… fleißig.

»Der Tang – sieht er nicht erstaunlich *regelmäßig* aus?« fragte der Dozent für neue Runen, als sie über einen niedrigen Felswall hinwegschwebten. »Wird er vielleicht *angebaut*?«

»Ich glaube…« Ponder sah nach unten. Das Wasser spülte über den Felswall. »Es ist ein großer Käfig für Fische. Die ganze Lagune. Äh… Ich vermute, sie haben die Felswälle so konstruiert, daß die Fische mit der Flut hereinkommen und dann nicht mehr entwischen können, wenn das Wasser abfließt.«

Echsen drehten den Kopf, als halb durchsichtige Gestalten vorbeischwebten. Sie schienen die virtuellen Besucher nur für unwichtige Schemen zu halten.

»Sie nutzen die Kräfte des Meeres?« fragte Ridcully. »Das ist schlau.«

Echsen tauchten am anderen Ende der Lagune. Einige arbeiteten bei Tümpeln auf einer der Inseln. Kleine Echsen schwammen im seichten Wasser. An einem aus Treibholz bestehenden Wege trockneten Tangstreifen im Wind. Und überall erklangen quiekende Stimmen. Es handelte sich eindeutig um Gespräche, fand Ponder. Tiere ließen andere Tiere nicht ausreden. Das galt auch für Zauberer, aber sie stellten eine ganz besondere Spezies dar.

Ein wenig abseits des allgemeinen Geschehens bemalte eine Echse die Haut einer anderen, wobei sie einen Zweig und Farben in Muschelschalen benutzte. Die malende Echse trug eine Halskette aus verschiedenen Muscheln, beobachtete Ponder.

»Werkzeuge«, murmelte er. »Symbole. Abstraktes Denken. Wertvolle *Dinge*… Ist dies eine Zivilisation, oder handelt es sich um eine Stammesgesellschaft?«

»Wo ist die Sonne?« fragte der Oberste Hirte. »Es ist immer dunstig, und ich komme hier nicht gut mit den Richtungen zurecht. Wohin man auch zeigt – man deutet praktisch immer auf den eigenen Hinterkopf.«

Rincewind vollführte eine Geste, die dem Horizont galt. Dort zeigte sich ein rotes Glühen hinter den Wolken.

»Ich nenne das ›Entgegengesetzt‹«, sagte er. »Genau wie zu Hause.«

»Ah. Die Sonne geht bei Entgegengesetzt unter.«

»Nein«, widersprach Rincewind. »Die Sonne bleibt an Ort und Stelle. Der Horizont kommt nach oben.«

»Aber er fällt nicht auf uns herab?«

»Das versucht er. Aber der andere Horizont zieht ihn fort, bevor er seine Absicht verwirklichen kann.«

»Je mehr Zeit ich auf dieser Kugel verbringe, desto klarer wird mir, daß ich mich irgendwo festhalten sollte«, brummte der Dekan.

»Und das Licht wird nicht um die Welt herumreflektiert?« fragte der Oberste Hirte. »Zu Hause ist das der Fall. Das durch den Wasserfall aufsteigende Glühen sieht recht beeindruckend aus.«

»Nein«, sagte Rincewind. »Hier wird's einfach nur dunkel. Es sei denn, der Mond steht am Himmel.«

»Und es gibt nach wie vor nur eine Sonne?« fragte der Oberste Hirte im Tonfall eines Mannes, dem etwas durch den Kopf geht.

»Ja.«

»Wir haben keine andere hinzugefügt?«

»Nein.«

»Was hat es dann mit dem Licht dort drüben auf sich?«

Die Zauberer drehten sich zum gegenüberliegenden Horizont um.

»Hoppla«, sagte der Dekan, als das Donnergrollen in der Ferne verklang und hoch oben Lichter über den Himmel strömten.

Die Echsen hatten es ebenfalls gehört. Ponder sah sich um. Sie verharrten auf den Wegen, sahen zum Horizont und offenbarten dabei das intelligente Interesse von denkenden Wesen, die sich fragten, was ihnen die Zukunft bringen mochte…

»Laßt uns vor dem kochenden Regen zum Forschungstrakt für hochenergetische Magie zurückkehren«, schlug Ridcully vor. »Ich finde es einfach zu deprimierend.«

VIERUNDDREISSIG

Der Tod der Dinosaurier

Das Leben erscheint überall, wo es nur erscheinen kann.

Das Leben erscheint überall, wo es nicht erscheinen kann.

Und wenn es sich gerade richtig bequem eingerichtet zu haben scheint, mit auskömmlichem Lebensstil und allmählichem Fortschritt zu Höherem, kommt eine verheerende Katastrophe daher und wirft es um zwanzig Millionen Jahre zurück. Doch paradoxerweise ebnen dieselben Katastrophen den Weg für radikal neue Lebensformen…

Das ist alles ziemlich verwirrend.

Das Leben ist unverwüstlich, aber von keiner einzelnen Art kann man das mit Bestimmtheit sagen. Das Leben erfindet immerzu neue Tricks. Der mit dem Ei ist brillant: Man versorge den sich entwickelnden Embryo mit seiner eigenen persönlichen Lebenserhaltungsmaschine. Im Innern ist die Umgebung nach den Bedürfnissen der betreffenden Art maßgeschneidert – und was draußen ist, spielt keine große Rolle, denn es gibt eine Barriere, um es draußen zu halten.

Das Leben ist anpassungsfähig. Es ändert die Regeln seines eigenen Spiels. Sobald Eier auf der Szene erscheinen, sind die Grundlagen für die Evolution von Eierfressern geschaffen…

Das Leben ist vielfältig. Je mehr Spieler es gibt, um so mehr Möglichkeiten gibt es, voneinander zu leben.

Leben wiederholt sich. Wenn es einen Trick findet, der funktioniert, produziert es am laufenden Band Tausende von Variationen zu demselben Thema. Der große Biologe John (J. B. S.) Haldane wurde einmal gefragt, welche Frage er Gott gern stellen würde, und er antwortete, er wüßte gern, warum Er eine derart übermäßige Vorliebe für Käfer hat.*

Es gibt heute eine Drittelmillion Käferarten – viel mehr als in jeder anderen Gruppe von Pflanzen oder Tieren. 1998 kam Brian Farrell auf eine mögliche Antwort auf Haldanes Frage. Käfer erschienen vor ungefähr 250 Millionen Jahren, doch erst vor etwa 100 Millionen Jahren nahm die Anzahl der Arten explosionsartig zu. Das scheint gerade die Zeit zu sein, als Blütenpflanzen auftauchten. Der den Organismen zur Verfügung stehende ›Phasenraum‹ gewann plötzlich eine neue Dimension – eine neue Lebensgrundlage stand der Nutzung zur Verfügung. Die Käfer befanden sich in einer günstigen Position, um ihren Vorteil daraus zu ziehen, indem sie die neuen Pflanzen fraßen, insbesondere die Blätter. Man hat eine Zeitlang geglaubt, Blütenpflanzen und bestäubende Insekten hätten sich gegenseitig zu immer ausufernderer Vielfalt getrieben, doch das stimmt nicht. Für die Käfer allerdings stimmt es durchaus. Etwa die Hälfte aller gegenwärtigen Käferarten sind Blattfresser. Es ist *immer noch* eine wirksame Taktik.

Manchmal löschen Naturkatastrophen nicht nur ein, zwei Arten aus. Die Fossilbelege weisen eine Anzahl von ›Massenvernichtungen‹ aus, bei denen ein wesentlicher Anteil des gesamten Lebens auf der Erde verschwand. Die am besten bekannte Massenvernichtung ist der Tod der Dinosaurier vor 65 Millionen Jahren.

---

* Leser des Scheibenwelt-Romans *Heiße Hüpfer* werden sich erinnern, daß infolge einer erstaunlichen Übereinstimmung der Gott der Evolution eine ziemlich große Leidenschaft für Käfer hat.

Um Sie nicht in die Irre zu führen, wollen wir sofort darauf hinweisen, daß es keinerlei wissenschaftliche Anhaltspunkte für die Existenz einer *Zivilisation* von Dinosauriern gibt, was auch immer im Rundwelt-Projekt geschehen mag. Aber... immer, wenn ein Wissenschaftler sagt, daß es »keine wissenschaftlichen Anhaltspunkte gibt«, sollten Sie drei wichtige Fragen stellen, insbesondere wenn es ein Wissenschaftler der Regierung ist. Die Fragen lauten: »Gibt es Anhaltspunkte, die *dagegen* sprechen?«, »Hat jemand nachgeschaut?« und »Wenn jemand nachschauen würde, könnte er erwarten, etwas zu finden?«*

Im gegebenen Fall lauten die Antworten »nein«, »nein« und »nein«. Die Abgründe der Zeit verbergen viel, insbesondere wenn ihnen die Kontinentalverschiebung, wie Bulldozer wirkende Eisschilde, Vulkanaktivität und hin und wieder ein abstürzender Planetoid zu Hilfe kommen. Es haben sich wenig *menschliche* Artefakte erhalten, die älter als zehntausend Jahre sind, und wenn wir heute ausstürben, würden in einer Million Jahre als einzige Zeugnisse unserer Zivilisation vielleicht ein paar tote Sonden weit draußen im Raum und ein paar Häufchen Abfall auf dem Mond übrig sein. *Fünfundsechzig* Millionen? Aussichtslos. So daß wir, obwohl eine Dinosaurier-Zivilisation reine Phantasie ist – genauer gesagt, reine Spekulation –, sie nicht *absolut* ausschließen können. Was Dinosaurier betrifft, die hochentwickelt genug gewesen wären, um Werkzeuge zu benutzen, andere Dinosaurier als Haustiere zu halten... Nun ja, die Zeit konnte sie spurlos verschwinden lassen.

---

* Rincewind würde noch ein paar hinzufügen:
Ist es sicher?
Bestimmt?
Ganz bestimmt?

In Museen gehören Dinosaurier immer zu den beliebtesten Ausstellungsstücken. Sie erinnern uns daran, daß die Welt nicht immer so war, wie sie jetzt ist; und sie erinnern uns daran, daß die Menschen erst seit einer sehr kurzen Zeit auf dem Planeten sind, geologisch gesprochen. Im Grunde sind Dinosaurier wirklich altertümliche Echsen. Diejenigen, deren Knochen wir alle im Museum bestaunen, waren ziemlich *große* Echsen, doch viele waren viel kleiner. Der Name bedeutet ›Schrekkensechse‹, und wer *Jurassic Park* gesehen, versteht den Grund.

Einem italienischen Fossiliensammler, der sich Spielbergs Film ansah, ging dabei plötzlich auf, daß ein merkwürdiges Fossil, das seit Jahren bei ihm im Keller verstaut lag, durchaus ein Stück von einem Dinosaurier sein könnte. Er schickte es an eine nahegelegene Universität, wo man feststellte, daß es nicht nur von einem Dinosaurier stammte, sondern von einer neuen Art. Es war ein junger Therapode – das waren kleine fleischfressende Dinosaurier, die nächsten Verwandten der Vögel. Interessanterweise hatte er keinerlei Federn. Eine Geschichte direkt aus dem Film: wie der narrative Imperativ in unserer Welt am Werk ist... und wie immer auf selektive Berichterstattung zurückzuführen. Wie viele Fossilienjäger besaßen ein Stück Dinosaurierknochen, *ohne* nach dem Betrachten des Films einen Zusammenhang herzustellen?

Im Geist des Menschen lösen Dinosaurier einen Widerhall von Drachenmythen aus, wie sie vielen Kulturen zu vielen Zeiten gemein waren, und Berge von Spekulationen sind erschienen, um zu erklären, wie die Drachengedanken in unserem Denken über Millionen Jahre der Evolution hinweg von wirklichen Dinosaurierbildern und von der Furcht im Geist unserer fernen Vorfahren auf uns überkommen sind. Das müssen jedoch *sehr* ferne Vorfahren gewesen sein, denn jene von unseren Vorfahren, die sich zeitlich mit den Dinosauriern überschnitten, waren wahrscheinlich winzige scheue Wesen, die in Löchern hausten und Insekten fraßen. Nach über hundert Millionen Jahren des Erfolgs starben die Dinosaurier vor 65 Millionen Jahren allesamt aus – und es gibt Anhaltspunkte, daß ihr Abgang plötzlich kam. Hatten vor so langer Zeit Proto-Spitzmäuse Alpträume von Drachen? Könnten solche Alpträume 65 Millionen Jahre der natürlichen Auslese überdauert haben? Vor allem: Haben Spitzmäuse heute Alpträume von feuerspeienden Drachen – oder haben nur wir welche? Höchstwahrscheinlich stammt der Drachenmythos von anderen, weniger buchstäblichen Tendenzen jenes dunklen, geschichtsbefrachteten Organs, das wir den menschlichen Geist nennen.

Dinosaurier üben eine zeitlose Faszination aus, insbesondere auf Kinder. Dinosaurier sind echte Ungeheuer, es hat sie wirklich gegeben – und manche von ihnen, diejenigen, die wir alle kennen, waren riesig. Sie sind auch alle schon sicher tot.

Viele kleine Kinder, selbst wenn sie gegen die Standard-Lesestoffe in der Schule resistent sind, können eine lange Liste von Dinosauriernamen aufsagen. Vor *Jurassic Park* kam ›Velociraptor‹ darunter kaum vor, aber jetzt. Diejenigen von uns, die noch eine Schwäche für den Brontosaurus haben, müssen oft daran erinnert werden, daß dieser gebogene sumpfbewohnende Riese aus albernen Gründen fortan ›Apatosaurus‹ genannt werden muß.* Wir sind so auf die Dinosaurier

---

* Der schlimmste Fall ist das Wesen, das einmal *Eohippus* hieß, ›das Pferd der Morgenröte‹ – ein schöner, poetischer Name für das Tier, das den Stamm für die Familie der Pferde bildet. Es heißt jetzt *Hyracotherium*, weil ein wenig früher jemand diesen Namen einem Wesen gegeben hatte, das *angeblich* mit dem Schliefer (Hyrax) verwandt war, und von dem ihm ein einziges fossiles Schulterblatt vorlag. Später ▷

eingestimmt, daß das Drama ihres plötzlichen Verschwindens unsere Phantasie mehr gefesselt hat als jedes andere Stück Paläontologie. Selbst unser *eigener* Ursprung zieht weniger Aufmerksamkeit seitens der Medien an.

Wie war das mit dem plötzlichen Aussterben?

Zunächst einmal haben einige wenige Wissenschaftler bestritten, daß es überhaupt plötzlich erfolgte. Die Fossilbelege weisen auf das Ende der Kreidezeit von 65 Millionen Jahren als ›Stichtag‹ hin. Das war auch der Beginn des sogenannten Tertiärs, des Zeitalters der Säugetiere, so daß das Ende der Dinosaurier für gewöhnlich als K-T-Übergang bezeichnet wird. Wenn wir aber das Ende der Kreidezeit als den Moment annehmen, ›wo es passierte‹, dann scheinen viele Arten ihr Ende vorausgesehen zu haben und gleich fünf oder zehn Millionen vorher aus den Fossilbelegen verschwunden zu sein. Sagten Dinosaurier-Liebespaare zueinander vielleicht: »Es hat keinen Sinn, mit der ganzen Fortpflanzung weiterzumachen, Liebes. In zehn Millionen Jahren sterben wir sowieso aus.«? Nein. Wieso als das verschwommene Erlöschen über Millionen Jahre hinweg? Es gibt gute statistische Gründe, warum wir vielleicht

---

stellte sich heraus, daß der Knochen in Wahrheit zu einem *Eohippus* gehört hatte. Leider muß jeder, der einer Art als erster einen Namen gibt, die Priorität erhalten, und so hat das Pferd der Morgenröte jetzt einen törichten, unpoetischen Namen, in dem ein Fehler festgeschrieben ist.

Den *Brontosaurus* – ›Donnerechse‹ – haben wir aus einem ähnlichen Grund verloren. Donnerechse – welch ein wunderbarer Name. ›Apatosaurus‹? Das heißt wohl ›von der Gravitation herausgeforderte Echse‹.

Die Moral dieser Geschichte: Wenn gelehrte Komitees älterer Wissenschaftler zusammenkommen, um einen außergewöhnlichen Gegenstand zu erörtern, kann man allemal sicher sein, daß sie eine völlig lächerliche Entscheidung treffen. Ganz anders als die Zauberer der Unsichtbaren Universität natürlich.

nicht bis zum Ende Fossilien finden können, selbst wenn die betreffenden Arten noch am Leben waren.

Und diese Bemerkung in den richtigen Rahmen zu setzen: Was meinen Sie, wie viele Exemplare von *Tyrannosaurus rex,* dem berühmtesten Dinosaurier, alle Universitäten und Museen der Welt zusammen besitzen? Keine Kopien, sondern Originale, von den Paläontologen aus dem Gestein gegraben?

Hunderte... oder?

Nein. Bis zu *Jurassic Park* waren es exakt *drei,* und der Zeitraum, in dem ebendiese Tiere lebten, erstreckt sich über fünf Millionen Jahre. Drei weitere fossile Exemplare von *T. rex* sind seither gefunden worden, weil *Jurassic Park* den Dinosauriern eine Menge günstige Publicity verschaffte und es möglich wurde, genug Geld zusammenzutrommeln, um loszugehen und noch ein paar zu suchen. Bei dieser Erfolgsrate wäre die Chance, daß eine künftige Rasse irgendwelche fossilen Humanoiden aus dem ganzen Zeitraum fänden, in dem wir und unsere Vorfahren lebten, vernachlässigbar gering. Wenn also eine Art in einem Zeitraum von fünf Millionen Jahren auf der Erde existierte, kann es durchaus sein, daß *keine* Fossilien von ihr gefunden wurden – insbesondere wenn sie auf dem Festland lebte, wo selten Fossilien entstehen. Man könnte deshalb meinen, die Fossilbelege seien nicht besonders nützlich, doch gerade das Gegenteil trifft zu. Jedes Fossil, das wir finden, beweist positiv, daß die zugehörige Art tatsächlich existierte; mehr noch, aus einer unvollständigen Stichprobe können wir einen ziemlich genauen Eindruck vom gewaltigen Strom des Lebens erhalten. Ein Echsenfossil reicht aus, um die Existenz von Echsen festzustellen – selbst wenn wir nur eine Art von den zehntausend gefunden haben, die es gab.

Dies im Sinn, können wir aber leicht sehen, daß selbst bei einem extrem plötzlichen Tod der Dinosaurier die

Fossilbelege ohne weiteres einen anderen Eindruck erwecken könnten. Nehmen wir an, daß Fossilien einer bestimmten Art zufällig etwa alle fünf Millionen Jahre auftauchen. Manchmal sind sie wie Busse, und drei kommen auf einmal – das heißt, im Abstand von nur einer Million Jahre. Ein andermal sind sie auch wie Busse: Man wartet den ganzen Tag (zehn Millionen Jahre), und keiner läßt sich blicken. Aus den letzten zehn Millionen Jahren vor dem K-T-Übergang findet man zufällig verteilte Fossilien. Für manche Arten stammt der letzte Fund von vor 75 Millionen, für andere von vor 70 Millionen Jahren. Bei ein paar sind es zufällig nur 65 Millionen Jahre. Also *scheint* man ein allmähliches Erlöschen zu sehen.

Leider sähe man ziemlich genau dasselbe, wenn sie *wirklich* allmählich erloschen wären. Wie kann man den Unterschied feststellen? Man muß sich Arten ansehen, deren Fossilien viel häufiger sind. Wenn das Aussterben plötzlich erfolgt wäre, müßte bei diesen ein schärferer Schnitt zu sehen sein. Arten, die vollständig oder teilweise im Wasser leben, bilden öfter Fossilien, also stellt man den Zeitpunkt des K-T-Massensterbens am besten fest, indem man im Meer lebende Arten betrachtet. Kluge Wissenschaftler beachten daher das Dinosaurier-Drama nicht weiter und machen sich statt dessen mit winzigen Schnecken und anderen undramatischen Arten zu schaffen. Dabei stellen sie fest, daß die Ichthyosaurier ebenfalls etwa zu der Zeit ausstarben, ebenso die letzten der Ammoniten* und viele andere Gruppen von Meerbewohnern. Also ist tatsächlich an der Grenze etwas Plötzliches

* Viele Ammoniten-Arten starben 5 bis 10 Millionen Jahre vor dem K-T-Übergang aus, so daß sie tatsächlich allmählich verschwunden zu sein scheinen. Doch was immer am K-T-Übergang geschah, es gab ihnen den Rest.

und Dramatisches geschehen, doch es kann auch davor eine Folge anderer Ereignisse gegeben haben.

Welche Art von Drama? Einen wichtigen Schlüssel liefern Ablagerungen von Iridium, einem Metall, das in der Erdkruste selten ist. Iridium ist in manchen Meteoriten deutlich häufiger, insbesondere in denen aus dem Planetoidengürtel zwischen Mars und Jupiter. Wenn man also ein außerordentlich reichhaltiges Vorkommen von Iridium auf der Erde findet, dann kann es durchaus von einem herabgestürzten Meteoriten stammen.

1979 stellte der Physiker und Nobelpreisträger Luis Alvarez Überlegungen in dieser Richtung an, und zusammen mit seinem Sohn Walter Alvarez, einem Geologen, entdeckte er eine Lehmschicht, die hundertmal mehr Iridium als normal enthält. Sie hatte sich genau am K-T-Übergang abgelagert und kann überall auf dem Festland der Erde gefunden werden. Die beiden Alvarez interpretierten diese Entdeckung als starken Hinweis, daß der Aufschlag eines Meteoriten das K-T-Massensterben verursacht hat. Die Gesamtmenge des Iridiums in der Schicht wird auf etwa 200 000 Tonnen geschätzt, was etwa der Menge entspricht, die man in einem Meteoriten von 10 km Durchmesser erwarten sollte. Wenn ein Meteorit von dieser Größe die Erde getroffen hätte, der sich mit der typischen Geschwindigkeit von 16 km pro Sekunde bewegte, hätte er einen Aufschlagkrater von 65 km Durchmesser hinterlassen. Die Energie des Aufschlags entspräche der von Tausenden von Wasserstoffbomben; sie hätte riesige Staubmassen in die Atmosphäre hochgeschleudert und das Sonnenlicht jahrelang verdunkelt, und wenn der Meteorit ins Meer gestürzt wäre – die Wahrscheinlichkeit dafür beträgt mehr als die Hälfte –, hätte er gewaltige Flutwellen und einen kurzlebigen Ausbruch von überhitztem Dampf hervorgebracht. Pflanzen wären gestorben, große pflanzenfressende Dinosaurier hätten keine Nahrung mehr gefunden und wären ebenfalls gestorben, bald darauf die fleischfressenden. Insekten hätten sich alles in allem etwas besser gehalten, ebenso die Insektenfresser.

Es haben sich viele Indizien angehäuft, daß der Chicxulub-Krater, eine überlagerte Felsformation auf der Halbinsel Yucatan im südlichen Mexiko, das Überbleibsel dieses Aufschlags ist. Kristalle von ›geschocktem‹ Quarz wurden am Aufschlagort breitgestreut: Die größten hat man in der Nähe des Kraters gefunden, kleine halb um den Erdball herum. 1998 fand Frank Kyte im Nordpazifik ein Stück des Meteoriten selbst, zweieinhalb Zentimeter im Durchmesser. Das Fragment sieht wie ein Stück von einem Planetoiden aus – womit die andere Möglichkeit ausgeschlossen wäre, ein Komet, der einen ähnlichen Krater erzeugt hätte. Nach A. Shukoljukow (Shukolyukov) und G. W. Lugmair bestätigen die Anteile von Chrom-Isotopen im K-T-Sediment diese Ansicht. Und Andrew Smith und Charlotte Jeffery haben festgestellt, daß das Aussterben von Seeigeln, das am K-T-Übergang stattfand, am schlimmsten in den Gebieten um Mittelamerika war, wo wir die Aufschlagstelle des Meteoriten vermuten.

Obwohl die Indizien für einen Aufschlag stark sind und im Lauf der zwanzig Jahre, seit die beiden Alvarez ihre Meteoriten-Theorie vortrugen, merklich zugenommen haben, hat eine Gruppe von Paläontologen, die entschieden anderer Ansicht sind, zur Erklärung des K-T-Massensterbens nach irdischen Ereignissen anstatt dramatischer astronomischer Einflüsse Ausschau gehalten. Zweifellos gab es gegen Ende der Kreidezeit eine Reihe dramatischer Klimaveränderungen, wobei mit dem Anwachsen und Schmelzen der Polkappen der Meeresspiegel drastisch schwankte. Es gibt auch gewichtige Indizien, daß manche Meere – vielleicht auch alle – ihre auf Sauerstoff beruhende Ökologie einbüßten und zu riesigen stinkenden, schwarzen, anaerobischen Tümpeln wurden. Die fossilen Hinweise darauf sind schwarze, eisen- und schwefelreiche Linien in Sedimenten. Die dramatischsten Vorgänge irdischen Ursprungs hingen zweifellos mit dem Vulkanismus zusammen, durch den der sogenannte Dekkan-Trapp entstand, riesige Ablagerungen von Lava. Ganz Asien scheint von Vulkanen bedeckt gewesen zu sein, und sie stießen genug Lava aus, daß sie eine 45 Meter dicke Schicht hätte bilden können, wäre sie gleichmäßig über den ganzen Kontinent verteilt gewesen. Derart extensiver Vulkanismus muß gewaltige Auswirkungen auf die Atmosphäre gehabt haben: Kohlendioxid-Emissionen, die die Atmosphäre durch den Treibhauseffekt aufheizten, Schwefelverbindungen, die schrecklichen sauren Regen und eine Verunreinigung des Süßwassers überall auf dem Planeten hervorriefen, und gleichzeitig winzige Gesteinspartikel, die das Sonnenlicht abschirmten und einen ›nuklearen Winter‹ bewirkten. Können statt eines Meteoriten die Vulkane, die den Dekkan-Trapp bildeten, die Dinosaurier umgebracht haben? Vieles hängt vom Zeitpunkt ab.

Die Theorie, die wir bevorzugen – nicht, weil es gute unabhängige Beweise dafür gäbe, sondern weil sie soviel erklären würde und weil sie eine Moral hat –, besagt, daß die beiden Ursachen zusammenhängen. Der Chicxulub-Krater liegt dem Dekkan-Trapp auf der anderen Seite des Planeten ziemlich genau gegenüber. Vielleicht setzte die Vulkantätigkeit in Asien ein paar Millionen Jahre vor dem K-T-Übergang ein und rief gelegentliche ökologische Krisen für größere Tiere hervor, aber nichts wirklich Endgültiges. Dann schlug der Meteorit ein und erzeugte Schockwellen, die mitten durch die Erde gingen und, wie von einer Linse gebündelt, gerade in jener empfindlichen Region der Erdkruste zusammenliefen. (Etwas Ähnliches hat sich auf dem Merkur ereignet, wo ein riesiger Einschlagkrater, das Caloris-Bassin genannt, genau gegenüber von ›sonderbarem Gelände‹ liegt, das von Schockwellen geformt wurde.)

Dann muß es einen gigantischen, gleichzeitigen Ausbruch von Vulkanismus gegeben haben – zusätzlich zu allen Folgen des Zusammenstoßes, die an sich schon schlimm genug waren. Die Kombination kann unzählige Arten hinweggefegt haben. Um diesen Gedanken zu stützen, sollte gesagt werden, daß eine andere geologische Ablagerung, der Sibirische Trapp, zehnmal soviel Lava wie das Dekkan-System enthält, und wie es sich ergibt, wurde der Sibirische Trapp zur Zeit eines anderen, des großen Permischen Massensterbens gebildet, die wir schon erwähnt haben. Um weitere Indizien anzuhäufen: Manche Geologen glauben, den Einschlagort eines weiteren Meteoriten in Australien gefunden zu haben, das im Perm gegenüber von Sibirien lag.

Die Moral dieser Geschichte lautet, daß wir nicht ›die‹ Ursache für das Dinosauriersterben suchen sollten. Es kommt sehr selten vor, daß ein Naturereignis nur eine Ursache hat – im Gegensatz zu wissenschaftlichen Experimenten, die eigens so angelegt werden, daß sie eine einzige Erklärung liefern.

Auf der Scheibenwelt holt nicht nur der Tod mit der Sense in der Hand die Menschen, sondern kleinere Unter-Tode holen andere Tiere – beispielsweise Rattentod in *Rollende Steine*, von dem ein einziges typisches Zitat genügen wird: »QUIEK.«

Der Dinosaurier-Tod wäre sehenswert gewesen, mit Vulkanen in der einen Hand und einem Planetoiden in der anderen, einen Umhang von Eis nach sich ziehend…

Es waren wirklich wunderbar für den Film geeignete Reptilien, nicht wahr? Die Zauberer verstehen es natürlich falsch.

Es gibt noch eine Lehre daraus zu ziehen, wie wir das Ende der Dinosaurier in den Vordergrund stellen. Viele andere große und/oder dramatische Reptilien sind am Ende der Kreidezeit ausgestorben, darunter die Plesiosaurier (berühmt als mögliche ›Erklärung‹ für das sagenhafte Ungeheuer von Loch Ness), die Ichthyosaurier (gewaltige fischförmige Raubtiere, die Wale und Delphine unter den Reptilien), die Pterosaurier (seltsame fliegende Formen, von denen der Pterodaktylus in allen Dinosaurierfilmen vorkommt und fälschlich als Dinosaurier bezeichnet wird) und insbesondere die Mosasaurier…

Mosasaurier?

Was war das? Sie waren ebenso dramatisch wie die Dinosaurier, doch es *waren keine* Dinosaurier. Sie hatten auch keine gute Reklame im Film, weil kaum ein Laie von ihnen gehört hat. Sie sind gemeinhin als Fischechsen bekannt – kein so guter Name wie ›Schreckensechse‹ –, womit sie gut beschrieben sind. Manche waren fast so fischähnlich wie Ichthyosaurier oder Delphine, andere ähnelten eher Krokodilen, manche waren 15-Meter-Raubtiere wie der große weiße Hai, andere waren vielleicht knapp einen Meter lang und ernährten sich von kleinen Ammoniten und anderen gewöhnlichen Mollusken. Sie bestanden gut zwanzig Millionen Jahre lang, und den größten Teil dieser Zeit über waren sie die dominanten Meeresraubtiere. Aber die meisten Leute stoßen in Dinosaurier-Geschichten auf das Wort, nehmen an, der Mosasaurus sei eine nicht besonders interessante Art Dinosaurier gewesen, und vergessen ihn prompt.

Eine andere seltsame Sache bei der K-T-Ausrottung – wahrscheinlich keine Sache im Sinne des Wortes, denn in diesem Zusammenhang wäre eine ›Sache‹ eine Gleichung von Unbekannten, wohingegen wir eine Vielzahl miteinander verknüpfter Rätsel haben – betrifft die Frage, welche Wesen sie *überlebten*. Im Meer starben sämtliche Ammoniten aus, ebenso die anderen Formen mit Schalen wie Belemniten – abgerollte Ammoniten –, aber der Nautilus kam durch, desgleichen der Tintenfisch, die Kraken und Oktopusse. Die Krokodile, die in unseren Augen so dinosaurierähnlich sind, wie man es nur sein kann, ohne wirklich ein Dinosaurier zu sein, überstanden erstaunlicherweise das K-T-Ereignis ohne nennenswerte Einbußen an Artenvielfalt. Und jene kleinen Dinosaurier, die man ›Vögel‹ nennt, schafften es ziemlich unbehelligt. (Da ist eine Geschichte, die wir rasch erzählen müssen. Vor nicht langer Zeit war die Idee, daß die Vögel die überlebenden Reste der Dinosaurier seien, neu, strittig und darum ein heißes Thema. Dann wurde sie rasch zur anerkannten Lehrmeinung. Neue Fossilfunde haben jedoch schlüssig bewiesen, daß sich die Hauptfamilien der modernen Vögel lange vor dem K-T-Ereignis im Sinne der Evolution getrennt haben. Sie sind also nicht die Überreste der ansonsten ausgestorbenen Dinosaurier – sie zogen sich frühzeitig aus der Affäre, indem sie aufhörten, überhaupt Dinosaurier zu sein.)

Die Mythen, nicht zuletzt *Jurassic Park* selbst, haben die Überzeugung verbreitet, die Dinosaurier seien überhaupt nicht ›wirklich‹ ausgestorben. Sie leben noch – wie uns zumindest halbphantastische Berichte glauben machen – in den *Verlorenen Welten* südamerikanischer Täler, auf unbewohnten Inseln, in den Tiefen von Loch Ness, auf anderen Planeten oder – mystischer – als DNS im Innern von blutsaugenden Insekten konserviert, die in Bernstein eingeschlossen sind. Was das betrifft, so stammt die ›uralte DNS‹, die angeblich aus in Bernstein fossil gewordenen Insekten gewonnen wurde, von modernen Verunreinigungen und nicht von prähistorischen Organismen – zumindest wenn der Bernstein älter als hunderttausend Jahre ist.

Es ist kennzeichnend, daß niemand Filme gedreht hat, in denen Dodos, Moas, Zwergelefanten oder Mosasaurier wiederbelebt werden – nur Dinosaurier und Hitler sind beliebte Gegenstände des Wiedererweckungs-Mythos. Beide gleichzeitig wären ein hübscher Einfall.

Dinosaurier sind das endgültige Sinnbild für eine Tatsache der Evolution, die wir im allgemeinen ignorieren und uns äußerst ungern in Erinnerung rufen: *Nahezu alle Arten, die jemals existiert haben, sind ausgestorben.* Sobald uns das zu Bewußtsein kommt, müssen wir die Erhaltung von Tierarten in neuem Lichte betrachten. Macht es wirklich etwas aus, daß es vom kleineren gepunkteten Pogo-Vogel nur noch ein paar hundert Exemplare gibt oder daß vom Menschen eingeführte Raubtiere hundert Baumschnecken-Arten auf einer Pazifikinsel ausgerottet haben? Manche – wie die Einführung des Nilbarschs im Viktoriasee, wodurch das Sportangeln verbessert werden sollte, was aber zum Verlust vieler Hunderter faszinierender Buntbarscharten geführt hat – werden sogar von den dafür Verantwortlichen bedauert, und sei es nur, weil das neue Ökosystem des Sees viel ertragsärmer zu sein scheint. Alle (ausgenommen die Lieferanten bizarrer altertümlicher ›Arzneien‹, ihre noch dümmeren Kunden und ein paar unbelehrte Barbaren) scheinen darin übereinzustimmen, daß der Verlust großartiger Geschöpfe wie der großen Wale, Elefanten, Nashörner und natürlich von Pflanzen wie Ginkgos und Sequoien eine Tragödie wäre. Nichtsdestoweniger arbeiten wir unbeirrt daran, die Vielfalt der Arten in Ökosystemen überall auf dem Planeten zu verringern und viele Arten von Käfern und Bakterien auszulöschen, ohne daß es jemanden kümmert.

Aus der Sicht der Mehrheit der Menschen gibt es ›gute‹ Arten, unwichtige Arten und ›böse‹ Arten wie Pocken und Moskitos, ohne die wir offensichtlich besser dran wären. Wenn man keinen extremen Standpunkt in bezug auf das ›Recht‹ *sämtlicher* Lebewesen auf fortdauernde Existenz einnimmt, sieht man sich vor der Notwendigkeit, darüber zu urteilen, *welche* Arten bewahrt werden sollten. Und wenn man tatsächlich den extremen Standpunkt einnimmt, hat man ein echtes Problem, wenn man die Rechte von Geparden *und* die ihrer Beute wie etwa der Gazellen bewahren will. Wenn man es anderseits mit dem Urteilen ernst nimmt, kann man nicht einfach annehmen, daß beispielsweise Mükken schlecht sind und ausgerottet werden müssen. Ökosysteme sind dynamisch, und das Verschwinden einer Art an einer Stelle kann unerwartete Schwierigkeiten an einer anderen auslösen. Man muß die ungewollten Folgen seines Tuns ebenso untersuchen wie die beabsichtigten. Als weltweite Anstrengungen zur Ausrottung von bestimmten Mückenarten unternommen wurden, um die Malaria zu beseitigen, war die bevorzugte Methode massenhaftes Versprühen des Insektizids DDT. Eine Zeitlang schien das zu funktionieren, doch mittelfristig führte es dazu, daß haufenweise Nutzinsekten und andere Wesen ausgerottet wurden und resistente Stämme von Mücken entstanden, die jedenfalls noch schlimmer als ihre Vorgänger waren. DDT ist jetzt weltweit verboten – was leider manche Leute nicht davon abhält, es weiterhin zu verwenden.

In der Vergangenheit war die Umwelt unser Kontext – wir haben uns entwickelt, um *ihr* zu entsprechen. Jetzt sind wir der Kontext für sie – wir verändern sie, wie es *uns* paßt. Wir müssen lernen, wie man das macht, aber die Rückkehr in ein fiktives goldenes Zeitalter, wo primitive Menschen angeblich im Einklang mit der Natur lebten, ist keine Lösung. Es mag politisch nicht korrekt sein, das zu sagen, aber die meisten primitiven Menschen richteten soviel Umweltschäden an, wie ihre bescheidenen technischen Mittel es nur eben erlaubten. Als Menschen von Sibirien über Alaska nach Amerika kamen, mordeten sie sich binnen ein paar zehntausend Jahren ihren Weg bis hinunter zur Spitze von Südamerika und rotteten Dutzende von Arten aus – Riesenfaultiere und Mastodonten zum Beispiel (urtümliche Elefanten, Mammuts vergleichbar, aber anders). Die Anasazi-Indianer im Süden der heutigen USA holzten Wälder ab, um ihre Felswohnungen zu bauen, und schufen eins der heute wasserärmsten Gebiete der Vereinigten Staaten. Die Maoris rotteten die Moas aus. Moderne Menschen sind vielleicht noch zerstörerischer, aber es gibt mehr von uns, und die Technik kann unser Tun verstärken. Dennoch, als Menschen imstande waren, den Begriff ›natürliche Umwelt‹ auszusprechen, gab es schon keine mehr. Wir hatten das Antlitz der Kontinente verändert, im großen und im kleinen.

Um mit der Natur im Einklang zu leben, muß man wissen, wie man dasselbe Lied wie die Natur singt. Dazu muß man die Natur *verstehen*. Gute Absichten genügen nicht. Die Wissenschaft könnte genügen – wenn wir klugen Gebrauch davon machen.

FÜNFUNDDREISSIG

Abtrünnige

Gedrückte Stimmung herrschte bei den Zauberern. Einige von ihnen verzichteten beim Essen sogar auf eine dritte Portion.

»Eigentlich waren sie gar nicht sehr *hoch* entwikkelt«, sagte der Dekan in dem Versuch, seine Kollegen aufzumuntern. »Sie verwendeten nicht einmal Metall. Und ihre Schrift bestand nur aus Piktogrammen.«

»Warum geschieht so etwas bei uns nicht?« fragte der Oberste Hirte, ohne seine Süßspeise anzurühren.

»Oh, es gibt historische Beispiele für das eine oder andere Massensterben«, sagte Ponder.

»Ja, aber nur als Ergebnis streitsüchtiger Zauberei. Das ist etwas ganz anderes. Hier rechnet man nicht damit, daß Felsen vom Himmel fallen.«

»Eigentlich sollte man gar nicht von ihnen erwarten, *oben zu bleiben*«, meinte Ridcully. »In einem *richtigen* Universum schnappt die Schildkröte danach, und die Elefanten kriegen den Rest. Sie schützen die Welt. Wenn ihr mich fragt: Jede intelligente Lebensform auf der Rundwelt sollte bestrebt sein, sie so schnell wie möglich zu verlassen.«

»Es gibt keinen anderen Ort, wo sie sich niederlassen könnte«, wandte Ponder ein.

»Unsinn! Der Mond ist ziemlich groß. Und es gibt noch andere Kugeln, die den Stern umkreisen.«

»Alle sind entweder zu heiß, zu kalt oder völlig ohne Atmosphäre«, sagte Ponder.

»Die Burschen müßten sich eben ein wenig anpassen.

Wie dem auch sei... Es gibt doch noch viele andere Sonnen, oder?«

»Ja, aber sie sind zu weit entfernt. Die Zeit eines ganzen Lebens würde nicht genügen, sie zu erreichen.«

»Ja, aber das Ausgestorbensein dauert ewig.«

Ponder seufzte. »Man würde aufbrechen, ohne zu wissen, ob es eine andere Welt gibt, auf der man leben kann, Herr«, sagte er.

»Ja, aber man verließe eine Welt, von der man weiß, daß man *nicht* auf ihr leben kann«, erwiderte Ridcully ruhig. »Zumindest nicht sehr lange.«

»Es entwickeln sich neue Lebensformen, Herr. Ich habe vor dem Essen nachgesehen.«

»Sag das den Eidechsen«, murmelte der Oberste Hirte.

»Taugen die neuen was?« fragte Ridcully.

»Sie sind... äh... flauschiger, Herr.«

»Verhalten sie sich auf eine interessante Weise?«

»Sie verbringen ihre Zeit hauptsächlich damit, Blätter zu fressen«, sagte Ponder. »Außerdem gibt es jetzt realistischer wirkende Bäume.«

»Milliarden von Jahren Geschichte, und jetzt haben wir einen besseren Baum«, seufzte der Oberste Hirte.

»Nein, nein, das muß ein Schritt in die richtige Richtung sein«, sagte Ridcully nachdenklich.

»Ach? Und warum?«

»Aus Bäumen kann man Papier herstellen.«

Die Zauberer starrten ins Omniskop.

»Oh, wie nett«, kommentierte der Dozent für neue Runen. »*Wieder* mal Eis. Die letzte Kälteperiode liegt inzwischen schon eine ganze Weile zurück.«

»Nun, sieh dir das Universum an«, sagte der Dekan. »Es ist praktisch überall eiskalt, abgesehen von einigen kleinen Stellen, wo enorme Hitze herrscht. Der Planet kann es also gar nicht besser wissen.«

»Das Projekt hat uns zweifellos viel gelehrt«, sagte Ridcully. »Eine seiner wichtigsten Lektionen besteht darin, daß wir froh sein sollten, auf einer *richtigen* Welt zu leben.«

Einige Millionen Jahre vergingen.

Der Dekan stand am Ufer und war den Tränen nahe. Die anderen Zauberer erschienen in der Nähe, um festzustellen, was geschehen war.

Rincewind stand bis zu den Hüften im Wasser und schien dort mit einem mittelgroßen Hund zu ringen.

»Ja, so ist es richtig!« rief der Dekan. »Dreh ihn um! Benutz einen Stock, wenn dir keine Wahl bleibt!«

»Meine Güte, was ist denn hier los?« fragte Ridcully.

»Sieh sie dir nur an!« Der Dekan bebte vor Zorn. »Abtrünnige! Ich habe sie bei dem Versuch erwischt, ins Meer zurückzukehren!«

Ridcully betrachtete eines der Geschöpfe. Es lag im seichten Wasser und knabberte an einer Krabbe.

»Offenbar hast du sie zu spät bemerkt«, sagte er. »Sie haben bereits Schwimmhäute.«

»In letzter Zeit passieren solche Dinge viel zu oft!« klagte der Dekan. Er drohte einem der Wesen mit dem Zeigefinger. Es betrachtete den Finger aufmerksam, für den Fall, daß er sich als Fisch herausstellen sollte.

»Was würden deine Vorfahren sagen, wenn sie wüßten, daß du nur deshalb ins Wasser zurückkehren willst, weil das Leben an Land etwas unbequem geworden ist?« fragte der Dekan.

»Äh… ›Willkommen daheim‹?« schlug Rincewind vor und versuchte, das schnappende Maul zu meiden.

»›Lange nicht gesehen?‹« fügte der Oberste Hirte fröhlich hinzu.

Das Wesen kläffte unsicher.

»Na schön, meinetwegen, wenn du unbedingt willst«,

sagte der Dekan. »Fisch, Fisch, Fisch... Irgendwann wirst du zu einem Fisch!«

»Vielleicht ist die Rückkehr ins Meer gar keine so schlechte Idee«, meinte Ridcully, als sie über den Strand schlenderten. »Der Strand ist eine Übergangszone. Und an Übergangszonen sammeln sich immer interessante Dinge an. Erinnert ihr euch an die Eidechsen der kleinen Felsinseln? Nun, ihre Welt bestand praktisch nur aus Übergangszonen.«

»Ja, aber das Land aufgeben, nur um im Wasser herumzuschwimmen? *Das* nenne ich keine Evolution.«

»Aber wenn man an Land geht, wo man sich ein ordentliches Gehirn und ausreichend Muskeln wachsen lassen muß, um schlau und stark zu sein, und wenn man anschließend ins Meer zurückkehrt, wo die Fische nie groß über irgendwelche Dinge nachdenken mußten... Nun, dann verfügt man über wichtige Vorteile und kann alle anderen so richtig in den A... in den Hintern treten.«

»Äh... *haben* Fische einen...?«

»Schon gut, schon gut. Es war nur eine Redensart, weiter nichts.«

Der Erzkanzler runzelte die Stirn, was bei ihm nur sehr selten geschah.

»Zurück ins Meer«, sagte er. »Nun, ich kann es ihnen nicht verdenken.«

SECHSUNDDREISSIG

Säugetiere machen Karriere

Nach den Dinosauriern kamen die Säugetiere...

Stimmt nicht ganz.

Säugetiere bilden die augenfälligste Klasse der heute lebenden Tiere. Wenn wir im gewöhnlichen Gespräch ›Tier‹ sagen, meinen wir meistens Säugetiere – Katzen, Hunde, Elefanten, Kühe, Mäuse, Kaninchen, was auch immer. Es gibt ungefähr 4000 Säugetierarten, und sie zeigen eine erstaunliche Vielfalt an Gestalt, Größe und Verhalten. Das größte Säugetier, der Blauwal, lebt im Ozean und sieht wie ein Fisch aus, ist aber kein Fisch; er kann rund 135 Tonnen wiegen. Die kleinsten Säugetiere, verschiedene Spitzmausarten, leben in Bodenlöchern und wiegen etwa 30 g. Ungefähr in der Mitte liegen die Menschen, die sich paradoxerweise darauf spezialisiert haben, unspezialisiert zu sein. Wir sind die intelligentesten unter den Säugetieren – manchmal.

Das hervorstechendste Unterscheidungsmerkmal von Säugetieren ist es, daß sie als Junge von ihrer Mutter mit Milch aus besonderen Drüsen gefüttert werden. Zu den anderen Eigenschaften, die (fast) alle Säugetiere gemein haben, gehören ihre Ohren, speziell die drei Amboß, Hammer und Steigbügel genannten Knöchelchen im Mittelohr, die den Schall vom Trommelfell weiterleiten, Haare (außer bei erwachsenen Walen) und das Zwerchfell, das Herz und Lunge von den übrigen inneren Organen trennt. Praktisch alle Säugetiere sind lebendgebärend, die Ausnahmen sind das Schnabeltier und der Ameisenigel, die Eier legen. Eine andere merkwürdige Eigenschaft: Die roten Blutzellen der Säugetiere haben im Unterschied zu denen anderer Wirbeltiere keinen Zellkern. Das alles beweist eine lange gemeinsame Evolutionsgeschichte, in der sich ein paar ungewöhnliche Vorfälle ereigneten, deren wichtigster die frühe Trennung Australiens vom übrigen Gondwanaland war. Moderne Untersuchungen von Säugetier-DNS belegen, daß wir im Grunde alle eine große glückliche Familie sind.

Als die Dinosaurier ausstarben, hatten die Säugetiere ihre große Chance. Von der Herrschaft der Dinosaurier befreit, konnten sie Umweltnischen besetzen, die ein paar Millionen Jahre zuvor einfach nur irgendeinem Dinosaurier eine wohlfeile Mahlzeit verschafft hätten. Wahrscheinlich hatte die gegenwärtige Vielfalt der Säugetiere viel mit ihrem plötzlichen Herrschaftsantritt zu tun – eine Zeitlang konnte fast jede Lebensweise den Lebensunterhalt sichern. Es wäre jedoch falsch zu glauben, daß die Säugetiere entstanden seien, um die von den verschwundenen Dinosauriern hinterlassene Lücke zu füllen. Säugetiere haben mindestens 150 Millionen Jahre lang neben den Dinosauriern gelebt.

Harry Jerison hat folgende Ansicht geäußert: Ehe die Dinosaurier wirklich dominant wurden, konnten die Säugetiere ihren Lebensunterhalt bei Tageslicht bestreiten und entwickelten zu diesem Zweck gute Augen. Als die Dinosaurier ein immer größeres Problem wurden, paßten sich die Säugetiere an ein bescheideneres Leben an und blieben tagsüber größtenteils unterirdisch verborgen. Als Nachttier braucht man ein gutes Gehör; also stattete der Evolutionsdruck die Säugetiere damals mit ausgezeichneten Ohren aus – einschließlich der drei Knöchelchen. Sie behielten aber ihr Sehvermögen. Also hatten die Säugetiere, als sie sich wieder ins Tageslicht wagten, gutes Seh- *und* gutes Hörvermögen. Diese

Kombination schenkte ihnen einen wesentlichen Vorteil gegenüber den meisten verbliebenen Konkurrenten.

Die Säugetiere entwickelten sich aus einer Ordnung von Trias-Reptilien, die Therapsiden genannt werden – größtenteils kleine, schnelle Jäger, obwohl einige von ihnen Pflanzenfresser waren. Verglichen mit anderen Reptilien, waren die Therapsiden nicht besonders beeindruckend, doch ihre bescheidene Lebensweise führte schrittweise zu den charakteristischen Merkmalen der Säugetiere. Ein Zwerchfell ermöglicht wirksamere Atmung, die nützlich ist, wenn man schnell laufen muß. Es erlaubt auch, daß die Jungtiere weiteratmen, während sie von der Mutter gesäugt werden; Veränderungen an Tieren ergeben sich in einer ›Koevolution‹, einer Anzahl von aufeinander abgestimmten Eigenschaften, nicht von jeweils nur einer einzelnen. Haare halten einen warm, und je wärmer man ist, um so schneller können sich alle Körperteile bewegen… und so weiter.

Das alles erschwerte die Entscheidung, wann aus den säugetierähnlichen Reptilien-Vorfahren der Therapsiden reptilienähnliche Säugetiere wurden… aber, wie gesagt, Menschen haben ihre Schwierigkeiten mit allmählichem Werden. Es hat einfach keinen solchen Punkt gegeben, sondern einen meistenteils allmählichen, hin und wieder etwas ruckartigen Übergang.* Die frühesten Fossilien, die eindeutig als Säugetiere identifiziert werden können, sind 210 Millionen Jahre alt – Wesen, die sich des Namens ›Morganucodontiden‹

---

* Gut, wenn Sie darauf bestehen… Unser Lieblingskriterium sind die Haare. Doch Haare werden nicht fossil, wie kann man sie feststellen? Wenn man Haare hat, muß man sie kämmen. Am ganzen Körper. Das erfordert ein biegsames Rückgrat, und dessen Biegsamkeit kann man an der Form der Wirbel erkennen. Die aber werden fossil. (Manchmal können Wissenschaftler *sehr* erfinderisch sein.) Die Evolution überschritt diese Grenze vor etwa 230 Millionen Jahren.

erfreuen. Sie waren spitzmausähnlich, wahrscheinlich Nachttiere, wahrscheinlich Insektenfresser, wahrscheinlich eierlegend. Darwins Widersacher hatten etwas dagegen, Affen unter ihren Vorfahren zu haben – weiß der Himmel, was sie zu käferfressenden, eierlegenden Spitzmäusen gesagt hätten. Doch für Leute mit solcher Denkweise gibt es auch gute Neuigkeiten, denn die Morganucodontiden hatten viel Gehirn. Nicht besonders viel für eine Spitzmaus, aber viel im Vergleich zu den Reptilien, aus denen sie sich entwickelt hatten. Zugegeben, das lag größtenteils daran, daß die Therapsiden dumm wie… äh… getrocknete Farnstengel waren, aber es war immerhin ein Anfang.

Woher wissen wir, daß jene frühen ›Spitzmäuse‹ wirklich Säugetiere waren? Zu den Teilen eines Tiers, die viel häufiger als andere Teile in Form von Fossilien erhalten bleiben, gehören die Zähne. Darum benutzen Paläontologen vor allem Zähne, um Arten von längst toten Tieren zu bestimmen. Es gibt eine Menge Arten, von denen weiter nichts als ein, zwei Zähne bekannt sind. Zum Glück kann man anhand der Zähne eine Menge über ein Tier sagen. Im allgemeinen gilt: Je größer der Zahn, um so größer das Tier. Ein Elefantenzahn ist heutzutage ein gutes Stück größer als eine ganze Maus, also egal, von welchem Tier er stammt – es kann nicht mausgroß gewesen sein. Wenn man einen Kiefer findet, eine ganze Reihe von Zähnen – um so besser. Die Form eines Zahns sagt uns eine Menge darüber, was das Tier gefressen hat – Mahlzähne sind für Pflanzen, Schneidezähne für Fleisch. Die Anordnung der Zähne im Kiefer verrät noch viel mehr. Die Morganucodontiden schafften einen großen Durchbruch bei der Konstruktion der Zähne: Zähne, die ineinandergriffen, wenn die Kiefer geschlossen wurden – sehr wirkungsvoll, um Stücke von Fleisch oder von Insekten abzubeißen. Sie bezahlten auch einen hohen Preis für ihre

Zähne, an dem wir heute noch abzahlen. Reptilien bringen immer neue Zähne hervor – wenn sich die alten abnutzen, werden sie ersetzt. Wir bringen nur zweimal Zähne hervor: Milchzähne als Kinder und die richtigen als Erwachsene. Wenn sich unsere Erwachsenenzähne abnutzen, ist nur künstlicher Ersatz zu haben. Die Schuld daran können wir den Morganucodontiden geben: Wenn man den Vorteil von präzise zusammenpassenden Zähnen genießen will, muß man diese Präzision bewahren, was kaum möglich ist, wenn man immer wieder Zähne abstößt und neue nachwachsen. Also wuchsen ihnen nur zweimal Zähne, und damit müssen auch wir auskommen.

Daraus können wir noch etwas schlußfolgern. Mit nur zwei Sätzen Zähnen mußten die Morganucodontiden einen besonderen Trick haben, um ihre Jungen zu füttern, etwas anderes als bei den Reptilien mit ihren fortwährend neu wachsenden Zähnen. In einer neugeborenen Spitzmaus ist kein Platz für die Erwachsenenausstattung mit Zähnen, und wenn Zähne nur in zwei Lebensphasen wachsen, kann man nicht immer mal einen nachwachsen lassen, wenn die Kiefer größer werden. Die einfache Lösung ist, daß die Jungen zunächst überhaupt keine Zähne haben. Doch was können sie dann essen? Etwas Nahrhaftes und leicht zu Verdauendes: Milch. Daher glauben wir, daß sich die Milchdrüsen *vor* jenen präzise ineinandergreifenden Zähnen entwickelt haben. Das ist einer der Gründe, warum die Morganucodontiden zweifelsfrei zu den Säugetieren gezählt werden.

Erstaunlich, was man von ein paar Zähnen alles erfahren kann.

Während sie gediehen und ihre Vielfalt wuchs, entwickelten sich die Säugetiere zu zwei Haupttypen: Plazenta-Säugetiere, wo die Mutter ihre Jungen in der Gebärmutter trägt, und Beuteltiere, wo sie in einem Beutel heranwachsen. Das Beuteltier, dessen Bild einem auf Anhieb in die Augen springt, ist das Känguruh – vielleicht weil es überhaupt auf Anhieb losspringt, zum Beispiel in *Heiße Hüpfer*:

»Und wie sagt man ›Du wirst für eine äußerst wichtige Mission gebraucht‹ in der Känguruhsprache?« fragte Rincewind mit tückischer Unschuld.

»Wirklich komisch, daß du dich ausgerechnet danach erkundigst…«

Die Holzsandalen rührten sich kaum von der Stelle. Rincewind sprang aus ihnen heraus wie ein Sprinter, der sich von den Startblöcken abstieß. Noch vor der Landung traten seine Beine wie die eines Schnelläufers.

Nach einer Weile erschien das Känguruh an seiner Seite und begleitete ihn mit mühelosen Sprüngen.

»Warum läufst du fort, ohne anzuhören, was ich dir zu sagen habe?« fragte es.

»Ich habe viel Erfahrung darin, ich zu sein«, schnaufte Rincewind. »Ich *weiß*, was sich anbahnt: Die Umstände werden mich in Dinge verwickeln, die mich eigentlich gar nichts angehen. Und du bist nur eine Halluzination, verursacht von schwerem Essen auf leeren Magen. Versuche also nicht, mich aufzuhalten!«

»Warum sollte ich dich aufhalten?« entgegnete das Känguruh. »Immerhin bist du in der richtigen Richtung unterwegs.«

Australien allein hat über hundert Arten von Beuteltieren – überhaupt sind die meisten einheimischen australischen Säuger Beuteltiere. Rund siebzig weitere finden sich in derselben Weltgegend – Tasmanien, Irian-Neuguinea, Timor, Sulawesi, etliche kleinere Inseln in der

Nachbarschaft. Die übrigen sind Opossums und etliche kleine rattenähnliche Wesen, hauptsächlich in Südamerika, obwohl sie nach Mittelamerika hineinreichen und mit der einen Art Opossum bis hinauf nach Kanada.

Es sieht so aus, daß Plazenta-Säugetiere in der Regel gegenüber Beuteltieren im Vorteil sind, aber der Unterschied ist nicht allzu groß, und wenn es *keine* konkurrierenden Plazentatiere gibt, kommen die Beuteltiere wirklich sehr gut zurecht. Es gibt sogar sehr enge Parallelen zwischen Plazentaliern und Beuteltieren – ein gutes Beispiel ist der Koala-›Bär‹, der kein echter Bär ist, aber wie ein besonders knuddeliger Teddy aussieht.

Die meisten Beuteltiere ähneln ›parallelen‹ Plazentaliern; ein sehr merkwürdiges Beispiel ist der tasmanische Beutelwolf oder -tiger, der deutlich einem Wolf ähnelt und ein gestreiftes Hinterteil hat. Er wurde 1936 offiziell für ausgestorben erklärt, doch es werden immer wieder gelegentliche Sichtungen gemeldet, und geeigneter Lebensraum ist noch vorhanden. Man sollte also nicht überrascht sein, wenn der Beutelwolf wieder auf der Szene erscheint. Der Nationalpark-Hüter Charlie Beasley berichtete 1995, einen Beutelwolf zwei Minuten lang auf Tasmanien gesehen zu haben. Ähnliche Sichtungen sind von der Sunshine Coast in Queensland seit 1993 gemeldet worden – wenn sie echt sind, handelt es sich dabei wahrscheinlich um Beutelwölfe, deren überlebende Vorfahren aus Zoos entwichen sind.

Warum solch eine Konzentration von Beuteltieren in Australien? Die Fossilbelege machen deutlich, daß die Beuteltiere in Amerika ihren Ursprung nahmen – höchstwahrscheinlich in Nordamerika, doch das ist nicht so sicher. Die Plazentalier entstanden in dem Teil der Welt, der heute Asien ist, dann aber mit den anderen Kontinenten verbunden wurde, so daß sie sich nach Europa und Amerika ausbreiteten. Ehe der Vormarsch der Plazenta-Säugetiere nach Amerika richtig in Schwung gekommen war, wanderten die Beuteltiere über Antarktika (damals noch nicht die Eiswüste von heute) nach Südamerika. Australien hatte bereits begonnen, sich von Südamerika zu entfernen, war aber noch nicht sehr weit gekommen, ebensowenig wie Antarktika; also verlief die Wanderung vermutlich mit einem ›Inselspringen‹ oder über Landbrücken, die vorübergehend aus dem Ozean auftauchten. Vor 65 Millionen Jahren – seltsamerweise zu der Zeit, als die Dinosaurier ausstarben, obwohl da wahrscheinlich kein Zusammenhang besteht – war Australien schon nachhaltig von den anderen Kontinenten einschließlich Antarktikas getrennt, und die Evolution lief hier ziemlich eigenständig ab.

Frei von ernsthafter Konkurrenz gediehen die Beuteltiere – ebenso wie die Laufvögel auf Neuseeland und aus den gleichen Gründen. In Amerika und anderswo verdrängten die überlegenen Plazentalier inzwischen die Beuteltiere *fast* vollständig.

Bis vor ein paar Jahren war man der Ansicht, die Plazentalier hätten überhaupt nie den Weg nach Australien gefunden – abgesehen vom *sehr* späten Eintreffen von Nagetieren und Fledermäusen aus Südostasien vor rund 10 Millionen Jahren und der späteren Einführung von Arten wie Hunden und Kaninchen durch die Menschen. Diese Theorie stürzte zusammen, als Mike Archer an einem Ort namens Tingamarra einen einzigen fossilen Zahn fand. Der Zahl stammt von einem Plazenta-Säugetier und ist 55 Millionen Jahre alt.

Aus der Form des Zahns wird deutlich, daß dieses Säugetier Hufe hatte.

Haben viele Plazentalier die Beuteltiere bei ihrer Wanderung nach Australien begleitet? Oder waren es nur ein paar? So oder so, warum starben die Plazentalier aus, und die Beuteltiere gediehen?

Wir haben keine Ahnung.

Die frühen Beuteltiere lebten wahrscheinlich auf Bäumen, nach ihren Vorderpfoten zu urteilen. Die frühen Plazenta-Säugetiere lebten wahrscheinlich am Boden, insbesondere in Erdhöhlen. Dieser Unterschied im Lebensraum erlaubte es ihnen, lange Zeit zu koexistieren. Die Ausrottung der Beuteltiere in Amerika wurde vom Menschen vorangetrieben, für den sie eine besonders leichte Beute waren. Die Menschen blieben Australien fern, bis vor vierzig- bis sechzigtausend Jahren die Aborigines eintrafen. Die europäischen Siedler rotteten nach ihrer Ankunft seit 1815 zahlreiche Beuteltier-Arten fast vollständig aus.

Die Evolutionsgeschichte der Plazenta-Säugetiere ist strittig und nicht bis ins einzelne umrissen. Eine frühe Abzweigung vom Familienbaum waren die Faultiere, Ameisenbären und Gürteltiere – alles Tiere, die ›primitiv‹ *aussehen,* obwohl es dafür keinen vernünftigen Grund gibt, denn die heutigen Faultiere, Ameisenfresser und Gürteltiere haben sich ebensolange wie alle anderen modernen Säuger entwickelt; sie haben ja dieselbe Zeit überlebt.

Richtig in Schwung kamen die Säugetiere während des frühen Tertiärs, vor etwa 66 bis 57 Millionen Jahren. Das Klima war damals mild, an beiden Polen wuchs Laubwald. Es hat den Anschein, daß das, was immer die Dinosaurier ausrottete, auch das Klima veränderte, so daß es insbesondere viel regnerischer war als zur Zeit der Dinosaurier, und der Regen war gleichmäßiger übers Jahr verteilt, statt auf einmal in einer Regenzeit zu fallen. Tropenwälder bedeckten einen großen Teil des Planeten, doch darin lebten hauptsächlich winzige baumbewohnende Säugetiere. Keine großen Raubtiere, nicht einmal große Pflanzenfresser… keine Leoparden, keine Hirsche, keine Elefanten. Die Säugetiere brauchten etliche Millionen Jahre, um größere Körper zu entwickeln. Möglicherweise waren die Wälder viel dichter als zur Zeit der Dinosaurier, denn es gab keine großen Tiere, die Wege durch das Unterholz getrampelt hätten. Wenn dem so war, wurde die Entwicklung großer Tiere weniger begünstigt, denn sie hätten sich nicht mühelos durch den Wald bewegen können.

Nachdem die Vielfalt der Säugetiere sich erst einmal zu entwickeln begonnen hatte, nahm sie explosionsartig zu. Es gab tigerähnliche und flußpferdähnliche Tiere und riesige Wiesel. Nach modernen Maßstäben waren sie allerdings alle ein wenig plump und schwerfällig – nicht zu vergleichen mit den schlankknochigen Wesen wie Gazellen, die später kamen.

Vor 32 Millionen Jahren war Antarktika wieder zu einer Eiskappe geworden, und die Welt kühlte sich ab. Die Evolution der Säugetiere hatte ihr Gleichgewicht gefunden, und es kamen nur noch relativ geringe Veränderungen vor. Es gab Bärenhunde und Giraffennashörner und Schweine von der Größe einer Kuh, Lamas und Kamele und sylphidenähnliche Hirsche und Kaninchen mit Hufen. Vor 23 Millionen Jahren wurde das Klima wieder wärmer. Antarktika hatte sich von Südamerika gelöst, was große Veränderungen in den Meeresströmungen auslöste: Jetzt konnte kaltes Wasser ohne Ende immer rund um den Südpol fließen. Da Wasser im Polareis gebunden wurde, sank der Meeresspiegel, und mit der Zunahme des Festlands und der Abnahme der Ozeanfläche wurde das Klima extremer, da sich die Temperaturen auf dem Land rascher ändern können als im und am Meer. Der sinkende Meeresspiegel bewirkte, daß zwischen zuvor isolierten Kontinenten Landbrücken hervortraten; isolierte Ökologien begannen sich zu vermischen, als Tiere ihre Wanderungen über die neuen Verbindungswege aufnahmen. Und etwa zu dieser Zeit nahm die Evolution mancher Säugetiere eine ungewöhnliche Wendung. Eine Kehrtwende.

Sie kehrten ins Meer zurück.

Die Landtiere waren ursprünglich aus dem Meer gekommen – obwohl die Zauberer alles in ihren Kräften Stehende getan hatten, um sie daran zu hindern. Nun waren ein paar Säugetiere zu dem Schluß gekommen, sie sollten lieber dorthin zurückkehren. Die Zauberer halten solch eine Taktik für ein prinzipienloses Abtrünnigwerden – einfach aufzugeben und heimzugehen. Selbst uns erscheint es als Rückschritt, fast gegenevolutionär: Wenn es erst so ein guter Gedanke war, die Ozeane zu verlassen, wieso sollte sich die Rückkehr dann lohnen? Doch das Evolutionsspiel wird vor wechselndem Hintergrund gespielt, und die Ozeane hatten sich verändert. Insbesondere hatte sich die verfügbare *Nahrung* verändert. Also finden wir im mittleren Eozän die frühesten Fossilien von Walen wie den zwanzig Meter langen *Basilosaurus*, der ein Paar winzige Beine am Ansatz seines langen Schwanzes hatte. Wir haben Fossilien seiner Vorfahren gefunden, und die sahen wirklich wie kleine Hunde aus.

Das Mittelmeer wurde von einem Damm versperrt, Afrika kam in Kontakt mit Europa, und Lebewesen, die zuvor auf Afrika beschränkt gewesen waren, gelangten nach Europa, darunter Elefanten – und Affen. Die Pferde entwickelten sich, ebenso die echten Katzen (wie der berühmte Säbelzahntiger). Vor fünf Millionen Jahren waren die meisten heutigen Säugetiere in erkennbaren Formen vertreten, und das Klima war dem heutigen ähnlich geworden.

Die Szene war für den Auftritt des Menschen vorbereitet.

Obwohl wahrhaftig nicht alles von vornherein darauf *abzielte*, zu uns zu führen, wohlgemerkt. Unsere frühen Vorfahren fanden sich einfach in der Lage, aus der Welt, wie sie damals war, ihren Nutzen zu ziehen. Und das taten sie.

Wir können den Stammbaum der modernen Säugetiere – im Grunde aller Lebewesen, die heute noch existieren – verfolgen, indem wir die Veränderungen in ihrer DNS aufzeichnen. Die Rate, mit der DNS *mutiert* – mit der zufällige Fehler in ihrem Code auftreten –, führt zu einer ›DNS-Uhr‹, die zur Bestimmung der Zeitpunkte zurückliegender Ereignisse benutzt werden kann. Als diese Technik gerade entdeckt worden war, wurde sie allgemein als exakte und daher unstrittige Methode begrüßt, schwierige Fragen zu lösen, welche Vorfahren eines Tiers in engerer Beziehung zu welchen anderen standen. Heute wird allmählich deutlich, daß Präzision allein keine endgültigen Antworten auf solche Fragen liefern kann.

Die Frage der Interpretation – was *bedeutet* dieses Ergebnis? – kann immer noch strittig sein, selbst wenn das Ergebnis selbst genau sein kann. Beispielsweise haben S. Blair Hedges und Sudhir Kumar die DNS-Uhr auf 658 Gene von 207 heutige Wirbeltierarten angewandt: Nashörner, Elefanten, Kaninchen und so weiter. Ihre Ergebnisse laufen darauf hinaus, daß viele von diesen Entwicklungslinien schon vor mindestens hundert Millionen Jahren vorhanden waren und mit den Dinosauriern koexistierten, wenngleich die Frühformen von Elefant und Nashorn zweifellos ziemlich klein waren. Die Fossilbelege bestätigen, daß es damals Säugetiere gab – aber nicht diese. Die Molekularbiologen behaupten, die Fossilbelege müßten trügerisch sein; die Paläontologen sind überzeugt, daß die DNS-Uhr manchmal schneller und manchmal langsamer tickt. Der Streit dauert an – doch wenn man uns fragt: Wir setzen auf die Paläontologen.

Eine große Überraschung an der Säugetier-DNS ist

ihre Menge. Man sollte meinen, daß ein kompliziertes Wesen wie ein Säugetier ›schwer zu bauen‹ sei und daher mehr DNS erfordere, wie ja die Konstruktionszeichnungen für ein Düsenflugzeug komplizierter sein müssen als für einen Drachen.

Dem ist nicht so.

Säugetiere haben *weniger* DNS – kürzere Genome – als viele scheinbar einfachere Tiere, zum Beispiel Frösche und Molche.

Dieses scheinbare Paradoxon hat gute Gründe, und es illustriert den Unterschied zwischen DNS und einer Konstruktionszeichnung. Die DNS ist eher ein Kochrezept – und ein Kochrezept setzt eine Menge davon voraus, was man sonst noch in seiner Küche hat, so daß nichts davon im Kochbuch eigens aufgeführt werden muß. Im Grunde ist die Küche für Säugetiere eine wirklich gut geregelte Backröhre, die eine schön gleichmäßige Temperatur gewährleistet, so daß nichts davon im Kochbuch erwähnt zu werden braucht.* In der Froschküche dagegen steigt und sinkt die Temperatur in Abhängigkeit von der Tageszeit und vom Wetter; also muß das Rezept auf alle Eventualitäten eingehen, was mehr DNS-Code erfordert. Mit ›Küche‹ meinen wir hier die Umgebung, in der sich der Tierembryo entwickeln muß. Für einen Frosch ist die Küche ein Teich. Für ein Säugetier ist es die Mutter.

Die Säugetiere haben eine gute Temperaturkontrolle entwickelt, anders als die Reptilien sind sie warmblütig. Es kommt aber weniger darauf an, *warm* zu sein, als vielmehr die Temperatur regeln zu können.

* Wie viele Kochbücher haben Sie, in denen steht, daß Sie Wasser zum Kochen bringen sollen, aber nie, in welcher Höhe überm Meeresspiegel das getan werden sollte? Es spielt eine Rolle: Mit steigender Höhe sinkt der Siedepunkt des Wassers.

Frosch-DNS enthält massenweise Gene für die Herstellung zahlreicher verschiedener Enzyme, dazu Anweisungen in der Art »verwende Enzym A, wenn die Temperatur unter 6 °C liegt, verwende B bei einer Temperatur von 7 °C bis 11 °C, verwende C bei einer Temperatur von 12 °C bis 15 °C…« Säugetier-DNS sagt nur »Verwende Enzym X« und weiß, daß die Mutter sich um Temperaturschwankungen kümmern wird. Frosch-DNS ist eine Rakete, Säugetier-DNS ein Weltraumlift.

Wie hat sich diese Veränderung zugetragen? Zu Beginn der Säugetierentwicklung kamen zu ihrer DNS vielleicht zusätzliche Anweisungen hinzu, doch nachdem sich die Temperaturkontrolle herausgebildet hatte, wurde ein großer Teil der DNS überflüssig und entweder aufgegeben oder anderen Zwecken dienstbar gemacht. Andererseits haben wir keine Ahnung, wie die DNS früher Säugetiere wirklich aussah; vielleicht war damals *alles* kürzer, vielleicht haben heutige Frösche und Molche viel umfangreichere Rezepte als die damaligen. Aber unterm Strich ist es wahrscheinlicher, daß die Säugetiere einfach einen Überschuß an Anweisungen größtenteils eliminierten.

Moderne Technik verwendet denselben Trick. Da die Maschinen, die moderne Konsumgüter herstellen, außerordentlich präzise und akkurat sind, können diese Güter *einfacher* sein, als sie in der Vergangenheit waren. Eine Bierdose zum Beispiel ist nicht viel mehr als ein Stück Aluminium, das zu einem Zylinder geformt ist, mit einem weiteren flachen Stück Aluminium oben als Deckel und darin einer dünnen Linie, an der der Deckel aufreißen soll, sowie einem am Deckel befestigten Ring (oder neuerdings einem Hebel). Sie ersetzt die Flasche, die aus zwei oder mehr Stücken geschmolzenen Glases bestand, die ›zusammengeschweißt‹ wurden, aus einer Metallkappe und einer Korkscheibe. Die Einfachheit der Dose hat ihren Preis: *sehr* sorgfältige Steuerung des Herstellungsprozesses.

Es gibt viele Wissenschaftler, die darauf bestehen, daß die DNS eines Organismus alles an ihm festlegt – obwohl sie es offensichtlich nicht tut –, und die argumentieren, daß das Temperatur-Kontrollsystem der Mutter in *ihrem* DNS-Rezept enthalten ist. Das mag durchaus zutreffen, doch selbst dann ist die DNS ›dieses Organismus‹ irgendwie zu einem anderen gewandert (zur Mutter, nicht zum Kind). Sobald zwei Generationen daran beteiligt sind, die genetische Konstruktionszeichnung umzusetzen, öffnet sich eine Lücke, in die Dinge eingefügt werden können, die überhaupt nicht genetisch sind. Einige davon haben wir schon erwähnt, zum Beispiel Prionen in der Fortpflanzung der Hefe.

Unsere Säugetier-Abstammung ist vielleicht sogar für einen der bizarreren modernen Mythen verantwortlich, für die nicht endenden Geschichten von Menschen, die von Außerirdischen entführt worden sein sollen. UFOlogen behaupten, daß mittlerweile jeder zwanzigste Amerikaner behauptet, solch eine Erfahrung gemacht zu haben (hat er doch, oder?). Wenn diese Zahl stimmt, so ist sie ein bemerkenswerter und nicht sehr erfreulicher Kommentar entweder zum kritischen Denkvermögen dieser großen Nation oder zu den Gewohnheiten einer unbekannten raumfahrenden Spezies. Wie dem auch sei, eine große Zahl von Menschen ist überzeugt, daß seltsame Aliens, für gewöhnlich mit großen schwarzen Augen und birnenförmigen Köpfen wie die in *Unheimliche Begegnungen der dritten Art*, in ihrer Nähe mit einem UFO gelandet sind, sie an Bord geladen und auf einen Flug durchs Sonnensystem mitgenommen und unterwegs sonderbare Experimente mit ihnen angestellt haben, oft sexueller Art. Worauf sie in aller

Ruhe an genau denselben Ort zurückgebracht wurden, von dem sie entführt worden waren, als ob überhaupt nichts geschehen wäre.

Zunächst einmal muß gesagt werden, daß die meisten von diesen Erfahrungen zweifellos falsch sind. Ian machte einmal eine Radiosendung, in der eine Frau vorkam, die die überzeugende Erfahrung gemacht hatte, entführt worden zu sein – nur daß sie wußte, daß es nicht wirklich so war, denn ihre Familie erzählte ihr, daß sie die ganze Zeit über am Kamin geschlafen hatte. Jack traf einmal eine Frau, die behauptete, Außerirdische hätten sie entführt und ihr ihr Baby weggenommen. Also stellte er eine Frage, die zu stellen niemandem sonst in den Sinn gekommen war, auch nicht der Frau: »Waren Sie schwanger?«

»Nein.«

Der springende Punkt: Für die Opfer *wirkte* die Erfahrung real. Obwohl ihnen die Logik sagte, daß es nicht geschehen sein konnte, wandten sie die Logik entweder nicht an, oder sie erinnerten sich trotzdem lebhaft an die Erfahrung. Wir schließen daraus, daß der menschliche Geist mitunter lebhafte Erinnerungen hat, die keinen tatsächlichen Ereignissen entsprechen. Natürlich kann man aus der Tatsache, daß manche Entführungen durch Außerirdische nicht echt sind, nicht folgern, daß sie alle nicht echt seien. Wenn wir jedoch einen plausiblen Mechanismus finden können, warum ansonsten vernünftige Menschen *glauben*, sie seien tatsächlich in einem UFO weggebracht worden, dann verschiebt sich die Beweislast drastisch, und es bedarf stärkerer Beweise als aufrichtige Glaubensbeteuerungen.

Berichte von Entführungen durch fremdartige Wesen sind nicht neu. Im Mittelalter waren es freilich entweder Flüge auf einem Hexenbesen oder Begegnungen mit Fabelwesen wie dem Sukkubus, einem Dämon in einem Frauenleib, der angeblich mit Männern Geschlechtsverkehr trieb, wenn sie schliefen. Die Hexen der Scheibenwelt benutzen Besen ausschließlich als Transportmittel. Die Sache mit dem Sex interessiert sie überhaupt nicht – ausgenommen natürlich Nanny Ogg.

Geschichten von Sukkuben und ihresgleichen sind weltweit zu finden. Auf Neufundland erzählen die Leute von einer alten Vettel, die ihnen nachts auf der Brust sitzt, und in Vietnam sprechen sie vom ›grauen Geist‹. Was sich durch dies alles hindurchzieht, scheint ein allgemeines Gedankenmuster zu sein, überlagert von kulturellen Einflüssen. Aus diesem Grund sind Entführungen durch besenreitende Hexen nicht mehr in Mode, aber Entführungen durch UFO-fliegende Außerirdische sind der Renner des Jahrzehnts.

Susan Blackmore glaubt, daß die Ursache aller dieser Erfahrungen ›Schlaflähmung‹ war und ist. Dies ist eine Eigenschaft des Gehirns, die schlafende Menschen daran hindert, ihre Gliedmaßen zu bewegen, als würden sie ihre Träume tatsächlich ausführen. Solch ein ›geistiger Schalter‹ ist für jedes Tier wichtig, das träumt: Wer möchte schon aus seinem behaglichen Bau hinaus und irgendeinem Raubtier genau in den Rachen schlafwandeln. Viele Säugetiere träumen – die meisten von uns haben gesehen, wie bei einer Katze oder einem Hund im Schlaf die Beine zucken –, und Aufzeichnungen der Hirnströme haben beweisen, daß die Tiere mit etwas befaßt sind, was den Hirntätigkeit eines träumenden Menschen sehr ähnlich ist. Wir wissen nicht sicher, ob Katzen bildhafte Träume wie wir haben, aber Schlaf und Träumen finden in primitiven Teilen des Hirns statt, also reichen sie wahrscheinlich weit in unsere Evolutionsgeschichte zurück. Wenn jedenfalls das System der Schlaflähmumg Fehlfunktionen aufweist, können Menschen, die teilweise wach sind, von Schlaflähmung befallen werden. Experimente zeigen, daß sie in solchen Fällen den starken Eindruck gewinnen, ›jemand sei da‹.

Diese Eigenschaft des menschlichen Denkens reicht vielleicht in die Zeit kurz nach dem Einschlag des Meteoriten zurück, als die nachtaktiven Säugetiere plötzlich in einer Welt ohne Dinosaurier erwachten. Ihr Hör- und Gesichtssinn, zuvor voneinander getrennt, da sie sich zu unterschiedlichen Zeiten und unter sehr unterschiedlichen Umständen entwickelt hatten, wurden nun miteinander verkoppelt. Wenn ihre Ohren etwas Seltsames hörten, konnte sich ihr Gesichtssinn einschalten und ihnen das Gefühl verschaffen, zu *sehen*, was das Geräusch verursachte. Wir haben diese Tendenz geerbt, interpretieren sie aber in Begriffen der gegenwärtigen Kultur: Gespenster, Hexen, vor ein paar Jahrhunderten vielleicht sogar Drachen, heute Außerirdische mit großen schwarzen Augen. Der sexuelle Zusammenhang liegt auch auf der Hand: Schließlich kommen Träume von Sex ohnehin sehr häufig vor.

Ach ja, noch eins: Seit wir alle *Unheimliche Begegnungen* gesehen haben, wissen wir genau, wie ein Alien auszusehen hat… wie seinerzeit jedermann wußte, daß Hexen auf einem Besen durch die Nacht schwirrten. Unser visuelles System weiß also, welche Form es dem geben muß, was immer es sieht, wenn wir das komische Gefühl einer unheimlichen Gegenwart haben. Und die Fliegenden Untertassen haben sich auch ganz schön gemausert seit den frühen fünfziger Jahren, als in der ganzen Galaxis alle auf diese über und über mit Nieten besetzten Dinger scharf waren.

Es kann gut sein, daß sich Erzählungen von Leuten, die Geister gesehen haben, auf die gleiche Weise erklären lassen. Man hat die Geschichten gelesen, man weiß, wie ein Geist auszusehen hat (vielleicht aus *Gei-*

sterjäger oder einem Steven-King-Film), und versucht, die ganze Nacht im Spukhaus wach zu bleiben. Man denkt an Geister, an Reiter ohne Kopf und an elisabethanische Damen, die durch Wände treten und durchsichtig werden – und dann beginnt man wegzunicken, weil es nachts um zwei ist und man die ganze Nacht über auf war… Die Schlaflähmung stottert ein bißchen… *Aaaaah!*

Siebenunddreissig

Spiel nicht Gott

Beim Tee war der Erzkanzler sehr still.

Schließlich sagte er: »Können wir das Projekt *beenden*, Ponder?«

»Äh... bist du *sicher*, Herr?«

»Nun, was erreichen wir damit? Ich meine, wenn man genau darüber nachdenkt. Ich dachte, es genügt, eine funktionierende Welt zu schaffen, und dann, bevor man ›Schöpfung‹ sagen kann, steht irgendein Geschöpf auf, sieht sich um, blickt mit angemessener Intelligenz und Ehrfurcht zum endlosen Himmel auf und sagt...«

»...das Ding wird größer, ich frage mich, ob es uns auf den Kopf fällt«, meinte Rincewind.

»Das war eine absolut zynische und akkurate Bemerkung, Rincewind.«

»Entschuldige, Erzkanzler.«

Ponders Lippen bewegten sich, als er über gewisse Dinge nachdachte.

»Wir können damit *beginnen*, das Projekt zu beenden. In der letzten Woche hat der thaumische Reaktor nicht mehr soviel Energie hineingeleitet. Der Treibstoff ist fast verbraucht.«

»Tatsächlich?«

»Allerdings dürfte im Bereich des Squashplatzes ziemlich starke thaumische Strahlung herrschen, Herr, was bedeutet: Wer den Hebel betätigt, muß mit einer starken Kontami...«

Ein ganz bestimmtes Geräusch deutete darauf hin, daß sich etwas drehte. Die Zauberer beobachtete Rincewinds Stuhl, der schließlich umkippte. Von der Person, die bis eben dort gesessen hatte, war nichts mehr zu sehen. Irgendwo in der Ferne knallte eine Tür zu.

Der Dekan schniefte.

»Seltsames Verhalten«, kommentierte er.

»Ich schlage vor, wir lassen dem Projekt noch einen Tag unserer Zeit«, sagte Ridcully. »Ich hatte gehofft, wir könnten eine Welt erschaffen, meine Herren. Statt dessen ist mir klargeworden, daß das Leben jenes Universums sich daran gewöhnen muß, in... in einem großen kosmischen Schneeball zu existieren. Feuer und Eis. Eis und Feuer. Meine Herren, runde Welten sind von Grund auf fehlerhaft. Wenn es auf unserer Welt irgendwelche verborgenen Götter gibt, so verstecken sie sich ziemlich gut.«

»Bei den Omnianern heißt es ›Spiel nicht Gott. Er gewinnt immer‹«, sagte der Oberste Hirte.

»Mag sein«, erwiderte Ridcully. »Na schön... Noch ein Tag unserer Zeit, meine Herren. Und dann kümmern wir uns wieder um vernünftige Dinge.«

Die rote Sonne stieg rasch über der ausgedörrten Steppe auf. Die Affen regten sich in ihrer Höhle, die kaum mehr war als ein Felsüberhang, und sahen ein großes schwarzes Rechteck.

Der Dekan klopfte mit dem Zeigestock.

»Paßt heute etwas besser auf, in Ordnung?« Er drehte sich um, griff nach der Kreide und schrieb etwas auf die Tafel. »Hier haben wir einen S... T... E... I... N, Stein. Kann mir jemand sagen, was man damit anstellt? Nun? Hat niemand von euch eine Idee? He, hör endlich auf damit!« Er versuchte, einen Affen mit dem virtuellen Zeigestock zu schlagen, warf den Stock dann voller Abscheu fort. Er verschwand.

»Verlauste Dummköpfe«, brummte er.

»Nichts erreicht, Dekan?« fragte der neben ihm erscheinende Ridcully.

»*Nein*, Erzkanzler. Ich habe *versucht*, ihnen zu erklären, daß sie vermutlich nur einige Millionen Jahre haben, und in der Zeichensprache ist das ziemlich schwer. Aber sie kennen nur ein Wort – S... E... X –, und sie vergeuden keine Zeit damit, es zu buchstabieren, o nein! Und dafür habe ich das Frühstück versäumt?«

»Schon gut. Mal sehen, wie der Oberste Hirte zurechtkommt.«

»Wenn du mich fragst: Es sind nur schlechte Kopien von Menschen...«

Die Zauberer verschwanden.

Einer der Affen wankte zur Tafel und beobachtete, wie sie sich auflöste, als HEX die Zauberformel vervollständigte.

Er wußte nicht, was geschehen war, aber der hin und her schwingende Zeigestock hatte ihn beeindruckt. Er schien jetzt verschwunden zu sein, aber das beunruhigte den Affen nicht. Er war an solche Dinge gewöhnt, denn gelegentlich verschwand des Nachts ein Mitglied des Stammes, begleitet von kehligem Knurren in der Dunkelheit.

Vermutlich kann man mit einem Stock irgend etwas anfangen, dachte er. Hoffentlich etwas, das mit Sex zu tun hatte.

Er suchte auf dem Boden und fand zwar keinen Stock, dafür aber einen trockenen Oberschenkelknochen, der einem Stock ähnlich genug war.

Er holte einige Male damit aus, ohne daß sich irgend etwas ergab. Widerstrebend gelangte der Affe zu dem Schluß, daß er sich vermutlich nicht mit dem Ding paaren konnte, und daraufhin warf er den Knochen hoch in die Luft.

Er drehte sich mehrmals um die eigene Achse.

Als er wieder herunterfiel, schlug er den Affen bewußtlos.

Der Oberste Hirte saß unter einem virtuellen Sonnenschirm am Strand, als die anderen Zauberer eintrafen. Er wirkte ebenso niedergeschlagen wie der Dekan.

Einige Affen spielten in der Brandung.

»Schlimmer als die Eidechsen«, sagte er. »*Die* hatten wenigstens einen gewissen Stil. Wenn diese Burschen etwas finden, versuchen sie sofort, es zu essen. Welchen Sinn hat das?«

»Nun, sie wollen vermutlich herausfinden, ob die Dinge eßbar sind«, meinte Ridcully.

»Ja, aber sie richten dabei ein solches *Durcheinander* an«, klagte der Oberste Hirte. »O nein… es geht schon wieder los…«

Heisere Stimmen kreischten, als die Affen aus dem Wasser stoben und in die nächsten Mangrovenbäume kletterten. Ein Schatten glitt unter den Wellen dahin und kehrte ins tiefere blaue Wasser zurück. Das höhnische Geschrei der Affen und ein Hagel aus Mangrovensamen folgten ihm.

»Ja, und sie werfen gern mit Dingen«, sagte der Oberste Hirte.

»Meeresfrüchte sind gut fürs Gehirn, hat meine Oma immer gesagt«, entgegnete Ridcully.

»Diese Burschen könnten gar nicht genug davon essen. Sie kreischen, werfen Dinge und stoßen andere Dinge an, um zu sehen, was dann passiert – zu mehr sind sie nicht imstande. Ach, *warum* haben wir die Eidechsen nicht eher entdeckt? *Sie* hatten Format.«

»Womit sie den Schneeball nicht aufhalten konnten«, sagte Ridcully.

»Ja, das stimmt leider, Erzkanzler. Es ist alles so *sinnlos*.«

Die drei Zauberer starrten bedrückt übers Meer. Einige hundert Meter entfernt schwammen und sprangen Delphine.

»Inzwischen sollte es Zeit fürs Kaffeetrinken sein«, sagte der Dekan, um das Schweigen zu beenden.

»Guter Hinweis.«

Rincewind wanderte durch die nächste Bucht und sah sich die Klippen an. Nun, auch auf der Scheibenwelt starben Lebensformen aus, allerdings auf eine… vernünftige Weise. Es gab Überflutungen, Brände und natürlich Helden. Helden waren genau das richtige Mittel, wenn eine bestimmte Spezies zu zahlreich wurde. Wie dem auch sei: Wenigstens geschah so etwas nicht, ohne daß sich jemand *Gedanken* machte.

Die Klippen bestanden aus einer Aufeinanderfolge von horizontalen Linien. Sie präsentierten frühere Oberflächen, und auf einigen von ihnen hatte Rincewind sogar gestanden. In vielen davon steckten die Knochen uralter Wesen, von einem Vorgang in Stein verwandelt, den Rincewind nicht kannte und dem er mißtraute. Das Leben war irgendwie aus dem Boden dieser Welt gekommen, und später kehrte es dorthin zurück. Es gab ganze Gesteinsschichten, die aus früherem Leben bestanden, aus Millionen von kleinen Skeletten. Angesichts eines so enormen Naturwunders konnte man nur über die gewaltige Kluft der Zeit staunen – oder nach jemandem suchen, der Beschwerden entgegennahm.

In halber Höhe lösten sich Steine aus der Klippenwand. Einige kleine Beine zappelten, und dann kam die Truhe zum Vorschein. Sie rutschte in die Tiefe, umgeben von Geröll, landete schließlich auf ihrer Klappe.

Rincewind beobachtete ihre Bemühungen eine Zeitlang, seufzte dann und half ihr dabei, die richtige Seite nach oben zu bringen. Manche Dinge änderten sich nie.

Achtunddreissig

Anthill inside*

Sie wissen, was mit den Affen passieren wird – sie werden sich in *uns* verwandeln. Aber warum lassen wir sie in der Brandung spielen? Weil es Spaß macht? Ja... aber was bedeutsamer ist, weil der Strand eine Hauptrolle in einer der beiden wichtigsten Theorien spielt, wie unsere äffischen Vorfahren zu großen Gehirnen gekommen sind. Die andere, orthodoxere läßt die Evolution des großen Gehirns in der afrikanischen Savanne stattfinden, und wir *wissen*, daß manche von unseren Vorfahren in der Savanne lebten, weil wir Fossilien gefunden haben. Leider sind Meeresstrände kein geeigneter Ort für die Entstehung von Fossilien. Man *findet* sie oft dort, doch das liegt daran, daß sie abgelagert wurden, als die Gegend überhaupt kein Meeresstrand war, und das Meer in der Folgezeit die Felsen erodierte, bis die Fossilien zum Vorschein kamen. Solange es keine direkten Beweise dieser Art gibt, muß sich die Theorie von den Affen in der Brandung mit Platz zwei begnügen... Aber sie erklärt unsere Gehirne wirklich sehr schön, während die Savannen-Theorie der Frage eher ausweicht.

Unsere nächsten lebenden Verwandten sind zwei Schimpansenarten: der übliche ausgelassene ›Zoo‹-Schimpanse *Pan troglodytes* und sein schlankerer Vetter, der Bonobo (oder Zwergschimpanse) *Pan paniscus*. Bonobos leben in

* Zu deutsch ›Ameisenhaufen innen‹ – was freilich nicht mehr so ähnlich wie ›Intel inside‹ klingt, der Reklameslogan für jene Computer-Prozessoren. – *Anm. d. Übers.*

sehr unzugänglichen Teilen von Zaire und wurden erst 1929 als eigenständige Schimpansenart erkannt. Wir können die vergangene Evolutionsgeschichte der Menschenaffen bis zu einem gewissen Grad erschließen, indem wir ihre DNS-Sequenzen vergleichen. Die menschliche DNS unterschiedet sich von der DNS beider Schimpansenarten um gerade eben 1,6%; wir haben also zu 98,4% die gleichen DNS-Sequenzen wie sie. (Es ist interessant, sich zu überlegen, wie wohl die Leute im viktorianischen Zeitalter darauf reagiert hätten.) Die beiden Schimpansenarten haben DNS, die sich nur um 0,7% unterscheidet. Gorillas unterscheiden sich von uns wie auch von beiden Schimpansenarten um 2,3%. Für Orang-Utans beträgt der Unterschied zu uns 3,6%.

Dieser Unterschied mag klein erscheinen, aber man kann unglaublich viel in einen kleinen Prozentsatz eines Affengenoms hineinpacken. Ein Großteil dessen, was wir gemeinsam haben, besteht zweifellos aus Unterprogrammen, die Grundeigenschaften des Körperbaus von Wirbel- und Säugetieren organisieren, uns sagen, was man braucht, um ein Affe zu sein, und was mit den Dingen anzustellen ist, die wir alle haben – wie Haare, Finger, innere Organe, Blut... Es ist eine falsche Vorstellung, alles, was uns zum Menschen statt zum Schimpansen macht, müsse in jenen 1,6% ›besonderer‹ DNS liegen – aber so funktioniert DNS nicht. Zum Beispiel können manche von den Genen in jenen 1,6% des Genoms die anderen 98,4% auf völlig neue Weise organisieren. Wenn man sich den Computercode für ein Textverarbeitungsprogramm und für eine Tabellenkalkulation anschaut, sieht man, daß sie unglaublich viel gemeinsam haben – Routinen zum Auslesen der Tastatur, zur Ausgabe auf dem Bildschirm, zur Suche nach einer bestimmten Zeichenkette, zum Einstellen von Kursivschrift, zur Reaktion auf einen Mausklick... Aber das heißt nicht, der *einzige* Unterschied zwischen einer

Textverarbeitung und einer Tabellenkalkulation bestehe in den verhältnismäßig wenigen abweichenden Programmteilen.

Da die Evolution Veränderungen in der DNS einschließt, können wir die Größe dieser Unterschiede benutzen, um abzuschätzen, seit wann sich verschiedene Affenarten getrennt entwickeln. Diese Methode wurde 1973 von Charles Sibley und Jon Ahlquist eingeführt, und obwohl sie mit Vorsicht zu interpretieren ist, funktioniert sie im vorliegenden Fall gut.

Eine passende Zeiteinheit für derlei Diskussionen ist der ›Großvater‹, den wir als einen Zeitraum von 50 Jahren definieren. Das ist ein gutes menschliches Zeitmaß, etwa der Altersunterschied zwischen einem Kind und dem Großvater, der »Als ich jung war...« sagt und ein Gefühl von Geschichte vermittelt. In diesem Sinn lebte Christus vor 40 Großvätern, und die Babylonier liegen etwa 100 Großväter zurück. Das sind nicht besonders viele Opas, die die geschriebene Geschichte hindurch Erinnerungen wie »...als *ich* ein Junge war, hat's diese neumodische Keilschrift nicht gegeben...« und »...mir hat Bronze allemal ausgereicht« weitergeben. Die menschliche Zeit reicht nicht sehr tief. Wir haben es einfach nur geschafft, eine Menge hineinzupacken.

DNA-Studien zeigen, daß sich die beiden Schimpansenarten vor etwa 60000 Großvätern getrennt haben – vor drei Millionen Jahren. Menschen und Schimpansen zweigten 80000 Großväter früher voneinander ab – so daß uns eine Kette von nur 140000 Großvätern mit unserem schimpansenähnlichen Vorfahren verbindet. Der zugleich – diese Anmerkung wollen wir nicht versäumen – der menschenähnliche Vorfahre eines heutigen Schimpansen ist. Menschen und Gorillas trennten sich vor 200000 Großvätern, Menschen und Orang-Utans vor 300000. Also steht uns von diesen Tieren der Schimpanse am nächsten und der Orang-Utan am fernsten.

Diese Schlußfolgerung wird auch vom körperlichen Aussehen und vom Verhalten bestätigt. Bonobos sind wirklich *scharf* auf Sex.

Wem diese Zeiten für alle diese notwendigen evolutionären Veränderungen zu kurz erscheinen, der möge zweierlei bedenken: erstens, daß sie unter Verwendung einer realistischen Mutationsrate für DNS abgeschätzt wurden, zweitens, daß nach Nilsson und Pelger sich ein komplettes *Auge* in gerade eben 8000 Großvätern entwickeln kann – und viele verschiedene Veränderungen konnten und mußten sich parallel entwickeln.

Das erstaunlichste am Menschen ist die Größe seines Gehirns: im Verhältnis zum Körpergewicht größer als bei jedem anderen Tier. In frappierendem Maße größer. Eine ins einzelne gehende Geschichte, was uns zum Menschen macht, muß außerordentlich verwickelt sein, doch es ist klar, daß große, leistungsstarke Gehirne die Haupterfindung waren, die alles erst ermöglichten. Also müssen wir jetzt über zwei auf der Hand liegende Fragen nachdenken: »Warum haben wir große Gehirne entwickelt?« und »Wie haben wir große Gehirne entwickelt?«

Die Standardtheorie befaßt sich mit dem ›Warum‹. Sie geht davon aus, daß wir uns in der Savanne entwickelten, umgeben von vielen Großraubtieren – Löwen, Leoparden, Hyänen – und ohne besonders viel Deckung. Wir mußten schlau werden, um zu überleben. Rincewind würde sofort eine Schwachstelle in dieser Theorie sehen: »Wenn wir so schlau waren, warum sind wir dann in der Savanne geblieben, umgeben von vielen Großraubtieren?« Doch wie gesagt, das paßt zu den Fossilbelegen. Die unorthodoxe Theorie befaßt sich mit dem ›Wie‹. Große Gehirne brauchen viele Hirnzellen, und viele Hirnzellen brauchen eine Menge Chemikalien namens ›essentielle Fettsäuren‹. Diese müssen wir mit der Nahrung aufnehmen – wir können sie nicht aus einfacheren Bestandteilen erzeugen –, und in der Savanne sind sie knapp. Wie aber Michael Crawford und David Marsh 1991 dargelegt haben, sind sie reichlich in Nahrung aus dem Meer vorhanden.

Neun Jahre zuvor hatte Elaine Morgan die Theorie Alistair Hardys vom ›Wasseraffen‹ weiterentwickelt: Wir haben uns nicht in der Savanne entwickelt, sondern am Meeresufer. Die Theorie stimmt mit mehreren menschlichen Eigenheiten überein: Wir mögen Wasser (neugeborene Kinder können schwimmen), wir haben ein komisches Haarmuster am Körper und wir gehen aufrecht. Man braucht nur in irgendeinen Urlaubsort am Mittelmeer zu gehen und sieht sofort eine riesige Menge nackter Affen, die den Strand für den idealen Ort zum Herumlungern halten.

Gehirne sind faszinierend. Sie sind das physische Vehikel für den Geist, der noch faszinierender ist. Der Geist ist sich seiner selbst bewußt (oder gibt zumindest seinem Besitzer den lebhaften Eindruck, er sei es) und hat einen freien Willen (oder gibt zumindest seinem Besitzer den lebhaften Eindruck, er habe ihn). Der Geist funktioniert in einer Welt von ›Qualia‹ – lebhaften Sinneseindrücken wie *rot, heiß, sexy*. Qualia sind keine Abstraktionen – sie sind ›Gefühle‹. Wir alle wissen, wie es ist, sie zu haben. Die Wissenschaft hat keine Ahnung, warum sie so sind, wie sie sind.

Gehirne jedoch… Wir können bei den Gehirnen weitermachen. Auf einer Ebene der Betrachtung sind Gehirne eine Art Gerät zur Datenverarbeitung. Der offensichtlichste physische Bestandteil sind Nervenzellen, zu komplizierten Netzwerken angeordnet. Mathematiker haben solche Netzwerke untersucht und festgestellt, daß es die typische Arbeit von Netzwerken ist, interessante Prozesse durchzuführen. Man gebe ihnen einen Input, und man kriegt einen Output. Man gebe ihnen die Möglichkeit, daß sich die Verbindungen in ihnen entwickeln, indem man bestimmte Zusammenhänge von Input und Output selektiert – wie Reaktion auf das Bild einer Banane, aber keine Reaktion auf das Bild einer toten Ratte –, und man bekommt ziemlich schnell einen ziemlich wirksamen Bananen-Detektor.

Was das menschliche Gehirn einmalig macht, soweit wir es feststellen können, ist die Tatsache, daß es rekursiv geworden ist. Ebenso wie es eine Banane entdecken kann, kann es *darüber* nachdenken, wie es eine Banane entdeckt. Es kann über seine eigenen Denkprozesse nachdenken. Es ist ein Gerät zur Mustererkennung, das seine Aufmerksamkeit seinen eigenen Mustern zugewandt hat. Diese Fähigkeit ist es, die hinter der menschlichen Intelligenz steckt. Sie liefert wahrscheinlich auch die Grundlage für das Bewußtsein: Eins der Muster, die das Gerät zur Mustererkennung zu erkennen gelernt hat, ist *es selbst*. Es ist sich seiner selbst bewußt geworden.

Im Ergebnis funktioniert das Gehirn auf mindestens zwei Ebenen. Auf einer reduktionistischen Ebene gibt es Netzwerke von Nervenzellen, die einander unglaublich komplexe, aber letzten Endes bedeutungslose Botschaften senden – wie Ameisen, die um einen Ameisenhaufen herumwimmeln. Auf einer anderen Ebene gibt es die Gesamtheit des Ichs – den Ameisenhaufen als eigenständige Persönlichkeit. Douglas Hofstadters *Gödel, Escher, Bach* enthält eine Passage, wo Tante Colonia (die ein Ameisenhaufen ist)* Besuch von Dr. Ameisenbär bekommt. Bei der Ankunft von Dr. Ameisenbär geraten die Ameisen in Panik – sie verändern ihre Tätigkeiten. Für Tante Colonia, die auf der emergenten Ebene funk-

* Die Tante Colonia der deutschen Ausgabe von 1985 hieß in Hofstadters Original *Aunt Hillary* – noch ein Anklang an *anthill. – Anm. d. Übers.*

tioniert, repräsentiert diese Veränderung das *Wissen*, daß Dr. Ameisenbär eingetroffen ist. Sie hat überhaupt nichts dagegen, wenn Dr. Ameisenbär sich an »ihren« Ameisen gütlich tut. Ameisen sind praktisch unerschöpflich – sie kann allemal neue züchten, um die verspeisten zu ersetzen.

Der Zusammenhang zwischen den Ameisen und Colonias ›Anthilligenz‹ ist emergent – er funktioniert glücklich quer über das hinweg, was wir ›Ameisenland‹ genannt haben. Dieselbe Tätigkeit hat eine Bedeutung für die Ameisen und eine ganz andere und *transzendente* für Colonia. Setzen Sie für Colonia sich selbst – Ihr Ich, von dem ›Sie‹ empfinden, daß es Ihre Gedanken hat – und für die Ameisen Hirnzellen ein, und Sie betrachten den Zusammenhang zwischen Geist und Gehirn.

Jetzt sind *Sie* selbstreferent geworden.

Neurale Netze sind der Grundstoff des Gehirns, aber zur Evolution eines Gehirns gehört mehr, als nur große neurale Netze zu knüpfen. Hirne funktionieren in Begriffen von ›Modulen‹ auf hoher Ebene – ein Modul zum Laufen, ein weiteres zum Erkennen von Gefahr, wieder eins, um das ganze Tier zu alarmieren, und so weiter. Jedes solches Modul ist eine emergente Eigenschaft eines komplexen neuralen Netzwerks, und es ist nicht konstruiert worden: Es hat sich entwickelt. Millionen Jahre haben diese Module *trainiert*, unverzüglich und genauestens zu reagieren.

Die Module sind nicht voneinander getrennt. Sie benutzen Nervenzellen gemeinsam, überschneiden sich, sie sind nicht unbedingt ein genau umrissenes *Gebiet* im Hirn – ebensowenig, wie ›Vodafone‹ ein genau umrissenes *Gebiet* des Telefonnetzes ist. Daniel Dennett zufolge gleichen sie einer Ansammlung von Dämonen, die per ›Pandämonium‹ fungieren. Sie alle schreien, und wer im jeweils gegebenen Moment am lautesten schreit, gewinnt (ein großer Teil des Internet hat diesen Entwurf übernommen).

Die Menschheit hat eine Kultur rings um diese Module errichtet – eine Idee, die wir später untersuchen wollen – und hat sie dabei neuen Zwecken dienstbar gemacht. Das Modul zum Entdecken von Löwen ist teilweise zum Modul für die Lektüre von Scheibenweltromanen geworden. Das Modul zur Wahrnehmung von Körperbewegungen hat sich teilweise in eins für bestimmte Arten von Mathematik verwandelt – jene Teile der Mechanik, wo ein körperliches ›Gefühl‹ für das Problem genau das Richtige sein kann. Unsere Kultur hat unseren Geist umgebaut und unser Geist seinerseits unsere Kultur, immer wieder in jeder Generation.

Solch eine radikale Umstrukturierung muß einfachere Vorläufer haben. Ein entscheidender Schritt zum menschlichen Geist war die Erfindung des Nests. Ehe es Nester gab, konnten sehr junge Organismen nur sehr beschränkte Verhaltensexperimente anstellen. Wenn man jedesmal, wenn man ein neues Spiel ausprobiert, von einer Python verschluckt wird, wird Neuheit nicht belohnt. In der Geborgenheit und relativen Sicherheit des Nests hingegen ist der Irrtum-Teil von Versuch und Irrtum nicht mehr unabänderlich verhängnisvoll. Nester erlauben einem zu spielen, und Spiele erlauben einem, den Phasenraum möglicher Verhaltensweisen zu erkunden und neue, manchmal nützliche Strategien zu finden. Weiter auf diesem Weg liegen die Familie, das Rudel und der Stamm mit gewissen gemeinsamen Verhaltensweisen und gegenseitigem Schutz. Erdmännchen, eine Art Mungos, haben eine kunstvolle Stammesstruktur und wechseln sich in der gefährlichen (weil exponierteren) Rolle des Wachpostens ab.

Die Menschen haben aus solchen Taktiken eine globale Strategie gemacht: Erwachsene widmen erhebliche

Mengen an Zeit, Energie, Nahrung und Geld der Aufgabe, ihre Kinder großzuziehen. Die Intelligenz ist sowohl eine Folge dieser glänzend erfolgreichen Strategie als auch eine ihrer Ursachen.

Der Dekan wäre gut beraten, diesen Zusammenhang zwischen Familienleben und Intelligenz in Betracht zu ziehen. Er versucht, die Affen auf direktem Wege zu unterrichten (S… T… E… I… N), aber sie haben nichts in ihrem winzigen Verstand als S… E… X. Viele Schullehrer können das sicher nachfühlen… Aber wenn er nur begriffe, daß sexuelle Bindungen ein Hauptfaktor im Familienleben von Humanoiden sind und die Familie Intelligenz hervorbringt…

Bonobos sind das ideale Modell für die sexbesessenen Affen des Dekans. Sie sind bis zum äußersten promiskuitiv und setzen Sex ein, wo wir uns mit einem Lächeln, einem Winken oder einem höflichen Händedruck begnügen würden. Weibliche Bonobos haben fast beiläufig nacheinander Sex mit Dutzenden von Männchen oder Weibchen, männliche Bonobos ebenso. Erwachsene nehmen auch geschlechtliche Aktivitäten mit Kindern auf. Es wirkt alles sehr locker. Es trägt dazu bei, den Stamm enger zusammenzuschließen. Bei ihnen scheint es gut zu funktionieren.

Nach den Maßstäben orthodoxer Menschen sind gewöhnliche Schimpansen promiskuitiv, aber wahrscheinlich nicht in höherem Maße als viele Menschen. Paare von Männchen und Weibchen verschwinden für ein paar Tage, um dann neue Partnerschaften zu bilden… Menschen bilden allgemein ein Paar fürs Leben (der Begriff bedeutet ›bis wir es satt haben‹), und ein Grund dafür ist die enorme Mühe, die ein Menschenpaar ins Großziehen der Kinder investieren muß. Sex trägt dazu bei, die Beziehung der Eltern zu festigen, und ermutigt die Eltern, einander zu vertrauen. Das mag der Grund sein, warum sogar in einem angeblich sexuell unverkrampften Zeitalter die meisten Menschen Seitensprünge als Verrat betrachten – und warum trotzdem der vom rechten Wege abgekommene Partner in den meisten Fällen wieder in den Schoß der Familie aufgenommen wird.

Es ist kein Wunder, daß wir Sex im Kopf haben: Unsere Gehirne sind vom Sex geformt worden. Der Dekan sollte dem Sex seinen Lauf lassen, denn Intelligenz wird gewiß nachfolgen… Man braucht nur in wirklich großen Zeiträumen zu denken. Es hat keine Eile.

NEUNUNDDREISSIG

Ugh: Odyssee im Weltraum

Rincewind saß in einer Ecke des Forschungstrakts für hochenergetische Magie. Derzeit hielt sich hier sonst niemand auf. Es hatte sich herumgesprochen, daß das Ende des Projekts unmittelbar bevorstand, was die Zauberer zum Anlaß nahmen, sich dem Mittagessen zu widmen.

Die runde Welt drehte sich in ihrer schützenden Blase und in einem Raum, der innen größer war als außen – möglich wurde das durch eine Physik, die nur Zauberer verstehen konnten.

»Arme Rundwelt«, teilte er dem Kosmos ganz allgemein mit. »Eigentlich hattest du nie eine Chance.«

»Ugh.«

Das leise Brummen kam von der anderen Seite des Raums. Rincewind ging hinüber und stellte fest, daß der Bibliothekar ins Omniskop blickte.

»Oh, sie haben jetzt Stöcke«, sagte Rincewind und beobachtete einige zottelige Affen. »Was kann ihnen das schon nützen?«

»Ugh?«

»Die Eidechsen hatten scharfe Muscheln an den Enden ihrer Stöcke, und gibt es sie heute noch? Nein. Und die Krabben kamen gut zurecht. Selbst die Kleckse gaben sich Mühe. Und einige bärenartige Wesen wirkten vielversprechend. Es spielt keine Rolle. In einem Winter schmilzt der Schnee nicht mehr, und plötzlich wird man von einem zwei Meilen hohen Gletscher zerquetscht. Oder es erscheint ein sonderbares Licht am Himmel, und kurz darauf versucht man, kochendes

Wasser zu atmen.« Rincewind schüttelte traurig den Kopf. »Kein schlechter Ort. Hübsche Farben. Sehr gute Horizonte, sobald man sich an sie gewöhnt hat. Jede Menge Langweile, unterbrochen von kurzen Todesperioden.«

»Ugh?« fragte der Bibliothekar.

»Nun, sie weisen eine gewisse Ähnlichkeit mit dir auf«, sagte Rincewind. »Die meisten Eidechsen sehen ein wenig wie der Quästor aus. Vielleicht ist das nur Zufall. Jedes Ding muß nach irgend etwas aussehen. Wie oben, so unten.«

Das Omniskop zeigte ein schlankes, kräftiges Etwas, das den Affen durchs hohe Gras folgte.

»Iiek!«

Der Bibliothekar klopfte auf den Tisch.

»Tut mir leid. Ich habe damit nichts zu tun. ›Leben und leben lassen‹, so lautet *mein* Motto. Nun, eigentlich lautet es ›Laßt mich leben‹, aber es läuft fast aufs gleiche hinaus.«

Der Bibliothekar verließ den Raum und winkte dabei mit hoch über den Kopf erhobenen Händen, was nur geschah, wenn er es sehr eilig hatte.

Rincewind schloß zu ihm auf, als er das Hauptgebäude erreichte, und dann lief er neben ihm, während der Orang-Utan durch die weniger vornehmen Bereiche der Universität hastete. Dies war das Reich von Besenschränken, alten Lagerräumen und den Arbeitszimmern von ausgesprochen unwichtigen Mitgliedern der Fakultät. Zwar benutzte der Bibliothekar alle Abkürzungen, aber es dauerte trotzdem eine Weile, bis sie das Zimmer des Unerhörten Professors für grausame und ungewöhnliche Geographie erreichten. An der Tür stand der mit Kreide geschriebene Name ›Rincewind‹.

Der Bibliothekar trat ein und wankte zielstrebig zum Regal mit den Schachteln.

»Äh… das ist die Steinsammlung«, sagte Rincewind. »Ich… äh… habe die Steine sortiert und in ein Verzeichnis eingetragen. Sie… äh… gehören der Universität, ich glaube, du solltest sie nicht aus den Schachteln nehmen und sie dann einfach fallen lassen…«

»Ugh!«

Der Bibliothekar richtete sich auf und hob zwei Steine, die Rincewind der Kategorie »fest, scharf, spröde und unfreundlich« zugeordnet hatte.

»Äh… was hast du vor?« fragte Rincewind zaghaft.

Der Bibliothekar ging zur Truhe und gab ihr einen Tritt. Der Deckel klappte gehorsam auf, und der Orang-Utan warf die Feuersteine hinein. Dann kehrte er zurück, um noch mehr zu holen.

»Äh…«, begann Rincewind, überlegte es sich dann aber anders und schwieg. Dies schien ihm kein geeigneter Zeitpunkt für irgendwelche Einwände zu sein.

Wieder mußte er laufen, um dem Bibliothekar und der Truhe zum Forschungstrakt für hochenergetische Magie zu folgen. Als er dort eintraf, hämmerte der Orang-Utan auf eine von HEX' Tastaturen.

Rincewind versuchte es erneut.

»Äh… du solltest besser nicht…«

Das Rasseln der Schreibvorrichtung unterbrach ihn.

Der Ausschrieb lautete: +++ Neue Anzugparameter akzeptiert +++

Auf der anderen Seite des Raums flackerten die Virtuell-da-Anzüge am Rand der Nichtexistenz, und einer von ihnen veränderte sich. Die Schultern wurden breiter, die Arme länger, die Beine kürzer…

+++ Anpassung vollständig. Er steht dir sicher gut +++

Rincewind wich zurück, als der Bibliothekar mit zwei großen Feuersteinen in den magischen Kreis trat. Der Anzug schloß sich um ihn und ließ seine Gestalt schimmern.

»Du willst dich doch nicht *einmischen*, oder?« fragte Rincewind.

»Ugh?«

»Nein, nein, in Ordnung, überhaupt kein Problem«, sagte Rincewind. Es ist nie klug, sich mit einem Affen zu streiten, der einen Stein hat. »Höchste Zeit, daß jemand etwas unternimmt.«

Der Bibliothekar flackerte und wurde zu einem Phantom.

Rincewind stand allein im leeren Zimmer und pfiff nervös vor sich hin. HEX funkelte in seiner Nische, wie immer, wenn er einem Zauberer dabei zu helfen versuchte, Einfluß auf das Projekt zu nehmen.

»Verdammt!« stieß Rincewind schließlich hervor und trat zu den Anzügen. »Bestimmt vermasselt er alles …«

Blitze brieten den Abendhimmel, ließen ihn purpurn und rosarot leuchten.

Über der kleinen Höhle in der Klippenwand, wo der Stamm hockte und Schutz suchte, bewegte sich ein geschmeidiger schwarzer Schatten wie eine Erweiterung der Nacht. Er hatte es nicht eilig. Die Mahlzeit lief nicht weg. Als die Blitze verschwanden, glühten seine Augen noch eine Zeitlang.

Etwas griff nach dem Schwanz des schemenhaften Wesens. Knurrend fuhr es herum, und eine Faust raste am Ende eines sehr langen Arms heran. Sie traf das Geschöpf zwischen den Augen und stieß es vom Felsvorsprung.

Das Wesen prallte auf den Boden, zuckte noch einmal und blieb still liegen.

Die Affen sprangen fort, duckten sich hinter Felsen und kreischten. Schließlich verstummten sie und blickten zurück.

Die große Katze rührte sich nicht.

Ein weiterer Blitz zuckte vom Himmel, traf einen abgestorbenen Baum und setzte ihn in Brand. Vor der violetten Korona des Sturms, rot im Licht des brennenden Baums, zeichnete sich eine beeindruckende Gestalt ab – sie trug einen großen Feuerstein in jeder Armbeuge.

Wie Rincewind gesagt hatte: Eine solche Vision vergaß man nicht.

Rincewind konnte hier nicht essen. Zumindest nicht auf die übliche Weise. Vielleicht gelang es ihm irgendwie, Nahrungsbrocken in den Mund zu befördern, aber sie würden in diesem Universum bleiben, und deshalb befürchtete er, daß sie einfach durch ihn hindurchglitten, zum großen Erstaunen der Beobachter.

Außerdem stand ihm nicht der Sinn nach gebratenem Leoparden.

Der Bibliothekar war sehr fleißig gewesen und hatte den Ort in eine Art Ausbildungslager für Leute verwandelt, die kaum aufrecht stehen konnten. An das Feuer gewöhnten sich die Affen schnell – nach einigen lehrreichen Versuchen, sexuell damit zu verkehren. Einigen von ihnen gelang es, das eigene Fell anzuzünden.

Sie lernten auch die Kochkunst, wobei sie zu Anfang mit den eigenen Artgenossen experimentieren.

Rincewind seufzte. Er hatte neue Spezies kommen und gehen gesehen, und diese schien nur wegen ihres Unterhaltungswerts auf die Welt gebracht worden zu sein. Die Affen begegneten dem Leben mit der gleichen Einstellung wie Clowns, und sie zeigten auch ein ähnliches Maß an fröhlicher Gemeinheit.

Der Bibliothekar zeigte ihnen, wie man Feuersteine beschlug, und dabei benutzte er die beiden Exemplare, die von der Truhe ins andere Universum gebracht worden waren. Die Affen lernten schnell, mit Steinen nach Steinen – und allem anderen in der Nähe – zu schlagen. Scharfe Kanten faszinierten sie.

Schließlich trat Rincewind zum Bibliothekar und klopfte ihm auf die Schulter.

»Wir haben hier den ganzen Tag verbracht«, sagte er. »Wir sollten jetzt zurückkehren.«

Der Orang-Utan nickte und stand auf. »Ugh.«

»Glaubst du, es wird klappen?«

»Ugh!«

Rincewind beobachtete die Affen. Einer von ihnen schlug erneut auf den Kadaver der Raubkatze ein.

»Wirklich? Aber es sind doch nur… haarige Papageien.«

»Iiek ugh.«

»Nun… ja. Das stimmt.« Rincewind richtete einen letzten Blick auf die Horde. Zwei Affen stritten sich ums Fleisch. Nun, Affen äfften nach…

»Ich bin froh, daß *du* das gesagt hast«, erwiderte er.

Bei ihrer Rückkehr war weniger als eine Scheibenweltsekunde vergangen. Als sie durchs Omniskop blickten, zeigten sich mehrere Feuer auf der Nachtseite des Planeten.

Der Bibliothekar wirkte zufrieden. »Ugh«, sagte er.

Fortschritt bedeutet Rauch. Aber Rincewind war nicht ganz überzeugt. Die meisten Feuer verbrannten Wälder.

VIERZIG

Extel Outside

Fortschritt bedeutet Rauch... Dann hat die Menschheit im Laufe der Jahre zweifellos große Fortschritte gemacht. Wie haben wir das fertiggebracht? Weil wir *intelligent* sind, wir haben *Hirn*. Sogar Verstand. Aber auch andere Lebewesen sind intelligent – insbesondere Delphine. Sie scheinen weiter nichts zu tun, als sich im Meer ihres Lebens zu erfreuen. Was haben wir, das sie nicht haben?

Viele Diskussionen über den Verstand behandeln ihn im Grunde als eine Frage der Hirnarchitektur. Nach dieser Sichtweise hängt davon ab, wozu Gehirne imstande sind, und dann ergeben sich die verschiedenen Dinge, die wir mit dem Geist in Verbindung bringen – die schwierigen Probleme des freien Willens, des Bewußtseins und der Intelligenz – aus der Neurophysiologie. Das ist die *eine* Herangehensweise. Die *andere* übliche ist es, das Problem aus der Sicht eines Gesellschaftswissenschaftlers oder eines Anthropologen zu betrachten. Aus dieser Sicht werden die Fähigkeiten des Geistes größtenteils als ›gegeben‹ vorausgesetzt, und die Hauptfrage ist, wie menschliche Kulturen auf jenen Fähigkeiten aufbauen, um einen Geist zu schaffen, der originelle Gedanken haben kann, Gefühle, Konzepte wie Liebe und Schönheit und so weiter. Man könnte meinen, daß diese beiden Herangehensweisen zusammen so ziemlich das gesamte Gebiet abdecken. Man braucht sie nur zu verknüpfen und hat eine vollständige Antwort auf die Frage nach dem Geist.

Neurophysiologie und Kultur sind jedoch nicht unabhängig voneinander: Sie sind ›komplizit‹*. Damit meinen wir, daß sie sich gemeinsam entwickelt und einander dabei immer wieder verändert haben und daß ihre weitere Koevolution auf den unvorhersagbaren Ergebnissen dieser fortdauernden Beeinflussung aufbaute. Die Ansicht, nach der die Kultur auf den Gehirnen aufbaut und sie verändert, ist unvollständig, denn auch Gehirne bauen auf der Kultur auf und verändern sie. Das Konzept der Komplizität faßt diese rückwirkende, wechselseitige Beeinflussung.

Wir nennen die dem Gehirn innewohnenden Fähigkeiten ›Intelligenz‹. Es ist praktisch, den äußeren Einflüssen, kulturellen wie auch anderen, die auf die Evolution des Gehirns und damit des Verstandes einwirken, einen ähnlichen Namen zu geben. Wir werden diese Einflüsse *Extelligenz* nennen, einen Begriff, den HEX durch Einst-Dereinst-Berechnungen aufgeschnappt hat. Der menschliche Geist ist nicht einfach Intelligenz *plus* Extelligenz – seine Innen- und Außenseite sozusagen. Vielmehr ist der Geist eine Rückkopplungsschleife, in der sich Intelligenz und Extelligenz gegenseitig beeinflussen und die in der Kombination über die Fähigkeiten beider hinausgeht.

Intelligenz ist die Fähigkeit des Gehirns, Information zu verarbeiten. Aber Intelligenz ist nur ein Teil dessen, was benötigt wird, um einen Geist zu schaffen. Und sogar Intelligenz kann sich schwerlich isoliert entwickeln.

Kultur ist im Grunde eine Ansammlung menschlicher Geister in Wechselwirkung. Ohne den individuellen Geist bekommt man keine Kultur. Das Umgekehrte ist vielleicht nicht so offensichtlich, aber ebenso wahr: Ohne eine gemeinsame Kultur kann sich der menschli-

* Das ist kein Druckfehler und soll *nicht* ›kompliziert‹ heißen. Ein Komplize ist bekanntlich ein Mittäter. – *Anm. d. Übers.*

che Geist nicht entwickeln. Der Grund dafür ist darin zu suchen, daß es in der Umgebung des sich entwikkelnden Geistes nichts gibt, was ihn zur Selbstkomplikation treibt – so daß er feiner und raffinierter strukturiert wird –, wenn das Gehirn nichts anderes ziemlich Raffiniertes hat, mit dem es in Wechselwirkung treten kann. Und das hauptsächliche raffinierte Ding, das der Geist ringsum zur Wechselwirkung findet, ist der Geist anderer Menschen. Also ist die Evolution der Intelligenz mit der der Extelligenz unauflöslich verknüpft, und Komplizität zwischen ihnen ist unvermeidlich.

In der Welt ringsum gibt es Dinge, die wir oder andere Menschen geschaffen haben – Dinge, die eine der Intelligenz vergleichbare Rolle spielen, sich aber außerhalb von uns befinden. Das sind Dinge wie Bibliotheken, Bücher oder das Internet – welches aus der Sicht der Extelligenz besser ›Extranet‹ heißen sollte. Das Scheibenwelt-Konzept vom ›B-Raum‹ – Bibliotheks-Raum – ist ähnlich: *Es hängt alles miteinander zusammen.* Diese Einflüsse, aus denen nicht schlechthin Informationen hervorgehen, sondern Bedeutungen, sind ›kulturelles Kapital‹. Es sind Dinge, die Menschen in die Kultur hinausverlagern und die dann dort verweilen, sich sogar vermehren oder auf eine Weise wechselwirken, die Individuen nicht unter Kontrolle haben.

Die alte Frage nach der Künstlichen Intelligenz »Können wir eine intelligente Maschine schaffen?« betrachtete die Maschine als ein für allemal fertiges Objekt an sich. Man glaubte, das Problem sei es, die richtige Architektur für die Maschine zu finden und dann intelligentes Verhalten hineinzuprogrammieren. Aber das ist wahrscheinlich der falsche Ansatz. Natürlich ist es *denkbar*, daß die kollektive Extelligenz aller Menschen in Wechselwirkung mit jener Maschine ihr einen Geist geben – und sie insbesondere mit Intelligenz versehen könnte. Doch viel wahrscheinlicher ist es, daß man eine ganze Gemeinschaft von Maschinen braucht, die miteinander wechselwirken und sich entwickeln und dabei auch die nötige Extelligenz hervorbringen, um wirklich das Ameisenland der neuralen Verbindungen in der Maschine so strukturieren zu können, daß ein Geist entsteht. Also ist die Geschichte des Geistes eine Geschichte von Komplizität und Emergenz. Im Grunde ist der Geist eins der großen Beispiele für Komplizität.

Die innere Geschichte der Entwicklung des menschlichen Geistes kann als eine Folge von Schritten zusammengefaßt werden, wo die Nervenzelle der entscheidende ›Spieler‹ ist. Eine Nervenzelle ist ein ausgedehntes Objekt, das Signale von einem Ort zum anderen schicken kann. Hat man einmal Nervenzellen, kann man Netze von Nervenzellen bekommen, und hat man erst einmal die, kommt eine Menge anderer Dinge gratis hinzu. Zum Beispiel gibt es ein Gebiet der Komplexitäts-Theorie, das ›emergente Datenverarbeitung‹ genannt wird. Wenn man ein Netz entwickelt – zufällig ausgewählte, willkürliche Netze, die zu keinem bestimmten Zweck konstruiert wurden –, dann zeigt sich, daß es gewisse Dinge tut. Es tut *etwas*, was anscheinend Bedeutung haben kann oder auch nicht, aber diesem speziellen Netz eigen ist. Doch oft kann man bei der Betrachtung dessen, was das Netz tut, emergente Eigenschaften feststellen. Man entdeckt, daß es die Fähigkeit entwickelt hat, Dinge zu verarbeiten, obwohl sein Aufbau zufällig war. Es führt algorithmische Prozesse (oder etwas Ähnliches) aus. Die Fähigkeit, Berechnungen anzustellen, Daten zu verarbeiten, Algorithmen auszuführen, scheint sich *gratis* einzustellen, sobald man Vorrichtungen entwickelt hat, die Signale von einem Ort zum anderen senden und auf solche Signale reagieren, indem sie neue Signale aussenden. Wenn man Evolution ermöglicht, braucht man sich nicht besonders viel

aufgegeben, das macht keinen Spaß, ich will dieses Spiel nicht spielen!« Und er warf der Garnele einen langen Blick zu, worauf er wieder in seinem Tunnel verschwand, ohne sie zu packen.

Obwohl wir keine Möglichkeit sehen, es zu *beweisen*, hatten alle den starken Eindruck, daß der Fangschrekkenkrebs eine Art kleinen Geist entwickelte. Sein Gehirn hatte das Potential dazu, und Menschen hatten ihm die Art Kontext verschafft, die dazu beitrug, dieses Potential zu entwickeln. Wilde Fangschreckenkrebse gehen *nicht* los und spielen mit Gummibändern, weil die kein Teil ihrer Umwelt sind, aber wenn man ihnen diesen Anreiz gibt, kann man sie verändern. Da wir Geist haben, sind wir auch imstande, ein wenig Geist in vielen anderen Lebewesen hervorzurufen.

Geist ist ein *Prozeß* oder ein Netz von Prozessen, die im Gehirn stattfinden. Ein Minimum an Wechselwirkung mit dem Geist anderer Wesen ist vonnöten, um irgend etwas zu erreichen. Es gibt keine evolutionäre Rückkopplungsschleife, die einen werdenden Geist trainieren und sich weiterentwickeln ließe, *wenn* er nichts erreichen würde. Wo also kommt solche eine Schleife vor? Menschen sind Teil eines sich reproduzierenden Systems – es gibt viele von uns, und wir bringen immer neue hervor. Folglich besteht die Umwelt eines Menschen zu einem großen Teil aus anderen Menschen. In vielerlei Hinsicht ist das der wichtigste Teil unserer Umwelt, der Teil, auf den wir am nachhaltigsten reagieren. Wir haben alle möglichen kulturellen Systeme wie die Erziehung, die genau diesen Zug unserer Umwelt nutzen, um den Geist zu erzeugen, der in die vorhandene Kultur paßt und dazu beiträgt, sie fortzuführen. Also ist der Kontext für einen individuellen Geist im Laufe seiner Entwicklung nicht dieser Geist selbst, sondern eine Vielzahl davon. Es gibt eine komplizite Rückkopplungsschleife zwischen der Gesamtheit von Geistern und jedem einzelnen.

Menschen haben diesen Prozeß so weit vorangetrieben, daß ein Teil der Rückkopplungsschleife sich unserer Kontrolle entzogen hat und nun außerhalb von uns existiert. In gewissem Sinne hat er einen eigenen Geist. Das ist Extelligenz, und wir kommen ohne sie nicht aus. Vieles von dem, was uns zu Menschen macht, wird *nicht* genetisch weitergegeben, sondern kulturell. Es wird vom Stamm weitergegeben, durch Rituale, durch Lehre, durch Dinge, die Gehirn mit Gehirn verkoppeln, Geist mit Geist. Ihre Genetik mag es einem erlauben, das zu *tun*, sie mag bewirken, daß man darin besser oder schlechter als andere ist, aber die übermittelte Information ist eigentlich nicht in Genen codiert. Dieser Prozeß ist der ›Mach-einen-Menschen-Baukasten‹. Jede Kultur hat eine Technik entwickelt, um auf den Geist der nächsten Generation ebendas zu übertragen, was dafür sorgt, das diese Generationes auf den Geist der Generation danach überträgt – ein rekursives System, das die Kultur am Leben erhält. Lügen-für-Kinder spielen darin oft eine wichtige Rolle.

Heute stoßen wir auf Probleme, wenn wir das tun wollen, weil die Stammeskulturen alten Stils, sogar nationale Kulturen, mit einer internationalen Kultur vermischt werden. Das führt zu Zusammenstößen zwischen vormals eigenständigen Kulturen und löst ihren Zusammenbruch aus. Gehen sie in irgendeine Großstadt der Welt, und Sie werden Coca-Cola-Reklame sehen. Der Welthandel hat Dinge in verschiedene Kulturen eingebracht, die sich von dem unterscheiden, was jene Kulturen von sich aus entwickelt hätten. Coca-Cola hat jedoch keinen besonders großen Einfluß auf den ›Menschen-Baukasten‹, daher können die meisten Kulturen die Reklame akzeptieren. Im großen und ganzen findet man kaum religiöse Fundamentalisten, die sich über das Vorhandensein eines Coca-Cola-Abfüllwerks in ihrem Land beschweren (nun ja, es gibt welche, doch im allgemeinen nur, weil das dann eine Art ist, »Amis raus!« zu sagen). Wenn jedoch eine Fastfood-Kette in einem islamischen oder jüdischen Land versuchen würde, Porkburger* zu verkaufen, würde es Proteste regnen.

Extelligenz ist so mächtig und einflußreich geworden, daß heute die Kultur einer Generation radikal verschieden von der Kultur der vorangehenden sein kann. Einwanderer der zweiten Generation haben oft ein noch schlimmeres Problem, den Kulturkonflikt. Sie sind in dem ›neuen‹ Land aufgewachsen und haben aufgenommen, wie dieses Land funktioniert. Sie sprechen die Sprache viel geläufiger, als es ihre Eltern jemals können, aber sie müssen es immer noch ihren Eltern *recht machen*. Zuhause müssen sie sich auf die Art ihrer ursprünglichen Kultur verhalten. In der Schule aber müssen sie in der neuen Kultur leben. Das bereitet ihnen ein Gefühl des Unbehagens, und das kann die kulturelle Rückkopplungsschleife aufbrechen. Ist sie erst einmal durchbrochen, werden Teile der Kultur nicht mehr an die neue Generation weitergegeben: Sie fallen aus dem ›Menschen-Baukasten‹ heraus.

In diesem Sinn haben wir die Extelligenz nicht unter Kontrolle. Sie hat sich daraus gelöst, als sie sich selbst zu reproduzieren begann: Extelligenz, die dazu benutzt wurde, (Teile von) Extelligenz zu kopieren.

Der entscheidende Schritt war die Erfindung des Buchdrucks. Vor der Schriftsprache wurde Extelligenz mündlich weitergegeben. Sie lebte noch im Geist von

---

* Wie Hamburger ein Beweis, daß man auch an toten Tieren noch Grausamkeiten verüben kann; statt aus Rind- aus Schweinefleisch (oder aus Porkburg?). – *Anm. d. Übers.*

Menschen: Es war das, was die weisen Männer und Frauen des Dorfes, die alten Leute, wußten. Und solange die Extelligenz im Gedächtnis von Menschen wohnte, konnte sie nicht wachsen, da ein Mensch nur eine bestimmte Menge im Gedächtnis behalten kann. Als man Dinge aufschreiben konnte, dehnte sich die Extelligenz ein wenig aus, doch auch die Menge dessen, was man von Hand niederschreiben kann, ist begrenzt. Und es kann sich nicht sehr weit ausbreiten. Daher erhält man meistens Dinge wie die ägyptischen Monumente – die Geschichte eines bestimmten Herrschers, seine größten Schlachten, Auszüge aus dem Buch der Toten...

Eine andere wichtige, aber sichtlich alltägliche Funktion der Schrift in der menschlichen Gesellschaft sind Steuern, Rechnungen, Besitzstände. Sie klingen langweilig im Vergleich zur Liste der Schlachten, aber eine wachsende Gesellschaft braucht etwas Besseres als das Gedächtnis eines alten Mannes, um festzuhalten, ›wem was gehört‹ und ›wer wieviel bezahlt hat‹. Die Liste war eine große Erfindung.

Mit dem Buchdruck kam die Möglichkeit, Information viel weiter und in Massen zu verbreiten. Wenige Jahre nachdem sich der Buchdruck in Europa etabliert hatte, gab es fünfzig Millionen Bücher, also mehr Bücher als Menschen. Drucken war damals ein sehr langsamer Vorgang, aber es gab eine Menge Druckerpressen, und man konnte alles verkaufen, was man druckte, also gab es eine Menge Anreize für das Gedeihen des Buchdrucks. Und dann setzte die Komplizität erst richtig ein, denn was auf einem Stück Papier steht, kann zurückkommen und einen in die Wade beißen. Die Herrscher brachten zum Schutz ihrer eigenen Position verfassungsmäßige Rechte und Pflichten zu Papier: Wenn erst einmal auf dem Papier steht, daß der König bestimmte Rechte und Pflichten hat, kann man später darauf zurückkommen und es als Argument verwenden.

Was die Könige zunächst aber nicht erkannten, war die Tatsache, daß sie mit der Niederschrift ihrer Rechte und Pflichten implizit ihren eigenen Handlungsspielraum einschränkten. *Die Bürger konnten ebenfalls lesen, was geschrieben stand.* Sie konnten feststellen, wenn ihr König sich plötzlich Rechte oder Pflichten zuschrieb, die *nicht* auf dem Papier standen. Die ganze Wirkung der Gesetze auf die menschliche Gesellschaft änderte sich, als man die Gesetze niederschreiben und jeder, der zu lesen vermochte, sehen konnte, was Gesetz war. Das bedeutete natürlich nicht, daß sich die Könige immer ans Gesetz *hielten*, doch es bedeutete, daß jeder davon wußte, wenn sie sich nicht daran hielten. Das hatte große Auswirkungen auf die Struktur der menschlichen Gesellschaft. Ein untergeordneter Aspekt davon ist, daß wir immer nervös zu werden scheinen, wenn jemand etwas niederschreibt...

An diesem Punkt begannen Extelligenz und Intelligenz komplizit zu wechselwirken. Sobald eine Wechselwirkung komplizit wird, kann kein Individuum sie steuern. Man kann Dinge in die Extelligenz hinausschicken, doch man kann nicht vorhersagen, welchen Einfluß sie haben werden. Was draußen ist, wächst auf eine Weise, in der Menschen als *Mittler* wirken können, aber die Buchdrucker beispielsweise druckten die Bücher größtenteils unabhängig vom Inhalt. Anfänglich verkaufte sich *alles* Gedruckte.

Alle Worte hatten Macht. Geschriebene Worte jedoch hatten viel mehr Macht. So ist es noch immer.

Bisher haben wir von der Extelligenz gesprochen, als sei sie ein einziges, einheitliches äußeres Ding. In gewissem Sinn ist sie das, wirklich wichtig aber sind die Schnittstellen zwischen der Extelligenz und dem einzelnen. Dies ist eine sehr persönliche Rückkopplungsschleife: Wir begegnen Teilen der Extelligenz, die von *unseren* Eltern ausgewählt wurden, von den Büchern, die *wir* lesen, von *unseren* Lehrern und so weiter. So funktioniert der Menschen-Baukasten, darum haben wir kulturelle Vielfalt. Wenn wir alle auf dieselbe Menge von Extelligenz auf genau dieselbe Art reagieren würden, wären wir alle gleich. Das ganze System würde plötzlich zu einer Art Monokultur, statt multikulturell zu sein.

Die menschliche Extelligenz macht gegenwärtig eine Phase außerordentlich starker Expansion durch. Viel mehr wird *möglich*. Die Schnittstellen, die man zur Extelligenz hatte, waren immer sehr berechenbar: Eltern, Lehrer, Verwandte, Freunde, das Dorf, der Stamm. Dies ermöglichte es, daß Zusammenballungen bestimmter Arten von Subkulturen gedeihen konnten, und zwar in gewissem Grad unabhängig von den anderen Subkulturen, weil man nie von ihnen *hörte*. Ihre Weltsicht wurde immer gefiltert, ehe sie zu einem gelangte. In *Die Auserwählte* beschreibt Iain Banks eine seltsame schottische religiöse Sekte und Kinder, die in dieser Sekte aufwachsen. Obwohl manche Mitglieder der Sekte in Wechselwirkung mit der Außenwelt stehen, sind die einzigen *wichtigen* Einflüsse auf sie die Vorgänge innerhalb der Sekte. Sogar am Ende der Geschichte hat die Heldin, die in die Außenwelt gegangen und auf verschiedenste Weise mit ihr in Wechselwirkung getreten ist, einen und nur einen Gedanken im Kopf – Führerin der Sekte zu werden und weiterhin die Ansichten der Sekte zu verbreiten. Dieses Verhalten ist typisch für menschliche Zusammenballungen – bis die Extelligenz dazwischenkommt.

Die heutige Extelligenz hat keine einheitliche Weltanschauung wie eine Sekte. Sie hat eigentlich überhaupt keine Weltanschauung. Die Extelligenz ist im Begriff,

›multiplex‹ zu werden – ein Konzept, das der Science Fiction-Autor Samuel R. Delany in *Imperiums-Stern* eingeführt hat. Simplex-Geister haben eine einzige Weltanschauung und wissen genau, was alle tun sollten. Komplexe Geister akzeptieren die Existenz verschiedener Weltanschauungen. Multiplexe fragen sich, wozu eine Weltanschauung in einer Welt widerstreitender Paradigmen überhaupt gut ist, finden aber einen Weg, trotzdem zu agieren.

Jeder, der es nur will, kann ins Internet gehen und eine Webseite über UFOs einrichten, die jedem, der zu dieser Seite gelangt, sagt, daß UFOs existieren – sie sind im Weltraum, sie kommen auf die Erde, sie entführen Menschen, sie stehlen ihre Babys... Das alles tun sie, und es steht unumstößlich fest, *weil es im Internet ist*.

Ein prominenter Astronom führte ein öffentliches Gespräch über andere Planeten und die Möglichkeit von Außerirdischen. Er legte den wissenschaftlichen Standpunkt dar, irgendwo in der Galaxis *könnten* intelligente Außerirdische existieren. Da meldete sich jemand aus dem Publikum und sagte: »Wir *wissen*, daß es sie gibt: Sie stehen überall im Internet.«

Andererseits kann man zu einer anderen Internet-Seite gehen und eine völlig andere Ansicht finden. Im Internet ist die gesamte Vielfalt von Ansichten vertreten oder kann zumindest vertreten sein. Es ist ziemlich demokratisch; die Ansichten der Dummen und Leichtgläubigen haben ebensolches Gewicht wie die Ansichten der Leute, die lesen können, ohne die Lippen zu bewegen. Wenn Sie glauben, der Völkermord an den Juden habe sich in Wirklichkeit gar nicht zugetragen, und wenn Sie laut genug schreien und eine gute Webseite entwerfen können, dann können sie sich dort mit Leuten beharken, die der Meinung sind, die geschriebene Geschichte sollte irgendwie mit den Tatsachen zusammenhängen.

Wir müssen mit der Multiplexität zurechtkommen. Wir ringen gerade jetzt mit dem Problem: Darum ist die Weltpolitik plötzlich viel komplizierter als bisher geworden. Antworten sind rar, doch eins scheint klar zu sein: Mit starrem kulturellen Fundamentalismus kommen wir nicht weiter.

EINUNDVIERZIG

Das Heulen geht weiter

Die Extelligenz erblühte schneller, als HEX zusätzlichen Raum schaffen konnte, damit sie zu verstehen war. Sie erreichte die Meere, dehnte sich über die Kontinente hinweg aus, verließ die Oberfläche der Welt, wob Gespinste am Himmel, erreichte den Mond... und zog noch weiter, während die Intelligenz nach Dingen suchte, bei denen sie intelligent sein konnte.

Die Extelligenz lernte. Unter anderem lernte sie zu fürchten.

Der Forschungstrakt für hochenergetische Magie füllte sich wieder, als die Zauberer vom Mittagessen zurückkehrten. Manche von ihnen schwankten.

»Ah, Rincewind«, sagte der Erzkanzler. »Wir suchen nach einem Freiwilligen, der zum Squashplatz geht und dort den Reaktor ausschaltet, und wir haben dich gefunden. Bravo.«

»Ist es gefährlich?« fragte Rincewind.

»Kommt darauf an, was du unter gefährlich verstehst«, erwiderte Ridcully.

»Äh... etwas, das mit ziemlicher Sicherheit Schmerzen verursacht und zum Atemstillstand führen könnte«, sagte Rincewind. »Eine hohe Wahrscheinlichkeit für Agonie, möglicherweise ein Mangel an Armen und Beinen sowie die Tendenz des Herzens, nicht mehr zu schlagen...«

Ridcully und Ponder steckten die Köpfe zusammen. Rincewind hörte, wie sie miteinander flüsterten. Schließlich drehte sich der Erzkanzler zu ihm um und strahlte.

»Wir haben eine neue Definition beschlossen«, sagte er. »Sie lautet: ›Es ist nicht so gefährlich wie viele andere Dinge.‹ Entschuldige bitte…« Er beugte sich zur Seite, und Ponder raunte ihm etwas ins Ohr. »Ich berichtige: ›Es ist nicht so gefährlich wie *manche* andere Dinge.‹ Na bitte. Damit dürfte alles klar sein, oder?«

»Nun, *ja*, meinst du… nicht so gefährlich wie die meisten gefährlichen Dinge im Universum?«

»Ja, genau. Und dazu gehört auch deine eventuelle Weigerung, als Freiwilliger zu gehen, Rincewind.« Der Erzkanzler trat zum Omniskop. »Oh, eine weitere Eiszeit«, sagte er. »*Welche* Überraschung.«

Rincewind sah den Bibliothekar an, der mit den Schultern zuckte. Auf der runden Welt konnten höchstens einige zehntausend Jahre vergangen sein. Die Affen wußten vermutlich gar nicht, was sie zermalmte.

HEX' Schreibmechanismus rasselte recht lange. Ponder griff nach dem Ausschrieb.

»Äh… Erzkanzler? HEX hat hochentwickelte Intelligenz auf dem Planeten gefunden.«

»Intelligentes Leben? Dort unten! Aber die Welt ist doch wieder ein Schneeball!«

»Äh… kein Leben, Herr. Nicht im eigentlichen Sinn.«

»He, was ist das denn?« fragte der Dekan.

Ein Ring umgab die Welt, dünn wie ein Faden. In regelmäßigen Abständen wies er Verdickungen auf, wie Perlen, und *von ihnen* gingen weitere dünne Linien aus, reichten bis auf die Oberfläche der Welt hinab.

Die Zauberer beschlossen, sich die Sache aus der Nähe anzusehen.

Wind heulte über die Tundra. Das Eis war nur wenige hundert Meilen entfernt, selbst hier am Äquator.

Die Zauberer schwiegen und sahen sich um.

»Was in aller Welt ist hier passiert?« fragte Ridcully schließlich.

Die Landschaft präsentierte ein Durcheinander aus Rissen und Gruben. Straßen waren dort sichtbar, wo sie sich durch den Schnee nach oben bogen, und die Ruinen von Gebäuden ragten wie Gerippe auf. Etwas, das aussah wie eine ausgezehrte Version des vom Dozent für neue Runen vorgeschlagenen riesigen Schalentiers, beanspruchte die Hälfte des Horizonts. Unten durchmaß es mehrere Meilen, und oben verschwand es in den Wolken.

»Ist einer von euch dafür verantwortlich?« fragte Ridcully argwöhnisch.

»Oh, ich *bitte* dich«, erwiderte der Dekan. »Wir wissen nicht einmal, was das ist.«

Jenseits des Gewirrs aus geborstenen Straßen wehte der Wind Schnee über tiefe Gräben, die wie Wunden im Boden aussahen. Alles wirkte trostlos.

Ponder deutete zur riesigen Pyramide.

»Was auch immer wir suchen«, sagte er. »Es befindet sich dort drinnen.«

Als erstes fiel den Zauberern ein trauriges Heulen auf, das anschwoll, nach einigen Sekunden verklang und dann erneut ertönte. Es schien das ganze Gebäude zu füllen.

Die Zauberer gingen weiter, und gelegentlich ließen sie sich von HEX zu einem neuen Ort versetzen. Was sie sahen, schien kaum einen Sinn zu ergeben. Das Innere des Gebäudes bestand zum größten Teil aus Straßen, Verladestellen und gewaltigen Säulen. Es knarrte wie eine alte Galeone, und weit oben entstanden stöhnende Echos. Ab und zu bebte der Boden.

In der Mitte waren ganz offensichtlich wichtige Dinge passiert. Röhren reichten Dutzende von Metern weit nach oben. Die Zauberer erkannten Kräne und bemerkten andere, ihnen vollkommen rätselhafte Apparate. Kabel so dick wie ein Haus verschwanden weit oben in der Dunkelheit.

Überall glitzerte Rauhreif.

Und das auf- und abschwellende Heulen ging weiter.

Rote Worte blitzten in der Luft.

»A-L-A-A-M«, buchstabierte der Dekan. »Was das wohl bedeuten mag? Die Erbauer dieses Gebäudes – wer auch immer sie waren – scheinen Magie erfunden zu haben. Es ist ziemlich schwer, Buchstaben auf eine solche Weise blinken zu lassen.«

Ponder verschwand und kehrte kurz darauf zurück.

»HEX meint, dies sei eine Art Speiseaufzug«, sagte er. »Äh... ihr wißt schon... um Dinge nach oben zu befördern.«

»Wohin nach oben?« fragte Ridcully.

»Äh... zum Ring, der die Welt umgibt. HEX hat mit der dortigen Intelligenz gesprochen. Dabei handelt es sich um eine andere Art von HEX, und sie ist fast tot.«

»Wie schade«, sagte Ridcully. Er schniefte. »Wohin sind alle verschwunden?«

»Äh... die Leute konstruierten große... Metallkugeln, um darin zu leben. Ich weiß, daß es dumm klingt, Herr. Aber sie sind fort. Wegen des Eises. Und es gab auch einen Kometen. Er war nicht sehr groß, jagte den Leuten aber einen ordentlichen Schrecken ein. Sie bauten die... Bohnenstengeldinge, und dann gewannen sie Metall aus... fliegenden Felsen, und dann... brachen sie auf.«

»Wohin wollten sie?«

»Die... Intelligenz weiß es nicht mehr. Sie hat viel vergessen.«

»Oh, ich *verstehe*«, sagte der Dekan, der versucht hatte, dem Gespräch zu folgen. »Alle sind an einem großen Bohnenstengel emporgeklettert?«

»Äh... in gewisser Weise, Dekan«, antwortete Ponder diplomatisch. »So könnte man es nennen.«

»Die Leute haben hier für ein ziemliches Chaos gesorgt, bevor sie gingen«, sagte Ridcully.

Rincewind hatte beobachtet, wie eine Ratte im Schutt verschwand. Die Worte des Erzkanzlers sanken in sein Bewußtsein und explodierten.

»Chaos?« knurrte er. »Sie sollen Chaos geschaffen haben?«

»Wie bitte?« erwiderte Ridcully.

»Hast du den Wetterbericht für diese Welt gesehen?« Rincewind gestikulierte ausladend. »Zwei Meilen Eis, gefolgt von einem leichten Felsenschauer und während der nächsten Jahrtausende streckenweise erstickender Nebel? Es wird zu starkem Vulkanismus kommen, und dabei fließt sicher genug Lava, um einen kleinen Kontinent zu formen. Es folgt eine Phase, während der viele neue Gebirge entstehen. Und das alles ist *normal*.«

»Nun, ja …«

»Oh, *natürlich*, es gibt auch friedliche Perioden. Alles beruhigt sich, und dann … Wamm!«

»Reg dich nicht so auf …«

»Ich *kenne* diese Welt!« fuhr Rincewind fort. »Ich weiß, wie sie *funktioniert*! Und jetzt sag mir bitte: Wie kann etwas, das hier lebt, auf dieser Welt *Chaos* schaffen? Ich meine, im Vergleich mit dem, was hier als normal gilt.« Er legte eine kurze Pause ein und schnappte nach Luft. »Ich meine, versteh mich nicht falsch, wenn man den richtigen Zeitpunkt wählt, ist es eine großartige Welt für einen Urlaub, zehntausend Jahre, vielleicht auch einige Millionen, wenn man Glück mit dem Wetter hat, aber für etwas Langfristiges kommt dieser Planet gewiß nicht in Frage. Er eignet sich gut, um aufzuwachen, doch wer vernünftig ist, will bestimmt nicht auf ihm *leben*. Wenn ihn irgendwelche Leute verlassen haben, so wünsche ich ihnen viel Glück.«

Mit dem Zeigefinger deutete er auf die Ratte, die sie mißtrauisch beobachtete. Erneut bebte der Boden.

»Siehst du sie?« fragte Rincewind. »Wir *wissen*, was

geschehen wird. In einer Million Jahren oder so sagen seine Nachkommen: Potzblitz, da hat die Große Ratte eine tolle Welt für uns geschaffen. Oder die Quallen kommen an die Reihe. Oder irgendwelche anderen Geschöpfe im Meer, von denen wir noch gar nichts wissen! Hier gibt es keine *Zukunft*! Nein, das ist falsch ausgedrückt… Ich meine, es gibt natürlich eine Zukunft, aber sie gehört immer jemand anders. Wißt ihr, woraus hier Kreide besteht? Aus toten Tieren! Das *Felsgestein* besteht aus toten Geschöpfen! Nun, es gab da eine Spezies…«

Rincewind war zwar richtig in Fahrt gekommen, aber es gelang ihm trotzdem, sich rechtzeitig zu unterbrechen. Er hielt es für keine gute Idee, von den Affen zu erzählen. In dieser Hinsicht regten sich verschwommene Schuldgefühle in ihm.

»Es gab da gewisse Wesen«, sagte er, »und sie hausten in Kalksteinhöhlen. Kalkstein geht auf die alten Kleckse zurück; ich habe beobachtet, wie er entstand, wie Schnee im Wasser… Und diese Wesen wohnten in den Knochen ihrer Vorfahren! Ist das zu fassen? Die runde Welt, sie… sie gleicht einem Kaleidoskop. Man zerbricht es, wartet einige Sekunden lang und sieht dann ein hübsches Muster. Und noch eins. Und noch eins…« Rincewind ließ die Schultern hängen. »Könnte ich bitte ein Glas Wasser haben?«

»Das war ein sehr… interessanter Vortrag«, sagte Ponder.

»Es ist zumindest ein Standpunkt«, kommentierte Ridcully.

Die anderen Zauberer hatten inzwischen das Interesse verloren. Das war immer der Fall, wenn ein Vortrag nicht von ihnen selbst stammte.

»Und soll ich dir noch etwas sagen?« fügte Rincewind etwas ruhiger hinzu. »Diese Welt ist ein Amboß. Alles wird geschmiedet. Jedes existierende Lebewesen ist ein Nachkomme von etwas, das alle Katastrophen überlebt hat. Ich hoffe nur, daß sie nie in Zorn geraten…«

Der Oberste Hirte und der Dekan hatten sich einem großen gelben Zylinder genähert. An der einen Seite bildeten große schwarze Buchstaben das Wort ›MAETNANS‹.

»He, Jungs!« rief der Dekan. »Hier drin *spricht* etwas…«

Das Innere des Zylinders erinnerte die Zauberer an einen Leuchtturm. Eine Wendeltreppe führte nach oben, und an den Wänden zeigten sich formangepaßte Schränke. Lichter glühten matt, bildeten ganze Konstellationen. Die Konstrukteure dieses Dings hatten sich zweifellos mit Magie ausgekannt.

Das A-L-A-A-M-Wort blinkte noch immer in der Luft.

»Ich wünschte, das verdammte Dinge würde endlich aufhören«, sagte der Oberste Hirte.

Das Licht verschwand. Das Heulen verklang.

»Vermutlich haben die Fremden Dämonen erfunden«, sagte der Oberste Hirte von oben herab.

Eine freundliche Frauenstimme verkündete: »Lift instabil.«

»Oh, *Magie*«, meinte Ridcully. »Nun, wir wissen, wie man mit Magie umgeht. Wir möchten mit dem magischen Behälter nach oben fahren, bitte.«

»Möchten wir das?« fragte Ponder.

»Alles ist besser, als an diesem traurigen Ort zu bleiben«, erwiderte Ridcully. »Und es dürfte ein interessantes Erlebnis sein. Wir werfen einen letzten Blick auf die Welt… Und damit hat sich's.«

»Instabilität wächst«, sagte die Stimme. Sie klang nicht besorgt.

»Was hat das zu bedeuten?« fragte der Dekan. »Gibt es dort oben vielleicht einen Ort namens Instabilitätwächst?«

»Vielleicht, vielleicht«, sagte Ridcully. »Laßt uns jetzt einsteigen.«

Die Lichtmuster bewegten sich. »Notfallpriorität«, sagte die Stimme so, als sei sie inzwischen ein wenig nachdenklich geworden.

Die Tür glitt zu. Der Zylinder ruckte. Kurze Zeit später ertönte angenehme Musik, und einige Minuten lang ging sie niemandem auf die Nerven.

Die Ratte beobachtete, wie das Ding an den Kabeln in der Mitte der Pyramide emporglitt.

Der Boden bebte erneut.

Langsam löste sich das die Welt umgebende Gespinst auf.

Gletscher übten zunehmenden Druck an den Verankerungen einiger Kabel aus, aber auch anderenorts gab es Instabilität. Seit einigen Wochen griff sie immer mehr um sich und verwandelte kleine Bewegungen in große.

Langsam löste sich ein Kabel von der Pyramide und glühte rot, als es durch die Atmosphäre raste und über den Himmel peitschte.

Jenseits der Wölbung des Planeten tanzten und stöhnten weitere Kabel…

Als das Ende schließlich kam, dauerte es nur einen Tag. Die Leitungen falteten sich ums Zentrum der Welt, zuckten weißglühend über Hunderte von Meilen hinweg. Weit oben zerriß die Kette. Manche Bruchstücke trieben fort. Andere neigten sich der Welt entgegen und prallten Stunden später auf die Oberfläche.

Am Äquator brannte eine Zeitlang ein Ring aus Feuer.

Dann kehrte die Kälte zurück.

Wie die Zauberer meinten: In hundert Millionen Jahren spielte es überhaupt keine Rolle mehr. Der Unterschied betraf das Morgen.

Im verlassenen Forschungstrakt für hochenergetische Magie drehte HEX das Omniskop fort vom Planeten und richtete den Fokus auf Spuren des seltsamen neuen Lebens.

Er entdeckte Kometenkerne, verbunden mit Tausende von Meilen langen Kabeln. Es gab Dutzende dieser Züge, viele Millionen Meilen von der im Frost erstarrten Welt entfernt – mit wachsender Geschwindigkeit verschwanden sie in den Tiefen des Raums.

Lichter funkelten auf ihren Oberflächen. Die Extelligenz im Innern schien voller Hoffnung zu reisen.

Ein gelber Zylinder schwebte in der Dunkelheit und drehte sich langsam.

Er war leer.

Zweiundvierzig

Wie man seinen Planeten verlassen kann

Rincewinds leidenschaftliche Rede hat etwas für sich. Wenn Sie meinen, er übertreibe, und die Erde sei in Wahrheit ein idyllischer Ort zum Leben, dann sollten Sie daran denken, daß er wesentlich länger als wir auf unserem Planeten lebte und eine Menge sah, was uns entgangen ist, denn wir nehmen die Welt in einem viel kürzeren zeitlichen Maßstab wahr, als es die Zauberer getan haben. Wir halten den Planeten für einen großartigen Ort. Wir sind hier aufgewachsen. Wir sind für ihn geschaffen, und für *uns* ist er genau richtig... momentan.

Sagen Sie das mal den Dinosauriern.

Eben, können Sie nicht. Das ist der springende Punkt.

Wir schlagen nicht vor, Sie sollten alles verkaufen und anfangen, ein Rettungsboot zu bauen. Doch selbst der Kongreß der Vereinigten Staaten fragt sich allmählich, wie sicher unser Planet eigentlich wirklich ist, und Politiker sind eigentlich nicht dafür bekannt, weit in die Zukunft zu schauen. Der Anblick, wie Shoemaker-Levy 9 im Jupiter einschlug, hat bei den Politikern ein paar hochgezogene Augenbrauen bewirkt. Zögernde Pläne sind im Entstehen, ein Verteidigungssystem gegen auf uns zukommende Kometen und Planetoiden zu schaffen. Der Knackpunkt ist die rechtzeitige Entdeckung. Wenn man sie früh genug findet, kann ein bescheidenes Raketentriebwerk unseren Planeten retten.

Es ist in vielerlei Hinsicht erstaunlich, daß das Leben auf der Erde alles überstanden hat, womit das Weltall es bisher bombardierte. Die Evolution läuft in großem Zeitmaßstab ab – weniger als hundert Millionen Jahre fallen kaum ins Gewicht. Das Leben ist äußerst widerstandsfähig, doch einzelne Arten sind es nicht. Sie bestehen ein paar Millionen Jahre lang, dann sind sie überholt. Das Leben besteht, indem es sich verändert – indem es eine Folge von ersten Kapiteln ist. Doch als Menschen sähen wir es gern, wenn unsere eigene Geschichte mindestens ein zehnteiliger Fernsehschlager wäre.

Eines kann uns ein wenig zum Trost gereichen. Obwohl wir uns momentan nicht genug um hereinbrechende Katastrophen von Dort Oben kümmern, machen wir uns genug Sorgen um selbstgemachte Katastrophen Hier Unten: Kernwaffenkriege, biologische Kriegführung, die globale Erwärmung, Umweltverschmutzung, Überbevölkerung, Zerstörung von Lebensräumen, Abbrennen von Regenwäldern und so weiter. Es besteht jedoch keine Gefahr, daß menschliche Tätigkeit *den Planeten* auslöschen könnte. Gemessen an dem, was die Natur schon getan hat und *wieder tun wird*, ist unsere Tätigkeit kaum auszumachen. Ein großer Meteorit setzt mehr Explosionskraft frei als sämtliche Kriege der Menschen zusammengenommen, einschließlich einen hypothetischen Dritten Weltkriegs. Eine Eiszeit ändert das Klima stärker als der Kohlendioxidausstoß von den Automobilen einer ganzen Zivilisation. Und was etwas in der Art des Dekkan-Trapps betrifft… Sie sollten nicht erfahren wollen, wie widerwärtig die Atmosphäre werden kann.

Nein, wir können die Erde nicht vernichten. *Uns selbst* schon.

Es würde niemanden kümmern. Die Schaben und die Ratten kämen wieder, und im allerschlimmsten Fall werden die Bakterien kilometertief unter der Erdoberfläche damit beginnen, ein neues Eröffnungskapitel im Buch des Lebens zu schreiben. Jemand anders wird es lesen.

Wenn wir wirklich den Namen *Homo sapiens* verdienen, können wir mindestens zwei Dinge tun, um unsere Chancen zu verbessern. Erstens können wir lernen, die Auswirkungen unseres Tuns auf die Umwelt zu steuern. Die Tatsache, daß die Natur gelegentlich zuschlägt, gibt uns keine Rechtfertigung, es ihr gleichzutun. *Wir* haben die Ethik erfunden. Unsere Umwelt wird von verschiedenen Kräften so hart mitgenommen, daß die Menschheit nicht noch zusätzlich Sand ins Getriebe zu streuen braucht. Ganz egoistisch gesehen könnten wir vielleicht etwas Zeit gewinnen.

Wir könnten diese Zeit nutzen, nicht alles auf eine Karte zu setzen.

Einer der großen Träume der Menschheit ist es seit langem, andere Welten zu besuchen. Allmählich sieht es danach aus, als könnte das eine sehr gute Idee sein – nicht nur zum Spaß oder Gewinn, sondern zum Überleben.

Wir sollten jetzt lieber sagen, daß nichts von alledem Science Fiction ist. Oder besser gesagt, ja, es ist Science Fiction, genau das, was Science Fiction ausmacht, denn ein paar von den besten Science Fiction-Autoren (deren Sachen sieht man nicht im Fernsehen) behandeln es seit vielen Jahrzehnten. Doch das heißt nicht, daß es nicht *wirklich* wäre. Eiszeiten kommen vor. Große, große Felsbrocken kommen heulend vom Himmel, und es genügt längst nicht, daß Bruce Willis die Space Shuttle fliegt, als wäre es der Millennium Falcon, um sie aufzuhalten.

Unser Drang, das Universum zu erforschen, ist vielleicht nur ein weiterer Fall von äffischer Neugier, doch es scheint einen tiefen Impuls zu geben, der uns antreibt, neue Länder für unsere Karten und neue Welten zum Erobern zu finden. Vielleicht ist es ein eingebauter Drang, sich zu verteilen – ein Leopard kann nicht *alle* fressen, wenn sie sich verteilen.

Es ist ein Drang, der uns in jeden Winkel unseres eigenen Planeten getrieben hat, von den Eisschollen der Arktis bis zu den Wüsten von Namibia, von den Tiefen des Marianengrabens bis zum Gipfel des Mount Everest. Viele von uns neigen zu Rincewinds Ansicht von einem bequemen Leben, und viele bleiben lieber zu Hause, doch ein paar sind zu rastlos, um lange am selben Ort glücklich zu sein. Die Kombination besitzt große Kraft und hat aus unserer Art etwas sehr Ungewöhnliches geformt, mit kollektiven Fähigkeiten, die das Verständnis jedes einzelnen übersteigen. Wir machen vielleicht nicht immer *klugen* Gebrauch von dieser Kombination, doch ohne sie wären wir etliche Nummern kleiner.

Sogar ein Traum kann Wunder wirken. Als Kolumbus Amerika (wieder)entdeckte und Europa feststellte, daß es existierte, suchte er einen Weg nach Indien. Er war zu der Überzeugung gelangt – aufgrund von Überlegungen, die die meisten Gelehrten seinerzeit für falsch hielten –, die Erde sei ein gutes Stück kleiner, als allgemein angenommen. Er rechnete aus, daß eine relativ kurze Fahrt nach Westen von Afrika aus nach Japan und Indien führen würde. Die Gelehrten hatten recht, und Kolumbus hatte unrecht – doch es ist Kolumbus, an den wir uns erinnern, weil er die Welt kleiner gemacht hat. Er hatte den Mut, auf ein leeres Meer zu segeln, gestützt nur auf den Glauben, da gebe es etwas Wichtiges auf der anderen Seite.

Wir können wenigstens *sehen*, wohin wir reisen sollten. Kolumbus mußte sich auf eine Ahnung verlassen.

Apollo 11 war die erste praktikable Methode, die Erdanziehung völlig zu verlassen. Damit meinen wir nicht, die Gravitationskraft der Erde werde gleich Null, wenn man sich weit genug entfernt, was ein verbreiteter Irrtum ist: Wir meinen, wenn man schnell genug fliegt, kann einen die Erdanziehung nie wieder herunterziehen. Die Himmelsmechanik operiert im Phasenraum von Entfernung *und* Geschwindigkeit, zu dessen ›Landschaft‹ Geschwindigkeiten ebenso wie Längen gehören. Erst als wir genug von Gravitation und Dynamik verstanden, um diesen Punkt einschätzen zu können, hatten wir eine Chance, Technik wie Apollo in Gang zu bringen.

Das erkennt man deutlich an früheren Vorschlägen, die – auf eine bodenständige Weise – einfallsreich waren, aber phantastisch und nicht praktikabel, zumindest auf der Rundwelt. 1648 führte Bischof John Wilkins vier mögliche Arten auf, wie man seinen Planeten verlassen kann: sich der Hilfe von Geistern oder Engeln zu versichern, sich von Vögeln emportragen zu lassen, Flügel an seinem Körper zu befestigen oder einen fliegenden Wagen zu bauen. Wenn wir großzügig sein wollten, könnten wir die beiden letzteren als Flugzeug und Rakete deuten, doch Wilkins wußte offensichtlich nicht, daß sich die Erdatmosphäre nicht bis zum Mond erstreckt. Ein Stich aus dem 16. Jahrhundert von Hans Schäuffelein zeigt Alexander den Großen, wie er von zwei Greifen emporgetragen wird – keine besondere Verbesserung. Bernard Zamagna kam auf ein fliegendes Boot, und andere schlugen die Verwendung von Ballons vor.

Jedes Jahrhundert stellte Phantasien über Technik an, die bereits existierte. In Jules Vernes *Von der Erde zum Mond* aus dem Jahr 1865 wurde die Reise durch Abfeuern einer Raumkapsel aus einer riesigen Kanone in Florida bewerkstelligt; 1870 folgte die Fortsetzung *Reise um den Mond*. Mit Florida hatte es Verne getroffen – er wußte, daß die Erdrotation eine Zentrifugalkraft erzeugt, die es der Kapsel leichter macht, den Planeten zu verlassen, und daß diese Kraft am Äquator am größten ist. Da die Helden seines Romans Amerikaner sind, war Florida die wahrscheinlichste Lösung. Als die NASA mit dem Start von Raketen begann, kam sie zum selben Schluß, und das Raumfahrtzentrum bei Cape Canaveral entstand.

Große Kanonen haben Nachteile, etwa die Neigung, infolge der großen Beschleunigung Passagiere am Boden plattzudrücken, doch die moderne Technik erlaubt es, dies zu verhindern, indem die Beschleunigung allmählich ausgeübt wird. Raketen sind aus technischer Sicht praktischer. 1926 erfand Robert Goddard die Flüssigkeitsrakete. Die erste stieg zur schwindelerregenden Höhe von einem Dutzend Metern auf. Die Raketen haben es seither weit gebracht, Menschen zum Mond und Instrumente an den Rand des Sonnensystems befördert. Und es sind viel bessere Raketen. Trotzdem hat es etwas… *Unelegantes*, den Planeten auf einem riesigen Wegwerf-Feuerwerk zu verlassen.

Bis vor kurzem galt es allgemein als unzweifelhaft, daß die zum Flug in den Weltraum benötigte Energie im Flugkörper mitgeführt werden muß. Wir haben aber schon die Anfänge einer Art, die Erde zu verlassen, bei der die Energiequelle fest am Boden bleibt. Dies ist der Laserantrieb, bei dem ein mächtiger Strom kohärenten Lichts auf einen festen Körper gerichtet wird und ihn buchstäblich vorantreibt. Es erfordert eine Menge Energie, aber in der High Energy Laser System Test Facility (Testeinrichtung für Hochenergie-Lasersysteme) in White Sands sind schon von Leik Myrabo erfundene Prototypen getestet worden. Im November 1997 erreichte ein kleines Projektil die Höhe von 15 m in 5,5 Sekunden, bis zum Dezember war das auf 20 m in 4,9 Sekunden verbessert worden. Das klingt vielleicht nicht beeindruckend, aber vergleichen Sie es mit Goddards erster Rakete. Zu der Methode gehört, daß das Projektil mit 6000 Umdrehungen pro Minute rotiert, um Kreiselstabilität zu gewinnen. Dann werden zwanzig Laserimpulse pro Sekunde auf einen besonders geformten

Hohlraum gerichtet, die die Luft unter dem Flugkörper erhitzen und eine Druckwelle von Tausenden von Atmosphären mit Temperaturen bis zu 30000 Kelvin erzeugen – und die treibt das Projektil voran. In größeren Höhen wird die Luft sehr dünn, und ein Flugkörper dieser Art würde einen Treibstoffvorrat an Bord brauchen. Der Treibstoff würde in den Hohlraum gepumpt, wo ihn der Laser verdampft. Ein Megawatt-Laser könnte einen Flugkörper von 1 kg in eine Erdumlaufbahn bringen.

Es ist auch eine sehr mächtige Waffe...

Eine andere Möglichkeit ist Energiestrahlung. Es ist möglich, elektromagnetische Energie in Form von Mikrowellen vom Boden her ›auszustrahlen‹. Das ist nicht bloß Phantasie: 1975 haben Dick Dickinson und William Brown 30 Kilowatt Energie – das reicht für dreißig Elektroöfen – über eine Entfernung von einer Meile gestrahlt. James Benford und Myrabo haben vorgeschlagen, ein Raumfahrzeug zu starten, indem man Mikrowellen im Millimeterbereich verwendet, die von der Atmosphäre nicht abgeschwächt werden. Das ist eine Variation der Lasermethode und würde dieselbe Art Projektil verwenden.

Beide Methoden erfordern eine Menge Ausgangsenergie und zeigen Spuren der technischen Grundannahme, daß man zum Flug in den Weltraum eine Menge Energie benötigt, um die Erdanziehung zu überwinden. Sie haben den Vorteil, daß sich die Quelle der Ausgangsenergie einfach auf dem Planeten befindet; das Tausend-Megawatt-Elektrizitätswerk, das der Laserantrieb benötigen würde, könnte fürs allgemeine Netz arbeiten, wenn gerade kein Start stattfindet.

Eine raffiniertere Methode, die erstmals in den fünfziger Jahren vorgeschlagen wurde, sind die Bolas. Herkömmliche Bolas sind ein Jagdgerät, bei dem drei Gewichte an Schnüre geknüpft werden und die anderen

Enden der Schnüre zusammengebunden werden. Wenn sie geworfen werden, drehen sie sich umeinander, so daß die Gewichte auseinanderstreben, bis sie das Ziel treffen; dann kreisen die Gewichte spiralförmig nach innen und treffen mit tödlichem Schlag auf. Dieselbe Art von Gerät könnte in eine vertikale Ebene überm Äquator gebracht werden, so etwas wie ein gigantisches Riesenrad mit nur drei Speichen. An den Enden der Speichen befänden sich druckisolierte Kabinen. Der tiefste Punkt, den die Bolas bei ihrem Umlauf erreichen, läge in der unteren Atmosphäre, der höchste ein ganzes Stück draußen im Weltraum. Man würde mit einem Flugzeug hinauffliegen, in die erste vorbeikommende Kabine umsteigen und nach oben mitgenommen werden. Das größte Hindernis für die Herstellung solch einer Maschine ist das Kabel, das fester als alle bekannten Materialien sein müßte – aber Kohlenstoff-Fasern sind auf dem besten Weg, genug Festigkeit mit hinreichend geringem Gewicht zu vereinen. Die Luftreibung würde die Rotation der Bolas allmählich verlangsamen, doch das könnte durch die Verwendung von Sonnenenergie-Kollektoren oben im Weltraum ausgeglichen werden.

Die am meisten gefeierte Vorrichtung dieses Typs ist jedoch der Weltraumlift. Wir haben das in Kapitel 4 besprochen, sowohl als ernsthafte technische Idee wie auch als Metapher; jetzt werden wir noch ein paar Einzelheiten nennen. Im Grunde beginnt der Weltraumlift als Satellit in einer geostationären Umlaufbahn. Dann läßt man ein Kabel herabhängen, und danach braucht man nur noch eine geeignete Kabine zu bauen und wiederum das geeignete Material für das Kabel zu finden. Man befördert das Material nach oben, indem man Raketen oder eine ganze Kaskade von Bolas benutzt (und wenn man erst einmal ein dünnes Kabel hat, kann man daran das Material für ein dickeres hinaufholen). Das alles braucht man nur *einmal* zu tun, daher sind die Kosten auf lange Sicht ohne Bedeutung.

Wie wir eingangs betont haben: Sobald ebensoviel Verkehr abwärts wie aufwärts geht, kann man den Boden gratis verlassen und benötigt (fast) keine Energie. Dann baut man seine interplanetaren Raumschiffe im Weltraum und verwendet Rohstoffe vom Mond oder aus dem Planetoidengürtel. Der Weltraumlift bietet einem also *einen neuen Ausgangspunkt* – darum haben wir ihn als Metapher für Prozesse wie das Leben verwendet.

Die Idee des Weltraumlifts wurde 1960 von dem Leningrader (St. Petersburger) Ingenieur J. N. Arzutanow in einem Artikel in der *Prawda* entwickelt. Er nannte ihn ›Himmels-Seilbahn‹ und berechnete, daß er täglich 12000 Tonnen in die Umlaufbahn befördern könnte. Dank John Isaacs, Hugh Bradner und George Backus wurden 1966 westliche Wissenschaftler auf die Idee aufmerksam. Diese Wissenschaftler waren nicht daran interessiert, wie man in den Weltraum kommt: Es waren Ozeanographen, die einzigen Leute, die sich nachhaltig dafür interessieren, wie man Dinge an lange Kabel hängt. Nur daß sie sie zum Grund des Ozeans hinabhängen lassen wollten, nicht in den Weltraum hinauf. Die Ozeanographen wußten nichts von der früheren russischen Arbeit, doch bald wurde auch Arzutanows Projekt im Westen bekannt. Der Kosmonaut und Maler Alexej Leonow veröffentlichte 1967 ein Bild von einem Weltraumlift in Aktion.

Solch eine einfache, aber größtenteils unpraktikable Idee kommt meistens vielen Leuten, ohne allgemein bekannt zu werden, eben *weil* sie für die Technik der Gegenwart und der nahen Zukunft nicht praktikabel ist, und das bedeutet, daß viele Leute sie unabhängig voneinander erfinden. 1963 erwog der Science Fiction-Autor Arthur C. Clarke, einen tieferen Satelliten mit einem Kabel an einem geosynchronen Satelliten aufzuhängen, um die Anzahl der praktisch geosynchronen Satelliten für Nachrichtenzwecke zu erhöhen. Später wurde ihm klar, daß dieselbe Methode zu einem Weltraumlift führen würde, und er entwickelte diese Idee in seinem Roman *Fahrstuhl zu den Sternen*. 1969 erwogen A. R. Collar und J. W. Flower ebenfalls, einen tieferen Satelliten mit einem Kabel an einem geostationären Satelliten aufzuhängen. Und 1975 schlug Jerome Pearson einen ›Orbitalturm‹ vor, was im Grunde dieselbe Idee war.

Man kann natürlich mehr als ein Kabel herabhängen lassen – hat man erst einmal *einen* Weltraumlift, kann man alles, was man braucht, billig in den Raum befördern, warum also nicht gleich Nägel mit Köpfen machen? Charles Sheffields *Ein Netz aus tausend Sternen* entwirft einen ganzen Ring von Weltraumlifts rund um den Äquator. Das ist es, was die Zauberer entdeckt haben. Da die menschliche Zivilisation sich in so kurzer Zeit entwickelt hat, haben die Zauberer uns allerdings verpaßt…

Wenn man seinen Weltraumlift gebaut hat, ist man in der Lage, andere Welten zu kolonisieren. Das naheliegende erste Ziel ist der Mars. Man kommt in einer Wolke kleiner, in Massenproduktion hergestellter Schiffe hin, und wenn man angekommen ist, läßt man als eine der ersten Handlungen ein Kabel hinabhängen und baut einen marsianischen Weltraumlift. Man ist ja sowieso in der Umlaufbahn, warum also nicht die Gelegenheit nutzen? Da haben wir wieder den metaphorischen Aspekt des Weltraumlifts: Sobald es auch nur einen gibt, eröffnet er ein breites Spektrum neuer Möglichkeiten. Allerdings müßte man eine Gruppe mit anderen Mitteln aus dem Planeten landen lassen, um den Komplex am Boden zu bauen, wo das Kabel befestigt wird.

Mars ist kein übermäßig großartiger Platz zum Leben, also wäre der nächste Schritt, ihn zu terraformieren – ihn erdähnlicher zu machen. Es gibt ziemlich plausible Methoden, das zu tun, die in Kim Stanley Robinsons Romantrilogie *Roter Mars, Grüner Mars, Blauer Mars* ausführlich dargestellt werden. Der Mars ist keine Verbesserung, wenn es zu Meteoriteneinschlägen kommt, aber wenigstens ist es unwahrscheinlich, daß die Kolonie auf dem Mars gleichzeitig mit der Hauptbevölkerung auf der Erde ausgelöscht wird. Da das Leben reproduktiv ist, kann ein Planet, falls die Menschheit auf ihm tatsächlich ausgelöscht werden sollte, leicht wieder von dem anderen aus besiedelt werden. Nach ein paar Jahrhunderten wäre kaum noch ein Unterschied auszumachen. Trotzdem könnte es besser sein, mehr Ehrgeiz zu entwickeln und zu den Sternen zu fliegen. Bis wir soweit sind, werden wir Interferometer-Teleskope entwickelt haben, die gut genug sind, um Sterne zu finden, die geeignete Planeten besitzen. Das einzige Problem wird sich dann aus der Frage ergeben, wie man dorthin gelangt.

Eine Methode – für den Fall, daß alles andere versagt – ist das Generationenraumschiff – ein großer Flugkörper, der einer ganzen Großstadt von Menschen Raum bietet, die im Laufe einer jahrhundertelangen Reise leben, sich fortpflanzen, sich weiterbilden und sterben. Wenn man das Schiff groß und interessant genug baut, können sie sogar das Interesse am Ziel verlieren. Die Scheibenwelt kann fast als solch ein Schiff gelten: Sie ist unterwegs, die Bewohner wissen nicht, wohin, die Konstrukteure haben sie mit einer kleinen regelbaren Sonne versehen (und damit diese ganzen häßlichen Fluktuationen vermieden), und immerhin fünf durch Bioengineering erzeugte Wesen haben entschieden *Freude* daran, den umgebenden Raum von hereinstürzendem Müll freizuhalten…

Auf unserer Welt könnte man wirklich *sehr* langfristig

planen und in der Galaxis Bakterien aussäen, die genetisch maßgeschneidert sind, so daß sie, wo immer sie einen geeigneten Planeten finden, sich schließlich zu humanoidem Leben (oder wenigstens überhaupt zu Leben) entfalten. Wir sterben vielleicht aus, aber unsere Flotte von billigen, langsamen Schiffen könnte irgendwo die Keime zu ein paar neuen Erden pflanzen.

Es mangelt nicht an Ideen. Manche könnten sogar praktikabel sein. Die Galaxis winkt. Wir könnten über dem Versuch umkommen – aber da wir sowieso umkommen werden, warum es nicht versuchen?

Und was werden wir dort draußen finden? Werden wir beispielsweise eine grundsätzlich andere Art von ›Weltraumlift‹ finden? Nun, wenn es Außerirdische gibt, die auf Neutronensternen leben, wie es Robert L. Forward in *Das Drachenei* schildert, dann könnten sie entkommen, indem sie die Magnetachse ihrer Welt neigen, diese in einen Pulsar verwandeln und sich vom Plasmastrom tragen lassen. Vielleicht sind alle Pulsare auf diese Weise entstanden. Wie bei jedem ›Weltraumlift‹ ist der Rest leicht, wenn man es erst einmal geschafft hat. Die Bewohner eines Neutronensterns haben es geschafft, haben alle anderen kolonisiert und das Pulsarreich geschaffen…

Und da wir uns neue Arten des physikalischen Weltraumlifts vorstellen können, muß es gewiß auch neue Arten des metaphorischen Weltraumlifts geben. Nicht einfach Aliens, die uns ein bißchen ähneln, sondern radikal unterschiedliche neue Arten von Leben.

Was anders könnte auch auf einem Neutronenstern leben?

Sie warten auf uns.

Dreiundvierzig

Man braucht Chelonium

»Das war eine sehr unangenehme Angelegenheit«, sagte der Dekan. »Zum Glück hielten wir uns nicht wirklich dort auf.«

Rincewind saß am Ende des langen Tisches, das Kinn auf eine Hand gestützt.

»Ach?« erwiderte er. »Ihr glaubt, das sei schlimm gewesen? Laßt euch mal einen Kometen auf den Kopf fallen. *Das* ist ein interessantes Erlebnis.«

»Mich hat vor allem die Musik genervt«, sagte der Oberste Hirte.

»Oh, gut, dann können wir uns ja freuen, daß der Planet wieder zu einem Schneeball geworden ist«, meinte Rincewind.

»Ich rufe diese Versammlung zur Ordnung«, sagte Ridcully und klopfte auf den Tisch. »Wo ist der Quästor?«

»Ich habe ihn vor einer halben Stunde gesehen«, sagte der Dekan.

»Wir sind auch so beschlußfähig«, stellte Ridcully fest. »Nun… der magische Fluß hat fast ganz nachgelassen, doch das Modelluniversum scheint sich mit einer eigenen, inneren Kraft weiterzuentwickeln, wie HEX berichtete. Es ist erstaunlich, wie dort alles danach strebt, auch weiterhin zu existieren. Wie dem auch sei… Meine Herren, das Projekt ist zu Ende. Es hat uns vor allem gezeigt, daß man eine Welt nicht aus diesem und jenem erschaffen kann. Für eine *richtige* Welt braucht man Chelonium. Und natürlich auch Narrativium – andernfalls bekommt man als Leben nur lauter erste Kapitel. Ein Komet sollte nicht das Ende einer Geschichte sein. Eis und Feuer... Das ist *sehr* primitiv.«

»Arme alte Krabben«, sagte der Oberste Hirte.

»Leb wohl, Wellhornschnecke«, seufzte der Dozent für neue Runen.

»Was ist mit den Geschöpfen, die den Planeten verlassen haben?« fragte Ponder.

»Äh...«, machte Rincewind.

»Ja?« wandte sich der Erzkanzler an ihn.

»Oh, nichts. War nur so ein Gedanke... Es könnte bestimmt nicht funktionieren.«

»Einige der Bären wirkten recht intelligent«, sagte Ridcully und schlug sich damit auf die Seite einer Lebensform, die gewisse Ähnlichkeit mit ihm aufwies.

»Ja, ja, vermutlich waren es die Bären«, entgegnete Rincewind schnell.

»Wir konnten die Welt nicht die ganze Zeit über beobachten«, sagte Ponder. »Es wäre durchaus möglich, daß sich etwas ganz schnell entwickelt hat.«

»Ja, das stimmt, vermutlich hat sich etwas ganz schnell entwickelt«, bestätigte Rincewind. »Bestimmt gab es keine unbefugten Einmischungen.«

»Ich wünsche den Leuten viel Glück, wie immer sie auch aussehen mögen«, sagte Ridcully. Er ordnete seine Papiere. »Nun, das wär's. Es liegt mir fern zu behaupten, die vergangenen Tage seien nicht interessant gewesen, aber die Realität ruft. Ja, Rincewind?«

»Was machen wir mit dem Schneeball... äh... mit der Welt, meine ich?« fragte Rincewind.

Die Zauberer drehten den Kopf und betrachteten die Welt, die sich im Innern der Blase drehte.

»Nützt sie uns irgend etwas, Stibbons?« erkundigte sich Ridcully.

»Sie ist eine Kuriosität.«

»In der Universität *wimmelt* es von Kuriositäten, junger Mann.«

»Nun... Wir könnten sie als recht großen Briefbeschwerer verwenden.«

»Ah. Rincewind... Du *bist* Professor für grausame und ungewöhnliche Geographie. Daher nehme ich an, dies fällt in deinen Zuständigkeitsbereich...«

HEX' Schreibvorrichtung rasselte. Ponder griff nach dem Blatt Papier.

Darauf stand geschrieben: +++ Das Projekt muß an einem sicheren Ort aufbewahrt werden +++

»In Ordnung«, meinte Ridcully und rieb sich die Hände. »Rincewind soll's in ein hohes Regal legen, wo es niemand umstoßen kann.«

+++ Es kommt zu Rekursion +++

Ridcully blinzelte, als er diese Worte las.

»Ist das ein Problem?«

HEX knarrte. Ameisen liefen schneller durch diverse Rohrleitungen. Schließlich rasselte die Schreibvorrichtung erneut.

Ponder nahm den Ausschrieb.

»Äh... Es ist eine Mitteilung für Frau Allesweiß«, sagte er. »Klingt ziemlich seltsam...«

Ridcully sah ihm über die Schulter.

»›Nicht abstauben‹«, las er.

»Nichts ist vor ihr sicher, sobald sie das Staubtuch schwingt«, sagte der Oberste Hirte. »Der Dekan nagelt die Tür zu, wenn er sein Arbeitszimmer verläßt.«

Das Rasseln der Schreibvorrichtung wiederholte sich.

»›Es ist wichtig‹«, las Ponder.

»Kein Problem, kein Problem«, sagte Ridcully. »Kommen wir zum nächsten Punkt. Ah, ja. Wir müssen den Reaktor ausschalten. Nein, steh nicht auf, Rincewind, ich habe die Tür verriegelt. Der Squashplatz ist noch immer ein ganz klein wenig nicht völlig sicher, stimmt's, Stibbons?«

»Und ob!«

»Deshalb gilt für den entsprechenden Bereich die Beschreibung…«

»Laß mich raten«, sagte Rincewind. »›Grausame und ungewöhnliche Geographie‹?«

»Bravo! Du brauchst nur…«

Ein Geräusch, das schon seit einer Weile am Rande der Hörweite wartete, kletterte nun die Tonleiter herab. Stille folgte.

»Was war das?« fragte Ridcully.

»Nichts«, antwortete Rincewind mit für ihn untypischer Präzision.

»Der Reaktor ist ausgeschaltet worden«, sagte Ponder.

»Hat er das selbst erledigt?«

»Dazu müßte er seine eigenen Hebel betätigen können…«

Die Zauberer drängten sich an der Tür zusammen, die auf den alten Squashplatz führte. Ponder hob ein Thaumometer.

»Es gibt kaum mehr Emissionen«, sagte er. »Eigentlich herrscht nur noch normale Hintergrundstrahlung. Tretet ein wenig zurück…«

Er öffnete die Tür.

Zwei weiße Tauben flogen über Ponder hinweg, gefolgt von einer Billardkugel. Er schob ein Bündel mit Flaggen aller Nationen beiseite.

»Der übliche Fallout«, meldete er. »Oh…«

Der Quästor schlenderte hinter einer Ecke des Reaktors hervor und winkte mit einem Squashschläger.

»Ah, Ponder«, sagte er. »Hast du dich jemals gefragt, ob die Zeit vielleicht Raum ist, der durch einen rechten Winkel rotierte?«

»Äh… nein…«, erwiderte Ponder und hielt beim Quästor nach Anzeichen für einen thaumischen Zusammenbruch Ausschau.

»Dann wären Brezel sicher sehr interessant, glaubst du nicht?«

»Äh… hast du Squash gespielt, Herr?« fragte Ponder.

»Weißt du, inzwischen bin ich ziemlich sicher, daß eine geschlossene Kontur eine Grenze darstellt, bis hin zur Parametrisierung, vorausgesetzt natürlich, sie ist homotopisch zu null«, sagt der Quästor. »Und vorzugsweise grün.«

»Hast du irgendwelche Schalter berührt, Herr?« fragte Ponder und wahrte eine sichere Distanz.

»Durch dieses Ding hier werden manche Schläge recht schwer.« Der Quästor klopfte an den Reaktor. »Ich habe versucht, die Rückwand ungefähr am letzten Mittwoch zu treffen.«

»Ich glaube, wir sollten diesen Ort besser verlassen«, sagte Ponder mit fester Stimme. »Bald wird's Zeit für den Tee. Und dabei gibt's Wackelpeter.«

»Ah, die fünfte Zustandsform der Materie«, erklärte der Quästor fröhlich und folgte Ponder.

Die anderen Zauberer warteten dicht hinter der Tür.

»Ist alles in Ordnung mit ihm?« fragte Ridcully. »Ich meine, nach den üblichen Quästor-Maßstäben.«

»Schwer zu sagen«, erwiderte Ponder, während der Quästor ein strahlendes Lächeln zeigte. »Ich denke schon. Allerdings ging ziemlich starke thaumische Strahlung vom Reaktor aus, als er den Squashplatz betrat.«

»Vielleicht hat ihn kein thaumisches Partikel getroffen«, spekulierte der Oberste Hirte.

»Aber es gab Millionen davon, Herr, und sie können alles durchdringen!«

Ridcully klopfte dem Quästor auf den Rücken.

»Da hast du Glück gehabt, nicht wahr, Quästor?«

Verwirrung zeigte sich im Gesicht des Quästors, und dann verschwand er.

Vierundvierzig

Eden und Camelot

Dieses Buch heißt aus gutem Grund nicht *Die Religion der Scheibenwelt*, obwohl es weiß Gott eine Menge Rohmaterial dafür gibt. Alle Religionen sind wahr, wenn man für ›Wahrheit‹ einen bestimmten Wert annimmt.

Die Disziplinen der Wissenschaft jedoch sagen uns, daß wir auf einer Welt leben, die vor rund vier Milliarden Jahren aus interstellarem Müll in einem Universum entstand, das seinerseits etwa 15 Milliarden Jahren alt ist (die wissenschaftliche Art, ›eine sehr lange Zeit‹ zu sagen), daß sie in den Jahren danach regelmäßig bombardiert und gefroren und umgeformt wurde, daß trotzdem oder eher *dank* dem das Leben sehr schnell auftauchte und nach jedem Schlag erneuert und neu gestaltet zurückschnellt, daß wir selbst uns auf diesem Planeten entwickelt haben und in sehr kurzer Zeit mit der Plötzlichkeit eines Dammbruchs die führende Art geworden sind.

Eigentlich sagt uns die Wissenschaft, daß viele Schaben, Bakterien, Käfer und sogar kleine Säugetiere die letzte Aussage bestreiten könnten, doch da sie nicht gut im Debattieren sind und nicht sprechen können, kümmert es kaum jemanden, was sie denken. Zumal sie es doch nicht können, was? Ein wesentlicher Zug an großen Gehirnen ist: Sie wissen, daß große Gehirne gut sind.

Die meisten von uns denken nicht wie Wissenschaftler. Wir denken wie die Zauberer der Scheibenwelt. Alles in der Vergangenheit hat unausweichlich zum Jetzt geführt, und das ist die Zeit, auf die es ankommt.

Während sich die Neuigkeit, daß die Erde ein kleiner Planet in einem langweiligen Teil des Weltalls ist, im Laufe der letzten Jahrhunderte allmählich durchgesetzt hat, bedeuten erst seit ein paar Jahrzehnten die Worte ›die Erde‹ für einen nennenswerten Teil einer jeden Gesellschaft ›der Planet‹ anstatt ›der Erdboden‹.

Wir beobachten das Feuerwerk, wenn große Eiskugeln in die Atmosphäre eines nahen Planeten stürzen, und obwohl jede davon die Erde in *ernste* Schwierigkeiten gebracht hätte, war das Ereignis eben nur ein Feuerwerk. Wie eine alte Dame zu einem Reporter sagte: »So was passiert draußen im Weltraum.« Aber wir befinden uns auch im Weltraum, und es könnte sich auszahlen, gut darin zu werden.

Die Dinosaurier waren nicht, wie *Jurassic Park* andeutet, ›zum Aussterben bestimmt‹; sie wurden von einem sehr großen Felsbrocken und/oder seinen Nachwirkungen erschlagen. Felsbrocken denken nicht.

Die Dinosaurier standen sich eigentlich sehr gut, sie hatten nur versäumt, eine drei Meilen dicke Plattenpanzerung zu entwickeln. Sie *könnten* sogar etwas hervorgebracht haben, was wir als ›frühe Zivilisation‹ anerkennen würden; wir dürfen nicht unterschätzen, wie sehr sich die Oberfläche eines Planeten in 65 Millionen Jahren verändern kann. Doch den Felsbrocken kümmert auch das nicht.

Doch sogar wenn der Felsbrocken die Erde verfehlt hätte, gab es andere Felsbrocken. Und wären auch sie vorbeigeflogen, müßten wir berücksichtigen, daß der Planet über andere, hausgemachte Vernichtungsmethoden verfügt.

Es treten Beweise zu Tage, die darauf hinweisen, daß andere Massenvernichtungen von ›natürlichen‹, aber katastrophalen Veränderungen in der Atmosphäre des Planeten verursacht wurden. Vieles spricht dafür, daß selbst die *Existenz* des Lebens auf der Erde periodisch an den Rand der Katastrophe gerät.

Den Felsbrocken ist es *gleichgültig*.

Es wird wahrscheinlich nicht morgen passieren. Doch eines Tages passiert es. Und dann wird Rincewinds Kaleidoskop zu einem *neuen* hübschen Muster geschüttelt.

Eden und Camelot, die wunderbaren Gartenwelten des Mythos und der Legende, sind *jetzt* zur Stelle. Jetzt ist es ungefähr so gut, wie es nur werden kann. Meistens ist es viel schlimmer. Und es wird nicht sehr lange so bleiben.

Es gibt vielleicht Wahlmöglichkeiten. Wir könnten wegfliegen. Das haben wir behandelt. Es bedarf eines ziemlich großen Optimismus. Aber es *könnte* andere kleine blaue Planeten dort draußen geben… Per definitionem wird es jedoch auf erdähnlichen Planeten Leben geben. *Darum* wären sie erdähnlich. Und das Problem ist die Tatsache, daß ein Planet, je erdähnlicher er ist, um so mehr Schwierigkeiten bereitet. Keine Sorge wegen laserschwingender Monster – mit denen kann man reden, und sei es nur über Laser. Das echte Problem ist eher etwas sehr, sehr Kleines. Früh am Morgen kriegt man einen Ausschlag. Am Abend explodieren einem die Beine.*

Die andere ›Wahlmöglichkeit‹ ist zu bleiben. Wir *könnten* Glück haben – meistens haben wir Glück. Aber wir werden nicht ewig Glück haben. Die durchschnittliche Lebensdauer einer Spezies beträgt etwas fünf Millionen Jahre. Je nachdem, wie man die menschliche Art

---

* Das ist wahrscheinlich auch eine Lüge. Außerirdische Mikroben werden uns kaum eßbar finden. Ebenso außerirdische Tiger, obwohl die eine Menge Schaden anrichten können, ehe sie es herausgefunden haben. Aber gewiß wird eine fremde Welt eine ganze Batterie häßlicher Überraschungen in petto haben, wenn wir uns nicht sehr vorsehen. Wir können nicht sagen, was es sein wird. Es wird eine *Überraschung* sein.

definiert, könnten wir schon nahe am Durchschnitt sein.

Ein nützliches Projekt und viel billiger zu erreichen, ist es, eine Notiz an die Nachmieter zu hinterlassen, sogar wenn sie nur ›Wir waren hier‹ lauten würde. Für eine künftige intelligente Art könnte es interessant sein zu wissen, daß sie vielleicht allein im Raum sind, aber nicht allein in der Zeit.

Vielleicht haben wir unser Kennzeichen schon hinterlassen. Das hängt davon ab, wie lange Dinge auf dem Mond *wirklich* erhalten bleiben und ob in hundert Millionen Jahren es jemand für nötig hält, dort hinzufliegen. Wenn sie es tun, finden sie vielleicht die verlassenen Landestufen der Apollo-Mondfähren. Und sie werden sich fragen, was ein ›Richard M. Nixon‹ gewesen sein mag.

Wieviel glücklicher sind die Bewohner der Scheibenwelt. Sie *wissen,* daß sie auf einer für Menschen geschaffenen Welt leben. Mit einer großen hungrigen Schildkröte, ganz zu schweigen von den Elefanten, ist interstellarer Müll eher ein Frühstück als eine Katastrophe. Vernichtung im Großmaßstab hat eher mit magischer Einmischung als mit zufälligen Felsbrocken oder eingebauten Fluktuationen zu tun; sie kann dieselben Auswirkungen haben, aber wenigstens ist jemand *schuld.*

Leider schränkt das den Spielraum ein, Fragen zu stellen. Die meisten sind schon beantwortet. Bestimmtheit regiert. Mustrum Ridcully ist schließlich nicht der Mensch, der eine Unschärferelation dulden würde.

Hier in der Rundwelt ist vielleicht eines festzustellen.

Nehmen wir nur an, es gebe *weiter nichts.* Argumente für intelligentes Leben auf anderen Welten sind immer von den Wünschen jener vorgeprägt worden, die die Argumente vorbrachten – von den Wünschen, es *möge* intelligentes Leben auf anderen Welten geben; wir drei gehören dazu. Doch das Argument ist ein Kartenhaus ohne eine untere Karte. Wir wissen vom Leben auf *einer* Welt. Alles andere sind Spekulationen und pure Statistik. Leben kann im Weltall so allgemein verbreitet sein, daß sogar die Jupiter-Atmosphäre von lebenden Jupiter-Gasblasen wimmelt und jeder Kometenkern die Heimat von Kolonien mikroskopischer Klecksoten ist. Oder es kann überhaupt nichts Lebendiges geben, nirgends im Universum außer hier.

Vielleicht ist schon Leben vor jenem entstanden, das zur Menschheit führte, und vielleicht wird wieder welches entstehen, wenn aus dem Zeitalter des Menschen eine ziemlich komplexe Schicht in den Sedimenten geworden ist. Wir wissen es nicht. Die Zeit nimmt nicht einfach, wie es in dem Kirchenlied heißt, alle ihre Söhne hinfort – sie kann ohne weiteres das Verschwinden eines ganzen Kontinents mit ansehen, auf dem sie standen.

Mit einem Wort, in einem Universum, das eine Milliarde Großväter lang und eine Billion Großväter breit ist, gibt es vielleicht nur ein paar hunderttausend Jahre auf einem einzigen Planeten, wo sich eine Art um etwas anderes als Sex, das Überleben und die nächste Mahlzeit kümmerte.

Dies ist *unsere* Scheibenwelt. In ihrem kleinen Stückchen Raumzeit hat die Menschheit Götter*, Philosophien, ethische Systeme, Politik, eine unwahrscheinliche Anzahl Geschmacksrichtungen für Eiskrem und noch esoterischere Dinge wie ›natürliche Gerechtigkeit‹ und ›Langeweile‹ erfunden. Spielt es eine Rolle, wenn die Tiger ausgerottet werden und der letzte Orang-Utan in einem Zoo stirbt? Schließlich haben blinde Naturgewalten wiederholt Arten ausgelöscht, die schöner und wertvoller waren.

---

* Wir bitten alle *wirklichen* Götter um Entschuldigung.

Doch wir fühlen, daß es durchaus eine Rolle spielt, weil Menschen das Konzept entwickelt haben, daß etwas ›eine Rolle spielt‹. Wir fühlen, daß wir klüger sein sollten als eine Meile herabstürzenden Felsgesteins und ein kontinentgroßer Gletscher. Menschen scheinen unabhängig voneinander, an verschiedenen Orten und zu unterschiedlichen Zeiten, einen ›Mach-einen-richtigen-Menschen-Baukasten‹ entwickelt zu haben, der mit Verboten in bezug auf Töten und Stehlen und Inzest beginnt und sich nun zu unserer Verantwortlichkeit gegenüber einer natürlichen Welt vortastet, in der wir, obwohl sie uns gewaltig verletzen kann, dennoch eine gottgleiche Macht haben.*

Wir kommen mit Argumenten, man sollte die Regenwälder bewahren, weil »es darin noch unentdeckte Heilmittel gegen Krebs geben könnte«, doch das geschieht, weil die Extelligenz die Regenwälder retten möchte und das Argument vom Krebsheilmittel vielleicht die Krümelkacker und die Ängstlichen überzeugt. Es könnte sogar etwas dran sein, doch der wahre Grund ist unser Gefühl, daß eine Welt mit Tigern und Orang-Utans und Regenwäldern und sogar kleinen unauffälligen Schnekken darin eine gesündere und interessantere Welt für Menschen (und natürlich für die Tiger und Orang-Utans und Schnecken) ist und daß eine Welt ohne sie gefährliches Terrain wäre. Mit anderen Worten, wenn wir den Instinkten trauen, die uns bisher im allgemeinen beigestanden haben, denken wir *Tiger sind nett* (oder wenigstens: *Tiger in Maßen und in sicherer Entfernung sind nett*).

Das ist ein Kreisschluß, aber auf unserer kleinen runden Menschenwelt haben wir es jahrtausendelang fertiggebracht, von Kreisschlüssen zu leben. Und wer sonst sollte mit uns streiten?

---

* Leider ist große, bösartige, zerstörerische Kraft eine gottgleiche Macht.

FÜNFUNDVIERZIG

Wie oben, so unten

Rincewind ging vorsichtig zu seinem Arbeitszimmer und hielt dabei die Kugel des Projekts in den Händen.

Er hatte erwartet, daß ein ganzes Universum mehr wog, doch dieses war sehr leicht. Vielleicht lag es an dem vielen leeren Raum.

Der Erzkanzler hatte ihn in aller Deutlichkeit auf folgendes hingewiesen: Zwar würde man ihn von jetzt an ›Unerhörter Professor für grausame und ungewöhnliche Geographie‹ nennen, aber nur deshalb, weil das billiger war, als diese Bezeichnung an der Tür unter einem Neuanstrich verschwinden zu lassen. Er bekam kein Gehalt, durfte auch nicht unterrichten, über irgend etwas seine Meinung äußern, Anweisungen erteilen, besondere Umhänge tragen oder Artikel publizieren. Ihm war erlaubt, bei den Mahlzeiten zu erscheinen, vorausgesetzt er aß leise.

Für Rincewind klang das nach dem Paradies.

Der Quästor erschien direkt vor ihm. Im einen Augenblick erstreckte sich ein leerer Flur vor Rincewind, und im nächsten stand dort ein verwirrter Zauberer.

Sie stießen gegeneinander. Die Kugel des Projekts schwebte empor und drehte sich dabei.

Rincewind prallte vom Quästor ab, sah den fliegenden Ball, warf sich nach vorn und fing ihn einige wenige Zentimeter über dem Boden auf.

»Rincewind! Sag ihm nicht, wer er ist!«

Rincewind hielt das kleine Universum fest, als er zur Seite rollte und durch den Flur zurück blickte. Ridcully und die anderen Zauberer näherten sich langsam und vorsichtig. Ponder Stibbons winkte verlockend mit einem Löffel, auf dem Wackelpeter wackelte.

Rincewind sah zum Quästor, der einen recht konfusen Eindruck erweckte.

»Aber er ist doch der Quästor, oder?« fragte er.

Der Quästor lächelte, wirkte kurz verwirrt und verschwand mit einem *Popp.*

»Sieben Sekunden!« rief Ponder. Er ließ den Löffel fallen und holte ein Notizbuch hervor. »Das bedeutet, er müßte in der... Wäscherei erscheinen!«

Die Zauberer eilten fort, mit Ausnahme des Obersten Hirten, der sich eine Zigarette rollte.

»Was ist mit dem Quästor passiert?« fragte Rincewind und stand auf.

»Oh, der junge Stibbons meint, er hätte sich mit Ungewißheit angesteckt«, sagte der Oberste Hirte und befeuchtete das Papier. »Wenn jemand seinen Körper daran erinnert, wie er heißt, vergißt er, wo er sich befinden sollte.« Er schob den krummen weißen Zylinder zwischen die Lippen und suchte nach einem Streichholz. »Eigentlich ein ganz gewöhnlicher Tag an der Unsichtbaren Universität.«

Er schritt fort und hustete.

Rincewind trug die Kugel durchs Labyrinth aus dunklen Fluren, erreichte schließlich sein Arbeitszimmer und legte sie ins Regal.

Die Eiszeit war inzwischen zu Ende gegangen. Er fragte sich, welche Gastropoden, Säugetiere oder Echsen jetzt Vorbereitungen für den großen Sprung zur Krone der Welt trafen. Früher oder später würde einem Geschöpf ein unnötig großes Gehirn wachsen, und dann war es gezwungen, irgend etwas damit anzufangen. Es würde sich umsehen und vermutlich erklären, wie wundervoll es sei, daß die Entwicklung des Universums auf die Entstehung seiner Art hingezielt habe.

Der neuen Intelligenz stand eine ziemliche Überraschung bevor...

»Du kannst jetzt hervorkommen«, sagte Rincewind. »Sie haben das Interesse verloren.«

Der Bibliothekar hatte sich hinter einem Stuhl versteckt. Er nahm die Disziplin in der Universität sehr ernst, obgleich er imstande war, jemandem einen Satz warme Ohren zu verpassen und ihm dabei das Gehirn aus der Nase zu pressen.

»Derzeit sind sie damit beschäftigt, den Quästor zu suchen«, sagte Rincewind. »Nun, ich bin sicher, daß es nicht die Affen gewesen sein können. Nichts für ungut, aber sie erschienen mir alles andere als vielversprechend.«

»Ugh!«

»Ich tippe auf irgendeine Lebensform aus dem Meer. Wir haben nur einen sehr kleinen Teil der Dinge gesehen, die sich dort abspielten.«

Rincewind behauchte die Kugel und wischte sie dann mit dem Ärmel ab. »Was ist Rekursion?«

Der Bibliothekar zuckte umständlich mit den Schultern.

»Es scheint alles in Ordnung zu sein«, sagte Rincewind. »Ich dachte schon, es sei eine Krankheit oder so...«

Er klopfte dem Bibliothekar auf den Rücken, was dazu führte, daß eine Staubwolke aufstieg. »Komm, laß uns gehen und den anderen bei der Suche helfen...«

Die Tür fiel zu. Schritte entfernten sich.

Die Welt drehte sich in ihrem kleinen Universum, das von außen gesehen nur dreißig Zentimeter durchmaß und innen viel größer war.

Hinter ihr schwebten Sterne in der Schwärze. Hier und dort bildeten sie große Ansammlungen, die sich um einen unsichtbaren Abfluß drehten. Manchmal trafen sie sich und glitten durcheinander, um sich dann in einem Schleier aus dahintreibenden Sternen wieder voneinander zu trennen.

Junge Sterne wuchsen in leuchtenden Krippen heran. Alte Sonnen rotierten in den glühenden Leichentüchern ihres Todes.

Die Unendlichkeit entfaltete sich. Glitzernde Wände zogen vorbei und zeigten neue Konstellationen.

Und dort, umgeben von endloser Nacht, bestehend aus heißem Gas und Staub und doch erkennbar, flog eine Schildkröte.

Wie oben, so unten.

Von Terry Pratchett liegen in der Serie Piper vor
(in der Reihenfolge des Erscheinens):
Die Teppichvölker (8516)
Die dunkle Seite der Sonne (8503)
Strata (8509)
Die Farben der Magie (8510; 9144)
Das Licht der Phantasie (8501)
Das Erbe des Zauberers (8502)
Gevatter Tod (8504)
Der Zauberhut (8517)
MacBest (8508)
Pyramiden (8506)
Wachen! Wachen! (8583, 8507)
Die Schlacht der Nomen. Trucker · Wühler · Flügel (8518)
Rincewind der Zauberer. Vier Scheibenwelt-Romane (8500)
Die Scheibenwelt. Zwei Romane in einem Band (8515)
Schlamassel auf der Scheibenwelt. Pyramiden, Mac Best (8612)
Die Gelehrten der Scheibenwelt (mit Ian Stewart, Jack Cohen; 8521)
Die Philosophen der Rundwelt (mit Ian Stewart, Jack Cohen; 8522)
Darwin und die Götter der Scheibenwelt (mit Ian Stewart, Jack Cohen; 6593)

Als Hardcover bei Piper:
Eric (illustrierte Sammlerausgabe)

Bernhard Hennen

Das Nachtvolk

Roman. 273 Seiten. Serie Piper

In den Sümpfen Aquitaniens, verborgen hinter einer Nebelwand, lebt das Nachtvolk, ein verirrter Keltenstamm mit eigenen Göttern und einer Feenkönigin. Als am Hof von Worms die Kunde eintrifft, König Gunthers Nichte befinde sich in der Gewalt des Nachtvolks, schickt man den Barden Volker von Alzey zu ihrer Rettung aus – und hofft, sich des unliebsamen Schürzenjägers auf diese Weise für immer zu entledigen. Erzählt man sich doch, daß noch nie ein Mensch lebend den schauerlichen Gefilden des Nachtvolks entkam. Doch das Schicksal nimmt einen anderen Verlauf …

05/1391/01/L

Bernhard Hennen

Der Ketzerfürst

372 Seiten. Serie Piper

Nur der Feuervogel, glaubt der Spielmann Volker von Alzey, vermag ihn zu seiner verschollenen Geliebten zu führen. Und so folgt er dessen Spur und reitet ins Land der Franken. Doch statt dem Fabelwesen begegnet er Fürst Ricchar und seinem unheimlichen Heer. Dieser will das verhaßte Christentum ausrotten und dem Römischen Reich zu neuem Ruhm verhelfen. Wie viele andere kann sich auch Volker dem Charisma des Anführers nicht entziehen. Als er jedoch eine Bardin vor dem Scheiterhaufen rettet, wendet sich sein Schicksal jählings, und in höchster Not bleibt ihm nur die Flucht. Bald darauf entbrennt ein verheerender Krieg zwischen dem König der Nibelungen und dem Ketzerfürsten …

05/1494/01/R

SERIE PIPER

Wolfgang Hohlbein

Das Vermächtnis der Feuervögel

Fantasy-Storys. 269 Seiten. Serie Piper

Wolfgang Hohlbein, der »deutsche Stephen King«, ist der meistgelesene Autor phantastischer Spannungsromane. Jedes seiner Bücher wurde ein Bestseller. In der vorliegenden Sammlung mit sieben Fantasy-Storys ziehen Menschen unversehens die Rache eines verzauberten Vogelschwarms auf sich oder sehen ihre Umwelt plötzlich durch die Augen eines anderen Wesens. Nie ohne eine Prise Horror mixt Wolfgang Hohlbein dem Leser unwiderstehliche und einzigartige Cocktails, wie sie meisterhafter niemand zu zaubern versteht.

05/1477/03/L

Sean Stewart

Hexensturm

Roman. Aus dem Amerikanischen von Hannes Riffel. 316 Seiten. Serie Piper

Schon immer waren Toni die Hexenkünste ihrer Mutter unheimlich. Nach deren Tod hofft sie, daß die Dämonen endlich mit ihr gestorben sind. Doch ein Schränkchen, das die Tochter erbt und in dem sechs Geister hausen, birgt seltsamste Kräfte … In diesem Roman verbinden sich Wehmut und Humor zu einer fesselnden Mischung aus Magischem Realismus und texanischer Lebenskunst. Stewart führt den Leser gekonnt über den schmalen Grat zwischen Zauberwelt und ganz heutigem Alltag.

»Erinnert an die besten Romane von Le Guin und an Tolkien.«
Booklist

05/1393/01/R